U0128540

安徽师范大学文学院学术文库

祖保泉 著

祖保泉
诗文理论研究论集

ZU BAOQUAN SHIWEN LILUN YANJIU LUNJI

安徽师范大学出版社
ANHUI NORMAL UNIVERSITY PRESS

· 芜湖 ·

图书在版编目（CIP）数据

祖保泉诗文理论研究论集 / 祖保泉著 . — 芜湖：安徽师范大学出版社，2021.1
（安徽师范大学文学院学术文库）
ISBN 978-7-5676-4528-8

Ⅰ . ①祖⋯ Ⅱ . ①祖⋯ Ⅲ . ①中国文学—古典文学—文学理论—文集 Ⅳ . ①I206.2-53

中国版本图书馆CIP数据核字（2019）第301920号

安徽师范大学文学院高峰学科建设经费资助项目

祖保泉诗文理论研究论集　　　　　　　祖保泉◎著

责任编辑：胡志恒　胡志立
责任校对：王　贤
装帧设计：丁奕奕
责任印制：桑国磊
出版发行：安徽师范大学出版社
　　　　　芜湖市北京东路1号安徽师范大学赭山校区　　邮政编码：241000
网　　址：http://www.ahnupress.com/
发 行 部：0553-3883578　5910327　5910310（传真）
印　　刷：江苏凤凰数码印务有限公司
版　　次：2021年1月第1版
印　　次：2021年1月第1次印刷
规　　格：700 mm × 1000 mm　1/16
印　　张：29.25
字　　数：447千字
书　　号：ISBN 978-7-5676-4528-8
定　　价：128.00元

作者简介

祖保泉（1921—2013），安徽巢县人，当代著名文艺理论家、教育家，安徽师范大学教授，曾任安徽师大中文系主任、古籍研究所所长、安徽省文联常务委员、《安徽古籍丛书》编委会副主任、中国《文心雕龙》学会常务理事等。著有《文心雕龙选析》《文心雕龙解说》《司空图诗品解说》《司空图诗品注释及译文》《司空图的诗歌理论》《司空图诗文研究》《王国维词解说》，合著有《司空表圣诗文集笺校》《王国维与人间词话》等，辑有《中国诗文理论探微》、《祖保泉选集》（五卷），创作有词集《丹枫词稿》等。《文心雕龙选析》1989年获国家教委颁发的教学、教材建设优秀奖，《文心雕龙解说》获安徽省第三届社会科学研究成果一等奖。

总　序

　　安徽师范大学文学院的前身是1928年建立的省立安徽大学中国文学系，是安徽省高校办学历史最悠久的四个院系之一。1945年9月更名为国立安徽大学中文系，1949年12月更名为安徽大学中文系，1954年2月更名为安徽师范学院中文系，1958年更名为合肥师范学院中文系，1972年12月更名为安徽师范大学中文系，1994年10月更名为安徽师范大学文学院。这里人才荟萃，刘文典、陈望道、郁达夫、朱湘、苏雪林、周予同、潘重规、宗志黄、张煦侯、卫仲璠、宛敏灏、张涤华、祖保泉、余恕诚等著名学者都曾在此工作过，他们高尚的师德、杰出的学术成就凝成了我院的优良传统，培养出了一大批出类拔萃的各类人才。

　　文学院现设有汉语言文学、秘书学、汉语国际教育、戏剧影视文学等4个本科专业，文学研究所、安徽语言资源保护与研究中心、辞赋艺术研究中心、传统文化与佛典研究中心等5个研究所（中心）。拥有中国语言文学博士后科研流动站，中国语言文学一级学科硕士点、博士学位点；设有学科教学（语文）、汉语国际教育两个专业硕士学位点；有1个安徽省一流学科（中国语言文学，2017），安徽省A类重点学科（中国语言文学，2008），3个安徽省B类重点学科（中国古代文学、汉语言文字学、中国现当代文学）；有1个国家级特色专业建设点（汉语言文学专业），1个国家级教学团队（中国古代文学），3门国家级精品课程；1个教育部卓越教师培养计划改革项目；主办1种省级刊物（《学语文》）。

文学院师资科研力量雄厚，现有在岗专任教师77人，其中教授26人，副教授32人，博士52人。至2019年末，本学科在研省部级以上科研项目119项，其中国家社科基金项目93项（含重大招标项目2项和重点项目3项）；近两年获得省部级以上奖励17项。教师中，有国家首届教学名师1人，享受国务院特殊津贴12人，皖江学者2人，二级教授8人，5人入选省级学术和技术带头人，6人入选省级学术和技术带头人后备人选。

走过九十年的风雨征程，目前中文学科方向齐全，拥有很多相对稳定、特色鲜明的研究领域。唐诗研究、古代文论研究、儿童语言习得研究、古典诗歌接受史研究等，在全国居于领先地位或在学术界有较大影响。特别是李商隐研究的系列成果已成为传世经典，国务院学位委员会委员、北京大学教授袁行霈先生说，本学科的李商隐研究，直接推动了《中国文学史》的改写。

经过几代人的薪火相传，中文学科养成了严谨扎实的学术传统，培育了开拓创新的学术精神，打造了精诚合作的学术团队，形成了理论研究与服务社会相结合、扎根传统与关注当下相结合、立足本位与学科交融相结合、历代书面文献与当代口传文献并重的学科特色。

21世纪以来，随着老一辈学者相继退休，中文学科逐渐进入了新老交替的时期，如何继承、弘扬老一辈学者的学术传统，如何开启中文学科的新篇章，成了摆在我们面前的迫切任务。基于这一初衷，我们特编选了这套丛书，名之为"安徽师范大学文学院学术文库"，计划做成开放式丛书，一直出版下去。我们认为，对过去的学术成果进行阶段性归纳汇集，很有必要，也很有意义，可以向学界整体推介我院的学术研究，展现学术影响力。

文库已经出版四辑，出版社建议从中遴选一部分老先生的著作重新制作成精装本，我们认为出版社的提议极富创意，特组编这套精装本，作为"安徽师范大学文学院学术文库"编纂的阶段性总结。

　　我们坚信，承载着九十年的历史积淀，文学院必将向学界奉献更多的学术精品，文学院的各项事业必将走向更悠远的辉煌！

储泰松

二〇一九年岁末

择路·敬业·自省（代自序）

感谢文学院为我举办"从教五十五周年暨八秩寿辰庆祝会"。近两天，我频频收到来自北京、合肥、宣州等地的祝贺电话、电报，使我时时感到友情的温暖。今天，承蒙校领导、院领导和诸位女士、诸位先生出席这个会议。如此深情厚谊，教我如何回报？我左思右想，愿在这里郑重表示：只要一息尚存，力求对得起我的学生，对得起我这一生！

我生活在中国由救亡图存走向安定和繁荣的伟大时代。作为一个知识分子，在时代的风风雨雨中走过来，有辛酸，也有喜悦。这种生活历程，我以六个字概括之：择路，敬业，自省。这三点算是我的人生哲学。

一、所谓"择路"，即我顺应时代要求而选择人生道路

在蒋介石溃退江南、企图凭江顽抗的1948年底，我由一所中学请假回家（在游击区），寻找投身革命机会。不到一星期，便有地下党员乘风雨之夕，找上门来，我俩交谈，一拍即合。从此，我走上人民教师的光荣道路。

我是学中国文学的，然而在新中国成立前，为混饭吃只能改行教初中英语，学非所用，更谈不上什么专业前途。在当时的南京，大学毕业生拉板车过日子的颇有其人，我能改行就业，保住"大学毕业生"招牌，算是不丢父母的面子。新中国成立后，领导让我在中国文学专业领域驰骋，教

专科班"中国文学史""中国语文概论",我奋力拼搏,被学生们接受了。1952年秋,安徽省师范专科学校并入安徽大学,从此我正式成为安大中文系的教员,经历讲师、副教授、教授台阶。我在系里,教过"现代文选及习作""文学概论""文学批评专题课""毛主席诗词""《文心雕龙》""历代词选"等。我出版了几本书,如《司空图诗品解说》《文心雕龙解说》等,都是根据教学笔记整理成书的。"解说"者,就原文"解"而"说"之,正有"教学"特色。

我叙述教书经历,意在申明一个大道理:"没有共产党,就没有新中国";有了共产党缔造的新中国,才有人民教育事业的发展,才有我在专业领域里驰骋的疆土!我敢说,这是我的同龄人的心声,在我国的各行各业里都有类似的事实为我作证。

二、所谓"敬业",即我能专心致志于教书职业

社会上各种职业的就业吸引力,对我来说,"人民教师"四字的吸引力最强。我的敬业行动表现在自站大学课堂之日起,一直到今天,一定要写好讲稿才上课——讲义发到学生手里才上课。我着意在教学的质与量上追求深度与广度。坦率地说,我开始如此行事,是形势所逼。——由师专调来的"教员",侧身于"教授"之间,怎敢不努力备课?又,我确实遇到了意想不到的侮辱。事实是:旧大学里,有真才实学的教授,也有买空卖空的江湖教授。旧安大中文系即如此。我一来安大,教"现代文选及习作",理所当然地参加"现代文选及习作教研组"活动。当领导通知开会时,我和另一位来自师专的谭先生按时到会,却遭到教研组组长拒绝,当面宣称:"我这组没有你们两个。"我与谭当然掉头就走。好家伙,"教授"摆个架子让我们看看,我们能不深入备课,争取在课堂上站住脚?!特别到1953年夏,与我同时由师专并来的陈老(原系交大支援皖北的)、薛公、谭公相继调出中文系,这对我来说,就是严重警告!怎么办?拼吧,只有在备课上拼搏,才有立脚点。

又，榜样的力量时时策动我奋力拼搏。张涤华师授课，勤于写讲稿，字斟句酌，有条有理，因而深受学生拥戴。我向老师学习，乃是天经地义，故能持之以恒。

更重要的一点是：在备课写讲稿的实践中，我深切地体会到，这是教学与科研相结合的唯一的可行之路。当教师，光上课，不搞科研，一份老讲稿，宣讲三五年，不免有点"匠气"，不可取；光搞科研，不接受上课任务，不"讲"不"授"，那还算什么讲师、教授？只有走教学与科研相结合的道路才是合情合理的正常道路。

在大学，搞文科，如果说，教师所讲授的问题，全是不值得深入研究的，那末，我不妨直言拜上：你应该掂量一下自己的为学根基，或省视一下自己的为学态度。

我来安师大中文系，历时48年，行不由径，由教员—讲师—副教授—教授，历阶前进，这动力，应该说来自我的敬业思想。

三、所谓"自省"，指定期检查自己的言行

作为一个教师，在为学与做人两方面当然是自省的重点。

就为学说，当我大学毕业后，自省我为学的根基不深，论学术，还沾不上边。究其原因是个人生活经历造成的。中学生时代，我是流浪青年，爱好文学，梦想当作家，有习作在沅陵《中报·民间》《国民日报·文艺新地》上发表；然而学习有偏向、不踏实，自己心里是明白的。入大学后，才开始学习五经、四史、老庄、荀韩、楚辞汉赋、八代诗选、唐诗、宋词等，所涉不深，悔之已晚，只待亡羊补牢。

又，流浪汉上大学，要打工挣钱补贴伙食费，因而不能专心钻研功课，学习成绩平平。那四年里，我为他人作嫁衣裳，统计起来，至少也花掉一年时光。

再又，我调到安大两三年后，刚站住脚，就被任命为"系三人小组"（集体领导）秘书，任务是"起调解作用"；1955年春，才34岁，即被任命

为系副主任，文革后为系主任——系行政工作多而杂，花掉我多少时间！打杂，不能专心钻研业务，有时还遭受白眼，我心里难受！

自知为学根基不深，便时时自我警告：在为学征途中，只有拼搏，别无他法。学问是假借不得的。人贵有自知之明，我能清醒地自知为学根基不深——这点认识，使我终生受益。

就做人说，我要做个什么人，就是个大问题，值得时时自省。我曾这样告诫学生：每个人的历史，都是自己以言行作笔，一笔一划地刻画起来的。纸上的墨迹遮掩不了他在别人心目中的美丑——反求诸己，我是这一席话的实践者吗？

为了站在学生面前，我是个"老师"，便多方约束自己，为自己立下"一不""二不""三不""四不"戒条，略举事实加以说明。

"一不"：一定不干违背国家法令的事，虽有顶头上司加压力，也顶住不办。作为一个人，要有良心；作为一个党员，要有良心。让我说得稍稍具体些。在座的老教师总还记得，1959年全国高考后中学搞评比，福建某中学被评为全国第一名，安徽某中学被评为第二名。1960年高考阅卷评分时，我省某厅长，批评语文阅卷组把分数压低了，并下令辞退三位阅卷教师——杀鸡给我这个小猴看。他竟敢急不择言，说"高考评分标准，仅供参考"。我，身为语文阅卷组（300人）组长，绝对听不进这话。对全国统一的标准不遵守，意欲何为？于是，下决心顶住不办！充其量，摘掉我头上的半顶乌纱帽（中文系副主任）而已。对我来说，这是求之不得的好事。事情发生的第二天清早，省高考阅卷办公室负责人笑眯眯地告诉我：教育部急电通知，今年不搞任何评比，各省应实事求是评分。我和三百位阅卷教师闯过"难关"，照常工作。就这件事，我当时警告自己：生而为人，脊梁骨应该是直挺挺的。否则转眼之间，就会变为同事们眼皮下的小丑！

"二不"：不卑不亢，我认定这是正常人的处世准则。在我的工作圈子里，接触的是校领导，或者是省级文教工作负责人，还有同事（教师）和学生。我周旋在他们当中，有个本质特征："教师"——一个教学人员。

为人贵在以诚相待，对上级，要有敢说真话的品格，说真话才能实事求是地共同研究工作，发展事业。身为下级，没有什么欲求，对上何卑之有？对同事（教师），人人各有专长，在各自的岗位上教书育人，我这个来自农村的"教员"，怎敢以"亢"待人？对学生，应该不要忘记自己是"教师"。教师在学生面前傲气凌人，正说明他自己教养不足，不自爱，别无其他。为自爱，我从来不敢在自己的学生面前指手画脚。我和许多当年的学生、今日的同事（包括一些在中学任教的校友）结为同行挚友。刚才有位先生说得很中肯："祖老师是位'教师'，无权无势，然而我们从外地赶来，参加庆祝会，为的就是表达令人难忘的师生情谊！"我说"师生情谊"的支点就在于为师的不以高傲的神态对待学生。长江后浪推前浪，这是规律，不容为师者不理解。

"三不"：不贪、不馋、不懒，自然身心安乐，延年益寿。我以为这是老年生活境界问题。清静自守，不结伴营私，就不会沾染贪、馋病；能看书就看点儿，能写就写点儿，这是锻炼自己思维活动的妙法，可以防止老年痴呆症。

"四不"：不为个人的"帽子""票子""儿子""房子"向组织伸手。不食嗟来之食，可谓历久成性。这在我，已是历史，不多说。

最后，让我再一次感谢各位的深厚情谊，使我理解"教师"二字在人心目中有如此分量。我一定活到老，学到老，力求自己不成为老废物。谢谢！

［本文系作者在"从教55周年暨80寿辰庆祝会"上的答词，原载《安徽师范大学学报》（人文社会科学版）2000年第4期］

目　录

"龙学"研究

司空图诗文研究

诗词研究

「龙学」研究

《文心雕龙》下篇篇次组合试解

　　对通行本《文心雕龙》五十篇的分卷提出疑问的是清代四库馆臣。对五十篇中的下二十五篇篇次提出疑问的是现代学者。范文澜在《文心雕龙注》（开明书店1936年版）中主张更动《练字》《物色》的篇次。其后主张更动《物色》篇次的又有两三人。近几年郭晋稀撰《〈文心雕龙〉的卷数和篇次》一文，主张对下篇篇次大加变动，并在他的《文心雕龙注译》中按照自己理解的次第重新编排，以为这才是"还刘勰原书的本来面目"。对更动通行本篇章次第持反对意见的亦相继有人。牟世金撰《〈文心雕龙〉理论体系初探》，从全书的理论体系上说明了对通行本篇次的看法。王运熙撰《〈物色〉篇在〈文心雕龙〉中的位置问题》，阐明置《物色》于《时序》之后的理由。日本学人安东谅撰《〈文心雕龙〉下篇的篇次》一文，说他和牟世金的"想法不谋而合，于是立即产生了共鸣"，并对牟文"作一补充"。我对主张更动通行本篇次的意见，思之再三，不敢苟同。今受牟、王两文的启发，拟就《文心》下篇篇次问题，谈谈自己的看法。

一

　　关于《文心雕龙》的篇次问题，刘勰在《序志》篇中作了鸟瞰式的说明，他说：

　　　　盖《文心》之作也，本乎道，师乎圣，体乎经，酌乎纬，变乎骚，文之枢纽，亦云极矣。若乃论文叙笔，则囿别区分，原始以表末，释名以章义，选文以定篇，敷理以举统，上篇以上，纲领明矣。

至于剖情析采，笼圈条贯，摛神性，图风势，苞会通，阅声字，崇替
于《时序》，褒贬于《才略》，怊怅于《知音》，耿介于《程器》，长怀
《序志》，以驭群篇，下篇以下，毛目显矣。位理定名，彰乎大易之
数，其为文用，四十九篇而已。

清代四库馆臣，根据刘氏的这段说明，对五十篇分作十卷，提出了疑
问。《四库全书总目提要》说：

其书《原道》以下二十五篇，论文章体制；《神思》以下二十四
篇，论文章工拙；合《序志》一篇为五十篇。据《序志》篇称上篇以
下、下篇以上，本止二卷。然《隋志》已作十卷，盖后人所分。[①]

显然，这个疑问提出的依据是《序志》篇中所说的"上篇以上""下
篇以下"云云。这有点道理，然而也只是道理的一面。

说四库馆臣所提出的怀疑有点道理，那是因为《隋志》记载书目，从
头至尾，皆只记"卷数"，不记"篇数"（不像《汉书·艺文志》那样，或
记篇数，或记卷数）；对《文心》，记为"十卷"而不说"五十篇"，乃是
全书记载规格决定的。说四库馆臣所说的只是一面道理，那是因为他们不
曾思考：如果《文心》"本止二卷"，那便正合《隋志》记卷不记篇的规
格，而《隋志》因何不记作"二卷"呢？这也是有道理的疑问嘛。而且还
应该考虑到：《隋志》的撰写者于志宁（588—665）、李淳风（602—670）、
韦安仁、李延寿等都是唐贞观年间的有名人物[②]，他们身为史官，能见到
当时的官私藏书。他们中多数是继承父业而修史的，他们的父辈于宣道、
李播、韦宏、李大师等都是前代史官或有志于修史的人，能见到陈、北
齐、北周、隋时的官私藏书。因此，我们不能不注意：于志宁等在《隋

---

① 纪昀总纂：《四库全书总目提要》，河北人民出版社2000年版，第5362页。
② 参见《旧唐书》卷七十八《于志宁传》，卷七十九《李淳风传》，卷七十三《李
延寿传》，《新唐书》卷一百二《李延寿传》，《陈书·韦翙传》，《元和姓纂》韦安仁条，
《全唐文》韦安仁介绍。

志》中记载的"《文心雕龙》十卷，梁兼东宫通事舍人刘勰撰"这一条，是包括了他们父辈的见闻在内的。鉴于这一点，我以为《文心》在陈、隋时已分为十卷的可能性是存在的，甚至刘勰原把它分作十卷的可能性也是存在的。千载而下的我们，不能毫无根据地排除这种可能性。

光说"可能性"有什么用？是的，这么谈是不能解决问题的。但也有一点不可忽视的作用：这可以告诉人们不必把四库馆臣的话奉为金科玉律，因为他们只看到事物的一面。

对《隋志》、对四库馆臣的话，应该特别注意的是：《隋志》题作"十卷"，这不等于说《文心》五十篇的篇次有问题；四库馆臣怀疑十卷"盖后人所分"，也不等于说五十篇的篇次有问题。今之论者往往以四库馆臣的怀疑为旁证，把馆臣对分卷的怀疑扩展到对篇次的怀疑，从而断言通行本《文心》下篇篇次是错乱的。照我看，这还缺乏有力证据。

今之论者对通行本《文心》下篇篇次产生怀疑，甚或认为是错乱的，这个想法的根源来自对《文心·序志》"盖文心之作也"那段说明，进行对号入座；当对号入座碰到困难时，便认为通行本下篇篇次是错乱的，并按照自己的理解来移动篇次位置。可是，我认为如果换个角度来理解"盖文心之作也"那段话，便不会产生下篇篇次错乱的想法。牟世金先生在《〈文心雕龙〉理论体系初探》一文中曾说过：

> 刘勰以"摛神、性"表示《神思》、《体性》两篇所研究的内容；以"图风、势"表示《风骨》、《定势》两篇所研究的内容；以"苞会、通"表示从《通变》到《附会》所研究的内容；以"阅声、字"表示从《声律》到《练字》所研究的内容。最后讲："崇替于《时序》，褒贬于《才略》，怊怅于《知音》，耿介于《程器》。"①

这是个符合实际的说明。照我看，刘勰写"盖文心之作也"那一段话，本来只求向读者介绍全书篇次组合的概貌，而不企求说清一至五十篇

① 牟世金：《雕龙集》，中国社会科学出版社 1983 年版，第 177 页。

的次第。对上篇中的"论文叙笔"，他只笼统地说明"原始以表末，释名以章义，选文以定篇，敷理以举统"的文体论特点，而不谈自《明诗》至《书记》等二十篇的次第问题；对下篇二十五篇，他也只介绍它们组合的概貌，因而只提及《神思》《体性》等十三篇，对其余十二篇一字不提。这种概貌式的介绍法，前后完全一致。基于这个事实，我认为，上引牟先生的一段话堪称确解，确就确在它能兼包除《序志》外的二十四篇，符合刘勰只介绍篇次组合概貌的本来意图。明白这一点，有助于防止人们机械地按照刘勰的话去按篇对号入座。

照这样说来，通行本下篇篇次有没有错乱？我们的答复是：在现有版本资料条件下，我们只好看看通行本下篇篇次组合是不是有道理。如果它也有道理，那末我们大可不必说它是错乱的。因为这样看问题，除《隋志》那条记载外，还有《文心》唐写本残卷和元至正本可作为历史依据。今之论者只凭自己的理解便断定下篇篇次错乱，那会把对问题的研究导入"公讲公有理，婆讲理又长"的境地。当人们没有新的发现之前，我认为还是尊重现有的古本为好。

二

通行本《文心雕龙》下篇的篇次组合，我以为是有思想线索可寻的，而且与上篇的篇次组合，隐隐地有对应关系。

《序志》说，上篇包括"文之枢纽"和"论文叙笔"部分，下篇则包括"剖情析采"部分和统驭群篇的《序志》。我们认为，下篇的"剖情析采"部分又可一分为二：一是从创作过程角度来谈问题的"剖情析采"（自《神思》至《总术》），一是从"文之情变"角度来谈问题的"剖情析采"（自《时序》至《程器》）。最后系之以《序志》，结束全书。下面就此加以说明。

自《神思》至《总术》，属于"剖情析采"的篇章，当无疑问；今人称之为创作论，也完全符合实际。文学上所谓创作论，笼统地说，不外乎在情、事（物）、辞三个主要方面做文章；而所谓创作过程，即是由"神"到"形"的表现过程。刘勰论创作过程说：

> 是以草创鸿笔，先标三准：履端于始，则设情以位体；举正于中，则酌事以取类；归余于终，则撮辞以举要。然后舒华布实，献替节文。（《熔裁》）

> 夫才童学文，宜正体制，必以情志为神明，事义为骨髓，辞采为肌肤，宫商为声气；然后品藻玄黄，摛振金玉，献可替否，以裁厥中。斯缀思之恒数也。（《附会》）

这里所说的就是创作的由"神"到"形"的表现过程。所谓"设情以位体""情志为神明"，皆根源于作者的艺术想象，故刘氏创作论首列《神思》。作者的"情志"不能不带有创作个性的烙印而呈现出来，故继之以《体性》。《体性》既论及文学风格形成的内在因素，则不能不论及风格形成的外在因素，故有《定势》篇。可是问题出现了：为什么在《体性》《定势》之间插入《风骨》《通变》两篇？答案是：刘氏论文总是面向当时文坛实际，而又照顾到自己的理论体系。在《体性》中，他客观地提出了"八体"（八种风格），算是风格通论；在《风骨》中提出"风清骨峻"那种阳刚之美的要求，以救当时文弊，算是风格专论。通论与专论相连，才能尽意。《通变》就"设文之体""变文之数（术）"着眼，论述"凭情以会通，负气以适变"的道理，指明文之体势的历史继承性与现实需要的关系；《定势》则专门论述文之体势形成的根本原理。前篇作历时性的论述，后篇作共时性的论述，两论纵横并比，息息相关。因此我们说，《体性》《风骨》是前后相承的姊妹篇，《通变》《定势》也是前后相承的姊妹篇，而《体性》与《定势》又是自然相关的文学风格论。

自《神思》至《定势》共同地论述创作中由"神"转化到"形"的基本原理，可以说属于"剖情"之列，亦即属于论"神"的方面；后继的《情采》《熔裁》，论"情"又论"采"，论"熔意"又论"裁辞"，正有

"剖情析采"两兼的特点；在这之后的《声律》至《指瑕》诸篇，皆就文章如何成"形"立论，自属"析采"之列。文章已能供人"指瑕"，说明初稿已成；就创作过程说，已构成一个相对完整的阶段（或过程），故自《神思》至《指瑕》，可视为一个相对完整的组成部分。而下余的《养气》《附会》《总术》则可视为前一相对完整的组成部分的补充和小结。

为什么说《养气》《附会》《总术》三篇是创作论的补充和小结呢？理由是：

（一）《神思》说"是以秉心养术，无务苦虑；含章司契，不必劳情也"。而《养气》所论，正是"无务苦虑"观点的正面发挥。它告诉作家要以充沛的精力投入创作，才能收到临场发挥的好效果。显然，这论的不是"创作过程"中的问题，而是与之有关的"创作过程"之外的应注意事项之一，故列在补充地位，以求不打乱论创作过程的由"神"到"形"的整体系列。

（二）《神思》说"贯一为拯乱之药""博而能一，亦有助乎心力矣"。而《附会》所论正是这个观点的正面说明，亦可补《熔裁》篇所论"熔意"问题的不足。《附会》丁宁作家应注意提炼题材、文章布局问题——这是表达上的技巧要求，当在"析采"之列，置于补充地位，以求不打乱论创作过程的由"神"到"形"的整体系列。

（三）《总术》始而论述"文"和"笔"的"别目两名"问题，接着指明"执术驭篇"的重要性，显然带有强调文术的小结性质。黄侃《札记》早指出："此篇乃总会《神思》以至《附会》之旨，而丁宁郑重言之，非别有所谓'总术'也。"[1]这正指明它具有"小结"的特性。（有人认为《事类》《养气》《附会》三篇，应在"剖情"之列，我以为那是误解，容在下文讨论。）

自《时序》至《程器》皆就文之情变角度来"剖情析采"的。《时序》论社会变迁与文之情变的关系，《物色》论自然景色变化与文之情变的关

---

[1] 黄侃：《文心雕龙札记》，华东师范大学出版社1996年版，第265页。

系；两篇皆就作者因外物之变而产生情变立论，可以构成一组。《才略》的特性在于"褒贬"，它向读者指明作家虽"性各异禀"，但读他们的作品，对他们的才性还是"皎然可品"的，《知音》向读者提出品评作品的"六观"，认为"斯术既形，则优劣见矣"；可知两篇皆就读者品评、鉴赏立论，自可构成一组。而合观上述两组，又皆涉及文之情变，故皆属"剖情析采"之列。《程器》论作家应加强品德修养，"文人"应成为"摛文必在纬军国，负重必在任栋梁"的"梓材之士"。如果把《程器》所论与前面两组（四篇）文章联系起来观察，似乎可以说，不管是外物方面所引起的文之情变，还是读者方面如何看待（品评）文之情变，但有一点是永恒不变的，那就是作家的社会责任。

《序志》虽说是"统驭群篇"的，但与前篇《程器》也有联系。《程器》指明作家的社会责任，紧接着的《序志》，则以社会责任反求诸己，不仅叙述《文心》的体制问题，还满腔热情地从人生观的高度来表述自己的"志"。因此，我们说，《序志》既能"统驭群篇"，又可与前篇《程器》构成一组。

如果把上述对下篇篇次的看法与上篇的"文之枢纽""论文叙笔"相对照，便会发现，除《序志》"统驭群篇"外，"文之枢纽"与就文之情变角度的"剖情析采"是两相对应的，"论文叙笔"与就创作过程的"剖情析采"也是两相对应的。

这里，我得赶快声明：所谓上下篇两相对应，不止是形式上的，更重要的还表现在内容上。下面分别述之。

"文之枢纽"以"体乎经"为核心，兼及"变乎骚"。刘氏以"宗经"为"常"，以"骚"为"变"，"常"中求"变"，常变结合，这样，便使"宗经"论不致沦为僵死的教条。就剖情析采的《时序》至《知音》四篇所论内容看，皆就文情之"变"立论，而《程器》篇所论内容，则为"变"中求"常"，这样常变结合，便是剖情析采不致陷入"为文造情""才滥忽真"的境地，迷失为文"宗经"的要旨。这能说不是一种对应关系吗？

"论文叙笔"是就"文体"立论的,就创作过程角度的"剖情析采"正是剖析构成"文""笔"的内部规律和如何组成"文""笔"的外在形式的篇章,两部分前后相承,正有由表及里的好处。《总术》是从创作过程角度的剖情析采的最末一篇,专门讨论"文""笔"之术,正是关合"上篇"的"论文叙笔"部分。这能说不是一种对应关系吗?

如果再让我们把"文之枢纽"的首篇《原道》,和《神思》以下二十四篇的末篇《程器》联系起来,不难看出,两篇所论的问题,恰恰体现了体用一致、"首尾周密"的特点。《原道》提出"文原于道,明其本然"①问题。这篇首句说:"文之为德也大矣。"这个"文德",指文章具有涵道的本质特征。而论"文用"的第四十九篇《程器》,则提出"摛文必在纬军国,负重必在任栋梁"的作家的社会责任,这正是"文德"的外在表现的集中表述。这种内在本质特征和外在表现的相呼应,也可以说是一种对应关系,是刘勰在篇次上的"细心安排"。

我对《文心》下篇次第的组合,粗陈己见如下。也许有人要问:范文澜氏曾说"《文心》各篇前后相衔,必于前篇之末,预告后篇所将论者,特为发凡于此"②,你为什么只粗陈己见,何不仔细揭出每篇的前后相衔之所在?我们的答复是:对范氏此言,不能执着理解,只能承认《文心》篇次组合,往往如此。例如《声律》之后,继之以《章句》,而在《声律》篇中却找不出"预告"将论"章句"的语句。应该明白,论文之作,不是哲学著作,更不是自然科学著作,在论述的体系上,只能要求它有尽可能的相对的完整性,而不能要求它有绝对的完整性。这里用得上《文心·封禅》的两句话:"构位之始,宜明大体。"我们对《文心》篇次组合的理解,也只能要求"宜明大体"。我认为,这样看问题,才有利于掌握文论著作体系的本质特征。

---

① 纪昀批语,黄叔琳:《文心雕龙辑注》,中华书局1957年版,第3页。
② 范文澜:《文心雕龙注》,人民文学出版社1958年版,第504页。

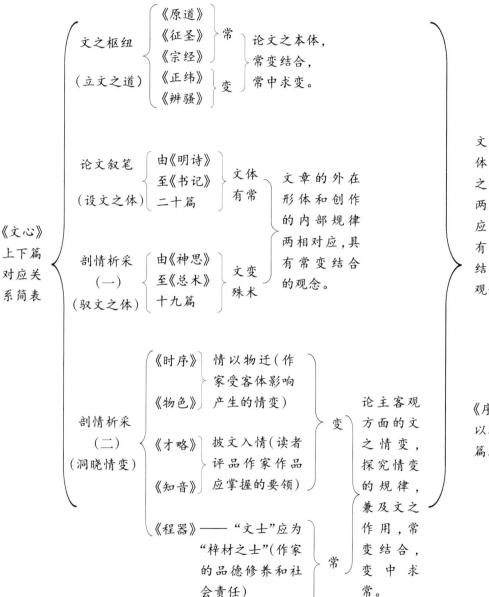

三

上面我们对《文心》下篇篇次只作了粗线条式的正面说明，而未就不同意见相互商榷。这里来补上一笔，谈谈对不同意见的看法，以便切磋求是。

郭晋稀先生在《文心雕龙注译》"前言"里，比较集中地说明了更动《养气》《附会》《事类》《物色》等篇篇次的意见。现在按次摘录出来，以便商榷。

（一）原书篇次的前后，虽然经过作者细心安排，并没有标明篇第，今书的篇次，是错乱之后，后人加上篇第的。

（二）《事类》谈的是"据事类义"，《附会》谈的是"附辞会义"，都属于内容问题，至于《养气》属于剖情，就不言而喻了。现在把这三篇都杂入析采之内，明显是错误的，应该把三篇提前，纳入剖情之中。

（三）还有《物色》，今本《文心》列在第四十六，次于《时序》之后。《序志》云："崇替于《时序》，褒贬于《才略》，怊怅于《知音》，耿介于《程器》，长怀《序志》，以驭群篇。"明文证明了《物色》的次序，是错乱了的。[①]

显然，上面摘录的第一条，是郭先生主张更动篇次的总根据。他认定刘勰"并没有标明篇第，今书的篇次，是错乱之后，后人加上篇第的"，因而主张更动篇第，以求"还刘勰原书的本来面目"。

说刘勰原书"并没有标明篇第"的依据何在？说今书是"后人加上篇第的"，那末这个"后人"是谁？如果不能据实回答这些问题，那末这个更动篇次的总根据则是靠不住的。

---

① 郭晋稀：《文心雕龙注译》，甘肃人民出版社1982年版，第9—12页。

郭先生引《四库全书总目》所说的"《隋志》已作十卷，盖后人所分"①为旁证，来说明下篇篇次是错乱的。这种援引看来是欠妥的，因为《四库全书总目》只怀疑十卷"盖后人所分"，并没有说五十篇篇第也是后人加上的。四库馆臣对原书分为十卷的怀疑，如我们在第一部分中所指出的，那只是一种可能性，还缺乏有力根据；郭先生在缺乏有力根据的基础上进一步推演，便更没有什么说服力了。

摘录的第二条说："《事类》谈的是'据事类义'……属于内容问题"，应该"纳入剖情之中"。我以为这要从《事类》篇所论的实际内容来加以考查，才能判断它应纳入"剖情"还是应纳入"析采"。《事类》说："事类者，盖文章以外，据事以类义，援古以证今者也。""明理引乎成辞，征义举乎人事。"这明明说《事类》篇乃是以"文章之外"的"据事类义"的手法，论创作中引成辞、用古事的专篇。这是个修辞问题，应属"析采"之列。怎么能把它"纳入剖情之中"呢？人们不能不注意，《事类》全文中用"事"字凡十六见，无一不是指"古事"。这就是我们把它纳入"析采"之中的有力根据。②《事类》既属"析采"之列，通行本把它排在《夸饰》《练字》之间，能说有什么错误？

摘录的第二条中，又说"《养气》属于剖情，就不言而喻了"。并加解释曰："《风骨》不单是第二段专论文气，而且全篇风气并提……可知《风骨》以后，应该是《养气》。"为了证明自己的看法，持此论者在解释"图风势"时，竟然说："《风》是指的《风骨》第二十八，《势》呢？只能是指的《定势》，但《定势》并不是第二十九，势字自然是错了。势字本来是个气字，因为今本《文心》篇次错乱了，以《养气》排在第四十二，所以改气为势。"③我们不能不指出，这种说法是欠妥的。欠妥之处在于：（一）对《风骨》所说的"气"与"养气"所说的"气"的不同内涵，不加分辨，以致把两个不同质的东西混为一谈。黄侃《札记》早已指明：

---

① 纪昀总纂：《四库全书总目提要》，河北人民出版社2000年版，第5362页。

② 参见拙撰《说〈事类〉》，载《安徽师大学报》（哲学社会科学版）1986年第1期。

③ 郭晋稀：《文心雕龙注译》，甘肃人民出版社1982年版，第10—11页。

"《养气》谓爱精自保，与《风骨》篇所云诸气字不同。此篇之作，所以补《神思》篇之未备，而求文思常利之术也。"黄氏又进一步解释道："文思利钝，至无定准，虽有上材，不能自操张弛之术，但心神澄泰，易于会理，精气疲竭，难于用思，为文者欲令文思常赢，惟有弢节安怀，优游自适，虚心静气，则应物无烦，所谓明镜不疲于屡照也。"①黄氏的解说是符合《养气》全文基本精神的。细读《养气》全文，人们不能不承认，刘勰论的是临文时的"文思常利之术"。如果认清了这一点，那就不会把它与《风骨》所论"风"为"志气之符契"，"索莫乏气"为"无风之验"等混为一谈。（二）对"图风势"一句，今之论者为证成己见，竟然改"图风势"的"势"字为"气"字，这在对待原文的态度上似欠慎重。如果承认所改的"图风气"，那末《定势》篇位次也必然成了问题。今之论者把《定势》置于《事类》之后，也未说明什么道理，这是因为两者之间在内容上本来没有什么联系。通行本把《定势》置于《通变》之后，两者前后相衔的关系，照我们所解释的那样，则是明显的。

摘录的第二条中又说："《附会》谈的是'附辞会义'""属于内容问题"，应该"纳入剖情之中"。这种看法看来是违背刘勰原意的。刘勰说："何谓附会？谓总文理，统首尾，定与夺，会涯际，弥纶一篇，使杂而不越者也。"清人纪昀解释道："附会者。首尾一贯，使通篇相附而会于一，即后来所谓章法也。"②细察《附会》全文所论，有三个重点，即"才童学文，宜正体制"，"附辞会义，务总纲领"，"首尾周密，表里一体"。刘勰说自己所论的是"附会之术""驭文之法"，而不是什么文章的"内容问题"。人们应分辨清楚，文章的"内容问题"和"论如何表现文章的内容问题"，不是等同的概念。讨论如何表现文章的内容问题，如"附会"，纪昀曾正确地指明为"章法"，正是从"析采"角度谈问题，也表明《附会》应该属于"析采"之列。我们不能抓住"附辞会义"一句，作违背刘勰原

---

① 黄侃：《文心雕龙札记》，中华书局1962年版，第204页。

② 黄叔琳注、纪昀评：《文心雕龙·附会》眉批第一条，四部备要本，中华书局1957年版，第45页。

意的解释，更动《附会》篇的篇次，反而说是"还刘勰原书的本来面目"，这是不能令人信服的。

摘录的第三条认为：《物色》的篇次是错乱的；刘勰在《序志》中只提"崇替于《时序》，褒贬于《才略》"等，而没有提及《物色》，便认为这是《物色》不在《时序》之后的证明。我以为这里有两个问题值得注意：（一）《物色》列在《时序》之后，错乱不错乱？（二）《序志》中未提到的篇章，它们的篇次是否都是错乱的？

（一）对《物色》的篇次，带头提出怀疑的是范文澜。范氏在《文心雕龙注》中说："本篇当移在《附会篇》之下，《总术篇》之上。盖物色犹言声色，即《声律篇》以下诸篇之总名，与《附会篇》相对而统于《总术篇》，今在卷十之首，疑有误也。"①有些学者同意这个看法。

"盖物色犹言声色，即《声律篇》以下诸篇之总名"的说法符合实际吗？未必。我们认为《物色篇》是论述创作中作家和自然界关系的专篇，原文第一段指明文之情变是由节候之变促使的，即所谓"物色之动，心亦摇焉""情以物迁，辞以情发"。下文再谈形象化地描绘自然景色的技巧。萧统《文选》中的"物色"类所列赋篇（《风赋》《秋兴赋》《雪赋》《月赋》）皆有描绘景色的特点，正是有力的旁证。

因此，王运熙先生指出：《物色》，"这首段讲的是外界事物与文学创作的关系，这种内容在前面《声律》《丽辞》《比兴》等篇章中是无法找到的，因为它们纯从写作方法的角度立论。所以说，把《物色》的位置移到前面去是不适当的"②。这个看法是符合《物色》原文实际的，有道理的。

那末，还《物色》原来位置的理由何在？我以为，在于《时序》从社会变迁促使文之情变角度立论，而《物色》从自然景色变迁促使文之情变角度立论，合观两篇，皆就外物变迁促使文之情变谈问题，可视为前后相衔的一组。如果把"从文之情变角度的剖情析采"与"从创作过程角度的

① 范文澜：《文心雕龙注》，人民文学出版社1978年版，第695页。

② 王运熙：《〈物色〉篇在〈文心雕龙〉中的位置问题》，载《文史哲》1983年第2期。

剖情析采"合起来，正体现了刘勰所说的"剖情析采，笼圈条贯"的原则和要求。

（二）《序志》中对有些篇名（计十二篇）一字未提，能等于说那些篇章次第都是错乱的吗？不能。那末单独怀疑《物色》篇次是错乱的便没有充足理由。郭先生认为，《序志》中已提及的十三篇中有两篇（《练字》《附会》）的篇次是错乱的，未提及的十二篇中有三篇（《事类》《养气》《物色》）的篇次也是错乱的，都应向前移位。这样一来，真是下篇篇次的大乱了！我们认为，这只是一家之说，不能认为只有这种说法才是符合刘勰原书本来面目的。例如，以对《物色》位置的安排而论，有人认为应把它置于《附会》之后，《总术》之前；有人认为应把它置于《总术》之后，《时序》之前；有人认为应把它置于《练字》之后，《隐秀》之前。①尽管这些"安排"各有理由，但谁的安排是"还刘勰原书本来面目"的呢？谁也拿不出无可怀疑的证据。

还是让我们细心体会通行本的细心安排吧，在没有得到确凿的证据之前，对《文心》通行本的篇次何必移动！因为有种可能性是存在的：距梁代不远的陈、隋人所见到《文心》篇次、卷数就是如此。

最后，还想声明几句：我并不反对人们对《文心》篇次提出自己的意见，因为这也有助于对全书内部结构的研究；我只不赞成把自己对篇次的意见，说成是"还刘勰原书的本来面目"，因为持此论者还拿不出确凿的证据。我在缺乏确凿证据的条件下，冒昧地谈一点关于《文心》篇次组合的体会，臆测之嫌，实在难免，敬请同行专家指正。

[原载《中国文艺思想史论丛》第三辑，北京大学出版社1988年版]

---

① 参见牟世金：《雕龙集》，中国社会科学出版社1983年版，第160页所列表格。

对《文心雕龙》文学理论体系的思考

在说明我对《文心雕龙》理论体系的理解之前，应该交代一句：我是站在肯定通行本《文心》五十篇篇次全无错乱的角度说话的。我对五十篇篇次的说明，见拙撰《〈文心〉下篇篇次组合试解》（见《中国文艺思想史论丛》第三辑），这里不再唠叨。

要说明《文心》的文学理论体系问题，总不能不提《文心·序志》中的这段话：

> 盖《文心》之作也，本乎道，师乎圣，体乎经，酌乎纬，变乎骚，文之枢纽，亦云极矣。若乃论文叙笔，则囿别区分，原始以表末，释名以章义，选文以定篇，敷理以举统，上篇以上，纲领明矣。至于剖情析采，笼圈条贯，摛神性，图风势，苞会通，阅声字，崇替于《时序》，褒贬于《才略》，怊怅于《知音》，耿介于《程器》，长怀《序志》，以驭群篇，下篇以下，毛目显矣。

我以为，从文章学的角度看，刘勰的这段话已说明《文心》的理论体系的要领；我们讨论《文心》的文学理论体系，只能是对这个"要领"的理论性阐述。如果丢掉这个"要领"或改造这个"要领"而来大谈一通《文心》的文学理论体系，那么，这个理论体系是不是刘勰构造的，就值得考虑了。

时下，对上引《文心·序志》一段话，学者们理解有分歧，我以为牟

世金先生的理解较正确。牟氏说:

> 刘勰以"搞神、性"表示《神思》、《体性》两篇所研究的内容;以"图风、势"表示《风骨》、《定势》两篇所研究的内容;以"苞会、通"表示从《通变》到《附会》所研究的内容;以"阅声、字"表示从《声律》到《练字》所研究的内容。最后讲:"崇替于《时序》,褒贬于《才略》,怊怅于《知音》,耿介于《程器》。"①

牟氏此解的最大长处在于:以通行本《文心》为依据,无劳移动"下篇"篇次,便可对它的文学理论体系进行探讨。

下面,我来说说对《文心》文学理论体系的理解。

一

> 盖《文心》之作也,本乎道,师乎圣,体乎经,酌乎纬,变乎骚,文之枢纽,亦云极矣。(《文心·序志》)

这里,试就《原道》《征圣》《宗经》《正纬》《辨骚》之间的关系略作说明。

"道"的玄深,"圣"的伟大,皆体现在"经"上。用刘勰的话说,即"道沿圣以垂文,圣因文而明道"(《文心·原道》)。这是三位一体的。刘氏在这个三位一体中,强调地指明了两点:一是写文章在内容和体制上应该"宗经"(或是"禀经以制式"),二是写文章在文辞表达上应该师法圣人善于"变通适会"的本领。我以为贯串《文心》全书的"文之枢纽",就集中地表现在"禀经制式""变通适会"这对矛盾统一的双向要求上。

纪昀说,《征圣》篇"却是装点门面"之作,因为"推到究极,仍是

---

① 牟世金:《〈文心雕龙〉理论体系初探》,《雕龙集》,中国社会科学出版社1983年版,第177页。

宗经"①。我以为，这说对了一半，也说错了一半。说对的一半是，"道""圣""经"三者关系最终归结为"宗经"；说错的一半在于忽视了《征圣》篇中所提出的"变通适会"准则。须知只讲"宗经"，不讲"变通适会"，便会陷入复古的泥坑。这与文学发展的实际情况完全不符，因而刘氏在强调"宗经"的同时，强调"变通适会"。写文章而不为时用，那是刘氏所反对的。

《正纬》《辨骚》因何列在"文之枢纽"？

"经"而后有"纬"，作家如何对待"纬"？刘氏说"酌乎纬"。因为"纬"有"事丰奇伟，辞富膏腴"的特点，它虽"无益经典，而有助文章"，因而《正纬》可列入"文之枢纽"。请注意，刘氏借此表明自己的工作性质：他重在论"为文之用心"，而不是"注经"。他已开始明白，作家有驰骋想象的权力。

《诗》而后有"骚"，刘氏说"变乎骚"；"变"得如何呢？这要分辨清楚。刘氏分辨的结果是"虽取熔经意，亦自铸伟辞"，而且更具有"气往轹古，辞来切今，惊采绝艳，难与并能"的艺术魅力。显然，"骚"（《离骚》）成了证实文章既能"宗经"又善于"变通适会"的重要标本，因而《辨骚》可以列入"文之枢纽"。请注意，刘氏此举，正表明自己已从单纯的"诗言志"论者转变为既重"言志"又重审美的文学评论者。这是文学的自觉意识在文学理论领域里的反映。如果说，陆机《文赋》是文学自觉意识在文学理论领域里的初步反映，那么《文心》则是文学自觉意识在文学理论领域里的里程碑式的反映。

有人说，刘勰自己说过"朱马以骚体制歌"，他自认"骚"是一"体"，因而《辨骚》应划入"文体论"。我认为，刘氏明知"骚"是一体，而偏把《辨骚》列入"文之枢纽"，正表示他特别重视由《离骚》所显示的"宗经"和"变通适会"相统一的理论意义。他认定这一理论意义不局限于《楚辞》本身，而且可以贯串于"论文叙笔""剖情析采"之中。

---

① 黄叔琳注、纪昀评：《文心雕龙》，四部备要本，中华书局1957年版，第4—5页。

刘勰对《辨骚》列篇位次自有独立思考，我们今天在这个问题上有违反作者原意的必要吗？

二

> 若乃论文叙笔，则囿别区分，原始以表末，释名以章义，选文以定篇，敷理以举统，上篇以上，纲领明矣。（《文心·序志》）

对《文心》"论文叙笔"（即所谓"文体论"）部分，在篇次和理论问题上当今争议较少，只有台北李曰刚先生认为有韵之文的《杂文》《谐隐》两篇篇次应互相换位。他所持的理由是：《杂文》"篇末：'详夫汉来杂文，名号多品……总括其名，亦归杂文之区'。与夫《书记》篇所谓'夫书记广大，衣被事体，笔札杂名，古今多品'云云，如出一辙，可资证明，今各板本列在《谐隐》之前，显为误倒"①。

是不是"误倒"呢？千载而下的李先生认为是"误倒"，似乎言之有理，然千载而上的刘勰认为不是误倒，则言之有据。其据何在？在《汉书·艺文志》。《汉书·艺文志》有《诗赋略》，《诗赋略》有"右杂赋十二家，二百三十三篇"，而"杂赋"的末项，列的是"《隐书》十八篇"。刘勰师法《汉书·艺文志》，列《谐隐》于《杂文》之后，倒是符合中古时期学人对文章分类的习惯，也显示他有意"同乎旧谈"的看法，这有什么不是？我们不能强制刘勰以就"我"吧？

在文章分类评论上，李充《翰林论》、挚虞《文章流别论》当然给刘氏以极大启发和助益。刘氏虽然批评"近代之论文者"（包括李、挚在内）皆"各照隅隙，鲜观衢路"（《文心·序志》），但须知刘氏自己所见到的"衢路"（文学理论体系）正是在"详观"前代文论的基础上"弥纶群言"而体会出来的。当然这与刘勰本人"弥纶群言"的本领有关。这本领从何

---

① 李曰刚：《文心雕龙斠诠》（上册），台北"国立编译馆"中华丛书编审委员会1982年版，第10页。

而来？自然会使人们想到他长期在定林寺为僧祐整理佛经的经历。

整理中国固有典籍，从目录学看，刘氏当时有《汉书·艺文志》可资师法；整理佛经，刘氏当时有释道安的《综理众经目录》（简称《安录》，已佚）可资师法。释道安曾为许多佛经写序或作注释，今见之于《出三藏记集·经序》《出三藏记集》，序中提出了一些整理佛经的经验。刘勰岂能弃置不顾？我这么说不是凭空悬测，而是有迹象可寻的。

"今定林寺经藏，勰所定也。"①刘氏整理定林寺经藏的成果，见之于《祐录》。《祐录》中于定林寺经藏部分，便一再注曰"道安录云""道安云"，这便是刘氏见过《安录》的明证。

又"勰为文长于佛理，京师寺塔及名僧碑志，必请勰制文"②。这无异于说，刘氏有精致的思辨能力，能有条不紊地说清空寂无形的佛理。在佛理方面，刘氏推崇般若学（参见《文心·论说》），而道安乃是东晋时般若学本无派的大师，刘氏自然会研习道安的著述，既研明道安所说的"理"，也汲取道安整理佛经的"法"。

《祐录·道安传》曾提及道安整理佛经的方法：

> 初，经出已久，而旧译时谬，致使深义隐没未通。每至讲说，唯叙大意，转读（《讲经前明诵经文》）而已。安穷览经典，钩深致远。其所注《般若》《道行》《密迹》《安般》诸经，并寻文比句，为起尽（起讫）之义，及《析疑》《甄解》，凡二十二卷。序致渊富，妙尽玄旨，条贯既叙，文理会通，经义克明，自安始也。③

这里所谓"寻文比句，为起尽之义"，即就一种经的前后译文，加以比较，从而勘正文句，为经文诠明段意。《析疑》《甄解》，指道安所撰《放光析疑略》《析疑难》及《密迹》（即《密迹金刚经》）、《持心》（即

---

① 姚思廉：《梁书》卷五十《刘勰传》，中华书局1973年版，第710页。
② 姚思廉：《梁书》卷五十《刘勰传》，中华书局1973年版，第710页。
③ 僧祐撰，苏晋仁、萧炼子点校：《出三藏记集》，中华书局1995年版，第561页。

《持心梵天经》）二经"甄解"。这些都是对经的笺释文字。

> 自汉魏迄晋，经来稍多，而传经之人，名字弗记。后人追录，莫
> 测年代。安乃总集名目，表其时人，诠品新旧，撰为《经录》。众经
> 有据，实由其功。[1]（以上两节引文，亦见《高僧传·道安传》）

这是说，道安广求众经，考定名目、译者及传译年代，并就同本异译
的经文，加以比较，评品译本的得失，写成"经录"（众经目录及其
考证）。

既撰"经录"，必然对佛经加以"区别部类"；"区别部类"后又要
"录而序之"，以记载整理概况。《祐录·经序》部分，转载道安所写的多
篇经序，便是实例。道安经序，每篇开头即诠释经名，末尾则交代这种经
何时何人传入中国以及被传译的起始和流变。对经序的这种写法，与《汉
书·艺文志》开头提到《七略》时说的"（刘）向辄条其篇目，撮其指
意"何其类似！刘勰为"论文叙笔"提出"原始以表末，释名以章义"等
方法，正有师法《汉志》《安录》的明显迹象。因此，我认为刘氏撰《文
心》，在方法论上，汲取了儒、释两家前贤整理古籍的经验，练就了"弥
纶群言"的本领，这不是悬空揣测之论。

下面，说一下"禀经制式""变通适会"的双向要求在"论文叙笔"
部分中的体现。

刘氏认定，后世各体文章的源头皆在于儒经，他在《宗经》篇说：
"论说辞序，则《易》统其首；诏策章奏，则《书》发其源；赋颂歌赞，
则《诗》立其本；铭诔箴祝，则《礼》总其端；记传盟檄，则《春秋》为
根。"于是便在文体论的每篇开头，引经据典地"释名以章义"。每一种文
章体式都历时较久才具有相对稳定性，要说清这一点，便"原始以表末"。
"释名以章义"表明这一体有"禀经制式"的特点；"原始以表末"表明这

---

[1] 僧祐撰，苏晋仁、萧炼子点校：《出三藏记集》，中华书局1995年版，第561—
562页。

种文体具有"变通适会"的特质——由始至末,其中有变,变乃是为了趋时。每种文体在演变中自有一批创作成果,有成果才能就中"选文以定篇,敷理以举统"(《文心雕龙·序志》)。因此不妨这么说:"原始以表末",从纵向观察文体发展问题;"敷理以举统",则从横向比较探求各种文体的写作要领。这一纵一横的观察比较,在文体上恰能体现"禀经制式""变通适会"的双向要求。文体论首篇《明诗》有文曰:"故铺观列代,而情变之数可鉴;撮举同异,而纲领之要明矣。"人们稍加思考,便可知道这说法也贯串着"禀经制式""变通适会"的双向准则。

三

至于剖情析采,笼圈条贯,摛神性,图风势,苞会通,阅声字,崇替于《时序》,褒贬于《才略》,怊怅于《知音》,耿介于《程器》,长怀《序志》,以驭群篇。(《文心·序志》)

为了便于说明问题,只好把通行本《文心》下篇目录抄列于下(《序志》中提到的,加※符号):

神思※　体性※　风骨※　通变※　定势※
情采　　熔裁　　声律※　章句　　丽辞
比兴　　夸饰　　事类　　练字※　隐秀
指瑕　　养气　　附会※　总术　　时序※
物色　　才略※　知音※　程器※　序志※

上列二十五篇,作者在《序志》中只提及十三篇,这表示他想提纲挈领地提示读者:写文章必然涉及由"神"到"形"、由字句声律到体制风格诸问题。他说在预定的"剖情析采"范围内"笼圈条贯"——按具体问题而集中所得的资料,从而作出有条理、有体系的论述。他所探索出来的条贯（体系），自《神思》至《总术》为一个单元，用三字句表述；自《时序》至《程器》为一个单元，用五字句表述；末尾提到《序志》，以四字句表述。由于受骈文行文规律的制约，作者煞费苦心地以不同句式来标示二十五篇所谈的是三个方面的问题。

自《神思》至《总术》，谈的是创作过程问题。

我们应该理解，刘氏受到文学理论发展条件的制约，当时还没有"创作过程"这一术语供他使用，他才那么吃力地说道"摛神性，图风势，苞会通，阅声字"，把问题说得不够明显。可是我们也应该意识到，刘氏在那样的历史条件下，建构文学创作论，而且构造得有条有理，正有筚路蓝缕、以启山林的功劳！

我们不会忘记，先于刘勰的陆机，在《文赋》里虽已谈及创作过程问题，可是他谈得零乱，连"行文乐趣"也形容一通，夹杂在说明创作过程的问题之中。刘勰批评"陆赋巧而碎乱"（《文心雕龙·序志》），足见刘氏自己早有一套条贯清楚的创作论呈现在脑海里。

创作总是先有意象，而后以文字为媒介，化意象为有形之体；有形之体必然带有风格特征，于是有《神思》《体性》两篇。"风清骨峻"乃是刘氏企盼的风格，于是有《风骨》论。创设文章之体必然涉及会通适变问题，于是有《通变》论。又创设文章之体，体有相对独立要求，于是有《定势》论。这些都是下笔为文之际必须弄明白的问题。

正式下笔了，由意象转化为客观存在的形象，其中自有内容与形式统一与否的问题、布局与剪裁问题，于是有《情采》《熔裁》两篇。为了追求文章之美，于是有《声律》直至《指瑕》诸篇。有文章可供人"指瑕"而定稿，足见自《神思》至《指瑕》所论诸端，可视为一个完整的创作过程。

《养气》是《神思》"秉心养术，无务苦虑"的发挥，而《附会》乃是补《熔裁》所说"熔意""裁辞"的不足，于是把两篇列为创作论的附录，缘何不可？

《总术》要旨，正如黄侃先生所说："此篇乃总会《神思》以至《附会》之旨而丁宁郑重以言之，非别有所谓'总术'也。"①这就是说，刘氏为强调文术的重要，因而以《总术》单独列篇，表示论创作过程诸问题到此为止。

还应该注意，刘氏在《总术》论说"文""笔"之分后，特别对陆机《文赋》提出批评："昔陆氏《文赋》，号为曲尽，然泛论纤悉，而实体未该。"文末又说，论文术应注意"秉一总万，举要治繁"。这不也告诉我们，刘氏自己对文学方面的一般琐细问题不再谈论了吗？因此，我们可以说：《总术》单列一目，在下篇二十五篇中具有鲜明的标界作用，标明创作论到此为止，自成单元。

《时序》至《程器》五篇，从总体看皆就文学鉴赏批评角度立论。读者博览历代作品，才能察知"文变染乎世情，兴废系乎时序"的规律，这才算是"知变化之道者"（《周易·系辞》），于是有《时序》篇。"变莫大乎四时"（《周易·系辞》），于是由世代之变推及四时之变，因而有"春秋代序，阴阳惨舒"的《物色》篇。这是就时空着眼论文章之变。继而就人（作家）着眼论文章之变。作家"性各异禀"，而反映在文章中又"皎然可品"，于是有《才略》篇。文章必求知音，知音当有规律，于是有《知音》篇。文章是作家写的，评文必及其人，于是强调作家应有品德修养，有《程器》篇。显然，《时序》以下五篇，也自成单元。

总观本节以上所论，我们说"下篇以下"综论"剖情析采"，而由"创作论""鉴赏批评论"两个单元组成，并以《序志》统驭全书。这说法总算言之成理吧。

下面说一说"禀经制式""变通适会"的双向准则在创作论、鉴赏批评论中的体现。

创作论各篇所论，都离不开一个"变"字：情变、体变、辞变，所在都有。情有真伪之别，体有讹正之分，辞有奇正之异，然而刘氏要求"变"中有常，主张文章应具有情深、体正、辞雅的品格，反对情伪、体

① 黄侃：《文心雕龙札记》，中华书局1962年版，第209页。

讹、辞诡的恶劣作风，因而指出"矫讹翻浅，还宗经诰""模经为式者，自入典雅之懿""文辞气力，通变则久"等。这些都至为鲜明地体现了"禀经制式""变通适会"的双向准则。

鉴赏批评论，集中地提出了"六观"准则："一观位体，二观置辞，三观通变，四观奇正，五观事义，六观宫商。"（《文心雕龙·知音》）此皆关乎情之真与伪、体之正与讹、辞之奇与正、音之雅与郑和能否适变趋时问题。"六观"，从正面要求说，那便是以"禀经制式""变通适会"这一双准则为基石的。

<h2 style="text-align:center">四</h2>

对《序志》"盖《文心》之作也"一段，我的理解大致如此。我之所以援引原文加以疏解，出于这样的思考：如果我们根据刘勰自己所列示的《文心》理论体系，能作出合理的说明，那便不必用先移动《文心》篇次然后加以阐发的方式来解决问题。如果靠移动篇次加以阐发而得出一套理论体系，我认为，那只是今人对《文心》理论体系的一种看法，却不能说《文心》理论体系原来如此。生活在中古封建社会的刘勰与生活在20世纪末期的文学理论研究者，对《文心》理论体系的构造周密与否，在看法上有所不同，是完全可以理解的。但如果移动《文心》篇次而纵论其理论体系，并且说此乃恢复《文心》理论体系的本来面目，这便有强刘勰以就"我"的嫌疑了。

我虽不敢强刘勰以就"我"，但我所作的说明对不对呢？蔽于我见，不敢断定，至盼通人指点。

［原载《安徽师大学报》（哲学社会科学版）1993年第4期］

"文之枢纽" 臆说

有人解释刘勰所提出的"文之枢纽"说:"五项准则既不彼此孤立,也不互相等同,而是有本有末,有主有从,有体有用,有真有伪。其中一以贯之的是作为佛家思想的'道'。"①这是一种新奇的看法,本人未敢苟同。这里,我也来就"文之枢纽"臆说一通,略表异议。

一

刘勰为自己的著作《文心雕龙》写"序",题作《序志》。他把为书作"序"和叙述自己的"志向"联系在一起,这就告诉读者:读这篇"序"时,不能忽视作者所表白的"志"。

这个"志"的具体内涵是什么?刘勰说:在自己三十多岁时,对孔子朝思暮想,竟在梦中会见了这个伟大的亡灵,并跟随这个亡灵宣扬礼教,梦醒后还庆幸自己做了这个好梦。自己本来认为"敷赞圣旨,莫若注经"(《序志》),只是因为已有大经师马融、郑玄在前,自己出不了头,于是改变初衷,转而来"论文"——论"为文之用心"。为此,他特别说明了对"文章"的看法:

> 惟文章之用,实经典枝条,五礼资之以成,六典因之致用,君臣所以炳焕,军国所以昭明,详其本源,莫非经典。(《序志》)

① 马宏山:《文心雕龙散论》,新疆人民出版社1982年版,第1页。

他还提出了"论文"的根本原则:"不述先哲之诰,无益后生之虑。"(《序志》)或者说:"矫讹翻浅,还宗经诰。"(《通变》)

这些记述清楚地告诉我们:《文心雕龙》不仅是刘勰论"为文之用心"的著作,也是他的儒生之"志"的重要体现。

刘勰抱着宗仰孔圣人的思想来"论文",那么,被称作"经"的"圣文",很自然地成了他立论的准则,"宗经"成了他撰写《文心雕龙》的主导思想。

二

"宗经"是《文心雕龙》的主导思想——这个说法符合实际吗?答曰:检验《文心雕龙》全书,是完全可以得到证明的。这,前人早已有意无意地提到过。

请先看看前人的论述。清人纪昀在《原道篇》《征圣篇》开头,眉批道:

> 文以载道,明其当然,文原于道,明其本然。识其本乃不逐其末,首揭文体之尊,所以截断众流。①
>
> 此篇却是装点门面,推到究极,仍是宗经。②

但在《征圣篇》"抑引随时,变通适会"两句上眉批曰:"八字精微,所谓文无定格,要归于是。"显然,纪昀非常重视"文原于道",但在"道"、"圣"、"文"(经)三者中,他认识到了"宗经"乃是三者关系的具体表现;而"变通适会"又是论为文之用心的精微之论。这就向人们暗示:说以"宗经"为主导思想,应同时伴随一个重要条件——"通变"。

---

① 黄叔琳注、纪昀评:《文心雕龙》卷一,四部备要本,中华书局1957年版,第1页。

② 黄叔琳注、纪昀评:《文心雕龙》卷一,四部备要本,中华书局1957年版,第4—5页。

如果忽略了这一条，则此理滞泥而难通。

清人谭献在《复堂日记》中提到《文心雕龙》时说：

> 彦和著书，自成一子。上篇廿五，昭晰群言；下篇廿五，发挥众妙。并世则《诗品》让能，后来则《史通》失隽。文苑之学，寡二少双。立言宏旨，在于述圣、宗经，此所以群言就治、众妙朝宗者也。①

这里，"立言宏旨，在于述圣、宗经"两句最重要。但陈述圣人善于"变通适会"的本领，而皆见之于"经"。所以说，"征圣""宗经"乃是"群言就治，众妙朝宗"的主导思想。

近人刘永济在《文心雕龙校释》中解释《宗经》篇时说：

> 舍人"三准"之论，固已默契圣心；而此篇"六义"之说，实乃通夫众体。文之枢纽，信在斯矣。②

刘永济虽然把"文之枢纽"限制在"六义之说"上，但他也清楚地点明："六义之说，实乃通夫众体。"这也就是说，刘永济已经认识到：《文心雕龙》的主导思想是"宗经"和能"通夫众体"的"变通适会"准则。

以上三家都指出"征圣""宗经"是《文心雕龙》的主导思想，虽然都语焉不详。而刘勰自己对"文之枢纽"的叙述，也足以证明上述三家的看法是正确的。刘勰在《序志》篇中是这样表述"文之枢纽"的：

> 盖《文心》之作也，本乎道，师乎圣，体乎经，酌乎纬，变乎骚，文之枢纽，亦云极矣。

这"枢纽"包括《原道》《征圣》《宗经》《正纬》《辨骚》等五篇。我

---

① 谭献著，范旭仑、牟晓朋整理：《复堂日记》，河北教育出版社2001年版，第118页。

② 刘永济：《文心雕龙校释》，中华书局1962年版，第5页。

们说，在这五篇中，如果抽掉《宗经》，那末剩下的前后四篇，便是不相连贯的篇名堆积；有了《宗经》，这五篇便成为前后相关的整体。但"经"又处处显示"变通适会"的特质。

何以见得？让我就上引刘勰的话，略作分析。

（一）我们不能轻易放过"《文心》之作也"一句，要看清它在这段话中的作用。必须明确，这一句是阐明"本乎道"以下各句的先决条件，它规定了所阐述的问题的性质。在"言为文之用心"的条件下，刘勰才指出：写文章应该以"道"为内在根源，以"圣人"为宗师，以"经典"为楷模，并可酌情偶尔采用谶纬之言，又可像屈原写《离骚》那样"虽取熔经旨，亦自铸伟辞"（《文心·辨骚》）。反过来说，如果脱离"言为文之用心"这个先决条件，那就不明白为什么要"本乎道，师乎圣，体乎经，酌乎纬，变乎骚"了。我们要理解这段话，如果全然不顾这个先决条件，而对其中的"道""圣""经"作宗教性的解释，说什么"道"是"佛性"，"圣"是释迦牟尼，"经"是"佛经"，那就从根本上违背了作者的原意。请问：释迦牟尼在何经何典中有过"言为文之用心"的理论？佛经岂能是"言为文之用心"的文章学？

（二）我们对"本乎道、师乎圣、体乎经、酌乎纬、变乎骚"中的"本""师""体""酌""变"等五个字，应该掂量一下它们的轻重，考查它们之间的关系。本者，根源也；"本乎道"，即写文章要以"道"为内在根源。师者，师法也；"师乎圣"，即写文章要以圣人为宗师。体者，体式也；"体乎经"，即写文章应该体式经典——以经典为楷模。酌者，酌量也；"酌乎纬"，即写文章可酌量参用谶纬之说，虽"无益经典，而有助文章"（《文心·正纬》）。变者，变革也；"变乎骚"，即写文章，可像屈原写《离骚》那样，虽"取熔经旨"，而可以变通而"自铸伟辞"，在创作上走革新之路。这里可以看出，刘勰虽强调"宗经"，但不主张复古，而是希望革新。我们说，文章既有内在根源，这内在"根源"只能靠外在形体来体现，这个"形体"就是"经"；既有师法，必有可师法的事实，这事实就是"经"；"纬"与"经"相对，有"经"才有"纬"，因"宗经"而及于"纬";《离骚》,对《诗》来说,从内容到形式,确实有了大变化。因此,我们说,从"本乎道"等五小句措辞看,只有"体乎经""变乎骚"才是三位(道、圣、经)一体、五位相关的"文之枢纽"的核心。

(三)我们应看清"道""圣""文"(经)三者之间的关系。对这种关系,刘勰自己的表述是:"道沿圣以垂文,圣因文而明道。""道"是靠圣人的文章来体现的,圣人也只有靠文章来阐明"道"。那么,道只是虚位,文(经)才是实体;虚位只有靠实体才能体现出来。圣人介乎"道"与"文"(经)之间,因为他能体会"道心",所以才能"原道心以敷章",才有"圣文"(经)。如果没有"圣文"(经),圣人凭什么叫"圣人"?一句话,"道"和"圣"离开了"经",那便成了毫无实际意义的空话。相反,有了"经",儒生们才好吹嘘"道"如何玄深,"圣"如何伟大。因此,我们说,"体乎经""变乎骚"才是"文之枢纽"的核心。

总之,从"言为文之用心"角度看,刘勰抓住了历来为人们所崇敬的"文"(六经),把它说成是创作的范本和评论的最高标准,于是撰《宗经》篇。"经"是"圣人"撰述的,于是在《宗经》之前,加上《征圣》;圣人之所以成为圣人,就因为他既善于变通适会,又能恰切地"原道心以敷章,研神理而设教"(《文心·原道》),于是在《征圣》之前,又冠以《原道》。其实,论"文"而要"原道""征圣",都不过是为"宗经"思想套上神圣的光圈而已。纪昀说,《征圣》篇是为"装点门面",有偏颇,但他也指出"变通适会"是精微之论,则不容忽视。①试想,如果刘勰不举"原道""征圣"这一旗帜,不为"经"套上神圣的光圈,那末,他要树德建言,撰《文心雕龙》,光彩何在?

三

《文心雕龙》论各种文章体裁,总是以"宗经""通变"为双项准则来

---

① 黄叔琳注、纪昀评:《文心雕龙·征圣》,四部备要本,中华书局1957年版,第4—5页。

阐述问题的。刘勰不仅在《宗经》篇里提出：

> 论、说、辞、序，则《易》统其首；诏、策、章、奏，则《书》发其源；赋、颂、歌、赞，则《诗》立其本；铭、诔、箴、祝，则《礼》总其端；纪、传、铭（盟）、檄，则《春秋》为根。并穷高以树表，极远以启疆，所以百家腾跃，终入环内者也。

而且在具体论述每种体裁时，总是从唐虞夏商周时代的圣贤之"文"说起，或援引圣经贤传上的话作为开头（在二十篇文体论中，《杂文》篇是个例外，事实决定他只好先提到宋玉"始造《对问》"。为了欣赏前代文人的"飞靡弄巧"，故专篇论述），然后再论及这种文体的流变。他说这叫"原始以表末"。当然，有"始"才有末，有个变化过程。他认定，只有"六经"才是后世各种文章的源头。这就是刘勰"宗经""通变"思想在"文体论"上的具体表现。

刘勰撰《文心》"创作论""批评论"各篇，虽处处从创作实际出发，但一刻也没有忘记从圣经贤传中吸取思想养料和语言材料。例如，创作论首篇《神思》，论的是艺术想象问题，作者虽没有引用儒家经典来装点文章，但在文中却提出了"积学以储宝"。从写文章角度看，怎么"积学"？那要求是："童子雕琢，必先雅制。"（《文心·体性》）"熔铸经典之范，翔集子史之术。"（《文心·风骨》）这就间接地表达了"宗经"思想。在《体性》篇中，列出了"八体"，而把"典雅"置之首位，并解释道："典雅者，熔式经诰，方轨儒门者也。"显然，这是从"宗经"思想出发来看待风格问题的。在《风骨》篇中，开篇便写道："诗总六义，风冠其首，斯乃化感之本源，志气之符契也。"篇末则以"《周书》云：辞尚体要，弗为好异"的话来告诫后生。在《通变》篇中，鲜明地提出"文辞气力，通变则久""矫讹翻浅，还宗经诰"的主张。在《定势》篇中，强调地指出"模经为式者，自入典雅之懿"。在《情采》篇中，则大赞"圣贤书辞，总称文章，非采而何"。在《物色》篇中，作者所说的那种外物感召论，就是从《乐记》"人心之动，物使之然也"转化而来的。在《熔裁》篇中，开头说："情理设位，文采行乎其中。刚柔以立本，通变以趋时。"这是熔铸《周易·系辞》上的"变则通，通则久"而来的。在《声律》篇中，开头便根据《乐记》"凡音者，生于人心者也"的观点来说明问题。在《章句》篇中，则强调"诗、颂大体，以四言为正"，反映了作者"宗经"思想的保守一面。在《丽辞》篇中，作者假圣文以自重，说什么"《易》之《文》、《系》，圣人之妙思也"。写《比兴》篇，当然要论到"诗文弘奥，包韫六义"，开口离不了"经"。在《夸饰》篇中，则以"诗书雅言"为标准，要求"酌诗书之旷旨，翦扬马之甚泰，使夸而有节，饰而不诬"。在《事类》篇中，首先称颂"文王繇《易》"和《尚书》伪《胤征》，然后概括说："明理引乎成辞，征义举乎人事，乃圣贤之鸿谟，经籍之通矩也。"接着却说："观夫屈宋属篇，号依诗人，虽引古事，而莫取旧辞。"他们自有通变的本领。在《练字》篇中，便从圣经贤传上关于文字起源的神话传说谈起，说明"练字"的重要。在《隐秀》篇中，提出了艺术表现上的要求，也假"《易》有四象"之说以自重。在《附会》篇中，论"附会"之术，教导"才童学文，宜正体制"。在《养气》篇中，认为临文应能"从容率情，优柔适会"，否则便不合"圣贤之素心"。在《总术》篇中，也大大吹嘘"六经以典奥为不刊"，但辞人应识"通变"之理而为文。

总之，刘勰认为"经"是"性灵熔匠，文章奥府，渊哉铄哉，群言之祖"（《文心·宗经》）。因而他在论创作时，处处援"经"而论"文"。为文又必"变通适会"而致用。

谈文学批评问题，刘勰也是以"经"为准则来说话的。在《指瑕》篇中，刘勰说："若夫立文之道，惟字与义。字以训正，义以理宣。"如果"雅颂未闻，汉魏莫用"，那便是文风浅薄的表现。在《才略》篇中，特别提出"虞夏文章"是"辞义温雅，万代之仪表"。在《知音》篇中，标示"六观"："一观位体，二观置辞，三观通变，四观奇正，五观事义，六观宫商。"这是全部创作论诸观点的概括说明，他以知"通变"为重要准则的思想是不言自明的。在《程器》篇中，着重指出"摛文必在纬军国，负重必在任栋梁，穷则独善以垂文，达则奉时以骋绩"。这是儒者"君子处此，树德建言"的又一说明。刘勰还说，文士之"文"，应该既可"华身"，又可"光国"。这一篇，可以说是《文心》创作论、批评论的压轴之作，把它置之于创作论、批评论之末，是有道理的。

在《序志》篇里，作者大谈自己的尊孔、宗经思想，这是不待分析而众已周知的。《序志》末尾两句说："文果载心，余心有寄。"这里的"文心"，是刘勰的"心"，也是通乎儒道的心；刘氏通过"文心"而寄托的则是"矫讹翻浅，还宗经诰"，这是通读《序志》或《文心》全书而可以断言的。

四

刘勰生活在儒、道、释三家既斗争又融合的历史时期，他自己就是个儒家学者而又深研内典的角色。然而他论"为文之用心"专从儒学角度立论，论"文之枢纽"则大倡"宗经"而兼之以"变通适会"，并以此为主轴来构造《文心雕龙》，这有没有什么迫不得已的内因？

为解答这个问题，我以为研读恩格斯的一段名言是大有教益的：

> 每一个时代的哲学作为分工的一个特定的领域，都具有由它的先驱者传给它而它便由以出发的特定的思想资料作为前提。[①]

历史告诉我们，《文心雕龙》的作者，能从他的先驱者那里获得"特定的思想资料"作为自己思考问题的"前提"的，比较多的，只有儒家的东西。儒家要治理社会，看重"文"的社会作用，说"文"可以"经夫妇，成孝敬，厚人伦，美教化，移风俗"。于是在理论上对"文"作了多方面的研究。道家说"道法自然"，主张"绝圣弃智""返朴归真"，当然不重视"文"；但在他们阐述"道法自然"的言论中，有些观点可以移用

---

① 中央编译局：《马克思恩格斯选集》第四卷，人民出版社1972年版，第485页。

于"论文"。因此，可以说，道家还多少为刘勰提供了点思想资料。佛家要求佛子清远玄虚，自悟本性，并在"十诫"中规定"不涂饰香鬘，不歌舞观听"，当然也不重视"文"。因而到齐梁时，佛家在"文"的理论方面，也没有为刘勰提供什么东西。刘勰在这个历史条件下的特定领域里来论"为文之用心"，便只有在儒家的思想宝库里才能求得大量武器。如果他舍弃这些武器，不以儒家的思想资料为前提，他便无法"弥纶群言"撰写《文心雕龙》。这是历史对他的束缚，是无法摆脱的。马克思说：

> 人们自己创造自己的历史，但是他们并不是随心所欲地创造，并不是在他们自己选定的条件下创造，而是在直接碰到的、既定的、从过去承继下来的条件下创造。一切已死的先辈们的传统，像梦魇一样纠缠着活人的头脑。当人们好像只是在忙于改造自己和周围的事物并创造前所未闻的事物时，恰好在这种革命危机时代，他们战战兢兢地请出亡灵来给他们以帮助，借用它们的名字，战斗口号和衣服，以便穿着这种久受崇敬的服装，用这种借来的语言，演出世界历史的新场面。[①]

可不是嘛，刘勰被儒家的伟大亡灵孔子纠缠着，缠得魂牵梦萦，他愿穿上"六经"这套久受崇敬的华美服装，打着善于"变通适会"的圣人旗号，战战兢兢地来投入"矫讹翻浅，还宗经诰"的战斗。

在"矫讹翻浅，还宗经诰"的战斗要求下，刘勰着意美化儒家经典，把它说成完美无缺，进而把它当成创作上的光辉典范，评论上的最高准则，这是可以理解的。

尊孔必"宗经"，因而刘勰说："经也者，恒久之至道，不刊之鸿教也。"（《文心·宗经》）不刊，不可更改也。天下有永远不可更动的事物吗？没有。任何事物，自有其生灭过程；人类社会，也有其发展过程；当

---

① 中央编译局：《马克思恩格斯选集》（第一卷），人民出版社1972年版，第603页。

人类社会进入土地分封的封建社会初期，产生了儒家学说以及其他学说，而儒生们希望封建社会有较长时期的相对稳定性，因而把维护封建统治的"经"说成是"常"道，不可更动。然而事物的发展是绝对的，即所谓"变"；它的稳定状态是相对的，即所谓"常"。有"常"有"变"，这才是事物发展的全程。刘勰论"为文之用心"，要构造"文之枢纽"，虽"宗经"，弘扬常道，也不得不看重"变"——尊重文学发展的事实。于是先点明圣人编撰"经"的睿智在于"变通适会"，继而肯定"变乎骚"属于"文之枢纽"。我以为，刘勰只有这么构造他的理论，才能把事理说通顺。圣人教导他："穷则变，变则通，通则久。"这是道贯古今的通理。刘勰以这个通理与"宗经"并列，构成一对矛盾统一准则，以之成为"文之枢纽"的主导思想，岂不妙哉！

"望今制奇，参古定法"（《文心·通变》）。这才是刘勰为才童们指明的宽畅的创作道路。

这就是我对"文之枢纽"理解的结论。当否，伫候高明指点。

[原载《文心雕龙学刊》第一辑，齐鲁书社1983年版，收入本书时作了较大修改]

略论《文心》的常变观

在拙撰《〈文心〉下篇篇次组合试解》①一文中，曾列过一张"《文心》上、下篇对应关系简表"。表中指出上、下篇各部分具有对应关系，及其在思想方法上具有"常变结合"的特点。只是语焉不详，似有作进一步说明的必要。现在拟就《文心》的常变结合问题加以论述，作为补篇。

一

"常"与"变"是中国哲学史上曾经使用过的一对概念。"常"，按《说文》讲，它的本义为"下裙"，段注"引申为经常字"。这引申义当是从刘熙《释名》那里来的，《释名》说："经，径也，径路无所不通，可常用也。"经义是常道，可常用，故"经"与"常"在特定的意义上可以互训。梁顾野王《玉篇》就说："经，常也。"以"经"为"常"，这在经传上不乏其例。《文心》的作者刘勰对"经"与"常"互训，也有说明，他在《宗经》中说："经也者，恒久之至道，不刊之鸿教也。"意即经可常用——经，常也。又说"常道曰经"，意即"常"指"经典"——常，经也，正也。人们把"经"与"常"缀成一个词，它的哲理意义是：事物在运动变化中所显示出来的恒久性或不变的规律性。《周易·归妹》的"象辞"即说过："未变，常也。"便简略地道出这个道理。

"变"即"变化"，事物时时在运动中不断地变化着。《说文》曰：

① 载《中国文艺思想史论丛》第三辑，北京大学出版社1988年版。

"变，更也，改也。"又："化，变也。"足见"变""化"也可以互训。段注曰："更训改，亦训继，不改为继，改之亦为继。"这就有点辩证的哲理意味，即变化中有"改"与"不改"的对立统一。

现在，我们把"常"与"变"当作一对矛盾统一的概念来加以解释。五经之首的《周易》，古人有说它是"变经"，我们解释常变的对立统一，自然要提到它。《周易》原是卜筮的书，《易传》则是对《周易》的哲学诠解，于是经传结合，成了哲学著作。刘勰说："《易》之《文》《系》，圣人之妙思也。"（《文心·丽辞》）足见他是重视《易传》的。这里我们先看看前贤对《易》这个书名的解释是有先导作用的。《周易正义》卷首"论易之三名"引郑玄的话说："《易》一名而三义：易简一也，变易二也，不易三也。"又引周简子的解释说："易者易（音亦）也，不易也，变易也。易者，易代之名，凡有无相代，彼此相易，皆是易义；不易者，常体之名，有常有体，无常无体，是不易之义；变易者，相变改之名，两有相变，此为变易。"①看来郑玄的话比较符合《易传》的意思。郑玄所谓"易简"即"简易"——简明而易知易从。照《系辞》说："乾坤其《易》之门耶？"又说："乾以易知，坤以简能，易则易知，简则易从……易简而天下之理得矣。"《系辞》的作者认为，乾坤两卦是组成《周易》各卦的基础。《周易尚氏学》说："乾之德刚健纯粹，施仁育物而已，故曰易，坤之德收啬闭藏，顺阳成事而已，故曰简。"②再把上引《系辞》的话说得通俗一点，即宇宙间的一切事物的形成和变化，皆由阴阳、刚柔、动静诸相对立的消长、交感、相摩、相荡所引起的，这是自然而然的，简明而易知易从的。把这个简明而易知易从的原理引申到人文方面来理解，那就是统治者行简易之政，使民易知易从。《史记·鲁周公世家》记载太公封齐，"五月而报政周公。周公曰：'何疾也？'曰：'吾简其君臣礼，从其俗为也。'周公乃叹曰：'夫政不简不易，民不有近，平易近民，民必归之。'"可以说是《系辞》"易简说"的前例。孔颖达疏则说得明了些："圣人能行天地

① 《周易正义·卷首》，见《十三经注疏》，中华书局1980年版，第1页。
② 尚秉和：《周易尚氏学》卷十八，中华书局1980年版，第288页。

易简之化，则天下万事之理并得其宜矣。"有人说："《系辞》以道家学说来说《易》，尤为明显。"①对"易简说"，我们不妨一语道破："易简说"实际上隐含着"自然无为"的大道理。刘勰论"文"强调文要"自然"，首篇《原道》，便大谈"自然之道"，为五经套上神圣的光圈。

又，郑氏所谓"不易"与"变易"，乃是对立统一的概念。按照《系辞》所说的"一阴一阳之为道"，而阴阳"刚柔相推而变化"的原理来解释"不易"与"变易"这对概念，那意思应该是：一切事物，动则变化，而又变不失常。刘勰运用这种思维方式来论"为文之用心"的道理，从情与理、情与采、正与奇、华与实、奥与显、隐与秀等一系列的对立概念着眼立论，处处表现出常变结合的思想特色。有人说："《易传》的思想是《文心雕龙》的精魂。如果抽去了它，就不复有《文心雕龙》的存在。"②我认为就《文心雕龙》的作者在探索写作规律时力求变中有常这一思维特点看，这样说是符合实际的。

二

下面我们打算按照《文心》的总体结构来说明它的常变结合的运思特点。

《文心》的总体结构，刘氏在《序志》中说得比较明白，现在按照他的分别部分，就我们的命题加以讨论。

（一）见之于"文之枢纽"的常变特征

"盖文心之作也，本乎道，师乎圣，体乎经，酌乎纬，变乎骚，文之

---

① 李镜池在《易传思想的历史发展》一文中说："《易传》中如《彖传》说乾道统天，为万物创始生长的根源，已采纳了道家之说，而《系辞》以道家学说来说《易》，尤为明显。"（见《周易探源》，中华书局1991年版，第359页）按：此说极有见地，从之。

② 李泽厚、刘纲纪：《中国美学史》（第二卷下），中国社会科学出版社1987年版，第624页。

枢纽，亦云极矣。"（《文心·序志》）对这一小节，我是这么理解的：一是既称"文之枢纽"，便意味着《原道》《征圣》《宗经》《正纬》《辨骚》所论的问题是统摄全局的，诸如文章的起源与本质问题，写作上的常体与变体的关系问题（或者说文学发展问题），等等；二是从"道""圣""经"（圣文）三者关系角度看，那个"道"只是虚位，"经"才是实体——只有"体乎经"，才能体现"道""圣""经"的三位一体关系，体现"经"与"纬""骚"的相对关系；三是从文章的发展角度看，应该特别重视"体乎经""变乎骚"之间的常、变统一关系；四是号称"枢纽"的五篇共同指明，在写作上既要"宗经"——以"圣文"为楷模，更要感物言志，并遵照"变通适会"（《文心·征圣》）或"变通以趋时"（《文心·熔裁》）的规律行事。

在写作上"宗经"的必要性在哪里？刘氏在《宗经》中的回答是：

> 文能宗经，体有六义：一则情深而不诡，二则风清而不杂，三则事信而不诞，四则义直而不回，五则体约而不芜，六则文丽而不淫。扬子比雕玉以作器，谓五经之含文也。

这所谓"情深""风清""事信""义直""体约""文丽"是刘氏就经文所总结出来的特点，并被视为带有普遍性的写作规律，希望后世写作者遵循它。

一句话，上述的"六义"就是刘氏假"经文"的旗号所提出的写作的根本要求——常规。

"体乎经"之后，又要"酌乎纬，变乎骚"干什么？我们认为，承认"纬"可酌，"骚"善变，其重大意义在于承认文章必须随时而变，并允许文士有驰骋于想象的自由。刘氏称"楚骚"为继《诗》之后的"奇文"，赞赏它，并认定它是文章变体的杰出代表。在刘氏思想里，经是"正"，骚是"变"，而且在中国文学史上，由正体而演化成变体，《离骚》则是变体的正式开端。（"诗"之正、变，又当别论。）从此一直变下去，"是以楚艳汉侈，流弊不还"（《文心·宗经》）——变得愈来愈坏了。面对变坏了的文坛现状，刘氏便起而辩论了。"岂好辩哉？不得已也！"

对"骚"之"变"，可肯定的根本之点，刘氏说是"虽取熔经意，亦自铸伟辞"。我们玩味"虽""亦"两词互相关联，语气之间还是着重赞赏屈原的创造性。刘氏尽管说它有"异乎经典"的地方，但到底还称赞它是"惊采绝艳，难与并能"的"奇文"。于是，他就此总结出辞赋的写作规律："若能凭轼以倚雅颂，悬辔以驭楚篇，酌奇而不失其贞，玩华而不坠其实，则顾盼可以驱辞力，咳唾可以穷文致，亦不复乞灵于长卿，假宠于子渊矣。"（《文心·辨骚》）刘氏的这一通评论，清楚地表明，他的审美意识已超越了传统的"诗言志"的规范，在理论上显示了"文学的特质"。

经为常，骚为变，上引刘氏所总结出的写作规律，鲜明地显示出他的常、变结合思想。照刘氏看，正当的变，必有创造性，变中有常，则不失去原则性；"执正驭奇"——以常驭变，便是他所提出的常变结合的正面要求。

(二)见之于"论文叙笔"的常变特征

"若乃论文叙笔，则囿别区分，原始以表末，释名以章义，选文以定篇，敷理以举统，上篇（编）以上，纲领明矣。"按自《明诗》至《书记》二十篇即属这一类，今人称之为"文体论"，比较恰当。

"文体论"着重讨论文章形体的外在要求。文章的各种体裁，照刘氏说皆源于五经，而发展到了魏晋之际，已具有鲜明的相对独立性，所以说"设文之体有常"。刘氏为了探讨各种文体的"常"，皆进行"原始以表末，释名以章义"的表述，并把"原始以表末"和"选文以定篇"二者糅合在一起，就一些具有代表性的作品加以评论，指明文体的古今变化。然后，就文章变化情况加以概括，提出一个明确的看法，就是所谓"敷理以举统"。在文体论首篇《明诗》中他说过："故铺观列代，而情变之数可鉴；撮举同异，而纲领之要明矣。"用这几句话来检验全部文体论，无一例外，足见刘氏对每种文体的特征注意作出纵横比较，以显示它们的常、变关系。"铺观列代",即作出纵向比较,便于看出文体的演变过程,"摄举同异"则是作横向比较,便于看出文体的共同特征。这一纵一横的比较,恰恰显示出变中求常的运思特点。

文章体裁的相对独立性,是历史演变形成的。如果说它的独立性便是常态、常体,那么这常态、常体是在变化中求得的。文体之变,当然根源于"情变"。作家的"情"(写入文章中的情)总是随着具体环境的变动而变动的,这是必然的,而且是永远如此的。用刘氏的话说,这叫"情以物迁,辞以情发"(《文心·物色》),"时运交移,质文代变"(《文心·时序》)。"情变"引起了"体变",这两"变"合成一个有形之体的变,必然反映在"情""事""辞"三个方面。这在二十篇文体论中不乏其例。

"体变"的主因在于"情"的,如《乐府》篇:"诗为乐心,声为乐体。乐体在声,瞽师务调其器;乐心在诗,君子宜正其文。"而南朝当时的乐府诗偏偏是"艳歌婉变,怨志诀绝",因而责问道:"淫辞在曲,正响焉生?"又如《谐隐》篇说:《史记·滑稽列传》所记的淳于髡对齐威王嗜酒的谐言,宋玉的《登徒子好色赋》都是"意在微讽,有足观者";而东方朔、枚皋之徒的谐言,则"无所匡正,而诋嫚媟弄"而已。

作家的主观思想对作品的内容起着决定性作用。刘氏指明"乐府"的"淫辞在曲"和使"谐隐"变成"诋嫚媟弄"的笑料,其原因在于那些作者离经叛道了。

"体变"的主因在于"事"的,如《铭箴》篇说:"铭者,名也,观器必名焉,正名审用,贵乎慎德。"可是自"战代以来,弃德务功,铭辞代兴,箴文萎绝"。又如《诏策》篇说:"诗云'有命在天',明命为重也;周礼曰'师氏诏王',明诏为轻也。今诏重而命轻者,古今之变也。"

上述两例的"变",乃是因为"文变染乎世情,兴废系乎时序"(《文心·时序》)。

"体变"的主因在于"辞"的,如《明诗》篇说:"若夫四言正体,则雅润为本;五言流调,则清丽居宗。华实异用,惟才所安。"又如《哀吊》篇说:"原夫哀辞大体,情主于痛伤……隐心而结文则事惬,观文而属心则体奢。奢体为辞，则虽丽不哀。"并指明后汉崔瑗的《汝阳主哀辞》却是："履突鬼门，怪而不辞；驾龙乘云，仙而不哀。"文章乖违主旨了。

诗由四言体变为五言体，乃是时势使然。而写哀辞，唯务华丽，便是由言辞导致的轻佻失体。

上述例子告诉我们，刘氏在文体论中有褒贬地揭示每种文体的变化情况，根本目的在于探求那些文体的写作原则；见之于每篇的"敷理以举统"，便是他所探索出来的"有常之体"。当然这也是他希望后世习作者所应遵循的"常规"。如果有谁要问：他所说的那些常规、常体有无共同特征？可以毫不迟疑地回答：有。一是以"禀经以制式，酌雅以富言"为准则，二是用比较的方式指明某些作品是"正体""正歌""正响""正声"，某些则是"讹体""谬体""奢体""淫曲"。树立"正体"（即常体），指斥讹谬，乃是他自己愿意肩负的时代使命之一。他要求在创作上变不失常啊！

（三）见之于"剖情析采"的常变特征

自《神思》至《程器》二十四篇，刘氏称之为"剖情析采"。他在《序志》篇说："至于剖情析采，笼圈条贯，摛神性，图风势，苞会通，阅声字，崇替于时序，褒贬于才略，怊怅于知音，耿介于程器，长怀序志，以驭群篇，下篇（编）以下，毛目显矣。"很明显，刘氏自己认为这二十四篇所讨论的焦点便是"情"与"采"。今人对这部分称之为创作论、鉴赏批评论，算是约略得之。

说下篇（编）都属"剖情析采"，乍看似是个粗略的说法，其实刘氏嘴里的"情采"，囊括了整个创作的内容与形式问题。照我看，在下篇（编）里，对剖情与析采，他都着眼于一个"变"字。他说："夫心术之动远矣，文情之变深矣。"（《文心·隐秀》）"情数诡杂，体变迁贸。"（《文心·神思》）他要对创作、鉴赏批评方面的"情变""体变"作多角度的论析，从中找出规律。下面就"情变""体变"两方面加以说明。

文情从何而来？刘氏《物色》篇说："情以物迁，辞以情发。"《时序》

篇说："文变染乎世情，兴废系乎时序。"作家因外物触动而生情，情动而辞发，于是有了文章。

创作中"情"如何动？刘氏《神思》篇说："文之思也，其神远矣。故寂然凝虑，思接千载；悄焉动容，视通万里"——展开艺术想象，构思出生动的"意象"。这种"意象"饱和着作者的主观感情，而这感情又是因物的触动而产生的，心物之间呈现出双向交流的运动趋势。

然而作家在创作中不能听任感情的摆布，否则那就像19世纪德国伟大诗人歌德所说的"有想象而没有鉴别力是世界上最可怕的事"[1]。一切精神病患者就是只凭想象行动的人，作家当然不是疯子。生活在6世纪中国的刘勰，清醒地说："神用象通，情变所孕；物以貌求，心以理应。"（《文心·神思》）这就把"情"与"理"的对立，统一于一个生动的意象中，若以这种情与理的统一和传统的"发乎情，止乎礼义"的说法相比较，应该承认，刘氏的说法是充分考虑到了文学的艺术特征的，不光是为了强调"政化贵文"问题。

理者，"正也，道也"（《玉篇》）。刘氏嘴里的"正"与"道"，乃是"经"的别称，即是常道，和理对立的情，乃是变动不居的，有时甚至与理相悖，因而要靠理来加以节制。他所说的艺术想象中的情、理关系，正是一种常、变结合，这关系，可借用《韩诗外传》的话来表达："常之谓经，变之谓权，怀其常道，而挟其变权，乃得为贤。"[2]我们以一个"贤"字来奉承刘勰，不算过分。

创作中，作家的"情变"必然引起"体变"。由"情变"到"体变"的过程，即是由"意象"转化为"形象"的过程。这过程，刘氏的理解是：

　　是以草创鸿笔，先标三准：履端于始，则设情以位体；举正于

---

① 中国社会科学院外国文学研究所：《外国理论家、作家论形象思维》，中国社会出版社1979年版，第35页。

② 赖炎元注译：《韩诗外传今注今译》，台湾商务印书馆1972年版，第41页。

中，则酌事以取类；归余于终，则撮辞以举要。然后舒华布实，献替
节文，绳墨以外，美材既斫，故能首尾圆合，条贯统序。（《熔裁》）

我以为这段引文，囊括了自《神思》至《总术》十九篇所论述的诸多
问题。

所谓"设情位体"，在创作中的具体要求，即"设情"是为了构造
"意象"；"意象"要靠语言来描绘才能成为"形象"，那就必然要"位体"：
选择体裁、拟定规模、安排结构、考虑语调等。尽管"位体"是决定于文
情的，然而文章体式有相对独立性，而且在一定历史时期，具有规范性，
是不受作家任意摆布的。这就是所谓"常体"。

"常体"当然是对"变体"说的。关于文章体式变化问题，刘氏在
《通变》里集中地提出他的根本观点。他说："设文之体有常，变文之数无
方。"（注：数，术也；无方，无常也）那么，怎样对待"有常之体"和
"无方之术"呢？他认为"名理有常，体必资于故实；通变无方，数必酌
于新声"——在文章体裁上必须取法于"故实"，宜乎"禀经制式"；在语
言上要酌量吸收新的词语和语言技巧。为此，他明确地说："斟酌乎质文
之间，而隐括乎雅俗之际，可与言通变矣。"

关于"文体有常"，在上篇（编）"文体论"中，刘氏已一一论述，辨
析精细，因而在"下篇"里，对体裁问题便只好作原则性的说明，对于
"无方之数"（变化多端的文术）则可以详加剖析。

"设文之体有常，变文之数无方"两句对举成文，相比之下，文章体
裁被看成是"有常"的，写作技巧被看成是"无方"（无常）的。其实这
"有常"是经历了历史的演变而形成的，是由变化中探究出来的，这"无
方"也必然向"有常"方向发展，经过积累，经过总结，在一定程度上变
成有常。刘氏论述了那么多写作技巧问题，不正是为了要从"无方"中探
究出"有常"——它们的规律性来吗？例如，怎样确立文章体势？刘氏在
《定势》篇原则地指出："莫不因情立体，即体成势。"并旗帜鲜明地反对
那种"厌黩旧式，穿凿取新"的讹体、讹势。怎样运用"夸饰"手段？他

指明应当"夸而有节，饰而不诬"，并指责那种"名实两乖"的无原则的夸张为诬妄、诡滥之辞（《文心·夸饰》）。怎样引成辞、用典故？他说应该以"取事贵约""据理须核"为准则，反对滥用故实、把滥用故实讥之为"缀金翠于足胫，靓粉黛于胸臆"（《文心·事类》）。

写作中的"有常"正是从"无常"中逐渐地总结出来的；没有什么天生的一成不变的"有常之体"。被刘氏所重视的某些"有常之体"，已经静静躺在历史博物馆里，这难道不证明那种所谓"常"也是相对的！也没有什么永远不被作家掌握运用的"文术"。创作经验历代相传，总是愈来愈丰富的。例如刘氏说"至于思表纤旨，文外曲致，言所不追，笔固知止"（《文心·神思》），而后人偏偏提出"象外之象""含不尽之意见于言外"等命题来加以探索，这也可以说明文术的"无常"是相对的。而刘氏论文的重要贡献之一，正在于他就创作的内在规律方面善于变中求常，为后来者指迷津、探前路。

刘勰论文章的"体变"，既背靠历史，又面向现实，因而他持两点论，不执一偏之见，是处处可见的。他认为"体必资于故实，数必酌于新声"，是兼及古今两面的；"斟酌乎质文之间，而隐括乎雅俗之际"，也是要求熔古今于一炉的；"凭情以会通，负气以适变"，更说明他主张在抒发真情、表达志气的前提下，要求作家对古与今都要融会贯通地为其所用，写出符合于现实需要的文章。他虽说过"矫讹翻浅，还宗经诰"，可是他师古而不泥古，望今而不媚俗，因而他在变中求常的论述中，矛头所指是有实际意义的。这，为论者所熟知，不必细说了。

以上我们就《文心》总体结构的三大部分说明了它们所显示的常变结合的思维方式。现在让我们把视线转向三者之间的关系上来，看看是否也具有常变结合的思维特点。

首先，就"文之枢纽"和"论文叙笔"间的关系看：以《宗经》和《辨骚》为理论基石的枢纽，自是"论文叙笔"的神髓，又为"经"之后的文章发展在理论与创作实践上打开了一条通道。"经"演化为"文章"，成了文章常体的源头，是文学发展的一个方面，而骚之"变"则正式揭开了文体之变的端绪，从此"楚艳汉侈，流弊不还"，是文学发展的另一方面。于是在文体上也就出现了"正体""常体"与"奢体""谬体""讹体"的分歧。怎么看待这种分歧？以文学理论批评家面目出现的刘勰，不能不提出看法，于是他高唱"宗经"的调头来统一分歧。这叫以常驭变。

其次，就"文之枢纽"和"剖情析采"间的关系看："文能宗经，体有六义"，自是"剖情析采"的准绳；"征圣立言"而又"抑引随时，变通适会"自是不可忽视的社会要求；"酌奇而不失其真，玩华而不坠其实"正是奇正相反、华实异用的典型的兼包并蓄；而辞人爱奇，言贵浮诡，只得告诫他们应该"执正以驭奇"；如果对辞人们更有厚望，那就希望他们成为"贵器用而兼文采"的栋梁之材。总之，"执正以驭奇"是"剖情析采"部分的根本原则，这原则便贯穿着以常驭奇、变不失常的思想特色。

再次，就"论文叙笔"和"剖情析采"间的关系看：自《明诗》至《书记》，所论的是"有常之体"，而自《神思》至《程器》，所论的乃是"无方之数"。弘扬"文体有常"和探究"变数无方"的规律，这显然是常体与变术的两相结合，恰恰构成写作理论的由表及里的前后应合。如果我们不忽略为"才童学文"而撰《文心》是其目的之一的话，那就该体会到，全书总体结构是遵循"务先大体，鉴必穷源"的认识方式安排的，除"文之枢纽"外，先标树各类文章的大体，使才童学文易于成规矩、中方圆；再剖析全部创作过程的各环节，对每个环节作追根究源的论述，使学习自有层层深入之妙。

对"无方之数"的探讨，目的在于写符合"有常之体"的文章，这是不说自明的。从思想方法看，这正是常变结合。

根据以上论述，不妨简要地指明：常变结合的运思特点贯串《文心》全书；而刘氏如此运思的根本要求，在于使创作者掌握以常驭变、变不失常的准则。

三

下面，试就《文心》所显示的常变观，谈谈我的看法。

（1）《文心》的常变观是刘勰文学思想的内部矛盾的体现，置于《文心》首位的"文之枢纽"便是个矛盾的统一体。它既强调"总经"，又强调"变通适会"，特别把"变乎骚"纳入"枢纽"之中，为的就是要阐明"文变"的必然性。"文变"有变好、变坏两种可能性，于是刘氏撰《辨骚》篇，阐明"楚骚"之变的得失，从而表示他对"变"的具体看法。今天，我们研讨《文心》，宜乎注意上述矛盾统一体的两个根本方面，才算摸到了理解刘氏文学思想的钥匙。如果一味地强调"宗经思想"是《文心》的主导思想，而忘记了他在唱出"宗经"调头的同时，还一再强调"通变"的话，那就必然忽视《文心》时时强调"变中求常"这一基本运思特点，忽视刘氏的文学发展观，甚至还妄称刘氏为"复古"论者，这真是冤枉！

刘勰说："文律运周，日新其业。变则其久，通则不乏。趋时必果，乘机无怯。望今制奇，参古定法。"（《通变·赞辞》）——他说得太有分寸了！"望今制奇"意味着作家要面向现实进行创作，而创新乃是第一要义，对举成文的另一句"参古定法"，只是要求在创新中不丢失文学的优良传统。"参古"一词流露了刘氏对创作上的"常变结合"是以"变"为其着重点的。不是么，如果创作上没有"新变"，那还谈什么"变中求常"？因此我想明确地指出：在刘氏的文学思想中，"宗经"不是唯一的重要因素，"通变"乃是其中的重要原因。

（2）刘氏撰《文心》，在构筑它的理论体系时，面对文学创作实绩，他找来找去，觉得"经"是自有人世以来的最为完美的文章，而"经"又是"道"的载体，于是他构想出"道沿圣以垂文，圣因文而明道"的本体论框架。当此之际，他说"经"是"圣人之妙思"的有形之体，是"恒久之至道，不刊之鸿教"，对后世还有着"百家腾跃，终入环内"的约束力，因而"经"也是创作上至高无上的光辉典范（或者说是个顶峰）。可是当他论述文学创作的实际问题时，他的视野便超越了"经"的藩篱，偏能根据作品和理论的历史资料，实事求是地加以综合、分析，以求允当。例如，尽管他说《楚辞》有"异乎经典"的地方，然而他还认定它是"雅颂之博徒，而辞赋之英杰也"；它是"气往轹古，辞来切今，惊采绝绝，难与并能"的奇文。这里人们不难察知：刘氏已暗暗地承认，《楚辞》的艺术感染力大大地超过了《诗经》。

这，不妨说，刘氏自己设置了"宗经"的理论框架，可是有时扼于实际，又敢于突破那种理论框架，这才使自己的理论没有变成僵死的教条。

汉人的尊经传统和魏晋以来文士崇尚通脱风气[①]，都默默地浸润着刘勰的脑髓，构成了他的文学思想内部矛盾的历史根源。刘勰虽受到历史传统的影响，然而他明白：创作必须"变通以趋时"，创作应符合现实需要，乃是第一要义。对作家来说，现实需要的推动力大大地超过历史传统的吸引力。刘氏曾明确地道出："文变染乎世情，兴废系乎时序"，这便对"变通以趋时"作了规律性的说明。从创作成绩看，他看出"蔚映十代，辞采九变"（《文心·时序》）。"变"是必然的，不过他希望在变革创新的要求下不丢弃创作上的优良传统而已。这一点，也就是他为既"宗经"又"通脱"的思想矛盾找出可以统一的焦点。

（3）《文心》的常变观的最大可取之处，我以为不在于宣扬"宗经"思想，更不是刘氏对常变结合的理论有什么深刻的阐述，而在于他对常变结合观点的运用，在于他在实际评论中，能"览华而食实，弃邪而采正"（《文心·诸子》），对作家作品，总是既看到长处，又指出短处；对理论问题，总是既看到正面，也看到侧面和反面，因而不作单一的、偏执的肯定或否定。如在《封禅》中，评李斯说："秦皇铭岱，文自李斯，法家辞气，体乏弘润，然疏而能壮，亦彼时之绝采也。"又如在《议对》篇中，评晋代之"议"说："晋代能议，则傅咸为宗。然仲瑗博古，而铨贯有叙；

① 鲁迅《魏晋风度及文章与药及酒之关系》说："通脱即随便之意。此种提倡影响到文坛，便产生多量想说甚么便说甚么的文章。"

长虞识治，而属辞枝繁。乃陆机断议，亦有锋颖，而谀辞弗剪，颇累文骨：亦各有美，风格存焉。"对非儒家的文学思想，只要能为我所用，亦不惜曲笔招揽，如《情采》篇说："老子疾伪，故称'美言不信'，而五千精妙，则非弃美矣。庄周云'辩雕万物'，谓藻饰也。"这就从对立的辩驳中强调了文必有采的观点。这些，都明显地具有对立统一的运思特点。因而我也认为，《文心》的常变观在实际运用上具有宽容性；正因为有着能接纳众流的宽容性，才构成它"体大思精"的品性，才具有招引后人研究它的诱惑力。

我赞赏刘氏的有原则的宽容性！

[原载《文心雕龙学刊》第六辑，齐鲁书社1992年版]

《文心雕龙·原道》臆札

《文心雕龙·原道》一文,解说者意见分歧。造成这种分歧的原因是多方面的,但刘勰本人没有把问题说得十分明白,不能不是一个重要原因。这里,我想根据《原道》本文,指明其论述含糊的地方,并由此谈及刘勰的文学观问题。这,或许对理解《原道》,有点益处。

一

"夫文心者,言为文之用心也"(《文心·序志》)。论为文之用心,而要说明"文原于道",《原道》主旨即在这里。《原道》之"道"是什么?刘氏自己所作的答案是混乱的,因而也引起了人们对之理解的混乱。刘氏回答这问题时,是分三步走的:

第一步,他说:"夫玄黄色杂,方圆体分,日月叠璧,以垂丽天之象;山川焕绮,以铺理地之形;此盖道之文也。""傍及万品,动植皆文。"结语是:"夫岂外饰,盖自然耳。"这说明"道之文"是"天地之文",是自然而然的,这叫"自然之道"。

第二步,他说:"仰观吐曜,俯察含章,高卑定位,故两仪既生矣;惟人参之,性灵所钟,是谓三才。为五行之秀,实天地之心,心生而言立,言立而文明,自然之道也。"这是说,人是"天地之心";人有语言,便有文章,这叫"人文",也属于"自然之道"。

第三步,他说:"若乃河图孕乎八卦,洛书韫乎九畴,玉版金镂之实,丹文绿牒之华，谁其尸之，亦神理而已。"显然，照他看，"神理"之文，也是"道之文"的体现之一。

这里，我们要指明的是：刘氏在第一步、第二步说明之后，把"天地之文"与"人文"直接联系起来，强调说："夫以无识之物，郁然有彩，有心之器，岂无文欤！"他把"无识之物"的外在"文彩"，与"有心之器"的"人"动脑子写出来的"文章"，都说成是"自然之道"的表现。这是偷换"文"的概念的说法。又，他说"谁其尸之，亦神理而已"——"亦"字是与上文"自然之道"相联系而加上的字眼，因而全句便包含这样的意思：这也是自然而然的啊！于是"神理"之"文"和"自然之道"之"文"，又被他暗暗地等同起来。"无识之物"的"文彩"是"自然"的本体显现，而河图洛书的出现，则是神灵的显现：这两种"文"的实质根本不同，不是一回事。

刘氏把"天地之文""人文"和"神理之文"三者凑合在一起，说成都是"自然之道"的体现，涵混了三者的本质差异（这在实质上也反映了他对问题的认识，有着唯物与唯心的矛盾）。这一来，文章便产生了迷惑人的作用。

在受迷惑的人中，黄侃便是最有代表性的一个。他说："《序志》篇云：文心之作也本乎道。按彦和之意，以为文章本由自然生，故篇中数言自然：一则曰心生而言立，言立而文明，自然之道也；再则曰夫岂外饰，盖自然耳；三则曰谁其尸之，亦神理而已。寻绎其旨，甚为平易。盖人有思心，即有言语；既有言语，即有文章。言语以表思心，文章以代言语，惟圣人能尽文之妙，所谓道者，如此而已。"①黄侃之后，受迷惑者，抓住刘氏所谓的"天地之文"，便说他的"自然之道"具有唯物主义倾向；抓住刘氏所谓的"人文"，强调"言之文也，天地之心哉"，便说他的"自然之道"具有客观唯心主义倾向；抓住河图洛书是"神理"的显现，更断定"道"是客观唯心主义的，等等。

---

① 黄侃：《文心雕龙札记》，中华书局1962年版，第3页。

然而，对刘氏的"道之文"，到底加个什么"主义"的帽子才合头呢？这一点，留待下文再说。

二

刘勰《原道》中的"道"是什么？与"文"有什么关系？他的答复是："人文之元，肇自太极"——这是儒家的传统观点。儒家说，"太极"是原始的混沌之气，是形成天地万物的原始物质。由于气的运动，便造分天地，化生万物。这个"太极"就是"道"的本体，它被说成是"文"的源头。抱着"敷赞圣旨"念头的刘勰，自然要在儒家经典中选取一些东西来组成自己的观点。刘氏从《易经》中选取一些东西，构成了自己的文学起源说。

> 易有太极，是生两仪，两仪生四象，四象生八卦。（《周易·系辞上》）
>
> 有天地，然后万物生焉。盈天地之间者唯万物。（《周易·序卦》）
>
> 天道下济而光明，地道卑而上行……人道恶盈而好谦。（《周易·谦·彖》）
>
> 观乎天文，以察时变；观乎人文，以化成天下。（《周易·贲·彖》）
>
> 昔者圣人之作《易》也，将以顺性命之理，是以立天之道，曰阴与阳；立地之道，曰柔与刚；立人之道，曰仁与义。兼三才而两立，故《易》六画而成卦。（《周易·说卦》）
>
> 参伍以变，错综其数，通其变，遂成天地之文。（《周易·系辞上》）
>
> 天垂象，见吉凶，圣人象之。河出图，洛出书，圣人则之。（《周易·系辞上》）

　　　　圣人以神道设教，而天下服矣。（《周易·观·彖》）

　　刘氏根据《周易》，建立了自己的文道观，构成了《原道》一文的骨骼：天道、地道运行变化，而有"天地之文"。由天地之文谈到人文，由人文而谈及神理；"人文"是"道"的表现，集人文之大成者是孔子，于是便论及自"人文之元，肇自太极"，到"玄圣创典，素王述训"这段简史，以证明他的文道观："道沿圣以垂文，圣因文以明道。"他在"天地之文"和"人文"之间，架起了一座桥梁，这桥梁就是圣人。这样，文学便被罩在神圣的光圈里，成为"以神道设教"的工具。

　　不仅如此，如果我们从文章的用语看，马上会发现：《原道》中有些语句，就是从《周易》那里借来的。《周易》说：

　　　　天尊地卑，乾坤定矣……在天成象，在地成形，变化见矣。（《周易·系辞上》）
　　　　夫玄黄者，天地之杂也，天玄而地黄。（《周易·坤·文言》）
　　　　文明以健，中正而应，君子正也。唯君子为能通天下之志。（《周易·同人于野·彖》）
　　　　复其见天地之心乎。（《周易·复·彖》）
　　　　日月丽乎天，百谷草木丽乎土，重明以丽乎正，乃化成天下。（《周易·离·彖》）
　　　　大人虎变，其文炳也……君子豹变，其文蔚也。（《周易·革·象》）
　　　　昔者圣人之作《易》也，幽赞于神明而生蓍。（《周易·说卦》）
　　　　鼓天下之动者存乎辞。（《周易·系辞上》）

　　我们说，刘氏有意编织《周易》上的语言来表达自己的观点，助成文章的辞彩，这该是事实吧。

　　上面引用这么多《周易》上的话，目的在于说明一个问题：《原道》

要阐述的"道",是儒家的道,孔圣人的道。这篇文章,从理论体系的建立到语词运用,都深深地受到了《周易》的影响,这是任何人也否认不了的。

有人说,刘勰在《原道》中所谈的"道",不是儒家之道,而是佛家之道,其理由是:一、"神理"这个语词"是在佛教信徒们讲经时首先在口头上形成的",它在"佛教徒的思想里已被公认的意义是'无生之学'或者'佛义'这样的意思"。二、"佛教信徒之所谓'自然',还是'佛性'之意。"三、佛教徒说:"太极剖判之初,已自有佛";"那末'人文之元,肇自太极'的意思,不就说明了'太极',也就是'道'(佛)吗"?①

判定《原道》之道是佛道的论者,有个片面看法,即:刘勰既然写《灭惑论》宣扬佛教教义,那末,我们对《文心雕龙》也该按照佛教教义去解释其中所谈的道。上面引述的话,不正好是这种看法的具体表现吗!

但是,我认为,还是从《文心雕龙》本书实际出发去论述问题为好,因为《灭惑论》和《文心雕龙》毕竟不是同一实体。

下面我想指出,用佛道思想来解释《原道》中的"神理""自然"和"太极"的涵义,都是错误的:

(1)《原道》中的"神理"分明是就河图洛书而说的,《易经》早已提及,它与后世输入的佛教思想何干?"神理"这个词早见之于曹植《武帝诔》,文曰:"人事既关,聪镜(总竟)神理。"刘宋时宗炳在《明佛论》中用"神理"一词,是后来的事。足见"神理"一词不得为佛家所专有。我们为什么认定它只是佛教徒口中的词呢?

(2)对"自然"一词,儒、释、道三家,各有各的解释。儒家的说法最平常,即"自然而然"。《荀子·正名篇》说:人的"精合感应,不事而自然谓之性"。这句中的"自然",即天然、自然而然之意。《原道》中所用的"自然"正是这个意思。

(3)"太极"一词,见之《周易》,不管不同学派的儒家怎么解释,它

---

① 马宏山:《刘勰前后期思想"存在原则分歧"吗?》,载《历史研究》1980年第5期。

都与佛教教义无关。为什么偏要说"太极"就是"佛道"？受了些佛教思想影响的、但自己认定是孔子信徒的刘勰，嘴里所说的每个词，难道只能表达佛家思想，而不能表达儒家思想吗？

我们对刘勰在《原道》中所用的词汇，凭什么偏要按佛教教义去解释？刘勰在《原道》中交待得清清楚楚："玄圣创典，素王述训，莫不原道心以敷章，研神理而设教。"

他讲的是"玄圣""素王"在"取象乎河洛，问数乎蓍龟"之后才提出的"道心"和"神理"啊！这"玄圣"与佛有什么相干？这难道还要大加考证才得明白的吗？

三

刘勰所说的"自然之道"，既涉及他的自然观，也涉及他的文学观。

刘氏的自然观很明确：认为天地间的万物是客观存在；它们都是"无识之物"，但都有"文彩"（形态）。因此，我们说，刘氏的自然观是朴素的唯物主义的。这点用不着多说。

刘氏的文学观却包含着不能自圆其说的矛盾。在《原道》中，他所阐述的文学起源论、文学发展论，是唯心主义的。而在《神思》以下的创作论中所表述的观点，又是唯物主义的。

文学起源于什么？它的发展动力是什么？刘氏答道："道沿圣以垂文，圣因文以明道。"这里，道—圣—文，成了三点一线的关系。圣人成了由"道"成"文"的中转站。这圣人，虽然包括伏羲、文王、周公等人，但最突出的代表是孔子。因为刘氏说过，"自生人以来，未有如夫子者也"（《文心·序志》）、"至夫子继圣，独秀前哲"（《文心·原道》）。独特的秀气表现在哪里？表现在"镕钧六经"（《文心·原道》）上。六经即圣人之"文"。

至此，我们可以说明"道沿圣以垂文"中的"道"是什么了。这"道"就是孔子之道，儒家之道，也就是以忠恕仁义之类的伦理道德为核心的治人之道。显然，主"道"属于社会意识形态范畴，而不是什么自然界的客观事物。因此，我们说，刘氏认为文学起源于儒道，是唯心主义的论调。

也许有人要问：把刘氏在这里所说的"道"，解释成"就是宇宙间一切事物的规律，就是客观真理"不行吗？答曰：不行。其理由是：

（1）我们不能脱离《原道》的实际和《文心》全书思想体系说话。如果有谁说刘氏嘴里的道，不是化成天下的治理社会的儒道，而只是谈天地、日月、山川的文采的"自然之道"，这是颇不实事求是的。

（2）刘氏说："心生而言立，言立而文明，自然之道也。"（《文心·原道》）他在人的语言和文学之间划了等号，是错误的。语言是人类最重要的交际工具，它为社会各个阶级服务，所以说它是一种特殊的社会现象。文学，以语言为工具，但在阶级社会里，它不可能不具有阶级性。所以我们说它和语言是两个本质不同的社会现象。刘氏在当时不知道这些，不足怪；我们今天在这个问题上还跟在刘氏后面唱赞歌，则大可不必了。

（3）刘氏把文字的起源，说成就是文学的起源，错误是显而易见的。我们在这里要指出的是：刘氏对文字起源的看法是混乱的，矛盾的。他对前人的文字起源说，不管是唯心的还是唯物的，一概照搬。一则说，"人文之元，肇自太极……庖牺画其始……""自鸟迹代绳，文字始炳。"这是根据《周易·系辞上》和许慎《说文解字·叙》的话转化而来的，是"科学思维的萌芽同宗教、神话之类的幻想的一种联系"[1]的朴素的唯物主义说法。一则又说，"若乃河图孕乎八卦，洛书韫乎九畴……谁其尸之，亦神理而已""取象乎河洛，问数乎蓍龟"。这里所根据的虽也是《周易·系辞上》的话，但却把文字的出现，归之于"神理"的显现了。

说文字是神灵显现的产物，这能是"宇宙间一切事物的规律"之一吗？这能是"客观真理"吗？

语言＝文字＝文学，而文学又是儒道的体现，这就是刘氏文学观中的

---

[1] 列宁：《哲学笔记》，人民出版社1956年版，第275页。

含糊不清的文学起源论。

鲁迅把刘勰的文学起源论判之为"其说汗漫，不可审理"①。汗漫者，漫无标准也，因而使人看不出他究竟说些什么。这批评是击中了要害的。刘勰所说的"天地之文"，指的是事物的形态；"人文"属社会意识形态范畴；"神理之文"，这是儒家的迷信传说。他把几个内涵根本不同的"文"，直接联系起来，以天地、月日、山川的"自然之道"这个唯物主义观点，掩盖着他的唯心主义的文学起源论。

在《原道》中，刘氏对文学发展问题的观点，也是唯心主义的。如结合《宗经》篇看，问题便更清楚。

《原道》篇说："爰自风姓，暨于孔氏。玄圣创典，素王述训，莫不原道心以敷章，研神理而设教……旁通而无滞，日用而不匮。"这是说，体现"道心"的经书，将永远支配着人们的思想意识。这与他在《宗经》中所说的"所以百家腾跃，终入环内者也"，是一个意思。

后世百家写文章的原则是什么？刘氏说，"若禀经以制式，酌雅以富言，是仰山而铸铜，煮海而为盐也。"因而他大谈后世的各种文章都发源于五经。照他说，五经成了后来各种文章发展的胚胎，它对后世文学的发展，有了质的规定性；认为后世文章，无论在形式上有什么变化，而它们的实质超不出五经的范围。现实生活是文学的唯一源泉，五经对后世文学发展当然有影响，但只是次要的，而不是根本的。刘氏把五经说成是后世文学发展的源头，这是他的唯心主义文学观的又一具体表现。

然而我们能不能说：刘氏的整个文学观是唯心主义的？我说不能。因为他在论述文学如何反映现实问题时，有着鲜明的唯物主义的倾向。

为节省篇幅，这里只举几个例子：

> 夫耳目鼻口，生之役也；心虑言辞，神之用也。（《文心·养气》）

---

① 鲁迅：《汉文学史纲要》，《鲁迅全集》（第九卷），人民文学出版社2005年版，第355页。

他明确地认识到：人的精神依附于身体。此外没有什么先于物质而生的精神存在于冥冥之中。

> 春秋代序，阴阳惨舒，物色之动，心亦摇焉……岁有其物，物有其容，情以物迁，辞以情发。（《文心·物色》）

他说作家的思想感情是随客观世界的变化而变化的。外物激发了作家的思想感情，这才有文学创作。

> 时运交移，质文代变，古今情理，如可言乎……故知歌谣文理，与世推移……文变染乎世情，兴废系乎时序。（《文心·时序》）

他说文学的内容随着时代的变化而变化，时代变了，文学就不得不变。

> 诗者持也，持人性情……人禀七情，应物斯感，感物吟志，莫非自然。（《文心·明诗》）
>
> 赋者铺也，铺采摛文，体物写志也。（《文心·诠赋》）

他说作家要"感物"才能"言志"，"体物"才能"写志"。

以上各例表明，就文学和客观世界的关系问题，刘氏作了唯物主义的回答。不过他说得比较朴素，而又分散在各篇里，不像他在这篇《原道》中，把"道""神理"之类的唯心主义观点表现得那么集中。

总之，我认为，刘氏的文学观是复杂的，动摇于唯心主义和唯物主义之间的。如在论文学起源和发展问题时，他所弹的调子是唯心主义的；在谈文学的创作论时，其调子又是唯物主义的。根据《文心雕龙》全书看，对他的文学观，我们大可不必下个单一的唯心的或唯物的简单结论。因为这样的结论，对指导我们阅读全书没有什么益处。马克思和恩格斯在《德意志意识形态》一书中说："当费尔巴哈是一个唯物主义者的时候，历史在他的视野之外；当他去探讨历史的时候，他决不是一个唯物主义者。"①
马克思、恩格斯承认费尔巴哈是个唯物主义者，但又指出了他的世界观的
复杂性。我们说，刘氏的文学观，就其理论体系看，是客观唯心主义的，
但就文学反映现实景物这个具体问题说，又具有明显的唯物主义因素。我
以为这是比较实事求是的说法。

[原载《安徽师范大学学报》（哲学社会科学版）1981年第1期；又载
甫之、涂光社主编《文心雕龙研究论文选》，齐鲁书社1988年版]

---

① 马克思、恩格斯：《德意志意识形态》，人民出版社1972年版，第41页。

《风骨》臆札

"风骨"的含义是什么？刘勰在论"体性"之后，紧接着论"风骨"，为什么？本文想就这两个问题，谈谈自己的粗浅看法。

一

刘勰在《风骨》篇中，对"风""骨"分别作解释的次数比综合作解释的次数多，我们也先说"风"，后说"骨"，然后再说明"风骨"的本质特征是什么。

《风骨》篇一开始就说："诗总六义，风冠其首，斯乃化感之本源，志气之符契也。"这便明白地告诉我们，"风骨"之"风"，是从《毛诗序》那里继承过来的。《毛诗序》根据儒家经典，提出："风，风也，教也；风以动之，教以化之。"刘勰则说："斯乃化感之本源，志气之符契也。"在诗有教化作用这一点上，两说是一致的。《毛诗序》说："情动于中而形于言，言之不足故嗟叹之……"刘勰《风骨》则说："怊怅述情，必始乎风。"在诗人必有深刻感受才能动笔写作这个问题上，两说是一致的。

然而，《风骨》篇中的"风"与《毛诗序》中的"风"，不是等同的概念。刘勰继承了《毛诗序》论"风"的观点，而又加进了新的内容。

刘勰说："情与气偕""缀虑裁篇，务盈守气，刚健既实，辉光乃新。"（《文心·风骨》）他把"情"和"气"结合起来，也就是把"气"和

"风"结合起来了。诗人由于有蕴之于内的志气（情），才有发之于外的"风"。所以说"风"是"志气之符契"，这便把"风"和作家的创作个性联系起来。

不仅如此，刘勰对"风"、对诗人要吐述的思想感情，又有特定的要求。他说："意气骏爽，则文风清焉""思不环周，索莫乏气，则无风之验也。"显然，他认为，文思刚健而充实、爽朗遒劲而又能激动人心，便是"风骨"之"风"的特点。

这里，应该补充说明一点：刘勰谈诗人的"志气"、谈"风"，都是在诗人正确地认识描绘对象的前提下谈的。他明确地反对"空结奇字，纰缪而成经（常）"，岂不正好说明他主张言之有物、言之有理吗?!

"刚健既实，辉光乃新"——文思刚健而充实，爽朗而遒劲，便有动人的"风"，便有感人的力。这"风力"只能产生在言之有物、言之有理的基础上。

刘勰举《大人赋》为"风力遒"的例证，颇不恰当。这篇赋中的所谓"大人"，颜师古说："以喻天子也。"全赋据《汉书》标点本，恰一百句，只有中间四句写见到了长生不老的西王母时的感想[1]，其余皆写"大人"腾虚巡游、一往一来的势派。难怪汉武帝看到这篇赋后，"飘飘然有凌云之气，以游天地之间意"[2]。刘勰欣赏这种文丽用寡的作品，说它有"气号凌云"的风力，这与他反对"空结奇字，纰缪而成经"的意见，是有些矛盾的。

"骨"的含义是什么？对这个问题，学者们的理解颇有分歧。我在这里谈的，只是一点个人的看法。

对"骨"，刘勰这么说：

沉吟铺辞，莫先于骨。

----

[1] 司马相如《大人赋》："皓然白首戴胜而穴处兮，亦幸有三足乌为之使。必长生若此而不死矣，虽济万世不足以喜。"

[2] 司马迁：《史记》卷117《司马相如列传》，中华书局1959年版，第3002页。

> 辞之待骨，如体之树骸。
>
> 结言端直，则文骨成焉。
>
> 故练于骨者，析辞必精。
>
> 捶字坚而难移，结响凝而不滞，此风骨之力也。
>
> 若瘠义肥辞，繁杂失统，则无骨之征也。

"铺辞"为什么要"沉吟"？"结言端直"，以什么为依据？"析辞必精"——"捶字坚而难移，结响凝而不滞"，又以什么为依据？答案只有一个：文章的情思，是一篇文章的主心骨；如果写作时情思明确，意脉清楚，那末，要求"结言端直""析辞必精"，结响不滞，便有准绳、有依据。因此，我们认为，"风骨"之"骨"，包括三个重要因素：（1）文章意脉清楚；（2）用词精当；（3）语调朗畅。

说"骨"有上述三个因素，对后两个因素，历来论者无不同意见；对前一个因素，有人不承认。我们愿意就这一点略加申述。

扬雄《法言·问神》说："言，心声也；书，心画也。"那末，有言必有意，这是无可怀疑的。如果说，"骨"是个文章的词藻问题，那当然便与文章的情思有关。因为宇宙间不存在没有内容的形式。请看，刘勰写道："瘠义肥辞，繁杂失统，则无骨之征也。"内容不充实、语句杂乱的文章，被视为"无骨之征"，那么，内容空泛、空话连篇的文章，被判为"无骨"，就更是理所当然的了。

上引刘勰的话，我们还可以把它反过来看：内容充实，措辞精练，文理清楚，便是有骨之征。这不正好说明，"风骨"之"骨"，与文章的情思有关吗？

这是我们所申述的理由之一。

刘勰说："沉吟铺辞，莫先于骨。"必先沉吟于文章的情思，思量着文章的意脉发展需要，然后，才能下笔铺辞。辞待意脉而定，所以说："辞之待骨，如体之树骸。"也只有在文章意脉清楚的前提下，才能做到"捶字坚而难移，结响凝而不滞"。

这是我们所申述的理由之二。

我们认为，这样理解，是符合刘勰原意的，也是符合创作实际的。

刘勰举了《册魏公九锡文》作为"骨髓峻"的例证。分析这个例证，对理解什么是文骨，当然有点益处。

《后汉书·献帝纪》说："曹操自立为魏公，加九锡。"①潘勖身为汉献帝的尚书郎，起草《册魏公九锡文》，是职分之内的事；在文章内容上，作者迫于自己所处的地位，再加上文体的要求，他只得对挟天子以令诸侯的曹操歌功颂德。不如此，怎么能说清"加九锡"的理由呢？他所说的一大堆理由，不是虚构的，所以只得承认这文章内容是充实的。这是被刘勰认定的"骨髓峻"的表现之一。

《诏策》篇中说："潘勖《九锡》，典雅逸群。"的确，这篇文章措辞峻洁，摹拟《尚书》的语气，摹得很有派头，所以刘勰说它"思摹经典"而很"典雅"。这又是刘勰认为潘文"骨髓峻"的表现之一。

这篇文章，在"此君之忠于本朝也"之后，一口气写了十段，每段末了以"此又君之功也"一语收束，意脉多么清楚！有功就该"加君九锡"，于是便以"是以锡君"什么什么为一层，九层连贯而下，意脉多么清楚！试读全文，不难体会，意脉清楚也是刘氏认为潘文"骨髓峻"的表现之一。

刘勰论"风骨"之"骨"，包含文章意脉这一因素在内，这对写骈文来说，尤为重要。

写骈文，既讲究铺陈词藻，又讲究据事类义，稽古证今。这一来，很容易犯"瘠义肥辞，繁杂失统"的毛病。救治这种毛病的良药，便是内容充实、措辞精练、意脉清楚。又，写骈文，因字句限制，行文时往往省略必要的连接词，有时句意相反而前后又偏相承接，使人读来往往有"乱"的感觉。救治这种毛病的主药，便是意脉贯通，层次清楚。写骈文，总是强调所谓"潜气内转"，这"气"，指文章的意脉，而意脉又要暗暗地"内

---

① 范晔：《后汉书》（上册），岳麓书社2008年版，第135页。

转"，那就不能不在意脉贯通、层次清楚上下功夫。

刘勰论"风骨"，反对文章"繁杂失统"，要求文章"意新而不乱"，就是针对当时骈文流行、文风淫滥的情况而发的。

我们说，"风骨"之"骨"，包括文章意脉清楚这一因素在内，也许会令人产生这样的疑问："风"，是文章的情思方面的问题，"骨"又与文章的情思有关，那末，两者有没有区别？答曰：有区别。这区别在于：作家写作，必先有创作冲动，有不吐不快的情思激动着自己，这才下笔为文；通过文辞形式，使自己的主观情思，转化为定型的东西——作品；这作品对人们便产生感染作用。《风骨》篇说"怊怅述情，必始乎风""深乎风者，述情必显"，这"风"，指的是作家的创作激情；"意气骏爽，文风清焉""斯（风）乃化感之本源，志气之符契也"，这"风"，主要指的是作品的感染力。"沉吟铺辞，莫先于骨""练于骨者，析辞必精"，这树"骨"的过程，指的是作家主观情思转化为客观存在的具体作品说的。这过程，用陆机的话说，就是"选义按部，考辞就班"（《文赋》）。因而我们说，"风骨"之"骨"，在某种意义上，就是"选义按部，考辞就班"的缩语。

"风"与"骨"皆与文章的情思有关，这关系表现为：作家必须先具有激动着自己的思想感情，然后才能进行创作——立意、铺辞，他的作品才可能具有强烈的感染力。显然，这是一线贯连的、不能相互代替的三个阶段。

上面，我们对"风"和"骨"的内涵，分别作了说明，如果把"风骨"合成一个词，它表达什么意思呢？

我们说，"风骨"是刘勰提出来的文学风格上的有特定含义的术语。刘勰对这一术语的精神实质，简明地概括为"风清骨峻"，或"风力遒、骨髓峻。"如果我们的理解不错的话，那也可以把"风骨"概括成这样一句话："风骨"——文情并茂的、刚健朗畅的力的美！

黄侃说："必知风即文意，骨即文辞，然后不蹈空虚之弊。"[1]这对我

---

① 黄侃：《文心雕龙札记》，华东师范大学出版社1996年版，第127页。

们理解"风骨"不堕入空虚，有好处；但他只就表面现象看问题，对"骨"的理解有很大的片面性，这也是我们应该指出的。

二

"风骨"一词，魏晋六朝人经常用它来品评人物，又有些人用它来品评书法、绘画，只是到了刘勰才赋予它以特定的含义，用来品评文学作品。"风骨"一词，始见于品评人物，举几个例子。

> 《世说新语·赏誉》篇注引王韶之《晋安帝纪》："（王）羲之风骨清举也。"[1]
> 《世说新语·轻诋》篇曰："旧目韩康伯，将肘无风骨。"（注引《说林》："范启云：韩康伯似肉鸭。"）[2]
> 《宋书·武帝纪》"（刘裕）及长，身长七尺六寸，风骨奇特。家贫，有大志，不治廉隅。"[3]
> "（桓）玄见高祖（刘裕），谓司徒王谧曰：昨见刘裕，风骨不恒，盖人杰也。"[4]

据此可知，"风骨"一词，自晋宋以来，品评某些人物时用它，几乎成了习惯。它概指人物的风神骨相，触及人物的精神状态和形貌特征两方面。引例中说"羲之风骨清举"，实意是说王羲之的神情是洒脱的、清高的，这风度与常人大不相同。说韩康伯"将肘无风骨"，是说他顺着胳膊肘子都是肉，显得特别肥胖。注文则说他肥胖得蠢笨、可笑。说刘裕"风骨奇特""风骨不恒"，是说他长得魁梧，仪表堂堂，气度不凡，举止有将帅风度。

---

[1] 刘义庆著，朱奇志校注：《世说新语校注》，岳麓书社2007年版，第247页。
[2] 刘义庆著，朱奇志校注：《世说新语校注》，岳麓书社2007年版，第470页。
[3] 沈约：《宋书》上册，岳麓书社1998年版，第1页。
[4] 沈约：《宋书》上册，岳麓书社1998年版，第3页。

显然，"风骨"一词，用之论人，有论人的特殊含义；用之论文，有论文的特殊含义。对这种区别，我们必须搞清楚。

"风骨"一词，也是晋宋以来品评书法的术语。品评书法，是当时士大夫的风流韵事之一。关于这方面的记载颇多，这里，只举几个例子。

《法书要录·袁昂古今书评》说："陶隐居书，如吴兴小儿，形容虽未成长，而骨体甚骏快。""蔡邕书，骨气洞达，爽爽有神。"[①]《法书要录·法书要录论书》说："郗超草书亚于二王，紧媚过其父（郗愔），骨力不及也。""崔、杜（崔瑗、杜度）之后，共推张芝、仲将（韦诞），谓之笔圣。伯玉（卫瓘）得其筋，巨山（卫恒）得其骨"。[②]

上面引文中的所谓"骨气"，即"风骨"；"骨""骨力"，即"笔力"。后人伪托的卫夫人《笔阵图》中有两句话："善笔力者多骨，不善笔力者多肉"，明确道出"骨"即"笔力"。这对我们理解书法之"骨"是有益的。

书法靠笔画的架势来表现作者独特的艺术风格。书法上的所谓笔法，即运笔摆架势的技术，就一字、一行说是这样，就全幅、全篇来说，也是这样。评论书法，总是用"骨气""骨力""骨势"之类的词语，来形容书法风格，品评书法作者的笔力和意趣。"骨"既有摆架势的意思，也包含着有精神、能站得起来和有力的意思。书法论"骨"，一与作者的神情（意趣）分不开，二与"笔力"分不开，三与"力"在全幅上的运动分不开。

"力"要表现在全幅上，就关系到布局问题。晋代卫恒《四体书势》，论古文、篆书、隶书（真书）、草书的体势，皆从全幅的气势着眼看问趣。如论草书，他引后汉崔瑗的《草书势》说：

> 抑左扬右，望之若敧，竦企鸟跱（峙），志在飞移；狡兽暴骇，将奔未驰；或黜点染，状似连珠，绝而不离；畜怒怫郁，放逸生奇

① 张彦远辑，洪丕谟点校：《法书要录》，上海书画出版社1986年版，第59、60页。

② 张彦远辑，刘石校点：《法书要录》，辽宁教育出版社1998年版，第10、11页。

……是故远而望之，隹焉若沮岑崩崖；就而察之，即一画不可移。[1]

这段话中，"志在飞移"一语妙！妙在道出了草书的体势特点。"状似连珠，绝而不离"、其势如"沮岑崩崖"，也妙！妙在道出全幅草书的气势。要"飞移"，对布局岂能心中无数？乘兴挥毫，一气而下，就要考虑布局问题。不然这"气"怎能贯通全篇？

刘勰论文，谈"风骨"，要求"风力遒""骨髓峻"，与前人论草书，要求有"飞移"之势，要求骨力要"一画不可移"，其精神实质是一致的。因此，我们说，刘勰的"风骨"论，是吸取了书法的"风骨"论的特点而建立起来的。

"风骨"一词，也是六朝人品评绘画的术语。

南齐谢赫《古画品》曹不兴条说：

> 不兴之迹，殆莫复传，惟秘阁之内一龙而已。观其风骨，名岂虚成！[2]

又，张墨、荀勖条说：

> 风范气候，极妙参神，但取精灵，遗其骨法。若拘以体物，则未见精粹；若取之象外，方厌膏腴，可谓微妙也。[3]

绘画评论中的所谓"风骨"，主要就画的气韵、笔法两方面说的。什么叫"气韵""笔法"？谢赫《古画品》前言说："画有六法"："一气韵，生动是也；二骨法，用笔是也；三应物，象形是也；四随类，赋彩是也；五经

---

① 严可均辑：《全晋文》上册，商务印书馆1999年版，第297—298页。

② 严可均辑，许少峰、史建桥审订：《全齐文 全陈文》，商务印书馆1999年版，第260页。

③ 严可均辑，许少峰、史建桥审订：《全齐文 全陈文》，商务印书馆1999年版，第260页。

营，位置是也；六传移，模写是也。"①"气韵生动"，用今天的话说，就是"画活了！"——文雅的说法，就是"神形兼备"。"骨法"即"笔法"——以淡墨勾勒人物形象的笔法。古代画家画人物，先以炭朽（今人用炭条）勾勒人物形貌的轮廓，又以淡墨约定，这叫小落笔；在这个基础上再完成全画（参见唐寅辑《六如画谱》"十二忌"）。要勾勒人物准确的轮廓，既要求笔力遒劲，又要求胸有全局。张彦远《历代名画记》曰：

> 昔张芝学崔瑗、杜度草书之法，因而变之，以成今草，书之体势，一笔而成，气脉通连，隔行不断。唯王子敬明其深旨，故行首之字，往往继其前行。世上谓之"一笔书"。其后陆探微亦作"一笔画"，连绵不断。故知书画用笔同法。②

显然，要作"一笔画""一笔书"，岂能在下笔之先胸无全局？

准此推论"沉吟铺辞，莫先于骨"，说"骨"含有"意脉分明"的要求在内，不为无理乱说。

前人品评书法、绘画，都讲究生动性、有骨力——要求作品具有刚健清新的力的美。刘勰论文学，便针对当时的讹滥文风，提出"风骨"论，希望文学作品也具有刚健清新的力的美。他的"风骨"论，从艺术理论上说，是对前代艺术理论的继承和发展；从改革轻靡文风的需要说，是有着强烈的战斗性的。

三

《风骨》是紧接着《体性》之后的一篇。在《体性》篇中，刘勰纵论自己所体会到的文学的八种风格特点，而在后继的《风骨》篇中，则专门论述"风清骨峻"这种风格特点。可以说，《体性》篇是风格通论，《风

---

① 严可均辑，许少峰、史建桥审订：《全齐文 全陈文》，商务印书馆1999年版，第259页。

② 张彦远：《历代名画记》，辽宁教育出版社2001年版，第18页。

骨》篇则是风格专论。

专论"风骨"的针对性在哪里？

答案就在《风骨》篇里：为了在写作上帮助当时的"学者"（习作者）清除"习华随侈，流遁忘反"的不良习气，便专门提倡"风骨"。在《体性》篇中，他已提出，习作者要锻炼自己的风格，在实践时便应"学慎始习"。他从正反两面比喻说："斫梓染丝，功在初化；器成綵定，难可翻移。"现在，面对浮诡讹滥的文风，他要求革新，便一面提醒沉湎在这种文风中的习作者，说在写作上如果"习华随侈"，便必然"危败亦多"；一面又正面提出，写文章，在"风清骨峻"上下功夫，便是可行之路。

在《体性》篇中，他把八种风格，分成两相对立的四组，而对其中"繁与约舛，壮与轻乖"两组，则略带褒贬之意。在《风骨》篇中，便进一步阐明"壮丽"与"轻靡"对立的风格观点，要以"结言端直""意气骏爽"的刚健"风骨"来扫除"习华随侈，流遁忘反"的"轻靡"习气。他提出的意见是好的，可取的。但历史事实证明，在他生活的齐、梁时代，以及稍后的时期，文风并没有按照他所希望的那样，向健康的方向发展。一直到初唐时，陈子昂《与东方左史虬修竹篇序》还一面指责"汉魏风骨、晋宋莫传……观齐梁间诗，彩丽竞繁，而兴寄都绝"；一面赞扬新出现的《咏孤桐篇》，说它是"骨气端翔，音情顿挫，光英朗练，有金石声"的好诗。可知，只有社会条件成熟了，社会风气改变了，文学的新的时代风格才得以形成。

刘勰清楚地知道，文学的时代风格的形成，与那个时代的社会生活分不开。时代风格是那个时代的社会生活的产物。这，他在《时序》中论屈原作品风格形成的原因时，说得很明白："故知炜烨之奇意，出乎纵横之诡俗"；在论建安文学风格特色形成的原因时，也说得很明白："世积乱离，风衰俗怨"，酿成了"梗概而多气"的作品。但是，必须说明，刘勰反对"近世辞人，率好诡巧"（《定势》）的文风，虽在《文心雕龙》中再三提及，而对产生这种诡巧讹滥文风的社会原因，却始终一字不提。难道刘勰的敏锐眼光，只能看清往代，而丝毫不能观察当时？我认为，这只好说，刘勰为了保全自己，对某些问题，只得说一半、留一半。他生活在世积乱离、缙绅浮华而自己连讨老婆的经济条件都不具备的情况下，真的毫无感触吗？当然有感触，只是不便说出来而已。不仅如此，有时他还得对当道者说几句奉承话，以应付世俗，我们今天读《时序》末段"今圣历方兴，文思光被，海岳降神，才英秀发，驭飞龙于天衢，驾骐骥于万里，经典礼章，跨周轹汉，唐虞之文，其鼎盛乎"等语，可能觉得有点肉麻，然而，这是不能苛责古人的。

［原载《古代文学理论研究》第四辑，上海古籍出版社1981年版］

说"定势"

　　《文心雕龙》第三十篇以"定势"两字标题，刘勰阐述时，在比喻一通之后说："文章体势，如斯而已。"可知"定势"应视为"定体势"的省略。文章的"体势"指什么？在创作过程中怎样确定文章的"体势"？刘勰提出"定势"论有没有针对性？这些问题都值得研究。目前，研究者对《定势》中"体势"的理解，颇有分歧。这里，愿就研习中的一得之愚，析而论之，以就教于专家和读者。

一、文章"体势"，实指什么？

　　文章的"体势"实指什么？刘勰在《定势》中，用许多事物为譬喻来说明文章的"体势"，因而这里也先说明一般事物的体和势的关系，然后再说明文章的体势关系。

　　任何事物，必有其自身的实质：这实质也必有自己的外在表现——形体或体制。这种形体或体制，简称之曰"体"。文章的"体"，也就是文章的"体制"（包括体裁、规模、兼及语言特点等因素）。任何事物，总是在一定的环境中不断地运动着，并表现出一定的发展趋势；它也自然地呈现出相对稳定的姿态，从而显示出自身的特性。刘勰说："势者，乘利而为制也。"（《定势》）意思即是事物的姿势，是趁着它自身在运动中的最有利条件时而自然地形成的。刘勰的话，既说明了事物运动发展的"趋势"，也兼及事物的"姿势"。因为事物一旦有"体制"，也必有"姿势"。

文章的"势"，我认为，指的是文章的"姿势"，也就是风格的外在表现。它是在创作时，由作家待定为思想感情（内容）转化为形式的过程中形成的，是作家发挥了创作的主观能动性而又适应了客观需要的结果。

这里应该强调指明：事物的"体"和"势"是密不可分的，是从两个角度观察一个事物而分别赋予的名称。无"体"便无"势"；有"体"，当它运动时，便有其"趋势"；当它相对稳定时，便有其"姿势"。文章的"体"和"势"的关系当然也如此。

我们且看刘勰《定势》篇怎么说明文章的"体势"吧：

> 夫情致异区，文变殊术，莫不因情立体，即体成势也。势者，乘利而为制也。如机发矢直，涧曲湍回，自然之趣也。圆者规体，其势也自转；方者矩形，其势也自安：文章体势，如斯而已。

且不管《文心》全书中"体"有多少种含义，在《定势》篇中，"体"指事物的"形体""体制"则是无可怀疑的。因为刘勰在开头一大段中所打的几个比喻，都是就事物的形体和运动趋势而言的。"因情立体，即体成势"中的"体"，实指文章的体制。我们知道，在创作时，内在的思想感情一定要转化为外在的形式，这个转化一经完成，文章便有了"体"，那"体"便显示出某种体裁、某种规模的特点。"即体成势"中的"势"实指文章从内容转化为形式过程中的"趋势"和转化到相对稳定时的"姿势"。刘勰告诉我们：有"规体"才能有"自转"之"势"，有"矩形"才能有"自安"之"势"。——这比喻共同地说明一个问题：事物在运动中所显现的姿势有着质的规定性。或者说，事物在运动中所显现的姿势是由事物的实质决定的，不得不如此的。

"文章体势，如斯而已"，即是说：文章的体制和姿势的形成都是受自身的内在实质制约的。或者说，文章的内容对它自身形成的体制、风格有着质的规定性。

对文章的"体""势"关系，刘勰说得非常清楚："因情立体，即体成势。"文章的姿势（即风格的外在表现）是由文章的体制显现出来的。没有文章的体制，哪来文章的姿势？这好似人的形体与风度的关系一样，风度依存于形体，没有形体，何来风度？

这里，我们把《定势》篇中的"势"解作"姿势"，看来和刘永济在《文心雕龙校释》中对"势"的诠释相同，不过，应该说明，我们虽受了刘氏诠释的启发，但在理论上和刘氏之说不同。刘氏《校释》释"体势之义"说：

> 统观此篇，论势必因体而异，势备刚柔奇正，又须悦泽，是则所谓势者，姿也，姿势为联语，或称姿态；体势，犹言体态也。①

显然，刘氏说"势者，姿也"。即姿势、姿态。这算勉强接触到问题的实质，但只说"姿势为联语，或称姿态"，在理论上并没有说明什么。尽管如此，我仍以为，这比把"势"解作"标准""气势"等等，要明确得多。因为把"势"，解作"标准"，由此出发而验证全文、则难以符合。把"势"解作"气势"，则包括不了"势实须泽"（《定势》）这个要求在内。只有把"势"解作"姿势"，才符合刘勰提出的"因情立体，即体成势"的原理和"图风势"的观点。刘勰把《风骨》《定势》列为一组，"风骨"既属于"风格"范畴，那么，"定势"也当属于"风格"范畴。

二、刘勰论如何确定文势

在《定势》中，刘勰对如何确定文势，提出了一些具体看法，下面分别加以论述。

（一）"势有刚柔"

《定势》说："文之任势，势有刚柔，不必壮言慷慨，乃称势也。"《体性》说："才有庸俊，气有刚柔。"合观这两小节，可知刘勰把文章风格概

---

① 刘永济：《文心雕龙校释》，中华书局1962年版，第113页。

括地分成阳刚与阴柔两大类；而"势有刚柔""气有刚柔"中的"势"和"气"又紧密相关。——"势"的刚柔决定于"气"的刚柔，"气"的刚柔是通过"势"的刚柔体现的，两者是相辅相成的。论文势而分刚柔，这就暗暗地把风格问题与语言联系在一起了。因为文学是语言的艺术，文章的"体"和"势"只有通过语言才能体现出来，文章的刚柔之势当然也只有通过语言才能更好地表现出来。

刘勰论文章"势有刚柔"的根本观点是从《周易》和《典论·论文》那里吸取了思想养料而形成的。所谓阳刚阴柔，乃是《周易》的两个基本概念。《周易·系辞》说，刚动柔静，"刚柔相摩"，便有"阴阳之交感"①，或"刚柔相推而变化生"②。这就是刘勰提出的"刚柔虽殊，必随时而适用""循体而成势，随变而立功"的风格多样化的哲学根据。又，刘勰的"气""势"之"刚柔"说，来自曹丕的"文气"说。曹丕《典论·论文》说："文以气为主，气之清浊有体，不可力强而致。譬诸音乐，曲度虽均，节奏同检……"曹氏提出"气之清浊"，含意不明确。近人以为"清气"即"阳刚之气"，"浊气"即"阴柔之气"。从曹丕用音乐的曲度、节奏来比喻文气这一点看，也只好承认"气之清浊"即"气之刚柔"。两相比较，大致可以说，曹氏只不过隐隐约约地把风格与语言联系起来看问题，而刘勰则明明白白地指出，风格和语言是密不可分的。

刘勰虽理解语言与风格密不可分，但对这个问题说得比较零碎，和后世的文学风格论相比，稍嫌逊色。19世纪的德国语言学家、文艺理论家威廉·威克纳格说："风格是语言的表现形态，一部分被表现者的心理特征所决定，一部分则被表现的内容和意图所决定。"③这在说明语言与风格的关系上，兼顾到风格的主观因素和客观因素两方面，比刘勰的说明细致

① 韩康伯语，王弼著，韩康伯注，施伟青点校：《周易王韩注》，岳麓书社1993年版，第195页。

② 苏轼著，李之亮笺注：《苏轼文集编年笺注（诗词附）》（12），巴蜀书社2011年版，第255页。

③ 威廉·威克纳格：《诗学·修辞学·风格论》，王元化译，《文艺理论研究》1981年 第2期。

些，周备些。

（二）"循体而成势""各以本采为地"

"循体而成势"也就是"因情立体，即体成势"的意思。"因情立体"，从"情"和"体"的变化的角度看，文之"情"因人、因地、因时而变，文之"体"也因之而变；那么，"即体成势"的"势"，当然也因之而变。但是"因情立体"的"体"一旦真正"立"起来，它便有相对独立的要求。这好似乐曲，一个曲调既经确定，它总得有个主旋律，否则这一曲和那一曲，就难以显示其自身的特性，那也就没有什么根本差别了。

对各种体裁的风格要求，在《定势》篇，刘勰体会到：

> 章表奏议，则准的乎典雅；赋颂歌诗，则羽仪乎清丽；符檄书移，则楷式于明断；史论序注，则师范于核要；箴铭碑诔，则体制于弘深；连珠七辞，则从事于巧艳：此循体而成势，随变而立功者也。

刘勰把各种体裁对于风格的相对要求比喻为"五色之锦，各以本采为地"是恰当的。例如，"章表奏议，则准的乎典准"，这"典雅"便是章、表、奏、议在风格上的基本要求，即所谓"本采"。

但是，章、表、奏、议，按汉代礼仪，却又各具特性："章以谢恩，奏以按劾，表以陈情，议以执异。"（《文心·章表》）尽管这四种体裁共同的风格特色为"典雅"，但因各自特性不同，在语言表达上自然也各不相同。因此，刘勰指出，要"循体而成势，随变而立功"。再就某一种体裁的不同情况说，也只能对具体情况作具体分析。例如，"奏以按劾"——要揭发某些人的罪行，那被揭发者的罪恶也有轻重之分，情节之异；揭发者写奏折时，在语言情态上自有分别。作家如果不能"循体而成势，随变而立功"，那么，作品的风格便只有共性而没有个性了。这当然是不好的。

在风格学上，"变"与"不变"的对立统一，是《定势》篇中一个重要的辩证观点。这是颇值得人们注意的。黄侃说:"彼标其篇曰《定势》,而篇中所言,则皆言势之无定也。"①算是接触到刘氏论"势"的辩证观点。

(三)"并总群势"与"总一之势"

刘勰认为,就风格形成的外在因素说,每个作家在风格上"各有所慕"各人师承不同,技巧不同("镕范所拟,各有司匠"),因而形成的风格也不同;他们的独特性彼此间虽没有严格的区别,但他们却难以跨越自我风格的界限。这就是说,作家个人风格一旦形成,便成为自我特性的标志,具有相对稳定性,并且不是随意可以改变的。

照这样说,作家、作品的风格,只能是单一的吗?刘勰的答复是:高明的作家应能"并总群势",但其作品又应该有"总一之势"。这个答复看到了两者的辩证关系。刘勰说,作家为了创作需要,应该有"并总群势"的本领,对风格的"奇"与"正"、"刚"与"柔"都能"随时而适用";但在具有多种风格的同时,应该有个主调,具有统一的风格——"总一之势"。

根据"总一之势"的正确要求,刘勰指出:写文章"爱典而恶华"是不对的。他一贯地认为,文章的语言既要"典重",又要有文采,应该文质并重;如果文章的语言虽"典重"而没有文采,那是个偏向。他甚至把"爱典而恶华"的偏向比作有弓无矢或有矢无弓,"执一不可以独射"。显然,在刘勰心目中,美好的文学风格是包含着"文采"因素在内的。他主张"势实须泽",即主张文学风格必须有文辞修润之美。这与"爱典而恶华"提法不同,实质是一样的。

为了使作品具有"总一之势",刘勰反对"雅郑共篇"。雅者,典雅也;郑者,原指《诗》之《郑风》,此处用为"庸俗"的代词。在一篇文章中,典雅与庸俗两者不可调和,若冰炭之不相容。范文澜说:"文各有体,即体成势,章表奏议,不得杂以嘲弄,符册檄移,不得空谈风月,即

---

① 黄侃:《文心雕龙札记》,中华书局1962年版,第107页。

所谓势也。"①然而，齐梁文章偏偏多有空谈风月的东西，甚至在帝王的诏诰里都有吟风弄月的毛病。举个例子，梁元帝的《耕种令》曰：

> 军国多虞，戎旃未静，青领虽炽，黔首宜安。时惟星鸟，表年祥于东秩；春纪宿龙，歌岁取于南畷。况三农务业，尚看夭桃敷水；四人有令，犹及落杏飞花。化俗移风，常在所急；劝耕且战，弥须自许。岂直燕垂寒谷，积黍自温，宁可堕此玄苗，坐餐红粒，不植燕领，空候蝉鸣。可悉深耕概种，安堵复业，无弃民力，并分地利。班勒州郡，咸使遵承。②

这种文章，论其"体"，是"诏令"；论其"势"，本该是"典雅"的，可是它偏偏有"轻靡"的弊病。这就产生了"体"与"势"的矛盾。就文辞看，《耕种令》开头四句多少还有点"精约"的味道；下面，什么"当看夭桃敷水""犹及落杏飞花"，便显得"轻靡"了。这种"轻靡"就破坏了全文的"总一之势"。有人嘲笑这篇文章说："直似士女相约游春小简，官样文章而佻浮失体。"③这批评是恰当的。

根据以上分析，可以断言，刘勰对创作实践中"总一之势"的矛盾与统一诸问题，是有深刻理解的。他的《定势》篇称得起是那个时代的论述文学风格客观因素的代表作。

三、"定势"论的针对性

刘勰提出"因情立体，即体成势"的风格原理，其目的是为了纠正当时创作的"讹势"。他在《定势》篇明白地指出："自近代辞人，率好诡巧，原其为体，讹势所变。"

创作上的"讹势"，已成为当时风尚。这一问题，与刘勰同时的裴子

① 范文澜：《文心雕龙注》，人民文学出版社1958年版，第532页。
② 姚思廉：《梁书》(1)，吉林人民出版社2005年版，第72页。
③ 钱钟书：《管锥编》（第四册），中华书局1979年版，第1397页。

野在《雕虫论并序》中说："宋明帝博好文章……于是天下向风，人自藻饰，雕虫之艺，盛于时矣……自是闾阎年少，贵游总角，罔不摈落六艺，吟咏情性……淫文破典，斐尔为功……深心主卉木，远致极风云，其兴浮，其志弱，巧而不要，隐而不深，讨其宗途，亦有宋之风也。"[1]这就明白地告诉我们：所谓"近代辞人"就是贵族子弟。他们成日价靠吟花草、弄风月来填补生活的空虚；没有真实感受而又要舞文弄墨，便只能靠词藻来装点文章。他们在宴酣之余，相互唱和，随题敷衍，等同文字游戏。后人鄙薄他们的作品说："齐梁及陈隋，众作等蝉噪，搜春摘花卉，沿袭伤剽盗。"[2]更有甚者，便直接斥责他们的文章为"淫哇"。[3]

六朝文的"讹势"表现在哪里？刘勰《定势》篇说："文反正为乏，辞反正为奇。"并指出"讹"的限源在于"厌黩旧式，穿凿取新"，"讹"的手段是"实无他术，反正而已"。

"文反正为乏"，这是利用"正"和"乏"两个字的篆体来措词，指明反正是"乏味"的。"文"（文章）反正，即在体裁上的"逐奇失正"。例如宋代的袁阳源，写了《鸡九锡文》，说鸡"天姿英茂，乘机晨鸣"，有大功，便为鸡列爵封邑；又如，梁代的韦琳，写了《鳝表》——代鳝鱼向皇帝上"表"，大称鳝鱼的美味。这都是文字游戏，然而从文章的"体""势"关系来说，便是胡闹！

"辞反正为奇。"这是六朝文士的通病。例如，江淹《恨赋》中有这么两句："孤臣危涕，孽子坠心。"作者故意把上下两句中的"危""坠"二字颠倒使用，以求新奇。又如江淹《别赋》中有"心折骨惊"一句，这也明明是"心惊骨折"的颠倒。又如鲍照的《石帆铭》中有"君子彼想"一句，这也明明是"想彼君子"的无理颠倒。

文体浮诡，语词无理颠倒，只能造成混乱。刘勰大声疾呼，指斥讹势，是值得后人赞扬的。

---

[1] 严可均辑：《全梁文》（下），商务印书馆1999年版，第575—576页。
[2] 韩愈：《荐士》，《韩愈集》，中国戏剧出版社2002年版，第49页。
[3] 王士禛：《戏仿元遗山论诗绝句》之三："六代淫哇总废声。"废声，颓废之音。

　　怎样纠正"讹势"呢？刘勰除了提出"因情立体，即体成势"这一原理，从思想认识上开导人们外，还指出：要"执正以驭奇"。"正"是什么？刘勰指的是典雅的"经"。《辨骚》篇中说屈原能"取镕经旨，自铸伟辞"。我们在这里可把屈原视为"执正以驭奇"的伟大代表。

［原载《安徽师大学报》（哲学社会科学版）1983年第1期］

说《事类》——读《文心雕龙》手札

读《文心·事类》篇，写了几条笔记，题作"说《事类》"，意在辩白几个问题。

一、刘勰笔下的"事类""事义"，不是等同的概念

在六朝文士的笔下出现了骈文，而当时却没有"骈文"这个名称；称六朝文为骈文的乃是反对俪偶之辞的唐人。李兆洛在《骈体文钞序》中说："《六经》之文，班班具存。自秦迄隋，其体递变，而文无异名。自唐以来，始有古文之目，而目六朝之文为骈俪。而为其学者，亦自以为与古文殊路。"①这说法是符合文学历史发展的实际的。

写骈文，要有修辞功夫。在骈文中以古事、成辞为装点，已成为一个不可忽视的因素。但是在文章中用古事、引成辞有它的两面性：运用得当，借古事以申今情，则"不啻自其口出"；运用不当，则纰缪丛生。刘勰注意到了这个创作上的实际问题，试图加以解决，撰《事类》篇。

六朝人对用古事、引成辞这种修辞现象，称谓不一：称为"事类"的有之；称为"事义"的有之；称为"用事"的也有之。如挚虞《文章流别论》说："古诗之赋，以情义为主，以事类为佐。"②这个"事类"，指的是用古事、引成辞。钟嵘《诗品》说："近任昉、王元长等，辞不贵奇，竞

①李兆洛：《骈体文钞序》，《骈体文钞》附录，上海古籍出版社2001年版。

②挚虞：《文章流别论》，见严可均辑《全晋文》，商务印书馆1999年版，第819页。

须新事，尔来作者，寖以成俗……词既失高，则宜加事义，虽谢天才，且表学问，亦一理乎？”[①]这个“事义”就是挚虞所说的“事类”。萧统《文选序》说：“若其赞论之综缉辞采，序述之错比文华，事出于沉思，义归乎翰藻，故与夫篇什，杂而集之。”[②]这里，“事”“义”对举成义，有特定的涵义：承上文，“事”指史书中“序述”的古事，“义”指“史论”中所论之理；合而为“事义”，当即挚虞听说的“事类”。(朱自清谓“‘事出于沉思’的‘事’，实当解作‘事义’、‘事类’的‘事’”[③]，颇确切。)颜之推《颜氏家训·文章篇》说：“文章当以理致为心肾，气调为筋骨，事义为皮肤，华丽为冠冕……邢子才常曰：沈侯文章，用事不使人觉，若胸臆语也。”[④]这个“事义”即“事类”，亦即下文所说的“用事”。用古事是写作上的外在表现。故颜氏喻之为“皮肤”。刘勰在论用古事、引成辞问题时，把文章标目为《事类》，而文中又有“学贫者迍邅于事义”，看来他在这里把“事类”“事义”视作同义词。但如果检阅《文心》全书，则“事义”一词却有一般含义与专门含义的区别。如《体性》篇说：

> 故辞理庸俊，莫能翻其才；风趣刚柔，宁或改其气；事义浅深，未闻乖其学；体式雅郑，鲜有反其习。

这里的“事义”专指用古事是比较明确的。又，《知音》篇说：

> 是以将阅文情，先标六观：一观位体，二观置辞，三观通变，四观奇正，五观事义，六观宫商，斯术既形，则优劣见矣。

这里的“事义”专指用古事也是比较明确的。可是在《附会》篇中，

① 钟嵘：《诗品》，中华书局1991年版，第21—22页。

② 萧统：《文选序》，中华书局1977年版，第2页。

③ 朱自清著，朱乔森编：《朱自清全集》(第8卷学术论著编)，江苏教育出版社1993年版，第280页。

④ 颜之推撰，王利器集解：《颜氏家训集解》，上海古籍出版社1980年版，第249—253页。

他说：

> 夫才童学文，宜正体制，必以情志为神明，事义为骨髓，辞采为肌肤，宫商为声气。

这里的"事义"则泛指文章中所写的日常事理，而不是专指用古事。

有人说，刘勰所说的"事义为骨髓"和颜之推所说的"事义为皮肤"，两者含义大致相同①。这是见其表而不察其里的看法。为了说清这一点，我们把刘勰论创作过程的《神思》《体性》《熔裁》诸篇与《附会》篇联系起来加以讨论是有益的。

(一)《神思》篇论"志气""物""辞令"

> 故思理为妙，神与物游。神居胸臆，而志气统其关键；物沿耳目，而辞令管其枢机。

这里说的是艺术想象中的"志气"（情）、"物"、"辞令"，三者关系：志气（情），居主导地位，想象中的"物"（意象）受"志气"的制约；而借以表达"志气"的"物"则是通过"辞令"才能呈现出来。请看，这与"情志为神明，事义为骨髓，辞采为肌肤，宫商为声气"所表述的"情""事""辞"三者关系，不是正相合拍么！不能忘记，"附辞会义，务总纲领"的表达要求是建立在艺术想象的基础上的。因此，我们认为，从创作过程看，把"事义为骨髓"中的"事义"解作日常事理是有道理的；相反，如果把这个"事义"也解作用古事，那么用古事成了文章的"骨髓"则是于理不合的。并且也只有准此解释，才能把《体性》中的"辞为肌肤，志气骨髓"，《风骨》中的"情与气偕，辞共体并"，以及《附会》中的"义脉不流，则偏枯文体"等语说得符合原意。这里所谓"志"与"骨

---

① 参见范文澜：《文心雕龙注》，《附会》注（三），人民文学出版社1962年版，第653页。

髓""情""气"与"体","义脉"与"文体",都是对举而又统一的概念,它们从旁证明"事义为骨髓"句中的"事义"即"事理";只有"事理"与"骨髓"的统一,才能构成"外文绮交,内义脉注,跗萼相衔,首尾一体"(《章句》)的文章整体。

(二)《熔裁》篇论"情""事""辞"

> 凡思绪初发,辞采苦杂,心非权衡,势必轻重。是以草创鸿笔,先标三准:履端于始,则设情以位体;举正于中,则酌事以取类;归余于终,则撮辞以举要。

这是就构思时"熔意""裁辞"过程中的"情""事""辞"三者关系说的。在"设情以位体"的前提下"酌事以取类",这个"事"当指所写的"事物"(即"托物言志"或"即景抒情"中的"景物"),而不是专指用古事。应该知道,刘勰在《文心》中从来没有说过写入文章中的"事"只能是"古事"。如果人们还没有忘记刘氏的"情以物迁,辞以情发"、心"随物以宛转"、物"亦与心而徘徊"的"心物交融"论的话,那么,自会承认"酌事以取类"的"事"指的是文章中所写的"事物"。所谓"酌事",即提炼题材;所谓"取类",即取其能体现文情。"取类"之"类",古人曾训为"犹貌也""形象也",也就是所谓"类物象形"。①我们把"取类"解作"取其与文情相类"或"取其能体现文情",不为主观臆说。

综合上述,可以明确以下几点:(1)钟嵘、萧统、颜之推笔下的"事义"指"用古事";(2)挚虞、刘勰笔下的"事类"指"用古事";(3)刘勰笔下的"事义"有的泛指日常事理,有的专指"用古事",不可一概而论;(4)刘勰笔下的"事类""事义"不是等同的概念。明白这些,我想对研习《文心》是有益的。

---

①屈原《九章·橘颂》:"精色内白,类可任兮。"《楚辞补注》曰:"类,犹貌也。"《淮南子·叔真训》:"又况未有类也。"高诱注:"类,形象也。"又,索靖《草书势》:"科斗鸟篆,类物象形。"

二、《事类》当在"析采"之列

刘勰在《序志》篇里约略地谈到了《文心》五十篇（上下编）的篇次问题，对下编二十五篇，只提及十三篇；对《情采》《熔裁》等十二篇的篇次，未置一辞。《事类》也在未置一辞之列。但历代流传下来的各种版本的《文心雕龙》都把《事类》篇置之于《比兴》《夸饰》之后，《练字》《隐秀》之前。《比兴》《夸饰》和《练字》《隐秀》皆属"剖情析采"中的"析采"之列，而《事类》乃是论用古事、引成辞问题，当然属于"析采"之列。流传本把它列在《夸饰》《练字》之间，看来没有什么不妥。

这里应该补充一点：在《事类》篇中，"事"字凡十六见，无一不是指"古事"，全文无一处不是论用古事、引成辞。这就是我们把它归入"析采"之列的最有力的证据。

可是，近若千年来，有人对流传本《文心》五十篇的篇次问题，提出了一些疑问，当有启发人们对流传本目次重新加以考虑的好处；但也有人根据自己的推求，将原书篇次遽加变动，以为这才符合刘氏的原意。这就没有足够的说服力，因为这样做还缺乏充分的证据，譬如说，任何一种版本根据。对《事类》篇，主张变动原来次第的理由是："本篇在今本《文心》的第三十八篇，列入析采之内。我们认为是错误的，因为它是说明'据事以类义，援古以证今'，所以篇名叫做《事类》。事义属于文章内容，故'据事类义'应该归于剖情。"①请注意，这一说明改变了刘氏笔下的"事类"的含义。刘氏说的"据事以类义"乃是援引古事以类比今情的意思。这恰是钟嵘所说的"补假"，而不是"直寻"。所以刘勰说这是"文章之外"的一种表现手法。应该指出，所谓"据事类义"虽与构思、立意相关，但毕竟是一种修辞手法，因而人们把它归于"析采"之列，是不错的。

"事义属于文章内容"是可以的，但刘氏在这里说的"事义"乃是

① 刘勰著，郭晋稀注译：《文心雕龙》，岳麓书社2004年版，第296页。

"事类"，专指"援古事以证今情""引彼语（即引成辞）以明此义"①的修辞手法，因而把《事类》归入"析采"之列，何错之有？

三、《事类》篇的针对性

前文说过，在文章中用古事、引成辞有两面性，那只是一句逻辑推理的话。如果我们看到六朝文士在用古事、引成辞上的实际情况，就会承认，他们在这方面有着严重的弊病，因而也会理解刘勰撰写《事类》篇的针对性。

与刘勰并世的钟嵘在《诗品序》中谈到刘宋时的文弊说：

> 故大明、泰始中，文章殆同书抄。近任昉、王元长等，辞不贵奇，竞须新事，尔来作者，寖以成俗。遂乃句无虚语，语无虚字，拘挛补衲，蠹文已甚。但自然英旨，罕值其人。词既失高，则宜加事义，虽谢天才，且表学问，亦一理乎！②

稍后于刘氏的萧子显在《南齐书·文学传论》中说，当时文章约略有"三体"，其中一体是：

> 缉事比类，非对不发，博物可嘉，职成拘制。或全借古语，用申今情，崎岖牵引，直为偶说。唯睹事例，顿失清采。③

后于刘氏的颜之推在《颜氏家训·文段篇》中谈到"时俗"说：

> 文章当以理致为心肾，气调为筋骨，事义为皮肤，华丽为冠冕。令世相承，趋末弃本，率多浮艳。辞与理竞，辞胜而理伏；事与才

① 刘永济：《文心雕龙校释》，中华书局1962年版，第146页。
② 钟嵘：《诗品》，中华书局1991年版，第21—22页。
③ 萧子显：《南齐书·文学传》，中华书局2000年版，第617页。

争，事繁而才损。放逸者流宕而忘归，穿凿者补缀而不足。①

刘勰对当时的文弊虽多所指责——此为学人所熟知，这里不一一引述——但对骈文本身还是肯定的，他只指斥"近代辞人，率好诡巧，原其为体，讹势所变"（《文心·定势》）而已。因而希望"矫讹翻浅""执正驭奇"，使骈文延续下去。在用古事问题上，他不像钟嵘那样，持反对态度；也不像颜之推那样，持容忍态度；而是在肯定的前提下要求用得没有谬误。单就这一点说，刘勰是能一分为二地看待问题的。

根据这些论述，人们可以领会：（1）刘勰撰《事类》篇是有现实意义的，不是为艺术而艺术的调头；（2）骈文"非对不发"，这就容易导致"拘挛补衲"的弊病；（3）从文学发展的事实看，刘勰虽写了《事类》专论，也未能动俗，足见这种弊病相当严重。

四、"据事以类义"的利弊

对用古事、引成辞的利弊，刘勰是看得清楚的。"凡用旧合机，不啻自其口出；引事乖谬，虽千载而为瑕。"（《文心·事类》）他指出用事的关键在于用得是否恰当。

所谓用事有利一面，即"用事"在文章表达上能产生积极作用。刘氏说这作用主要在于"征义""明理"。如从修辞角度看，用古事、引成辞在诗文中则有"重言""缀采""起兴""节缩"等修辞特点和作用。下面分别略加说明，当作刘氏所论的引申。

（1）重言，即重复之言。《庄子·寓言》说："重言十七。"郭庆藩《庄子集释》引郭嵩焘曰："重，复也。庄生之文，注焉而不穷，引焉而不竭者是也。"②刘勰说在"文章之外"而要"据事以类义"，就含有"重言"这一修辞要求在内，因为这是助成骈偶、铺陈辞采的重要手法之一。举个

---

① 颜之推撰，王利器集解：《颜氏家训集解》，上海古籍出版社1980年版，第249页。

② 郭庆藩：《庄子集释》，中华书局1986年版，第947页。

实例，《神思》曰：

> 人之禀才，迟速异分；文之制体，大小殊功；相如含笔而腐毫，扬雄辍翰而惊梦，桓谭疾感于苦思，王充气竭于沉虑。张衡研《京》以十年，左思练《都》以一纪，虽有巨文，亦思之缓也。淮南崇朝而赋《骚》，枚皋应诏而成赋，子建援牍如口诵，仲宣举笔似宿构，阮瑀据鞍而制书，祢衡当食而草奏，虽有短篇，亦思之速也。

这种气势磅礴的重言排偶句，突出地体现了骈文的形体特点，有力地强化了"迟速异分"的观点；而助成这种气势的，则是用古事。

（2）缀采，指在文章中用古事、引成辞以强化意旨，并使文章辞采绚丽。刘勰《事类》所说的"是以属意立文，心与笔谋，才为盟主，学为辅佐，主佐合德，文采必霸"，便含有"缀采"的要求。这也是刘勰论"事类"稍稍不同于前人的地方。陆机《文赋》说"倾群言之沥液，漱六艺之芳润"，教导写作者要去粗取精地引用古事、引成辞，这是就"明义"角度说的；刘勰则从"明义"与"缀采"两方面提出要求。举个实例，《丽辞》曰：

> 唐虞之世，辞未极文，而皋陶赞云："罪疑惟轻，功疑惟重。"益陈谟云："满招损，谦受益。"岂营丽辞，率然对尔。《易》之《文》《系》，圣人之妙思也。序《乾》四德，则句句相衔；龙虎类感，则字字相俪；乾坤易简，则宛转相承；日月往来，则隔行悬合：虽句字或殊，而偶意一也。

这么引经据典地论述"丽辞"，在"明义"方面有"据事类义，援古证今"的作用；在"缀采"方面有"宛转相承""隔行悬合"的对称美。

（3）起兴，指在诗歌中借成辞以开篇的修辞手法。应该说明，刘氏论"事类"，侧重在骈文写作方面，但以之论诗，也未为不可。在诗歌中，借成辞起兴是常见的修辞手法，在乐府诗中尤为突出。如"自君之出矣""郁郁陌上桑""客从远方来""君不见""长相思"等，历代作者，援用这些成辞开篇，已成惯例。这样的诗例太多了，不列举。

（4）节缩，指引用古事，有节缩文字的作用。所谓"古事"，本身原是个故事。在诗文中用古事，有助于语句整齐的形式美的形成。举个例子，如曹操的《短歌行》：

　　　　山不厌高，海不厌深。周公吐哺，天下归心。

前两句，出自《管子·形势解》，文曰："海不辞水，故能成其大；山不辞土石，故能成其高；明主不厌人，故能成其众。"[①]末两句出自《韩诗外传》，文曰："周公诫之曰：……文王之子，武王之弟，成王之叔父也，又相天子，吾于天下亦不轻矣。然一沐三握发，一饭三吐哺，犹恐失天下之士。"[②]曹操在这诗里引用成辞和古事时，就大大地节缩了原文，化成自己的诗句。这也算是"袭故而弥新"（陆机《文赋》）的一例吧。

用古事，能节缩文字，因而又有可能带来诗文的含蓄美。例如，聂夷中《古别离》（或曰孟郊作）：

　　　　欲别牵郎衣，问郎何处去？不恨归日迟，莫向临邛去。

这末一句即用卓文君私奔相如故事。在封建社会里，妻子送别丈夫，在难舍难分之际，说一句"莫向临邛去"便心思全出，而又有含蓄之致。此等事，借古事达意比直接道破，自胜一筹。

所谓"用事"有不利的一面，主要指用古事引起的弊病，刘勰在《事类》中指出了两种弊病：一是把古事当作多余的装饰；二是乖谬地乱用古事。其实，使用僻典，令人不解，或将就句式，以词害意，更是当时的通

---

① 管仲著，刘柯、李克和译注：《管子译注》，黑龙江人民出版社2003年版，第393页。

② 韩婴撰，许维遹校释：《韩诗外传集释》，中华书局1980年版，第117页。

病。下面略加说明。

（一）刘勰对用古事有个明确看法，即要用得"合机"，用在紧要之处

他举例并评论说："刘劭《赵都赋》①云：'公子之客，叱劲楚令歃盟；管库隶臣，呵强秦使鼓缶。'用事如斯，可称理得而义要矣。"相反，他嘲笑把用古事当作多余的装饰，说这好比"缀金翠于足胫，靓粉黛于胸臆"。我们读颜延之、王元长的某些文章，便觉得这嘲讥确有对象。例如颜延之的《三月三日曲水诗序》（宋文帝元嘉十一年春作）和王元长的《三月三日曲水诗序》（齐武帝永明九年春作）就都是靠堆砌故实而成文的。

颜延之的《序》文描写宋文帝游春，到了"行所"之后的场面说：

> 既而帝晖临幄，百司定列，凤盖俄轸，虹旗委旆。肴蒷芬藉，觞泛浮。妍歌妙舞之容，衔组树羽之器。三奏四上之调，六茎九成之曲。竞气繁声，合变争节。龙文饰辔，青翰侍御。华裔殷至，观听鹜集。扬袂风山，举袖阴泽。靓庄藻野，袨服缛川。故以殷赈外区，焕衍都内者矣。②

这种无一字无来处的以堆砌故实为美的作风，极大地损害了文章的达意功能，又岂止是"缀金足胫""靓粉胸臆"而已。

（二）刘勰所说的"引事乖谬"，谬在"失真"

他举了两个例子。

曹植《报孔璋书》③：

> 葛天氏之乐，千人唱，万人和，听者因以蔑《韶》《夏》矣。

---

① 刘劭《赵都赋》，已佚。
② 萧统编，海荣、秦克标校：《文选》，上海古籍出版社1998年版，第387页。
③ 曹植《报陈孔玲书》，已佚。曹氏语来自司马相如《上林赋》。

陆机《园葵》诗：

　　庇足同一智，生理合异端。

他指出，第一例错在把"昔葛天氏之乐，三人操牛尾投足以歌八阙"改为"千人唱，万人和"，这是"改事失真"。第二例把"卫足"错成"庇足"；而"卫足""庇足"两个古事皆出自《左传》，一个是孔子用"葵犹能卫其足"为比喻来嘲讽鲍牵（鲍庄子）（《左传》成公十七年），一个是乐豫用"葛藟犹能庇其本根"为比喻来反对"宋昭公将去群公子"的主张（《左传》文公七年）。"园葵"不说"卫足"，而云"庇足"，也是"改事失真"。

刘氏分析这些"引事乖谬"的实例，无异于明确地教导人们：写文章用古书，应当力求精确。

（三）使用僻典，令人不解，或将就句式，以词害意的弊病，在骈文里是通病

刘氏对这两种弊病虽未直接道及，但他已一再说过"辞人爱奇""率好诡巧""穿凿取新""词必穷力而追新"；在爱奇追新的习尚影响下，出现用僻典和因词害意的句子，便成了不足为怪的事，甚至连著名的作家也在难免之列。例如庾信、徐陵，是刘勰以后的骈文名家，属文句句用事，力求藻丽，但在文章中就犯有上述弊病。徐陵《玉台新咏·序》中有"新制连篇，宁止葡萄之树"。这个"古事"出自何处，至今无人能够明确指出。用典而冷僻如此，也成了"翠纶桂饵，反所以失鱼"吧。庾信《哀江南赋·序》中有这么几句："申包胥之顿地，碎之以首；蔡威公之泪尽，加之以血。"这四句中后两句用蔡威公因亡国泣血故事，语言明白；但前两句用申包胥故事，词不达意了。根据《左传》定公四年载：吴攻入楚之郢都，申包胥求救于秦，秦哀公不肯出兵，申包胥立于秦宫，依宫墙哭了

七天，秦哀公受感动而应允出兵，申包胥"九顿首而坐，秦师乃出"。而庾信引用此事，却说成"申包胥之顿地，碎之以首"，则与原意不符。王若虚在《滹南遗老集·文辨》中批评道："庾信《哀江南赋》，堆垛故实以寓时事，虽记闻为富，笔力亦壮，而荒芜不雅，了无足观……至云'申包胥之顿地，碎之以首'，尤不成文也。"①造成"不成文"的原因即在于将就句式，因辞害意。

写文章用古书，怎样才能剔弊存利呢？刘勰指出了几条原则："是以综学在博，取事贵约，校练务精，捃理须核。众美辐辏，表里发挥。"博学是前提，所见不博，则没有多少故实可出之于笔下。在文中用事要简约；堆垛故实，则文章必然流于滞涩。选择要精确，要完全符合表情达意的要求，否则必然产生乖谬。由故实所表明的道理，应该经过核实是合用的，否则将无益于"据事以类义，援古以证今"。这几条原则当然是对的，它不仅是《事类》篇的警策之语，也是古代文论中论"用事"的理论总结。

在这里，我想顺便说明一个问题，即刘氏论述"剖情析采"的每篇文章，无一不是就在"情""事""辞"三者关系中的某一侧面加以论述，又处处面向当时文坛说话，力求补偏救弊，同时又在总结前代文论遗产的基础上提出一些原理原则问题加以阐发，力求有较久的生命力。为了把笔墨集中在阐述原理原则上，他对某些文学技巧问题，只是举例性的提及，不求详尽的罗列。以《事类》篇来说，刘氏只着重阐明"据事类义"的根本作用，提出作家在用事问题上应有实事求是的态度而已。如果刘氏有心对读者大谈"据事类义"的技巧运用，那么他是大有文章可做的。刘氏深知，"或有曲意密源，似近而远，辞所不载，亦不可胜数"（《文心·序志》）的，为力求自己的理论具有"振叶以寻根，观澜而索源"的跨越前哲的系统性，他不在细枝末节上做过多的追究。章学诚说"文心体大而虑周"②。我认为，这不仅体现在全书理论的系统性方面，也体现在对所涉

---

① 王若虚：《滹南遗老集附续诗集》（第2册），中华书局1985年版，第216页。

② 章学诚：《文史通义》（第2册），中华书局1985年版，第167页。

问题侧重论述其原理、原则方面。《文心》之所以有别于后世的零敲碎打的诗话、词话，超迈于《文章辨体》之类，就在于它有体系、有深度，因而特别受到后人的重视。

[原载《安徽师大学报》（哲学社会科学版）1986 年第 1 期]

《隐秀》释义

一

诠释《隐秀》篇，免不了涉及"补文"的真伪问题。对这个问题，当今学者颇有争议，这里谈谈我的理解。

《文心雕龙》一书，今天能见到的刻本，以元至正十五年（1355）嘉兴郡学本为最古（今上海图书馆藏，有影印本行世），其中《隐秀》一篇有缺文。明代自弘治、嘉靖至万历间，有五种刻本，其中《隐秀》篇，皆一如元至正本，有缺文。可是到了万历四十二年（1614），常熟钱允治（字功甫）说："余从阮华山得宋本钞补，始为完书。"①这是将"补文"告诉世人的开始。天启二年（1622）梅庆生（字子庚）刻《文心雕龙》重修本，补入四百多字，于是有《隐秀》的全文刻本流传于世（今北京、南京、天津图书馆都藏有此书）。稍后，天启七年（1627），冯舒"钞补"《隐秀》篇，文字与钱允治藏本、梅刻本相同（现藏北京图书馆）。到了清

---

① （明）钱允治：《文心雕龙·跋》，转引自杨明照《文心雕龙校注拾遗》，上海古籍出版社1982年版，第751页。

康熙四十年（1701），何焯见冯舒所传钱允治本，“记其缺字以归”[①]。乾隆三年（1738）黄叔琳有《文心雕龙辑注》，其《例言》第三条说：

> 《隐秀》一篇，脱落甚多，诸家所刻，俱非全文，从何义门（何焯）校正本补入。[②]

黄叔琳本流传最广，后世据此翻印，影响最大。

乾隆三十六年（1771）秋，纪昀手批《文心》，在黄氏《例言》第三条上眉批曰：

> 此篇（指《隐秀》）出于伪托，义门为阮华山所欺耳。[③]

在《隐秀》篇末，纪昀又眉批道：

> 此一页词殊不类，究属可疑。呕心吐肝，似摭玉溪李贺小传呕出心肝语；煅岁炼年，似摭《六一诗话》周朴月煅季炼语；称渊明为彭泽，乃唐人语。[④]

此后数年，纪昀等撰《四库全书总目提要》，提及《文心雕龙》，又说：

> 是书自至正乙未刻于嘉禾，至明弘治、嘉靖、万历间凡经五刻。其“隐秀”一篇，皆有阙文。明末常熟钱允治，称得阮华山宋椠本，抄补四百余字。然其书晚出，别无显证，其词亦颇不类……况至正去宋未远，不应宋本已无一存，三百年后，乃为明人所得。又考《永乐大典》所载旧本，阙文亦同。其时宋本如林，更不应内府所藏无一完

① 王利器校笺：《文心雕龙校证》，上海古籍出版社1980年版，第309页。
② 刘勰：《文心雕龙》，《四部备要》本，中华书局1989年版，第2页。
③ 刘勰：《文心雕龙》，《四部备要》本，中华书局1989年版，第2页。
④ 刘勰：《文心雕龙》，《四部备要》本，中华书局1989年版，第96页。

刻。阮氏所称，殆亦影撰，何焯等误信之也。①

纪昀的这些话，虽然说得简括，但已从板本和语词两个主要方面指出补文乃是伪托的。

近人黄侃在《文心雕龙札记》中，除从板本、补文语词指出破绽外，还提出一条过硬的证据，指明其为伪托：

> 案此纸亡于元时，则宋时尚得见之，惜少征引者，惟张戒《岁寒堂诗话》引刘勰云：情在词外曰隐，状溢目前曰秀，此真《隐秀》篇之文。今本既云出于宋椠，何以遗此二言？然则赝迹至斯愈显，不待考索文理而亦知之矣。②

合观纪、黄二氏的意见，可以说，已有确实证据，断定补文为伪托了。今人范文澜《文心雕龙注》、杨明照《文心雕龙校注》、王利器《文心雕龙校证》，均断定"补文"为伪托。

1979年，詹锳先生就这个问题提出异议，认为钱允治"从阮华山得宋本钞补"的说法，可以置信，主要理由是阮藏宋本，曾经钱谦益、冯舒、朱谋玮以及明末校刻名家过目，不得有假。③针对这种"异议"，杨明照、王达津则分别撰文，持据反驳，指明"补文"纯属伪托。杨明照先生指出，就补文的三个来源说，"它们的祖本可能是一个"；就阮藏宋本说，"明清公私书目未见著录"，这个宋本"来既无踪，去又无影，怎能不令人产生疑窦"；就补文本身说，"从唐至明的各类著述中，征引《文心》的约八十余书"，"惟独那四百多字的补文，从未有人引用它。"又，补文七十八句，"除句首或末共用了五个语词和'彼波起辞间，是谓之秀'两句外，其余全是追求形式的俪句，无一单笔。这在全书中，绝对找不到类似的第

---

① 纪昀总纂：《四库全书总目提要》，河北人民出版社2000年版，第5363页。
② 黄侃：《文心雕龙札记》，中华书局1962年版，第196页。
③ 参见詹锳：《〈文心雕龙〉的"隐秀"论》，《河北大学学报》1979年第4期。

二篇。"①王达津先生则就"补文"的"内容、文句"两方面加以考证、分析，最后断定其为伪托。②

这里，我拟就《隐秀》残文和"补文"说点肤浅意见，补充说明"补文"是伪托的。

（1）明人徐𤊹在万历己未（1619）刻《文心》校本的跋语中说："第四十《隐秀》一篇，原脱一板。予以万历戊午（1618）之冬，客游南昌，王孙孝穆（朱谋㙔）云：'曾见宋本，业已钞补。'予亟从孝穆录之。"③我们恰可在"原脱一板"上看出破绽。

既称"宋本"，则是刻本，也才可说"原脱一板"，而"一板"脱四百十一字（如除缺字八个，尚余四百零三字），尾数是单数，就是怪事！一板的前半、后半字数应是相等的，也就是说，补文的尾数绝对不会是单数。又，《隐秀》残文前一部分一百二十八字（自"夫心术之动远矣"至"澜表方圆"），如肯定补文出自宋版的"原脱一板"，那末残文"澜表方圆"四字必然是脱文前一板的末行末尾四字，否则前后两版不能衔接。残文一百二十八字要刻成多少行，末行末尾才恰是"澜表方圆"四字呢？经计算，只有每行十六字、八行，才能如此。用这种每行十六字法推算补文的"原脱一板"那一整板（前半、后半行数字数相同）只可能有二十四行，计三百八十四字，尚余十九字或二十七字不在"一板"之列。这不恰恰证明作伪者露了马脚吗？

（2）就补文的"词殊不类"，我们还可以补充一点，即刘勰《文心》，篇篇皆为精心之作，用语确当，而在理论上有层层深入之妙，可是"补文"四百十一字、七十八句，说来说去，只是围绕着"隐"和"秀"的一般概念，根据原有残文所提示的意念敷陈辞藻罢了。这和刘勰层层深入的理论阐释相比，完全不类。黄侃对补文讥之为"出辞肤浅，无所甄明"，

---

① 杨明照：《文心雕龙隐秀篇补文质疑》，《学不已斋杂著》，上海古籍出版社1985年版，第501—514页。

② 参见王达津：《论〈文心雕龙·隐秀〉篇补文真伪》，《古代文学理论研究论文集》，南开大学出版社1985年版，第101—108页。

③ 徐𤊹批校本《文心雕龙》第三册卷末附页。

并不是苛责。

《隐秀》篇的补文是明末人假造的，这就是有理有据的结论，自然也是有说服力的。持"补文"就是刘勰原文之说的，那只是投信任票式的说明，还拿不出过硬的论据，难以令人信从。

二

《隐秀》篇，尽管全文无由见得，但根据残存的首、尾部分看，它就是由"意象"转化为"形象"时，提出"隐""秀"的审美要求这一基本观点还是可以看得明白的。这一点，张少康先生在所著《中国古代文学创作论》中已有论述，给我以启迪，我愿在这里就残文加以阐发。这也是"非雷同也，势自不可异也"（《文心·序志》）的一例吧。

在讨论"隐秀"的理论要义之前，想交待一下我对"意象""形象"术语使用的看法。作家在构思过程中呈现于脑际的，可称之为"意象"；通过语言把"意象"转化为具体可感的艺术客体，是为"形象"；读者在所阅读的作品中受"形象"的触发而产生的心灵境界，可称之为"读者意象"。这三者不是等同的概念，它们之间既有联系，又有区别，不宜笼统地称作"形象"或"艺术形象"。

艺术形象的创造过程，按照刘勰的认识说，乃是"情以物迁、辞以情发"或"神与物游"的主、客观相互融合的过程。"独照之匠，窥意象而运斤"（《文心·神思》），作家要窥察已呈现于脑际的"意象"，而予以恰当的表述自必有审美要求；这要求，照刘勰看，其核心就是所谓"隐""秀"。高尔基说："照天性来说，人都是艺术家。他无论在什么地方，总是希望把'美'带到他的生活中去。"[1]刘勰提出'隐秀'之美是表达意象的不可或缺的要求，乃是自然的事。

《隐秀》篇开头就说："夫心术之动远矣，文情之变深矣，源奥而派生，根盛而颖峻，是以文之英蕤，有秀有隐。"所谓"心术之动远矣"，就

---

[1] 高尔基：《文学论文选》，人民文学出版社1958年版，第71页。

是《神思》篇所说的"文之思也，其神远矣"；所谓"文情之变深矣"，就是《神思》篇所说的"神用象通，情变所孕"。因此，我认为，刘氏论"隐秀"，有个根本目的，那就是：创造出具有多重含意的鲜明生动的艺术形象。我们阐释"隐秀"，也应该从对艺术形象的总体把握来考虑。

宋人张戒引用过的《隐秀》篇的两句说："情在词外曰隐，状溢目前曰秀。"正表明刘氏的隐秀论乃是创造意隐而象秀的审美要求。就这两句话看，不难理解："情在词外"的"词"，当然指构成艺术形式的语言，情感蕴于其中，而"状溢目前"的"状"，则指这种艺术形式所具有的感性特征、感觉效果。这种"词"与"状"的统一，便成了艺术形象；而且照刘勰说这艺术形象应该具有内意深隐而又外象秀出的特点。亦即《隐秀》所谓"文之英蕤，有秀有隐"。——秀而无隐，隐而不秀，皆不得谓"文之英蕤"的。刘永济《文心雕龙校释》说，"隐处即秀处"[1]，算是准确地道出了"隐"和"秀"的关系。

有人说，《隐秀》篇所讨论的是"含蓄"（或婉曲）和"警句"两种修辞技巧问题。我们以为这样看问题有一定道理，但却没有道尽"隐秀"对创造艺术形象的审美要求。或者说，用"含蓄""警句"来诠释"隐""秀"，颇难说清它对形象创造的总体要求。何谓"隐"？刘勰说：

> 隐也者，文外之重旨者也。
> 隐以复意为工。
> 夫隐之为体，义生文外，秘响旁通，伏采潜发。
> 深文隐蔚，余味曲包。

就艺术形象创造角度说，"隐"要求寓有"复意""重旨"，要有"义生文外"的触发力量，才能产生"秘响旁通，伏采潜发"的艺术魅力，才能让人有"余味"可寻。一句话，"复意""重旨"云云，是以具有生动灵活的艺术形象为条件说的。没有生动灵活的艺术形象，那"复意""重旨"

---

[1] 刘永济：《文心雕龙校释》，中华书局2007年版，第141页。

也就失去了让人感知的力量。举个例子，相传为汉代班婕妤写的《怨歌行》，便是历来人们承认的"以复意为工"的典型诗例。《玉台新咏》载有这首诗的小序说："昔汉成帝班婕妤失宠，供养于长信宫，乃作赋自伤，并为怨诗一首。"我们且不管这诗是不是班婕妤写的，诗咏"秋扇见捐"，显然另有离意则是肯定的；诗的艺术形象触发人们感知封建社会里始而受宠，终则见弃的君臣关系、主司与僚属关系，则是非常明显的。

那末，人们说这首诗有"含蓄"之美不可以吗？当然可以。不过我们要说清一点："隐秀"是从对形象的总体把握着眼来谈问题的，而"含蓄"之美有时具有对形象的总体把握的特点，有时语言虽有"含蓄"之美，但不一定就能创造出意隐象秀的艺术形象。例如刘勰所说的"《春秋》则观辞立晓，而访义方隐"（《文心·宗经》）。拿《春秋》"寓褒贬"的事例来说吧，如隐公四年三月，有曰"卫州吁拭其君完"；同年九月，又有"卫人杀州吁于濮"。第一句直书"州吁拭其君完"，表明州吁弑君自立，是乱巨贼子，故用"弑"字，且直书其名，以定其罪分；第二句"卫人杀州吁于濮"，只说"卫人"，用"杀"字，表明卫人不承认州吁是君，故用"杀"字；杀州吁的总有具体人，然而只说"卫人"，表明州吁是卫人共弃的坏家伙；句中又说明杀州吁"于濮"，濮为陈国之地，表明假手于陈而杀贼子州吁。这前后两句，在表达上一显一隐，便达成"一字以褒贬"的作用。这种所谓"隐"或含蓄，是靠人们的理智判断而弄明白的，它与艺术形象了无关系。因此我们不能把"含蓄"和"隐秀"之"隐"等同视之。

在《原道》《宗经》中，刘勰一再提到《周易》，说它"符采复隐，精义坚深"，"《系》称旨远辞文，言中事隐"。试问：《周易》卦辞、爻辞的"隐"与"隐秀"之"隐"可否等同视之？答案应该是：不可。例如《周易》乾卦卦辞"元、亨、利、贞"，这是干巴巴的逻辑判断；爻辞"初九，潜龙勿用；九二，见龙在田，利见大人；九三，君子终日乾乾，夕惕若厉，无咎；九四，或跃在渊，无咎；九五，飞龙在天，利见大人；上九，亢龙有悔，用九，见群龙，无首，吉"，这只是些暗喻，都借象喻理，使人们运用逻辑思维来比附推理，却谈不上有什么艺术形象。因此，我们不妨再概括地回答上述问题：《周易》的卦辞、爻辞，主要靠诱发人们进行逻辑思维来产生作用，而"隐秀"之"隐"却蕴含于活生生的艺术形象里，它靠触动人们的形象思维从而在思想感情上产生共鸣。

《比兴》篇说："比显而兴隐"，"观夫兴之托喻，婉而成章，称名也小，取类也大。"试问："兴"的"隐"与"隐秀"之"隐"可否等同视之？我以为，回答应是"可"与"不可"两种。说它可，是因为"兴"有着"文已尽而意有馀"（钟嵘语）的特性，这特性可以关系到艺术形象的总体。如《小雅·鹤鸣》全诗皆用"兴"来表"教宣王求贤人之未仕者"的思想内容，这内容贯串在全诗所描绘的形象中；说它不可，乃是因为"兴是譬喻，又是发端"（朱自清语），它只是构成艺术形象的小小局部，人们还不能靠这个"譬喻"来把握艺术形象的总体；何况有些"兴"根本没有寓意，当然也就无意可"隐"。

何谓"秀"？刘勰说：

> 秀也者，篇中之独拔者也。
>
> 秀以卓绝为巧。
>
> 凡文集胜篇，不盈十一；篇章秀句，裁可百二。
>
> 雕削取巧，虽美非秀矣，故自然会妙，譬卉木之耀英华；润色取美，譬缯帛之染朱绿。朱绿染缯，深而繁鲜；英华曜树，浅而炜烨：秀句之所以照文范，盖以此也。

据《隐秀》残文，论"秀"的部分，几乎全抄在这里。显然，照刘氏行文的习惯看，残文残缺了"夫秀之为体"的重要说明。就我们摘引的论"秀"的语句看，把"秀"诠释为"秀句"——如《文赋》所说的"立片言而居要，乃一篇之警策"，似乎没有什么不妥；然而我以为把"秀句"解作"秀气成采"的"佳篇"才更符合原意。我这样解释的依据是：

（1）"秀也者，篇中之独拔者也"。句中的"篇"字，解作"编"未始不可。《序志》中所谓"上篇以上""下篇以下"中的"篇"字即是"编"字。准此理解"篇中之独拔者也",是可以把"独拔者也"看成"佳篇",而不仅指"警句"。

（2）"英华曜树"用来比喻"秀",是就比喻的总体把握来说明问题的。人们总不能把"英华曜树"解成"独花曜树"吧！"桃之夭夭,灼灼其华",人们理解其形象意义是应该从它的总体形象去把握的。（对"朱绿染缯"的比喻,亦应从这个角度加以解释。）因此,我们把"秀"解作"佳篇"是有理由的。

（3）刘氏从"朔风动秋草,边马有归心"的诗例,谈到"篇章秀句",这"秀句"实际是指"佳篇"——你以为我在强词夺理吗？不,请看,沈约《宋书·谢灵运传论》中有这么一节：

> 至于先士茂制,讽高历赏,子建"函京"之作,仲宣"霸岸"之篇,子荆"零雨"之章,正长"朔风"之句,并直举胸情,非傍经史,正以音律调韵,取高前式。①

这里一口气举了四个例子,前三例指作品的全篇,确切无疑；难道能把第四例"朔风之句"就解作"朔风吹秋草一句"？当然不能——这"之句"也就是"之作""之篇""之章",之所以说"之句",行文调换词头而已,实质上四例皆指"佳篇"。这里,我还要强调指出：刘勰说王瓒的《杂诗》（"朔风动秋草"一首,见《文选》卷29）"此羁旅之怨曲也"。正是从全诗着眼下断语的。如果只就全诗开头两句"朔风动秋草,边马有归心",就遽然断定为"此羁旅之怨曲也",那末,这"怨曲"是不成其为"曲"的。因此,我放胆地说,刘氏所谓"篇章秀句,裁可百二"中"篇章秀句",实际乃指"佳篇",为写骈文,如此行文而已。如果把沈约所说的这段话,改写成散文,那末"篇""章""句"皆指"篇"便清清楚楚。

（4）清人纪昀曾在《隐秀》"故自然会妙"至"秀句所以照文苑,盖

---

① 沈约：《宋书》,中华书局1974年版,第1779页。

以此也"一段上眉批道："此秀句乃泛称佳篇，非本题之秀字。"[1]我们认为，纪氏把"秀"只解成"一篇之警策"未必周全；可是他看出此处的"秀句"乃是"佳篇"，则是有道理的。道理在于此处两个取义不同的比喻都使人不能不从它们的意象整体上去考虑问题。"秀以卓绝为巧"，这"卓绝"的前提是"形象"，即要求形象异常生动。

"隐秀"之"秀"，说它是指形象生动的"佳篇"，这才符合刘氏原意。不难理解，刘氏这样看问题是以创作实绩为依据的。前引沈约所举的篇章，如曹植的《赠丁仪、王粲》、王粲的《七哀》、孙楚的《陟阳侯》等诗，都是直抒胸臆、不假雕削的篇章，这才被人称道。又如《古诗十九首》，人们说那是"意愈浅愈深，词愈近愈远；篇不可句摘，句不可字求"[2]的佳篇，不能靠摘取一两个"警句"来指出它的"秀"处；应该说，它们各具有浑然一体的"状溢目前"的美。对汉乐府诗中的多数篇章，亦当作如是观。如对《焦仲卿妻》诗，我们总不能摘录"孔雀东南飞，五里一徘徊"两句，就说这诗美在其中吧？

如果容许我们举刘勰之后的散文为例，那我真想问问：对柳宗元的《永州八记》中的篇章能靠摘"警句"来显示他们的秀美吗？答案是明确的，不能！

"警句"可以称"秀句"，但这种"警句"并不一定"秀"在"状溢目前"上；"隐秀"之"秀"是以"状溢目前"为其根本特征的。

三

"情在词外曰隐，状溢目前曰秀"，这是个对立统一的艺术命题，在这个意义上说，所"隐"者为"情"，所"秀"者为"状"，而"情"只有寓于"状"中，才能产生"义生文外"的艺术力量。这就是说："隐处即秀处"，隐和秀，只能是个矛盾的统一体。就内容说，它要"深文隐蔚，余味曲包"；就表达形式说，它要"辞生互体，有似变爻"。把这两者统一起

① 刘勰：《文心雕龙》，《四部备要》本，中华书局1989年版，第96页。
② 胡应麟：《诗薮》卷二，上海古籍出版社1958年版，第26页。

来，才能达到"隐秀"的最高要求。而这要求的有形之体，就是含有多重意念的生动灵活的艺术形象。

关于这一点，我们在刘勰所说的"或有晦塞为深，虽奥非隐；雕削取巧，虽美非秀"的提示中，亦可窥探出来。语句"晦塞"的根本原因，乃是含意不明；如果以含意不明为深奥，从艺术效果方面说是无济于事的，因为读者对之徒叹"深奥"，而终于不知作者要说些什么。于是刘氏断然地说："虽奥非隐。"那末，反过来说，作品的意念只有镕铸在"自然会妙"的形象里，这才可以称作"隐"。"雕削"的作品雕来琢去，终无生气，所以说"虽美非秀"；那末，反过来说只有创造出巧夺天工的有着栩栩如生的形象的作品才能称作"秀"。显然，"秀"以"隐"为内在生命，"隐"以"秀"为外在风神。两者相辅相成，构成艺术文学的特征。

顺便说一点，刘勰在创作上提倡"自然会妙反"，对"雕削取巧"，自有反对"言贵浮诡"的文风之意，这是用不着多说的。

"隐秀"是就创造艺术形象说的，明白这一点，就不至于用"隐秀"论来衡量当时各种体裁的"文章"。翻开《文心雕龙》的"文体论"诸篇就可明白，有些文体（体裁）是与创造艺术形象全不相干的。如《祝盟》之文，"季代弥饰，绚言朱蓝"——在当时只要求有华丽的辞藻以达意就行了；《史传》之文，要求记言书事，都要"文非泛论，按实而书"，并指明司马迁之书有"实录无隐之旨，博雅弘辩之才"；《论说》之文，要求"理形于言，叙理成论"，只要立言"持正"就行了；《檄移》之文，"必事昭而理辨，气盛而言断"，能有"听声而惧兵威"的气派即为上乘；《章表》之文，务必"循名课实""明而不浅"，便合乎要求；《议对》之文，"文以辨洁为能，不以繁褥为巧；事以明核为美，不以深隐为奇"；等等。总之，文章多体，各体自有它的相对的独立要求，那是不可一概以"隐秀"的审美要求来看待的。

［原载《安徽师大学报》（哲学社会科学版）1989年第1期］

《文心雕龙·物色》小札

《物色》篇涉及文学创作的主客观关系问题，因而当代文艺理论家都投之一瞥。

一

《文心·序志》篇说："夫文心者，言为文之用心也。"从"言为文之用心"的角度看，"物色"是什么意思呢？

答曰：就《物色》全文看，"物"指自然界的万物，但不包括社会人事在内；"色"指自然景物的色相，有色必有形。在文学创作中谈"物色"，那当是讨论如何形象化的描写自然景色的问题。

把"物色"解释为"形象化的描写"是古已有之的，不自刘勰始。最明显的例子是《后汉书·严光传》中的一句话："严光……少有高名，与光武同游学……帝思其贤，乃令以物色访之。""物色"，唐人李贤注为："以其形貌求之。"①注语完全符合原意。如果把末一句译为现代语，就是：命令给严光画个肖像，按照肖像去访求他。因此，我们说，把"物色"解作"形象化的描写"是不错的。不过须补充一点：刘勰笔下的《物色》是专论如何形象化地描写自然景色的。

---

① 范晔：《后汉书》全12册，中华书局1965年版，第2763页。

二

《物色》为什么只讨论如何形象化地描写自然景色而不涉及描绘社会生活呢？这是有其历史原因的。六朝时，诗与赋是占领文坛的两种主要体裁，那时的文士们把作赋吟诗看成是了不起的事，是获得社会声誉的重要途径。这只要稍检史籍，便可明了。例如，"左思练《都》以一纪"和"洛阳纸贵"就是老生常谈的故事。

《北齐书·魏收传》中有一段话，说得很明白："收以温子昇全不作赋，邢（邢劭）虽有一两首，又非所长，常云：'会须作赋，始成大才士……'"①"大才士"的徽号是要得到社会承认才能挂出来的。六朝文士长年辛苦作赋，为的就是博得这个徽号。晋代陆云曾写信劝哥哥陆机说："兄作大赋必好，意精时故，愿兄作数大文。"②这劝说的实质，就是希望陆机成为"大才士"。

社会重视赋，文士便拼命作赋，既作赋，便要"铺采摛文，体物写志"（《文心·诠赋》）——"体物"即是摹拟物象；通过摹拟物象来铺陈文采，表达情志。这就是说，作赋不能不形象化地描绘自然景色。刘勰针对当时文坛风尚，总结这方面的创作经验，撰《物色》篇。

重视写诗，也是六朝文坛的风尚。《梁书·钟嵘传》所载的《诗品序》曰："故辞人作者，罔不爱好。今之士俗，斯风炽矣。裁能胜衣，甫就小学，必甘心而驰骛焉……观王公搢绅之士，每博论之余，何尝不以诗为口实，随其嗜欲，商榷不同。"③诗成了士大夫们交谈的"口实"，这就难怪士俗重诗；连贵胄子弟们都装模作样地"终朝点缀，分夜呻吟"了。

六朝文士重视什么样的诗呢？《明诗》篇说："宋初文咏，体有因革，庄老告退，而山水方滋；俪采百字之偶，争价一句之奇，情必极貌以写

---

① 李百药：《北齐书》，中华书局2000年版，第341页。
② 严可均辑：《全晋文》（中），商务印书馆1999年版，第1079页。
③ 姚思廉：《梁书》卷一，中华书局1999年版，第482页。

物，辞必穷力而追新，此近世之所竞也。"重视写山水诗，成了刘宋以来的风气。既要写山水诗，便不得不讲究"写气图貌"——形象化地描述自然景色。刘勰有鉴于此，便总结这方面的创作经验，撰《物色》篇。

从文学发展的事实看，刘勰已经意识到，撰写《物色》篇，也是自己所要完成的历史使命之一。在《物色》中，他对"写气图貌""属采附声"式的描绘，列举了许多例子，从诗经、楚辞、汉赋一直数到"近代"，指出景色描写的由简入繁的趋势。他说："自近代以来，文贵形似，窥情风景之上，钻貌草木之中。"显然，他看出了"近代"诗文的长处在于形象化，但缺点在于"饰羽尚画，文秀鞶帨"（《文心·序志》）。因此，他告诫说："物色虽繁，而析辞尚简。"我以为，刘勰撰《物色》的积极意义就在这里。

三

刘勰对形象化地描写自然景色的具体要求如何？

《物色》说"情以物迁，辞以情发"——这是"物""情""辞"三者关系的唯物的表述。这个表述显示出："情"是作家反映客观事物的中介，是作品的生命、灵魂。（顺带说一句：这里的"情"包括"志"，情志一也。）因此刘勰在《情采》中指明：情是"文之经"，强调作家应"为情而造文"，反对"为文而造情"。

"辞"怎样表现"物"从而体现"情"呢？刘勰说："写气图貌，既随物以宛转；属采附声，亦与心而徘徊。"——"随物宛转"的是"心"，"与心徘徊"的是"物"，只有经历"心物交融"的形象思维过程，才能描绘出大自然的美。这里，我想起了别林斯基的一段话，它指明"心物交融"中"情"是个重要因素：

> 记述大自然之美的作品是创造出来，不是抄袭而成的；诗人从心坎里复制大自然的景象，或是把他所看到的东西加以再创造；无论在

哪一种情况下，美都是从灵魂深处发出的，因为大自然景象不可能具有绝对的美；这美隐藏在创造或观察它们的那个人的灵魂里。诗人用自己的感情，自己的思想，给大自然景象添加生气；如果他想用大自然景象来迷惑或者惊吓我们，他自己先就必须对这景象加以欣赏或是感到吃惊。[1]

我们用这段话来诠释"心""随物以宛转"，"物""与心而徘徊"，应该说是恰当的。刘勰的文中之意与别林斯基的口中之辞，实质是一样的。

刘勰对"心物交融"的形象化的描写具体要求如何？这与当时的文艺理论水平有关，与他自己对问题的理解程度也有关。

"以形传神"这一艺术要求，魏晋时代的画家已有心领神会的实践，并有简要的理论说明。《世说新语·巧艺》篇中有几则关于顾恺之作画的小故事，颇能说明问题。

> 顾长康画裴叔则，颊上益三毛。人问其故，顾曰："裴楷俊朗有识具，正此是其识具。看画者寻之，定觉益三毛如有神明，殊胜未安时。"
>
> 顾长康画人，或数年不点目睛。人问其故，顾曰："四体妍蚩，本无关于妙处，传神写照，正在阿堵中。"
>
> 顾长康道：画"手挥五弦"易，"目送归鸿"难。[2]

这三段共同地说明："传神写照"时，只有在"写照"逼真的前提下，方可"传神"。要得"神似"，必先"形似"。这与顾恺之在《魏晋胜流画赞》中所说的，要"以形写神"是一个意思。后世画家更明白地指出："传神兼肖其貌"；"神无可绘，真境逼而神境生"[3]。

① 《别林斯基选集》第一卷，上海译文出版社1979年版，第241页。
② 刘义庆：《世说新语》卷下之上，其中"目送归鸿，手挥五弦"两语，出自嵇康《赠秀才入军》五首之四。
③ 笪重光：《画筌》，《艺林名著丛刊》本，世界书局1936年版，第9页。

　　魏晋以后，在文学上，作家们追求景物描写的形象性，评论家也以是否"形似"作为评论诗文的标准之一。如沈约在《宋书·谢灵运传论》中说："相如巧为形似之言。"钟嵘在《诗品序》中论述前代五言诗之后说："岂不以指事造形，穷情写物，最为详切者耶！"钟嵘评张协、谢灵运、颜延之、鲍照等人诗时，都指出他们"巧构形似之言""尚巧似""善制形状写物之词"①，据此可知，提出"形似"的描写要求，是当时文学理论水平已经达到的高度。又，《南史·颜延之传》说："延之尝问鲍照己与灵运优劣，照曰：'谢五言如初发芙蓉，自然可爱。君诗若铺锦列绣，亦雕缋满眼。'"②钟嵘《诗品》卷中："汤惠休曰：'谢诗如芙蓉出水，颜如错采镂金。'颜终身病之。"③据此可知，晋宋时的文士，已意识到艺术形象的形神兼备问题。

　　在描绘自然景色问题上，刘勰对"心物交融"的具体理解如何？为了说明这个问题，我们还得对《物色》篇中的某些语句略加诠释。

　　（1）"写气图貌""属采附声"，这是两个并列的动宾词组构成的句子。第一句的"貌"，指作家描绘的自然的"形貌"，那么，与"貌"并列的"气"，则必然是通过"形貌"所显示出来的"神气"。（有人把这里的"气"解作"天气"，我说，天气能由自然物的形貌表现出来，这个"形貌"也就是有"神气"的。）第二句中的"属采"即"属词"，"附声"即比附自然物的声音。"属采附声"即描绘自然物，摹拟它的声音要形象化。

　　（2）在"以少总多，情貌无遗"两句中，把"情"与"貌"并列，"貌"指"形貌"，则"情"必指"神情"。因为只有"以形传神"，才能"情貌无遗"。

　　据此，我们说，刘勰对"心物交融"的理解是比较深刻的，并且在这种理解的基础上撰写《物色》篇，提出了"体物为妙，功在密附""使味飘飘而轻举，情晔晔而更新"的"形神兼备"的描写要求。

---

　　① 陈延杰：《诗品注》，人民文学出版社1961年版，第27、29、43、47页。

　　② 李延寿撰，周国林等校点：《南史》，岳麓书社1998年版，第508页。

　　③ 陈延杰：《诗品注》，人民文学出版社1961年版，第43页。

也许有人要说，"以少总多，情貌无遗"是刘勰提出的艺术要求，而"形神兼备"说则是强加在刘勰身上的。我们认为，形神兼备原是刘勰文章中固有的含意，而不是外加的东西。如果结合《文心雕龙》的其他篇章看问题，当可更清楚地看出，刘勰对"形神兼备"这一描写要求的理解是比较深刻的。

例如，《神思》说："神用象通，情变所孕。物以貌求，心以理应。"这几句话可就构思过程中形象思维与逻辑思维的关系来理解，但也可就艺术形象的"神""形"关系来理解。"神用象通"——作家把自己的神情融化在所描绘的形象里，形象如果能体现作家的神情，这个形象便是活的，神形兼备的。"物以貌求"，求其"形"，"神用象通"，求其"神"，形神合一，这个形象便会成为展翅飞翔的彩凤。

又如，刘勰在《宗经》《隐秀》等篇中提到诗文有"余味"①，在《声律》篇中提到有"滋味"②，这都是以有形神兼备的艺术形象为前提说的。因为只有形神兼备的艺术形象，才能唤起人们的联想和想象，从中领会这形象可能具有的"滋味"，得到美感享受。

怎样才能达到"形神兼备"的艺术要求？刘勰说：（1）"是以诗人感物，联类不穷，流连万象之际，沉吟视听之区；写气图貌，既随物以宛转；属采附声，亦与心而徘徊。"——就是说：要接触实际，要用形象思维。（2）"窥情风景之上，钻貌草木之中"；"体物为妙，功在密附"。——要"形似"，也得仔细观察，摹拟得逼真，描绘的贴切。（3）"以少总多，情貌无遗。"——要以精炼的语言，刻绘出自然物的形貌和神情。

这些见解，在今天看来是老生常谈，可是在一千四百多年前，这确是形象化描写理论的全面总结。

在论述如何描绘自然景色时，刘勰还提出了推陈出新问题。他说："物有恒姿，思无定检"；"物色尽而情有余者，晓会通也。"显然，他已看到"情思"在创作中的主导作用；作家对相同题材可以写出主题不同、形

---

① 《宗经》："往者虽旧，余味日新。"《隐秀》："深文隐蔚，余味曲包。"
② 《声律》："是以声画妍蚩，寄在吟咏，滋味流于下句，风力穷于和韵。"

象各异、风格有别的作品，其关键即在于"思无定检"；若又能融会贯通地继承前人的描绘技巧，那就不难写出自然景物的新姿态。"情往似赠，兴来如答。"无"情往"便无"兴来"，象中有情，便是推陈出新的秘诀。

四

《物色》篇主要讨论如何形象化地描绘景色，当然与讨论文学的主客观关系问题分不开。对《物色》之"物"的内涵，现代的文学理论家们的认识是有分歧的，现就这一点略谈自己的看法。

有人说："刘勰的《文心雕龙·明诗》篇也说：'人禀七情，应物斯感；感物吟志，莫非自然。'《物色》篇也说：'春秋代序，阴阳惨舒，物色之动，心亦摇焉。'也具有朴素的唯物主义精神。但只限于自然的感召，没有提到更重要的社会上的各种矛盾。在历史上，首先指出由于社会的各种矛盾、而产生诗歌的是钟嵘。"[1]

又有人说：《物色》篇，"主要从自然现象和文学的关系上，来探讨文学反映现实的规律，以及在创作中应怎样反映客观现实"；"《物色》篇正体现刘勰……对艺术的真实性和艺术性提出了全面的要求，而且从理论到实际，从观察现实到反映现实，都作了相当全面而正确的阐述"。[2]

很明显，一个说《物色》之"物"是"自然"物，不包括"社会上的各种矛盾"；一个说，这"物"可以包括社会各种矛盾在内的"客观现实"，并断定《物色》已"相当全面而正确"地"探讨文学反映现实的规律"。我则认为这两说虽都不错，但都不够周全：一个抓住《物色》探讨如何描绘自然这一特殊性立论，一个抓住由描绘自然而推论到"文学反映现实的规律"这一普遍性立论。我却认为，合之则双美，是不必各执一词的。我们讨论"情以物迁，辞以情发"这个根本问题时应当以它的特殊性为出发点。

---

① 罗根泽：《读诗品》，载《光明日报·文学遗产》，第147期。

② 陆侃如、牟世金：《刘勰论创作》，安徽人民出版社1982年版，第37、39页。

至于说，刘勰论文学的主客观关系，"只限于自然的感召，没有提到更重要的社会上的各种矛盾"，则是不实之词。《明诗》篇说："人禀七情，应物斯感；感物吟志，莫非自然。"这里的"物"不仅仅指自然，也包括"社会上的各种矛盾和刺激"在内。因为刘勰紧接上文说："昔葛天乐辞，《玄鸟》在曲，黄帝《云门》，理不空弦。至尧有《大唐》之歌，舜造《南风》之诗，观其二文，辞达而已。及大禹成功，九序惟歌；太康败德，五子咸怨；顺美匡恶，其来久矣。"这里的"感物"则是诗人有感于"社会上的各种矛盾与刺激"；"顺美匡恶"，则是诗人对"社会上各种矛盾"的态度。如果把《时序》篇与《明诗》《物色》并读，那就更不会说，刘勰论文学的主客观关系，"只限于自然的感召"。

《文心雕龙》每篇所论，各有重点，并不涉及问题的各个方面。如在《物色》篇中提到屈原，却只说"然屈平所以能洞监风骚之情者，抑亦江山之助乎！"在《明诗》中提到屈原，却只说"楚国讽怨，则离骚为刺"。在《辨骚》中却只称赞屈原"虽取熔经旨，亦自铸伟辞"，说屈原的"奇文"达到了"惊采绝艳，难于并能"的高度。可见，我们讨论《文心雕龙》时，应该把刘勰的个别论点与他的理论体系联系起来，否则会失之偏颇。

至于说："在历史上，首先指出由于社会的各种矛盾，而产生诗歌的是钟嵘。"这显然是扬钟抑刘的看法。钟、刘是同时代的两位文学评论家，他们对社会矛盾与诗歌创作关系的认识，也是一致的，并且在提出问题的时间上也难分先后。千载之后的我们在这个问题上，何必替他们排座次。

[原载《艺谭》1985年第3期]

《文心雕龙》纪评琐议

清朝人对《文心雕龙》研究很重视，取得了重要的研究成果，如《文心雕龙》黄叔琳的辑注和纪昀的评语。《文心雕龙》黄注纪评合刊本，成了现代人研究《文心雕龙》的起点，例如在校注方面，范文澜、杨明照、周振甫诸先生的《文心雕龙》校注，都以黄注本为底本；在古代文学理论研究方面，今人撰述，时或提及"纪评"。但是对"纪评"从总体上作考查，至今尚付缺如。这大约因为"纪评"本身就是零零碎碎的随篇眉批，三言五语，不太惹人注意的缘故吧！这里，愿就浅见所及，对"纪评"琐议一通。我想，这对研习《文心雕龙》虽无大益，亦有小补。至于议得对不对，只待专家和读者评审了。

一、"纪评"写于遇赦归京之初

"纪评"的写作时间有明确记载："乾隆辛卯（1771）八月初六日阅毕，晓岚记。"①这个年月是纪晓岚厄运将终、鸿运方来的时候，确实值得他记一笔，以作为个人历史转折点的标志之一。

据《纪文达公集》《国朝先正事略》《清史稿》等书记载：纪昀（1724—1805）字晓岚，乾隆甲戌年（1754）进士，授翰林院编修，擢为侍读学士，颇得乾隆宠信，并常和乾隆和诗，时有所谓"恭和御制"之作。曾先后"典试山西""分校礼部试""分校顺天府试"。壬午年（1762）提督福

① 《文心雕龙》黄注纪评本卷十末行。

建学政，旋又为侍读。戊子年（1768）任贵州都匀知府。这年秋七月，纪昀的姻亲两淮盐运使卢见曾犯法，纪坐泄漏机密罪谪戍乌鲁木齐。乾隆庚寅年（1770）十二月，"恩命赐还"；辛卯（1771）二月治装东归，六月到京，闲居待命。这年冬十月，乾隆奉皇太后由承德避暑山庄回京，纪昀恭迎鉴驾至京北的密云县。此时，乾隆正得意于额鲁特蒙古四大部族之一的土尔扈特全部归顺，于是以这件事为题，命纪昀赋诗。纪昀本是歌功颂德的能手，此时能有这么个好机会，真是天官赐福——诗成之后，立即博得了乾隆的青睐，赏复翰林院编修职。十一月，喜逢皇太后八十寿诞，纪氏又抓紧歌功颂德的良机，献《皇太后八旬万寿天西效祝赋》。效者，致也。天西，指西域之地。他竟代表西域臣民来歌颂皇恩浩荡，恭祝皇太后万寿无疆了。两年后，又为侍读，并任四库全书总纂官，且"始终其事，十有余年"。

根据这段事实，可知"纪评"正写在纪氏由乌鲁木齐回京之初。他万里归来，不无感触，有两首诗微微表达此时的心情。其中，《辛卯六月自乌鲁木齐归，囊留一砚，题二十八字识之》说："枯砚无嫌似铁顽，相随曾出玉门关。龙沙万里交游少，只尔多情共往还。"《松岩老友远来省予，偶出印谱索题，感赋长句》诗开头部分说："阳关西出二载余，归来再直承明庐。艰难坎坷意气减，闭门渐与交游疏。西风昨夜到梧叶，凄然白露滋庭芜。轩车虽复谢时辈，觞咏颇亦思吾徒……"[①] 显然，此时他颇有"门前冷落车马稀"的感觉，于是一面读书消遣，随手品评黄注《文心雕龙》等书；一面渴望再获皇上的宠信，便时时瞅着能接近皇上的机会。总之，"纪评"是在纪氏不安于清闲的思想状况下写的；这不是他的精心撰述，只是他凭博闻强志，按篇随笔批注的东西。

二、"纪评"概说

据《四部备要》本黄注纪评《文心雕龙》统计：黄氏除注文外，有眉

---

① 纪昀著，孙致中等校点：《纪晓岚文集》（第1册），河北教育出版社1995年版，第497—498页。

批五十四条；纪氏有评语二百九十九条。纪氏的评语，按内容可分为三个部分：一是在黄注本的基础上校字，计四十一条，二是对黄注（包括眉批）的评论，共计三十八条（其中指出黄注错误的有三十七条，肯定黄注的只有一条）；三是品评《文心雕龙》原文的，计二百二十条。下面就"纪评"的三个部分，分别加以说明。

（一）校字部分

纪氏就《文心》黄注本校字，只凭主观揣测说话，没有版本根据，也很少说明校改的理由。他所校的四十一例，今天看来，有些是对的，有些则错了。对这一部分，我们不想详说，因为今人如范文澜、刘永济、杨明照、王利器诸先生对《文心》已做了大量的校勘工作，补正了前人的失误，大大地方便了读者。这里，只举两个例子，以见纪氏校字的概貌。如对《原道》篇的"剬诗缉颂"句，纪氏校曰："剬即剬字，《说文》训为齐（按原作"断齐也"），言切割而使之齐，与诗义无涉。古帖制字，多书为制。此剬字疑为制字之讹。"①这虽出于揣测，但还说明了揣测的理由。按原句中的"剬"字，《御览》引作"制"字，证明纪氏揣测对了。又如对《宗经》篇的"采掇生（黄注：疑作片）言"句，纪氏校曰："生字疑圣字之讹。"②他丝毫未说"生"疑作"圣"的理由。按原句中的"生"字，《御览》和唐写本正作"片"字，证明纪氏猜错了。但是，必须说明，从纪氏所校四十一例看，他揣测得对的，被后人承认的有二十八个（笔者曾以杨明照、王利器两先生的校本为准，检阅纪评，作对照表，得出这个数字），足见纪氏的揣测有一定道理，只不过他未加说明而已。

（二）对黄注的评论部分

纪氏对黄注（包括眉批），称"是"的只有一条，现在简述如次：《祝

---

① 黄叔琳注、纪昀评：《文心雕龙》，《四部备要》本，中华书局1989年据年版影印，第7页。

② 黄叔琳注、纪昀评：《文心雕龙》，《四部备要》本，中华书局1989年据年版影印，第10页。

盟》篇原文："若夫臧洪歃辞，气截云蜺；刘琨铁誓，精贯霏霜；而无补于晋汉，反为仇雠。故知信不由衷，盟无益也。"黄氏眉批曰："二盟义炳千古，不宜以成败论之。"纪氏接着批曰："此论纰缪，北平先生（即黄叔琳）讥之是也。"①黄纪二氏反对以成败论英雄，这在认识上比刘勰高明些。

纪氏对黄注斠误的共有三十七条，其中斠订得对的只有二十条。在《四库全书总目提要》"诗文评类一"《文心雕龙辑注十卷》条下，纪氏用了五百多字，约略地指出黄注的错误，共十二条。在这里，我们摘抄两条，看看纪氏的批评口吻：

> 所注如《宗经篇》中《书实纪言》，而训诂茫昧，通乎《尔雅》，则"文义晓然"句，谓《尔雅》本以释诗，无关书之训诂。案《尔雅》开卷第二字，郭注即引《尚书》"哉生魄"为证，其它释书者不一而足，安得谓与书无关？
>
> 而《指瑕篇》中《西京赋》称："中黄贲获之畴"，薛综缪注，谓之阉尹句，今《文选》薛综注中实无此语，乃独不纠弹。小小舛误，亦所不免。②

纪氏心里明白，《提要》是要经乾隆皇帝过目的，所以他在这里心平气和地评论黄注。可是"纪评"对黄注，从口吻上看，就很有居高临下的神气，诸如"此评未是""此评谬陋""此评似是而非"之类，比比皆是。其实纪氏云云，也未见得都是对的。举个例子，如《声律》篇"东郭之吹竽"句，黄注引《韩非子·内储说》南郭先生"滥竽充数"故事为释。纪氏批曰："东郭吹竽，其事未详。若南郭滥竽；则于义无取，殆必不然。疑或用《庄子》南郭子綦三籁事，与上'长风'句相足为文耳。"纪氏的

---

① 黄叔琳注、纪昀评：《文心雕龙》，《四部备要》本，中华书局1989年据年版影印，第28页。

② 纪昀总纂：《四库全书总目提要》，河北人民出版社2000年版，第5363—5364页。

看法对不对？看孙诒让和黄侃的解说，就会明白。孙在《札迻》中说：
"按叶（叶循父）校作'南'，据《韩非子·内储说七术》篇改也。今检
《新论·审名》篇云：'东郭吹竽，而不知音。'袁孝政注亦以齐宣东郭处
士事为释，则'南郭'古书自有作'东郭'者，不必定依《韩子》。"黄侃
说"彦和之意，正同《新论》，亦云不知音而能妄成音，故与'长风过籁'
连类而举……原文实作'东郭'。自以孙说为长。"①这个例子告诉人们，
对"纪评"应该有分析地看待，不能像纪昀的崇拜者那样，认为纪氏对黄
注的批评都是对的。

　　这里，我想指出一个奇怪现象，即：纪氏评论黄注，从《原道》至
《诠赋》（第一至第八篇），对每篇原文后面的黄氏注文，或多或少皆有评
语；但自《颂赞》直至《序志》（第九篇至第五十篇），除在《声律》篇
"吹竽"的注文眉端加了一条批语外，其余则不着一字。是不是《颂赞》
篇以下的黄氏注文都是允当的，用不着斟误呢？这就值得人们注意。

　　检阅黄注，不难发现，《颂赞》篇以下的注文，不允当的颇有几处。
如黄注《比兴》篇中"物虽胡越，合则肝胆"句，既引《庄子·德充符》
中"自其异者视之，肝胆楚越也"为释，又引《孔丛子》中"胡越之人同
舟济江，中流遇风波，其相救如左右手"等语。显然，引《孔丛子》语是
多余的，不恰当的。又如黄注《养气》篇"胎息"条，引用《汉武内传》
和《抱朴子》语，已说清楚了问题；可是又引《宋史·艺文志》"有卧龙
隐者胎息歌一卷"等语，这就未免画蛇添足了。再如黄注《时序》篇中
"诗必柱下之旨归"句，引用《法轮经》语，而不引《史记·老庄申韩列
传》及其《索引》上的话，这叫"不得其根柢"（纪昀批评黄注的惯用
语）。然而纪氏对黄注这些"未是""未允"妙之处，为何竟无一语驳正？
我认为，这正好说明，纪氏写评语时，并没有集中精力从事这项工作，只
是随意阅之，漫笔评之而已。尽管纪氏在乾隆癸巳年（1773）以后，还留
意过自己的评语，并以《永乐大典》所载旧本校勘原文，指出某处为"明

---

① 黄侃：《文心雕龙札记》，中华书局1962年版，第119页。

人臆改"，但这仍不能改变其评语缺乏严肃性的缺点。

三、对《文心雕龙》原文的品评部分

纪氏有题为《阅微草堂》诗一首，表达了他的阅读欣赏态度。诗曰：

> 读书如游山，触目皆可悦。千岩与万壑，焉得穷曲折。烟霞涤荡久，亦觉心胸阔。所以闭柴荆，微言终日阅。①

面对《文心雕龙》这座"千岩与万壑"的山林，他也带着"焉得穷曲折"的感叹去阅之赏之。对它，既然难以穷尽其曲折之妙，那就且读且评，写一条算一条吧。纪氏对《文心雕龙》既赏其辞章，又评其义理，因而"纪评"所涉较广，可以说理论、批评和鉴赏，兼而有之。这里，我们评议一下他对《文心》批评、鉴赏的得失。至于所提及的理论问题，留待下文专章讨论。

标明秀句是纪氏鉴赏《文心》的内容之一。例如《檄移》篇有这样几句："故其植义飏辞，务在刚健；插羽以示迅，不可使辞缓；露板以宣众，不可使义隐；必事昭而理辨，气盛而辞断，此其要也。"纪氏眉批说："四语尤精。"《风骨》篇有这么两句："故辞之待骨如体之树骸，情之含风犹形之包气。"纪氏眉批说："比喻精确。"其他批语，如"语语透宗""二语精深""四语正变分明，而分寸不苟"等等，共有二十多条。这么标明秀句，确实有便初学。

纪氏鉴赏的眼力是敏锐的，他对秀句的评点，颇有开人心窍的力量。如对《物色》篇的赞词，他眉批道："诸赞之中，此为第一。"②人们如通读五十篇赞词并加以比较，便会承认纪氏的"第一"之誉是符合实际的。

---

① 纪昀著，孙致中等校点：《纪晓岚文集》（第1册），河北教育出版社1995年版，第485页。

② 黄叔琳注，纪昀评：《文心雕龙》，《四部备要》本，中华书局1989年影印版，第110页。

　　提示原文主旨、标明原文的篇章结构特点，也是纪氏鉴赏《文心》的内容之一。如对《乐府》篇，纪氏说："'务塞淫滥'四字为一篇之纲领。"对《诠赋》篇，纪氏说："铺采摛文，尽赋之体，体物写志，尽赋之旨。"对《指瑕》篇，纪氏说："文字之瑕，殊不胜指，此标举数篇以示戒，毋以挂漏为疑。"对《附会》篇，纪氏说："附会者，首尾一贯，使通篇相附而会于一，即后来所谓章法也。"这些评语，都有画龙点睛之妙，颇有诱导读者理解原文主旨的重大作用。

　　然而应该指出，纪氏关于《文心》篇章结构的批语，有的对人有启发，有的却不免主观武断，不尽恰当。

　　例如对《颂赞》篇，纪氏眉批道："此颂之本始""此颂之渐变""此颂体之初成""此变体之弊""此后世通行之格""东方赞（指《东方朔画赞》）稍衍其文，亦变格也"（按最后一条批在"必结言于四字之句，盘桓乎数韵之辞"上端）。当然，这对读者理解原文的篇章结构特点是有裨益的。

　　又如对《定势》篇，他指出："'模经'四句与'综意'四句，是一开一合文字。'激水'三句乃单承'综意'四句也。"这有教人欣赏骈文的益处。但是，如对《史传》篇，他说："叙《春秋》一段，其文太繁。"对《书记》篇，他认为要"删此四十五行……较为允协"。对《体性》篇，他认为要删去"是以笔区云谲"至"鲜有反其习"几句，则文章"更为简净"。我们以为这些指责是不恰当的。《文心》叙及《春秋》多至七、八处，在他处皆略说，在《史传》篇中稍稍详叙，正为得当；讥其文繁，未免苛求。《书记》篇是否应"删此四十五行"，这牵涉到"书记"内涵的广狭问题，也不能以纪氏一言为定。《体性》篇是否应删"是以笔区云谲"以下数语，牵涉到文章的辞采问题。诸如此类，还是以尊重作者为宜。作者之所以那么写，正因为他要充分表达自己的意见，充分显示自己的辞采和艺术特点。纪氏云云，是强作者之所难，也有强加于读者之嫌。张尔田曾说，"纪评"有"武断专辄"①的地方，看来不是凭空乱说的。

四、"纪评"提出了几个值得思考的问题

从《文心雕龙》研究角度看，"纪评"提出了乃个值得思考的问题，试列述如下：

(一)《文心雕龙》成书年代问题

在黄注《文心雕龙》卷首，纪氏眉批曰："据《时序》篇，此书实成于齐代，今题曰梁，盖后人所追题，犹《玉台新咏》成于梁而今本题陈徐陵耳。"又，纪氏在《四库全书·总目提要》中说："据《时序》篇中所言，此书实成于齐代，此本署'梁通事舍人刘勰撰'，亦后人追题也。"

《文心》成书于齐末说，最早提出的是纪昀。比纪氏晚生三四十年的郝懿行（1755—1823）、顾广圻（1766—1833）也分别指出："按刘氏此书，盖撰于萧齐之世，观《时序》篇可见"；"按此所题（指卷首题署"梁刘勰撰"）非也。《时序》篇有'暨皇齐驭宝，运集休明'。是彦和此书作于齐世。"②到了比纪氏晚生九十多年的刘毓崧（1818—1867），撰《通谊堂集·书文心雕龙后》一文，据《时序》篇"暨皇齐驭宝"至"文思光被"一节，就纪氏所提出的命题详加推断，作出了科学性的论述。今世学者多数人接受此说。

(二)关于"道""圣""经"三者关系问题

纪氏在《原道》篇开头，眉批曰："文以载道，明其当然，文原于道，明其本然；识其本乃不逐其末。首揭文体之尊，所以截断众流。"在《征圣》篇开头，眉批曰："此篇却是装点门面，推到究极，仍是宗经。"在

---

① 张尔田：《文心雕龙辑注·识语》，转引自杨明照《文心雕龙校注拾遗》，上海古籍出版社1982年版，第741页。

② 转引自杨明照《文心雕龙校注拾遗》，上海古籍出版社1982年版，第694页、第703页。

《宗经》篇开头，又眉批曰："本经术以为文，亦非六代文士所知。大谢喜用经语，不过割剥字句耳。"显然，纪氏是称赞刘勰以"宗经"思想来论"文"的。

纪氏就《征圣》篇说"推到究极，仍是宗经"，这是符合刘勰原意的，因为刘氏说过"圣人之情，见乎文辞"。就《原道》篇看，"文以载道"或"文原于道"，都离不了个"文"——就是"经"。因此，也可以把"推到究极，仍是宗经"两句，加在《原道》篇眉端。这也就是说，推究纪氏的意见，可知《原道》《征圣》都是"装点门面"，只有《宗经》云云，才是刘氏论"文"指导思想的实质所在。

翻开历史，可以看到，凡是被人们目之为"圣"的，都有自己的"道"和具体表述"道"的"经"。试想，如果没有"经"，那个"圣"和"道"找的内涵必然是空洞的，圣人也就不成其为"圣"，"道"也只是任人随意解说的名词而已。因此，我认为，纪氏那样看待《文心》中"道""圣""经"三者关系，是实事求是的，因而也是值得一提的。

(三)纪氏论《辨骚》要分辨的问题

纪氏在《辨骚》篇题下，注曰："《离骚》仍楚词之一篇，统名楚词为骚，相沿之误也。"这条注的意思是：《辨骚》之骚，不专指《离骚》，乃概称《楚词》；刘氏撰写此文，乃是要分辨汉人对楚词评论的是非。分辨什么呢？纪氏在《辨骚》篇开头，眉批曰："词赋之源出于骚，浮艳之根亦滥觞于骚，'辨'字极为分明。"显然，他从文学发展史的角度，粗略地指明楚词与汉魏六朝词赋的关系。他的根本观点，就是扬雄《法言·君子》说过的两句："诗人之赋丽以则，词人之赋丽以淫。"这种观点的最后根柢，当然还是"宗经"。

纪氏的看法准确性如何？检验《辨骚》和《文心》中论述屈宋以及王扬枚马之徒的地方，可以看出，"词赋之源出于骚，浮艳之根亦滥觞于骚"的说法是符合刘勰原意的。

> 楚襄信谗，而三闾忠烈，依《诗》制《骚》，讽兼比兴。（《比兴》）
>
> 屈平联藻于日月，宋玉交彩于风云。观其艳说，则笼罩雅颂。故知暐烨之奇意，出乎纵横之诡俗也。（《时序》）
>
> 宋发巧谈，实始淫丽。（《诠赋》）
>
> 自宋玉、景差，夸饰始盛；相如凭风，诡滥愈甚。（《夸饰》）
>
> 而建言修辞，鲜克宗经。是以楚艳汉侈，流弊不还。（《宗经》）

这里，刘勰分辨得很清楚，纪晓岚也看得很清楚：一、赋是"受命于诗人，拓宇于楚辞"的，这个开拓者首先数屈原；二、屈原能"取熔经意，而自铸伟辞"，这乃是"依《诗》制《骚》，讽兼比兴"的另一说法，因此屈赋应属"诗人之赋"；三、浮艳之弊，始自宋玉；其后马扬师法屈宋，沿波得奇，便"逐奇而失正"了；到了六朝，特别是"近代"，"辞人爱奇，言贵浮诡，饰羽尚画，文绣鞶帨，离本弥甚，将遂讹滥"（《序志》）。这就是所谓"楚艳汉侈，流弊不还"。

通观《辨骚》，刘勰对《离骚》或屈赋尽管受到"宗经"思想框框的限制，但还是满口称赞的。他称《离骚》为"奇文"，奇就奇在屈原能"执正以驭奇"——"取熔经意，自铸伟辞"。所以他为屈原总结创作经验说："酌奇而不失其贞，玩华而不坠其实。"这个经验总结也是刘勰提出的检验辞赋"浮艳"与否的准则，黄氏对这个问题，眉批曰："酌奇、玩华而失坠真实者，李昌谷之诗歌也，故曰少加以理，则可奴仆命骚。"对《辨骚》来说，这是不得要领的评语。可是纪晓岚对黄氏的评语，却一言不发，使人读来难免感到遗憾。纪晓岚看到《辨骚》重在分辨"浮艳"与否，是卓见；可是他的"评语"太笼统了些，他指出了问题，但未具体说明问题。

（四）纪氏对"风骨"的理解

在文学创作上，"风骨"到底是什么？这是历来研究《文心》的人所注目的一个问题。人们对《风骨》的理解，见仁见智，各有阐发，到目前为止，还得不出人人首肯的说法。在这个问题上，黄叔琳和纪晓岚的意见好像是不一致的。

对《风骨》篇，黄氏批语共两条，重要的只有一条，文曰"气是风骨之本"，是批在"故魏文称文以气为主"一节上的。纪氏批语共四条，重要的也只有一条，文曰："气即风骨，更无本末，此评未是。"显然这是针对黄注而发的。

黄纪两氏的意见，有什么实质性的不同吗？黄氏说"气是风骨之本"，这"本"字是"本原"，句意是"气是风骨的根源"。纪氏说"气即风骨，更无本末"；他把"本"看成"本末终始"，进而说黄氏"此评未是"，这是歪曲对方原意的批评。

在古代文论中，气指什么，我们不能给它下个简单的定义。但就《风骨》篇看，我们认为，"气"就是"风骨"之"风"。因为刘勰一则说：风是"志气之符契"，再则说"情之含风，犹形之包气"，三则说"思不环周，索莫乏气，则无风之验也"。刘勰是把"气"和"情""志"联系在一起的，认为有"情"才有"风"，有"风"必有"气"。那么这个"气"，照我看，乃实指作家在创作激情支配下对事物的具体感兴——头脑里不仅有意象，还有明确的构成意象的脉络。否则便"思不环周，索莫乏气"了。

那么，说"气"是"风骨之本"或"气即风骨"，均语焉不详，但是可以说都没有错。让我就此略作分析。

刘勰《风骨》篇说："怊怅述情，必始乎风；沉吟铺辞，莫先于骨。故辞之待骨，如体之树骸，情之含风，犹形之包气。"纪氏在这几句眉端批曰："比喻精确。"这个比喻说明什么呢？一是先有"情"，才有"风"、有"气"；二是在有风有气的前提下才铺辞树骨。树骨而要"沉吟"，就不能不考虑构成意象的思想脉络。在这个意义上讲，纪氏说"气即风骨"是可以的。然而，如果细察"风"和"骨"形成一个整体的过程，那么应该说，先"述情"才有"风"（即气）；在"述情"的要求下才"树骸"（即骨）。黄氏有鉴于此，说"气是风骨之本"，也未必是错误的。因此，我认为，纪黄两氏对"风骨"的理解，实质上是一致的。纪对黄的批评是不恰当的，徒见其专横而已。

（五）纪氏的"复古而名以通变"说

在《通变》篇开头，纪氏眉批说："齐梁间风气绮靡，转相神圣，文士所作，如出一手，故彦和以'通变'立论。然求新于俗尚之中，则小智师心，转成纤仄，明之竟陵公安是其明征。故挽其返而求之古。盖当代之新声，既无非滥调，则古人之旧式转属新声；复古而名以'通变'盖以此尔。"

"齐梁间风气绮靡"，刘勰面对如此文坛，真的主张"复古"吗？"通变"论的实质果真是"复古"吗？我们认为，这首先要从《通变》篇实际出发，加以考察；再结合《文心》全书，看刘勰的文学变革论的精神实质是不是"复古"的。

人们不应该忘记，刘勰论创作，面对"风气绮靡"的文坛，从理论上主张：（1）"为情而造文"，反对"为文而造情"。（2）"情以物迁，辞以情发""文变染乎世情，兴废系乎时序"——他深刻地认识到文学必随客观现实的变化而变化。（3）从刘氏的实际评论看，他持上述观点，评论历代作家，突出的例子，就是在《辨骚》中，对屈子之作，予以高度评价，证明他基本上具有正确的文学发展观点。

如果承认上述三点符合实际，亦即承认刘氏确实具有较为正确的文学发展观点，那么，这与"矫讹翻浅，还宗经诰"的说法有没有矛盾呢？我们认为没有矛盾。所谓"宗经"（"还宗经诰"）者，即写文章要"以经为宗"——从思想内容到表达形式，要以"经"为远祖，随时演变，而不是一成不变，一味复古。我们不能把"宗经"思想与"复古"视为等同的概念。说刘勰的"通变"论就是"复古"论，乃是皮相之见。

什么叫"通变"？这个术语的提出，固然与《周易·系辞》所说的"穷则变，变则通、通则久"有关，但更重要的，应该看出，它乃是"凭情以会通，负气以适变"的缩语。刘勰说这话的意思是：作家在创作中，应根据表达真情实感和体现创作个性的需要，融会贯通地从古人那里汲取思想上、艺术上的养料，从而创造出适合时世需要的崭新的作品。我们验证《通变》全文，它的主旨正是这样。如果简单化地把"通"释为"继承"，"变"释为"革新"，于是"通变"论就变成了"继承与革新"论。验之原文，并非如此。刘勰说"变则可久，通则不乏""望今制奇，参古定法"：由于有"变"才能"通"，"变"处在主导地位上；"望今制奇"是"变"，在"变"的过程中要"参古定法"，"变"仍处在主导地位上。一句话，刘勰只不过要求文学在创新的道路上不要割断历史。这和"复古"是两码事。纪氏说"通变"论就是"复古"论，实在是冤枉了刘勰。

"宗经"思想对刘氏论文，有一定局限，如说各种体裁的源头都来自六经，便是显例；但他绝不是头脑僵化的孔门教条主义者，从他时时以"情"论文看，便足以证明这一点。

以上，我们就"纪评"所涉及的理论问题，作了点说明。是否有些借题发挥，则不敢私自断定。

结　语

对"纪评"，清代及民国初年，皆有人评论，彻底肯定者有之，彻底否定者也有之。如《文心雕龙》黄注纪评本末页，吴兰修《跋》曰："昔黄鲁直谓'论文则《文心雕龙》，论史则《史通》，学者不可不读。'余谓文达之论二书，尤不可不读。或曰：'文达辨体例甚严，删改故籍、批点文字，皆明人之陋习，文达固常诃之，是书得无自戾与？'余曰：'此正文达之所以辨体例也。学者苟得其意，则是书之自戾，可无议也。虽然，必有文达之识，而后可以无议也夫！'"①这是彻底肯定"纪评"，不愿意让人议论的捧场调头。近人张尔田在《文心雕龙辑注》卷首，有条批语说："浏览是编（指《文心雕龙》），证以《昭明文选》，颇多奥窈。而所藏本

---

① 刘勰著，黄叔琳注，纪昀评：《文心雕龙辑注》，中华书局1957年版，第442页。

乃纪文达评定者，凭虚臆断，武断专辙，不一而足。"①这是彻底否定"纪评"的论调。近人李详在《文心雕龙黄注补正·序》中说："北平黄昆圃侍郎注本出，始有端绪。复经献县纪文达公点定，纠正甚多。卢敏肃（卢坤）刊于广州，即是本也。顾文达止举其凡，黄氏注所待勘者，尚不可悉举。"②这是就"纪评"的校字方面，说了点公允的话。我们认为，就"纪评"整体看，缺点固然不少，但仍有可取之处，它仍不失为《文心雕龙》研究史上的一块里程碑。对"纪评"一味吹嘘或一味抹煞都是不公允的。我想借"披沙拣金，往往见宝"两句来比喻"纪评"，应该说是较为恰当的。

[原载《文心雕龙学刊》1984年第2期]

---

① 张尔田：《文心雕龙辑注·识语》，转引自杨明照《文心雕龙校注拾遗》，上海古籍出版社1982年版，第740页。

② 张尔田：《文心雕龙辑注·识语》，转引自杨明照《文心雕龙校注拾遗》，上海古籍出版社1982年版，第744页。

试论杨、曹、钟对《文心》的批点

小　引

　　明人杨慎、曹学佺、钟惺三家对《文心雕龙》各有批点，付梓行世。只因年代久远，刻本流传甚少，我无缘见到。史称杨氏少有才藻，以博洽冠当时；曹氏忠贞明室，以死殉国；钟氏为"竟陵体"领袖，而"识解多僻"，被斥为"诗妖"。正因为他们各有引人注目的地方，这才使我留心去寻检他们的著述，看看他们究竟是怎样批点《文心雕龙》的。最近，有个偶然机会集中翻阅了三种明刻本《文心雕龙》，过录了三家批语，记录了他们圈点原文的实况。现在愿就愚见所及，对三家的批点略加论述，虽无助于深研文学理论，或有补于《文心》研究史之一角。

　　在论述杨、曹、钟三家批点之前，想说明三点：（1）我所见到的三种明刻本是凌云套印本（安徽省博物馆藏）、梅庆生重修音注本（安徽省图书馆藏）、钟惺评本（安徽师大图书馆藏）。关于这三种版本的概况，杨明照先生在《文心雕龙校注拾遗》的附录版本中已有说明，这里不再赘述。（2）凌云套印本与梅庆生重修音注本上的杨慎批语，偶有不同，我视论述需要，兼采两面。（3）我怕论述陷于琐碎，对三家在校字方面的得失，置而不论。我认为杨、曹、钟三家对《文心》本来重在"批点"，不在"校字"。

一

杨、曹、钟三家对《文心》的批点，既有其共同倾向，又有各自的特点。在这一部分里论述他们批点的共同倾向。

(一)杨慎以五色笔批点，赏其辞藻

杨慎（1488—1559）是明代中期的著名学者、文学家，以博学见称于当时，负世众望。他对《文心》一书，曾以五色笔批点，批语计三十三条。这在文心雕龙研究史上，算是个有影响的开端。杨氏卒后四、五十年，他的"批点"，便受到学人的重视。自万历己酉年（1609）始，就有多种版本的"杨升庵先生批点"的《文心雕龙》流传于人间。

杨氏批点《文心雕龙》竟然不嫌麻烦，用五色笔，这无异于告诉人们，他非常欣赏这部著作，同时也表明，他是在比较安闲的环境中从事这项工作的。根据《升庵先生年谱》[①]和《升庵全集》诗文中所记载的杨氏行踪看，他于嘉靖乙巳年（1545）由永昌戌所迁往大理，次年迁往滇池西岸的高峣，在这里过了七、八年的安稳日子。在住高峣前后的岁月里，杨氏曾多次奔波于云南、四川之间，始而侍父疾，继而奔父丧，又三度赴川领戎事，越关山、渡险滩，去来匆匆，时刻不宁。因此，我揣测，杨氏的"批点"可能写于他住高峣时期。

我的揣测之证据就是杨批《文心·明诗》篇时提到了张禺山。他说：

> 此篇评诗，宋腐儒所不及，其一班知尊宋腐谈而不阅此，亦一不知诗者也。至言不出，俗言胜也。然可语此，世亦无几人，唯吾禺山可也。

张禺山何许人也？据《云南通志》卷一百九十，列传二说："张含字

① 简绍芳：《升庵先生年谱》，《升庵全集》（第一册），万有文库本，商务印书馆1937年版。

愈光，号禹山，正德丁卯（1507）举人，少随父客京师，与杨慎为诗友。"并说"嘉靖癸卯（1543）将谒选、未及都门而返……于是大肆力于诗。"[1]张禹山"大肆力于诗"，杨氏才在批语中以知诗者称许他。以嘉靖癸卯后三四年计算，禹山正"肆力于诗"，而此时恰是杨氏住高峣之时。

幸亏杨氏多情，批点《文心》而不忘友谊，杨氏除在批语中提到张禹山外，还有一封《与张禹山书》，表白他是从什么角度圈点《文心》的：

> 批点《文心雕龙》，颇谓得刘舍人精意。此本亦古，有一二误字，已正之。其用色，或红或黄，或绿或青或白，自为一例，正不必说破，说破又宋人矣。盖立意一定，时有出入者，是乖其例。人名用斜角，地名用长圈，然亦有不然者。如董狐对司马，有苗对无棣，虽系人名地名，而俪偶之切，又当用青笔圈之。此岂区区宋人之所能尽，高明必契鄙言耳。[2]

据此可知，杨氏圈点，在探求《文心》"精意"的同时，也着意欣赏"俪偶之切"的语句。下面，举两个实例（为排印方便，只得将杨氏所用的圈点符号，改作我的叙述语，置之于《文心》原文后的括弧中）。

1.《神思》：

> 积学以储宝，酌理以富财。（杨：句旁加黄圈。）
>
> 然后使玄解之宰，寻声律而定墨；独照之匠，窥意象而运斤。（杨：句旁加白圈。）
>
> 方其搦翰，气倍辞前；暨乎篇成，半折心始。何则？意翻空而易奇，言征实而难巧也。（杨：句旁加黄圈。）
>
> 相如含笔而腐毫，扬雄辍翰而惊梦，桓谭疾感于苦思，王充气竭于思虑，张衡研《京》以十年，左思练《都》以一纪。（杨：句旁加

---

① 《云南通志》，民国三十七年四月修。

② 凌云套印本《文心雕龙》。又见杨慎著，王文才、张锡厚辑：《升庵著述序跋》，云南人民出版社1985年版，第258页。

红圈。）虽有巨文，亦思之缓也。（杨：句旁加黄点。）

淮南崇朝而赋《骚》，枚皋应诏而成赋，子建援牍如口诵，仲宣举笔似宿构，阮瑀据案而制书，祢衡当食而草奏。（杨：句旁加红圈。）虽有短篇，亦思之速也。（杨：句旁加黄点。）

然则博见为馈贫之粮，贯一为拯乱之药。（杨：句旁加红圈。）

至于思表纤旨，文外曲致。（杨：句旁加青圈。）

杨氏对《神思》全文圈点如此。这个例子明白地告诉人们，加红圈的都是"俪偶之切"的句子。从理论角度看，如证明"思之缓""思之速"的例子各有六个之多，不过表明刘氏善于"据事以类义，援古以证今"罢了，其他并无深意，然而杨氏偏偏欣赏这种"俪偶之切"。

2.《物色·赞》：

山沓水匝，树杂云合，目既往还，心亦吐纳。春日迟迟，秋风飒飒。（杨：以上句旁加白点。）情往似赠，兴来如答。（杨：句旁加红圈。）

显然，杨氏深深理解"人禀七情，应物斯感""物色之动，心亦摇焉"的"感兴"由来，所以才对"情往""兴来"两句加红圈（这是他的圈点中的最高级别）。那么，人们不禁要问："目既往还，心亦吐纳"两句，不也说明心物交融的"感兴"么，为什么只加白点？杨氏说，他的圈点"自为一例"，可是又有"乖例"，这便告诉人们不必过分在他所用的五色上伤脑筋；多不过应记住一点：他非常欣赏"俪偶之切"的语句。

杨氏的批语，也表露了重视"文采"的观点。如杨批《征圣·赞》说："诸赞例皆蛇足，如此麟角，固不一、二。"这个被视为凤毛麟角的"赞"词是："妙极生智，睿哲惟宰。精理为文，秀气成采。鉴悬日月，辞富山海。百龄影徂，千载心在。"说得准确些，杨氏看中了"精理为文，秀气成采，鉴悬日月，辞富山海"四句，才视之为麟角的。

又如，对《辨骚》篇，杨批"拾其香草"句说"龙奇句"；对《奏启》篇，杨批"若乃按劾之奏，所以明宪清国"句说"明宪清国四字正而安"等等，都表明他的批语颇着眼于"文采"。

再如，他批《风骨》篇"若能确乎正式，使文明以健"两句说："引'文明以健'，尤明切。明即风也。诗有格有调，格犹骨也。左氏论女色曰：'美而艳。'美犹骨也，艳犹风也。文章风骨兼全，如女色之美艳两致矣。"批《情采》篇"夫铅黛所以饰容"以下四句说："予尝戏云：美人未尝不粉黛，粉黛未必皆美人，奇才未尝不读书，读书未必皆奇才。"这就清楚地表明，杨氏论文，和刘氏一样，既重质，也重文，而重文成了他文学观中的一个根本特点。《四库全书总目提要》曾说："慎以博洽冠一时，其诗含吐六朝，于明代独立门户。文虽不及诗，然犹存古法，贤于何、李诸家窒塞艰涩，不可句读者。"①这就使人们清楚地理解：杨氏重文采的观点与自己的创作倾向是一致的。黄叔琳在《文心雕龙辑注》的"例言"中有"升庵批点，但标辞藻，而略其论文之大旨"②云云，大体不差。

(二)曹学佺"参评"的重文采观点

继杨氏批点之后，有曹学佺的"参评"。据凌云套印本，标有"曹能始曰"字样的批语，共有四十八条。

曹学佺（1574—1646）字能始，闽侯人，万历乙未进士。《明史·艺文志》列有他的著作十七种。所著《石仓诗文集》有一百卷，"为诗以清丽为宗"③，曾是"金陵社"的领袖人物。所选《石仓历代诗选》五百六卷，《四库全书总目提要》评曰："上下二千年间，作者皆略存梗概，又学佺本自工诗，故所去取，亦大都不乖风雅之旨。"晚有风操，明亡，殉节

---

① 纪昀总纂：《四库全书总目提要》集部二十五"升庵集八十一卷"条，河北人民出版社2000年版，第4472页。

② 刘勰著，黄叔琳注，纪昀评：《文心雕龙辑注》10卷，中华书局1957年版，第6页。

③ 郑方坤编，陈节、刘大治点校：《全闽诗话》，福建人民出版社2006年版，第398页。

而死。

学佺与热心校雠、刊印《文心雕龙》的梅庆生（字子庚）有交往，他在《文心雕龙·序》中说："《雕龙》苦无善本，漶漫不可读，相传有杨用修批点者，然义隐未标，字讹犹故。予友梅子庚从事于斯，音注十五，而校正十七，差可读矣。予以公暇，取青州本对校之，间一笺其大指，是亦以易见意而少补兹刻之易见事易诵者也。"序文末了说："江州与子庚将别书。万历壬子（1612）春仲，友人曹学佺撰。"①

这"序文"是为梅子庚刻印"重修音注本"写的。序文写于万历壬子（1612），那么这个刻本附录的曹氏"参评"（批语）当写在万历壬子之前。

曹氏批《文心》，企图标其隐义，笺其大指，以补杨批之不足，但在欣赏《文心》的文采上，与杨氏无二致。他说"彦和义炳而采流"，表明他既赏其"义"，又赏其"采"。例如，曹批《原道》篇"惟人参之"以下五句说："先提起心字，而后及有心无心之别。"批《明诗》篇"宋初文咏"以下八句说："此与前对。"显然，这都是就所谓"字法""章法"着眼说话的。《原道》首先提"天地之心"，接着论及"无识之物""有心之器"——此即曹氏所体会到的"字法"一例。《明诗》论及晋宋诗歌概况，先叙"晋世群才，稍入轻绮"和"江左篇制，溺乎玄风"两小节，接着便有"宋初文咏，体有因革"云云，在这一大段中，有三个层次，前后对举——此即曹氏所体会到的"章法"一例。

又如，曹批《诔碑》篇"事光于诔"（唐写本作"事先于诔"）句，说"'光'字妙"；批《杂文》篇"甘意摇骨体（唐写本作"骨髓"，杨慎亦校作"骨髓"），艳词洞魂识"两句，说"骨体亦佳"；批《书记》篇"并有司之务实，而浮藻之所忽也"两句，说"'有司'字妙"；批《时序》篇"逮明帝秉哲"以下四句，说"秉哲一作束哲，亦通。升储一句，觉有照应"；如此等等，都表明曹氏非常欣赏《文心》的用词之妙。不过应该指出，被曹氏称"妙"的字眼，恰恰原文并非如此。这里，就上面所

————————
① 见梅庆生重修音注本《文心雕龙》，转引自黄成助《文心雕龙新书》，成文出版社1968年版，第149页。

举的例子，稍加分析，以见其欣赏上的偏颇。

"明帝束哲"句中的"束哲"一词，明明讲不通，而他偏说"亦通"；"事光于谋"句中的"光"字，明明欠通畅，而他偏说"光字妙"；"甘意摇骨体"句中的"体"字，杨慎已指出"当作髓"，而他拒不采纳，偏说"骨体亦佳"；这就充分证明他有欣赏生僻词头，艰涩文句的偏好。曹氏与倡导竟陵体的钟惺、谭元春有交往，如果我们说他在文学鉴赏方面染有竟陵派习气，当不是无据的空话。

（三）钟惺对《文心》文采的欣赏

钟惺（1572—1624）字伯敬，竟陵人，曾与同里谭元春合编《诗归》，当时"承学之士，家置一编，奉之如尼丘之删定。"①（钱谦益语），其所作世人谓之"竟陵体"。钟、谭与曹学佺、梅庆生皆有交往，阅《钟伯敬合集》《谭友夏合集》可知。

钟氏《文心》批语，见"钟惺评本"，又见"钟惺评合刻五家言本"，计七十四条，其欣赏《文心》的文采，在《叙五家言》一文中有着粗略的说明。他说：

> 予尝上下古今，而于周齐梁间得五人，曰：辛计然，鬼谷先生，公孙子秉，刘昼，刘勰……况文章代不乏人，宁有所谓雕龙者耶？然而太高伤理，太巧伤事，太矫揉伤自然，太藻饰伤本体。求其如五家言之浅而深，平而奇，华而实，各有合于圣人之旨者，盖难之矣。故合而评之。②

这里所谓"浅而深，平而奇"的特点，《文心》是否有之，可以存疑；但"华而实"而"有合于圣人之旨者"，则《文心》足以当之。下面拟就钟氏批点，举几个例子，证明他确实欣赏《文心》的文采。

---

① 钱谦益：《列朝诗集小传》，《明代传记丛刊》学林类第11册，明文书局1991年版，第610页。

② 转引自杨明照：《文心雕龙校注拾遗》，上海古籍出版社1982年版，第436页。

钟批《辨骚》"固知《楚辞》者"以下五句说:"深得屈子之心。"并在句旁加密圈(连环圈)。又批《诏策》"故授官选贤"以下十二句说:"采色耀日,称之雕龙,非过!"并在句旁加密圈。又批《神思》"是以陶钧文思"以下二十九句(148字)说:"文章能事,于此思过半矣。"又说"淋漓酣畅",并在句旁加密圈。又批《时序》"唯齐楚两国"以下十六句(94字)说:"一时风雨骤至,古色乱飞!"并在句旁加密圈。又批《物色》"是以诗人感物"以下三十四句(186字)说:"写得景物,悠然会心,诗人妙矣,又宛出诗人之外。"并在句旁加密圈。由此不难看出,钟氏欣赏的都是较为严整、明绚的句子。他就原文立意着眼加批的固然有一点,但就文采着眼加批,处处情见乎辞。如批《铭箴》"夏铸九牧之金鼎"以下几句说:"点缀古今,如飞花扑面!"简直把《文心》当作普通的文学作品来赞赏了。

杨、曹、钟三家欣赏《文心》辞采的共同倾向,从一个侧面反映了明代后期的学风特点。翻阅《明史·文苑传》(列传第173—176),可以得到一个鲜明印象,即明代文人多数重辞章而轻学术。特别到了明代后期,由于昏庸当权,朝政腐败,朝内党争激烈,朝外贪官横行;文人们面对如此现实,在政治上不免有正义的呼声,于是他们结社联谊,或以文会友,风流互赏,或意气相投,激浊扬清。他们中有些人是名士、藏书家,日一以校勘、刊行、批点古籍为职志。对《文心雕龙》,如张之象、何良俊、王惟俭、徐渤、曹学佺等,都是热心于校勘、刊行和批点的人物。他们为什么如此热心呢?因为文人们要谈诗论文,要在文苑里探奇摘艳,于是"言为文之用心"而又精美得若雕龙纹似的《文心雕龙》自然成了他们的欣赏对象。当时,他们虽欲探其"精义",而实际却只能赏其辞采。这是研究开始阶段的正常现象,也可算是《文心》研究史的序曲。

二

大凡批点古书,其初意往往在于取其"精意"但批点者说话总得有自己的立脚点，因而自然而然地带有时代的个人的印记。杨、曹、钟三家批点《文心》，当然也不例外，这里，拟指出他们在批语中所显示的个人特色。

（一）杨批：显其博洽，鄙薄宋人

杨批《辨骚》"招魂大招，耀艳而深华"说："耀艳深华四字，尤尽二篇妙处，故重圈之。皮日休评《楚辞》'幽秀古艳'，亦与此相表里。"又批《明诗》"诗者，持也"说："《仪礼》：诗附之，又云：诗怀之。皆训为持，此'诗者持也'本此。千古诗训字，独此得之。"（按：杨氏引文有讹误，《礼记·内则》："诗负之。"郑玄注曰："诗之言承也。"《仪礼·特性馈食礼》："诗怀之。"郑玄注曰："诗犹承也。"）又批《明诗》"古诗佳丽"以下十一句说："评《古诗十九首》得其髓者，钟嵘评《十九首》云：文温以丽，意悲以远，惊心动魄，一字千金。与此互相发。"（按：杨氏引文较原文有出入。钟嵘《诗品》："文温以丽，意悲而远，惊心动魄，可谓几乎一字千金。"）又批《诠赋》"陆贾扣其端"说："陆贾有《感春赋》。"（按：《汉书·艺文志》只说"陆贾赋三篇"，无篇名，今皆亡佚。）又批《铭箴》"赵灵勒迹于番吾"句说："赵灵事，见《韩非子》，番吾，山名。何物白丁，改作番禺！番禺在南海右岭，赵武灵何由至此地耶？（按：见《韩非子·外储说左上》。番吾即鄱吾，在今河北省平山县东南。）又批《风骨》"若风骨乏采"以下六句说："此论发自刘子，前无古人。徐季海移以评书，张彦远移以评画，同此理也。"（按：徐浩字季海，著有《书品》。张彦远著有《历代名画记》。徐、张论书、论画，皆移用《风骨》"藻曜而高翔，固文章之鸣凤"等语。）[①]又批《情采》"昔诗人什篇"以下四句说："屈原《楚辞》，有疾痛而自呻吟也；东方朔以下拟《楚辞》，强

---

① 徐浩《书品》："夫鹰隼乏彩，而翰飞戾天，骨劲而气猛也。翚翟备色，而翱翔百步，肉丰而力沉也，若藻曜而高翔，书之凤凰矣。欧（欧阳询）、虞（世南）为鹰隼，褚（遂良）、薛（稷）为翚翟焉。"张彦远《历代名画记》卷四，转述谢赫语，"（曹）不兴之迹，代不复见，秘阁内一龙头而已。观其风骨，擅名不虚"，又卷一"论画六法"条，亦可参阅。

呻吟而无疾痛者也。"（按：此就王逸《楚辞章句》所载篇章而言。所谓"东方朔以下"，指东方朔、严忌、王褒、刘向、王逸诸人的摹拟楚辞之作。）又批《总术》"知言之选难备矣"句说："《汉书》引逸书：九变复贯，知言之选。"（按：语出《汉书·武帝纪》曰："元朔元年诏引诗云：九变复贯，知言之选。"）

上述杨氏的这些批语，向人们说明：（1）杨氏写批语时提及旧籍，仅凭记忆，故时有小小差误。（2）批语涉及经典、诸子、诗文、书法、绘画、历史、地理，内容广泛，显示了杨氏是个博洽之士。至于批《诠赋》曰"陆贾有《感春赋》"。这是根据《才略》篇陆贾"赋孟春而选典诰"一语推测出来的呢，还是"假托往籍，英雄欺人"[①]呢？如果是根据《才略》篇所说的推词而来，则当说"陆贾有《孟春赋》"。

应该公允地指出：从注释《文心》角度看，杨氏的批语在一定程度上有着铺路石的作用。

鄙薄宋人，是杨氏批语的又一特点。他除在《与张禺山书》中有那鄙薄宋人言论外，在批《明诗》"诗者持也"一条末尾又说："宋人说诗梦寐不到，此盖宋人元不知诗为何物在也。"在《明诗》全文末尾的批语中，又讥宋儒为"腐儒"，所论为"腐谈"。批《事类》"是以综学在博"以下四句时说："宋人所谓用则不差，问则不知。"嘲笑宋人作文用事知其然而不知其所以然。

杨氏如此鄙薄宋人，是由他的学术观点（包括哲学观点、文学观点）决定的。杨氏反对当时盛行的所谓"道学"，认为宋世儒者专断地"一骋意见，扫灭前贤"，而当时的儒者更浅陋得只知道诵述宋人的语录，抄宋人的策论。因而在哲学上杨氏极力抨击宋、明的所谓"道学""心学"。

在文学上，杨氏认为文章应遵古训："辞尚体要。"同时，也应该"辨其美恶"[②]。他认为文章不仅要简要地说清问题，而且要具有文辞之美，

①钱谦益：《列朝诗集小传》（上册），古典文学出版社1957年版，第354页。
②杨慎：《论文》，《升庵全集》（第2册），万有文库第二集，商务印书馆1937年版，第539页。

他明确反对道学家们把文章当作"布帛菽粟"——传道的陈腐教条，因而嘲笑说："菽粟则诚菽粟矣，但恐陈陈相因，红腐而不可食耳。"①

论诗，杨氏基本上持"诗缘情而绮靡"观点，主张"艳而有骨"，并反对浮艳尖薄。他说：

> 唐人诗主情，去三百篇近。宋人诗主理，去三百篇却远矣。匪惟作诗也，其解诗亦然。②

这里所谓"唐人诗主情""宋人诗主理"，其实意，用现代文论术语说，则是：唐人写诗，多用形象思维；宋人写诗，则多用抽象思维，以议论入诗。杨氏的说法，从唐宋诗的总体上看，是打中要害的。

杨氏又说：

> 元和以后，诗人之全集可观者数家，当以刘禹锡为第一……宛有六朝风致，尤可喜也。③

好一个"尤可喜也"，充分表露出杨氏在自己的诗学观点支配下的思想情感！在这个观点支配下，他在诗创作上"沉酣六朝，揽采晚唐，创为渊博靡丽之词"。④

杨氏的诗学观点如此，持之以论宋诗，焉得无鄙薄之辞！

不过，也应该说明，杨氏提到宋人刘敞（字原父）、刘克庄（号后村）、曾巩（字子固）、苏舜钦（字子美）等人的某些诗时，也说"不可云宋无诗也""谁谓宋无诗乎"。⑤

① 杨慎：《陆韩论文》，《升庵全集》（第2册），万有文库第二集，商务印书馆1937年版，第539页。

② 杨文生：《杨慎诗话校笺》，四川人民出版社1990年版，第90页。

③ 杨文生：《杨慎诗话校笺》，四川人民出版社1990年版，第226—227页。

④ 钱谦益：《列朝诗集小传》（上册），古典文学出版社1957年版，第354页。

⑤ 杨文生：《杨慎诗话校笺》，四川人民出版社1990年版，第314、116页。

杨氏认为"宋人元不知诗为何物"，因而便奋力排斥宋人的诗话："宋之腐儒不知诗，作诗论、诗话、诗格、诗评，无一句可采，误人无限！"（《文心·明诗》批语）

我们认为，杨氏此语未免绝对化。批语指斥的，如果专指"无一字无来历""点铁成金""夺胎换骨"之类的诗话，当然不错；如果把有一定理论意义的《岁寒堂诗话》《白石诗话》《沧浪诗话》等也列在排斥之类，则有玉石不分的弊病，岂能服人？

（二）曹批：理论体系的试探

曹学佺的《文心雕龙·序》和一些批语，都试图阐述《文心》的理论体系。在《序》中，他说：

> 《雕龙》上二十五篇，铨次文体；下廿五篇，驱引笔术。而古今短长，时错综焉。其原道以心，即运思于神也；其征圣以情，即体性于习也；宗经谶纬，存乎风雅，诠赋及馀，穷乎变通。良工苦心，可得而言。①

乍看这段话，颇有点诱人的力量，似乎曹氏在理论上真正找出《文心》上下两编相应的联系；可是稍一思量，便知他在玩弄语词，乱加联系，并没有道出刘氏的"苦心"。试问："原道以心，即运思于神也"，此话怎讲？难道《原道》中的"道心"就是《神思》中的"神思"吗？"原道心以敷章，沿神理而设教"的"道"，说来说去，不是别的，只是以"仁孝"为核心的儒家治世之道，这与"神思"有什么本质的联系呢？"思理为妙，神与物游"的"神思"（今语即"艺术想象"）与儒道"仁孝"是不同质的两码事，怎么能把这两者看作是一个事物的两面？曹氏不察，在"心"字与"思"字上乱加联系而已。"征圣以情，即体性于习也"，此话又怎讲？《征圣》中的"圣人之情，见乎文辞"难道就是"体性"（文章

---

① 见凌云套印本、钟惺评本《文心雕龙》。

风格的内在因素）的同义语吗？刘氏说，由于作家"才""气""学""习"不同，因而"文之不同，其异如面"。这种不同，照刘氏看"总其归涂，则数穷八体"；八体中有"新奇""轻靡"，刘氏认为这两者与雅丽的圣文无涉。由此可知，曹氏把《征圣》与《体性》看作有内在联系，是不符合刘氏原意的。"宗经诰纬，存乎风雅，诠赋及馀，穷乎变通。"此言不差！因为照刘氏看，论文以经为宗，才能学得经的典雅之美，五经之后的文章体式有变化，是符合"穷则变，变则通，通则久"的事物发展规律的。曹氏在这里提出，以"宗经"与"通变"这对既矛盾又统一的观点来观察五经与诗赋书记诸体式的因革关系，是符合刘氏原意的。刘氏《文心·序志》篇说过："本乎道，师乎圣，体乎经，酌乎纬，变乎骚，文之枢纽，亦云极矣。"他把"变乎骚"，列入"文之枢纽"，又撰《辨骚》篇专论"骚"与"经"的异同，这便充分暗示，自"骚"以下各种文章体式的变化，皆可以"通变"论作为理论根据。现在曹氏指明"宗经"与"通变"相联系，这对后世研习者说，当然是有益的。

曹氏对《文心》除寻求上下编关系外，也试图揭示《文心》创作论的核心问题，他说：

夫云霞焕绮，泉石吹籁，此形声之至也；然无风则不行，风者，化感之本原，性情之符契。诗贵自然，自然者，风也；辞达而已，达者，风也。纬非经匹，以其深瑕；歌同赋异，流于侈靡。郡国文计，先集太史之府，诸家诡术，不应贤王之求。以至词命动民，有取于巽；谐隐自喻，适用于时。岂非风振则本举，风微则末坠乎？故《风骨》一篇，归之于气，气属风也。文理数尽，乃尚通变，变亦风也。刚柔乘利而定势，繁简趋时而熔裁，律调则标清而务远，位失则飘寓而不安。风刺道表，比兴之义已消；物色动摇，形似之工犹接。盖均一风也，袭兰转蕙，足以披襟；伐木折屋，令人丧胆。倏焉而起，不知所自；倏焉而止，不知所终。善御之人，行乎八极；知音之士，程乎尺幅。毖不云乎："深于风者，其情必显。"毖之深得文理也，正与

休文之好易合；而之所以能易也，则有风以使之者矣。^①

很明显，曹氏想以"风"这一概念来贯串《文心》创作论、鉴赏论，但这个"风"指什么呢？他说得不清楚。我们仔细揣度，以为曹氏所说的"风"实际便是《情采》中所说的"情"。曹批《情采》篇"故立文之道"数句时说过："形声之文本于情。"这与《序》中"夫云霞焕绮，泉石吹籁，此形声之至也"云云是一个意思。如果我们把上引一大段话中的"风"字皆当作"情"字来解释，这段话便可涣然冰释。否则，他所说的"风"，只是个模糊概念。又，他把"风"（情）和"风骨"这个特定的风格概念牵扯在一块，这便更把概念的内涵搅浑了，使人看不清楚。

尽管如此，我们还应该肯定：曹氏对《文心》创作论、鉴赏论的核心是什么已作了初步解释，对后世研究者自有启发作用。

（三）钟批：显其浅陋；宣扬"幽深孤峭"的诗学观

钟惺对《文心》的批语，也显示一个惊人的特点，那就是"浅陋"。这表现在两方面：一是自己并无深解而又装腔作势，空话连篇；一是借批语宣扬他的"幽深孤峭"的诗学观。

下面就这两点作具体说明。

先抄示几条钟氏批语：

《原道》"文之为德也大矣"一节，钟批："文章直从天地发源，岂词人小技"。

《征圣》"或简言以达旨"以下四句，钟批："至文妙处，四语括尽。"

《宗经》"夫《易》惟谈天"一大段，钟批："五经肯綮，俱为道出。"

《颂赞》"原夫颂惟典雅"一节，钟批："颂之精微，数语道尽。"

《铭箴》"箴者所以攻疾防患，喻针石也"句，钟批："一语尽箴之义。"

---

① 见凌云套印本、钟惺评本《文心雕龙》。

还有什么"一语破的""诠解精透"之举的批语，似乎用不着详细列示了。试想，如果这类批语示为初学者写的。那么，它对初学者指点了什么？如果这种批语算是钟氏的深思精解，那么，它"精"在哪里？"解"了什么？恕我出语唐突吧：这样的批语，居然有人为之刻成专书，简直令人惊诧！钱谦益说：钟惺与谭元春"所撰《古今诗归》盛行于世，承学之士，家置一编，奉之如尼丘之删定。而寡陋无稽，错缪叠出，稍知古学者咸能挟箧以攻其短。《诗归》出，而钟谭之底蕴毕露，沟浍之盈于是乎涸然无余地矣。"①我们读《诗归》后，认为钱氏的评语是打中要害的。读《文心》钟批，更加承认钱氏评语的准确性。《明史·钟惺传》谓钟、谭"两人学不甚富，其识解多僻"。"僻"者，僻陋也。应该承认，《明史》对钟谭的评论是公允的。

钟惺的诗学观点，从表面上看，他倡言"求古人真诗之所在"，可是他的具体解释乃是：

> 真诗者精神所为也，察其幽情单绪，孤行静寄于喧杂之中，而乃以其虚怀定力，独往冥游于寥廓之外，如访者之几于一逢，求者之幸于一获，入者之欣于一至。不敢谓吾之说非即向者千变万化不出古人之说，而特不敢以肤者、狭者、熟者塞之也。②
>
> 诗，清物也，其体好逸，劳则否；其地喜净，秽则否；其境取幽，杂则否；其味宜淡，浓则否；其游止贵旷，拘则否。之数者，独其心乎哉！③

钟氏对"真诗"作这样的解释，自有其反对当时流行的复古、摹拟之风的针对性，从理论上看，他反对以"肤者、狭者、熟者"入诗，当然不错，但在创作实践上却指引诗人走向"孤行静寄""独往冥游"——完全

---

① 钱谦益：《列朝诗集小传》（下册），古典文学出版社1957年版，第570—571页。
② 《钟伯敬合集》（下册），阿英校点，上海贝叶山房1936年版，第177页。
③ 《钟伯敬合集》（下册），阿英校点，上海贝叶山房1936年版，第185页。

脱离现实生活，一味苦思冥想的死胡同，去寻求什么"幽情单绪""别趣奇理"。于是，只得用嵌怪字，押险韵，编造离奇古怪的语句来填塞诗篇。翻开钟、谭文集，可以说满纸都是生涩冷僻的怪句，使人读来诘屈聱牙。此外，还有什么呢？文学作品的所谓"语言美"，在钟、谭那里是不存在的。

钟氏的诗学观点，概括说来，即"幽深孤峭"（钱谦益语）。钟氏批点《文心》，就一再宣扬这种观点。例如：

（1）钟批《诠赋》"然赋也者，受命于诗人，招字（按唐写本作"拓字"）于楚辞也"句说："招字句亦佳。"并对这几句加密圈。可知他无力校勘而又有用怪字的癖好，于是下了这样的批语。

（2）钟批《诔碑》"清词转而不穷，巧义出而卓立"句说："文章生面，当于此二语求之。"所谓"文章生面"即写文章要求别开生面，造生拗的语句。这条批语便暴露了"不敢以肤者、狭者、熟者塞之也"这一说法的实质所在。

（3）钟批《隐秀》篇说："隐秀二字将文章家一种幽冷之趣道破。"这完全是歪曲"隐秀"的原意来宣扬一己偏见的说法。刘勰说："隐也者，文外之重旨者也；秀也者，篇中之独拔者也。隐以复意为工，秀以卓绝为巧。"这说的哪是什么"幽冷之趣"！

（4）钟批《时序》"前史以为运涉季世，人未尽才，诚哉斯言，可为叹息"句说："一语感伤，忽入楚峡。"这真是枉自多情，还硬要把刘勰拉入"楚峡"这个"幽冷"的境地里。

综上所述，可以看出：钟氏批语，都与《文心》原文无关，而只不过是他的主观臆断，借此宣扬自己的狭隘的诗学观点而已。钟批对《文心雕龙》研究来说，很难说有什么真正的教益。

三、结语

《文心》论述的中心问题，刘勰《序志》早已说得明白："夫文心者，言为文之用心也。"而杨、曹、钟三家对《文心》所下的批语，却偏离这个中心而徒敲边鼓，这不能不说是个根本缺陷。尽管他们都曾以圈点来表示他们对《文心》的领会，可是光靠圈点说话，在理论上是难以说明什么问题的。

然而，杨、曹、钟三家为研习《文心》毕竟曾敲边鼓，其劳绩也不可抹杀。总的看来，我认为：杨、曹把自隋唐以来不太受到重视的《文心雕龙》提出来大加批点，有使之广为流传的功绩。钟惺批点，在张扬其门户之见的同时，也有广为刊布的辛劳。从研究成果说，在校字方面，清人黄叔琳辑注本在"元校姓名"表上即首列杨慎，下及曹学佺、钟惺等，承认：杨、曹、钟在这方面有倡始之功。今人范文澜《文心雕龙注》也偶尔标示杨、曹的校字之劳。在诠故实，标文采方面，杨、曹两氏所做的工作，对后世注释者来说，有斩荆棘、劈草莱的功绩；钟与杨曹在这一方面是不能并比的。在理论研究方面，曹氏试图探索《文心》的理论体系和创作论、鉴赏论的核心问题，他虽未能系统深入地阐释问题，但总算接触了问题的边缘，他的阐释，成了后来研究者有益的思想资料。周振甫先生的《文心雕龙注释》便有选择地"附录"了杨、曹两家的批语，供现在的研究者参考。钟氏批语，除鼓吹"幽深孤峭"外很难说有什么研究价值。周氏《文心雕龙注释》不录钟氏批语，应该说这是有识力的表现。

最后，我还想提出一点主观看法，杨慎、曹学佺，作为《文心雕龙》研究者，在《文心》研究史上，应有一定的地位，因为他们的确作了些研究，提供一些研究成果；钟惺所批，作为研究看，很难说那就是成果，因此他在《文心》研究史上是否也占一席，将是个带有争论性的问题。我的看法是否公允，这就有待于专家和读者来评定了。

［原载《文心雕龙学刊》1986年第4期］

现当代《文心雕龙》五学人年表

一、黄侃年表

黄侃（1886—1935），原名乔馨，字梅君，后改名侃，字季刚，号量守居士。湖北蕲春县人。

1886年　4月3日出生于四川成都。

父云鹄，字翔云，咸丰三年（1853年）进士，官至四川盐茶道、四川按察使，原籍湖北蕲春县大同乡。生母姓周氏，慈母姓田氏。

1889年　四岁，从江瀚问字，颖悟超常，负"神童"之誉。

江瀚（1853—1935），字叔海，福建长汀人。清末官河南布政使，民国后，任京师图书馆馆长、京师大学代校长。

1895年　十岁。读毕《四书》《五经》。

1898年　十三岁。父逝世，享年七十九。

1899年　十四岁。读王夫之（船山）《黄书》，深感种族压迫之弊，产生排满思想。

1901年　十六岁。应试入郡庠（中秀才）。

1902年　十七岁。入文普中学堂肄业。

1904年　十九岁。张之洞时任湖广总督，与黄侃之父为旧交，遂遣资命侃赴日，入早稻田大学。是年八月，在东京加入同盟会，为会员。从此张之洞不再予以资助。

1906年　二十一岁。在早稻田大学学习。是年六月二十九日，章太炎出狱，当晚东渡日本，应孙中山之邀，在东京主办《民报》。黄侃在《民报》上发表文章，宣传革命。

章太炎于1903年与章士钊、张继、邹容等在上海主办《苏报》，太炎撰《解辫发说》《正仇满论》《驳康有为论革命书》《序〈革命军〉》等文，反对清朝统治。1903年冬，清政府逮捕邹容与章太炎。1906年6月底章、邹出狱，章即日赴日本。

黄侃在日本时，师事太炎先生学小学、经学，在文字学、训诂学、音韵学方面颇受教益，有心得。后来著《音略》《声韵通例》《集韵声类表》《尔雅略说》《尔雅郝疏订补》等，皆奠基于太炎先生的教诲。他们师弟二人是清代小学的殿军。

1908年　二十三岁。春，因生母周氏病甚，慈母田氏电召黄侃回家侍疾。五月生母逝世，侃一恸几绝，从此闭门养病。清廷探知革命党人黄侃在家养病，急命吏逮捕。侃闻县役在途，遂仓皇出奔，再潜至日本。

1910年　二十五岁。黄侃友人在湖北企图举大事，促黄侃回国定大计，侃回国。侃审时度势，以为时机未熟，不可轻动；只宜发刊报纸，激扬民气。侃在家乡筹设孝义会，鼓吹革命，听者累千人，环蕲春八县皆响应，众至数万。

1911年　二十六岁。应河南布政使江瀚之召为幕客，并在豫河中学堂任国文教员。因在课堂上公开宣传革命，被解职。夏，回汉口，在《大江报》发表《大乱者，救中国之妙药也》等文章，震动一时，对十月武昌起义有直接的影响。

武昌起义时及次年（1912），在家乡发动孝义会员参加革命。

1914年　二十九岁。应邀赴北京，任北京大学文科教授。讲授汉魏六朝诸名篇（他认为："学文寝馈唐以前书，方窥秘钥。"见《中国近代文学大辞典》第854页），又设专课《文心雕龙》，大受学生欢迎。

授课期间，撰《阮籍咏怀诗补注》（《文选》第二十三卷载此诗，原有"颜延年、沈约等注"）、《李义山诗偶评》、《文心雕龙札记》等。

1915年　三十岁。袁世凯为复辟帝制制造舆论，拉拢刘师培、杨度等所谓"六君子"，组织"筹安会"；有人拉拢黄侃，黄侃拒不参加。足见他注意保持同盟会会员的节操，守身颇严格。

1917年　三十二岁。是年，蔡元培任北京大学校长，黄侃仍任文科教授。

蔡先生聘曾为"六君子"之一的刘师培为文科教授。条件是"使之讲学而不论政"（太炎先生向蔡校长建议如此）。

刘家"三世传经"，师培于"左氏之学"尤为专攻。黄侃自以为经学之深不逮师培，于是执挚称弟子，拜师培为师。其追求学问之诚笃，令人敬佩！

1919年　三十四岁。因慈母田氏年高，侃颇有南归之思，是年改应武昌高等师范（武汉大学前身）之聘，来武昌，讲授《尚书》《尔雅》《文选》《文心雕龙》、文字学、音韵学等课程。稍后，兼课于中华大学。

1922年　三十七岁。夏，慈母田氏逝世，安葬毕，评点《文选》一过。其侄黄焯《文选评点后记》曰：

> 壬戌之夏，先从父寓居武昌，闲取《文选》平点一过。每卷后皆记温寻时日，以六月二十四启卷，至七月六日阅毕，方盛夏苦热，乃于是书全文及注遍施丹黄，且复籀其条例，而为时则未及半月，盖其精勤寠疾也如此……回思四十前前（引用者注：指1919—1921年间），先从父尝取选文抗声朗诵，焯窃聆其音节抗坠抑扬之势……而其得古人文之用心处则可于此觇之矣。　一九六一年十二月黄焯谨记

1926年　四十一岁。七月底，国民革命军北伐攻下武昌。黄侃应北京师范大学之聘，举家北上。又在中国大学、民国大学兼课。

1927年　四十二岁。秋，应聘至辽宁，任东北大学教授。是年，黄侃取《文心雕龙札记》中《神思》以下二十篇、附录骆鸿凯《物色第四十六》札记，共二十一篇，手自编校，由北京文化学社刊印。

1928年　四十三岁。春，应中央大学之聘，至南京，住大石桥西"量守庐"。在中大历时八年，先后主讲《说文》《尔雅》《广韵》《文选》《文心雕龙》等课。弟子们以能选修黄侃课程为荣。

黄侃在中大，对及门弟子，要求在经学上下苦功夫。及门弟子之一的殷孟伦回忆说："开始，先生让我圈点《十三经》，专力章句之学，每天直到深夜方命归寝。"（见《量守庐学记》第139页）

黄侃自己"阅读《十三经注疏》时，随手于白文间施以圈点，并加以符识多种"（同上第203页）。这一长期脑力劳动成果，今已见之于上海古籍出版社影印的《黄侃手批白文十三经》（1983年1月印）。

1934年　四十九岁。新筑寓所落成，太炎先生作《量守庐记》，开头曰："中央大学有师曰黄侃季刚，六年教成，筑室九华村，命之曰量守庐，取陶靖节诗义也。靖节自知饥寒相撋，然不肯变故辙以求免；今季刚生计虽绌，抚图书厌饮食自若也，其视靖节穷蹙为有闲，犹为是言，何哉？"下文就此指斥"衰世之士""变其素节"，力求"登台省"而"自肥"的社会风气，转而嘉许季刚生计虽绌而有忧道不忧贫的胸怀。

1935年　五十岁，八月八日病逝。

章太炎《黄季刚墓志铭》曰："余数趣之，曰：'人轻著书，妄也。子重著书，吝也。妄不智，吝不仁。'答曰：'年五十当著纸笔矣。'今正五十，而遽以中酒死……岂天不欲存其学耶！于是知良道之不可隐也。配王，继娶黄。子男八：念华、念楚前卒，念田、念祥、念慈、念勤、念宁、念平。女子子二，长适潘（长女名念容，适婺源潘重规。重规为季刚门生）。季刚以二十四年十月八日（农历重九后一日）殁于南都，以十一月返葬蕲春。"（见《量守庐学记》）第2页）

附记　　黄侃《文心雕龙札记》是近代学者研究《文心雕龙》的开山之作，后来研究《文心》者皆受其影响。现在流行的《文心雕龙札记》有两种版本。一是中华书局上海编辑所印本，一是台北文史哲出版社印本。中华书局上海编辑所（后更名上海古籍出版社）印本有《出版说明》曰："至于《原道》以下十一篇，一九三五年黄先生逝世后，前南京中央大学办的《文艺丛刊》虽曾发表，见到的人很少。一九四七年四川大学中文系曾把全书合印一册，但系该校内部刊物，绝少外传。（引用者注：学生自费，由成都华英书局排印二百本）……现经我们重加整理出版，以供研究者的参考。一九六二年五月。"台北文史哲出版社印本系潘重规提供原件，并加黄先生所撰《文学记微》（标观篇）、《中国文学概谈》两文为"附录"而成书。一九九六年华东师范大学出版社印的《文心雕龙札记》即据台北文史哲出版社印本改为简体字横排本。

黄念田于一九五九年九月撰《文心雕龙札记·后记》，说明"三十一篇实为先君原帙，固非别有逸篇未经刊布也。"足证流行的两种版本所印的皆是黄侃"原帙"，无遗漏。

（此表参阅《量守庐学记》诸文编纂而成，所标岁数皆为虚岁）

保泉 二〇〇五年十二月

二、刘永济年表

刘永济（1887—1966），字弘度，号诵帚，室名易简斋。湖南省新宁县人。

1887年 12月25日刘氏生于新宁县金石镇的高门大宅。祖父刘长佑（1818—1887）为左宗棠麾下的"楚军"创始人之一，效忠清廷，镇压太平军，受皇家恩遇，官至广东巡抚，两广、直隶、云贵总督。父名思谦，深研经史，光绪年间曾任广东、云南境的知县。如此显赫门第，自为刘氏青少年时学习，提供了优裕的条件。刘氏少习经史，继学辞章，文笔斐然，为后来深造打下了初基。

1906年 十九岁。春，考入长沙明德学堂学习。

1908年 二十一岁。至吴淞复旦公学学习。

1910年 二十三岁。考入天津高等工业学校学习。

1911年 二十四岁。考入北京清华留美预备学校，入学不满一年，因对学校一些措施和做法提出批评而被开除。不久，辛亥革命发生，刘氏由北京赴海南岛，动员并协助任琼崖道台的四哥刘滇生起义。事成，刘氏回长沙，时在1913年。

1914年至1917年夏　　二十八岁至三十一岁。在家养病，并发奋专攻中国古典文学。三十岁时曾旅寓上海，就填词向著名词人况周颐、朱祖谋请益。刘氏在《刘永济词集·自序》中提此事，曰："予少时得古今词集于姑丈松琴龙先生家。久之，亦稍习为之，而不自知其不合也。既壮，游于沪滨，适清社已屋，骚人行吟，若蕙风况先生、彊村朱先生，皆词坛巨手，均寓斯土，偶以所作《浣溪沙》（'几日东风上柳枝……舞余歌罢一沉思'）请益蕙风先生……"得前辈鼓励，而自己经历人间忧患，遂发之于词。

1917年秋至1928年夏　　三十一岁至四十一岁。在长沙明德中学任教，讲授"文学概论"，所撰讲义《文学论》，公开出版，颇有社会影响。又刘氏此时致力于中国古代文艺理论研究，撰《文鉴篇》，就文艺鉴赏问题，剖析精辟。此篇刊载于吴宓（雨僧）主编的《学衡》（见《学衡》1924年第31期第一篇），传诵一时。

1928年秋至1931年秋　　四十一岁至四十四岁。由吴宓介绍，至沈阳东北大学国文系任教授，讲授"中国文学史""唐诗"诸课程。此时，刘氏所撰的《十四朝文学要略》（上古至隋）、《唐乐府史纲要》，就是当时发给学生的讲义。前一种讲义就中国文学史着眼，"史""论"结合，叙"史"的发展，"论"作家作品，皆有卓见。鲁迅当年讲授中国文学史，撰《汉文学史纲要》，刘氏讲中国文学史，撰《十四朝文学要略》，皆为学生着想，使学生听课有所"本"嘛。此书能事后一版再版，就表明了它的价值。后一种讲义《唐乐府史纲要》，虽世人难见，但为讲授唐诗，刘氏选择了一个角度，"史""论"结合，企图有所创获，这是可以看得清的。宋人郭茂倩编《乐府诗集》，选了那么多唐乐府诗，分类周详，而刘氏偏从"史"的角度来论述"唐乐府"，足见其独出心裁。

在"9·18事变"初，曾为学生组成的"东北义勇军"作军歌《满江红》（禹域尧封）一首，表述与日寇决战的斗志。然因措词欠通俗，不便歌唱，遂不流行。

"9·18事变"，辽吉沦陷，刘氏全家迁至北平暂住，继而南归。

1932年夏至1938年夏　四十五岁至五十一岁。在武昌珞珈山武汉大学中文系任教授。在这六年里，主讲汉魏六朝文学和唐宋词学。为便于教学，撰《文心雕龙校释》、《唐五代两宋词选注释》（后更名为《唐五代两宋词简析》)、《词论》等讲义。

1936年　武大《文哲季刊》载刘永济《文心雕龙·时序篇讲义》（6月）、《文心雕龙·论说篇讲义》（9月），足证此时刘氏正在撰写《文心雕龙校释》。书名"校释"，"校"指校正字句，"释"指诠释段落大意及全篇主旨。确实便于学生研习。詹锳说："刘永济《文心雕龙校释》，因所据板本较少，校勘方面无多创获，但在释义方面每有卓见。"（见《文心雕龙义证·序例》第6页）此评较确切。

对《文心·物色》的篇次问题，刘氏认为："此篇宜在《练字》篇后，皆论修辞之事也。今本乃浅人改编，盖误认《时序》为时令，故以《物色》相次。"但在经修订的中华书局版《文心雕龙校释》中，其目次仍按《文心》原书次第排列，无变动。

"讲义本还有校释者所编之《文心雕龙征引文录》及《文心雕龙参考文录》附录二种。"（马昌松语，见《文心雕龙学综览》第183页）于此可见刘氏教学责任感很强，可敬！

《唐五代两宋词简析》《词论》两种讲义，是从中国文学史家与词人的视野的高度、广度下笔编撰的。前一种讲义以《总论》开端，论唐词的形成"约有四原"，继而叙五代两宋词与其时世关系、风格流派的成因，末则指出："在宋代，词是音乐文学……它是继承唐代乐府而来的，由它产生了宋代的歌舞剧，又由它过渡到元人的散曲和杂剧，它在文学发展史上是不可忽视的一环。"接着便把所选的词按时分类编排，体现了文学史家的特识。分析每首词，皆从构思入手，扼要指点，引人入胜，自见行家特色。

后一种讲义《词论》是一册高明的指导填词的教材，卷上为《通论》，涵"名谊""缘起""宫调""声韵""风会"五项；卷下为《作法》，涵"总术""取径""赋情""体物""结构""声采""余论"七项。

笔者应该指出，所论"风会"一项，最引人注目，其论曰：

> 文艺之事，言派别不如言风会……
>
> 故知文运之升降，亦同春夏之潜移。其变也徐而不费，故人之感之也亦隐而不明。
>
> 夫风会之成，既与国运、人才有关，而体制因革，亦自具条理。则学者立论，安可不参合会通而卤莽为之哉！

笔者体会："风会"之"风"，指时代风气，"会"指词人对时代风气的感受——"兴会"。"风会"，兼指创作思想的主、客观两方面。刘氏清楚地指出"风"与"国运"有关，"会"与"人才"（词人）有关。"国运"，易言之，社会现实状况也。如此词论，在二十世纪三十年代，可以说是先进的文艺理论。此论与"文学是现实生活的反映"这一科学论断相距较近，值得人们注意。

1938年秋至1939年夏　五十一岁至五十二岁。武大迁至四川乐山，刘氏因家事未随校西迁。后来至广西宜山，在迁来的浙江大学讲学一年。

1939年秋至1940年夏　五十二岁至五十三岁。由广西至湘西辰溪，在迁来的湖南大学讲学一年。

1940年秋至1946年夏　五十三岁至五十九岁。在四川乐山武汉大学任教，主讲魏晋六朝文学、唐宋词学。

1942年起，兼任文学院院长，直至1949年。

1943年，"老友以摄影券要我入国民党，久置未报，今检出却还，媵以小词，用致庄生泽雉之意。"（《菩萨蛮》一首，略）小序中的"庄生泽雉"，见《庄子·养生主》；泽雉"不蕲畜乎樊中"。他不愿入国民党的樊笼，而要保持自己的独立人格。这件事当时在四川境内的各大学逐渐传播，人们钦佩刘氏的勇气和品格。

1945年8月14日，日寇宣布无条件投降，蒋介石立即发动内战。是年11月9日，郭沫若、沈钧儒等在重庆举行反内战群众大会。而身在乐山的刘氏于"残秋"时作《声声慢》词，下片"长望韬戈洗甲，奈鲸鲵乍静，萁豆还雠……情正苦，听创鸿声度蓼州。"他的反内战思想是明确的，与诸民主人士的行动是合拍的。

1946年秋至1949年　　五十九岁至六十二岁。在武昌珞珈山武汉大学任教授。

1947年，正当蒋帮在南京得意之时，刘氏在武昌偏为蒋帮预卜，作《唐多令》一调：

潮汐打空墙，城春草木香。酒歌尘、那识沧桑。惟有旧时王谢燕，向巷陌，说兴亡。　　奋臂笑螳螂，纷华世以荒。只赢得北顾仓皇。漫倚长江天堑在，料无地，著齐梁。

刘氏嘲笑蒋帮"螳臂挡车"，妄图倚仗长江天堑，隔江而治；而刘氏说："料无地，著齐梁"！当"百万雄师过大江"过后，人们怎不折服刘氏的预卜之准、措辞之俊俏。刘氏对蒋帮的认识由来久矣，应从1931年"9·18事变"算起，逐年加深。

1948年，《文心雕龙校释》由正中书局正式出版，被学术界视为继黄氏《札记》、范《注》之后的力作，大有便于教学。

1949年　　六十二岁。"南京解放五日，武昌解放"，作《蝶恋花》四首，抒发自己的真情实感。"镜里暗伤颜色故。强把螺丸（画眉的丸形螺黛），加意添眉妩"——他焦虑自己的专业能否适应现实需要，因而着意吸收新知识。解放了，他喜中有忧，这对老教授来说，有一定的代表性。

1954年　　六十七岁。仍在武大任教授，且能安心著述。刘氏《屈赋音注详解》（凡例）末曰："一九五九年十月据一九五四年初稿改写，刘永济记。"

　　对"一九五四年初稿改写"一句，据笔者所知，应作如下诠释："初稿"系指这次通理全书（《屈赋通笺》）的初稿；但在全稿之前，检武大《文哲季刊》，可知刘氏于1934年已撰《九歌通笺》（见四卷一号）；继而撰《笺屈六论》（五卷一号）、《离骚通笺》（六卷三号，1937年）。这些，都是通理全书的基础。

　　总而言之，自1934年至1959年，《屈赋通笺》历时25年，才改定，其撰述态度之严肃，不言自明。

　　《屈赋通笺》所显示的研究成绩，约言之：（一）刘氏"考定"屈赋为十篇。"十篇者，《离骚》、《九辩》、《九歌》、《国殇》、《天问》、《惜诵》、《涉江》、《哀郢》、《抽思》、《怀沙》也。"（二）"《九辩》，旧以为宋玉作，今校定为屈子所作。"（三）"《国殇》，旧在《九歌》中，今校定非《九歌》之一，别出之。"（四）"《九章》……今校定后四篇非屈作。屈子作《九章》未毕，至《怀沙》便自沉也。"（引文均见《屈赋通笺》，亦见《屈赋音注详解》）

　　学术研究上百家争鸣，刘氏论屈子，一鸣也。

　　1956年　六十九岁。全国大学教师评职称，刘氏被评为一级教授。兼任湖北省文联副主席、全国理论性刊物《文学评论》编委。

　　1959年　七十二岁。刘氏"选释"的《唐人绝句精华·缘起》曰："我自一九五九年夏患风湿性关节炎后，不良于行，承大学党委关注，暂不开课。但我自考虑，虽一时行动艰难，然坐着作研究工作是无妨的，因念王士祯的《唐人万首绝句选》一书流行虽久，今日读之，尚有当改选之处，久思新选一书而无暇，何不趁此时为之。"老教授的良心与师德碑，鲜明地矗立在读者眼前！

　　此书1981年由人民大学出版社印行，初印三十七万册，不久即售完，被列为1981年中国十种畅销书之一。

　　1966年　七十九岁。《五·一六》通知自北京下达，"文革"正式开始，要"横扫一切牛鬼蛇神"。刘氏，一个病榻上的老教授，竟然在"横扫"之列。刘氏的哲嗣茂舒先生记述老教授被"横扫"的因由较具体，转录如下：

由于一九六四年，我父亲曾经学校批准，在学校印刷厂排印过他的词集，这时，所谓"刘永济抛出反动词和吴晗、邓拓、廖沫沙遥相呼应向党进攻"就成了武汉大学中文系头号大案。他也就成了"反动学术权威"、"封建遗老"，被打翻在地。父亲已是七十九岁，风烛残年，哪里禁得起那突然袭来的狂风暴雨啊！不久，他重病复发，吐血屙血。一九六六年十月二日，他就怀着满腹疑惧和不解，悲痛和冤屈地离开了人间。（见《刘永济词集》末篇《追念我的父亲刘永济教授》）

1979年 五月，武汉大学党委为刘永济教授召开追悼会，彻底平反昭雪。1984年湖南人民出版社出版了《刘永济词集》。2002年又出版了《二十世纪湖南人物》，"刘永济"的光辉大名列在其中。2003年8月，武汉大学文学院主持召开刘永济学术研究讨论会。与会专家提供的论文，涉及刘先生学术研究的诸多方面。程千帆先生说："在五十多年的学术生活中，先生在古典文学领域内，从研究到创作，作了多方面的探索，取得了非凡的成果。"祝祷刘氏在天之灵永安！

（这份年表中所记刘氏三十岁之前的事迹，采自《二十世纪湖南人物》"刘永济"篇，特此说明，不敢掠美）

保泉　二〇〇六年一月六日写毕

三、新编《王利器年表》

[说明]　《王利器学述》的"附录"载王贞琼、王贞一撰王氏《年表》。该《表》所刊列年代与事迹有不相符处，有一事两出自相矛盾，也有不了解当时实况而记载含糊处，读后令人生疑，兹据王利器《自传》（《耐学堂集·附编》、《王利器学述》、庞石帚《养晴室遗集》、萧超然等撰《北京大学校史》等试作《新编王利器年表》。新《表》参用原《表》语句，皆加引号，以示不掠美。

1912年　王利器（以下简称王氏）出生。《自传》："我生于辛亥革命那一年的农历腊月初十日。"即公元1912年1月28日。"派名利器，后来巴县向宗鲁（四川大学中文系主任）先生赠字曰藏用。"江津县永丰场人。

1918年至1930年　八岁至十九岁。《自传》："到了七岁，才在家里开办的庭训学校……发蒙就上《学而》（《论语》），先读《四书》、后读《五经》……加授《古文观止》、《古文辞类纂》、《千家诗》、《唐诗三百首》、《白香词谱》、《赋学正鹄》之类……象这样的'庭训'教育，一直消磨我十二三年的时光。"

1931年　二十岁。原《表》："考入江津中学，师从吴芳吉、文幼章（加拿大人）诸先生。"

1933年　二十二岁。《自转》："江津中学毕业之后，我考上了重庆大学高中部。"

1936年　二十五岁。夏，考入四川大学中文系。

1937年，抗日战争开始，日本飞机不时轰炸重庆、成都等地。川大自1937年夏迁往峨眉山，文学院住报国寺。中文系迁峨眉山时，庞石帚教授"遘丧耦之痛"，未去峨眉而应聘华西大学，留在成都。1939年、1941年夏，川大中文系函庞先生"要（约）游峨眉"，皆未去。（引语见《养晴室遗集》第308页、305页、307页）

1942年夏，川大返回成都原校址。

王氏读川大，一年级在成都，二、三、四年级在峨眉山。

王氏《自传》：考川大，被录取。"这时……中文系向仙樵先生讲《楚辞》……庞石帚先生讲《文心雕龙》。"《学述》又说："在四川大学时，听庞石帚先生讲授《文心雕龙》。"据此可知，王氏听庞先生讲《文心》必在1936—1937学年度，在成都。原《表》："1937年，考入四川大学中文系。"误！

1940年至1943年　二十九岁至三十二岁。川大毕业后，"适逢北京大学文科研究所招生，我拿《风俗通义校注》去报考……不久，接到通知，我就遄往南溪李庄"报到（见《自传》）。历时三年毕业，毕业论文题为

《吕氏春秋比义》，约二百余万字。

1943年至1945年　三十二岁至三十四岁。1943年夏，"川大文科研究所聘我回去当讲师，于是遂回川大任教，兼任成华大学教授。"（见《自传》）

1945年　三十四岁。《自传》："日寇投降，北大复员，我应邀来北大任教，只身飞北平，寓居沙滩红楼二楼东头一小教室。"按：上录引文叙述太简略，应加诠释，方可见得实况。

1945年8月14日，日本宣布无条件投降，9月2日，日本签订投降书。

1945年9月，胡适正式被任命为北大校长。（原为中国驻美大使）1946年6月由美启程回国。《北京大学校史》说："1945年9月，胡适被任命为北大校长。胡未到任前，曾由傅斯年代理校务，以校长的身份在北平发表北大重要职员和教授人选，并召行政会议，通过行政会议条例。10月10日，复员后的北京大学正式开学……11月14日，开始上课。"（见北京大学出版社1988年版，第405页）

王氏所说"只身飞北平"正是傅斯年之邀而飞北平的，具体时间只可能在9月下旬。

1946年　三十五岁。在北大任讲师。《自传》："在中文系开校勘学，并讲授《史记》、《庄子》、《文心雕龙》等专书，适法国巴黎大学汉学研究所来约稿，学校遂把我的《文心雕龙新书》推荐给他们。"（笔者注：指《文心雕龙新书》初稿告成于1946年末或下年。）

《学述》："来听《文心雕龙》课的学生中，有一位英国留学生，他就是后来的著名翻译家霍克斯（David Hawkes）。他……课余时间，经常找到我请益。"（见第221页）施友忠在《文心雕龙》英译本序言中曾提及霍克斯对《文心》的赞许。

是年夏、秋，原西南联大来北大入学的学生564人（内研究生4人）。

1948年　三十七岁。"11月发表《文笔新解》，刊《国文月刊》。（见原表）

1949年　三十八岁。《自传》："北平解放后，我仍留在北大工作。"

1949年3月5日，中共七届二中全会在河北省平山县西北坡召开，会后中共中央"迁往北平"。（见《毛选》1363页注）3月25日中共中央迁入北京城。"解放军举行入城式，浩浩荡荡的大军队伍，熙熙攘攘的欢迎群众，把交道口的十字街头拥挤得水泄不通。"（见《自传》）王氏当时就是"欢迎群众"中的一员。

1950年至1954年　三十九岁至四十三岁。原《表》："应文化部艺术局之约，与郑振铎先生合作，共同整理《水浒全传》，担任全书校勘工作。此版本成为水浒研究的重要工具。"

1951年　四十岁。《文心雕龙新书》，王利器校笺，在巴黎大学汉学研究所出版。

日本汉学研究者兴膳宏教授在所著《文心雕龙论文集》中说："王利器氏的《文心雕龙新书》（原注：1951年）绵密校定，可视为本书定本。"（见齐鲁书社1984年版，第130页）

华东师范大学胡晓明教授说："《文心雕龙新书》，王利器校笺，巴黎大学汉学研究所1951年出版。校笺者在《序录》中说：'新书'二字，取法刘向，即经过校勘的书。"

按：《汉书·艺文志》："至成帝时……诏光禄大夫刘向，校经传、诸子、诗赋……每一书已，向辄条其篇目，撮其指意，录而奏之。"（"奏之"，指奏给汉成帝）王氏校《文心》，说"取法刘向"，称"新书"，隐含兴膳宏点破的"可视为本书定本"的意思。

《文心雕龙新书》为作者在北京大学讲授《文心雕龙》时写成。为配合《新书》，作者还依据《文心雕龙》本文编纂成索引工具书《文心雕龙新书通检》一册，巴黎大学北京汉学研究所1952年出版。

原《表》说："1943年5月，《文心雕龙新书》问世""1952年《文心雕龙新书》出版"，皆与事实不符。

1953年　四十二岁。原《表》："5月，《光明日报》于27日至28日连载《水浒与农民革命》一文……参加国庆观礼。""大学院系调整后，调入北京政法学院。全家从北大沙滩红楼居所迁至东四十条39号内二号院居住。"

1954年　四十三岁。《自传》："院系调整后，就正式调我来文学古籍刊行社工作……如范老的《文心雕龙注》、郑西谛先生的《插图本文学史》、戴明扬教授的《嵇康集校注》，都是我做责任编辑。范、郑二书，较解放前出版的，有较大的订补。"

按：王氏为"范注"做责编时，订补了500多条注文，交范文澜审定时，范老完全同意，并说："你订补了这么多条文，著者应署我们两人的名字才行。"王氏认为这是当责编应做的分内工作，所以不同意署他的名字。而在王氏后出的《文心雕龙校证》中，他订补的500余条注文均未采用。现已有人对王氏"范注"订补的注文进行考辨，见《文献》2002年第2期。

1956年　四十五岁。原《表》："参加九三学社北平分社。"

1957年　四十六岁。《自传》："一九五七年蒙受不白之冤。"原《表》："同年，被定为右派分子（原注：内控）。会上，严文井先生说：'我看王利器不像右派。'立即遭到他人斥责：'你看他不像，我看你还像哩。'一言铸成铁案。九三学社通知停止组织生活。"

1960年　四十九岁。原《表》："《文则·文章精义》出版，笔名刘明辉。"

1961年　五十岁。原《表》："5月，日本学者波多野太郎来访，因名列'右派'，经请示获准，在家里接待。客人送日本影印崇祯本《金瓶梅词话》一套五册。"

1985年，人民文学出版社印的《金瓶梅词话》在《校点说明》中说："王利器同志则慨然长时间提供了（崇祯本）《词话》一书的日本影印本。一九八〇年九月十八日。"

1962年　五十一岁。校点《苕溪渔隐丛话》，由人民文学出版社印行，校点者署名廖德明。重新校订人周本淳曰："廖校原本优点在罗列善本之异文，便于读者比较，所据诸本皆不易见。"（见该书《新版后记》）此处"善本"指宋本、元本、明抄本等。亦足见王氏收藏之富。

1966年　五十五岁。原《表》记载：

在"文革"浩劫中，被列为"反动学术权威"，"破四旧"时又遭抄家，被抄走了宋、元、明、清、民国刻本线装书三万余册。后奉命迁至红日路（今东四北大街）十七号一室内居住，与冯雪峰先生为邻。

1968年　五十岁。原《表》："被赶入'牛棚'，下了'五七'干校。先在咸宁烧开水，后迁至丹江，在一连看管橘子树。"

《自传》："把我关了四年的牛棚，我都泰然处之……每当他们要我交代问题的时候，我枯坐冥搜，像煞有介事，其实我的思想早已开了小差，去悬我在学术上没有解决的问题。"王氏乃"运动"老将，久经沙场，有经验。

1972年　六十一岁。原《表》记载如下：

返京，遵命退休（后改为离休）。

粉碎"四人帮"后，虽归还"查抄"物资，但损失惨重，就书籍一项也仅还回一万余册。除由北京文物管理处通知"指定收购"了一部分外，其余已下落不明了，其中还有陈洪绶的《水浒叶子》。更令人气愤的是，归还的书籍中，竟有六部（函）赫然盖有"江青藏书之印"或"康生"、"康生之章"。

1978年　六十七岁。原《表》："8月，任继愈先生来信商量《道藏》整理计划事。12月30日，被聘为中国社会科学研究院世界宗教研究所特约研究员。""有关单位向王氏本人和亲属分别宣布改正'右派'错案。九三学社通知恢复组织生活。"

由"定为右派"到"改正右派错案"，历时22年，多么宝贵的22年！

1979年　六十八岁。原《表》："5月，被文化部文学艺术研究院聘为《红楼梦学刊》编辑委员。"

1980年　六十九岁。《颜氏家训集解》《文心雕龙校证》《越缦堂读书简端记》皆在本年内出版。兹简介前两书。

七月，《颜氏家训集解》由上海古籍出版社印行。本书以卢文弨抱经堂校定本为底本，以12种善本校正并集解之，成为当今最完备的本子。王氏在《叙录》中指明：此书对"研究南北诸史""研究《汉书》""研究《经典释文》""研究《文心雕龙》"皆"可供参考"。

八月，《文心雕龙校证》由上海古籍出版社印行。本书采用汇校方式校正原文。《序录》列自《敦煌唐写本残卷》至民国六年（1917）《龙谿精舍丛书》本（附李详《补注》），共计28种版本汇校之。又援用"前人征引到《文心雕龙》的诸书"如梁代《金楼子》下及清代钱大昕《十驾斋养新录》等共56种本子参校之。又再参考黄侃《文心雕龙札记》、范文澜《文心雕龙注》、杨明照《文心雕龙校注》而撰成一个可靠的定本。

《序录》末尾注明"一九五〇年一月三十日，于北京大学红楼，初稿。""一九七七年十月一日，于北新桥争朝夕斋，定稿。"于此可见王氏精益求精的治学态度。可敬，可佩。

1982年　七十一岁。三月，应邀至香港大学讲学。是年，《盐铁论校注》《风俗通义校注》两书在台湾明文书局出版。

1983年　七十二岁。七月，《文镜秘府论校注》由中国社会科学出版社出版。

王氏在本书《前言》中说："（弘法）大师在中、日文化交流中作出的贡献，固已旷绝古今，而其业绩当为中、日两国人民世世代代铭记不衰的，那就要数《文镜秘府论》了。""本书整理，系以日本京都藤井佐兵卫版行本为底本"，而校以日本的《古钞本》、中国的"校点""校注"本，共15钟，"左右采获"而成书。"以文会友，以道交流，他山攻错，实所厚望于日本佛学界、汉学界的朋友们！"

1984年　七十三岁。八月，出席"中日关系史研究会"成立大会，被选为"理事"。

1985年　七十四岁。原《表》："应日本文部省邀请赴日本，在京都大学、九州大学、东京大学、神户大学、高野山大学讲学并考察访问。"据《学述·访日讲学记》记载：1985年3月20日应邀赴日，4月19日回国。在日讲学访问期间，多由日本汉学家兴膳宏教授陪伴。

1986年　七十五岁。10月，《耐雪堂集》由中国社会科学出版社出版。本书《内容简介》说："本书是王利器先生研究《水浒传》和《红楼梦》的文集，故撮合该两书作者之名为《耐雪堂集》，收文三十二篇。""附编为作者自传，介绍了他的成长事迹与治学之道。"

王氏以此书赠友生，加盖印章三方："书为晓者传"（阴文）、"一千万字富翁"（阴文）、"利器持赠"（阳文），其乐观情趣于此可见。

1988年　七十七岁。原《表》："五月，应香港中文大学邀请赴港讲学。"是年"将古梵文本敦煌卷子八卷分赠：西安兴教寺、香积寺、成都草堂寺、江油李白纪念馆、嘉定大佛寺、西南师范大学。"

1989年　七十八岁。原《表》："6月，出席并参与主持首届'国际《金瓶梅》学术讨论会'。"

1990年　七十九岁。原《表》："4月，由张岱年教授荐，（被）聘为《国学丛书》编委。""10月，出席第四届'全国《金瓶梅》学术讨论会'。"

1991年　八十岁。原《表》："向四川大学赠书17种。"

1993年　八十二岁。5月，至山东省枣庄，参加"中国《文心雕龙》学会"第四届年会。王氏应枣庄师专之请，挺笔直书："事出于沉思，义归乎翰藻"两行为条幅。（语见《文选序》）

原《表》："9月，出席第六届'全国《金瓶梅》学术讨论会'。"

1995年　八十四岁。原《表》："7月，出席'95文心雕龙国际研讨会'，并捐发展基金1000元。"

1997年　八十六岁。原《表》："5月末，因急性肠梗阻住院治疗，7月中旬方出院……仍然手不释卷。"

1998年　八十七岁。原《表》："7月24日，早晨，突发心肌梗塞，抢救无效，不幸逝世。"

四川省古籍整理出版规划小组挽联：

晓传国学、亿字富翁、四海称颂；

藏用古籍、百年成果、五洲承德。

"新编"者附白：原《表》录挽联、唁电四则，今只录一则，认为此联叙事真切而艺术性较强，故录之。

保泉　二〇〇五年十二月二十八日

四、潘重规年表

小引：我在四川大学读中文系时（1943年秋至1947年夏），曾选修潘重规先生主讲的"毛诗"、文心雕龙。川大中文系学生集资翻印黄侃《文心雕龙札记》，起因于潘先生板书特多"黄先生曰"。兹为探求潘先生的治学历程，特就所知（包括网上材料），作《潘重规年表》。此亦学生纪念老师的方式之一。

1908年　潘先生这年2月14日生，安徽婺源人（婺源，今属江西）。本名崇奎，乳名梦祥。读大学时，章太炎先生见之，为易名"重规"，以比美唐人李百药（百药，字重规，唐太宗时，官太子右庶子、左庶子，撰《齐史》）。业师黄侃（季刚）则为易字"袭善"，用铁线篆大书"重规袭善"予之，以示宠异。"石禅"乃潘先生自取的雅号。

1917年　（虚10岁）

1925年　（虚18岁）赣州中学毕业。

1926年　秋，考入东南大学中文系，从王伯沆、黄季刚（侃）诸老师学习。黄氏精于"小学"、重经学，王氏兼及《石头记》。这对潘先生后来治学影响较大。潘先生终于成为著名的"敦煌学"研究者，始基在于深谙"小学"、经学。

1928年　东南大学更名为中央大学。春，黄季刚应聘到校。

1930年　（虚23岁）中央大学毕业。

秋至武汉，任湖北高中教员。

1932年　夏，奉师命回中大中文系任助教。

汪东教授为潘重规《荀子集解订补》作《序》，序中提到："潘生石禅，从季刚受学，重其才，以女妻之。"（见《志林》第三期，1942年1月出版，手写石印本）潘先生于1932年夏回中大中文系后，不久与黄念容女士结婚。念容女士颇有文学修养，此后长期从事中学国文教育工作，贤淑，能持家。

1935年　八月，黄季刚先生病逝。重规协助黄家安葬季刚先生（"十一月返葬蕲春"）。

1937年　（虚30岁）夏，抗日战争开始，中大西迁至重庆沙坪坝。潘先生随校入川。

1938年　在中大任教。作《读文心雕龙札记》一文，自署："中华民国廿七年九月十三日潘重规记于重庆中央大学。"（见《制言月刊》第49期1至8页）

据闻，潘先生在中大中文系主讲诗经、文心雕龙。晋升为讲师。

（1938年3月中旬，东北大学迁至四川三台县。）

1939年　秋，潘先生至三台，任东北大学中文系副教授。次年，聘为教授。主讲"毛诗"、文心雕龙。

1941年　在东北大学。2月，发表《敦煌唐写本尚书释文残卷跋》（见东北大学《志林》第二期，1941年2月出版）。

《跋》文曰："右敦煌写本尚书释文残卷，存《尧典》《舜典》二篇。《尧典》一篇有残缺。今藏巴黎国家图书馆……今岁长夏，予从姜亮夫教授假得所摄影片读之，盖犹是未经宋人窜改之先唐旧本，可珍也已……今得此卷，而尚书释文之真象乃可推测、得其梗概矣。"末署"民国二十九年七月，重规写于三台北坝郊居"。此乃潘先生研究"敦煌学"的发轫之作，受到学术界好评。

1943年　秋，至成都，任四川大学中文系教授。

1944年　原川大中文系主任赵少咸教授辞"主任"职，由潘先生兼任主任，直至1946年4月下旬。

这期间，潘先生主讲"毛诗"、文心雕龙。

（潘夫人黄念容在川大附中任国文教员，深受学生敬重。有女儿名潘锦，约五六岁。）

1946年 4月下旬，潘先生离成都，《文心雕龙》课中辍，中三学生便自筹经费，搜辑资料，印黄侃《文心雕龙札记》，成都华英书局承印，线装一册，1947年春印成，二百册。

4月，陶因受命为国立安徽大学校长，聘潘先生为教授、中文系主任。5月下旬，潘先生携眷至安庆就职。在安大中文系，潘先生主讲训诂学、毛诗、陶谢诗（有当时课程表存安师大档案室）。

1949年 3月底，随着解放战争形势的发展，安大校长杨亮功等离校去台湾，潘重规先生携眷至香港。

4月22日安庆解放。12月5日安徽大学迁至芜湖赭山。因势适变，原安徽大学遂成为今安徽师范大学的前身。

5月，潘先生任香港（中文大学）新亚书院中文系教授。不久，兼中文系主任、院长。

1951年 （虚44岁）秋，潘先生至台北，任台湾师范大学国文系主任，兼研究所所长。

曾讲演《红楼梦》，题为《民族血泪铸成的红楼梦》，听众大为感动。此举成了台北学术界的盛事。

1957年 （虚50岁）赴新加坡，任南洋大学教授。此后，每逢寒暑假，潘先生奔赴伦敦、巴黎，查阅敦煌英、法所藏《诗经》卷子。

潘先生在南洋大学讲中国经学、小学、红学、敦煌学。

1960年 （60年代初，潘先生的女公子潘锦与香港杨克平先生结婚。杨、潘伉俪在港，注意收藏潘老先生的各种著作，包括老先生亲手编印的书刊。又，杨、潘得子后，潘老与夫人黄念容更加关注香港的这个小家庭。）

1962年 潘先生由新加坡回香港，任中文大学新亚书院中文系教授。

1966年　潘先生在新亚书院开设"红楼梦研究"选修课，建立《红楼梦》研究小组。

1967年　（虚60岁）出版《红楼梦研究专刊》。

潘先生认为《红楼梦》作者不是曹雪芹，而是由"石头所记"，"石头便是作者"，企图在"红学"研究领域里独树一帜，因而引起了学术界的争论。

1971年　11月，港，台著名学者徐复观发表《由潘重规先生〈红楼梦的发端〉略论学问的研究态度》，见香港《明报月刊》第72期（署名王世禄），措辞尖锐，指责潘"断章取义""曲解文意""态度的不诚实"。文末曰："潘先生在香港中文大学的中文系，应当是位佼佼者，居然……写出这样的文章，难怪有人发出'丧乱流离中，人怀苟且之志，在大学里千万不可轻言学术'的叹息。"

潘先生未直接作答，而由"《红楼梦》研究小组"成员应战，写《谁"停留在猜谜的阶段"?》作答，见《明报月刊》1972年第74期。徐复观又作《敬答中文大学红楼梦研究小组汪立颖女士》，见《明报月刊》1972年第76期。

争论正激烈，出现了规劝者（赵冈、周策纵），分别为文，提倡争论双方作批评与自我批评。文章见《明报月刊》1972年第77期。

争论停下来。

（笔者以为：关于《红楼梦》的作者问题，1953年11月，北京"作家出版社编辑部"所作《出版说明》《关于本书的作者》两篇短文，指明《红楼梦》的作者是"曹雪芹"，最有理，亦有据，理在于符合"文学是现实生活的反映"这一辩证的铁的规律，据在于曹家有其兴衰的史实，因而艺术地反映在《红楼梦》中。此说在学术界被视为定论。）

1973年　初秋，赴法国，任巴黎第七大学客座教授，兼任中国文化学院中文研究所所长。讲授"《诗经》研究""《文心雕龙》研究"课程。

八月初，潘先生出席"巴黎东方学大会"，会期4—5天。会议闭幕后，应苏联东方学研究所的孟西和夫教授邀约，访问列宁格勒东方学研究院分院，阅览"敦煌特藏库"卷子。

八月八日，潘先生乘飞机由巴黎到达列宁格勒，克服种种困难，进入"敦煌特藏库"，抄录敦煌卷子，历时十天，返巴黎。后来潘先生著有《列宁格勒十日记》一书，由台湾学海出版社1975年出版。

1974年　春，潘先生返台北，任东吴大学讲座教授、台湾师大教授。

这年9月，台湾文史哲出版社出版潘先生《红学六十年》，并附录徐复观的两篇文章，汪立颖、赵冈、周策纵的文章，算是保存了一场关于"红学"争论的资料。

这年，法兰西学院为潘先生颁发法国汉学最高成就的茹莲奖（Julian Price）。

1977年　（虚70岁）（香港杨克平先生事业有成。黄念容女士晚年随女儿潘锦居住，后来因病卒于香港九龙。）

1978年　潘先生退休。东吴大学仍聘为研究教授。这期间，娶傅节梅女士为继室。得子，名永怡（2003年前，已是大学生）。

1989年　（虚82岁）潘先生为祝贺杨明照先生八秩华诞，寄《刘勰文艺思想以佛教为根柢辨》一文至川大中文系，收入《文心同雕集》（见成都出版社1990年版）。

1992年　敦煌研究院由段文杰研究员兼院长率团赴台北，为潘先生颁赠"敦煌研究院荣誉院士"头衔。

2000年　7月，国家文物局、甘肃省人民政府、敦煌研究院为庆祝敦煌藏经洞发现一百周年，为表彰潘先生的研究成绩，特颁发"敦煌文物保护研究贡献奖"。

2003年　4月24日因病逝世（虚97岁），火化于台北林口顶福陵园。

附：潘先生主要著作：

1.《唐写〈文心雕龙〉残本合校》（香港新亚研究所出版，1970年9月）

2.《我探索敦煌学的历程》（全文分上、下篇刊载于1982年10月3、4

日《中央日报》）

3.《敦煌诗经卷子研究论文集》（香港新亚研究所出版，1970年）

4.《瀛涯敦煌韵辑新编》（香港新亚研究所1972年出版。台北文史哲出版社1974年出版）

5.《瀛涯敦煌韵辑别录》（同上。台北文史哲出版社曾合上列两书为一编，影印行世）

6.《列宁格勒十日记》（台湾学海出版社1975年版，台湾东大图书公司1993年再版）

7.《红学六十年》（台北文史哲出版社印行，1974年9月）

（这份年表承安师大图书馆周爱武女士挥汗为我检索多种旧书刊，才得草成，特此致谢。保泉 二〇〇六年六月廿五日。）

[原载《文学前沿》2008年第1期]

五、杨明照年表

杨明照（1909—2003），字弢甫，四川省大足县人。1909年农历十月二十三日生。父为"儒医"兼塾师，重视儿辈教育。

1914年　六岁。明照与三哥在父亲的私塾学习，由认字进而读《四书》、《唐诗三百首》、《龙文鞭影》（笔者注：此书杂采历史故事，编为韵语，便儿童成诵。有坊本）、《古文观止》、袁黄（了凡）《纲鉴》、《五经》，又读医书《伤寒论》、《金匮要略》等，直至十八岁，历时十三年。

1927年　十九岁。考入大足县立中学，历时三年毕业。三年间，学习自然科学基础知识、音乐、美术等课程，但偏爱"国文"课程。"国文"课程中含"作文"，通常两三周必"作文"一次，交给任课老师批改。杨明照（以下简称杨氏）的"作文"，常常得到老师的表扬。

1930年　二十二岁。春，考入重庆大学预科。

当时，"白屋诗人"吴芳吉（1896—1932）在重大预科主讲《文学概论》课，经常摘引《文心雕龙》片段，板书后加以诠释，引起了明照学习《文心雕龙》的兴趣。因而自购扫叶山房石印本黄叔琳注《文心雕龙》，课余讽诵，约半年，便能背诵全书五十篇。暑假开始，又购得黄注、李详补注本《文心雕龙》带回家研习。在熟悉原文的基础上发现黄、李之注，颇有未尽之处，有待补正。尽管杨氏此时未曾谙目录、版本、校勘等专门学问，仅凭心存疑问企图解惑，便随读随记，积少成多，分条董理，誊写存之。（"熟读"是"深思"的前提，此是一例）

1932年　二十四岁。秋，由预科升入国文系。

杨氏就读重大国文系时，购得范文澜《文心雕龙注》（1929—1931年由北平文化学社印行）本，着意研读。始则觉得范注"益臻详瞻"，继则逐渐发现：范注对《文心》原文，有"当从唐写本校补""原文自通，毋庸他改"的失误，也有注语征引"未惬"、征引"失当"的错处，于是鼓起勇气，为重新校注《文心雕龙》而拼搏。（引语见杨氏《范文澜文心雕龙举正》）

（知难而进、锲而不舍的治学品性，此是一例）

1935年　二十七岁。秋，重庆大学并入四川大学，杨氏来成都就学，继续钻研《文心雕龙》。

1936年　二十八岁。夏，四川大学中文系毕业。毕业论文题为《文心雕龙校注》。当时主讲《文心雕龙》的庞俊（石帚）教授，评阅杨氏论文，给予100分，评语曰："校注颇为翔实，亦无近人喜异诡更之弊，足补黄（黄叔琳）、孙（孙诒让）、李（李详）、黄（黄侃）诸家之遗。"这个评分，从此成为川大中文系学生中的美谈。

是年初秋，至北平，投考燕京大学研究院国文学部，导师郭绍虞教授看中了杨氏的研究功底颇厚，录取之。

在国文学部，杨氏聆听顾颉刚先生讲"春秋史"、闻一多先生讲"经学概论"、容庚先生讲"古文字学"，等等。这些学者的讲授，显示了严谨、求实、创新的治学的风范。

1936年秋至1939年夏　二十八岁至三十一岁。在读研究院国文学部期间，杨氏发表《范文澜文心雕龙注举正》《春秋左氏传君子曰征辞》《刘子理惑》（三篇皆见《文学年报》1937年第3期）、《说文采通人说考》（见《考古社刊》1937年第6期）、《书铃木虎雄黄叔琳本文心雕龙校勘记后》（《燕京学报》1938年第24期）。

1939年　三十一岁。夏，完成学位论文《文心雕龙校注》，获得燕大研究院硕士学位。留校任助教、讲师。

1941年　三十三岁。秋，除在燕大执教外，至北平中国大学兼课，为时一年。

1942年　三十四岁。秋，由北平回到成都。

1941年12月7日，日本飞机偷袭美军太平洋基地珍珠港，炸毁、炸伤美军军舰十八艘，飞机五百二十余架。8日，美英对日宣战。在北平的燕京大学由美国人主办，1942年时的校长是由美国驻华大使司徒雷登兼任；为燕大完全计，决定迁出日军占领下的北平，遂于1942年初夏，全校师生及图书仪器，分乘汽车，分批到达成都华西坝，暂借华西大学部分校舍容身。杨氏随校回成都。

1942年秋，杨氏升任副教授，主讲校勘学。1945—1946年，在四川大学文科研究所兼授校勘学。

1946年　三十八岁。回四川大学任教。为中文系高年级学生讲校勘学，主要工作是料理川大文科研究所。

杨氏讲授校勘学，实乃以黄叔琳注《文心雕龙》为底本，择要校勘字句。他在课堂上给学生的第一印象：真把五十篇《文心雕龙》背诵得透熟，令学生折服。从杨氏学习校勘《文心雕龙》，学生必备扫叶山房石印本黄注《文心雕龙》一套，随杨氏指点，连类而及，摘原文、黄注，又记录杨氏"按语"，方可具体地获得教益。否则，只落得个赞叹——"杨老师真博学！"

是年，发表《汉书颜注发覆》（《中国文化研究汇刊》1946年第五卷）

1949年　四十一岁。12月27日成都宣告解放。

1950年　四十二岁。在川大中文系古典文学教研室任教、主持工作，评为教授。

五十年代前期，全国大、中、小学教师，经受"思想改造"，学习马列主义。"马克思列宁主义的普遍真理一经和中国革命的具体实际相结合，就使中国革命的局面为之新。""有实事求是之意，无哗众取宠之心。"（见《毛泽东选集》第三卷《改造我们的学习》）杨氏治学原本严谨求实，因而学习马列主义颇投入，学习新的文学理论知识，增强了研究能力。其具体表现是：（一）他对民间文学已能理解，撰《四川治水神话中的夏禹》；（二）他对《文心雕龙》开始作理论探索，撰《刘勰论构思》等文。（提及的两文均见杨氏《学不已斋杂著》）

1958年　五十岁。《文心雕龙校注》正式出版。杨氏在《后记》中说："旧稿搁置箧中已十余年，本不敢以问世，师友一再怂恿，乃托上海古典文学出版社印行。"此书卷首为《梁书刘勰传笺注》，次为《文心雕龙》原文，再次为黄叔琳注、李详补注，末列杨氏校注。有"附录"，录刘勰《梁建安造剡山石城寺石像碑》文、《灭惑论》，又录关于《文心雕龙》的"历代著录与品评""前人征引""群书袭用""序跋""版本"等，最后列示"引用书目"。

此书以作者本科和研究生两个阶段的毕业论文为基础，历二十余年的积累与修订，最后整合而成，代表了作者早年《文心雕龙》研究的水平。故发行后在海内外"龙学"界引起了强烈的反响。日本著名学者户田浩晓评价此书是一部"自民国以来一直到战后研究《文心雕龙》的名著"。台湾世界书局、河洛书局、香港龙门书局相继翻印或影印。

1959年　五十一岁。申请参加中国共产党，被批准。

1964年　五十六岁。在川大中文系古典文学教研室领头主编《宋文选》选文、注释工作，完稿。此书1880年由人民文学出版社印行。（因十年动乱，迟出）

1966年　五十八岁。有《五·一六通知》下达，全国"文革"开始。

川大老教授如蒙文通于1967年盛夏罚跪柏油马路；赵少咸"遵令"烧

自己的书稿，点火后立即晕倒；杨氏被派去扫马路、冲厕所，之后被下放到乡村。杨氏在乡村劳动之余，闭门继续做《文心雕龙校注》补订工作。死活一般重，我行我素！

1977年　六十九岁。

是年冬，各大学恢复招收本科生，杨氏回校恢复正常工作。

1979年　七十一岁。三月，赴昆明。中国古代文学理论学会成立，众推郭绍虞教授为会长、杨明照教授为副会长。

同月，赴北京，出席全国高等学校古籍整理研究规划会议，作专题发言：《我是怎样学习和研究文心雕龙的》。

1982年　七十四岁。《文心雕龙校注拾遗》由上海古籍出版社印行。据《拾遗·前言》所云，作者对原《校注》甚为不满，认为当时"因腹笥太俭，急就成章，疏漏纰缪，所在多有，久已不惬于心。十年动乱的后期，居多暇日，遂将长期积累的资料分别从事订补。志趣所寄，虽酷暑祁寒，亦未尝中辍。朱墨杂施，致书眉行间无复空隙。乃另写清本，继续修改抽换，定稿后将'校注拾遗'与'附录'独立成书"。这就是《拾遗》一书的由来，此书后出转精、胜义纷披，确为《文心雕龙》校注方面的扛鼎之作，出版后在海内外学术界引起强烈反响。1983年6月6日香港《大公报》专文评曰：该书解决了某些千古疑难，具有很高的学术价值。台湾学者王更生认为："这是杨氏呕心沥血之作。在《文心雕龙》研究上，为后人树立了一个新的断代。"牟世金则将此书誉为研究《文心雕龙》的"小百科全书"。

此书《前言》就刘勰的生平思想、《文心雕龙》的"基本原则""文体论""创作论""批评论"和"统摄全书的序"诸端，从文学理论角度作了纲领性的论述，反映出杨氏"学不已"的精神风貌。

1983年　七十五岁。八月，中国《文心雕龙》学会在青岛开成立会，众推张光年为会长，王元化、杨明照为副会长。

杨氏因事请假，未到会，以《文心雕龙校注拾遗》一本，题曰："献给 文心雕龙学会成立大会 杨明照赠 八三年八月八日"。

1984年 七十六岁。11月，赴上海，出席"中日学者《文心雕龙》学术讨论会"。杨氏在会上"对日本学者斯波六郎的《文心雕龙范注补正》一书，进行了全面的分析和评价，并结合自己的研究心得，对范注进行补正，多达三十五条。"

1985年 七十七岁。冬，《学不已斋杂著》由上海古籍出版社印行。全书收论文33篇，其中有13篇为研究《文心雕龙》之作。

1986年 七十八岁。4月，至安徽屯溪，出席中国《文心雕龙》学会第二次年会。杨氏在会上就《刘子》作了全面分析，肯定地指出《刘子》的作者不是刘勰，而是刘昼。对这种学术问题，他是严肃对待的。

1987年 七十九岁。10月，在成都主持中国古代文学理论研究会年会。到会的会员多，杨氏为会议日夜操劳。

《刘子校注》由巴蜀书社出版发行。

1988年 八十岁。11月，赴广州，出席《文心雕龙》'88国际研讨会。会议期间，参观暨南大学图书馆，杨氏入书库注意检阅港台所出版的中国古籍版本。该校图书馆员，特为杨氏摄影留念。

1989年 八十一岁（实龄八十岁）。四川大学召开"庆贺杨明照教授八十寿辰暨执教五十周年《文心雕龙》学术研讨会"，海内外专家学者及弟子们生共贺著名"龙学"家八十大寿。会议论文集为《文心同雕集》，1900年由成都出版社出版。

1991年 八十三岁。十二月，《抱朴子外篇校笺》上册由中华书局出版。

1995年 八十七岁。七月下旬赴北京，出席由北大主办的《文心雕龙》学国际学术研讨会。会中抽暇由宾馆至北大访友。获香港柏宁顿（中国）教育基金会第一届孺子牛金球奖。

1997年 八十九岁（实龄八十八岁）。杨氏请人刻"二八佳人"印章一方作为自祝高龄。于此可见老人的乐观生活情绪。

《抱朴子外篇校笺》下册由中华书局出版。杨氏"校笺"此书，历时65年，锲而不舍，学者楷模！

台湾著名"龙学"家王更生教授说："总之，《抱朴子外篇》五十卷，像一颗光芒四射的宝石，而沉埋于荒烟蔓草间；幸经先生慧眼特识，倾毕生之力，披荆棘，斩荒秽，发幽阐微，钩深致远，成《抱朴子外篇校笺》上下册。此不仅大有功于葛稚川，相信千百年后，有欲窥《抱朴子》者，亦必以此为肯綮矣。"（见王更生《岁久弥光的"龙学"家》，文史哲出版社2000年版，第102页）

1999年　九十一岁（实龄九十岁）。四川大学召开"中国古典文献学国际学术研讨会暨杨明照教授九十华诞庆典"。海内外学人齐集川大庆兹嘉辰。

2000年　九十二岁。《增订文心雕龙校注》上下册由中华书局出版发行。此书内容分"书影"、"前言"、"梁书刘勰传笺注"、"正文校注"（上册）和"附录"、"引用书目"（下册）。正文部分体例同于《校注》本，为方便阅读，重又过录《文心雕龙》原文、黄叔琳"辑注"及李详"补注"，继以自己经过增补订正的"校注拾遗"。此书可看作杨氏《文心雕龙》校注方面一个集大成的本子。

2001年　九十三岁。六月，《文心雕龙校注拾遗补正》由江苏古籍出版社出版。这是杨氏近年来对《拾遗》"正文校注"中漏误处经过增改补充、修订调整后单独成书的本子。

杨氏自二十岁开始研习《文心雕龙》，至九十三岁有《文心雕龙校注、拾遗、补正》问世，历时七十二年。他的这一学术实践的教育意义，值得后世学人深思。

2003年　九十五岁。十二月六日，杨氏逝世。

杨氏的长女杨珣说："12月6日中午，他安详地离开了我们，来不及和家人交待一句，也来不及住进学校特意为他的康复锻炼所分的新居。"（见2005年安葬杨明照先生纪念会《会议论文集》第264页《父亲的扶持》）

北师大教授启功《祭杨公明照》诗有句："后学仰止，千载留声。"

附记：2005年6月15日，杨明照先生陵墓在四川大足县北山石刻公园落成。为配合这一活动，大足县政府、四川大学、重庆师范大学联合主办了"杨明照学术思想暨《文心雕龙》国际学术研讨会"。来自港、澳、台、美国及中国大陆的一百多位专家学者出席了陵墓落成仪式及会议。会议纪念文集将由中华书局出版发行。

（此表据曹顺庆教授所撰《杨明照》《杨明照先生评传》及笔者的见闻编纂而成。）

保泉　　二〇〇五年十二月二十日

司空图诗文研究

《司空表圣诗集》由来考

一

传世的司空图诗文集，较早的有南宋中期的"蜀刻本《司空表圣文集》"（十卷），今由上海古籍出版社影印行世。《司空表圣诗集》，较早的版本，乃是明末胡震亨编撰的《唐音统签》中的"《戊签》七十四司空图"①——1934年，商务印书馆《四部丛刊》据以影印，迳题《司空表圣诗集》。

司空图曾自编《一鸣集》，自序中有"捃拾诗笔，残缺无几，乃以中条别业一鸣（窗）以目其前集"云云。按：引文中所谓"诗笔"，系仿六朝人所谓"文笔"而来，六朝人说："今之常言，有文有笔，以为无韵者笔也，有韵者文也。"（《文心雕龙·总术》）唐代诗和古文流行，遂以"诗笔"二字概指"诗"和"古文"。由此可知，《一鸣集》中有诗、有文。

《一鸣集》有多少卷？"自序"未说明，只能根据宋代的图书目录文献加以检索。检《新唐书·艺文志》《崇文总目》《通志·艺文》皆记载"司空图《一鸣集》三十卷"。《郡斋读书志》除记载"司空图《一鸣集》三十卷"外，识语曰："……图居中条山，自号知非子、耐辱居士。集自为序，

---

① 《戊签》录晚唐诗111家、诸国主诗7家、闰唐人诗62家。晚唐诗家的编次为："一杜牧，二李商隐……四十三胡曾……七十四司空图……七十六郑谷……一百十周昙，一百十一孙元晏"。（见康熙丙寅年刊《唐音戊签》，南京图书馆藏）

以灌缨亭、一鸣窗名其集。子荷别为集后记。"①郡斋主人晁公武为南宋绍兴年间进士，足证南宋初"《一鸣集》三十卷"本尚在人间。

继郑樵（1104—1160）《通志》之后，有陈振孙《直斋书录解题》，卷十六载"《一鸣集》十卷"，识语："蜀本但有杂著，无诗。自有诗十卷别行。诗格尤非晚唐诸子所可望也。"又，卷十九载"《司空表圣集》十卷"，识语："别有全集，此集皆诗也，其子永州刺史荷后记。"②陈氏的记载表明：（1）所记乃是他的所见；（2）司空图的诗文，当时有"全集"——《一鸣集》三十卷，有"十卷"文集，又有"十卷"诗集。可惜时至今日，只剩有"《一鸣集》十卷"（即蜀本《司空表圣文集》）传世。元代马端临（1254—1323）《文献通考》卷七十，亦载"《司空表圣集》十卷"，并援引晁公武、陈振孙识语，可证元代初年，尚有十卷本司空图诗集传世。

降及明代，张之象（1506—1587）编纂《唐诗类苑》，"是集诗逾数万（约4万首——引用者注），人至千馀"（《凡例》），在所列"四唐年号诗人总目"中，列"司空图"于"晚唐人"中，继而有"引用诸书"目录，计173目，晚唐人诗集，列有"杜牧之樊川集"、"皮袭美集、李从事（山甫）集、李郎中（昌符）集、杜荀鹤唐风集"以及郑谷的"云台编"等等，下及《唐文粹》等，却不见"《司空表圣集》"（诗集）名目。之象以"藏书甚富""淹通该洽"著称。"引用诸书"中之所以无《司空表圣集》一目，乃是当时已无司空图诗的专集存在。迟至明末，胡震亨（1569—1645）③的《唐音统签·戊签》出世，这才有《司空表圣诗集》。

现在的问题是："《戊签》七十四"——《司空表圣诗集》是胡震亨根据旧有《一鸣集》中诗集改编的，还是根据多种宋以来唐诗选本辑录成书的？试就这个问题，申述己见。

① 晁公武撰，孙猛校证：《郡斋读书志校证》（下），上海古籍出版社2011年版，第925页。

② 陈振孙：《直斋书录解题》（第二册），中华书局1985年版，第457—458/544页。

③ 胡震亨的生卒年，周本淳先生有考证，见《唐音癸签·前言》，上海古籍出版社1981年版，第2页。

请看胡震亨关于司空图诗文集的记载：

《唐音癸签》卷三十"集录一""晚唐"部分，载："司空图《一鸣集》三十卷。"

《唐音戊签》七十四，在司空图小传末云："有《一鸣集》三十卷，内诗十卷（胡注：唐宋志同晁公武云，以灌缨亭一鸣窗名其集，自序）。今存诗五卷。"

显然，胡氏说"司空图《一鸣集》三十卷"的主要根据来自晁公武《郡斋读书志》卷四，而所说的"内诗十卷"，则与晁公武、陈振孙等所说的文集三十卷、诗十卷不同，不知依据何在？

胡氏果真见过司空图"诗十卷"吗？我以为：胡氏这么说是实有所见还是出于猜测，很难判断；但如果说，"《戊签》七十四"——《司空表圣诗集》就是根据所谓"内诗十卷"本改编的，那是对胡氏的说法投完全信任票，不免有主观认定意味；如果说是胡氏辑录的，则应处处交待出《司空表圣诗集》365首诗分别辑自何书。我持"胡氏辑录"看法，认为这可避免主观臆断，而能据实证明。容我为之举证。

关于《唐音统签》的成书年代，胡震亨的儿子胡夏客在"《李杜诗通》识语"中有说明：

> 先大夫孝辕府君搜集唐音，结习自少。至乙丑岁（天启五年——1625年）始克发凡定例，撰《统签》一千卷，阅十年，书成。[1]

根据这几句说明，结合胡震亨的生年，便可知道：（1）胡氏在56岁至66岁时撰《统签》；（2）胡氏搜集的唐音资料，时限必在1635年（崇祯八年）之前，我们为"《戊签》七十四"举证，所用资料，亦必严守这一下限，力求与事实相符。

现在，让我指明"《戊签》七十四"分别辑自何书。

《戊签》七十四的卷次为：

---

[1] 转引自《唐音癸签·前言》，上海古籍出版社1981年版，第9页。

卷一	五言古诗	7首
	七言古诗	3首
	五言律诗	20首
	七言律诗	15首
卷二	五言绝句	77首
卷三	七言绝句一	90首
卷四	七言绝句二	75首
卷五	七言绝句三	78首

对上列五卷，拟分两部分加以说明。在这一节文章中，先指明"卷二"至"卷五"（即五言绝句、七言绝句）诸诗的辑录依据；在下一节文章中，就"卷一"诸诗，列目指明辑录的依据。

南宋洪迈编辑的《万首唐人绝句》（以下简称洪本），先辑七言绝，后辑五言绝。在洪本"七言"部分，录司空图诗，卷次为：

卷五十六	100首
卷五十七	100首
卷五十八	31首
卷七十一	11首

合计为242首。又，洪本"五言"部分，录司空图诗：

卷十八	75首

五、七言绝合计：317首。

请注意，仅就上列所录司空图绝句的卷次、首数看，洪本的编次杂乱是明显的。为什么如此仓促成卷呢？原来它是南宋淳熙八年开始的进御本，旋录旋奏，故尔编次杂乱。①降及明代万历年间，赵宧光（吴郡人）、黄习远据洪本加以整理、增补，仍名《万首唐人绝句》（以下简称赵本）。赵本录司空图诗的卷次、首数为：

---

① 明代赵宧光《万首唐人绝句·刊定题词》曰："惜于尔时洪公旋录旋奏，略无诠次，代不摄人，人不领什。或一章数见者有之，或彼作误此者有之，或律去首尾者有之，或析古一解者有之。"见《万首唐人绝句》上册，书目文献出版社1983年版，第8页。

第九卷　　　　　五绝76首

第三十四卷　　　　七绝241首

五、七言绝合计：317首。

洪本、赵本录司空图绝句，虽总数相同，其实存在小差异。差异在于：洪本录《灯花三首》，而赵本只录《灯花二首》（缺末首）；赵本录《上元日放二雉》一首，而洪本遗漏未收。

这里，应该说明，《戊签》七十四所录司空图五、七言绝共320首，比洪本、赵本所录司空图五、七言绝多3首。之所以会有"多"和"少"的差异，似应从两方面加以考查。就洪本、赵本方面说，一是《元日》一首，原来只见于《与李生论诗书》的夹注，洪本、赵本遗而未录；二是《赠日东鉴禅师》一首，洪本、赵本判为郑谷诗，便不录入司空图名下；三是《洛阳咏古》一首，洪本、赵本判为胡曾诗，便不录入司空图名下。就"《戊签》七十四"方面说，一是胡震亨细心搜罗，才搜出《元日》一首入集；二是列《赠日东鉴禅师》为司空图诗，自有传本根据，《戊签》为此诗异文加注（首句在"度"下注"一作渡"；末句在"飞"下注"一作山"），足以证明所见底本不止一种，皆列此诗于司空图名下；三是列《洛阳咏古》为司空图诗，《戊签》虽未交待依据，而康熙间出现的席启寓编辑、刻印的《百家唐诗》自序说："《唐音统签》丁集行世盖寡，所见者惟戊集耳……更细检《文粹》《英华》《纪事》《类隽》《类苑》诸书[①]，以及家藏诸旧集，其有缺轶者，为补遗于卷末。"[②]而席刻《司空表圣诗集》补遗的最后一首，便是《洛阳咏古》。这足以证明宋、元、明以来的"旧集"中，确有列此诗于司空图名下的。

---

　　① 诸书编者、书的全名如下：姚铉《唐文粹》，李昉、徐铉等《文苑英华》，计有功《唐诗纪事》，俞安期《诗隽类函》，张之象《唐诗类苑》。

　　② 见席启寓《唐诗百名家全集》（序文中，亦简称《百家唐诗》的《自序》，见扫叶本第1页，后引《跋》语见第5页。又，朱彝尊《曝书亭集》卷75《工部主事席君墓志铭》记载：康熙"岁乙卯（1699）……天子幸第时"曾献《百家唐诗》事，可参证。

二

"《戊签》七十四"卷一所列的45首诗,辑自多种宋、元、明人所编的唐诗选本或涉及唐诗的类书,情况比较复杂,让我们按"卷一"原篇次列目,分别注明辑自何书的书名及卷次。

【五言古诗】

效陈拾遗子昂 　　　　　　　《唐文粹》卷十八录

　　感遇三首　　　　　　　　第1、2首,另题录第3首

感时　　　　　　　　　　　　《唐文粹》卷十八

自诫　　　　　　　　　　　　《唐文粹》卷十六(上)

秋思　　　　　　　　　　　　《唐文粹》卷十八

　　　　　　　　　　　　　　《乐府诗集》第五十九卷

华下　　　　　　　　　　　　《唐文粹》卷十八

　　　　　　　　　　　　　　《唐诗纪事》卷六十三

【七言古诗】

短歌行　　　　　　　　　　　《唐文粹》卷十四(下),题作《杂言》

耐辱居士歌　　　　　　　　　《司空表圣文集》蜀刻本卷二

冯燕歌　　　　　　　　　　　《文苑英华》卷三百四十九

【五言律诗】

早春　　　　　　　　　　　　《文苑英华》卷一百五十七

　　　　　　　　　　　　　　《瀛奎律髓》卷十

　　　　　　　　　　　　　　《唐诗同声》卷二九

　　　　　　　　　　　　　　《唐诗镜》晚唐卷五

塞上　　　　　　　　　　　　《三体唐诗》卷五

　　　　　　　　　　　　　　《唐诗同声》卷五

江行二首　　　　　　　　　　《文苑英华》卷二百九十五

　　　　　　　　　　　　　　《唐诗同声》卷二十六、卷四十三

　　　　　　　　　　　　　　《唐诗品汇》卷六十九

下方二首　　　　　　　　　　《唐诗纪事》卷六十三。

	《诗归》卷三十五
月下留丹灶（有序）	《司空表圣文集》蜀刻本卷三
次韵和秀上人游南五台	
	一作郑谷诗，见《云台编》卷下
赠李员外	《文苑英华》卷二百六十四
长安赠王沨	《文苑英华》卷二百六十四
	《唐诗纪事》卷六十三
僧舍贻友人	《唐诗纪事》卷六十三
赠信美寺岑上人	
	一作郑谷诗，见《云台编》卷上
赠圆昉公	一作郑谷诗，见《云台编》卷上
寄考功王员外	《文苑英华》卷二百六十四
寄郑仁规	《文苑英华》卷二百六十四
寄永嘉崔道融	《瀛奎律髓》卷四
寄怀元秀上人	一作郑谷诗，见《云台编》卷上
上柏梯寺怀旧僧二首	
	《文苑英华》卷二百二十四
华下送文涓	《瀛奎律髓》卷四十七
	《三体唐诗》卷六

【七言律诗】

五十	《唐诗鼓吹》卷九
陈疾	《唐诗鼓吹》卷九
	《唐诗同声》卷三二
争名	《唐诗鼓吹》卷九
退栖	《唐诗纪事》卷六十三
	《唐诗鼓吹》卷九
新岁对写真	《唐诗鼓吹》卷九
华下三首	《唐诗鼓吹》卷九
浙川二首	《文苑英华》卷二百九十五，题作《浙上二首》
丁未岁归王官谷有作	

	《唐诗鼓吹》卷九
归王官次年作	《唐诗鼓吹》卷九
丁巳重阳	《唐诗鼓吹》卷九
重阳山居	《唐诗鼓吹》卷九
	《唐诗同声》卷三
山中	《文苑英华》卷一百六十。《唐诗鼓吹》卷九
喜王驾小仪重阳相访	《唐诗类范》卷三十

对《戊签》七十四——《司空表圣诗集》的365首诗辑自何书，我们的举证如此。因此，可以郑重地说：今见的《司空表圣诗集》是胡震亨辑录的；并且事实说明，这个辑录本是可信的。在宋人所说的司空图"有诗十卷"早已失传的情况下，胡氏辑成《司空表圣诗集》，为唐诗专集增添了一种，为读者提供了方便。（胡氏的重大贡献，在于编撰《唐音统签》1033卷。"《戊签》七十四"只占5卷，是大贡献中的一点小贡献。）

从今传的《司空表圣诗集》版本演变看，胡辑《司空表圣诗集》成了不可动摇的主体工程。此后，第二次辑录《司空表圣诗集》的是清康熙年间的吴郡人席启寓。席氏编辑、刻印《百家唐诗》（或称《唐诗百名家全集》），其中辑录司空图诗365首，附录《诗品二十四则》，题曰《司空表圣诗集》（以下简称"席刻本"）。此集与"《戊签）七十四"大同小异。席氏在《百家唐诗》的自序中提到"所见者惟戊集耳"，这就透露了"大同小异"的消息。具体地说，《戊签》把所录的诗按体排比，而席刻本则不按照胡氏所拟订的统一规格排比，遂有小小差异。又席刻本就《戊签》七十四小有删补，当然有差异。如果有人问：席刻本的出现，从《司空表圣诗集》版本演变角度看，有无贡献？我的答复是：它证实了"《戊签》七十四"所录诗篇的可信性。是的，胡、席两家，于往代唐诗选本所见略同嘛。

第三次辑录司空图诗的是《全唐诗》的编撰人。《全唐诗》以胡震亨《唐音统签》和清初季振宜《唐诗》为底本，这是在康熙"御制序"及

"凡例"中已交待明白的。但在其中晚唐诗集部分，未必不以席刻《百家唐诗》为参校本。席氏后裔名素威者有《百家唐诗·跋》说："康熙三十八年（1699），圣祖南巡，幸东山，驻跸公第（即席启寓家），公拜舞阶下。温语垂询家世及历官告养始末。时宋公方以巡抚扈从，遂以公所辑唐诗进呈。仰蒙乙览，异数也。"这是席家的殊荣，故子子孙孙铭记不忘。康熙四十六年（1707）《御制全唐诗序》说："朕兹发内府所有全唐诗，命诸词臣，合《唐音统签》诸编，参互校勘，搜补缺遗……得诗四万八千九百余首，凡二千二百余人，厘为九百卷。于是唐三百余年诗人之菁华，咸采撷荟萃于一编之内，亦可云大备矣。"①序中所说的"内府所有全唐诗"，其中必有席刻《百家唐诗》；还有，更重要的则有"《唐音统签》诸编""可云大备"云云，当然是说《全唐诗》说的，但我如果把这一句移用到就所辑"司空图诗"而言，《全唐诗》卷六三二至六三四，汇集了胡、季、席三家所辑录的"诗"篇，残"句"、"附录"（《诗品二十四则》），又于卷八八五"补遗（四）"中，据南宋人宋绶、蒲积中所编《岁时杂咏》，辑得"司空图诗十首"②，此"亦可云大备矣"。

这里，我应该补上一笔，近五十年来，学者王重民、孙望、童养年、陈尚君诸家，就《全唐诗》做了大量的辑补工作③，其中包括辑补"司空图诗"二首④，但就"《戊签》七十四"说，它的主体工程地位是不可否认的。

还有一种《司表圣诗文集》刊行于民国年间，那就是吴兴嘉业堂的《司空表圣文集》《司空表圣诗集》。文集采用"结一庐朱氏腾馀丛书"本，

---

① 彭定求等编：《全唐诗》（第一册），中华书局1960年版，第5页。

② "补遗"十首的题目是：1.丙午岁旦；2.丁巳元日；3.光启三年人日逢鹿；4.浙上重阳；5.乙巳岁愚春秋四十九辞疾拜章将免左掖重阳独登上方；6.重阳山居；7.旅中重阳；8.南至日；9.五月九日；10.庚子腊月五日。

③ 陈尚君辑校《全唐诗补编》（上册），其中收录了王重民、孙望、童养年三位所撰的"补遗"。

④ 补辑的"司空图诗二首"，题目是：《巩光大师草书歌》《恭州界》。其他如《永乐大典》残卷中冠以"司空图"名的诗，不可靠，陈氏已指明，可参阅。

诗集则是胡、席两家所辑录的司空图诗汇集本。嘉业堂主人刘承干（1882—1963）在《跋》中说"惜单行（司空图）诗未见，止有席刻三卷本、《唐音统签》五卷本。今用席刻，而以《统签》校之。"我们以为，从《司空表圣诗集》的版本演变角度看，它不足以明确地标志一个演变历程，而只在《戊签》本、《百家唐诗》本等难觅的情况下，为读者提供了一种易购的读本。

总观上述《司空表圣诗集》的版本演变情况，我想再说几句：胡震亨的辑录首功是有目共睹的，他为唐诗"集部"补足了一个品种。如果由此而论及《唐音统签》的编撰之功，我自知还说不清楚，因为我还无缘见到全部《唐音统签》。但我总觉得，胡氏以一个纯朴的学者身份，凭个人的物力、才力，在学术征途上默默地做贡献的精神，是值得人们称道的。

《戊签》七十四——《司空表圣诗集》中，有几首"互见诗"似可讨论，但问题极其复杂，拟就所见，另文综述之。

[原载《安徽师范大学学报》（人文社会科学版）1999年第3期]

读司空图《二十四诗品》札记

一

司空图的《诗品》，是以形象化的诗句来描绘和品列诗的风格的作品。这二十四品，正如苏东坡所说的，是司空图"自列其诗之有得于文字之表者二十四韵"①，而不是一部有系统的风格论。可是，古今来有些人不同意这个看法，他们总想把《诗品》说成是有脉络有体系的理论。

清人杨振纲说："诗品者，品诗也。本属错举，原无次第，然细按之，却有脉络可寻，故各缀数言，系之篇首，虽无当于作者之意，庶有裨于学者之心。"在"本属错举，原无次第"的二十四品中，杨氏寻出了什么样的脉络呢？他说：

> 诗文之道，或代圣贤立言，或自抒其怀抱，总要见得到，说得出，务使健不可挠，牢不可破，才可当不朽之一，故先之以雄浑。
>
> 雄浑矣，又恐雄过于猛，浑流为浊，惟猛惟浊，诗之弃也，故进之以冲淡。
>
> 冲淡矣，又恐绝无彩色，流入枯槁一路，则冲而漠，淡而厌矣，何以夺人心目，故进之以纤秾。
>
> 纤则易至于冗，秾则或伤于肥，此轻浮之弊所由滋也，故进之以

---

① 苏轼：《书黄子思诗集后》，李之亮笺注《苏轼文集编年笺注（诗词附）》第9册，巴蜀书社2011年版，第286页。

沉著。①

……

他就这么以二十三个"进之以"某品,把二十四品联系起来。

这种联系有什么根据呢?他说得很明白:恐怕诗人因强调表现自己的风格而产生偏颇,所以便在前一品之后,紧跟着又提出一品来,以求相互调和一下。担心产生偏颇,就是他的理论根据。显然,这是不足为据的。我们说,某一诗人,不论他的作品的风格是雄浑的、或冲淡的,或另外什么的,在比较的意义上来说,是独特的,别人不可重复的。这种独特的风格表现得越鲜明,就越是可贵的。至于强调表现这种独特的风格,是不是会产生偏颇,这就不可一概而论。也许有些诗人因强调表现独特的风格因而在风格上有偏颇,但也有许多诗人突出地表现了独特的风格因此才产生偏颇。并且纵或因强调表现独特风格而产生偏颇,这偏颇也因人而异,不是千篇一律的。那末,在理论上,我们便不能为了要诗人预防在风格上不一定出现的偏颇,而不分青红皂白地要他们都来调和自己的风格;也不能为了纠正因人而异的偏颇,便都按照杨氏的主观规定,来"进之以"某品。因为这种规定,未必是对症之药。

诗人的风格总是各有偏擅的,否则也就不成其为独特的风格。诗人强调表现自己的独特风格,不一定在风格上就会有什么偏颇。而杨氏在肯定人具有某种风格就要产生偏颇的前提下,把二十四品一个串一个地联系起来,并认为这就是全部《诗品》的脉络,显然,这种联系是牵强的,其所谓脉络也不是有机的。他所肯定的前提是不可靠的。

我们问:"雄浑"与"冲淡"之间,"冲淡"与"纤秾"之间……到底有没有什么必然的本质的联系呢?答曰:没有的。杨氏说恐怕"雄过于猛,浑流为浊""故进之以冲淡"。我们说,要是"雄而不猛,浑而不浊"呢?那就不能进之以冲淡,也就是说,"雄浑"与"冲淡"之间便没有什么联系了。反过来说,倘使真的"雄过于猛,浑流为浊",是否一定要

① 杨振纲:《诗品续解》,道光四年成书,道光二十三年王飞鹗刻。

"进之以冲淡"呢？我看也不一定。假如容许我们也如杨氏一样，在词面上联系的话，那末，我们说，"委曲"可以济"猛"，"清奇"可以济"浊"，我们在"雄浑"之后，"进之以委曲、清奇"，又何尝不可以呢？由此可见"雄浑"与"冲淡"之间，并没有什么必然的本质的联系。同样，其他两品之间也没有什么必然的本质的联系。

二十四诗品每品之间本来是没有什么联系的。杨氏为了要把本来没有联系的东西，说成有联系，便搬弄一些词语，在词面上兜圈子，把前一品与后一品之间勉强地联系起来。这种联系是站不住脚的。因此，我们说，他所寻出来的脉络，既"无当于作者之意"，也未必"有裨于学者之心"。他要诗人防止偏颇而主张调和风格，这对诗人创造独特的风格是不利的。

许印芳在《二十四诗品跋》中曾将二十四品分为品格与功用两类，每类各占十二目，就类加以说明。杨廷芝在《二十四诗品小序》中，也曾就二十四品先后顺序加以联缀。这些说法的牵强之病，不亚于杨氏，这里就不再去谈它了。

今人论述《诗品》，也有将二十四品分类加以说明的，如朱东润先生在《中国文学批评史大纲》中论到《诗品》时说：

> 诗品一书，可谓为诗的哲学论，于诗人之人生观，以及诗之作法，诗之品题，一一言及，骤观似无端绪可寻，今将二十四诗品，排比于次：
>
> 一、论诗人之生活　疏野　旷达　冲淡
>
> 二、论诗人之思想　高古　超诣
>
> 三、论诗人与自然之机关　自然　精神
>
> 四、论作品　阴柔之美　典雅　沉著　清奇　飘逸　绮丽　纤秾
>
> 　　　　　　阳刚之美　雄浑　悲慨　豪放　劲健
>
> 五、论作法　缜密　委曲　实境　洗炼　流动　含蓄　形容[1]

---

[1] 朱东润：《中国文学批评史大纲》，上海古籍出版社1957年版，第99页。

我们说，二十四诗品是品诗之作，人们把它看作诗的风格论是正确的，因而也就认为朱先生对诗品的分类是不够妥当的。不妥之处在哪里？我们说，诗的风格，是诗人在反映现实时表现出来的思想、艺术上的个性特征的总和。它不仅直接联系着诗人的思想倾向，也直接联系着诗人的时代生活、个人遭遇、艺术修养等方面。二十四诗品是诗的风格论，我们不能观某几品是"论诗人之生活"的，某几品是"论诗人之思想"的，等等。因为照朱先生说，二十四诗品中只有被列为论"阳刚之美"和"阴柔之美"的那几品才是论风格的，其他的，就不是谈风格的了。我们以为司空图的本意未必如此。例如，司空图说"典雅"这一品道：

> 玉壶买春，赏雨茅屋。坐中佳士，左右修竹。
> 白云初晴，幽鸟相逐。眠琴绿荫，上有飞瀑。
> 落花无言，人淡如菊。书之岁华，其曰可读。

这一品，固然可以说表现了诗的阴柔美的一种意境，但它与诗人的生活、思想，也是有联系的。"落花无言，人淡如菊"，司空图心目中所要求的诗人的生活与思想，也隐隐然现于字里行间。因此，我们想，不能说"典雅"只是论诗的"阴柔之美"，而与诗人的生活、思想无关。又如，司空图论"缜密"这一品：

> 是有真迹，如不可知。意象欲生，造化已奇。
> 水流花间，晴露未晞。要路愈远，幽行为迟。
> 语不欲犯，思不欲痴。犹春于绿，明月雪时。

"是有真迹，如不可知"，这说的不仅是表现技巧上的问题，也是创作思想问题。"要路愈远，幽行为迟"，这里不仅表现对缜密的技巧的要术，也显示出司空图所要求于诗人的生活面貌。我们不能把"缜密"说成只是论诗的"作法"，而不把它与诗人的生活、思想联系起来。

这只是随手举出的两个例子，说明把二十四品这样分类标列，便缩小了司空图所体会到的诗的风格多样化的范围，这一样地既"无当于作者之意"，也未必"有裨于学者之心。"

二

《诗品》品说诗的风格，有二十四种之多，这在司空图之前，还找不出这样精于品说的风格论。刘勰曾把诗文的风格概括为典雅、远奥、精约、显附、繁缛、壮丽、新奇、轻靡八体，钟嵘曾谈到过诗的"滋味"，而司空图说："愚以为辨于味，而后可以言诗也。"[①]足见他强调玩味诗的风格，把辨诗味作为评价诗的主要要求。他的二十四诗品，是他辨味于诗的结果，也是他在诗的风格学上的贡献。

品诗辨味，能列出二十四品之多，这不是凭空而来的。司空图的风格论是不是受前人风格论的影响而形成的，对这一点，我们还没有证据来加以断定。但是，唐代诗歌的繁荣，诗的风格的多样化，对形成他的风格论有着直接影响，这是可以肯定的。司空图自己说："国初，主上好文章，风雅特盛。沈宋始兴之后，杰出于江宁，宏肆于李杜，极矣！右丞、苏州，趣味澄复，若清沇之贯达。大历十数公，抑其又次。元白力勍而气孱，乃都市之豪估耳。刘公梦得、杨公巨源，亦各有胜会。浪仙、无可、刘德仁辈，时得佳致，亦足涤烦。厥后所阅，徒褊浅矣。"[②]这里，他对这些诗人的作品所辨出来的味，对不对，我们不去管他，但这一席话，说明他曾对唐代的许多诗人的作品，作过一番辨味的功夫，是无可怀疑的。我们以为，正由于唐代诗人各有其独特的风格，而司空图对这多样化的风格特色又有所领会，这才写出了二十四诗品，发展了诗的风论。

司空图在诗的风格方面给我们说了些什么呢？我想在这一部分里先来谈一下《诗品》的基本思想，在末一部分里，再来谈谈《诗品》在诗的理

① 司空图：《与李先生论诗书》，《司空表圣文集》卷二，四部丛刊景旧钞本。
② 司空图：《与王驾评诗书》，《司空表圣文集》卷一，四部丛刊景旧钞本。

论上的贡献。

《诗品》不是一部系统的风格论，但是每一品都表露出一种玄远的、超然世外的思想却是一致的，为了说明这种玄远的、超然世外的思想，我们要极其简略地提一下司空图所处的时代以及他个人的生活遭遇。

司空图生于公元837年，卒于908年。当他中了进士，开始为唐王朝服务的中年时期，各地农民纷纷起义，黄巢起义军打到了长安，皇帝被赶出京城，司空图在战乱中，从长安逃入中条山的王官谷，声称退隐，以遣送晚年岁月。我们若说他逃归王官谷是归隐，那末，这种归隐只不过是为了保全性命于乱世，并非完全心甘情愿，而是出于迫不得已。晚年，他在《休休亭记》中很清楚地说明了这种情况。他假设一个僧人对他说："吾尝为汝之师也。汝昔矫于道，锐而不固，为利欲之所拘，幸悟而悔，将复从我于是谿耳。且汝虽退，亦常为匪人之所嫉，宜以耐辱自警，庶保其终始，与靖节（陶潜）、醉吟（白居易）第其品级于千载之下，复何求哉！"因此，他自号"耐辱居士"。退隐而又"耐辱"，其心情之苦闷是可以想见的。尽管他嘴里吟诵着："一局棋，一炉药，天意时情可料度，白日偏催快活人，黄金难买堪骑鹤。"[1]好像他真的是孤云野鹤，放游天外的快活人，其实他眼睛里还噙着泪水呢。翻开他的诗集，我们可看到这些诗句：

自古诗人少显荣，逃名何用更题名。诗中有虑犹须戒，莫向诗中著不平。（《白菊》三首之一）

身病时亦危，逢秋多恸哭。风波一摇荡，天地几翻复。（《秋思》）

退隐而又不忘朝廷之危，心里有苦闷而又不愿发泄，那就只有落得恸哭；后来唐朝廷由危而亡，他便绝食而死了。在《诗品》中，司空图处处表露着他的玄学论。看来他好似一个云游天外的真人在那里要领着诗人进入玄妙的超然之境，其实他那种凄然寂然的苦闷心情，也流露在字里

---

[1] 司空图：《休休亭记》，《司空表圣文集》卷二，四部丛刊景旧钞本。

行间。

心与道契，这是他口口声声所叨念着的东西。我们看，论"雄浑"，他说"超以象外，得其环中"；论"冲淡"，他说"素处以默，妙机其微""饮之太和，独鹤与飞"；论"高古"，他说"虚伫神素，脱然畦封，黄唐在独，落落玄宗"；论"洗炼"，他说"体素储洁，乘月返真"；论"自然"，他说"俱道适往，着手成春"；"论豪放"，他说"由道返气，处得以狂"；论"疏野"，他说"若其天放，如是得之"；论"超诣"，他说"少有道契，终与俗违"；论"旷达"，他说"何如樽酒，日往烟萝"；论"流动"，他说"超超神明，返返冥无"。很明显，在他看来，"雄浑""冲淡""高古"之类的风格，是道的外化；只有超然物外，养静守默，游心于太古之域、虚无之境，那才可能有"雄浑""冲淡""高古"之类的风格。

司空图不但把"雄浑""冲淡""高古""旷达"之类的风格与"道"联系在一起，就是论"纤秾""绮丽"之类的风格，这在一般人看来，是富丽的气象，与"道"没有什么相干的了，可是，他也把这些风格说得玄气满纸。如论"纤秾"，他就幻想着"窈窕深谷，时见美人"；论"绮丽"，他便说"神存富贵，始轻黄金，浓尽必枯，淡者屡深"；论"形容"，则说"俱似大道，妙契同尘"。既纤秾，而又要超然世外，便有深谷美人的玄想；"绮丽"而又要脱尽尘俗，那就只能"神存富贵"，因为人间有浩劫，好景不常在；即使是形容自然界的山容水态吧，那也是"道"的外化。"道不自器，与之圆方"，一句话，诗的风格的源泉在于"道"，这就是他所要告诉我们的最主要的思想。"道"是什么？他说："超超神明，返返冥无。"这就陷入渺不可知的虚无论的泥坑中去了。

玄远的超然思想，是司空图诗品的基本思想。然而他毕竟不能太过无情，还要"逢秋多恸哭"，哀伤着"天地几翻复"。因此，在他所形容、比喻的各种意境里，也似乎可以看出司空图寂然凄然的身影。

在《诗品》中，那些畸人、幽人、高人、碧山人、淡泊如菊之人，都是司空图幻觉中的超人，而这种超人总是行动在冷漠漠的境地里，对一切默默无言，以倦怠而又幽怨的眼睛望着自然或人们出神。论"清奇"，他描绘道：

> 可人如玉，步履寻幽。载行载止，空碧悠悠。
>
> 神出古异，淡不可收，如月之曙，如气之秋。

在这里，我们看到了"可人"对着悠悠的碧空出神，那冷如秋月般的眼神，是内心的孤寂的说明。论"高古"，他描绘道：

> 畸人乘真，手把芙蓉。泛彼浩劫，窅然空踪。
>
> 月出东斗，好风相从。太华夜碧，人闻清钟。

一个身历人间浩劫的人，在清风明月之夜，呆在太华之巅，默然地听着远处传来的悠悠的山寺钟声，其清冷孤寂之情，可以料知。论"典雅"，他说："落花无言，人淡如菊。"如此良辰美景，而竟典雅到面对坐中佳士默然无言，淡泊如菊之人的心灰意冷的神态也可以想见。

> 人生百岁，相去几何。欢乐苦短，忧愁实多。（《旷达》）
>
> 语不涉己，若不堪忧。（《含蓄》）
>
> 百岁如流，富贵冷灰。（《悲慨》）

人生苦多乐少，富贵化为冷灰，这是逃避现实的超人的伤心处。司空图逃避到王官谷中的生活境界就正是这样的。总之，表面求超脱，心里有苦闷，这便是司空图在《诗品》中所表现的基本思想。

三

司空图的《诗品》是诗的风格论，也是诗的玄学论。这种玄学气味相当浓厚的风格论又是以形象化的诗的语言来表现的，这在某种程度上，便造成人们对它在理解上难于把握。下面，我们想来谈一谈它使人难于把握的原因。

诗的风格不是什么抽象的、虚无飘渺的东西。作为社会意识形态的诗，是一定的社会生活在诗人头脑中的反映。诗人所创造的形象，乃是现实生活所孳育的果实。所谓诗的风格，必然关系着一定社会生活内容、诗人的思想感情、艺术修养、性格倾向等等方面。如果我们割断了诗与现实生活的关系，不从产生诗的本源上来探索诗学上的一切问题，那末，一切诗的现象将是不可理解。如果把一切诗的现象问题只归之于作家的主观思想问题，那就必然要凭着神的意旨去说话了。

司空图论风格，由于他的玄学思想的指导，他是抽掉诗的社会现实生活内容来谈问题的。这一来，便使人对他所谈的问题难于把握了。他要求诗写得有"道气"，玄远超然，而他所处的时代呢，是农民起义摧毁唐王朝统治的时代。以这样有火、有血、有饥寒、有斗争的时代生活内容入诗，在他看来，是很不超然的。于是，不得已，他只好从心造的幻影出发，一面描绘幻觉中的自然，一面描绘幻觉中的畸人、幽人、高人之类的行径来表达他的诗的玄学思想。他既要"超以象外"，而又不能太上无情，还要写《诗品》，那就只好谈什么"落花无言，人淡如菊""幽人空山，过水采苹""清涧之曲，碧松之阴，一客荷樵，一客听琴""太华夜碧，人闻清钟"，等等。超脱确是超脱了，只是他的诗的风格论变成了诗的玄学论。不管是雄浑、冲淡的风格也好，还是绮丽、纤秾的风格也好，在他看来，这都是道的"离形得似"，与现实无关。而道又是"超超神明，返返冥无"的东西。显然，照他说诗人要具有什么样的风格，只能听凭上帝的恩赐了。

《诗品》用诗的形式，形象化的诗句来表现诗的不同意境、不同风格，这也是使人对他所谈的问题难于把握的又一原因。

用形象化的诗的诗言来描绘、比喻所要论说的问题，这固然可以有较为生动的表现力，易于使人通过一些生动的形象描写进行联想，可以使人想到更多的景象，但是，作为理论问题的探讨来说，这毕竟不是对问题本身的直接的、明确的说明，因而它给人的印象只能是模糊的、拟似的。例如《沉著》：

> 绿林野屋，落日气清。脱巾独步，时闻鸟声。
>
> 鸿雁不来，之子远行。所思不远，若为平生。
>
> 海风碧云，夜渚月明。如有佳语，大河前横。

尽管他百般形容、比喻，可是，如果我们要问诗的"沉著"的风格到底是怎么样的？他回答我们的，只是对"沉著"的风貌所作的一些比喻、形容。这就使我们不能很清楚地理解他所要说明的问题。

《诗品》中的某些诗句，含意不够明确，这也是形成他的风格论使人难于把握的又一原因。近代诗人陈衍就曾说过："表圣之'不着一字，尽得风流'，已在可解与不可解之间。"①的确，某些诗句在可解不可解之间，恐怕算得是全部诗品的一个特色吧。单就"含蓄"中的"不着一字，尽得风流"说，我们倒还可以借这几句话来解说"含不尽之意，见于言外"②，或"意在笔先，神余言外"，或"欲露不露，反复缠绵，终不许一语道破……"③可是，还有语句，颇令人索解为难。例如《豪放》品的开头说"观花匪禁，吞吐大荒"，以"吞吐大荒"来形容豪放，这是可以使人意会的，可是"观花匪禁"怎么就"豪放"呢？有人解释曰："禁，止也，持也。匪禁，非所禁也。观花之事，拘谨者不为，而此乃匪禁，何其放也。"④又有人解释曰："禁，天子所居。禁花非人之所得观。观花而既匪禁，无住而非兴到之所，亦无往而非可观之花，豪孰甚焉。禁，一作虚字解，言观花而不能禁，豪气无阻。"⑤拘谨的人就不赏花，而赏花就是豪放之举，此说似难

---

① 陈衍：《石遗室诗话》（第一册），辽宁教育出版社1998年版，第129页。

② 梅尧臣语，欧阳修：《六一诗话》，何文焕辑《历代诗话》（上），中华书局1981年版，第267页。

③ 陈廷焯：《白雨斋词话》，唐圭璋编《词话丛编》，中华书局1986年版，第3777页。

④ 无名氏：《诗品注解》，李宝文堂刊印。

⑤ 杨廷芝：《二十四诗品浅解》，孙联奎、杨廷芝著；孙昌熙，刘淦校点：《司空图〈诗品〉解说二种》，山东人民出版社1962年版，第104页。

服人。不如说观花而不受拘束，"春风得意马蹄疾，一日看尽长安花"（孟郊《登科后》），这倒有些豪放的意味。又如《委曲》中的"力之于时，声之于羌"，一种解说是："……因为登之不已，而复用力以踞于其时，且偶发声，而应乎其际，但觉力之方与之盘旋，声亦与我相应。"①又一说是："言力之于其用时，轻重低昂，无不因乎时之宜然。羌，楚人语词。此作实字用，言其随意用之，而无不婉转如意也……一说'羌'即羌笛之'羌'，言羌笛之声曲折尽致也，亦通。"②我认为，"力之于时，声之于羌"，似可把"时力"解作"强弓劲弩"之名，③把"羌声"解作羌笛之声，以强弓可随力而曲，羌笛有委婉之声，这样来形容"委曲"，似乎贴切些。然而，对这些诗句，为什么索解者人各为说，纷纭难定呢？这不能不说与诗句本身语意不明有关。

四

司空图的《诗品》所表现的基本思想是玄远的、超然世外的虚无论。它宣扬人们应该逃避现实，成为畸人、真人，希望诗人把诗写成逃避现实的麻醉剂，希望人们来欣赏那种麻醉剂，这当然是有害的。这一点，是我们在学习《诗品》时必须注意剔除的糟粕。那末，司空图的《诗品》在论诗的风格问题上有没有可取之处呢？我以为，其中还是有些值得我们批判地加以吸取的东西。在诗的风格论上，司空图还是有些贡献的。

《诗品》中有哪些东西值得我们吸取呢？我认为，《诗品》论风格不主一格，就是值得人们学习的一点。

---

① 无名氏：《诗品注解》，李宝文堂刊印。

② 杨廷芝：《二十四诗品浅解》，孙联奎、杨廷芝著；孙昌熙、刘淦校点：《司空图〈诗品〉解说二种》，山东人民出版社1962年版，第112—113页。

③ 《史记·苏秦列传》苏秦说韩宣王："天下之彊弓劲弩，皆从韩出：谿子少府时力距来者，皆射六百步之外。"裴骃集解云："案时力者，谓作之得时，力倍于常，故名时力也。"司马贞索隐云："韩有少府所造时力、距来二种之弩，其名并见《淮南子》。"

《四库全书总目提要》论二十四诗品说："各以韵语十二句体貌之。所列诸体毕备，不主一格。王士禛但取其'采采流水，蓬蓬远春'二语，又取其'不着一字，尽得风流'二语，以为诗家之极则，其实非图意也。"①是的，论诗不主一格，这就有非常可取的地方。

《诗品》把二十四品并列，作者把他所能体会到的诗的风格，形象化地描绘给读者，而没有彼此抑扬之分，这种见解是比较通达的。承认风格多样化，这对诗的创作和欣赏两方面来说，都是有益的。就创作方面来说，诗人们各有其生活时代、生活道路、性格倾向、艺术修养、艺术趣味，因而也各有其独特的风格。在艺术上，我们必须承认这种风格多样化，才能鼓舞各种风格的诗人进行创造，这才有益于诗的发展；假使把诗的某种风格定于一尊，那末对诗创作就要起扼制作用。赵执信在《谈龙录》中指出司空图的"二十四品设格甚宽，后人得以各从其所近"②，算是简要地道出了《诗品》在发展诗创作方面的益处。再就欣赏方面来说，读者对诗的风格的欣赏也是各有所好的。只有风格的多样化，才能满足广大读者的欣赏要求。如果有人囿于偏见，强使广大读者只去欣赏某一种风格，显然，这种见解是错误的，有害的，也是行不通的。王渔洋对《诗品》只取一端、不及其余的看法，遭到四库馆臣的批评，是应该的。

王渔洋的《香祖笔记》说："表圣论诗有二十四品，余最喜'不着一字，尽得风流'八字"。又说"采采流水，蓬蓬远春'二语，形容诗境亦绝妙。"③这里，王渔洋如果单单表白自己对诗的风格的个人爱好，自己特别欣赏"不着一字，尽得风流"的含蓄之美和"采采流水，蓬蓬远春'似的纤秾之态，我们对渔洋还不能有所责怪；可是他以一代诗宗的声望，在诗的风格上加以倡导，说只有含蓄与纤秾之美才是"绝妙"的，其影响是不好的。所以也就应该遭到人们的批评。

①永瑢、纪昀主编，周仁等整理：《四库全书总目提要》，海南出版社1999年版，第1068页。

②丁福保辑录：《清诗话》（上），中华书局1963年版，第314页。

③郭绍虞主编，王士禛著：《带经堂诗话》（上），人民文学出版社1963年版，第72页。

我们赞成司空图在诗的风格上"不主一格",不赞成王渔洋把诗的某种风格定于一尊。论诗的风格"不主一格",我以为这是司空图在诗的风格上的一点贡献。

司空图论诗的风格,其可取之处不仅在于"不主一格",还在于他强调是人的主观思想在形成风格中的重要作用。我们前面说过,司空图在《诗品》中,几乎处处强调创造艺术风格,必须"俱道适往",才能"着手成春"。当然,谈创造风格,强调玄之又玄的"道气",这是不可取的。但是,如果我们丢掉他所说的"道气",从而强调艺术风格的形成,必须以诗人的思想感情为骨髓,这恐怕还是可取的。因为风格,如刘勰所说的,它是"因内而符外"的,它是诗人"情性所铄,陶染所凝"的表征,它必然涂上诗人的思想感情色彩,打上诗人的性格倾向、艺术修养、艺术趣味的烙印。一句话,诗人的思想感情是形成他的艺术风格的一个非常重要的内在因素。所以说,司空图强调诗人的主观思想在形成艺术风格中的作用这一点,还是可取的。

风格是"因内而符外"的,也就是说它是一种内发的东西;它既表现在艺术的内容上,同时也表现在艺术的形式上。司空图对这一点也是很理解的。他在强调形成风格的内在因素的同时,在某些品中,也强调了艺术创作中的取材、表现手法、语言运用等对形成艺术风格的作用。如他论"洗练"时,说"犹矿出金,如铅出银,超心炼冶,绝爱淄磷";论"含蓄"时,说"不着一字,尽得风流";论"缜密"时,说"是有真迹,如不可知";论"委曲"时,说"似往已迥,如幽匪藏";论"实境"时,说"取语甚直,计思匪深"……这些话,共同地说明,他要诗人在锻炼自己的风格时,必须严于取材,要有恰当的艺术技巧来表达作品的内容,要运用恰当的语言来传达自己的思想感情。

《诗品》在对诗的风格的描述与品说中,告诉了我们,风格既体现在作品的内容上,也体现在作品的形式上;风格的形成,既有其内在因素,也有其外在因素;在形成风格的内外因相结合中,诗人的思想感情起着非常重要的作用。这一点,我以为也是司空图在风格论上的贡献。

诗的风格是通过诗的形象来体现的。诗人创作，必有诗的意境，才有诗的形象。司空图论诗的形象创造，主张形神并备，这也是值得注意的一点。例如，在论"绮丽"时，开头就说"神存富贵，始轻黄金"，指明诗要绮丽，不在于堆金积玉的描绘，而在于有富贵的"神气"；论"形容"强调写出"风云变态，花草精神，海之波澜，山之嶙峋"，既要求描绘出事物的"态"，同时也要求传出事物的"神"；论"缜密"说"意象欲生，造化已奇"，指明诗的意象要栩栩如生，就得有造化般的本领，传出事物的神情。可以说，在诗的意境创造上，他已注意到形神兼备的问题，这是充分估计到艺术的特征而提出来的有益的看法。不过，我们也不可忽视，他对静的意境的形与神的产生根源问题，是作了唯心主义的解释的。他说事物的形，只是"道"的"离形得似""假体遗愚"，而对一切事物的描绘只有"俱道适往"，才能"着手成春"。意境的形与神的源泉，照他说，就是那个玄而又玄的"道"。显然，这种看法是错误的，有害的。

司空图论诗，还有所谓"象外象、景外景"的说法。他在《与极浦书》中说："戴容州云：'诗家之景，如蓝田日暖，良玉生烟，可望而不可置于眉睫之前也。'象外之象，景外之景，岂容易可谈哉！"在《与王驾评诗书》中又说："河汾盘郁之气，宜继有人。今王生者，寓居其间，浸渍益久，五言所得，长于思与境偕，乃诗家之所尚者。"我以为这都与诗的形神兼备的说法是一致的。

"象外之象，景外之景"说得未免太神秘。可是，我仍如稍加推究，也还是可以理解的。高尔基说："作家底作品要能够相当强烈地打动读者底心胸，只有作家叫描写的一切——情节、形象、状貌、性格等等，能历历地浮现在读者眼前，使读者也能够各式各样地去'想像'它们，而以读者自己底经验、印象及知识底积蓄去补充和增补。由作家经验和读者经验底结合和一致，能够产生艺术的果实——言语艺术底特殊说服力。"[1]是的，美好的诗章总是以神形兼备的有限的形象来表现复杂的生活内容。诗

---

[1] 高尔基：《给两位青年作家的公开信》，高尔基著，以群等译：《给青年作者》，中国青年出版社1955年版，第71页。

人总是把他所要描写的一切，栩栩如生地呈现在读者面前，这才能触发读者的想象和联想，把读者诱导到诗的境界中去，让读者以自己的生活经验和欣赏经验来丰富诗人所描绘的意境，从而领会、认识诗的意境所包含的思想内容。只有这种形种兼备的、能触发读者想象的诗，才是有"象外之象，景外之景"的诗。

诗，要让人有想象的余地，这是人们对诗的一个审美要求。

在创造意境时，怎样才能有"象外之象，景外之景"呢？司空图又提出"思与境偕"的说法。

"思与境偕"是什么意思呢？这里的"思"，照我想，指的是诗人的主观思想感情；"境"，是诗人所描绘的客观对象。司空图所说的"思与境偕"，与后人所说的"情景交融"没有什么根本不同。"思"与"境"要能交融起来，诗人所要表达的思想感情才不是抽象的，而是具体形象的；境也才是活生生的、有意义的。这就是说，有了"思"与"境"交融的意境，并对这种意境加以艺术地反映，才有形神兼备的艺术形象出现。

在创作上，必须"思与境偕"。诗人所描绘的形象必须形神兼备，使人读来感到"象外之象，景外之景"，这对那些言穷意尽，一泻无余的干巴巴的诗来说算是一帖可服之药。所以，我以为，这也是司空图在诗的风格论上的贡献。这种理论，还是值得我们批判地加以吸取的。

我读司空图《诗品》后所想到的问题就是这些。总的说来，我以为，二十四诗品不是一部有系统的诗的风格论。《诗品》中所流露出的玄学思想，我们对之应加以剔除，但它论风格不主一格，谈形象创造主张形神兼备，谈风格的形成重视诗人主观思想在其中的重要作用，这些都有值得我们批判地加以吸取的地方。过去，人们论《诗品》都一致地指出了它的逃避现实的思想，而不提到它的可供批判地吸取的地方，我觉得那是不够平允的。

[原载《合肥师范学院学报》1961年第2期]

《诗家一指》与《二十四诗品》作者问题

1995年3月16日《文汇报》第8版上有一篇报道，题为《〈二十四诗品〉作者是明代怀悦》，并说，陈尚君、汪涌豪两先生撰成《司空图〈二十四诗品〉辨伪》一文，"指出《二十四诗品》的真正作者应为明代景泰间嘉禾（今浙江嘉兴）人怀悦。"这种新论的依据便是《诗家一指》（以下简称《一指》）。

这的确是惊人的新论，使研习中国文学史、中国文学理论批评史的人不得不注意。因而原来不受人注意的《一指》，此时却成了许多人觅求的对象了。

我们有幸，在几个月里，先后获得明人黄省曾编次的《诗家一指》[①]、明人史潜校刊的《虞侍书诗法》[②]（以下简称《诗法》），陈、汪两先生所撰的《司空图〈二十四诗品〉辨伪》（节要）。我们阅读了这些资料及有关文献之后，便想对《一指》与《二十四诗品》作者问题发表些意见，向

[①] 黄省曾（1490—1540），字勉之，吴县人。嘉靖辛卯（1531）乡试魁首，后累举不第。家庭藏书甚富，覃精艺苑，著述终生。《民国重修吴县志》列所著目录二十四目，内有《诗法》八卷，《诗家一指》列卷五。

[②] 我们所见的《虞侍书诗法》出自明人史潜校刊的《新编名贤诗法》卷下。史潜，字孔昭，金坛人。明正统元年（1436）进士（周旋榜三甲四十一名），官至河东盐运使。（山西蒲州，曾名河东郡，产池盐）（见《民国重修金坛县志》卷八、《明清进士题名碑录索引》）虞集（1272—1348），字伯生，号道园，祖籍四川仁寿，宋亡后随父侨居临川（属江西）。官至国子祭酒、奎章阁侍书学士。著有《道园学古录》。欧阳玄《雍虞公文序》曰："一时宗庙朝廷之典册，公卿大夫之碑板，咸出公手。"伪托虞氏之名的《虞侍书诗法》料当出现在元代至正后期。

陈、汪两先生暨诸同行专家请教。

一、《一指》的真面目

为了说明《一指》的总体概况，先说一说《诗法》的总体概况是有益的。这里，应该声明：《诗法》是伪托之作；作伪者以虞集的官衔（奎章阁侍书学士）摆在《诗法》之前而称《虞侍书诗法》，企图增重书的声价，殊不知当时诗文声誉最大的虞集，怎么会在自己的著作前冠以官衔？应该说，麒麟皮下的马脚正由此处露出来了。同时，这也告诉人们，只有在虞集死后，作伪者才敢打着"虞侍书"的旗号行骗。

《诗法》开头便列示全书的六部分名目："三造、十科、四则、二十四品、道统、诗遇"，并有48字小引。此下按序分列子目："三造：一观、二学、三作"，依次加以阐释；"十科：意、趣、神、情、气、兴、理、境、事、物"，又依次加以阐释；"二十四品：雄浑……流动"，然后按《二十四诗品》顺序列示原文；"道统""诗遇"部分无子目，各有一大段阐释。

我们所见到的《一指》，全书约有六千字；开头有一段引言，此下标目："十科：意、趣、神、情、气、理、力、境、物、事"，依次阐释；"四则：句、字、法、格"，又依次阐释；"二十四品：雄浑、冲淡……流动"，在二十四目后，加有45字的"说明"，然后列示原文；"普说外篇"，自注"四段"，下列四段文章；"三造"，自注"三段中分关键、细义、体系"，此下列示二十六段文章。

这二十六段文章，正如陈、汪两先生所说："三造为摘录前人语录（所录以《沧浪诗话》《白石诗说》最多，另有《六一诗话》《后山诗话》《蔡宽夫诗话》等十余种）。"

《一指》，除《三造》部分外，其他部分（引言、十科、四则、二十四品、普说外篇）是不是某个作者自撰的呢？有人说：除《三造》外，"其馀均作者自撰"。事实如何呢？应该说《一指》抄录《诗法》，自"小引"第二字开始，抄至《道统》末一字为止，约3500字。只余《诗遇》部分约

360字，在《一指》里被删掉。如果让我们把事实说得简明些，那就是：6000字的《一指》，抄自《诗法》的约3500字，抄自十余种"诗话"的约2500字。这里，说明一点，抄录、编排时有极小差异；说"抄录"，定性准确。举个例子为证吧，《一指》的引言，是由《诗法》的《小引》及《三造》部分凑合起来的。请看，《诗法》曰：

> 诗，乾坤之清气，性情之流至也。由气而有物，由事而有理，必先养其浩然，存其真宰，弥纶六合，圆摄太虚，触处成真，而道生矣。
>
> 三造
> 一观　　二学　　三作
>
> 一观，犹禅宗具摩醯眼，一视而万境归元，一举而群迷荡迹，超物象表，得造化先，夫如是始有观诗分。观要知身命落处，与夫神情变化，意境周流，亘天地以无穷，妙古今而独往者，则未有不得其所以然也。由之可以明《十科》，达《四则》，读《二十四品》，观之不已，而至于道。
>
> 二学，夫求于古者，必得于今；求于令（今）者，必失于古。盖古之时、古之人，而其诗似之。故学者欲疏凿神情，淘汰气质，遗其迷妄，而反其清真，未有不如是而得其所以为诗者。
>
> 三作，下手处，先须明彻古人意格声律，具于神境事物，解后（邂逅）郁抑，得其全理胸中，随寓唱出，自然超绝。若夫刻意创造，终亏天成；苟且经营，必堕凡陋。妙在著述之多，涵养之深耳。然又当求证于宗匠名家之道，庶几可横绝旁流矣。

再看《一指》曰：

> 乾坤之清气，性情之流至也。有气则有物，有事斯有理，必先养其浩然，存其真宰，弥纶六合，圆摄太虚，触处成真，而道生于诗

矣。/诗有禅宗具摩醯眼，一视而万境归元，一举而群魔荡迹，超言象之表，得造化之先，夫如是始有观诗分。观诗要知身命落处，与夫神情变化，意境周流，亘天地以无穷，妙古今而独往者，则未有不得其所以然。由是可以明《十科》，达《四则》，该《二十四品》，观之不已，而至于道。/夫求于古者，必法于今；求于今者，必失于古。盖古之时、古之人，而其诗如之。故学者欲疏凿情尘，陶汰气质，遗其迷妄，而反其清真，未有不如是而得其所以为诗者。/学下手处，先须明彻古人意格声律，其于神境事物，邂逅郁折（抑），得其全理于胸中，随寓唱出，自然超绝。若夫刻意创造，终亏天成；苟且经营，必堕凡陋。妙在著述之多，而涵养之深耳。然当求正于宗匠名家之道，庶几可以横绝旁流者也。（注：分段斜线是我们加的。）

我们认为，《一指》抄自《诗法》及多种诗话，还可以从版本刊刻年代方面得到证明：《诗法》由正统元年（1436）进士史潜校刊问世，时间当在正统年间（1436—1449）。《一指》有嘉靖二十四年（1545）本，嘉靖三十一年（1552）本，万历五年（1577）本。后者抄袭前者，便是无疑的结论。

二、《一指》抄撮中出现的差错

元明之际，文士中的下焉者，搜文摘句，编凑成书，依托名贤，刊行欺众，不是个别现象。《一指》抄撮前人之作，在当时视为常事。现在我们把它作为研究对象，便应从多方面加以考查；从抄撮有误方面，也可以看出它不受后人重视的原因。

（一）字句遗漏讹误

例一，《诗法》曰："诗，乾坤之清气，性情之流至也。"按："诗"字是全句的主语，有此一字，才晓得下面的两句是谈"诗"的。《一指》漏抄"诗"字，则开头两句，使人不知所云。又按：元人刘将孙《彭宏济诗序》曰："天地间清气，为六月风，为腊前雪，于植物为梅，于人为仙，于千载为文章，于文章为诗。"①马得华《唐诗品汇叙》曰："天地元气之精英，钟乎人，发而为诗。"②元人揭傒斯③《诗法正宗》曰："诗者，人之性情……"可知上引《诗法》云云，乃是元明之际的常语；然而脱一"诗"字，便乱人思路。

《诗法》曰："……必先养其浩然……触处成真，而道生矣。"按：即朱子所谓"道从诗中流出"，而《一指》讹作："……而道生于诗矣"，便成了主体与派生关系颠倒的怪话。

例二，《诗法》曰："……由之可以……读《二十四品》，观之不已，而至于道。"而《一指》作"该《二十四品》"。按："读"字较妥，表明已有《二十四诗品》在，读之可以"至于道"。又，《诗法》中论"观"一条，实际是谈提高观察识别能力，为此才提出读《二十四诗品》。若把"读"改作"该"（该，备也，皆也），那就不是"观"的问题，而是"作"的问题，并且"作"已达到非凡的高度，才能"该"兼多种风格。《一指》黄氏"编次"本在《二十四诗品》品目下注出诗人姓名的只有十二个，尚有十二目选不出适当的代表作家，足见《一指》的作者认识在"作"的过程中要"该《二十四品》"是办不到的。因而我们认为，应作"读"，"该"乃"读"的形近之误。

例三，《一指》中的《四则》标四字："句、字、法、格。"看来"句"指句法，"字"指字法，"格"指格调，尚明确；"法"指什么？莫明其妙。细察"法"字条说明，乃知一说除病，二说选择道路。如此内涵，只标一"法"字，可谓概念不清。

就举这几个例子，说明字句讹误，概念不清，害人不浅。我们不想校

① 刘将孙：《彭宏济诗序》，陶秋英编选《宋金元文论选》，人民文学出版社1984年版，第550页。
② 陈伯海主编，查清华等编撰：《历代唐诗论评选》，河北大学出版社2003年版，第535页。
③ 揭傒斯（1274—1344），字曼硕，龙兴富州（今属江西）人，官至翰林学士，总修辽、金、宋三史。有《文安集》十四卷（系门人所编）。

勘《一指》，便不多说了。

（二）题目下，条文抄撮之错乱

《诗法》中的《十科》十条文字，都与子目相吻合；而《一指》的《十科》十条文字，竟有六条与子目不相符合，因而使人读来迷惑万分。这里，为节省文字，只举两个例子来说明问题。

例一，《诗法》的《十科》中第七条说"兴"，文曰："七兴，有所兴起而言也。故凡一事之感，一物之悟，皆兴起也，而其悲欢通塞，总属自然，非有造设，唯不尽所以尽之。"显然，此条句句论兴，正合子目（兴）的要求。可是，上引一段文字，在《一指》中被抄在"理"的名目下，并在这段文字末尾补上一句："兴，犹王家之疆理也。"这说的是什么"理"？如果我们看不到《诗法》的"七兴"云云，那就只好被捺入闷葫芦里发呆了。

例二，《一指》的《十科》中，有"力"字一条，其条文恰恰抄自《诗法》的《十科》中对"理"的说明，不过删去了第一句："理，犹王家之疆理也。"

以上两例，有个共同特点：张冠李戴，总不合头。这明显地告诉人们，《一指》作者对自己所标示的十个子目，在他自己的头脑里都没有形成明确的概念，因而使人读后大叹莫明其妙。

（三）抄撮成书，布局紊乱

《诗法》在书名下先列示："三造、十科、四则、二十四品、道统、诗遇"六大部分，然后按次论述，纲举目张，并在《道统》中指出："集之一指，诗也。《三造》所以发学者之关钥。《十科》所以别武库之名件。《四则》条达规律，指述践履。《二十四品》含摄大道，如载图经①，于诗未必尽似，品不必有似。"这便道出如此布局的用心。

《一指》的《普说外篇》第一段，抄的就是《诗法》的《道统》全文

---

① 图经，指史书方志中的地图，有指示方向作用。

（小有改动），其中自有"集之一指，诗也……品不必有似"一节。显然，这是就全书布局说的，照常理说，《三造》（一观、二学、三作）应列在第一部分。然而《一指》却把《三造》列在末尾部分。又《一指》的《三造》抄录二十六段前贤诗话，说是可分"关键、细义、体系"三大段，而实际对二十六段在排列上不加区分，使它们成了片断诗话的杂乱堆集。

《一指》，取"一指禅"义——万法归一，使人一生受用不尽[①]。我们说，诗家如果依靠学习《一指》来渡过迷津，可能一开始便进入了迷魂阵。

在这里，我们想提出一个疑问：《诗法》中的"集之一指，诗也……品不必有似"一节，说的既是全书的布局，那么，全书名称可能原来只标作《诗法》二字或《诗家一指》，只因坊间书商为牟利，在"虞侍书"去世后，便改书名为《虞侍书诗法》。我们以为这种可能性是存在的。如果让我们从《诗法》本身（《二十四品》不在其中）所流露的哲学思想看，"小引"所谓"由气而有物，由事而有理"等语，此乃宋元时大有争论的"气理"说或"理气"说，这是明显的理学家腔调。又，《道统》所谓"性之于心为空，空与性等；空非离性而有，亦不离空而性；必非空非性，而性固存矣。"这种"性空"观，也是明显的宋元理学家腔调。因此我们认为，《诗法》可能出自元人之手[②]。又，《诗法》处处流露理学色彩，《二十四诗品》处处流露禅学色彩，这也是我们应该加以辨别的。

三、《一指》中的《诗品》文本，值得珍视

在本文一、二部分里，我们据实指出《一指》原来是本论诗"杂钞"，在抄录中还有些差错；在这一部分里，我们也据实称道《一指》抄录了《二十四诗品》，所选底本较好，为通行的明毛晋本（《津逮秘书》本）找

---

① 《五灯会元》卷四"金华俱胝和尚"条，文末曰："师将顺世，谓众曰：吾得天龙一指头禅，一生用不尽。"

② 张少康、刘三富：《中国文学理论批评发展史》（上），北京大学出版社1995年版，第450页。

到了前身，算是一大贡献。

《一指》抄录《诗法》，但不抄《诗法》中有讹漏的《二十四品》原文，而是另觅底本，择善而从，保存了可读性较强的《诗品》文本。为使读者明了实况，举两个例子。

例一，《诗法》本《二十四品·劲健》：

行神如空，行气如虹。巫峡千寻，走云连风。

敛真乳强，蓄微牢中。喻彼行健，是为存雄。

天地与立，神造攸同。期之已失，御之非终。

《一指》本《二十四品·劲健》：

行神如空，行气如虹。巫峡千寻，走云连风。

饮真茹强，蓄素守中。喻彼行健，是为存雄。

天地与立，神化攸同。期之以实，御之以终。

例二，《诗法》本《二十四品·含蓄》：

不著一事，尽得风流。语未涉难，已不堪悠。

是有真宰，与之沉浮。如绿满酒，花时返愁。

悠悠空尘，忽忽海鸥。浅深聚散，万类一收。

《一指》本《二十四品·含蓄》：

不著一字，尽得风流。语不涉难，已不堪忧。

是有真宰，与之沉浮。如渌满酒，花时返秋。

悠悠空尘，忽忽海沤。浅深聚散，万取一收。

《一指》在列出《二十四品》品目之后，加有一条"说明"，文曰："中篇秘本谓之发思篇，以发思者动荡性情，使之若此类也。偏者得一偏，能者兼取之，始为全美，古今李、杜二人而已。"按："中篇秘本"即"中秘书"，作者在用词上厌常务新，改称"中篇秘本"而已。既见"秘本"《诗品》，当然喜而录之。欢喜之下，加条"说明"，也使我们见到元末明初的《诗品》文本。又，"说明"中提到"全美"，语本《与李生论诗书》："倘复以全美为工，即知味外之旨矣。"这就是说，"说明"者提到《诗品》，就联想到司空图。这联想是基于两者理论一致呢，抑或两篇的作者是一人？这，值得我们思忖一番。

我们说，《一指》所录《诗品》文本可视为毛晋本《诗品》的前身，这可以两种文本对照而异文较少为证。

（1）两种文本中的《雄浑》《纤秾》《沉著》《高古》《典雅》《洗炼》《劲健》《绮丽》《含蓄》《疏野》《形容》等十一品，无异文。

（2）有异文的，见下列对照表：

品目	版本	
	《一指》本	《津逮秘书》本
冲淡	荏苒	苒苒
自然	过雨	过水
豪放	以强、晓看	以狂、晓策
精神	深杯	满杯
缜密	花间	花开
清奇	满竹、戴瞻	满汀、载行
委曲	自弃	自器
实境	似天、永然	自天、泠然
悲慨	日丧、欲死、荒苔	日往、若死、苍苔
超诣	莫至、道气、乔木	若至、道契、高木
飘逸	惠中	画中
旷达	行歌	行过
流动	返之	返返

照"异文表"看，其差异乃因"声近""形近"而造成的，因而我们以为，这两种文本可能来自同一祖本。又，我们认为有了《一指》所录的《诗品》，它改正了《虞侍书诗法》本《诗品》的许多讹漏，并为毛晋本《诗品》出世，表明自有来头。

四、《一指》《二十四诗品》的作者问题

（一）《明史稿·艺文志》《明史·艺文志》卷四文史类皆说"怀悦《诗家一指》一卷"

按：《明史·艺文志》采用《明史稿·艺文志》，在清康熙时，奉旨修史的王鸿绪总是有所见才写上"怀悦《诗家一指》一卷"的。怀悦是景泰年间（1450—1456）的嘉禾地方小名士、大富翁。而赵撝谦于明洪武二十二年任琼山（今属海南省）教谕时撰《学范》，在所著《学范》①的"作范"中曾引用过《诗家一指》。这个事实告诉我们，一是赵所见的《诗家一指》乃是元代之物，二是怀悦在赵氏去世的二三十年后才出生。

矛盾如此，作何解释？我们以为，在元、明两代，流传两种内容大同小异的《诗家一指》，一是无名氏的元人本，一是怀悦刊行的《诗家一指》。现在人们所知的嘉靖二十四年（1545）本、嘉靖三十年（1552）本不提撰者之名；万历五年（1577）本，题为范德机作，其实也是伪托。许学夷（1563—1633）《诗源辨体》、胡震亨（1569—1645?）《唐音癸签》中皆只提《诗家一指》，不注明作者，那是他们都明白《一指》的真正作者乃"无名氏"。许学夷说："《诗家一指》出于元人"②，比较可信。许撰

---

① 赵撝谦《学范》，撰于洪武二十二年（1389），全书分六门："一曰教范，言训导子弟之法；二曰读范，列所应读之书；三曰点范，皆批点经书凡例；四曰作范，论作文；五曰书范，论笔法；六曰杂范，论琴、砚、鼎彝、字画，印章之类。"（见四库存目杂家类）

② 吴文治主编：《明诗话全编》（6），江苏古籍出版社1997年版，第6273页。

《诗源辨体》"前后历四十年，十二易稿业乃成"（见恽应翼《许伯清传》），足见他落笔求真，慎之又慎。《明史·艺文志》说"怀悦《诗家一指》"，可能是这个"富而好事者"（朱彝尊语）怀悦，刊刻过《一指》，留传后世，遂为王鸿绪等在《明史·艺文志》上留名。

这里，还要指出，史书著录书目，在书名前冠以人名，那人不一定就是"作者"，他可能是"编者""校订者""刊行者"。以《明史·艺文志》"文史类"而论，既载有"怀悦《诗家一指》一卷"，也载有"李东阳《怀麓堂诗话》一卷""徐祯卿《谈艺录》一卷""黄省曾《诗法》八卷""王昌会《诗话汇编》三十二卷"。这几条目录中，李、徐是"作者"，黄、王是"编者"（黄书自署"黄省曾编次"）。怀悦，只是《一指》的"刊行者"，总不能说怀悦就是"作者"吧？

照我们看，见之于元末明初的《诗家一指》或被称作"怀悦《诗家一指》"，都是伪托之作。作伪者心里明白那书的来历，怎敢署名！对这样的伪托之作，大可不必追究它的真正作者是谁。说到底，他只是个文抄公而已。

(二)《二十四诗品》的作者不是怀悦，毋庸置疑

那末它的作者是谁？摊开历史资料，人们会看到苏轼《书黄子思诗集后》中论述司空图诗和诗论的一段话。苏轼说：

> 唐末司空图，崎岖兵乱之间，而诗文高雅，犹有承平之遗风。其论诗曰："梅止于酸，盐止于咸。"饮食不可无盐、梅，而其美常在咸、酸之外。盖自列其诗之有得于文字之表者二十四韵，恨当时不识其妙。予三复其言而悲之。[1]

按："其美常在咸、酸之外"，即"味外之旨""韵外之致"，亦即司空图在《杏花》绝句中所说的"品韵"。"诗之有得于文字之表者"，定语，

---

[1] 张春林编：《苏轼全集》（下），中国文史出版社1999年版，第1404页。

修饰"二十四韵",表明它有共性。"二十四韵",古今论诗、论文者皆认为指《二十四诗品》。但近年有几位学者认为"二十四韵"乃是指《与李生论诗书》中所列举的二十四联,并说"唐宋人习称近体诗中一联为一韵,不以一首为一韵",以此来作为新论的理论支柱,进而认定《二十四诗品》的作者不是司空图。

怎么看待这个问题呢?我们认为:把"二十四韵"解作实指《二十四诗品》是正常的;如解作《与李生论诗书》中的"二十四联",那是经不住推敲,站不住脚的。试申述鄙见如下:

古体诗、近体诗的标题中,常有"二韵""三韵""二十韵"乃至"百韵"等等,题中的"韵"字,通常指"韵脚",有时也指"韵部"(亦称"韵目")。

"韵"指"韵脚"的实例很多,只举两个示意吧。如杜甫《寄李白二十韵》、杜牧《赠李处士长句四韵》,前一例全诗四十句,用了二十个韵脚字,从头到尾押韵(即诗人们口头语"一韵到底"),故称"二十韵"。后一例是一首七律,八句,用了四个韵脚字,故称"四韵"。

"韵"指"韵部"的实例,相对说来少些,但也大有实例在。我们讨论《书黄子思诗集后》中"二十四韵"问题,那么就用苏轼诗标题中"韵"指"韵部"的实例来说明问题吧。

例一,《伯父送先人下第归蜀诗云"人稀野店休安枕,路入灵关稳跨驴",安节将去,为诵此句,因以为韵,作小诗十四首送之》。按:题中的"韵"字指"韵部",即以"人稀野店休安枕,路入灵关稳跨驴"十四字为"韵目",写成十四首五言绝句(组诗),顺序排列,整整齐齐。

例二,《江月五首》并引。小引说:"杜子美云'四更山吐月,残月水明楼',此殆古今绝唱也。因其句作五首,仍以'残月水明楼'为韵"。按:小引中的"韵"字指"韵部",明确无疑。这是五首五古(组诗),每首八句,四韵脚。

例三,《访张山人得山中字二首》。按:这是两首五律,前一首用"山"字韵(韵脚字:还、间、菅、山,属删韵部)。后一首用"中"字韵

（韵脚字：公、东、风、中，属东韵部）。可以说，诗人在标题中，在"得山中字"后加"为韵"两字，也不是多余的。

"韵"指"韵脚"或"韵部"（韵目），乃是唐宋诗人的共识，让我们再举两例以见"韵"指"韵部"（韵目）的普遍性。

例一，唐元结《乱风诗》中有《至乱》一题，小序曰："古有乱王，肆极凶虐，乱亡乃已，故为《至乱》之诗二章，二韵十二句。"按：小序中所谓"二章"即二首；所谓"十二句"即每首六句（三联）；所谓"二韵"即第一首中三个韵脚字（王、荒、忘）属"阳韵"部，第二首中三个韵脚字（思、为、之）属"支韵"部。所谓"二韵"，指两首诗各用一个韵部的字押韵成诗。

例二，宋刘攽《与孙巨源、苏子瞻、刘莘老广陵相遇，苏请赋为别，各用其字为韵，每篇十韵》。刘攽字贡父，孙洙字巨源，苏轼字子瞻，刘挚字莘老，所谓"用其字为韵"云云，即指用"贡""源""瞻""莘"为韵目（韵部），各写二十句、十韵脚相叶的诗。标题中的前一"韵"字指"韵部"（贡属送韵部、源属元韵部、瞻属盐韵部、莘属真韵部），后一"韵"字指"韵脚"，这是极其明确的。

以上所举的苏轼诗、元结诗、刘攽诗都是组诗，就内容看，每一组诗自有共同主旨；就表达形式看，整齐统一，排列有序，有相对完整性。

我们在举了一批实例之后，可以回到问题本身来了——说《书黄子思诗集后》中的"盖自列其诗之有得于文字之表者二十四韵"实指二十四首诗，是每首从一个韵部中选字押韵的诗，这是极为正常的。又，我们不能忽视"诗之有得于文字之表者"这一定语，它限定了"二十四韵"的特性，即对"品韵"或"味外之旨"的体会。根据这一要求，在司空图名下，要找出这二十四首诗，只有《二十四诗品》足以当之。

说《与李生论诗书》中的"二十四联"就是《书黄子思诗集后》中所谓"二十四韵"为什么站不住脚？道理在这里：

（1）我国古体诗、近体诗乃至上溯到古乐府、"三百篇"，没有不押韵的："押韵"成了我国诗歌不可动摇的传统。正因为古体诗、近体诗联与联之间押韵，这才可以说"一联为一韵"。如果联与联之间不押韵，那就不成其为诗，也便不能说"一联为一韵"。试问：《与李生论诗书》中的二十四联、联与联之间押韵吗？答案只有三个字：不押韵。既不押韵，当然说不上什么"二十四韵"。

我们知道，中国诗中有所谓"集句诗"，专取已有的诗中一句或一联，凑合成另外一首诗。但我们认为，任凭什么高手，也无法把《与李生论诗书》中的"二十四联"凑成一首押韵（准许转韵）的诗。

这里顺带提一下，"不以一首为一韵"的说法有片面性。因为如果"韵"指"韵部"，则"一首为一韵"的实例大量存在，不必多说。

（2）我们还要指出，《与李生论诗书》中所列举的联数，随版本不同而不同。见之于《文苑英华》本的作二十三联（修订本作二十五联），见之于《唐文粹》本的作二十四联，见之于《唐诗纪事》本的作二十五联，而《后村诗话》却说：表圣尝"自摘其警联二十六。"这里，我们不禁要问：上列四种书籍俱在人间，陈、汪两先生为什么只提"二十四联"而舍弃其他三种说法？回答是，若提其他三个数字便不能以"二十四联"来取代"二十四韵"，那末他们的新论也就缺了一根支柱。二十三联、二十四联、二十五联、二十六联四说并存，到目前为止，还没有人敢说那一种说法最正确，存疑吧。

（3）有人提示说：《与李生论诗书》中的二十四联，来自司空图所写的二十四首诗，把这二十四首诗看作"二十四韵"，情况如何呢？事实告诉人们：这二十四首诗，从内容方面看，它们写"早春""秋思""塞上""山中""江行""退栖""独望""元旦"等等，还有全篇已失，只剩一联的七题，它们各有主旨，没有共同点，更谈不上共同显示"味外之旨"或"韵外之致"，毫无组诗的内在特性；从形式方面看，它们是由五律十一首、七律三首、五绝二首、七绝一首、再加七联凑成"二十四"首诗的，在表现形式上毫无组诗那种整齐、统一的外在特征。人们翻开《司空表圣诗集》，便知道这二十四首诗原是散乱排列的，毫无组诗迹象。

现在我们可以郑重地说一句：认定《与李生论诗书》中的"二十四

联"就是《书黄子思诗集后》中所说的"二十四韵"是经不住推敲的,因而也是无说服力的。

五、结束语

明人毛晋(1599—1659)编《津逮秘书》,收录了《诗品二十四则》,署名"唐司空图表圣撰,明毛晋子晋订"。又加跋语:

> 此表圣自列其诗之有得于文字之表者二十四则也。昔子瞻论黄子思之诗,谓表圣之言美在咸酸之外,可以一唱而三叹⋯⋯可以得表圣之品矣。

这段跋语,明白地告诉人们,毛晋认同苏轼的说法,认为《书黄子思诗集后》中的"二十四韵"实指《二十四诗品》。又,与毛晋同时的郑鄤(1594—1639),曾作《题诗品》,也认同苏轼的说法,以为"二十四韵"实指《二十四诗品》。

我们还要提请注意:"明毛晋子晋订"一语中的"订"字。毛晋是个大藏书家,专收宋椠本、精抄本古籍;他见到的《二十四诗品》至少有两种,才能互相比较,加以订正。他说《二十四诗品》"唐司空图表圣撰",也必有所见而云然。我们不能排除他见到署名司空图撰的宋元椠本或抄本《二十四诗品》的可能性。因此,我们认为:在尚未发现新的可靠证据之前,苏轼、毛晋等姑妄言之,我们姑妄听之。

为作进一步讨论参考,提一下四库馆臣对《二十四诗品》作者问题的看法是有益的。《四库全书总目提要》曰:

> 《诗品》一卷,唐司空图撰。图有文集,已著录。唐人《诗格》传于世者,王昌龄、杜甫、贾岛诸书,率皆依托;即皎然杼山《诗

式》，亦在疑似之间；惟此一编，真出图手。①

　　馆臣的话表明，他们始而怀疑，终则肯定："诗品一卷，唐司空图撰。"他们凭什么肯定呢？又曰：

　　其《一鸣集》中有《与李秀才论诗书》谓："诗贯六义，讽谕、抑扬、渟蓄、渊雅，皆在其中，惟近而不浮，远而不尽，然后可言意外之致。"又谓："梅止于酸，盐止于咸，而味在酸、咸之外。"其持论非晚唐所及，故是书亦深解诗理。凡分二十四品，曰雄浑……曰流动，各以韵语十二句体貌之。……②

　　啊，四库馆臣乃是从司空图赏诗辨味颇有能力角度来肯定《二十四诗品》是他撰的。是的，撰《诗品》必然牵涉到作者的赏诗能力、写诗能力、思想状况、宗教信仰、生活情趣，以及造成作者这些个人特点的社会环境、社会根源等方面。今人探究《诗品》的作者问题，正是从以上几方面切入而加以说明的。考据之学也须与"知人论世"相结合才好，因为"作者"也是一个社会成员嘛。

[此文与陶礼天合作，原载《安徽师大学报》（哲学社会科学版）1996年第1期]

---

① 永瑢等撰：《四库全书总目提要（集部）》，中华书局1965年版，第1780页。
② 永瑢等撰：《四库全书总目提要（集部）》，中华书局1965年版，第1780页。

《二十四诗品》是明人怀悦所作吗？

去年（1995）秋，我和陶礼天同志合撰《〈诗家一指〉与〈二十四诗品〉作者问题》，指明所谓"《二十四诗品》的真正作者应为明代景泰间嘉禾人怀悦"一说①，查无实据，不可信。我们根据托名元人虞集的《虞侍书诗法》与明人黄省曾"编次"的《诗家一指》两相对照，指明"怀悦，只是《诗家一指》（内载《诗品》）刊行者"，而不是作者。

1996年6月，北京大学张健博士寄来"怀悦本"《诗家一指》，读后，证明我和陶礼天的判断符合实际。十月，又读到《寻根》1996年第4期上刊载的《〈二十四诗品〉不是司空图所作》②一文，两位作者认为：《二十四诗品》的作者是明人怀悦，而不是司空图。这就促使我再度握笔，来参加讨论。我打算写两篇短文来表述我的看法，一曰《〈二十四诗品〉是明人怀悦所作吗？》，二曰《再论〈二十四诗品〉作者问题》。这里发表的是第一篇。

一

先简略地说一下"怀悦本"《诗家一指》版本情况。这本小书计32页，每半页6行，每行12字，中缝除"前序""后序"外，无字、无鱼尾纹。

---

① 《〈二十四诗品〉作者是明代怀悦》，载《文汇报》1995年3月16日第8版。
② 陈尚君、汪涌豪：《〈二十四诗品〉不是司空图所作》，《寻根》1996年第4期，第47—48页。

所谓"前序"实乃魏骥①撰于成化二年（1466）八月的《〈诗家一指〉序》；"后序"即怀悦写于成化二年九月的《书〈诗家一指〉后》。正文第一页第一行上半曰"诗家一指"，第二行下半署"嘉禾怀悦用和编集"。正文约六千字，楷体。

现在，节录怀悦《书〈诗家一指〉后》如下：

> 余生酷好吟咏，然学而未能……一旦偶获是编，其法以唐律之精粹者采其关键以立则焉……足可为学吟者之矩度。自是日阅数四，稍觉有进。今不敢匿，命工绣梓，与四方学者共之，庶亦吟社中之一助耳。

魏骥在《〈诗家一指〉序》中说：

> 嘉禾怀氏用和号铁松者以书抵余，自言近得《诗法》一编，乃盛唐诸贤之作，择其精粹，订为诗格，名之曰《诗家一指》，欲绣诸梓，以便四方学者，乞文以弁其首。

我们据此断定：怀悦，只是《诗家一指》的刊行者，而不是作者。我说这是铁证，其他任何辩驳都改变不了这个事实。

二

提出"《诗家一指》的作者是怀悦"说的根据何在？持此说者曰：

> 《诗品》系明人据《诗家一指》伪造……《一指》作者，万历本称范德机（即范椁），许学夷称元人，皆不确。明高儒《百川书志》、

---

① 魏骥（1374—1471），字仲房，萧山人。永乐乙酉（1405）进士，南京礼部尚书致仕。卒年九十八，谥文靖。有《南斋前后集》二十卷，见《千顷堂书目》卷十八。《明史》有传。

清黄虞稷《千顷堂书目》及《明史·艺文志》皆著录此书，作者为明人怀悦。①

我以为这是经不起推敲、站不住脚的证据。请看，《百川书志》卷十八曰：

> 《诗家一指》一卷
> 皇明嘉禾怀悦用和编集

这分明说：《诗家一指》的作者不是怀悦，引用者何以竟无视"编集"两字？

《千顷堂书目》《明史·艺文志》记载：

> 怀悦《诗家一指》一卷

这记载并未肯定怀悦就是《诗家一指》的"作者"。我们曾指出："史书著录书目，在书名前冠以人名，那人不一定就是'作者'，他可能是'编者''校订者''刊行者'……怀悦，只是《一指》的'刊行者'"②。应该说，这判断是符合实际的。

三

持"《诗家一指》作者是明人怀悦"说的论者，认为《二十四诗品》不是司空图所作，还举了几条似是而非的理由：

一说"《诗品》以道家思想为主旨，处处表现出对道家学说的由衷赞许和自觉认同，而司空图一生中儒家思想始终占有主导地位。"因此他们

① 陈尚君、汪涌豪：《〈二十四诗品〉不是司空图所作》，载《寻根》1996年第4期。
② 祖保泉、陶礼天：《〈诗家一指〉与〈二十四诗品〉作者问题》，载《安徽师大学报》（哲学社会科学版）1996年第1期。

认为这是"显而易见的悖向"，从而"认为该书不是司空图所作"①。

我以为"司空图一生中儒家思想始终占有主导地位"的提法有偏颇。司空图终生走的是"穷则独善其身，达则兼济天下"的人生道路，他始而要求"达"，也开始"达"起来了，可是偏碰上黄巢起义，天下大乱，使他的政治道路"穷"而不通，于是自称"居士""禅客"，以禅宗思想来抚慰自己受创的心灵。儒家思想、禅宗思想在司空图后半生的思想领域里兼而有之。他的死就是这种思想矛盾的总结。这在《司空表圣文集》《司空表圣诗集》里完全可以找到证明。不妨举个小例，司空图诗《漫书》曰：

> 乐退安贫知是分，成家报国亦何惭。
> 到还僧院心期在，瑟瑟澄鲜百丈潭。

"报国"与"禅隐"，在司空图思想里是互补的。

关于这个问题，我在《司空图的诗歌理论》小册子里写了一节"思想概观"，言之较详，此处不再繁说②。我想提问：一个人的所谓"主导思想"能是绝对排他的？陶潜有隐逸思想，写了《归去来辞》《桃花源记》，是事实；可是偏又写了《闲情赋》，"竟想摇身一变，化为'啊呀呀，我的爱人呀'的鞋子"（鲁迅语），也是事实。我们不能只肯定前者而否定后者吧？鲁迅说：

> 我总以为倘要论文，最好是顾及全篇，并且顾及作者的全人，以及他所处的社会状态，这才较为确凿。③

---

① 陈尚君、汪涌豪：《〈二十四诗品〉不是司空图所作》，载《寻根》1996年第4期。

② 参见《司空图的诗歌理论》第一部分，上海古籍出版社1984年版，或台北《国文天地》杂志社1991年版，第9—17页。

③ 鲁迅：《且介亭杂文二集·"题未定"草（七）》，见《鲁迅全集》第六卷，人民文学出版社2005年版，第444页。

二说"《诗品》中某些描写，应属江南风物"，证据何在？因何不举实例？有个朋友半真半假地问我："《诗品》中写的'碧桃满树，风日水滨。柳阴路曲，流莺比邻'，'玉壶买春，赏雨茅屋。坐中佳士，左右修竹'等，视为'江南风物'，可不可？"我也半真半假地回答：这些景物别处也有，例如，司空图的家乡（包括王官谷）就有。请看司空图诗："移取碧桃花万树，年年自乐故乡春。"（《携仙箓九首》）"禅客笑移山上看，流莺直到槛前来。"（《移桃栽》）"垂杨合是诗家物，只爱敷溪道北生。"（《力疾山下吴村看杏花十九首》）据此，我只想说，《诗品》描写"江南风物"说是不能成立的。

请再看：

> 如有佳语，大河前横。（《沉著》）
> 太华夜碧，人闻清钟。（《高古》）
> 登彼太行，翠绕羊肠。（《委曲》）
> 缑山之鹤，华顶之云。（《飘逸》）
> 孰不有古，南山峨峨。（《旷达》）

这能说，写的是"江南景物"？人们看得清楚，说《诗品》描写江南风物，意在由此证明《诗品》是"嘉禾怀悦"写的。事实证明，这么说是无济于事的。

三说"《诗品》多有用唐宋诗文处。如'月出东斗'，用苏轼《赤壁赋》'月出于东山之上，徘徊于斗牛之间'"。此乃经不住推敲的说法。

说《诗品》中"有用唐宋诗文处"，在句中夹个"宋"字，目的在于证明《诗品》不是晚唐人司空图写的。但我不得不说，经过一番调查之后，我可以肯定：《诗品》中的语词皆出自晚唐以前的典籍、文章（包括释子们的文章）。例如，高古、冲淡、自然、精神、委曲、含蓄、疏野、劲健等，见于皎然《诗式》；雄浑，见于沈亚之《祭韩令公文》；洗炼，见于《宋书·顾恺之传》；豪放，见于《魏书·张彝传》；实境，见于释窥基

《因明入正理论疏》，等等。

四说"月出东斗，用苏轼《赤壁赋》"月出东山之上，徘徊斗牛之间"，恰恰显露了论者的牵强附会。"东斗"一词出自《云笈七签》，文曰:

> 五斗位者，阳明为东斗，丹元为南斗，阴精为西斗，北极为北斗，天开一星，以为中斗，上及玄冥。①

按:《云笈七签》是宋真宗时道教徒根据皇家"秘阁"所藏的道书撮要编纂成书的，其原件乃是前代遗留下来的。

"东斗"标示"东方"。"斗牛"即北极星、牵牛星的简称;北极星居正北位，牵牛星紧邻北极星，故称"斗牛"，亦称"牛斗"，表示"北方"。"南箕北有斗，牵牛不负轭。"(《古诗十九首》)汉代人已把"斗牛"的方位说得明明白白。今人何苦要以"月出东山之上，徘徊斗牛之间"来诠释"月出东斗"?

关于司空图《与李生论诗书》中所举的联数问题、"近体诗中一联为一韵，不以一首为一韵"问题，在我和陶礼天合撰的《〈诗家一指〉与〈二十四诗品〉作者问题》一文中，已经阐述了我们的看法，这里不再啰嗦。

[原载《安徽师大学报》(哲学社会科学版) 1997年第1期]

---

① 张君房纂辑，蒋力生等校注:《云笈七签》，华夏出版社1996年版，第120页。

再论《二十四诗品》作者问题

小 引

自1994年秋以来，关于《二十四诗品》的作者问题，学术界展开了讨论。事情是这样开始的，1994年秋，在中国唐代文学研究会第七届年会上，陈尚君、汪涌豪二先生合作撰文《司空图〈二十四诗品〉辨伪（节要）》，提出：《二十四诗品》的作者是明代嘉禾人怀悦。1995年3月16日，上海《文汇报》第8版，有篇报导，题为《〈二十四诗品〉作者是明代怀悦》，文中说：陈、汪二先生在《司空图〈二十四诗品〉辨伪》中指出："《二十四诗品》的真正作者应为明代景泰间嘉禾人怀悦。"1995年9月，在中国古代文学理论研究会年会上，陈、汪二先生又提出他们的新论断，引起了热烈讨论。北大张健先生据所撰《〈诗家一指〉的产生时代与作者》一文①，在会上指出：清阮元文选楼刻《天一阁书目》著录此书云："《诗家一指》一卷，刊本，明怀悦编集。叙曰：余偶获是编……可为学者之矩度，今不敢匿，命工绣梓，与四方学者共之。"因而张先生断定，怀悦"其实只是出资刻之而已"。照我看，这是言之有据的论断，可信。1995年秋，我和陶礼天同志合撰《〈诗家一指〉与〈二十四诗品〉作者问题》②，以《虞侍书诗法》、黄省曾本《诗家一指》相对照，指出："怀悦，

① 张健：《〈诗家一指〉的产生时代与作者》，《北京大学学报》1995年第5期。
② 祖保泉、陶礼天：《〈诗家一指〉与〈二十四诗品〉作者问题》，《安徽师大学报》1996年第1期。

只是《诗家一指》的刊行者。"

今年（1996）10月，陈、汪二先生在《寻根》杂志上发表《〈二十四诗品〉不是司空图所作》①，仍说《诗家一指》（包括《二十四诗品》）的"作者为明人怀悦"。这便促使讨论一波又起。

一

面对陈、汪二先生的《〈二十四诗品〉不是司空图所作》，我计划写两篇小文说明我的看法，一曰《〈二十四诗品〉的作者是怀悦吗？》，投《安徽师大学报》，二曰《再论〈二十四诗品〉作者问题》，投《江淮论坛》。岂好辩哉，不得已也。

为便于讨论，这里对《虞侍书诗法》、怀悦本《诗家一指》作些介绍。通过介绍，自会澄清一两个问题。

1.《虞侍书诗法》（以下简称《诗法》），见于明人史潜校刊的《新编名贤诗法》卷下。民国重修《金坛县志》曰：史潜，字孔昭，金坛人，明正统元年（1436）进士（三甲四十一名），官至河东盐运使②。《新编名贤诗法》自署"前进士河东盐运使"，可知此书刊于史氏退休之后，时在明顺天年间（1457—1464）。

《新编名贤诗法·凡例》曰：此编"博采唐、元名人诗法、诗评，旧未分类，今厘为上、中、下三卷，庶便观览，故总名目曰《名贤诗法》。"这便对"新编"出自"旧编"和所收录的皆"唐、元名人诗法、诗评"作了明确交待。"卷下"所收录的《虞侍书诗法》当然被视为元人之作。虞侍书，乃虞集的官称，他确是元代的著名人物。

虞集（1272—1348），字伯生，号道园，祖籍四川仁寿。宋亡后随父侨居江西临川郡崇仁县。入仕元朝，为大都路③儒学教授、国子祭酒，元

①陈尚君、汪涌豪：《〈二十四诗品〉不是司空图所作》，《寻根》1996年第4期。

②山西蒲州，曾名河东郡，有解池，产池盐。

③元代大都路，辖今北京市、河北省涿州市、怀来县以及霸州市北境。

文宗时官奎章阁侍书学士，迁升侍读学士，是文宗的近臣。著有《道园学古录》。欧阳玄《雍虞公文集序》曰："一时宗庙朝廷之典册，公卿大夫之碑板，咸出公手。"①我们检读《道园学古录》，便知道这不是溢美之辞。

冠以"虞侍书"官衔的《诗法》，全书约四千字：开头有48字小引，此下列子目曰："三造：一观、二学、三作"，依次加以阐释；曰"十科：意、趣、神、情、气、兴、理、境、事、物"，又依次加以阐释；曰"二十四品：雄浑、平（冲）淡……旷达、流动"，然后按《二十四诗品》目次列示原文（因存本缺页，缺：缜密、疏野、清奇、委曲、实境、悲慨、形容，计七品）；曰"道统"；曰"诗遇"——末两部分无子目，各有一大段阐释。全书概貌如此。

这里，我要说明的是：

（1）《诗法》前冠以"侍书"官衔，古无先例，虞集自己不会轻薄如此。这正暴露它是伪托之作。然而伪托之书的出现，当在虞集死后，即1348年后。

（2）《诗法》除"二十四品"部分外，其余五部分（三造、十科、四则、道统、诗遇），在思想上处处显示出理学色彩。而"二十四品"（即《二十四诗品》）则具有"释迦其表，老庄（主要是庄周的思想）其实"②的禅宗思想。由此可知，《诗法》非出自一人之手。又，元代程朱理学流行，由此亦可知《诗法》出自元人之手。明人许学夷（1563—1633）《诗源辨体》（卷35）说：《诗家一指》，出于元人。中有十科、四则、二十四品。这便透露出《诗家一指》"出自"《诗法》的关系。

（3）《诗法·三造·一观》曰："由之可以明十科、达四则、读二十四品，观之不已，而至于道。"据此可知，在"读"之前，必有《二十四诗品》这个客观存在。因此，我说，在元代早有《二十四诗品》流行于世了。

我这样说，还有一个佐证：明人赵㧑谦于洪武二十二年（1389）任琼

---

① 欧阳玄：《欧阳玄全集》（下），四川大学出版社2010年版，第618页。
② 范文澜：《唐代佛教》，重庆出版社2008年版，第54页。

山（今属海南省）教谕时，撰《学范》，在该书"作范"部分中曾引用《一指》，足见《一指》在明初已流行于塾师、学子之间，其来源必在元代。

（4）《诗法·四则》第二条，有曰："字法病在炼，在浮，在常，在暗弱，在生强，在无谓，在枪棒，在嘴爪，在不经。"按：句中所谓"枪棒""嘴爪"乃方言土语，令读者索解为难。这种现象在虞集《道园学古录》中是绝对没有的。

（5）《诗法·二十四品》有中错乱、有无可索解的句子。例如，列在《精神》一品的末两句"离形得似，庶几斯人"，实为《形容》一品的末两句。《精神》一品押"灰"韵，《形容》一品押"真"韵，能诗能词的虞集，一读便知错乱所在。然而事实就存在这种错误。又《劲健》品中有这样的句子："敛真乳强，蓄微牢中。"后一句不可解。这，难道都归咎于手民、归咎于失校？如果这么看问题，那么我要问：为什么此书的"三造""十科""四则""道统""诗遇"部分全无失校问题？答案是：《一指》的作者不是虞集，而是某一元人。刊行者无力校勘，又要牟利，只好这么抛出去。

2.怀悦本《诗家一指》，自署"嘉禾怀悦用和编集"，刊于成化二年（1466）九月。陈田辑撰的《明诗纪事》乙签卷二十一曰："（怀）悦字用和，嘉兴人，以纳粟官通判。有《铁松集》。"又，"用和辑友朋倡和之作，为《士林诗选》，四库录入存目。"[1]朱彝尊在《静志居诗话》中，介绍了怀悦家的水庄台榭、交往之后，小有微辞："当日以纳粟入官，盖富而好事者。"[2]

怀悦本《一指》分"总论""十科：意、趣、神、情、气、理、力、境、物、事""四则：句、字、法、格""二十四品：雄浑、冲淡……飘逸、流动""外篇四段""三造三段"，计六部分。正文外，前冠永乐乙酉（1405）进士魏骥（1374—1471）所写的《诗家一指序》，末有怀悦自作的

---

① 陈田辑：《明诗纪事》（8），商务印书馆1936年版，第879页。

② 朱彝尊：《静志居诗话》（上），人民文学出版社1990年版，第206页。

《书〈诗家一指〉后》。《一指》的全书概貌如此。

这里，我要指明的是：

（1）《一指》全文约六千字，自"总论"第一句起，至"外篇四段"的第一大段，抄自《诗法》，约三千五百字，如说有差异，只是个别字更换了同义词而已。此下还剩有二千五百字，则杂抄宋、元人诗话若干条。我称之为"杂抄"，乃是因抄得没有条理。

（2）从校勘角度说，我曾就《二十四诗品》，以《虞侍书诗法》本、怀悦本《一指》、据杨成本又加校正的黄省曾本《一指》、《说郛》本、《津逮》本等五种元、明本《二十四诗品》，以黄本为底本，互相参校；应该忠实地宣告，怀悦本是最差的本子，其错误有时令人吃惊。例如第一首《雄浑》，全首押"东"韵，韵脚句"横绝太空"错成"太虚"，也不加校正。

（3）怀悦《书〈诗家一指〉后》说：

> 余生酷好吟咏，然学而未能……一旦偶获是编……日阅数四，稍觉有进。今不敢匿，命工绣梓，与四方学者共之。

这里，怀悦自己说，他只是《一指》的刊行者。此乃铁证，今人大可不必为他争什么著作权了。至于为怀悦争著作权所持的理由，我在《〈二十四诗品〉的作者是怀悦吗?》一文中已作反驳，这里不再啰嗦。

二

《二十四诗品》的作者，自明末及今，流传本皆题"唐司空图"或"唐司空图表圣撰"。明人凭什么肯定《二十四诗品》（以下简称《诗品》）的作者是司空图？在明人郑鄤（1594—1639）的《题诗品》和毛晋（1599—1659）的《津逮》本《诗品跋》中，不约而同地提到了苏轼《书黄子思诗集后》中涉及司空图诗和诗论的一段话；这段话，就是郑、毛两位肯定

《诗品》作者为司空图的依据。兹录苏轼这段话如下：

> 唐末司空图，崎岖兵乱之间，而诗文高雅，犹有承平之遗风。其论诗曰：梅止于酸，盐止于咸。饮食不可无盐、梅，而其美常在咸、酸之外。盖自列其诗之有得于文字之表者二十四韵，恨当时不识其妙。予三复其言而悲之。[①]

在当前的争论中，对苏轼这段话的理解，成了肯定与否定《诗品》的作者为司空图的分水岭。现在，我来说一说对苏轼这段话的理解。

（1）"梅止于酸，盐止于咸，饮食不可无盐、梅，而其美常在咸、酸之外"数语，是根据司空图《与李生论诗书》开头一节撮述的。

（2）在《与李生论诗书》中，有曰："愚幼尝自负，既久而愈觉缺然。然得于早春，则有'草嫩侵沙短，冰轻着雨销'。又'人家寒食月，花影午时天'……"他一口气举了十八九联之后说"虽庶几不滨于浅涸，亦未废作者之讥诃也"；接着又举了五、六联，以"皆不拘于一概也"结束。

《与李生论诗书》中，司空图列举了多少联呢？可以说是23—26间的不定数。根据北宋、南宋人编校的书籍和著录便如此（详见下文）。如果说，《与李生论诗书》所列举的联数就是24，那是只取一点，不计其余的偏见。

（3）苏轼说："盖自列其诗之有得于文字之表者二十四韵，恨当时不识其妙。"这是个完整的句子，理解时不容割裂。试解如下：

"盖自列其诗之有得于文字之表者"句中，"其"为指示代词，"其诗"即今语"那个诗"，加重语气而已。"其诗"后的"之"为结构助词，使"有得于文字之表者"与前面"其诗"相连，构成短语，用来规定后面的"二十四韵"的共同特性。

这里要特别点破的是："其诗"的"诗"，是泛指众家之诗，而不是专指司空图的绝句、律诗。句中的"有得"，乃是司空图欣赏众家诗而有所

---

① 张春林编：《苏轼全集》（下），中国文史出版社1999年版，第1404页。

得。"有得于文字之表"即体会到的诗之诸多妙境，如雄浑、冲淡等等。"二十四韵"即二十四首诗——《二十四诗品》。

正因为《诗品》用象征手法描绘诸多妙境，又有浓郁的玄思禅味，使人难于理解，这才有下一句"恨当时不识其妙"。

如果说，"其诗"专指司空图的绝句、律诗，那就无异于说，司空图"有得"于自己所写绝句律诗的诸多妙境。这是不顾实际的说法，事实是司空图的绝句、律诗并没有显示那么多妙境。苏轼就说过，司空图的某些诗"寒俭有僧态"①。《蔡宽夫诗话》说："司空图善论前人诗……皆切中其病。及自评其作，乃以'南楼山最秀，北路邑偏清'，为假令作者复生，亦当以着题见许。此殆不可晓。当局者迷，固人情之通患。"②这便指明司空图的诗与他的诗论不相称，诗非卓秀而论则超群。一句话：司空图的诗并不显示那么多妙境！

我认为，以上解释是忠实于苏轼原文的，因此我承认《二十四诗品》的作者是唐末人司空图。

然而，为怀悦争《诗品》著作权的论者说：

> 今检苏轼语见《书黄子思诗集后》……"自列其诗……二十四韵"应指司空图自己所作诗二十四联。《与李生论诗书》在陈述论诗主张后，即举己作为证，如"得于早春则有'草嫩侵沙短，冰轻着雨销'"之类，恰为二十四联。③

这里，不得不指出，这种说法是经不住推敲的，完全站不住脚的。让我申诉如下：

（1）司空图《与李生论诗书》中所列举己作的联数，就宋代说，因版

---

① 苏轼：《书司空图诗》，载李之亮笺注《苏轼文集编年笺注 诗词附》（9），巴蜀书社2011年版，第266页。
② 转引自魏庆之《诗人玉屑》（下），中华书局2007年版，第476页。
③ 陈尚君、汪涌豪：《〈二十四诗品〉不是司空图所作》，载《寻根》1996年第4期。

本不同而有差异。宋太宗时由李昉（925—996）、徐铉（917—992）、扈蒙（917—986）、宋白（936—1020）等人编集，苏易简（960—996）、王祐（宋史本传记载不详）等续修，成书于雍熙三年（986）的《文苑英华》本《与李生论诗书》录23联。南宋周必大（1126—1204）等对《文苑英华》又加以考订校正，《与李生论诗书》校正为25联。宋真宗时，姚铉（968—1020）编《唐文粹》[①]，收录《与李生论诗书》，为24联。又，死于南宋亡国前十年的诗人刘克庄（1187—1269），在其《后村诗话》中说：表圣尝"自摘其警联二十六"。由此可见，《与李生论诗书》中的联数，在宋代有四种之多。而造成这种纷乱在于刻本或抄本《与李生论诗书》在正文里有些夹注，有时夹注又成了正文。这夹注来自作者抑或编集者、校订者，都不得而知，但有一点是可以揣知的，那就是他们心中并没有"二十四联"这个成见。今人为怀悦争著作权而对"二十四联"情有独钟，这就不能不是偏见。为了以"二十四联"来取代苏轼所说的"二十四韵"，那就只好取其一点不计其余来作为论据了。

（2）"二十四联"能等同"二十四韵"吗？答曰：这要有分析地看待问题。说"唐宋人习称近体诗中一联为一韵"，这里有个前提条件：一定是一首押韵的诗。例如杜牧《寄内兄和州崔员外十二韵》，此诗五言二十四句，十二个韵脚字：情、兄（xīng）、明、声、行、枨（chéng）、城、名、盈、生、倾、平。如果就此诗中取一联，称其为诗中"一韵"，当然可以。或者如杜甫《八阵图》："功盖三分国，名成八阵图；江流石不转，遗恨失吞吴。""图""吴"相叶，这才说一联为一韵。如果脱离联与联之间押韵这个条件，乱凑若干联，也来套用"一联为一韵"，那就令人吃惊了！就以《与李生论诗书》中的联语来说吧，"草嫩侵沙短，冰轻着雨销"和"人家寒食月，花影午时天"——"销""天"怎么相押？一句话，《与李生论诗书》中自摘的二十几联，只能称"联"，不能称"一联为一韵"，因为那些联与联之间根本不押韵。

---

① 《宋史·姚铉传》：铉卒后，其子"以其书上献，诏藏密阁"。

我只懂得这么点音韵常识，但我以为我的说明是符合唐宋人用韵实情的。

（3）有人这么辩解：那"二十几韵"指的就是"联语"所从出的那"二十几首诗"。那末，我反问：究竟多少首，谁敢肯定？又，请不要忘记："二十四韵"前的定语——"其诗之有得于文字之表者"。

"其诗之有得于文字之表者二十四韵"，意味着这"二十四韵"是组诗，它们既要表现出"有得于文字之表"的妙境，又要有组诗常有的外形一致的特点。就《与李生论诗书》中那二十几联所从出的诗（实存17首）说，它们皆不表达"有得于文字之表"的妙境，也没有较为统一的形式。举三个小例：一是《独望》（远坡春草绿，犹有水禽飞），写虞乡县南门外的景色，是作者青年时期的作品。二是《光启四年春》（孤屿池痕春涨满，小阑花韵午晴初），归王官谷次年春作，写隐居旧庐情怀，作者时年五十二。三是《秋思》（孤萤出荒池，落叶穿破屋）乃是发抒"风波一摇荡，天地几翻复"的国之将亡的哀思，作者时年六十八。据此可知，那二十几首诗，论题旨，确未表达"有得于文字之表"的妙境。论外在表现形式，那二十几首是由五律11首、七律3首、五绝2首、七绝1首，再加上失题残联7—5联凑成的。其杂乱即目可见，半点组诗形式也没有。

写到这里，我应该郑重地总结一句：以带问号的"二十四联"来凑合苏轼所说的"二十四韵"，其论据是经不起检验的。

三

为怀悦争《诗品》著作权的论者说：

　　《四库提要》指王昌龄《诗格》为伪托，皎然《诗式》在疑似间，谓此书（注：指《诗品》真出图手，举证仅"持论非晚唐所及"，"深解诗理"而已。①

显然，他们对四库馆臣所说的"《诗品》一卷，唐司空图撰……唐人《诗格》传于世者……惟此一编，真出图手……其持论非晚唐所及，故是书亦深解诗理"②等语是弃置不顾的。可是，我觉得四库馆臣的"深解诗理"一语可以触发我们从写《诗品》的主观、客观条件方面来考虑问题。《诗品》，已是客观存在，它的出现，必有其主观条件和社会条件。这条件是：

（1）《诗品》是四言诗，其作者当是个成熟的诗人，又是个深解诗理的行家，否则提不出"二十四品"。

（2）《诗品》中写了那么多畸人、幽人的生活风貌，表明它的作者有隐逸生活体验。

（3）《诗品》中，充满禅味，"禅"的本义即"静虑"，认定"人性本净"，为此，要求在思想上"离一切相，是无相；但能离相，性体清净"（《坛经》）。《雄浑》曰："超以象外，得其环中"；《冲淡》曰："素处以默，妙机其微"；《高古》曰："泛彼浩劫，窅然空踪"等，都是"离一切相"的超越物质的、人文社会束缚的调子。这表明《诗品》的作者，在宗教信仰上皈依禅宗。

（4）《诗品》是在某些社会条件下才能出现的作品。诗歌大繁荣，诗的风格百花齐放，这才促使《诗品》的作者从而表述诗的风貌、意境，多达二十四种。有这个历史土壤，才有《诗品》这丛花朵。

（5）《诗品》的二十四品目，有一些见之于中晚唐人的著述，见之于皎然《诗式》的多达八目，这表明，唐人撰《诗格》《诗式》之类的风气大兴之后，《诗品》的作者受到了触动，从风而起。钱钟书说：某种文艺

① 陈尚君、汪涌豪：《〈二十四诗品〉不是司空图所作》，载《寻根》1996年第4期。

② 永瑢等撰：《四库全书总目提要（集部）》，中华书局出版社1965年版，第1780页。

"风气是创作里的潜势力，是作品的背景。"①此乃见道之言，值得弄文论诗者深思。

以上五条，一把它联系起来，便可以看出《诗品》本身必带有时代烙印和作者的思想烙印。下面，让我就此加以申述：

（1）《诗品》的主导思想是"释迦其表，老庄其实"②的禅宗思想。这种禅家、道家在思想上两相契合的中国化了的佛教思想，是到晚唐时期才完成的。这就是说，《诗品》身上带有"晚唐"烙印。又，《诗品》受皎然《诗式》的影响极为明显，品目"高古""冲淡""自然""精神""委曲""含蓄""疏野""劲健"等都先见之于《诗式》。皎然生卒年不详，但为中唐人，则有据可查。又，"雄浑"二词，始见之于沈亚之《祭韩令公文》，亚之卒于公元831年之后，时在中唐、晚唐之交。由此可以断定《诗品》为晚唐人作品。

（2）在晚唐诗人、诗论家中既对唐诗众家有鉴赏、有评论，且有禅宗思想又有隐逸生活经历的是谁呢？除司空图外，无第二人。这，我们把司空图的诗文和《诗品》两相对照，就可以看出两者在思想上同一根源。我戏称这种两相对照为验血认亲法。请看：

第一，司空图自称"居士""禅客"，还为佛教活动写了些文章。他曾作《偈》曰：

> 人若憎时我亦憎，逃名最要是无能。
>
> 后生乞汝残风月，自作深林不语僧。

这是禅意十足的诗，让我把它与《诗品》的禅言相对照作几句解释。《偈》的第一句表示超越是非之分的人生态度，亦即《诗品》所说的"道不自器，与之圆方"。这也正是禅者自我解脱的思维方式，也是他们的处

---

① 钱钟书：《中国诗与中国画》，见《七缀集》（修订本），上海古籍出版社1985年版，第1—2页。

② 范文澜：《中国通史简编》（修订本）第三编，人民出版社1965年版，第613页。

世哲学。第二句表示无营无待，对一切物质的、超物质的，都不执着，深悟"浓尽必枯，淡者屡深"的自然之道。第三、四句表述排除一切纷扰，"自家修清净"（《坛经》语）。这也即是《诗品》所说的"素处以默""蓄素守中"。《偈》的表达方式与《诗品》的表达特点如出一辙，语言模糊，而中心意念却又清晰，正有超以象外、不落言诠的禅味。

应该说：这两者思想密合，虽只一例，并非偶然。

第二，司空图的诗是他生活感情的记录，而有些诗所反映的生活情思，却升华为《诗品》中某种意境的一部分——也就是说，《诗品》带有司空图生活经历、生活感受的烙印。请看：

> 茶爽添诗句，天清莹道心。
> 只留鹤一只，此外是空林。（《即事二首》之一）

这是司空图记录自己隐逸生活的一点一滴。

> 素处以默，妙机其微；饮之太和，独鹤与飞。（《冲淡》）

为了创造"冲淡"境界，那个主人公由"饮茶"而变作"饮太和"之气；那"鹤一只"伴主人公在"空林"里养"道心"又化作"独鹤"与主人公一同飞空而任意逍遥。一写实，一虚构，其生活底子则一。又：

> 林鸟频窥静，家人亦笑慵。
> 旧居留稳枕，归卧听秋钟。（《即事九首》之一）

这是司空图在王官谷与僧人毗邻而居的独有的生活感受。他自己说"凡闻钟梵，邃脱羁愁"。山寺钟声可以使他澄心静虑，忘却一切。

> 月出东斗，好风相从。太华夜碧，人闻清钟。（《高古》）

为了创造"高古"混茫境界，作者把自己的生活感受幻化为"畸人"的活动境界，实写与虚构有别，那生活底子则一。实写、虚写的"钟声"，都来自"华山"，这就透露了作者与华山的感情牵连。这作者是谁？答曰：司空图。

> 洞天真侣昔曾逢，而岳（注：华山）今居第几峰？
> 峰顶他时教我认，相招须把碧芙蓉。（《送道者二首》之一）

这是司空图借"送道者"所发抒的超脱之情。

> 畸人乘真，手把芙蓉。泛彼浩劫，窅然空踪。（《高古》）

为了创造"高古"境界而虚构"畸人"神态，竟和司空图所送的"道者"或"真侣"一模一样！根源何在？在于受作者生活底子的支配。

这里，我还要指明一点：庄周笔下的"真人""畸人"都是遁世无闷、乘风御气的仙人；而《诗品》里的"畸人""幽人""可人"，却都是在旷达的外衣下隐藏了一颗经受过创痛之心的人。请看："畸人"偏偏要经历人间"浩劫"，然后让他在清风明月之夜，默然地伫立在华山，倾听远处的钟声，其处境何等凄凉！

> 晴雪满汀，隔溪渔舟。可人如玉，步屧寻幽。载行载止，碧空悠悠。

"可人"在雪野里漫步，对着悠悠的碧空出神，那冷如秋月的眼神，正是内心孤寂的流露！

这里，人们不能忽视一点：畸人、可人，都是作者虚构的伤心人；而虚构他们那个作者乃是实际存在的经历了"浩劫"的伤心人。此人是谁？答曰：司空图。

根据上述实例，我们说《诗品》本身带有作者司空图思想情感的烙印，不是无稽之谈。

第三，司空图的诗论，如"韵外之致""味外之旨""象外之象""景外之景"等都带有禅意，教人可以意会而不可以言传：人们展开形象思维去探研这些观点，觉得它涵藏深广，可又有点模糊，说不清。

《诗品》有禅意是许多人所公认的。《禅外说禅》的著者张中行先生就《诗品》一口气举了十六个品目中的禅意句。我为节省篇幅，仅举两例：

例一，《坛经》说："离一切相，是无相；但能离相，性体清净。"《诗品·雄浑》说："超以象外，得其环中。持之非强，来之无穷。"这是教人理解诗的象征特质，就此展开想象，不必作单一的执着的解释；可以会意，各求胜处。试看古今名篇，被历代论者各作各的诠释，就是实情。这，有禅味吧？我是俗子，一解释，就落言诠了，奈何！

例二，《老子》四章："挫其锐，解其纷，和其光，同其尘。"王弼注："锐挫而无损，纷解而不劳，和光而不污其体，同尘而不渝其真。"（第五十六章，在"挫其锐"下注"含守质也"；在"解其纷"下注"除争原也"；在"和其光"下注"无所特显，则物无所偏争也"；在"同其尘"下注"无所特贱，则物无所偏耻也"。）按这几句玄言，意在教人不分亲疏、利害、荣辱、贵贱，因为万物同源于道，它们都是道的假体而已。《诗品·形容》说："俱似大道，妙契同尘。"这是教人理解，诗写各种事物的形容，只要写形似神似，就是好诗。这，作者写得多么有禅味！司空图的诗论观点有禅意，而《诗品》品评诗的风貌有禅味，两者如此类似、融通，且又都是出自思想深处的。这，透露了一个消息：它们是一条藤上两个瓜。

四

基于以上考查和分析，我认为《诗品》的作者是司空图。《说郛》《津逮秘书》收录《诗品》皆署"唐司空图撰"或"唐司空图表圣撰"是可信的。

现在，我想简明地说一下《诗品》流传的迹象：唐末司空图撰成之后，宋苏轼就读过《诗品》；元代有《虞侍书诗法》中的"二十四品"流传于世；明初至万历以前，除赵𢧐谦《学范》引用《一指》外，尚有三种"二十四品"夹在《一指》中存世（成化二年的怀悦本、成化十六年的杨成本、嘉靖二十四年的黄省曾本）；再加上署名范德机的"万历"本、末明的《津逮》本、《说郛》本。事实就这么明明白白地摆在那里。

然而，为怀悦争《诗品》著作权的论者说：

> 追溯文献，发现从梁开平二年（908）司空图去世，直到明万历年间（1573—1620）的约700年间，从无人说到此书，也未有人经见或引录此书。

此乃故作惊人语。自司空图去世至明万历间，除苏轼见过《诗品》外，有元、明万历前刻本至少五种尚在人间。这证明所谓"约700年间，从无人说到此书"是主观臆断。至于说自宋至明，《诗品》未曾被人"引录"，这提法就有片面性：此书已被刊行了，还不足以证明它的存在？非必被"引录"才算真的存在？应该说，文章被人"引录"，固然可以证明其存在，不被"引录"，也未必不存在。这才是正常的道理。

元、明时期流传的《诗品》，有些不署作者之名，为什么？让我们先看一个事实再说明。高儒《百川书志》记载：

> 杜陵诗集 一卷 元杨仲宏作 律止四十三首，此不知出于何人？首著一格凡五十一格
>
> 诗林要语 一卷 元清江子范椁述
>
> 诗法源流 一卷 元人著，有正论、家数、诗解、诗格
>
> 诗家一指 一卷 皇明嘉禾怀悦用和编集
>
> 诗家指要 一卷
>
> 木天禁语 一卷

（高儒曰：）以上六种，俱相出入，当削其重复，定成一集，以便观览，不然，则纷无定格矣。①

这一事实告诉人们：元、明（特别是明）人编撰诗话之类，辗转抄袭，习以为常；对诗话之类作品，不署作者名或乱署名，也随随便便，不加考究。以《诗品》而论，连标目在内，才1200字的短篇，被夹在《诗法》《一指》之类的书中出现，不署"司空图作"，在当时也不足为怪。何况这类书多流行县学乡塾间，村夫子和学童何力研究及此！

这一事实也告诉人们：光靠"目录"来断定某书的作者为何人，有时可靠，有时不可靠。一旦失于考查，便会大上其当。

临了，我想说明两点：一是历史老人对我们恩赐不够，我拿不出《诗品》的唐写本或宋刻、宋抄本来证实我的考查、分析；讨论嘛，我说理一通，敬候通人指点。二是说《诗品》的作者"不是司空图"，这要有确凿证据；在拿不出确证之前，不宜断然剥夺司空图的著作权。

［原载《江淮论坛》1997年第1期］

---

① 高儒、周弘祖：《百川书志》，上海古籍出版社2005年版，第282页。

答张灿校友问——讨论《二十四诗品》作者问题

今年（2005）四月下旬，接到"七八级"中文系毕业的校友张灿的信，说他听过我讲授《文心雕龙》，因而在中学教学之余，很注意研习中国古代文学理论。近几年，他很关注《二十四诗品》作者问题的讨论。为此，他看了一些讨论文章（包括拙著《司空图诗文研究》在内），提出三个问题，盼望我助他解惑。鉴于我年为一日之长，便握笔略表愚见。

问一：在中国古籍中，署名"唐司空图撰"的《二十四诗品》存世的有几种，何处可觅？

问二：您的讨论对手说："唐宋人习称近体诗中一联为一韵，不以一首为一韵。"您如何看待这种言论？

问三：苏东坡《书黄子思诗集后》一文中有："司空图……盖自列其诗之有得于文字之表者二十四韵。"这句中的"二十四韵"，为什么应解作《二十四诗品》？

答问一：我见到的《二十四诗品》署"司空图撰"的有：

> 吴永编辑《续百川学海》壬集收录《二十四诗品》，刻于明代万历末年（约在1616—1619），署"唐司空图撰"。（安徽师大图书馆藏）
>
> 陶珽编《说郛》（重编本）收录《二十四诗品》，时在万历末年，署："唐司空图。"（安徽师大图书馆藏）
>
> 贺复征编辑《文章辨体汇选》，时在天启末年。卷四二九，收录《二十四诗品》，署"唐司空图撰"。（见《四库全书》影印本，安徽师

大图书馆藏）

　　冯可宾辑《广百川学海》，时在天启年间（1621—1627），收录《二十四诗品》，署"唐司空图撰"。（安徽师大图书馆藏，拙著《司空图诗文研究》105—106页，注较详，可参阅。）

　　毛晋编辑《津逮秘书》，时在明崇祯年间（1628—1644年），收录《诗品二十四则》，刻成约在崇祯五年（1632），署"唐司空图撰"。（安徽师大图书馆藏）

以上五种明刻本《二十四诗品》，皆常见的书，容易查阅、互校。又，我有缘曾见：

　　无名氏编刊《虞侍书诗法》，收录《二十四诗品》，无作者姓名。（见《北京大学学报》1995年第5期。张健博士寄赠）

　　怀悦刊本《诗家一指》，刻于明成化二年（1466），其中收录《二十四诗品》，无作者名。（我得《诗家一指》扫描本，张健博士寄赠）

　　黄省曾编《名家诗法·诗家一指》，刻于明嘉靖二十四年（1545），收录《二十四诗品》，无作者名。（我得《诗家一指》扫描件，张少康教授寄赠）

　　梁桥编撰《冰川诗式》，卷之九收录《二十四品》（即《二十四诗品》），此书刻于明嘉靖二十四年（1545）。无作者姓名。（见《四库存目丛书》集417，安徽师大图书馆藏）

附白：正当"《二十四诗品》作者是明代怀悦"这一"新论"企图奋翅高飞之时，张健觅得元人所刻《虞侍书诗法》中的《二十四品》（即《二十四诗品》），公之于世。元人已见《二十四诗品》，这好比一颗金弹，射中奋翅高飞的"新论"，使之落羽坠地。世人因此看破，"新论"实乃"伪论"。张健之功不可没。

　　答问二：辩论对手说："唐宋人习称近体诗中一联为一韵，不以一首为一韵。"我以为，此乃半截子理论，他们说对了一半，也说错了一半。就"一联为一韵"说，在一首一韵到底的近体诗中，一联确为一韵。因为从全诗中抽取"一联"，与上联或下联至少两韵相叶。这算是说对了，有事实可证。如果丢掉"一首一韵到底的近体诗"这个前提，而东拉一联，西扯一联，上下两联不押韵，这就与"一联为一韵"中"韵"字不相干，真的说错了。这一问题，我在《司空图诗文研究》第93—94页中说得较详备，请参阅。

他们为什么要宣扬这种半截子理论？不难看出，其目的在于以说对了的一半来遮掩说错了的一半。他们偏心认定的《与李生论诗书》中的"二十四联"是互不叶韵的嘛！

"不以一首为一韵"，此乃片面之说，不可信。我原以为这是唐宋人"探韵赋诗""分韵得×字"作诗的常识问题，不必多说。现在看来，提问的人不只你一个。我愿就此多举实例作解答。兹举唐宋人诗例各三个，并加按语。

例一，唐中宗（李显）有《九月九日幸临渭亭登高得秋字·并序》：

> 陶潜盈把，既浮九酝之欢；毕卓持螯，须尽一生之兴。人题四韵，同赋五言。其最后成，罚之引满。
>
> 九日正乘秋，三杯兴已周。泛桂迎尊满，吹花向酒浮。长房萸早熟，彭泽菊初收。何藉龙沙上，方得恣淹留。

《唐诗纪事》云："时景龙三年（709），是宴也，韦安石、苏瑰诗先成；于经野、卢怀慎最后成，罚酒。"[①]

按：此诗《序》中所谓"人题四韵"，正以"一联为一韵"作为一条规律，要求与会者每人题诗八句，两句一韵，每首四韵（首句入韵在外）。这是写诗的常识，是我说"他们说对了一半"的实际情况。

但此诗标题中所谓"得秋字"，即要求在这首诗中必用一个"秋"字

---

① 彭定求等编：《全唐诗》（上），中州古籍出版社1996年版，第12页。

为韵脚；又，"秋"字在韵书中属"尤部"（"尤部"在《切韵》、《平水韵》中皆独为一部），亦即要求在这首诗中的其余韵脚字（周、浮、收、留）必属"尤部"，否则便犯了出韵的毛病。这也是一条规律，是"得×字"作诗用韵的另一"半截子"实际情况，不容否定。由此可知，"分韵得×字"作诗，就标示着分得一个韵脚字，便该完成一首诗。推而广之，得十个字或二十个字，就该完成十首或二十首诗。

这样的例子太多了。以《奉和九日幸临渭亭登高应制》为实例，据《全唐诗》中华书局本第三册、第四册所载，有二十人各得×字各完成一首诗。兹按次简示如下：

阎朝隐（得筵字）、韦元旦（得月字）、李　适（得高字）

苏　颋（得时字）、韦嗣立（得深字）、卢藏用（得开字）

岑　羲（得渼字）、薛　稷（得历字）、马怀素（得酒字）

萧至忠（得余字）、李迥秀（得风字）、杨　廉（得亭字）

韦安石（得枝字）、窦希玠（得明字）、陆景初（得臣字）

郑南途（得日字）、李　咸（得直字）、赵彦伯（得花字）

于经野（得樽字）、卢怀慎（得还字）

请注意，这么多实例说明：唐人"不以一首为一韵"的说法是有片面性的。一首诗押一个韵部的几个字，读起来才有韵律美，这有什么不妥呢？又，"分韵得×字"，如果有人只把分得的某字看成是个"韵脚字"，而不同时涉及其相应的"韵部"，因而大叫"不以一首为一韵"，这只怪他自己的理解有片面性，岂有它哉！

例二，唐明皇（李隆基）《春晚宴两相及礼官丽正殿学士，探得风字》，诗曰：

乾道运无穷，恒将人代工。阴阳调历象，礼乐报玄穹。介胄清荒外，衣冠佐域中。言谈延国辅，词赋引文雄。野霁伊川绿，郊明鄠树红。冕蔬多暇景，诗酒会春风。

此诗有序，点明写于"开元十三年三月二十七日"。

按："风"属"东部"，韵脚字：穷、工、穹、中、宏、红、风七字，皆在"东部"（《平水韵》一东）。"探得风字"韵，既指韵脚"风"，又兼指"韵部""一东"。明明白白，不用多说。

例三，王维《瓜园诗》，并序：

维瓜园高斋，俯视南山形胜，二三时辈，同赋是诗，兼命词英数公，同用园字为韵，韵任多少。时太子司仪郎薛璩发此题。遂同诸公云。

余适欲锄瓜，倚锄听叩门。鸣驺导騘马，常从来朱轩。穷巷正传呼，故人傥相存。携手追凉风，放心望乾坤。蔼蔼帝王州，宫观亦何繁。林端出绮道，殿顶摇华幡。素怀在青山，若值白云屯。回风城西雨，返景原上村。前酌盈尊酒，往往闻清言。黄鹂啭深木，朱槿照中园。犹美松下客，石上闻清猿。

按：小序淡雅、简明。友朋"同用园字为韵，韵任多少"，这又是一种唱和规矩，即要求写同一题材，只限韵部、不限韵脚数。故录之示例。

又，这首诗十一个韵脚字在《切韵》中分属"魂"部与"元"部，在《平水韵》中，"魂"部并入"元"部。

例四，苏轼《伯父送先人下第归蜀诗云："人稀野店休安枕，路入灵关稳跨驴。"安节将去，为诵此句，因以为韵，作小诗十四首送之》：

索漠齐安郡，从来着放臣。如何风雪里，更送独归人。
瘦骨寒将断，衰髯摘更稀。未甘为死别，犹恐得生归。
日上气暾江，雪晴光眩野。记取到家时，锄耰吾正把。
月明穿破裘，霜气涩孤剑。归来闭户坐，默数来时店。

诸兄无可寄，一语会须酬。晚岁俱黄发，相看万事休。

故人如念我，为说瘦栗栗。尚有身为患，已无心可安。

吾兄喜酒人，今汝亦能饮。一杯归诵此，万事邯郸枕。

东阡在何许，寒食江头路。哀哉魏城君，宿草荒新墓。

临分亦泫然，不为穷途泣。东阡时一到，莫遣牛羊入。

我梦随汝去，东阡松柏青。却入西州门，永愧北山灵。

乞墦何足羡，负米可忘艰。莫为无车马，含羞入剑关。

我坐名过实，谯哗自招损。汝幸无人知，莫厌家山稳。

竹筜与练裙，随时毕婚嫁。无事若相思，征鞍还一跨。

万里却来日，一庵仍独居。应笑谋生拙，团团如磨驴。

按：（1）此诗标题中所谓"先人下第"，指苏洵（1009—1066）中年时曾"举进士、又举茂才异等，皆不中"[①]。

"安节"，苏轼侄儿。《侄安节远来夜坐》诗："落第汝为中酒味，吟诗我作忍饥声。"据此可知苏安节落第归蜀，东坡"作小诗十四首送之"。

据此诗第一首"索漠齐安郡"句，可知此诗作于谪居黄州时。检王宗稷编《东坡先生年谱》，知此诗作于元丰四年（1081）冬，时年四十六。因躬耕于齐安郡东坡，遂自号"东坡居士"。

（2）全诗以两句七言诗（十四字）分别作为十四首的韵脚字，"作小诗十四首"。这恰恰表明可以一首为一韵。此处"韵"字，正标示着一首诗的特定韵脚字与其所属韵部的密不可分的关系。这是明明白白的，无可疑。有人说"不以一首为一韵"，那是因为他只理解诗有韵脚字，而忽略了特定韵脚字与所属韵部的关系。

例五，苏轼《泛舟城南，会者五人分韵赋诗，得"人皆苦炎"字四首》。

请让我节约篇幅，不录原诗（七律四首），只摘出其韵脚字：

---

① 脱脱等撰：《宋史·文苑（五）·苏洵传》，吉林人民出版社 2005 年版，第 9067 页。

第一首：鳞（首句入韵）、蘋、人、驯、春。（五字皆属《平水韵》十一真）

第二首：皆、斋、霾、淮、埤。（五字皆属《平水韵》九佳）

第三首：土、数、苦、缕、鼓（五字皆属《平水韵》七虞）

第四首：厌（平声）、簷、帘、炎、痁。（五字皆属《平水韵》十四盐）

按：此诗标题中"得'人皆苦炎'字四首"，清清楚楚地表明了"一首为一韵"，不必多说。

例六，陆游《秋怀十首，以"竹药闭深院，琴樽开小轩"为韵》《杂兴十首，以"贫坚志士节，病长高人情"为韵》《入秋游山赋诗，略无缺日，戏作五字七首识之。以"野店山桥送马蹄"为韵》《杂感五首，以"不爱入州府"为韵》。

按：上录四题，均见中华书局版《陆游集》第三册。为节省篇幅，我不想多说了。

上列六例，该可以证明：唐宋人"不以一首为一韵"的说法是不符合实际的，不可信！

答问三：让我抄示苏东坡《书黄子思诗集后》论及司空图诗、诗论的一段原文，以便按原文字句加以诠释。《书黄子思诗集后》曰：

唐末司空图，崎岖兵乱之间，而诗文高雅，犹有承平之遗风。/其论诗曰："梅止于酸，盐止于咸。"饮食不可无盐、梅，而其美常在咸、酸之外。/盖自列其诗之有得于文字之表者二十四韵，恨当时不识其妙。予三复其言而悲之。（引文中斜线是我加的，以示原文进展层次——答问者）

让我试译引文：

唐末，司空图生活在兵连祸结的境况下，而所写的诗文却超然淡雅，犹有国家太平时的风味。

他论诗，曾比喻说："梅子（核果），只有酸味；盐，只有咸味。"人们饮食中不能不用盐、酸、醋，而人们品尝食物时，那醇厚的美味自在酸、咸之外，别饶风味。

大略地说，他列示已领悟的、诗文外在风貌的诗篇共二十四首（即"以一首为一韵"的"二十四韵"）。可惜哟，与他同时人却不理解那"二十四韵"的奥妙所在！我今再三反复地阅览他的诗论，为他感到不被理解的悲痛。

按：这段文章，文脉清楚：首先简评司空图诗文，有超脱的"高雅"倾向；继而指明司空图论诗，着意追求"味外之味"；末后说司空图着意描绘多种"味外之味"便有结晶之作《二十四韵》。文脉一线贯穿，不容割裂。

要清楚地理解上面的引文，我以为关键在于"盖自列其诗之有得于文字之表者二十四韵"一句。试详解之。

(一)从语法角度说

这是个复杂句。如简化为单句，应是"盖自列二十四韵"。在这一单句中插入的"其诗之有得于文字之表者"是相当于词组的短语，作修饰语用，这便使单句变成了复杂句。

据一般古汉语书所说的规律，这个句子的词序本应作"盖自列其有得于文字之表之诗二十四韵"。其中"诗"是中心词，"有得于文字之表"是"诗"的修饰语。原句用结构助词组成的"……之……者"格式帮助把较长的修饰性定语后置，使修饰语所表达的内容更为突出。如果把"……之……者"格式破坏掉，读作"盖自列其诗"，则这个句子的序词关系便无法说清了。

（二）从词义角度说

"盖"，王氏《经传释词》卷五："盖者大略之词。"我译作"大略地说"。

"其诗之有得于文字之表者"，古汉语学家说，"翻译时可让修饰语回到中心词前边"。因此我译为"已领悟到的、诗文外在风貌的诗篇"。

这里，加两条附注，会把问题说得更明白些：

（1）引用苏轼语中的"有得于"与司空图《与李生论诗书》中的"得于"（凡十二见）不是等同的语词。"有得于"，谓有心得、有领悟，可用语言文字表达出来。"得于"皆表述若干联语得自某种场合，皆指时、地。这两者差异是明显的，不容混淆。

（2）"文字之表"的"表"，《说文》曰："表，上衣也。"段注曰："若出行接宾，皆加上衣。"《玉篇》："表，上衣也，威仪也。"据此，我译"文字之表"为"诗文的外在风貌"（类似今人所谓"文学风格"）。

"二十四韵"的"韵"字，我在"答问二"中已列举数十例证明"可以一首为一韵"。据此我说："二十四韵"应解作二十四首诗。又结合修饰语"其诗之有得于文字之表者"作解，这二十四首有共同特色，是组诗，因而我以为只有《二十四诗品》是其真身。

苏轼说："司空图……盖自列……二十四韵"，这"韵"不得窜改为"联"。持"一联为一韵"论者最大的硬伤在于联与联之间全不押韵。因此，我直率地说一句：此论乃指鹿为马也。

（三）从文献资料角度说

（1）王尧臣、欧阳修等主撰的《崇文总目》卷十一载目"司空图《一鸣集》三十卷"。欧阳修参与主撰的《新唐书》卷六《文艺志（四）》载目"司空图《一鸣集》三十卷"。

按：这两条记载，从旁表明，与欧阳修交往颇密、比欧阳修迟生三十年的苏轼，能见到"司空图《一鸣集》三十卷"，是极为正常的事。但此书南宋之后亡佚，因此谁也拿不出证据，证明此书中有或没有《二十四诗品》，只好存疑待考。

（2）南宋中期，有位曾任"国子监学录"的王晞，为《林湖遗稿》（高鹏飞诗稿）撰序，序文中提到了"二十四品"，惹人注意。文曰：

> 予阅南仲诗，词体浑厚，风调清深，脱弃凡近……其始其终，绝无蔬笋气味，无斧凿痕迹，可见其能参高妙之格，极豪逸之气，包冲淡之趣，兼峻洁之姿，得藻丽之妙；诚能全十体、该二十四品、具十九格，非浅陋粗疏者所能窃也……时嘉泰甲子秋九月望后三日国子监学录致仕王晞平父序。①

注：①我在《〈菊磵集〉〈林湖遗稿序〉考释》（见《学术界》2000年第6期）中，对王晞及《序》文有考证，皆可信，兹不赘述。

②"嘉泰甲子"即公元1204年。嘉泰，南宋宁宗（赵扩）年号。"九月望后三日"即九月十八日。"国子监学录"，官名，位九品，是协助"学正"掌管学规的训导员。"致仕"，退休。《宋史·职官十》："咸平五年（1002），诏文武官年七十以上求退者许致仕。"②"王晞平父"即王晞字平父（fǔ）。

③《序》中所谓诗之"十体""二十四品""十九格"，皆见于唐人评诗之作：

李峤（644—713）《评诗格》："诗有十体。"③

司空图（837—908）《诗品二十四则》。④

皎然（生卒年不详，主要生活年代当在公元766—804年间）《诗式》，把诗分为五格，以十九字概括了诗体的分别。王晞所谓"十九格"指"十

---

① 祝尚书编：《宋集序跋汇编》（第4册），中华书局2010年版，第1904页。
② 脱脱等撰：《宋史》，吉林人民出版社1995年版，第2552页。
③ 详见王利器校注《文镜秘府论校注》，中国社会科学出版社1983年版，第146—155页。
④ 详见《全唐诗》卷六三四。《二十四诗品》之《校正》《解说》，见祖保泉《司空图诗文研究》，安徽教育出版社1998年版，第107—131、165—244页。

九字"。①

按：王晞的《序》文写得如何，我不必多嘴。我引此《序》的目的在于他提到了"二十四品"，证明了《二十四诗品》在南宋中期是客观存在，而且它的作者只可能是唐末的司空图。查五代至北宋，存在的诗话著作四十多种，没有人提及《二十四品》，但这也无碍于司空图《二十四品》的存在呀！

王晞所见的《二十四品》，上可与苏轼所说的"盖自列其诗之有得于文字之表者二十四韵"相印证，证明苏轼所说"二十四韵"即"二十四品"的可信性；下可与南宋中后期陈振孙所说的司空图"《诗格》尤非晚唐诸子所可望也"（见下文）相牵挂，从旁证明陈氏之言有实据。并且我以为还可以向下延伸，证明元人《虞侍书诗法》中的《二十四品》部分、明刻诸本《诗家一指》中的《二十四品》部分，其目次一致，诗句基本相同，这表明它们的祖本相同，皆来自宋人，其证明人有三位，不是孤证。明毛晋《津逮秘书》中的《诗品二十四则》，署名司空图撰，其依据来自宋人，这在毛晋《诗品跋》中说得清清楚楚。清代诸刻《二十四诗品》，皆署作者为司空图，无疑问。

（3）南宋陈振孙（1183—1261?）《直斋书录解题》卷十六记载：

> 《一鸣集》十卷（原注：案《文献通考》作三十卷）唐兵部侍郎虞乡司空图表圣撰，图见《卓行传》，唐末高人胜士也。蜀本但有杂著，无诗。自有诗十卷别行。《诗格》尤非晚唐诸子所可望也。其论诗以梅止于酸，盐止于咸，咸、酸之外，醇美乏焉。东坡尝以为名言。自号知非子，又曰耐辱居士。②

按：上列引文，标点符号是我加的。自问：对"诗格"一词，凭什么

---

① 详见罗根泽《中国文学批评史》（第二册），古典文学出版社1957年版，第41—45页）

② 陈振孙：《直斋书录解题》（第二册），中华书局1985年版，第457—458页。

加书名号？自答：凭我对《直斋书录解题》书名的理解而加的。请看我对这书名的诠释：

书名中的"直斋"，来自陈振孙的雅号。陈振孙，字伯玉，号直斋。

书名中的"书录"，指陈氏对所见、所藏旧有书籍五万多卷，分别作目录，记卷数版本。

书名中的"解题"，乃是陈氏针对各种书籍，指出作者、品题其得失，故称曰"解题"。

基于以上书名诠释，应知对"书录"为名目的"诗格"标示为《诗格》是完全正确的，经得起检验的。

检验的途径何在？在于晚唐诸子的诗歌创作实绩、诗论著作实绩。晚唐杜牧、温庭筠、李商隐、韦庄诸公的诗词成就，远在司空图之上，这是毋庸争议的事实；而司空图诗论及其《诗格》之作，又远胜于晚唐诸公，这也是毋庸争议的事实。这就保证了标示司空图《诗格》的正确性。

又，请看《直斋书录解题》品题杜牧诗曰：

> 牧才高，俊迈不羁，其诗豪而艳，有气概，非晚唐人所能及也。①

这是从诗创作角度肯定了杜牧在晚唐诗坛上的突出地位，同时也排除一种误解。误解者把所谓"诗格"解作"诗之品格"，说直斋特别赏识司空图的诗，故赞扬之曰"诗格尤非晚唐诸子所可望也"。我说，如把"诗格"标明为《诗格》，这种望文生义的误解便不存在了。

我还要提醒一下："其诗……非晚唐人所能及也""《诗格》尤非晚唐诸子所可望也"两条品题，前后相隔仅29行417字，由此也可引人思忖直斋这两条品题是各有所指的，否则，作何解释？人们不能栽诬直斋思维紊乱啊！

那末，司空图《诗格》何处寻？答曰：先要明白，此处《诗格》是

---

① 陈振孙：《直斋书录解题》（第二册），中华书局1985年版，第456页。

"《诗格》之类"的"类别之名"。唐人写（或伪托）品评诗歌的笔札之文，多用"诗格"两字为书名，如王昌龄《诗格》、李峤《评诗格》、炙毂子《诗格》、皎然《诗式》《诗评》、孙郃《文格》、伪托的《魏文帝诗格》等等，在当时书籍分类，皆归之于"《诗格》之类"。唐时日本留学中国的弘法大师著《性灵集》，集中《书刘希夷集献纳表》曰："此王昌龄《诗格》一卷。此是在唐之日，于作者边偶得此书。古代《诗格》等，虽有数家，近代才子，切爱此格。"①据此可以证明唐时《诗格》之名已成为"《诗格》之类"的类别之名。

《直斋书录解题》说司空图《诗格》，正是用"《诗格》之类"的类别之名。今人披览《新唐书》卷六十《艺文志》丁部，见所列书目，自李充《翰林论》起，至孙郃《文格》终，计二十六目，正属《诗格》之类。这就证明北宋人沿用唐人"《诗格》之类"为一类，类列一些书目。降及后世，《四库全书》有"诗文评类"，也有明显的"《诗格》之类"的实际内涵。

其次，我来探寻司空图《诗格》的踪影。

北宋苏轼说：司空图"盖自列其诗之有得于文字之表者二十四韵"。南宋王晞说：诗有"二十四品"。陈振孙说：司空图"《诗格》尤非晚唐诸子所可望也"。人们可以看到"二十四韵""二十四品""诗格之类"三个不同名称。现在可把这三个名称组合起来，当是"二十四韵"属于"诗格之类"的著作，即"二十四品"。检传世的《二十四诗品》乃是其正式名称。因而我说《二十四诗品》的作者是司空图。

（4）让我再举个鲜明的实例。《四库全书总目提要》曰：

> 《诗品》一卷，唐司空图撰。图有文集，已著录。唐人《诗格》传于世者，王昌龄、杜甫、贾岛诸书，率皆依托；即皎然杼山《诗式》，亦在疑似之间；惟此一编，真出图手。其《一鸣集》中有《与李秀才论诗书》谓："诗贯六义，讽谕、抑扬、淳蓄、渊雅，皆在其

---

① 见王利器校注：《文镜秘府论校注》，中国社会科学出版社1983年版，第18页。

中，惟近而不浮，远而不尽，然后可言意外之致。"又谓"梅止于酸，盐止于咸，而味在酸、咸之外。"其持论非晚唐所及。故是书亦深解诗理。凡分二十四品：曰雄浑……曰流动，各以韵语十二句体貌之。所列诸体毕备，不主一格。①

按：馆臣之言，使我理解，一是"诗格"既是专书之名，又是"诗格之类"的类别之名，由此可证陈振孙所谓司空图"诗格"是取其类别之名而说的。陈氏是有所见而加上评语的，而馆臣们是经过慎重辨识之后才说"惟此一编，真出图手"的。结合陈氏"所见"与馆臣的"辨识"，我说东坡所说的"二十四韵"是指《二十四诗品》，乃是有证据的合理推论，不是凭空臆说。二是馆臣撰这条《提要》，不存成见，态度客观，唯凭识力，辨别真伪。他们面对旧有的王昌龄《诗格》、杜甫《杜陵诗律》、贾岛《二南密旨》、皎然《诗式》、司空图《诗品》等著作，只凭识力说话，毫无为谁争著作权的私心。馆臣说"是书（《诗品》一卷）亦深解诗理"，是可以与司空图的其他诗论相印合的，也与司空图的历时多年的赏诗经历相符合的。司空图自白："侬家自有麒麟阁，第一功名只赏诗。"（《力疾山下吴村看杏花》，见《司空表圣诗集》第三卷）他赏诗日久而面广，自有心得，领悟到诗的意象二十四种，遂撰《二十四诗品》，这是很自然的事。因此，我认同馆臣判断"惟此一编，真出图手"，乃是理性决定，不是盲从。

最后，我还想说几句，如果只从"《二十四诗品》，唐司空图撰"的文本角度看，我拿不出宋刻元刻，可以作证。但这不足以排除王晫、陈振孙之"所见"、四库馆臣的"辨识"。对已经亡佚的古籍，难道只有找出它，才承认它曾真的存在？这种思维方式，太霸道！

又，我对四库馆臣"辨识"的认同，只是我的看法，不等于就是这次大讨论的结论。因而一再声明：讨论到现在，人们不宜断然剥夺司空图对《二十四诗品》的著作权。我的理性促使我只该把问题说到这个地步为止。

① 永瑢等撰：《四库全书总目提要（集部）》，中华书局1965年版，第1780页。

对所问三题，我回答如此。既是辩论，说话难免有"辩"的口气，不谦逊，请谅解。倘若你有不以为然之处，盼你提出来，我们共同研讨。

[原载《安徽师范大学学报》（人文社会科学版）2005 年第 6 期]

对宋元人关于《二十四诗品》记载的诠证

唐末司空图撰《二十四诗品》，宋、元两代，有人见过此诗，则是有案可查的。因为这牵涉到当前关于《二十四诗品》作者是谁的争论，特作札记，以表愚见。

一

苏轼在《书黄子思诗集后》一文中论及司空图，曰：

> 唐末司空图，崎岖兵乱之间，而诗文高雅，犹有承平之遗风。其论诗曰：梅止于酸，盐止于咸。饮食不可无盐、梅，而其美常在咸、酸之外。盖自列其诗之有得于文字之表者二十四韵，恨当时不识其妙。予三复其言而悲之。①

这是《二十四诗品》为司空图所作的关键性证据，但要加以诠释，才会明白。上列引文，只是全文（343字）中的一小段（84字），为避免断章取义，今先就全文三大段加以诠释，以见其贯串全文的主旨；然后再就关键性的句子细加剖析，以见其真义。

（1）全文首段（"予尝论书"至"钟王之法益微"）"论书"，指明"钟王之法""妙在笔画之外"。按：此与论诗时所谓"象外象"类通。

---

① 张春林编：《苏轼全集》（下），中国文史出版社1999年版，第1404页。

次段（"至于诗亦然"至"予三复其言而悲之"）论诗，谓"至于诗亦然"；"亦然"者，谓"书艺""诗艺"，其法类通，表明诗法应重视"象外象"。不过，论诗又可换一说法"味外之旨"。此段纵论汉魏至唐的著名诗人，他们的作品各有鲜明的风格特征；论及唐末司空图，说他生当乱世而诗文"高雅"，他论诗有"味外之旨"（亦即"象外象"）观点，且有论诗之作《二十四诗品》，可惜当时人不识其妙。

末段（"闽人黄子思"至"独评其诗如此"）论黄子思诗，谓黄诗之"佳句妙语"，正有司空图所谓"美在咸、酸之外"（"味外味"）的妙处。

显然，贯串《书黄子思诗集后》的全文主旨，在于"象外之象""味外之旨"。因此，我认为诠释上引一小段文字及其关键性句子，不得违背全文主旨。

（2）理解引文，其关键问题在于："盖自列其诗之有得于文字之表者二十四韵"一句中的"二十四韵"，凭什么可解作实指《二十四诗品》？我的答复是：一凭古汉语语法规律，二凭唐宋人作诗用韵的习惯差异。下面就此详加诠释。

第一条，"盖自列其诗之有得于文字之表者二十四韵"一句，是内含"短语"的复合句；如摘出短语"其诗之有得于文字之表者"，便成简单句，即"盖自列二十四韵"。下面，让我援引经传注疏及杨树达《词诠》诸语法术语来诠释所讨论的复合句。

句首"盖"这个虚词，唐以前的经学家们已诠释明白。《孝经》第二章"盖天子之孝也"。孔传云："盖者，辜较之辞。"刘炫云："辜较，犹梗概也。孝道既广，此才举其大略也。"皇侃云："略陈如此，未能究竟是也。"[1]王引之《经传释词》释"盖"字，即据上引孔传语而断定："盖，大略之词。"[2]今人杨伯峻《古汉语虚词》曰："盖，作副词，表传疑……用在句首，表示全句内容都难以肯定。""若是判断句，'盖'便兼起系词

---

① 《十三经注疏》本《孝经》卷一，中华书局1980年版，第8页。

② 王引之：《经传释词》卷五，岳麓书社1984年版，第106页。

作用。"①

按："盖自列"云云，正是"盖"用在句首而又有所判断的句子。论诗的意境、风格，谁敢断言只有"二十四"种？故句首加"盖"字，表示"略陈如此"。所谓判断，则断定那"二十四"则韵语只是表述"其诗之有得于文字之表者"。这个短语作"定语"用，是明确无误的。又，以"盖"为首的这一句，确实兼起收束上文的作用。这一收束，乃是把诗人各自的"味外味"提升到"意境论"的理论高度。请看，《四库简明目录》说：

> （司空）图论诗欲有味外之味，故是书（笔者注：指《二十四诗品》）所论亦妙契精微。凡分二十四品，各以四言韵语，写其意境。平奇浓淡，无体不备。②

显然，四库馆臣的说明与上引一段《书黄子思诗集后》语是完全合拍的，有异曲同工之妙。

短语中的"其"字，《词诠》曰：其，"指示形容词，与今语'那'相当"。可知短语中"其诗"可解作"那诗"或"那个诗的"。短语中的第一个"之"字，《词诠》曰："连词，与口语'的'相当。"现代人"连词"改称为"结构助词"。具体说，在"其诗"与"有得于文字之表者"间加"之"字，使句子变成短语，当定语用。所谓"有得于文字之表者"，相当于"论书"时说的"妙在笔画之外"，引申说来，便指诗的思想内容之外所显示的意境、风格。短语中的"者"字，《词诠》曰："指示代名词，兼代人物。代人可译为'人'，代物可译为'的'。"③具体说，"者"在这里"代诗"，可译为"诗的"。句中"二十四韵"的"韵"字，即"韵语"，四库馆臣则直接指明："各以韵语十二句体貌之"。

既是"韵语"，必然涉及平仄、韵脚、韵部以及韵的运用诸问题。下

① 杨伯峻：《古汉语虚词》，中华书局1981年版，第44页。

② 《四库简明目录》，上海古籍出版社1985年版，第872页。

③ 杨树达著，王术加、范进军校注：《词诠校注》，岳麓书社1996年版，第484页。

面举实例来说明问题。

例一，陆龟蒙《和袭美〈寒日书斋即事三首〉，每篇各用一韵》（仅录标题，诗从略）。①

按："袭美"，皮日休。"每篇各用一韵"的"韵"，指"韵部"，明确无疑，因为"一韵"如指一个"韵脚"字，那便不能成诗。

又，皮氏原作为七律三首，三首的"韵脚"字分别为："忙、床、香、罡""家、华、花、霞""渔、书、疏、鱼"。陆氏的和诗"韵脚"字分别为："妨、床、香、尝""砂、华、芽、差""虚、书、渔、庐"。显然，陆氏和诗，每首只就同一"韵部"另选"脚"字和之。因而"韵"，可指"韵部"。

例二，《蔡宽夫诗话》曰："唐末有章碣者，乃以八句诗平侧（仄）各有一韵，如：

> 东南路尽吴江畔，正是穷愁暮雨天。
> 鸥鹭不嫌斜两岸，波涛欺得逆风船。
> 偶逢岛寺停帆看，深羡渔翁下钓眠。
> 今古若论英达算，鸱夷高兴固无边。

"自号变体，此尤可怪者也。"②

按：所引诗一、三、五、七句押"翰韵"（畔、岸、看、算），二、四、六、八句押"先韵"（天、船、眠、边）；蔡氏所谓"平仄各一韵"实指"先韵""翰韵"，至为明确。据此可知，"韵"，可指"韵部"。

例三，《开岁半月，湖村梅开无余，偶得五诗，以"烟湿落梅村"为韵》（诗从略）。③

按：这五首五古的"韵脚"字分别为："烟、边、偏、仙""立、湿、

①《全唐诗》卷六百二十六，中华书局1985年版，第7192页。
②郭绍虞：《宋诗话辑佚》下册，中华书局1980年版，第387页。
③《陆游集·剑南诗稿》（第三册），中华书局1976年版，第1069—1070页。

执、集""鋈、缚、作、落""梅、堆、催、猜""村、樽、浑、言"。题中所谓"韵",一指"烟、湿、落、梅、村"五字必作"韵脚"字分别入诗;又指这五字分别所属的五个"韵部"("先韵""缉韵""药韵""灰韵""元韵")。

唐、宋以来,诗人们"探韵赋诗""分韵得×字",所谓"韵",莫不兼指"韵脚""韵部"两方面。

据此可知,"韵",可以用来既指"韵脚",又指"韵部"。

这里,我要强调指出,前引苏轼"盖自列其诗之有得于文字之表者二十四韵"句中的"二十四韵",当然可以解作每首一韵到底的二十四首诗——即《二十四诗品》,这有什么不妥?应该说,这样的诠释,是符合唐、宋人用语习惯的。因此,我说《二十四诗品》的作者是司空图,丝毫不错。

(3)唐时《切韵》流行,宋时"平水韵"(即刘渊《韵略》)流行,这已是常识。就《二十四诗品》用韵情况看,则完全按《切韵》行事。这里有显著的实证:例一,《缜密》的"韵脚"字为"知、奇、晞、迟、痴、时"六字,就《切韵》看,全属"支韵",无分歧;就"平水韵"看,"晞"属"微韵",其余五字属"支韵"。例二,《飘逸》的"韵脚"字为"群、去、缊、垠、闻、分"六字,就《切韵》看,全属"文韵",无分歧;就"平水韵"看,"缊"属"元韵","垠"属"真韵",其余四字属"文韵",六字兼跨三个韵部,颇有分歧。显然,如此用韵实例,也有力地证明《二十四诗品》的作者是唐人。

《二十四诗品》用韵的时代特征是自然流露的,这一铁的事实,证明了它绝不是明人的伪托之作。同时也从侧面证明,宋人苏轼见过《二十四诗品》,这没有什么值得大惊小怪的。苏轼颇为《二十四诗品》未被"当时"人赏识而有所"恨"哩!

二

元好问在《陶然集诗序》中有这么几句：

> 古律歌行，篇章操引，吟咏讴谣，词调怨叹，诗之目既广，而《诗评》《诗品》《诗说》《诗式》亦不可胜读。大概以脱弃凡近、澡雪尘翳、驱驾声势、破碎阵敌、囚锁怪变、轩豁幽秘、笼络今古、移夺造化为工。钝滞、僻涩、浅露、浮躁、狂纵、淫靡、诡诞、琐碎、陈腐为病。①

序说：杨鹏，字飞卿，汝海（今河南临汝县）人。在金为官，金亡后"客居东平（今山东东平县）将二十年，有诗近二千首，号《陶然集》"。又说："岁庚戌（公元1250年），东平好事者求此集刊布之……故以集引见托"。文末署"重九日遗山真隐序"。这便把作序年月日交代得清清楚楚。

这里要诠释的问题是：引文"《诗评》《诗品》《诗说》《诗式》亦不可胜读"句中的书名，实指哪几种书？我拟就此作如下说明。

（1）作者是在"古律歌行"，各种诗体"笼络今古"的广阔历史背景下，提到"《诗评》《诗品》《诗说》《诗式》"的，我们作诠释时应顾及古代下及宋代的诗歌理论批评著作。有人怀疑：所提四种书名，只泛指"诗格""诗话"之类作品，因而说"亦不可胜读"。我认为，书名号虽是现代人加的，但《诗品》《诗式》当时有专书流行，当然应加书名号；而另两种"诗评""诗说"是联串提出的，岂能不加书名号？何况这两种当时也有专书流行。可见作者特举这四种诗歌理论批评著作，用来代表古今有关"诗格""诗话"之类的书。

（2）引文中，"《诗评》《诗说》"并提，实指谁家著作？

《诗评》，最早的诗歌评论著作，当指钟嵘《诗品》。经查《梁书·钟

---

① 李修生主编：《全元文》（第一册），江苏古籍出版社1998年版。引文标点亦从此本。亦见陶秋英：《宋金元文论选》人民文学出版社1984年版，第447页。

嵘传》《南史·丘迟传》《文镜秘府论·四声论》等，提及钟嵘《诗品》，莫不称为"《诗评》"。又，唐人撰的《隋书·经籍志》载："《诗评》三卷，钟嵘撰，或曰《诗品》"。宋人撰的《新唐书·艺文志（四）》载："钟嵘《诗评》三卷"。元人撰的《宋史·艺文志（八）》载："钟嵘《诗评》一卷"。（《宋史》完成于1345年）足见唐宋人称钟嵘《诗品》为《诗评》，乃是常事。《陶然集诗序》撰于1250年（即南宋理宗淳祐十年），称钟嵘《诗品》为《诗评》，丝毫不足为怪。

上面的诠释是符合史实的，因此，我认为："《诗评》《诗品》"并列，且置《诗评》于首位，则《诗评》当指钟嵘《诗品》；那么，并列第二的"《诗品》"则必是司空图的《二十四诗品》无疑。此外，当时别无《诗品》行世。①

（3）有人问：《陶然集诗序》仅提《诗品》名称，未标作者，怎么能说是司空图的《二十四诗品》？答曰：只要不排斥元好问能正确理解《书黄子思诗集后》中所论"唐末司空图"一节，便自然明白《二十四诗品》的作者为司空图。

让我在这里举两个旁证。一是元人诗话《虞侍书诗法》，收录了《二十四诗品》，足证元代有这本书传世。二是元人揭傒斯（字曼硕）撰《诗法正宗》，这本书指出"若欲真学诗，须是力行五事"，其中提及"唐司空图教人学诗"问题，在论述中，揭氏多侧面涉及《二十四诗品》，据此可知《二十四诗品》的作者为司空图。

为说清问题，录《诗法正宗》一节，然后加以诠注。

---

① 《旧唐书·李嗣真传》作者据"所闻"，谓嗣真"撰《明堂新礼》十卷，《孝经指要》《诗品》《书品》《画品》各一卷"。《新唐书·艺文志》《通志·艺文略》据此列"李嗣真《诗品》一卷"。按：此书在宋时已名存实亡。宋人所撰的《崇文总目》《郡斋读书志》《遂初堂书目》《直斋书录解题》等，皆未著录，足见宋时已不见此书。据此可知《陶然集诗序》所提到的流行读物《诗品》，非指名存实亡的"李嗣真《诗品》"。（附：明吴永辑《续百川学海》有李嗣真"《续画品录》一卷"。陶珽补辑《说郛》卷八十七有李嗣真"《后书品》一卷"、卷九十有李嗣真"《续画品录》一卷"。至于李氏《诗品》，宋时已不存在，故只字不提。）

四曰诗味。唐司空图教人学诗须识味外味，坡公尝举以为名言，如所举"绿树连村暗""棋声花院闲""花影午天时"等句是也。人之饮食为有滋味。若无滋味之物，谁复饮食也。为古人尽精力于此，要见语少意多：句穷篇尽，目中恍然，别有一番境界意思，而其妙者意外生意，境外见境，风味之美悠然辛甘酸咸之表，使千载隽永，常在颊舌……若学陶、王、韦、柳等诗，则当于平淡中求真味，初看未见，愈久不忘……则淡非果淡，乃天下至味，又非饮食之味可比也。①

这段综述，就其资料来源看，当然来自司空图论诗和苏东坡评司空图诸语。这里，不妨一一指出其来源，有利于我们对问题的探讨。

就"味外味"说，出自司空图《与李生论诗书》；而"坡公尝举以为名言"则指东坡《书黄子思诗集后》论司空图一节。就"目中恍然，别有一番境界意思"说，来自司空图《与极浦书》："诗家之景，如蓝田日暖，良玉生烟，可望而不可置于眉睫之前也。象外之象，景外之景，岂容易可谈哉？"《二十四诗品》则曰："意象欲出，造化已奇。"

就"而其妙者意外生意，境外见境，风味之美悠然辛甘酸咸之表"数语，来自东坡"而其美常在咸酸之外。盖自列其诗之有得于文字之表者二十四韵"。

就"当于平淡中求真味，初看未见，愈久不忘""淡非果淡，乃天下至味"看，《二十四诗品》有曰："浓尽必枯，淡者屡深""落花无言，人淡如菊"。东坡在《书黄子思诗集后》中则曰："寄至味于淡泊。"

又，在"五曰诗妙"中，揭氏曰："不犯正位，切忌死语。"按此语与《二十四诗品》"语不欲犯，思不欲痴"相近。

又，揭氏在"真学诗当力行五事"论述的结尾，说："能养性以立诗本，读书以厚诗资，识诗体于原委正变之余，求诗味于盐梅姜桂之表，运

① 张建编著：《元代诗法校考》，北京大学出版社2001年版，第321页。

诗妙于神通游戏之境，则古人不难到，而诗道昌矣。"①按"立诗本"不可不"养性"，这是《二十四诗品》随处强调的问题，其所谓"惟性所宅，真取弗羁""饮真茹强，蓄素守中""俱道适往，著手成春"等等，皆是显例。司空图在仕途上因世乱而退隐，他要在诗歌中创造一个超脱凡尘的世界来安慰自己孤寂的心灵，要进入这一世界，求诸己则必"养性"；反映在诗创作上，则描绘幽冷境界；反映在诗论上，则有《二十四诗品》等。《禅外说禅》的作者张中行先生有言："以禅入诗……可以举唐末的司空图为代表"。张先生就《二十四诗品》列举十六例证明其语句"富于禅意"。这便一语道破：司空图以"入禅"为"养性"途径。

根据以上诠释，我应该归结两句：揭氏只有在读过《二十四诗品》的条件下，论"诗本""诗味""诗妙"才有那么多两相契合的言论。这里透露了消息："司空图"是《二十四诗品》的作者。

关于《陶然集诗序》提及的"《诗说》《诗式》"，我亦应有所交待，以示元氏所言有据。据文献记载，"《诗说》《诗式》"，当理解为实指皎然《诗式》、姜白石《诗说》。诠释如下：

经查论诗之作，时至宋金元之交，名为《诗式》的，只有皎然之作，不去细说。《诗式》取名，"从两汉及唐人名篇丽句摘而录之，差以五格，括以十九体，此所以谓之式也"。②

《诗式》在《中序》中明白道出，重视"禅者之意"融之于诗，于是大倡"高""逸"，为司空图《诗品》导夫先路。《陶然集诗序》中"大概以脱弃凡近、澡雪尘翳、驱驾声势"诸语，是隐隐就《诗式》《诗品》而发的。《诗式》的第一个小标题便是"明势"，要求"气胜势飞，合沓相属"，更何况这两种诗论皆宣扬"脱弃凡近"的"禅者之意"。因此，我认为，认定《陶然集诗序》中"《诗式》"为皎然之作，毫无疑问。

引文中《诗说》一书，在宋金元之交，虽不止一种，但较早有抄本、刻本流行的，乃是姜白石的《诗说》（或名《白石诗说》）。《白石诗说》

① 张建编著：《元代诗法校考》，北京大学出版社2001年版，第323页。
② 卢文弨跋《诗式》五卷本语。

撰于"淳熙丙午"（1186年），《序》及全部《诗说》条文约1400字，颇便传抄。理宗宝庆初年（1225年），钱塘书肆主人陈起"刊《江湖集》以售"（见《瀛奎律髓》卷二十），便据传抄本把《白石诗说》辑入《江湖集》（亦称《江湖小集》）所附录的诗评中。元好问撰《陶然集诗序》时在1250年秋。元氏博学，广交游，诗友中多中原人，但也有"南朝辞臣北朝客"，有出使"与宋人议和"的才士，有来自临安而常住金国长春宫的道士等，因而他对南宋诗坛情况，时有所闻。[1]他在《陶然集诗序》中提到《诗说》（《白石诗说》），乃是有所见而云然。

姜白石是位词人，可在当时也负有诗名。他写诗早年学江西派，后来又深受晚唐诗的影响，因而有人评他的诗："古体黄陈家格调，短章温李氏才情。"[2]其《诗说》之作，就是他摆脱"江西派"束缚在诗论上流下的痕迹。

《白石诗说》强调诗贵"自得""要自悟""一家之语，自有一家风味"，同时认为"不知诗病，何由能诗"？于是反对"俗""狂""露""轻"等诗病。请看《诗说》第一条：

> 大凡诗自有气象、体面、血脉、韵度。气象欲其深厚，其失也俗；体面欲其宏大，其失也狂；血脉欲其贯穿，其失也露；韵度于其飘逸，其失也轻。[3]

再请看《陶然集诗序》提及"《诗评》《诗品》《诗说》《诗式》亦不可胜读"之后，便继以"大概"云云。这个"大概"的内容，明显地隐括了《诗式》《二十四诗品》《诗说》的主要见解。因此，这可视为元好问曾见过《二十四诗品》《白石诗说》的有力内证。

① 详见施国祁《元遗山诗集笺注》，人民文学出版社1989年版，第190、358、468页诗题、注释。

② 宋代项安世《平庵悔稿》卷七，《谢姜夔秀才示诗卷，从千岩萧东夫学诗》。转引自钱钟书《宋诗选注》，人民文学出版社1958年版，第241页。

③ 姜夔：《白石诗说》，人民文学出版社1962年版，第28页。

《白石诗说》在当时确是一部颇有理论价值的诗话，当今流行的几部《中国文学理论批评史》皆有较详明的论述，用不着我来多话。

可是我还该附白几句：南宋时期，另有《诗说》三种，皆非《陶然集诗序》中提到的"《诗说》"。分述如下：

（1）《晦庵诗说》，此书为后人据《朱子语录》辑出。郭绍虞先生在《宋诗话考》中指出："此书后出，未见以前藏书家著录，虽题'宋陈文蔚等录'……未必是陈文蔚等辑录刊行也。"①

（2）孙奕《履斋诗说》，今存本为日本人近藤元粹辑。郭绍虞先生说：孙奕"宁宗时尝官侍从，有《履斋示儿编》。此即就《示儿编》中卷九及卷十两卷中论诗之语别录出者……《四库总目提要》于《示儿编》条，谓是书'征据既繁，时有笔误……失于考订'。"②

（3）吴陵《诗说》，郭绍虞先生指出："是书亦未见著录。惟严羽《沧浪诗话》附《答继叔吴景仙书》有云：我叔《诗说》，其文虽胜，然只是说诗之源流，世变之高下耳。"③

按：据上述可知，《晦庵诗说》辑成后未刊行；《履斋诗说》当时未为专著印行；吴陵《诗说》，乃有名无实，且所论内容与《陶然集诗序》无关。故我断言，《陶然集诗序》中提及的"《诗说》"，乃指《白石诗说》。为防止有人见有关书目而生疑，特附白如此。

三

为诠释《陶然集诗序》一节引文，我泛览了《全元文》《元诗选》《元遗山诗集笺注》《中州集》等书，发现元好问《琴辨引》末段有下列几句：

> 司空表圣最为通论，云："四海之广，岂无赏音？固应不待五百

---

① 郭绍虞：《宋诗话考》，中华书局1979年版，第179页。
② 郭绍虞：《宋诗话考》，中华书局1979年版，第183页。
③ 郭绍虞：《宋诗话考》，中华书局1979年版，第215页。

年。"请以此为之引。①

按：以上所引司空图的三句话，是今见的各种版本的《司空表圣文集》中找不着的、无可稽核的语句。据此可以推知：元好问所读的《一鸣集》，当是宋人所说的"《一鸣集》三十卷"；因此，这也提醒我们：在讨论《二十四诗品》作者问题时，仅凭残存的《司空表圣文集》《司空表圣诗集》刻本，一口咬定"《二十四诗品》不是司空图所作"，又从而否定前贤有关《二十四诗品》的记述，这种立论态度是否实事求是，便值得怀疑。前贤已矣，不能起而辩明问题，但他们有文章传世，后人可以冷静地就他们的有关文章加以理解、诠释，使问题趋于明白。

我对所引《陶然集诗序》一节的诠释是否正确，不敢自是。但可以宣告：我无意曲解原文，坚持己见——传统的说法是宋元人提出的，我谈不上有"己见"，只是就文诠释而已。诠释如有失误，愿听各方明教。

[原载于《成都大学学报》（社会科学版）2000年第3期]

---

① 《全元文》，江苏古籍出版社1998年版，第306页。

"《戊签》七十四"中的互见诗考辨

一、两点说明

今人所见到的司空图诗集，较早的本子为《唐音统签》中的"《戊签》七十四"。

明末，海盐胡震亨（1569—1645）撰《唐音统签》一千零三十三卷，以天干为区别部类的标号，《甲签》至《壬签》为一千卷，《癸签》为三十三卷。

《戊签》收录晚唐人诗一百十一家，诸国主诗一卷（计七人），闰唐人诗六十二家。晚唐的一百十一家，按序编号，摘示如下："一杜牧，二李商隐……四十三胡曾……七十四司空图，七十五韩偓，七十六郑谷……八十九王驾……一百十一孙元晏。"诸国主诗未加序数，闰唐人六十二家，虽有序数，与我所要说明的问题无关，略而不提。

《戊签》的序数，实际成了某一诗人诗集的代号。"《戊签》七十四"即司空图诗集——1934年商务印书馆影印"《戊签》七十四"，即直接标名为《司空表圣诗集》。我为行文取便，或说"《戊签》七十四"，或说《司空表圣诗集》，实无区别。

清康熙间，吴郡席启寓编辑、刻印《百家唐诗》，司空图在这"百家"之数，其集亦名《司空表圣诗集》，我则简称之为"席刻本"，以示与"《戊签》七十四"有别。

"《戊签》七十四"辑录司空图诗三百六十五首，其中有六首在《全唐诗》本的"司空图"诗中则注明为"互见"诗，题目是：

（赠）信美寺岑上人	一作郑谷诗
寄怀元秀上人	一作郑谷诗
赠圆昉公	一作郑谷诗
次韵和秀上人游南五台	一作郑谷诗
赠日东鉴禅师	一作郑谷诗
洛阳咏古	一作胡曾诗

在"《戊签》七十四"中，尽管未注明"一作郑谷诗""一作胡曾诗"，而实际在"《戊签》四十三""《戊签》七十六"中，分别列为"胡曾诗""郑谷诗"。我根据所见资料，认为上列六首中的三首，其作者不是司空图。下面就此加以考释。

二、《洛阳咏古》一首，唐宋人认定为胡曾诗，宜从之

《洛阳咏古》一首，录在《戊签》七十四的卷三。而《戊签》四十三录胡曾《咏史诗》，有此诗在内，不过题作《洛阳》罢了。

胡曾，两唐书无传。宋代陈振孙《直斋书录解题》卷十九曰："《咏史诗》三卷，唐邵阳胡曾撰，凡一百五十首。曾，咸通末为汉南从事。"[①]元辛文房《唐才子传》曰：

> 曾，长沙人也，咸通中进士……曾天分高爽，意度不凡，视人间富贵亦悠悠。游历四方，马迹穷岁月……作《咏史诗》，皆题古君臣战争废兴尘迹。经览形胜，关山亭障，江海深阻，一一可赏……今《咏史诗》一卷，有咸通中人陈盖注。[②]

① 陈振孙：《直斋书录解题》（第二册），中华书局1985年版，第548页。
② 辛文房：《唐才子传》，古典文学出版社1957年版，第141—142页。

《四库》收录了有"注"的《咏史诗》,《洛阳》诗曰:

> 石勒童年有战机,洛阳长啸倚门时。
> 晋朝不是王夷甫,大智何由得预知?

《注》曰:

> 《晋书》记载:石勒,字世龙,初名匐,上党武乡羯人也。其先匈奴别部羌渠之属。年十四,随邑人行贩洛阳,倚啸上都门。王衍见而异之,顾左右曰:向者胡雏,吾观其声,视有奇志,恐为天下之患。驰遣收之,会勒已去。长而壮健,有胆力,雄武好骑射。其后以名属刘聪。聪弱,复自为赵王。

四库馆臣对《咏史诗》的评价、注者为谁皆与上引辛氏所说不同。馆臣曰:

> 其诗兴寄颇浅,格调亦卑……惟其追述兴亡,意存劝戒,为大旨不悖于风入耳。每首之下,钞撮史书,各为之注,前后无序跋,亦不载注者名氏,观所引证,似出南宋人手。①

我要说明的是:《咏史诗》的"注者"为"咸通中人陈盖"或某一"南宋人",可姑置不论,而唐末和宋人都亲见胡曾有《咏史诗》则无疑,《洛阳》一首有"注",证明唐末或南宋人认定这首诗的作者为胡曾,亦无疑。如果再要举证,那就请看:洪迈《万首唐人绝句》(以下简称"洪本")卷五十三,录《洛阳》一绝于胡曾名下,而在司空图名下不录此诗。明万历间赵宦光增补、改编本《万首唐人绝句》(以下简称"赵本")亦列此诗为胡曾作,而不列为司空图诗。从版本先后角度说:唐末人、宋人的有识者皆认为《洛阳》为胡曾《咏史诗》中的一首,而晚出的"《戊

---

① 永瑢,纪昀主编:《四库全书总目提要》,海南出版社1999年版,第784页。

签》七十四"，列《洛阳》于司空图诗集中，不能不令人生疑。时至今日，人们还找不出胡震亨收录此诗入"《戊签》七十四"的依据。我以为，当日的传抄本，将《洛阳》一首改题为《洛阳咏古》，可能是导致胡氏失察的原因。

三、《赠日东鉴禅师》一绝，版本情况复杂，作者为谁，存疑为宜

"《戊签》七十四"卷五录《赠日东鉴禅师》一绝，原文如下：

> 故国无心度（一作渡）海潮，老禅方丈倚中条。
> 夜深雨绝松堂静，一点飞（一作山）萤照寂寥。

按：此诗"一作郑谷诗"，我所见的四库本《云台编》列在"卷中"；《四部丛刊》本影印宋本《郑守愚文集》列在"卷第一"。两种版本录此诗皆无夹注，而作"渡海""山萤"。又，洪本、赵本皆列此诗于郑谷名下，也无异文。在"《戊签》七十六"中，也列此诗为郑谷诗，无异文。——以上情况告诉人们：胡震亨明知此诗"互见"两家，然各有版本可据，只得照抄旧本，存疑了事。

《云台编》虽称为郑谷自编集，然传世的两种版本，在目次、所录诗数上就有小差异，这表明，两种版本未必皆是"自编"原貌，令人难投完全信任票。而"《戊签》七十四"录《赠日东鉴禅师》一首有异文，这表明，传抄本或刻本司空图诗，不止一种，皆列有此诗，因而辑录人不得不用夹注标示异文。

有人以为，司空图家居中条，而《赠日东鉴禅师》中有"老禅方丈倚中条"句，可视为"东鉴禅师"与司空图结识的理由。我说这不是充足理由，不可靠。这里，我也可以在郑谷诗中举出可能结识"东鉴禅师"的理由："早晚酬僧约，中条有药园。"（见《云台编·远游》）同样，这也不是充足理由，不足为凭。

《赠日东鉴禅师》一绝的作者问题，我以为存疑为宜。

四、简介郑谷擢第后人蜀、下峡、南游后归长安的行踪

为说明《赠圆昉公》《赠信美寺岑上人》两首诗的作者是谁，不得不考查一下郑谷入川、下峡、南游的游踪。为防止行文细碎，我先作郑谷这段游踪简介，然后注明如此简介的证据。

郑谷于光启三年（887）擢第①，擢第后由长安至兴州（兴元）②，转南郑由米仓道入巴州③；在巴州区域漂泊经年，然后由阆州（阆中）经梓潼、绵州（绵阳）、鹿头关（属德阳县）至成都府④；在成都漂泊几年后，为探望恩师柳玭（时由渝州刺史改泸州刺史），他由成都经遂州（遂宁）到泸州、渝州（重庆）⑤；然后下三峡⑥至荆州，又"南游"——"湘浦吊灵均"⑦，更南至浯溪（在湘南祁阳县）⑧；游湘南后，才经夏口（汉口）归向长安⑨。

我如此简介的证据多在郑谷《云台编》中：

①《唐才子传·郑谷》："光启三年，右丞柳玭下第进士。"《云台编》有《擢第后入蜀经罗村路见海棠盛开偶有题咏》。

②《兴州江馆》："向蜀还秦计未成，寒蛩一夜绕床鸣。愁眠不稳孤灯尽，坐听嘉陵江水声。"据此可知郑谷入蜀前，曾有是否入蜀的思想矛盾。又此诗标题表明郑谷由兴州取道入蜀。

③《元和郡县志》："（兴元府）西南取巴岭路（米仓道）至集州（四川南江县）二百八十里。"按：南江至巴州约二百四十里。又，《南郑县旧志》："米仓道，在南郑县南，通四川巴州境。"郑谷诗《巴江》云"乱来奔走巴江滨"，又有《巴宾旅寓寄朝中从叔》，可知郑谷入川，在巴州境"旅寓"一些日子。诗《通川客舍》（通川，今达县）、《渠江旅思》等即写于川东巴州区域。《清一统志》"四川保宁府（三）·人物·流寓"目下，有曰："郑谷，宜春人，避乱入蜀，半纪之余。尝寓巴州（今巴中县）有《巴宾旅寓寄从叔》诗。"

④《巴江》："鬓秃又惊逢献岁，眼前浑不见交亲。"《游蜀》："花落空山入阆州。"笔者注：当时阆州，属古巴州区域。古巴州，治在今巴中县。又，《定水寺行香》。笔者注：定水，地名，在阆州南境，寺以是得名。《梓潼岁暮》："渐有还京望，绵州减战尘。"《蜀中三首》之一："马头春向鹿头关，远树平芜一望间。"（鹿头关在德阳县境）《蜀中赏海棠》："浣花溪上堪惆怅，子美无情为发扬。"（原注：杜工部老于西蜀，诗集中无海棠之题）笔者注：浣花溪在成都西郊。《蜀中三首》之二："却共海棠花有约，数年留滞不归人。"

⑤《将之泸郡，旅次遂州，遇裴晤员外谪居于此，话旧凄凉、因寄二首》之二："我拜师门更南去，荔枝春熟向渝泸。"

⑥《峡中》："万重烟霭里，隐隐见夔州。"《下峡》："波头未白人头白，瞥见春风滟滪堆。"

⑦《远游》："乡音离楚水，庙貌入湘源。"《南游》："凄凉怀古意，湘浦吊灵均。"

⑧《浯溪》。笔者注：浯溪在湘南祁阳县境。

⑨《舟行》："九派迢迢九月残，舟人相语且相宽……蓼渚白波喧夏口，柿园红叶忆长安……"《江际》："兵车未息年华促，早晚闲吟向浐川。"笔者注：浐水，入长安。《荆渚八月十五夜值雨，寄同年李屿》："明年佳景在，相约向神州。"笔者注：此处"神州"指京都。

以上注②至注⑨中的重点符号是笔者加的。如果按地图把所标点的地名连接起来，便是郑谷擢第后入蜀、下峡、南游后归长安的行踪图。至于行踪的年代，我则不遑细考了。

五、《赠圆昉公》诗的作者，是郑谷而不是司空图

"《戊签》七十四"卷一，录《赠圆昉公》诗，题下有注，曰："昉，蜀僧，僖宗幸蜀，昉坚免紫衣。"诗曰：

天阶让紫衣，冷格鹤犹卑。

道胜嫌名出，身闲觉老迟。

晚香延宿火，寒磬度高枝。

每说长松寺，他年与我期。

《四部丛刊》影印宋刊本《郑守愚文集》卷一、四库本《云台编》上卷录此诗，第七句皆作"长说长松寺"。又，影宋本题注"恐免"应是"坚免"之讹。

兹就此诗考释如下：

（1）唐代僧人着紫衣（紫袈裟）有政治原因。武则天于垂拱四年（688）四月，由"武承嗣伪造瑞石"宣扬"圣母临人，永昌帝业"（《旧唐书·则天皇后》）。两年后，沙门怀义、法朗等造《大云经疏》，宣扬女主登位。武后得《大云经》，封怀义、法朗等九人为"县公"，皆赐紫袈裟、银鱼袋，沙门封爵赐紫始于此①。

僖宗因黄巢起义而幸蜀，出于政治需要，亦赐紫僧人。《四川通志》卷三十八，"成都府·寺观·昭觉寺"条曰：

> 在县北十五里。唐（僖宗）乾符中建。时剑南节度使崔公安潜奏改'建元'，勒赐今额（昭觉寺——引用者），仍给紫衣一袭，式光宗教。未几，僖宗出狩，驻跸西州，召禅师说元上乘，若麟德殿故事。由是开浃圣虑，握乾纲而不动；运输神力，回天步而高引。玉銮反正，而帝眷弥深，赐禅师紫磨衲衣三事，龙凤毛罽毯一榻，宝器盛碎支佛牙一函，布展仪之泽也。

僧圆昉对僖宗赐紫衣而坚决求免，表明他对荣宠看得极淡，显示了真正出家人对世俗的态度。诗的头两句算是一下笔就着题了。

（2）"长松寺"在哪里？在今成都市南与简阳接界处。《清一统志》卷

---

① 汤用彤：《隋唐佛教史稿》，中华书局1982年版，第261—262页。

三八四"成都府·山川"："长松山，在简州西北七十里分栋山北，与华阳县接界。山岭有长松寺，见郑谷诗。"笔者注：唐乾元元年二月，分成都县为蜀县、华阳县，分理之（《旧唐书·地理志〈四〉》）。《四川通志》卷三八"寺观·简州"："长松寺，在州西北长松山上……唐开元中为马祖禅师所建。"可知此寺在西蜀有名。

《赠圆昉公》末联曰："每（或作长）说长松寺，他年与我期。""每说"或"长说"，表述了圆昉公与"我"相处时久，友谊颇深。

司空图未到过成都，未曾与圆昉公相处，怎么会有"长说长松寺，他年与我期"诗句？他有王官谷别业，怎会与圆昉公相期住长松寺？可以肯定，诗句中的"我"不是司空图。

请看一首郑谷诗，《谷自乱离之后，在西蜀半纪之余，多寓止精舍，与圆昉上人为净侣。昉公于长松山旧斋，尝约他日访会。劳生多故，游宦数年，曩契未谐，忽闻谢世，怆吟四韵以吊之》：

> 每思闻净话，雨夜对禅床。
> 未得重相见，秋灯照影堂。
> 孤云终负约，薄宦转堪伤。
> 梦绕长松塔，遥焚一炷香！

这首诗，可以说彻底地说出"每说长松寺，他年与我期"的缘分。圆昉公圆寂了，郑谷只得痛惜"孤云终负约"，只好"梦绕长松塔"（指圆昉公墓塔——笔者），向圆昉公致敬——"遥焚一炷香"。

现在，可以郑重地说：《赠圆昉公》诗的作者是郑谷而不是司空图。

若问：为什么"《戊签》七十四"，席刻本、《全唐诗》本皆把《赠圆昉公》诗列在司空图名下？我的答语是：传抄本不止一种（有异文）有此错误，三书的编者匆忙成本，未加深察，便照本抄录。

六、《赠信美寺岑上人》诗的作者，是郑谷而不是司空图

"《戊签》七十四"卷一，录《赠信美寺岑上人》一首，亦见之于"《戊签》七十六"。"《戊签》七十六"卷首，在简介郑谷后称"今所传盖《云台编》也"，明确交待了所录郑谷诗的版本源头。

"《戊签》七十四"《赠信美寺岑上人》诗曰：

> 巡礼诸方遍，湘南频有缘。
>
> 梵香老山寺，乞食向江船。
>
> 纱碧笼名画，灯寒照净禅。
>
> 我来能永日，莲漏滴寒泉。

郑谷《云台编》（四库本、《四部丛刊》影宋本）此诗标题为《信美寺岑上人》，第二句作"湘南颇有缘"，第八句作"莲漏滴阶前"。可从。

"《戊签》七十四"录此诗在第八句加注（"一作阶前"），表明胡震亨所见司空图诗的刻本、传抄本至少两种皆有此诗，于是他以加注方式，处理异文问题。

此诗的作者到底是谁？容我考释如下：

（1）信美寺在哪里？这是首先应该弄清楚的问题。

《云台编》中有诗回答这一问题。诗题《巴赏旅寓寄朝中从叔》，诗曰：

> 惊秋思浩然，信美向巴天。
>
> 独倚临江树，初闻落日蝉。
>
> 哀荣悲往事，漂泊今多年。
>
> 未便甘休去，吾宗尽见怜。

诗题中的"巴赏"显然为地名。据同窗友巴中人周集云先生所著《巴族史探微》（四川省社科院出版社1989年版）引《山海经·海内经》《潜夫

论·志姓氏》《后汉书·南蛮西南夷传》《华阳国志·巴志》诸旧籍考证，古有"巴族"散居于今川东北地带；春秋战国时，秦攻楚，楚有"宗族"（或作"賨族"）逐步西迁，与"巴人"杂居川东北地区。汉代，有"巴賨"一词出现。时至唐代，"巴賨"一词，其地理概念有广狭之分：广义的"巴賨"，指古代"巴国""賨国"所辖之地（川东北地区）；狭义的，则指"巴国"首府所在地巴州（今巴中县）。——我的撮述极简略，但自信不失原旨。我为之举证曰：李贺《恼公》有句"数钱教姹女，买药问巴賨"，句中"巴賨"，泛指川东北地区的人；郑谷诗题中的"巴賨"，则实指"巴州"（今巴中县）。上文简介郑谷入蜀游踪时，引《清一统志》"保宁府（三）人物·流寓"条记载"郑谷"云云，便已证实"巴賨"指巴州（巴中）。

《巴賨旅寓寄朝中从叔》头两句："惊秋思浩然，信美向巴天。"两句交待了"旅寓"的具体地点——巴中信美寺，写诗的季节——初秋。

郑谷入蜀漂泊，"多寓止精舍"，在巴中县，便旅寓信美寺，结识了寺僧岑上人，因而才有后来的《赠信美寺岑上人》诗。"信美向巴天"，壮信美寺建在高山上，高入云天罢了。

（2）在说明了信美寺所在地和郑谷曾结识岑上人之后，我愿逐层诠解《赠信美寺岑上人》诗。

"巡礼诸方遍，湘南颇有缘。"

僧人游方朝拜各地佛寺，谓之"巡礼"。原住四川巴中县信美寺的岑上人，来到"湘南"礼拜佛寺，故说"湘南颇有缘"。郑谷在"湘南"与岑上人不期而遇，也真是"湘南颇有缘"。

"焚香老山寺，乞食向江船。纱碧笼名画，灯寒照净禅。"

中间两联具体地写岑上人在湘南的生活情况，落实他在湘南的"缘"。所谓"纱碧笼名画"，指老山寺有壁画，远近闻名；为保护壁画，便以碧纱笼罩之；"灯寒照净禅"，谓岑上人在老山寺彻夜坐禅（闭目坐禅是僧人正常的睡觉的方式）。坐禅入定，故曰"净禅"。此乃暗暗赞扬岑上人有较深的禅功修养。这四句为诗的主体部分，以其直接描写岑上人，符合题目要求。

"我来能永日，莲漏滴阶前。""我"是作者自称，明确无疑。末两句，极精练。"我来能永日"，干什么？"我"也永日在老山寺伴岑上人坐禅求静，因而静听装置在阶前"滴漏"之声。这两句，落实"我"与岑上人在"湘南颇有缘"。

我判此诗的作者是郑谷，不是司空图。司空图不曾到四川巴中、湘南浯溪，与岑上人无"缘"相识，这是稍读司空图诗文的人都会明白的。司空图无缘写这首诗。

对《寄怀元秀上人》《次韵和秀上人游南五台》两首诗的作者，我无力判断，仍存疑。

七、附带说明《全唐诗》卷六三二至六三四"司空图"诗中的"互见"诗

在《全唐诗》"司空图"诗中，除上文已提到的六首互见诗外，还收录了四首互见诗，题目是：

重阳日访元秀上人	一作郑谷诗
怀诗僧秀公	一作郑谷诗
酬张芬赦后见寄	一作司空曙诗
听雨	一作王建诗

今仅就所见资料，分述如下：

（1）《重阳日访元秀上人》《怀诗僧秀公》分别见于《云台编》卷中、卷下，明人张之象编纂的《唐诗类苑》转录这两首诗，皆署名郑谷。"《戊签》七十四"不录这两首诗，足见胡震亨所见到的司空图诗的刻本或传抄本中未收录这两首。后出的席刻本虽收录了这两首，但未交待出处，我们也不可轻信这两首诗的作者是司空图。

（2）《酬张芬赦后见寄》一首，《全唐诗》列在"司空曙"名下，注曰

"一作司空图诗"；列在"司空图"名下，又注曰"一作司空曙诗"。

"《戊签》七十四"不录此诗。

近人岑仲勉在《读全唐诗札记》中一再指出："张芬，亦见李端诗，与柳中庸同时，则此诗断非（司空）图作。"又说："按此诗断非图作，说见前五函四册。又彼处题作《酬张芬有赦后见赠》，花烛作花竹，愧不作恨不。"①据此可知，张芬与司空图生年悬隔，不可能以诗相酬。岑氏举证坚实，判断正确。

（3）《听雨》一首，《全唐诗》互注为"一作司空图诗""一作王建诗"。

"《戊签》七十四"不录此诗。

此诗洪本、赵本皆列在王建名下。胡氏从洪本、赵本行事，尊重较早的版本，亦见编辑态度颇谨慎。

胡震亨在《唐音癸签》卷八《评汇》中评及司空图、韩偓诗，曰：

> 表圣纶阁旧臣，诡隐瞻乌之日；致尧闽南逋客，完节改玉之秋。读其诗，当知其中别有一事在。此等吟人，未论工拙，要为无负昭陵。②

《新唐书·韩偓传》："韩偓，字致光。"《唐才子传》："偓，字致尧。"这段引文表明，胡氏身处明代将亡之际，对唐末节士司空图、韩偓有认同感、崇敬心，惟其认同、崇敬，故对编辑两位节士的诗持慎重态度。

［原载于《安徽师范大学学报》（人文社会科学版）2000年第1期］

---

① 转引自"国立中央"研究院历史语言研究所集刊编辑委员会（民国）编辑：《历史语言研究所集刊》（第9册），中华书局1987年版，第104、122页。

② 胡震亨：《唐音癸签》，古典文学出版社1957年版，第68页。

诗词研究

论龚定庵词的艺术特色

龚定庵，作为近代的启蒙思想家、独辟奇境的诗人，已受到现代学人的重视，颇有一些专文论述龚氏思想的先进性和诗的奇特的浪漫主义特色。对他的词，从晚清到现在，三言两语的评论有一点，专文评论的却较少，而且或褒或贬，俨然对立。看来似有重新评价的必要。这里，愿就定庵词，谈谈读后感，以就教于学者专家。

定庵词，据《龚自珍全集》（上海人民出版社印）有153首（《四部备要》本《定庵全集》有词138首）。对这些词，定庵《己亥杂诗》中曾自我评价道："不能古雅不幽灵，气体难跻作者庭。悔杀流传遗下女，自障纨扇过旗亭。"并自注曰："年十九，始倚声填词，壬午岁勒为六卷，今颇悔存之。"

"文章千古事，得失寸心知。"这一自评可算是个路标，提示人们如要领会定庵词的艺术特色可由此前进。

定庵说自己十九岁开始倚声填词，到了四十八岁却"颇悔存之"。这是真话吗？未必。他正得意于自己的词还能"流传"。他说"不能古雅不幽灵，气体难跻作者庭"，是自谦中夹杂着一点自负神情的话头。所谓"不能古雅不幽灵"，是说自己的词还未能达到自己所追求的"古雅""幽灵"的高度；"不能"是谦词，"古雅""幽灵"正是自己所追求的艺术特色。所谓"气体难跻作者庭"，是说在词史上，苏、辛、周、姜等是大作家，以词的气格、风调而论，自己和这些大作家难可并比。但是正因为自己的词具有"古雅""幽灵"的特色，也还能"流传遗下女"。这不是他有点自负神情的流露吗？

那么，定庵词是否具有"古雅""幽灵"的艺术特色呢？这不仅要从定庵的文学思想方面加以考查，更要从定庵词本身加以考查。

一

在词的艺术上，定庵所说的"古雅"指什么？雅者，正也。在文学创作上的"正"，莫过于"情真""辞正"。孔子说"情欲信，辞欲巧"（《礼记·表记》），"言以足志，文以足言"（《左传·襄公二十五年》），可算是对"雅"的正解。刘勰曾就创作的一般要求着眼，提出所谓"六义"，其核心也正是"情真""辞正"。而定庵对此却有自己的独特说法。

所谓"情真"，定庵在《述思古子议》中说："言也者，不得已而有者也……功令兼观天下怀人、赋物、陶写性灵之华言。夫童子未有感慨，何必强之为若言？"[1]这是说，写"怀人、赋物、陶写性灵"的文学作品，一定要以自己的深刻感受为基础。

在《长短言自序》中，定庵便直接提出了"尊情"的主张。他说："情之为物也，亦尝有意乎锄之矣；锄之不能，而反宥之；宥之不已，而反尊之……人之闲居也，泊然以和，顽然以无恩仇；闻是声也，忽然而起，非乐非怨，上九天，下九渊，将使巫求之，而卒不自喻其所以然。畴昔之年，凡予求为声音之妙盖如是。是非欲尊情者耶！"[2]这是说，他依声填词，特别重视情感的抒发；"求为声音之妙"，也是为了"尊情"。正因为"尊情"，他深爱《庄》《骚》，说"庄骚两灵鬼，盘踞肝肠深"（《自春徂秋，偶有所触，拉杂书之，漫不诠次，得十五首》之三）。也正因为"尊情"，他说："我论文章恕中晚，略工感慨是名家。"（《歌筵有乞书扇者》）他在创作上追求的所谓"童心""真原""大本大原"，都是要求发抒真情实感。

---

① 龚自珍：《龚自珍全集》，上海人民出版社1975年版，第123页。
② 龚自珍：《龚自珍全集》，上海人民出版社1975年版，第232页。

所谓"辞正"，当然要以"情真"为前提。定庵对这一点有独特的见解。在《书汤海秋诗集后》一文中，他以一个"完"字赞许李白、杜甫、韩愈、李商隐、苏轼、黄庭坚、元遗山以及吴梅村诸诗人。他说这些前代大家"皆诗与人为一，人外无诗，诗外无人，其面目也完"。提到汤鹏（字海秋）的诗，他说："亦一言而已，曰：完。"接着便解释道："何以谓之完也？海秋心迹尽在是，所欲言者在是，所不欲言而卒不能不言在是，所不欲言而竟不言，于所不言求其言亦在是。要不肯挦扯他人之言以为己言，任举一篇，无论识与不识，曰：此汤益阳之诗。"①这就明确地道出：诗人要有深刻的生活感受和独特的观察力，并且到了不吐不快的时候，要以个性化的语言，完美地表达出自己所捕捉到的生动形象，这才能有好诗。或者反过来说：一切内容虚伪、言辞矫饰的作品，都是他所反对的东西。

这里，定庵所称道的"诗人"，当然包括"词人"。

在倚声填词的语言要求上，定庵自己又说："曩在虹生（吴葆晋的号）座上，酒半，咏宋人词，呜呜然。虹生赏之，以为善于顿挫也。"②这就无异于向人们说明，词的唱腔虽失传，但他对词却有自己的吟诵法，朗诵时，能表达词的声腔顿挫之美。那么，他在倚声填词时，也不能不反复吟诵，一再推敲自己的作品，力求有声腔顿挫之美。因此我们说声腔顿挫，也正是定庵所谓"古雅"的内涵之一。

以上，我们根据定庵的文学思想，对他在倚声填词上追求的"古雅"，作了理论上的说明。现在要探究的是：定庵词果真有这种特色吗？

读罢定庵词，一个突出的印象，就是随着作者的年龄增长，写"花愁月病"、涉及狭邪的篇什也逐渐增加。这类词能算得"古雅"么？我们的看法是，在世事弊病日深的封建社会里，出现了奇才龚定庵，他是个早熟的人物，幼承父祖和师长之教，见闻比别人广，对社会情况的了解比别人多，又具有亦儒亦侠的思想倾向，有胆识，敢议论，因而他成了那个时代

---

① 龚自珍：《龚自珍全集》，上海人民出版社1975年版，第241页。

② 刘逸生：《龚自珍己亥杂诗注》，中华书局2003年版，第287页。

的"先觉者"。但同时，他毕竟是一位贵公子，难免有寻花问柳之类的事。他为这类事作诗填词，自以为是真诚的，其实那不过是浪荡感情的宣泄，只是写得不那么恶赖而已。例如，一个灵箫和其他几个妓女，就惹他写了那么多诗；酒宴中，见一个什么"女郎"抑郁不乐，便赋词"宠之"；梦见昔日冶游，便吟哦"是仙是幻是温柔"。不妨说，具有先觉思想的龚自珍，仍然是个凡胎，也有俗骨。这在他身上是统一的，不足为怪的。只是我们今天评论他的全部词作，不该承认那种狭邪语是"古雅"的。封建社会的墨客骚人，把游娼狎妓当作"雅事"来咏唱不足为怪，今天如果有谁来赞赏这些，就叫人吃惊了。

对这类词，今天的有些论者说："其词内容多狭邪语，殆用以自文自晦吧？"①这是为贤者讳的话。检阅定庵生平行径，当可证明未必如此。我们在重视他写"九州生气恃风雷，万马齐喑究可哀。我劝天公重抖擞，不拘一格降人才"（《己亥杂诗》第220首）的同时，也不能抹掉他写的"设想英雄垂暮日，温柔不住住何乡"（《己亥杂诗》第276首）。如说他有觉醒意识，有理想而不得实现，因而有些颓唐，这才近乎事实。请看，他在《金缕曲·赠李生》中写道：

> 海上云萍遇。笑频年、开樽说剑，登楼选赋。十万狂花如梦寐，梦里花还如雾。问醒眼、看时何许？侬已独醒醒不惯，悔黄金、何不教歌舞？明月外，思清苦。　　奇才未必天俱妒？只君家、通眉长爪，偶然仙去。花月湖山骄冶甚，一种三生谁付？只片语告君休怒。收拾狂名须趁早，鬓星星、渐近中年路。容傍我，佛灯住。

这首词，写得质木无华，但可取的是，它明白道出了自己的一点真情："侬已独醒醒不惯，悔黄金何不教歌舞？"并劝李生"容傍我，佛灯住"。检阅定庵生平，他真个有"独醒"遭妒的牢骚，于是也有狎妓、参

---

① 夏承焘、张璋编选：《金元明清词选》（下册），人民文学出版社1983年版，第559页。

禅的行径。事实既然如此，我们又何必为他回护呢。

定庵词，真正具有"古雅"特色的是那些言志体物之作，如《湘月》（天风吹我）、《金缕曲》（我又南行矣）、《湘月》（湖云如梦）、《水调歌头》（去日一以驶）、《行香子》（跨上征鞍）、《鹊踏枝》（漠漠春芜芜不住）、《鹊桥仙》（文窗一碧）等等，皆属这一类。这些词，抒发了他那不同凡响的抱负、不同流俗的情操和对友朋的真正情谊，是他词中的精品，试简析几例：

（1）《湘月》小序曰："壬申（1812）夏泛舟西湖，述怀有赋，时予别杭州盖十年矣。"据此可知作者二十一岁时写此词。词曰：

> 天风吹我，堕湖山一角，果然清丽。曾是东华生小客，回首苍茫无际。屠狗功名，雕龙文卷，岂是平生意？乡亲苏小，定应笑我非计。　才见一抹斜阳，半堤香草，顿惹清愁起。罗袜音尘何处觅，渺渺予怀孤寄。怨去吹箫，狂来说剑，两样消魂味。两般春梦，橹声荡入云水。

作者回想十年前在南方的生活、学习情况，不禁感慨系之。少年时学儒习侠，岂是为了功名富贵？为的是济世活人。——"纵使文章惊海内，纸上苍生而已。"他不想做个空头文士，而想着实干一番济苍生的事业；他现在仍然是"怨去吹箫，狂来说剑"，执着地走自己的人生道路。这首词，把勃郁激越的感情，一韵一个层次，层层深入地表达出来。又，首末两韵遥相呼应，使意境圆活完美。

（2）《木兰花慢》：

> 问人天何事，最飘渺，最销沉？算第一难言，断无人觉，且自幽寻。香兰一枝恁瘦，问香兰何苦伴清吟？消受工愁滋味，天长地久惜惜。　兰襟，一丸凉月堕，似他心。有梦诉依依，香传袅袅，眉锁深深。故人碧空有约，待归来天上理天琴。无奈游仙觉后，碧云垂到

而今。

这首词，见《无著词选》，这个词集是道光"壬午（1822）春选录"的，作者时年三十一岁。定庵二十七岁中举，三十岁官内阁中书（在内阁充国史馆校对官）；又，自中举后的1818至1822年的四年间，他参加三次会试，未第。此时此际，负才名有志气的定庵先生有着怀才不遇的心境是很自然的。他有理想并为实现理想而有所追求，可是就没有机会让他展现才能，于是便有幻灭的感觉。《木兰花慢》一调，正反映了这种感觉。请看词中的"香兰"不正是作者理想的象征吗？为了追求理想，他"且自幽寻"；为了实现理想而苦恼，他"问香兰何苦伴清吟"；追求不得，便有悲凉情绪，"兰襟，一丸凉月堕，似他心"；心自凉，意渐冷，则不如归去，"故人碧空有约，待归来天上理天琴"；可叹的是纵或"游仙"觉醒了，也只能对着幽幽的碧空出神而已。这，怎不教人"最销沉"！

这首词，形象化地展现了定庵在追求理想与退隐之间的彷徨叹息的精神状态。它所抒发的，正是"上九天，下九渊，将使巫求之，而卒不自喻其所以然"的深情。全词由对天发问到凝望"碧云垂到而今"，从内容到形式，能当得起一个"完"字。因而我也摹仿作者的口气说："此龚定庵之词也。"

（3）《水调歌头》"寄徐二义尊大梁"：

> 去日一以驶，来日故应难。故人天末不见，使我思华年。结客五陵英少，脱手黄金一笑，霹雳应弓弦。意气渺非昔，行役亦云艰。
>
> 湖海事，感尘梦，变朱颜。空留一剑知己，夜夜铁花寒。更说风流小宋，凄绝白杨荒草，谁哭墓门田？游侣半生死，想见涕潺湲。

词尾自注曰："谓严江宋先生。"又一调自注曰："辛未（1811）六月二日，风雨竟昼。检视败篇中严江宋先生遗墨，满眼凄然，赋此解。"据此可知两首提及少年时代的老师宋璠先生的《水调歌头》，是作者二十岁时的作品，这里选录的是前一首。

这个二十岁的青年，填词寄少年时的同学，便忆昔伤今，慨叹人世苍凉，这是早熟的表现。但是从词的表现艺术说，作者以生香本色的语言，明快地对故人一诉衷肠，既慨慷，又悲凉，诚挚感人，确有个性化的特色。因而我也赞之曰："完，此龚定庵之词也。"

以上数例，都是定庵词中的上乘之作。它们都具有定庵所谓的"古雅"特色：每首词的思想感情是真挚的，并以直抒胸臆为主要表现手法，语言是自己的，构思是完整的，读起来铿锵顿挫，有音乐美。

二

定庵词有"幽灵"特色吗？有的，而且是定庵词的主要艺术特色。

翻开定庵词，不难发现，作者所抒之情，往往与梦境、月景交融在一起，有着一种寂静的朦胧美。这种词，在数量上不少。这表明，"幽灵"成了作者刻意追求的境界。从作者思想方面看，这"幽灵"与他追求理想而又感到幻灭的情思分不开。例如，《金明池》一阕写道：

> 按拍填词，拈箫谱字，白日销磨无绪。春梦断、黏天香草，试怅望美人何处？中余醒、才要醒时，却又被，艳想迷漫遮住？早燕子匆忙，杨花零乱，好煞年光将去？　　料理相逢今又误。问除却相思，怎生言语？笺闲恨、丝烦絮乱，制密意、绿愁红妒。甚天、工作就慵时，有万种惺忪，十分凝伫。便拼不怀人，从今决绝，如此情惊消否？

这消不掉的是什么样的"情"？真有点朦胧。当真是想"美人"么？不是，这首词根本不在"美人"身上着笔。那么，这"美人"何所指？我以为指的是自己的理想。他说："白日消磨"掉了，所追求的"美人"还不知何在，只有怅望而已；求之不得，以酒浇愁，却仍丢不掉对她的思念,大好青春就这么在怅望中流逝了。再追求,"除了相思"则无可说;愁恨交织,也只落得"万种惺忪,十分凝伫"。美人——理想啊,追不到她,又抛不掉她,那就只得在追求与幻灭的心境中消磨时光!

照我看,这便是《金明池》一阕所抒的情。青年时期的龚定庵,有理想,且有追求的劲头,但终因地位低下而无法实现,便产生幻灭感,再加上受"美人芳草"的传统表达方式影响,于是拿起词笔,写了《金明池》,抒发似朦胧而又不朦胧的情思。

定庵以追求与幻灭终其生,是个悲剧。《金明池》可算是悲剧的缩写本。

又如,《桂殿秋》两阕写道:

> 明月外,净红尘,莱蓬幽窅四无邻。九霄一派银河水,流过红墙不见人。

> 惊觉后,月华浓,天生已度五更钟。此生欲问光明殿,知隔未扃几万重?

这首词的《小序》曰:"庚午(1810)六月望,梦至一区,云廊木秀,水殿荷香,风烟郁溆,金碧嵯丽,荡夜气空之濛,都为一碧,散清景而离合,不知几重?一人告予:此光明殿也。醒而忆之,赋两解。"梦境被他描绘得如此相对完整、美妙,这就不是完全受下意识支配的梦,而是带有自己理想色彩的梦。常言道,日有所思,夜有所梦。这里,我们把作者所描绘的九霄中的"光明殿"当作人间的"光明殿"来理解,未必不当。十九岁的龚定庵有升庙堂展鸿才的情思,难道不能借写梦境来发抒?

我这么说,也许有人摇头说:早有人指出定庵与西林太清春有暧昧关系,"定庵集中《游仙》诸诗,及词中《桂殿秋》、《忆瑶姬》、《梦玉人引》诸阕,惝恍迷离,实皆为此事发也。"①我说,也早有人指出:《桂殿秋》

---

① 柴萼:《梵天庐丛录》,转引自孙文光、王世芸编《龚自珍研究资料集》,黄山书社1984年版,第198—199页。

写于嘉庆庚午，定庵年十九，而西林太清春此时实年十一岁半。"二十岁男子固有恋爱，十三女孩谈此事恐怕太早吧。况定庵示词集于其外祖父时已衰然成帙，则必须两三年光阴方可写成。其《桂殿秋》一词自序为庚午年六月所作之梦，是年定庵仅十九岁，而太清则不过十一岁半。"①这点事实，当是任何欢喜传说风流韵事者所否定不了的。

青年龚定庵，有胆识，有才华，还有傲气，于是在理想的追求与幻灭中，难免有孤独情绪。这情绪在词中有所反映，不过有时以朦胧的语言出之。例如《鹊踏枝》"过人家废园作"：

> 漠漠春芜芜不住，藤刺牵衣，碍却行人路。偏是无情偏解舞，濛濛扑面皆飞絮。　绣院深沉谁是主？一朵孤花，墙角明如许！莫怨无人来折取，花开不合阳春暮。

作者叹息那墙角的"孤花"如此明艳，竟无人来折取！为什么？因为阳春已暮，开不逢时。显然，先觉者龚定庵已嗅出清王朝到了暮春花谢时期，自己虽有才思，欲有作为，也生不逢辰，无人赏识。

无人赏识，就孤清自守吧。在《鹊桥仙》"补种红梅一株于竹下赋此"中，他写道：

> 文窗一碧，萧萧相倚，静袅茶烟一炷。籛龙昨夜叫秋空，似怨道天寒如许！　安排疏密，商量肥瘦，自剧苔痕辛苦。从今翠袖不孤清，特著个红妆伴汝。

这真是："无论识与不识，曰：此龚定庵之词也。"多情公子有浪漫情思，又有孤傲的性格，透过这首词显示得明明白白。定庵曾把自己的《无著词》题作《红禅词》，身在红尘而又欲禅隐，这是他的生活和思想实际，

---

① 雪林居士：《丁香花疑案再辨》，转引自孙文光、王世芸编《龚自珍研究资料集》，黄山书社1984年版，第269页。

"红禅"二字，道着了他内心世界的复杂性。

这种词，说它朦胧，有之；说它不朦胧，也可以。揭开朦胧的面纱，真相就现出来了。由此我们可以领悟，定庵之所谓"幽灵"，即在托物言志、即景抒情时，把热情融入冷境中，透过悲凉气氛把自己的内心世界揭示给读者。这种表现特点，颇有如司空图所说的"近而不浮，远而不尽"的"韵外之致"；"幽灵"之"灵"，一则见作者性灵，再则具有引发读者情感、调动读者想象的艺术境界。

定庵词的"幽灵"特色，早为他的外公段懋堂所赏识。懋堂老人说定庵词如"银碗盛雪，明月藏鹭，中有异境"。①这"异境"，简言之，即"幽灵"，如果用佛家语说，便是"空寂"。

三

定庵倚声填词，追求"古雅""幽灵"的艺术特色，他的某些词也确有这种艺术特色。因此，前代词论家有人便大加赞许。定庵的同乡谭献就曾说过：定庵词"绵丽沉扬，意欲合周、辛而一之，奇作也。"又说："定公能为飞仙剑客之语，填词家长爪梵志也。昔人评山谷诗，如食蝤蛑，恐发风动气，予于定公词亦云。"②两说不太一致。

我认为，说定庵词有"绵丽沉扬"的特点，定庵当之无愧；说定庵词"意欲合周、辛而一之，奇作也"，则有溢美之嫌。周词以结构绵密见长，定庵的长调往往似之；辛词的雄奇阔大的意境、悲凉苍劲的气势，则是定庵词难于并比的。说定庵词乃"长爪梵志"，比为"如食蝤蛑，恐发风动气"，真的抓住了要害：（一）指明定庵词深受佛学思想影响；（二）对定庵词隐寓褒贬。现在就此稍加申述。

（1）定庵自己说："予幼信转轮，长窥大乘。"（《齐天乐·小序》）

---

① 段玉裁：《怀人馆词序》，见《龚自珍全集》，上海人民出版社1975年版，第597页。

② 谭献：《复堂词话》，人民文学出版社1984年版，第38、93条。

他相信神不灭，要发大心报佛之大恩，皈依天台宗，并供奉天台宗创始人智觊大师的雕像以示虔诚。不过他认为天台宗与禅宗六祖（慧能）所宣扬的佛教义理无纤毫差异，因而他把"六祖天台共一龛"。这就是说，定庵所理解的修行路子为"定慧双修"——既坐禅入定，追求"无念"心境，又研习大乘经根本经典《法华经》，探究"空性说"，"说明宇宙间一切现象都没有实在的、可以把握的自体"。①明乎一切皆空，便可无一切烦恼。定庵词多描写"空寂"境界，这和他在诗中多用佛家语一样，受佛学思想影响是明显的。从创造境界说，释子坐禅入定，追求的是"若明若冥，若空若灵，若寂若惺"（笔者注：惺，清醒）②的空寂心境。把这种追求表现在词里，便是"幽灵"之境、空寂之境。因此我说，定庵词之"幽灵"，根子在于他思想中有消沉因素，也在于他懂得一些佛学。谭献说定庵词是"长爪梵志"，实意是：定庵词所表达的是博览佛经而初修禅净的心态。（长爪，人名。他曾自誓：我不剪爪，要读尽十八种经。佛曾为之说法，断其邪见，使得圣果。见《大日经疏》）

（2）读定庵词，"如食蝤蛑，恐发风动气。"这是有见地的评论，也是对读者的告诫。蝤蛑，蟹的一种，性寒，少吃则有味，多食将致病；风，中医学上的病名，人为寒气所中或热气所中而生风。就定庵词说，谭氏认为，描绘空寂之境，表达消沉思绪，使定庵能在词坛上独树一帜；然而沉溺于空寂、幽灵之境，甘于一味消沉，也是不容小视的弊病。

这是我对谭氏评语的理解。如果这理解不错的话，那么，我想叨唠两句：谭氏的评语是就定庵词的上乘之作而发的，不包括那些狭邪语、应酬语和游戏之作。

定庵编辑自己的词集，去取不严，集中保存了一些始弃之、终取之的作品。他的儿子龚橙整理乃翁词集，更是有见必录，录入了不可取的作品，相对地降低了词集的质量。

---

① 吕澂：《中国佛学源流略讲》，中华书局1979年版，第325页。
② 契嵩：《六祖大师法宝坛经赞》，见郭朋《坛经导读》，巴蜀书社1996年版，第214页。

这里，让我们抄一首定庵的游戏之作，以证吾言不虚。《瑶华》"董双成画像"：

> 云英嫁了，弄玉归来，向翠楼琼户。虚无万叠，试问取、金阙西厢何处？容华绝代，是王母前头人数；看紫衣、仙佩非耶，汉殿夜凉归去。　低鬟小按霓裳，唱月底仙声，记否亲遇？霞宫待宴，浑忘了、听水听风前度，天青海碧，也只合、其中小住。笑人间、儿女聪明，倒写成双名字。

这首词，说来说去，除了形容董双成像个天仙外，还有什么呢？没有。词的歇拍说："笑人间儿女聪明，倒写成双名字。"我想摹仿这两句批评道："笑定庵真个聪明，凑出双成名字。"这种游戏之作，了无情感，读来索然无味。

又如《一痕沙》"录言"：

> 东指羽琮山下，小有亭楼如画。松月夜窗虚，待卿居。　闲却调筝素手，只合替郎温酒。高阁佛灯青，替钞经。

这是有韵的说明文，无韵味。如说有点韵味，那就是"红袖添香夜读书"的名士酸腐味。

又如《凤栖梧》：

> 谁边庭院谁边宅？往事谁边，空际层层叠，坐暖一方屏底月，背人蜡影幢幢灭。　万种温磨何用觅？枕上逃禅，遣却心头忆。禅战愁心无气力，自家料理回肠直。

全词写躺在床上乱想心思，读来味同嚼蜡。

郑振铎说："龚自珍之词，亦甚有名，其作风豪迈而失之粗率。"[1]我

---

[1] 郑振铎：《文学大纲》，商务印书馆1927年版，第613页。

认为，郑氏的批评是指定庵词中的游戏之作一类的篇章说的。如把全部定庵词都评之为"粗率"，便有失公允了。

我们对定庵词评述如此，是否抓住了要害，实不敢说。如果这种评述，对鉴赏定庵词有万一之助，那就算我没有完全浪费时间。

[原载《安徽师大学报》（哲学社会科学版）1991年第4期]

试论况周颐的词

况周颐，生于1859年（农历九月初一），卒于1926年（七月十八日）。这年代，正是中国已沦入半殖民地半封建社会的时代，是中国人民经受帝国主义侵略、封建统治阶级压迫的时代，当然也是仁人志士在屈辱中觉醒起来、力图铲除腐败、反抗外国侵略、挽救中华民族于危亡之中的时代。这时期，在政治上、思想上，有改良维新和封建保守的斗争，有国民革命和保皇复辟以及封建军阀的斗争，"五四"后更有无产阶级革命和一切反动思想、反动势力的斗争。况氏生当这个激烈的斗争时代，作为一个敏感的词人，在作品中不可能不从某一角度对时代作出反映。况在清末曾官内阁中书，又曾入张之洞的湖广总督府和端方的两江总督府为幕僚，过了几年诗酒放荡的生活。辛亥革命后，他一心恋着前朝，以遗民自居。他坚决地自外于前进的时代，前进的时代自然也抛弃了他。可是，他毕竟是个词人和词论家，人们对他的词和词论，不能一抛了之。目前，人们对他的《蕙风词话》，已开始研究，可是对他的词（《第一生修梅花馆词》《蕙风词》），尚无人加以评论。现在，我愿抛砖引玉，试作评论。我想，这对研究《蕙风词话》，会有助益。

况氏一生，致力于词。据徐珂《近词丛话》记载，况氏十四岁即开始学填词；成年后，游京师，有幸与当时著名词人王鹏运（号半塘）"共晨夕"，得到王的指点，"自是得窥词学门径"。[1]他也得到老一代词人端木采

---

[1] 唐圭璋：《词话丛编》（第五册），中华书局1986年版，第4227页。

的指点，这在《蕙风词话》中有一点记载。①况氏刻《第一生修梅花馆词》时，把端木采的《齐天乐·题夔笙词卷》《齐天乐·跋夔笙词》放在首页，就可看出况对端木采的尊重。端木采称况的中年词作说："蕙性缄愁，兰馨织韵，快读金荃新制。南州秀起。羡涤笔湘江，绮霞争丽，婉娈风情，玉田同世席须避！"②这些话尽管含有前辈对后生的鼓励之意，但况氏的中年词作，受到老辈的青睐，乃是真的。

在况氏六十八年的生命旅程中，有五十多年用在填词上，晚年才把精力用在撰写《蕙风词话》上：可见他首先是个词人，然后才是个词论家；他的词论之所以有独创见解，根子在于他是个填词老手。

况氏《第一生修梅花馆词》包括九个集子，按成卷年代先后，题名为《新莺词》《玉梅词》《锦钱词》《蕙风词》《菱景词》《二云词》《餐樱词》《菊梦词》，附《存悔词》（青少年时期作品）。晚年，又从前九集中选择若干首，再加上晚期作品，合刻为《蕙风词》两卷，即所谓"手自删定稿"。

应该注意，况氏晚年把自己的词和词话的集子都冠以"蕙风"两字，是有深意的。早年的《蕙风词》一卷，写于光绪癸巳至乙未年（1893—1895）间，他说集名取义于屈原《九章·悲回风》"悲回风之摇蕙兮，心冤结而内伤"，并说："蒙自乙未（1895）南辕，瞬更十稔，所处之境，诚如灵均所云不为可已之事，何以遣不得已之生！"③此时的词人，怀有对甲午（1894）战败的郁结之情，由北京南下，落拓江湖，发之于词，自有爱国思绪。而在晚年，手自删定毕生词作，又名之为《蕙风词》（二卷）。此时他所"冤结而内伤"的，主要仍在忠于前朝的遗老思想。——我说"主要"，意思是，就在他的晚年，特定的时代背景下，他仍有爱国情愫见之于词。

让我们看看他的《唐多令·甲午生日有感》：

① 参见《蕙风词话》卷一，第四十七条，人民文学出版社1960年版。
② 见《蕙风丛书》或端木采《碧瀣词》。
③ 见《蕙风簃随笔》卷一，《蕙风丛书》本。又见《亚洲学术杂志》1922年第2期，第1页。

已误百年期，韶华能几时！揽青铜，谩惜须眉。试看江潭杨柳色，都不忍，更依依。东望阵云迷，边城鼓角悲。我生初，弧矢何为？豪竹哀丝聊复尔，尘海阔，几男儿？（见《蕙风词》）

况氏生日为农历九月初一，甲午年他的生日为公历9月28日。此时，"甲午战争"消息频传，日本海军、陆军于7月下旬，即向中国的海军、陆军发动突然袭击；8月1日，中日双方正式宣战；9月中国陆军战败于平壤，同时海军亦败于黄海；10月，日军海、陆两路进攻我东北要地，占九连城（今丹东市东境）、安东（今丹东市）、大连、旅顺等地。当此之际，三十六岁初度的况氏，被战争节节败退的消息所激动，乃填词质问仍然沉醉于歌舞的人们：在辽阔的祖国疆域里，有几个是抗敌的男儿？言外之意，他愿亲赴沙场，抵御倭寇！

甲午次年2月，日军又攻占我威海卫军港，我北洋舰队全军覆灭。这时，况氏在《水龙吟》一词中又大抒悲愤之情：

己丑秋夜，赋角声《苏武慢》一词，为半塘所激赏。乙未四月，移寓校场五条胡同，地偏，宵警呜呜达曙，凄彻心脾。漫拈此解，颇不逮前作，而词愈悲，亦天时人事为之也。

声声只在街南，夜深不管人憔悴。凄凉和并，更长漏短，彀人无寐。灯炧花残，香消篆冷，悄然惊起。出帘栊试望，半珪残月，更堪在，烟林外。　愁入阵云天末，费商音，无端凄戾。冀丝搔短，壮怀空付，龙沙万里。莫谩伤心，家山更在，杜鹃声里。有啼乌见我，空阶独立，下青衫泪。（见《蕙风词》）

《小序》中所提到的校场，地在北京宣武门外。校场原是练兵的场所，可是明清以来，那里成了文人聚居之地。清末，王半塘、况蕙风都曾住在那里。当中国海军、陆军战败的消息传来时，况氏在京夜闻警笛，不免感慨系之，说这是凄戾的商音。"商，伤也，物既老而悲伤"（欧阳修《秋声赋》）。现在，衰朽的清政府战败了，作为内阁中书舍人的况氏，怎不伤心！他曾因边城鼓角，壮怀激烈，如今只得深宵里"空阶独立，下青衫泪"了。尽管况氏此情只是书生的忧国之叹，然而以高人雅士自命的词人，能有这种情愫，是可称许的。

我们说甲午战争前后，况氏是个高人雅士，是不是低估了他的爱国思想？不，请看他在甲午年中秋写的《摸鱼儿》（见《蕙风词》）。在这首词中，他发抒的情思："持觞太息：问袁渚烟寒，庾楼尘掩，谁与共今夕？"——他借谢尚在采石月夜闻袁宏吟诗、庾亮与僚吏在南楼共同赏月的故事，来自叹此刻没有雅士高人相伴：这不清楚地表明了他原是个雅士？

应该补充一点：当况氏自叹"谁与共今夕"之时，正是日军先头部队已包围平壤城、我丁汝昌率舰队迎战倭寇海军于鸭绿江口的大战临头之际，大约由于消息不灵吧，况氏还在低诉着一片雅士幽情。

读况氏辛亥革命前的词，我以为既要看到他"惜花人更瘦于花"的士大夫的闲情一面，又要理解他有点爱国思想的一面。如果有人问询，况氏此时词的思想特色，那就可以肯定地回答：满纸凄楚之音。端木采《齐天乐·跋夔笙词》下片中有几句："绚烂才华，峥嵘绮岁，忍鼓号寒咽露！君当记取：待献纳论丝，玉阶仙署；莫把商声，浼将吟思苦！"从端木采对况的劝勉中可以看出：他认为况氏词以"商声"为主旋律乃是不吉祥的，而我以为，况词恰恰是"亡国之音"的前奏曲。

辛亥革命后，况氏流寓上海。对前朝，他情意绵绵，每饭不忘；他所抒发的感情乃是没落而腐朽的恋主忠节之情。此时，他与沈曾植、朱祖谋、王国维等人一样，以守晚节、当遗老而自傲。这，让我们读一读况氏在1916年生日写的《倾杯·丙辰自寿》词，便可看得明白。词曰：

> 清瘦秋山，斑斓霜树，年年劝人杯盏。浮生事，未信长是，似月难圆，比云更幻。便南飞黄鹤依然，腰笛意懒。旧江山，梦沉天远。自惜金缕沧桑，莫辞留倦眼。 首重回，承平游衍。怕者回凭栏，斜阳如水，去日蹉跎，青镜鬓丝，较甚文章贱。持此恨谁遣？凭消领、

梧叶闲愁，芙蓉幽怨：相期老圃寒花晚。（《菊梦词》）

在这首词中，他明白地表达两点：一是对世事不信"似月难圆，比云更幻"，相反，他认为云虽幻而月可圆——复辟的希望是可能实现的；因此他应珍惜那件曾经沧桑的金缕衣，即珍重自己的遗老身份。二是此日虽只能消受"闲愁""幽怨"的没落生涯，但一定要守节自励，力求做个经得住秋寒的菊花！——对前清，他信誓旦旦，以遗老终其生。

需要补充说明一点情况：1915 年至 1916 年，康有为在天津、上海等地大嚷："丙辰九秋复辟。"况氏当时对康的吹嘘很相信，因而也说："浮生事，未信长是，似月难圆，比云更幻。"[1]

况氏的没落生涯固然与清廷覆灭有关，更主要的我以为是他的不正常的生活习性造成的。辛亥革命前，他身为总督衙门的幕僚，成日游宴、听歌、狎妓，并有阿芙蓉癖，而且性情狷狭，目空一切。这样的没落狂士，在辛亥革命后，谁来聘请他？早在辛亥革命前，端方就说过："我亦知夔笙将来必饿死，但我端方不能看其饿死。"[2]这真是看透了况氏生活习性的预言。辛亥后，况在上海，靠设书肆、卖文词为生。迫于生活，他自题寓所门联曰："吾惟钱是视，民以食为天。"此时他以词换钱，为富儿们写寿词、挽词、合婚词，谈不上独抒性灵了。这样的词写多了，抒情之作自然也就少了。他的受业弟子赵尊岳在《蕙风词跋》中说："晚年避地沪滨，鬻文为活，沪人士对于吾师，无论知与不知，咸欲得一词自增重，于是乎吾师之词之题，乃至陆离光怪，匪夷所思，求之前人集中，殆未曾有。"[3]这是溢美之辞，一望而知，不必多说。这类词为况氏"自定词所不取"，便是最有力的评价。

没落的生涯啮蚀着没落的灵魂，在孤寞中，他只得自我欣赏——以当遗老自傲，并回忆往昔的繁华，以复辟梦来抚慰自己。

① 赵尊岳《蕙风词史》，载《词学季刊》第一卷，第四号。
② 唐圭璋：《词话丛编》（第五册），中华书局 1986 年版，第 4368 页。
③ 《蕙风词》，《清名家词》（第十册），上海书店 1982 年版，第 1—2 页。

况氏的后期词，对梅兰芳在辛亥后两度到上海演出，颇有反映。[1]看梅兰芳演戏，一则可以抚慰他那没落的灵魂，再则可以借题发挥，写点词来发泄自己的遗老情思。让我们看看他怎么借题发挥的：

梅兰芳演出《嫦娥奔月》，况氏看了，说"凤城丝管，回首惜铜驼"；"点鬓霜如雨，未比愁多：问天还问嫦娥？"——如果把这些词句译成现代汉语，大意是：在前朝灭亡后，看梅剧使我回忆起当年的京华歌舞；如今我的愁恨比两鬓的白发还多：天哪、嫦娥呀，你说这是为什么？[2]

梅兰芳演出《黛玉葬花》，况氏看了，说"人天几劫，何曾换却华鬘，葬花怕无香土"——大意是：天哪，人世遭逢许多劫难，而你在舞台上还是那么未歌先咽花头颤，只怕你要葬花，也没有一抔净土啊！[3]

这真是时时刻刻不忘前朝！

1923年秋，当那个一度率领辫子兵进京拥戴溥仪复辟的张勋死于天津时，况氏为张勋写挽词《摸鱼儿》，"为已断鹃魂，苦忆啼时血。情天一发，念芳约俱寒，坠欢何望，曲怨玉笙裂！"[4]——复辟无望了，他只有"声吞和泪肠热"。看，况氏的思想何等顽固！

辛亥后的况氏，时刻发抒遗老思想，我们为节省笔墨，不再举证。然而，有一点却不容忽视：当日本帝国主义者急遽侵略我国的时候（第一次世界大战爆发后），况氏着意写了《浣溪沙·咏樱花》十五首，表达了反对日本侵略的爱国思想。他写道：

且驻寻春油壁车，东风薄劣不关花！当花莫惜醉流霞。　总为情深翻怨极，残阳缩近茜云斜。啼鹃说与各天涯。（见《餐樱词》）

---

① 在《蕙风词》中，有《满路花》（虫边安枕簟）、《塞翁吟》（有约无风雨）、《蕙兰芳引》（歌扇舞衣）、《八声甘州》（向天涯）、《西子妆》（蛾蕊鬟深）、《浣溪沙·听歌有感》五首、《莺啼序》（闻歌向来易感）、《戚氏》（仁飞鸾），计十六首，皆为梅郎演出而作。

② 《蕙风词》，《清名家词》（第十册），上海书店1982年版，第28页。

③ 《蕙风词》，《清名家词》（第十册），上海书店1982年版，第31—32页。

④ 《蕙风词》，《清名家词》（第十册），上海书店1982年版，第37—38页。

况氏认为，日本国花——樱花，移植中国，有人当花醉酒，这不是什么值得吟赏的事。为什么？"东风薄劣不关花"：日本帝国主义者锐意侵略中国，绝不是借移花来敦睦邦交！我国衰似残阳，而又偏遇袁世凯当道，犹如乌云遮掩残阳，面临灭亡的危险！我（况）只得像啼鹃一样，说给天涯各地的人听听。——这好似姜白石《八归》写的"最可惜，一片江山，总付与啼鴂"，多么沉痛！

《浣溪沙·樱花词》九首小序曰："余赋樱花词屡矣，率羌无故实。偶阅黄公度《日本杂事诗注》及日人原善公道《先哲丛谈》，再占此九调。时乙卯大暑前一日。"这序有两点需要解释，才能摸清这些词的思想：（一）写于"乙卯大暑前一日"；（二）提到黄公度的《日本杂事诗注》及日本人写的《先哲丛谈》。

"乙卯大暑"即1915年7月下旬某日。历史告诉我们，1914年8月第一次世界大战爆发，欧洲的主要帝国主义国家皆忙于大战，无力东顾，而日本帝国主义趁机入侵中国，先是进军我山东半岛，占领青岛、胶济铁路，而袁世凯的北洋政府任其侵略，毫无反抗；继而于1915年1月日寇向袁世凯当面提交"二十一条件"（灭亡中国的二十一条件），而袁为争取实现自己的皇帝梦，也忍让接受。3月，国人得知"二十一条件"谈判签订情况，立取掀起汹涌的反抗怒潮。况氏在这种爱国怒潮的激荡下，写了具有爱国思想的樱花词，表示反抗日本入侵中国，反对袁世凯的卖国行为。

《日本杂事诗注》，其中写及日人看樱花，日人的武士道侠行等等[①]；《先哲丛谈》乃是歌颂武士道、大和魂的书，如黄公度《赤穗四十七义士歌》中某些歌颂对象就是，取自《先哲丛谈》的。[②]但是，对黄公度，当时的官场的文化界人士都知道：他对日本侵略中国，一向主张以强硬手段来对待。梁启超说过："琉球（今名冲绳）案、朝鲜开港，及苏杭开租界，

---

① 黄遵宪《日本杂事诗》中，有咏看樱花："朝曦看到夕阳斜，流水游龙斗宝车。宴罢红云歌绛雪，东皇第一爱樱花。"又，咏武士道行为："解鞘君前礼数工，出门双锷插青虹。无端一语差池怒，横溅君衣颈血红。"

② 见《赤穗四十七义士歌》注37.《人境庐诗草笺注》，上海古籍出版社1981年版，第297页。

先生（指黄公度）皆力持强硬手段，惜政府（指清廷）不用也。"①况氏咏樱花，一则说"偏翻芳谱只寻常"，再则说"似此春华能爱惜，有人芳节付蹉跎"——有人为爱惜樱花而丧失民族气节了，因而他要"隔花犹唱《定风波》"！三则说"东风薄劣不关花"，他自己虽哀如鹃啼，也要啼遍天涯。

应该说，尽管他以遗老自居，思想落后，但在民族气节上，他是有操守的。读况氏晚年词，对这一点不能忽视。

对况氏词的艺术特色，前人曾有评说，不过只是三言两语，企图点悟旁人。如陈锐（字伯弢）《褒碧斋词话》说：

> 况夔笙词，手眼不必甚高，字字铢两求合，其涉猎之精，非馀子之可及。②

王国维在《人间词话》（附录一）中说：

> 蕙风词小令似叔原（晏几道），长调亦在清真、梅溪间，而沉痛过之……天以百凶成就一词人，果何为哉！③

蔡桢（字嵩云）在《柯亭词论》中说：

> 蕙风词，才情藻丽，思致渊深。小令得淮海、小山之神，慢词出入片玉、梅溪、白石、玉田间。吐嘱隽妙，为晚清诸家所仅有。④

以上三家评论，我以为陈氏云云，言中实处，可取；王氏云云，稍有溢美之嫌；蔡氏云云，泛而无准，最终说不清况词的风格特色。这里愿陈

---

① 梁启超：《饮冰室诗话》，人民文学出版社1959年版，第121页。
② 唐圭璋：《词话丛编》（第五册），中华书局1986年版，第4198页。
③ 唐圭璋：《词话丛编》（第五册），中华书局1986年版，第4268页。
④ 唐圭璋：《词话丛编》（第五册），中华书局1986年版，第4914页。

述愚见，与披览况氏词者共同讨论。

第一，况氏填词，守律极严，因而他的词，读起来有抑扬顿挫的声腔之美。

《蕙风词话》有言："学填词，先学读词。抑扬顿挫，心领神会。日久，胸次郁勃，信手拈来，自然丰神谐趣矣。"①这是说，读前人词应注意领会声律、神韵之美，而这种美总是在抑扬顿挫的语调中显示出来的。况氏又说："宋人名作，于字之应用入声者，间用上声，用去声者绝少。检《梦窗词》知之。"②这就道出了况氏在声律上刻意追踪宋贤的苦心。周邦彦、姜白石谙练声律，李易安、吴文英也以严于声律称著，他们的作品，当然是况氏揣摩声律的范本。《蕙风词》（手自删定稿）第一首是《齐天乐·秋雨》，就明显地带有学习姜白石《齐天乐·咏蟋蟀》的痕迹。让我们就此加以比较，以见况氏之严于守律。

> 庾郎先自吟愁赋，凄凄更闻私语。露湿铜铺，苔侵石井，都是曾听伊处。哀音似诉，正思妇无眠，起寻机杼。曲曲屏山，夜凉独自甚情绪？　西窗又吹暗雨，为谁频断续，相和砧杵？候馆迎秋，离宫吊月，别有伤心无数。豳诗漫与。笑篱落呼灯，世间儿女。写入琴丝，一声声更苦。（姜白石《齐天乐·咏蟋蟀》）

> 沈郎已自拌憔悴，惊心又闻秋雨。做冷凄灯，将愁续梦，越是深宵难住！千丝万缕，更换入虫声，搅人情绪。一片萧骚，细听不是故园树。　沉沉更漏渐咽，只檐前铁马，幽怨难诉。倘是残春，明朝怕有，无数飞花飞絮。天涯倦旅，记滴向篷窗，更加凄苦。欲谱潇湘，黯愁生玉柱。（况周颐《齐天乐·秋雨》）

上列同调两首，凡字上加·符号的，吴梅指出："须用去上声"（即前一字应为去声，后一字应为上声），而且"万不可用它声"。③验诸白石

---

① 参见《蕙风词话》卷一，第三十六条，人民文学出版社1960年版。
② 参见《蕙风词话》卷一，第三十九条，人民文学出版社1960年版。
③ 吴梅：《词学通论》，华东师范大学出版社1996年版，第11页。

《齐天乐》，正如此；验诸周邦彦《齐天乐》两调①，亦复如此。验诸况词《秋雨》，除"渐咽"一处外，其余三处正作"去上声"。而"渐咽"作"去上声"，况氏自有说明，即"唯入声可融入上、去声"。在"沉沉更漏渐咽"句中，他把入声字"咽"融为"上声"了。②

再如《八归》仄体，首见之于白石词。这一调有个特殊拗句："庭院暗雨乍歇"（按四声作"平去去上去入"）。况氏《八归》的相应句为"如梦往事倦说"（"平去去上去入"），正是在音律上字字铢两相合。这一调中，白石有转折句"问水面"（"去上去"）三字，况词相应的句子为"剩惨黯"（"去上去"），在声律上两两相较，丝毫不差。

又，《梦窗词》有自度曲《西子妆》（或名《西子妆慢》），又拗句"一箭流光，又趁寒食去"——后一句作"去去平入去"，拗口，但按声律要求，不得更改。况词《西子妆》相应句有"着意怜花，又怕花欲妒"——后一句亦作"去去平入去"，与梦窗句全合。又，《莺啼序》是吴梦窗的名篇，有拗句"傍柳系马"，声腔应作"去上去上"；况词《莺啼序》三调，在相应处，缀句为"傍柳画舸""梦里往事""载酒记省"，皆作"去上去上"，无一不合。

根据这些实例，词论家说况氏守律颇严，为并世馀子所不及，绝不是随口捧场的话。

"填词之难，造句要自然，又要未经前人说过。"③况氏守律严而出语自然，这才获得人们的赞赏。

第二，况词长调，构思绵密，有蛇灰蚓线之妙。

词的唱腔（乐谱）早已失传，后人填词，只得以宋贤的作品为范本，按字音的平仄、阴阳、开合去填写。人们论词的所谓抑扬顿挫的声腔流美，一是审视词的内在特质——感情色彩，一是审视词的外在特征——句式、声律。而构思则关系词的内外特征两方面，故审视词的构思，较为容

① 周邦彦《清真集》有《齐天乐》两调：《秋思》《端午》。
② 参见《蕙风词话》卷一，第三十七条，人民文学出版社1960年版。
③ 参见《蕙风词话》卷一，第二十四条，人民文学出版社1960年版。

易地揣度它的声腔流美。词，如果运思不精，构思不密，那就难以体现抑扬顿挫的声腔之美，更谈不上什么丰采了。况氏是深谙此理，他说过："词亦文之一体。昔人名作，亦有理脉可寻。所谓蛇灰蚓线之妙。"又说："作词须知'暗'字诀。凡暗转、暗接、暗提、暗顿，必须有大气真力，斡运其间，非时流小惠之笔能胜任也。"[①]这些，说的都是词的构思问题。就昔人名作说，清真词、白石词都被视为这方面的典范，后世词人，情思婉约者莫不宗仰。

况氏在构思上师法前贤，极为用心。让我们仍以白石"咏蟋蟀"和况词"咏秋雨"相比较，力求把问题说得具体些。

白石"咏蟋蟀"词的构思特点，唐圭璋先生有丝丝入扣的解说，摘录如下：

> 此首咏蟋蟀，寄托遥深。起言愁人不能更闻蟋蟀。观"先自"与"更闻"正相呼应……"露湿"三句记闻声之处。"哀音似诉"，比"私语"更深一层，起下思妇闻声之感。"曲曲"两句承上言思妇之悲伤……换头用"又"字承上，词意不断。夜凉闻声，已是感伤，何况又添暗雨，伤更甚矣……"邠诗"两句陡转，以无知儿女之欢笑，反衬出有心人之悲哀，意亦深厚。末言蟋蟀声谱入琴丝更苦，余意不尽。[②]

我们再来看况词"咏秋雨"的构思特点：起笔两句说人已憔悴，那堪更闻秋雨声！"做冷"三句递进一层，写深宵秋雨，令人梦醒增愁。"千丝万缕"的雨丝伴着虫声，自会织成人的愁绪之网，又引起下文清夜乡思之苦。换头句着一"渐"字，遥应上片"难住"，表示雨声绵延不息，而雨声、虫声搅和着乡愁，更加上檐下铁马叮咚，凄凉逼人，使人愁不可支

① 《蕙风词话》卷二，第三十七条；卷一，第三十二条，人民文学出版社1960年版。

② 唐圭璋：《唐宋词简释》，上海古籍出版社1981年版，第184—185页。

了。"倘是"三句乃此际之想象。徒增凄凉而已。"天涯倦旅"一句直落词人自身,写"倦旅"曾在船篷小窗下听雨的苦况,凄凉何极。末言如将雨声谱作《潇湘夜雨》曲,那将使筝瑟吟愁,愁情永播人间了。

两相对比,我们说,况词有心追踪白石,言之有据。应该指出,《齐天乐·秋雨》,见于《新莺词》,是况的早期作品,因而在构思上有点摹拟的痕迹,不足为怪。当他成熟的时候,他虽师范前贤,而能青胜于蓝,这也有实例可征。

吴梦窗有自度曲《西子妆》,副标题为"湖上清明薄游"。此后宋人张炎仿制一调,写"寓罗江,与罗景良野游江上"情景。但一向讲求声律的张氏,在《西子妆》应有拗句的地方,不守律,改拗句为顺句(吴词拗句"又趁寒食去";张词改作"隔坞闲门闭"),当然不妥。况氏填此调则守律不移。如果从构思角度看,我以为,吴、张、况三首相比,论运思绵密,况词为优。录吴、况两家《西子妆》稍加比较,便见分晓。

> 流水麹尘,艳阳醋酒,画舸游情如雾。笑拈芳草不知名,乍凌波、断桥西堍。垂杨漫舞。总不解、将春系住。燕归来,问彩绳纤手,如今何许? 欢盟误。一箭流光,又趁寒食去。不堪衰鬓著飞花,傍绿阴、冷烟深树,玄都秀句。记前度,刘郎曾赋。最伤心、一片孤山细雨。(吴文英)
>
> 蛾蕊颦深,翠茵蹴浅,暗省韶光迟暮,断无情种不能痴。替消魂,乱红多处。飘零信苦。只逐水,沾泥太误。送春归,费粉蛾心眼,低徊香土。 娇随步。著意怜花,又怕花欲妒。莫辞身化作微云,傍落英、已歌犹驻。哀筝似诉。最断肠、红楼前度。恋寒枝,昨梦惊残怨宇。(况周颐)

上引梦窗词上片写"欢游":乘画舸、弄芳草、到断桥;垂杨深处荡秋千;归来后问纤手痛不痛?下片写"孤游":伊人失约不来,只得自傍绿阴深树;想前度也曾有赋诗雅兴;今番只落得伤心,凝望一片孤山雨。

　　词记西湖之游，难得梦窗构思出"欢游"与"孤游"的对比，使全词未落入平铺直叙的境地。这比张炎的《西子妆》"游罗江"一调高明，显得婉曲有致。可是跟况氏《西子妆》相比，又显得单调一些。

　　况词写梅兰芳演《黛玉葬花》。作者不仅要写"黛玉葬花"，而且一定要写梅郎"演黛玉葬花"，戏有歌、有舞、有音乐伴奏，都要写到；当然还要借此抒情。一句话，就题材说，比吴词写游西湖复杂得多。请看，况氏真不愧是填词老手，起笔三句，就把剧中主人黛玉送到舞台的绿茵（地毯）上，她颦眉轻步，暗惜春光将逝；"断无情种"三句写剧中人痴情怜惜落花的舞态；"飘零"句上承落花而续写主人公痛借落花逐水沾泥、不得洁净的深情；"送春归"三句，写主人公低徊漫舞，为葬花而寻觅香土。换头"娇随步"一句，便把下片笔墨完全牵引到主人公身上，真难得！娇步乃是为了怜花。"莫辞"三句写主人公舞姿轻盈一若微云浮动，并傍依落花且歌且咽，无限伤情。"哀筝"句起下句红楼里感情波折，既写音乐。又补出葬花因由。末尾两句兜出全词情思：歌声一似惊梦的夜啼杜宇（杜鹃），哀哀不尽。——况氏把自己思念前朝的愁恨，已暗暗地灌注在主人公的轻歌漫舞中。

　　全词运思缜密，结构严谨；比起吴词《西子妆》，可以说更出色些。

　　况词长调多于小令。长调均以运思缜密、结构严谨取胜。

　　第三，况词出语自然洁净，无雕琢痕迹。

　　"词以自然为宗，但自然不从追琢中来，便率易无味。如所云绚烂之极，乃造平淡耳。"[1]这是清康熙年间著名词人彭孙遹的话，而况词在语言确能做到这一点。例如：

> 珠帘绣幕，可有人听，听也可曾肠断？（《苏武慢·寒夜闻角》）

---

[1] 彭孙遹：《金粟词话》，见唐圭璋编《词话丛编》（第一册），中华书局1986年版，第721页。

闲伫立，怕只有流萤，来照罗衣湿。（《摸鱼儿·甲午中秋》）

有啼鸟见我，空阶独立，下青衫泪！（《水龙吟·宵警呜呜达曙，凄彻心脾，漫拈此解》）。

劫外琴书须位置，要它相守心魂。（《临江仙》）

这些语句，是词特有的语言，活泼而有情味的语言，也正是从追琢中归于平淡的语言。如非填词老手，是不容易办到的。

况词的语言，其清超不及白石，藻采难追梦窗，然而自有一副秀洁面目。我以"秀洁"两字许之，自信较为公允。

第四，况词小令，秀洁而婉媚，虽不能并比小山、淮海，亦可卓然自立。

蕙风小令，王国维曾说是"似叔原"，蔡桢说"得淮海，小山之神"。我以为这都是言过其实的。这里不妨抄两首选家们所注目的况氏小令，以便实际观察：

柳外轻寒花外雨，断送春归，直恁无凭据。几片飞花犹绕树，萍根不见春前絮。　往事画梁双燕语，紫紫红红，辛苦和春住。梦里屏山芳草路，梦回惆怅无寻处。（《二云词》）

绿鬓把堪照酒卮，青袍随分被寒欺。隔年春事玉梅知。　冻树翻鸦疑叶坠，惊风卷雪作尘飞。门前车马意迟迟。（《锦钱词》）

尽管这儿有"几片飞花"两句、"冻树翻鸦"一联，妥溜、有神情，但比起小山词那种"秀气胜韵、得之天然"[1]的风姿，还差得太远；比之淮海词那种自然而婉媚的神情，也大为逊色。王国维在手自删定的《人间

---

① 王灼：《碧鸡漫志》，见唐圭璋编《词话丛编》（第一册），中华书局1986年版，第83页。

词话》中不录"蕙风小令似叔原"一条，便是自我否定不当之处的具体表示，我们何必还跟着乱嚷！从蕙风小令的总体风貌看，说它是淮海词的流裔，似较近乎实际；然而不能不指出，淮海小令胜处，蕙风尚未可攀比。别的不说，单看秀句吧，淮海词中有"自在飞花轻似梦，无边丝雨细如愁""郴江幸自绕郴山，为谁流下潇湘去"等，这般精美而深沉的句子，蕙风拿什么来与之并比？

蕙风小令，风貌近淮海，然有大巫小巫之别。

第五，况词，"手眼不必甚高"。此语击中要害。

王夫之说："（诗人）身之所历，目之所见，是铁门限。即极写大景，如'阴晴众壑殊'、'乾坤日夜浮'，亦必不逾此限。"[①]就况氏生活阅历、思想倾向看，前期，他以风雅自命，站在社会生活的边缘，只知道师法南宋婉约词人的柔靡之情，发抒一点淡淡的哀愁，以驰骋才华。王国维说："天以百凶成就一词人"——况蕙风，这是不实之词，事实在况词中看不到多少"百凶"的情貌；看到的，他是个多愁善感的"高人雅士"。

况氏后期，以遗老自居，时时咀嚼着"旧江山、梦沉天远"的迷惘，反映了时代的落后的一角。人们说况"手眼不必甚高"，照我看，确实如此。须知词人创作，先有艺术认识，才有艺术表现。论"眼"，况氏只看到时代的落后面，而且把自己的命运与覆灭的王朝完全联系在一起，这就决定了他只能是个旧王朝的哭丧妇，除哀诉前情，便没有什么别的调子可唱了；论"手"，他是追踪前贤的好手，但同时也陷在南宋高手的框格里不知自拔，因而在词的发展史上，很难说他提供了什么新东西。但是，我要郑重地说：在辛亥鼎革前后，况是个数得着的词家。综括况氏一生的阅历和创作道路，我愿借用南宋末年王沂孙的《齐天乐·咏蝉》中几句来表达："病翼经秋，枯形阅世，消得斜阳几度？余音更苦，甚独抱清商，顿成凄楚。"

---

① 王夫之：《薑斋诗话》，人民文学出版社1981年笺注本，第55页。

末了，还要指明一点：有人说，况氏辛亥后的作品，"抚时感事，无一字无寄托，盖词史也"。①词史？这真是着意美化况词！历史的脚步不论经历什么曲折，总是向前迈进的，况氏的脚步能与历史的脚步相合拍吗？答案可借用一句俗语：天知、地知、你知、我知。用不着多说了。

[原载《中国文学研究》1990年第2期]

---

① 《蕙风词》，《清名家词》（第十册），上海书店1982年版，第1—2页。

关于王国维三题

近月来，重读了《人间词话》，并翻阅了一点资料，随手写了点笔记。现在，把笔记加以整理，稍稍集中地谈三个问题：一、对王国维自杀问题的看法；二、漫评《人间词话》；三、试评王国维的词。

一

王国维在辛亥革命之后，以前朝"遗老"自居，这是人人知道的。他于1927年6月2日投昆明湖自杀，其原因何在，还有待研讨。郭沫若同志和爱新觉罗·溥仪先生在各自的著作中虽然谈论过这一问题，但他们都是根据"传说"来提出自己看法的。这种传说的可靠性如何，还很难说。

郭沫若同志在《鲁迅与王国维》一文中说：

> 一个小小的亡国后的五品官，到了民国十六年都还要"殉节"，不真是愚而不可救吗？……不过问题有点蹊跷，知道底里的人能够为王先生辩白，据说他并不是忠于前朝，而是别有死因的……据说他的死实际上是受了罗振玉的逼迫。（着重号是引用者加的。下同）①

罗振玉怎么逼死王国维的呢？郭沫若同志说：

---

① 郭沫若：《鲁迅与王国维》，见《历史人物》，新文艺出版社1947年版，第296页。

　　详细的情形虽然不十分知道，大体的经过是这样：罗在天津开书
店，王氏之子参予其事，大折其本，罗氏竟大不满于王，王之媳乃罗
之女，竟而大归。这很伤了王国维的情谊；所以逼得他竟走上了自杀
的路。①

　　爱新觉罗·溥仪在《我的前半生》小注中，据传闻，把罗振玉逼迫王国维
自杀的事，记得稍稍具体些。他说：

　　我在特赦后，听到一个传说，因已无印象，故附记于此，聊备参
考。据说绍英曾托王国维替我卖一点字画，罗振玉知道了，从王手里
要了去，说是他可以办。罗振玉卖完字画，把所得的款项（一千多
元）作为王国维归还给他的债款，全部扣下。王国维向他索要，他反
而算起旧账，王国维还要补给不足之数。王国维气愤已极，对绍英的
催促无法答复，因此跳水自尽。据说王遗书上"义无再辱"四字即指
此而言。②

　　显然，郭沫若同志和溥仪先生都把王国维的自杀，看成完全是由个人
恩怨造成的、与政治无关的偶然事件。我对这种说法是不敢轻信的。这
里，我们首先要问：如果王国维单纯地为"挚友之绝"便自杀，那末，为
什么不选在罗向王逼债的1926年秋，而偏偏要自杀于大革命日益深入、北
洋军阀即将崩溃、北京受到震惊的时候？王氏在遗书中说："经此世变，
义无再辱。"我们难道能说他的自杀与"世变"无关吗？其次，我们应该
指出：溥仪说王氏遗书中"义无再辱"一语，即指罗振玉的逼迫，这是割
裂文句的随意解释，是没有说服力的。"经此世变，义无再辱"——"世
变"与"再辱"能了不相关吗？

　　为了回答这些问题，我们不能不谈谈王国维自杀前的思想情况和自杀

---

　　① 郭沫若：《鲁迅与王国维》，见《历史人物》，新文艺出版社1947年版，第
296页。

　　② 爱新觉罗·溥仪：《我的前半生》，东方出版社2007年版，第174页。

时的国内革命情况。

王国维对封建制度是极力赞赏的、维护的。鲁迅和溥仪都曾经说过，王国维"是老实人"。我说，他老实的主要表现是：在清朝亡了之后，还把自己献给废帝溥仪。在思想上，他属于儒家封建正统派，这只要读一读他的《殷周制度论》，看他那么热情地赞美周公旦，便可察知。在政治上，他始终要求有一个能代表地主阶级利益的皇帝来统治国家，因而他殷切地希望封建复辟。尽管清朝亡了国，溥仪被从皇位上赶下来了，王国维还满腔热情地忠于自己认定的这个"至尊"。王国维在清朝亡国之前，并没有做过官，而在清朝亡国十二年之后，居然应废帝溥仪的征召，辞去大学教授之职，接受溥仪封给的五品官，任"南书房行走"，拼命地为溥仪效劳。任何一个旁观者（更不用说当时的民主革命者），对王国维的这种行动，不能不目之为愚忠。

1924年9月，直奉战起，10月，冯玉祥回师入京，11月，把溥仪从皇宫里赶出来。这时，王国维对溥仪"侍行未敢离左右。其后又时往日使馆觐见"。[①]溥仪被逐出宫，王国维认为，这是他们君臣的奇耻大辱，为此，还两次三番地要跳御河自杀，只因家人监视得严，才没有死掉。《清史稿·王国维传》对这件事也大书一笔："甲子冬，遇变，国维誓死殉。"[②]从这件事看，王国维"忠于前朝"，已忠到不要命的地步了。

溥仪被逐出宫后，逃到了天津，王国维留在北京，任清华大学研究院教授。"君臣"分手后，王国维的愚忠有没有改变呢？没有。请看下文。

1925年7、8月间，王国维为罗振玉祝寿，写了两首七律，把自己忠于前朝的思想感情，表白得很清楚。《罗雪堂参事六十寿诗》曰：

卅载云龙会合常，半年濡呴更难忘。

昏灯履道坊中雨，羸马慈恩院外霜。

事去死生无上策，智穷江汉有回肠。

① 赵万里：《王静安先生年谱》，《国学丛论》第一卷第三期，第126页。

② 赵尔巽等撰：《清史稿》，吉林人民出版社1998年版，第10397页。

毗蓝风里山河碎，痛定为君举一觞。

事到艰危誓致身，云雷屯处见经纶。

庭墙雀立难存楚，关塞鸡鸣已脱秦。

独赞至尊成勇决，可知高庙有威神。

百年知遇君无负，惭愧同为侍从臣。

很清楚，王国维此时，一则痛恨亡了国——"山河碎"；再则欣喜溥仪已长大成人（溥仪时虚年二十），赞扬他有勇气、有决断，可使"山川重秀，天地再清"[①]，复辟有希望；三则歌颂清朝的列祖列宗"有威神"，能保佑溥仪复辟；四则表达他和罗振玉不辜负溥仪对他们的恩德。王国维嘴里的"惭愧"不就是未能辅佐溥仪把复辟的希望化为现实吗？！

遗老既痛恨民主革命，很自然的就把自己与人民对立起来，对革命的现实处处看不入眼。王国维与沈曾植、朱祖谋、况周颐等遗老比较起来，反人民的情绪，表现得稍强烈些。他不仅和沈、朱等一样，写诗文不用"民国"纪年，而且一提到时世，总是叫喊什么"国变""世变""时变"，而要"避世"；一提到人民，便把人民骂作"傀民"；一提到社会舆论，便称之为"妖言巫风"，等等。这里，让我抄一阕王国维写于1918年的词——《百字令·题孙隘庵南窗寄傲图》，看看他痛恨民主革命的感情：

楚灵均后，数柴桑、第一伤心人物。招屈亭前千古水，流向浔阳百折。夷叔西陵，山阳下国，此恨那堪说！寂事千载，有人同此伊郁！　堪叹招隐图成，赤明龙汉，小劫须臾阅。试与披图寻甲子，尚记义熙年月。归鸟心期，孤云身世，容易成华发。乔松无恙，素心还问霜杰。

遗老们说自己和伯夷、叔齐一样，有亡国"恨"；和屈原、陶潜一样，

① 王国维：《库书楼记》（1922年作），《观堂集林》（外二种），河北教育出版社2003年版，第584页。

看不惯"污浊"的现实；要守"素心"、学"乔松"，保持经霜不凋的节操
——顽固到底！王国维是这么说的，也是这么干的。

王国维对1911年那样不彻底的民主革命在思想和感情上都不能容忍，
对1926至1927年的第一次国内革命战争，更是无法接受的。革命一深入，
就要革到他的头上了。

1927年春夏间，是我国革命形势起着剧烈变化的时候。国民革命军自
1926年7月起，在10个月内，攻占了长沙、武汉、南昌、安庆、杭州、上
海等地，全国人民为之欢欣。与国民革命军有联系的冯玉祥部队，于1927
年5月，也由西安出发，攻占郑州，北京人民为之高兴，而一些反对民主
革命的军阀大为震惊。4月中旬，蒋介石虽然以上海为中心，发动了反革
命政变，但在全国各地，革命的热烈气氛并没有马上冷下来。当时南方各
省，特别在两湖地区，工农运动仍然迅猛发展。以湖南而论，"马日事变"
（5月21日）后，反革命势力才抬头的。

工农运动打击的对象，是帝国主义、军阀、贪官污吏、土豪劣绅。而
封建遗老们大多数却正是地方上的豪绅、军阀幕下的谋士。他们在革命中
要受到惩罚，是理所当然的。1927年4、5月，湖南各地，惩办了一些罪大
恶极的革命对象。在长沙，有个以卫道者自居的著名学者兼豪绅叶德辉，
因破坏农民运动，罪行严重，受到镇压。[①]这件事，当时是风闻全国的。

1927年春夏间的北京，在革命声势的冲击下，谣传蜂起，湖南豪绅叶
德德辉被杀，是传闻的内容之一；国民革命军要杀拖辫子的人，也是传闻

---

① 叶德辉（1864—1927），字焕彬，号郋园，湖南长沙人，清光绪十八年（1892）
进士，一生致力于古书的收藏和校勘。他是有名的湖南豪绅头子，思想极顽固。1894
年（甲午）中国被日本打败后，维新运动兴起，年仅三十的叶德辉，极力反对维新运
动。1897年，梁启超在湖南时务学堂任教习，出版《湘学新报》《湘报》等，主张维
新。叶德辉则专辑反对康有为、梁启超的文字，为《翼教丛编》。叶自称"保卫圣道"，
要求清政府杀康梁，驱逐维新分子出湖南。1905年9月，袁世凯准备做皇帝时，叶德
辉与符定一等组织"湖南筹安分会"，为袁世凯效劳。1926—1927年北伐战争中，叶德
辉大肆破坏农民运动，于1927年4月11日经长沙市人民法庭公审，枪决。革命政府的
这一革命行动，对湖南的土豪劣绅震动很大，在全国有很大影响。参见李锐《毛泽东
同志的初期革命活动》，中国青年出版社1957年版，第14、51、267页。

的材料之一。当时，住在清华园里的王国维，自然能够从师生中获知这些传闻。既有所闻，便不能无动于衷：杀叶德辉、杀拖辫子的，那末，革命军一到北京，人民起来革命，我王国维便可能是第二个叶德辉。与其被杀，不如自杀，还能算得是"忠于前朝"的节士。——笔者这点推测，是以他的遗书为根据的。遗书中说："五十之年，只欠一死，经此世变，义无再辱。""经此世变"指什么呢？指的是这次大革命；"再辱"必有"一辱"——"一辱，再辱"指什么呢？1924年冬，溥仪被逐出皇宫，王国维随侍在侧，这被认为是"一辱"；这次大革命竟革到自己头上的辫子了，脑袋都保不住，这是"再辱"。义者，当然之理也。"义无再辱"，那就只有自杀了事。王国维死后，溥仪和遗老们曾谥之为"忠悫公"，这是一个讽刺，可也说明了王国维的政治行为是"忠"而且"愚"的。

王国维的遗书，清楚地说明，他宁死也要保持自己"忠于前朝"的遗老身份。

郭沫若《鲁迅与王国维》说，王国维在遗书里，绝没有一字一句提到前朝或废帝溥仪，因此不能证明他的死是"殉节"。并说溥仪当时安然无恙，王国维要"殉节"也只有等溥仪死了才干的。我以为这样说明问题，不大符合实际情况。遗书中虽没有"前朝""至尊（指溥仪）"之类的字样，实际却包有这些内容。这一点，我们在前面已作说明。至于说当时溥仪还没有死，王国维便没有死的理由。这样说，是不能令人信服的。历史上在前朝灭亡之际，那些"殉节"的人，个个都是等那个末代君主死了以后才"以死殉"吗？答案我想是清楚的。王国维在1924年为溥仪被逐出宫而跳御河，小溥仪当时不也安然无恙吗？这又如何解释呢？

王国维的死，死在"忠于前朝"：一个以前朝遗老自居的人，时时刻刻都梦想着复辟。当革命深入发展，使他的复辟梦彻底破灭的时候，他觉得自己活着没有意思，便一死了事。这就是王国维自杀的主要原因。这样说，我以为是符合社会历史的实际和他自己的思想实际的。（他受叔本华的悲观主义影响，或因罗振玉对他的逼迫而自杀，这都只能是他自杀的次要原因。）如果对他自杀的主要原因，要作别的说明，那到目前为止，还没有人能提出有力的证据和充足的理由。

王国维是清末民初的著名学者，他通过研究甲骨文、钟鼎文来研究殷周历史，取得了显著成绩，开辟了研究我国上古史的新途径。因此，郭沫若同志说王国维在新史学研究上有开山之功。这种评价是完全正确的。但在政治上，他是个封建老顽固。有人说他是糊涂的，也不算过分。为学与为政，毕竟有区别。我们不能因为他在学术上有成就，便在政治上对他百般原谅，说他的自杀，不是为前朝"殉节"，那就不够实事求是了。

二

王国维的《人间词话》是我国古代文论中颇有影响的一本书。书中所论述的，不外乎这两方面：一是以"境界"说为中心的理论问题，二是对词的作品评论。《文学评论丛刊》第三辑上发表的雷茂奎同志的《〈人间词话〉"境界"说辨识》一文，把《人间词话》的主要理论问题剖析得很清楚，我在这里，只能谈点补充意见。在王氏对词的作家作品评论问题上，我想就他对周邦彦、姜白石等人的评述，说明其评论的尺度。

（一）王国维笔下的"境界"或"意境"，是一个概念

1907年，在王国维自己写的署名樊志厚的《人间词乙稿叙》中，就使用了"意境"两字。他说："文学之事，其内足以摅己，而外足以感人者，意与境二者而已……原夫文学之所以有意境者，以其能观也。"他的意思是：诗人要抒发思想感情，这感情必然要附着在"境"（具体事物）上，才能体现出来，才能"感人"。"意境"如达到"能观"的地步，就得有视觉形象。王国维在这里已接触到文艺的特征问题了。

1908年，他写了《人间词话》，开头一句便是"词以境界为最上"。接着，便强调地指出"能写真景物，真感情者，谓之有境界"。更说，有"境界"的作品，就有了这样的艺术感染力："大家之作，其言情也必沁人心脾，其写景也必豁人耳目。其辞脱口而出，无矫揉妆束之态。以其所见

者真，所知者深也。诗词皆然。"

1912年，在《宋元戏曲考·元剧之文章》中，王国维说："元剧最佳之处，不在其思想结构，而在其文章。其文章之妙，亦一言以蔽之，曰：有意境而已矣。何以谓之有意境？曰：写情则沁人心脾，写景则在人耳目，述事则如其口出是也。"

据此可知，王氏对"境界"或"意境"的诠释，都隐隐约约地接触到了艺术形象问题。在王氏笔下，"意境"与"境界"，其内涵都是一样的。那末，什么叫"境界"？答曰：诗人在一个作品中所描绘的神形兼备的、主客观统一的相对完整的世界，便叫境界。

说王国维在谈"境界"（意境）时，已接触到艺术形象问题，这是不是把王氏的理论现代化了呢？答曰：没有。这有王国维自己的说明为证。他在《人间词话》中说：

> "红杏枝头春意闹"，着一"闹"字，而境界全出。"云破月来花弄影"，着一"弄"字，而境界全出矣。

他如此强调地指出"闹"字、"弄"字在这两句中的作用，正因为：光以红杏显示早春，还不足以表达出"春意"；而红杏在枝头一"闹"，则把日暖花繁的"春意"传达出来了。写暮春月下花影，着一"弄"字，不仅写出了晚风轻飘，更重要的是花有了神态。由此可知，王氏岂不是在说：有活的艺术形象，才算有"境界"或"境界全出"！

> 美成《青玉案》（当作《苏幕遮》）词："叶上初阳乾宿雨，水面清圆，一一风荷举。"此真能得荷之神理者。
> 人知和靖《点绛唇》、圣俞《苏幕遮》、永叔《少年游》三阕为咏春草绝调。不知先有正中"细雨湿流光"五字，皆能摄春草之魂者也。

在这两段里，王氏提出，描绘事物，要摄取其"魂"，要得其"神理"，这才算是真正有境界。他不仅要求诗词有形象，而且要求形象要达到"神似"的地步，这才叫"境界全出"。

(二)王国维的"境界"说，不是"偏于单纯客现的"，而是偏于主观唯心的

对"境界"和"意境"，有人认为这两个概念的内涵不一样，在讨论艺术问题时，以用"意境"一词较为准确些。他的具体理由是："因为'意境'是经过艺术家的主观把握而创造出来的艺术存在，它已大不同于生活中的境界的原型。所以，'意境'二字就比似稍偏于单纯客观意味的'境界'二字为更准确。"①我以为，单从用词的准确性看，似乎"意"与"境"，兼及艺术形象创造的主客观两方面，因此，用"意境"二字，就比用"境界"二字来表达这一内涵准确些。但如果拿这个理由来推论王国维笔下的"意境"和"境界"，说两者内涵不一样，那是欠妥的。

王国维在《人间词话》中所谈的"境界"主要是词的艺术境界。这种艺术境界正是"经过艺术家的主观把握而创造出来的艺术存在"，而不是"生活中的境界的原型"。我们叫这种"艺术存在"为有"意境"或有"境界"，都是一样的，在实质上没有什么差别。

王国维的"境界"说，不是什么偏于单纯客观的理论，恰恰相反，而是偏于主观的唯心论，这从他论述艺术实践过程的文章中，可以看得清清楚楚。1912年，王国维写了一篇《此君轩记》，目的在于显示他的遗老节操。在谈到艺术家画竹时，他说：

> 竹之为物，草木中之有特操者与……自渭川淇澳，千亩之园，以至小庭幽榭，三竿两竿，皆使人观之，其胸廓然而高，渊然而深，泠然而清，挹之而无穷，玩之而不可亵也。其超世之致与不可屈之节，与君子为近，是以君子取焉……善画竹者亦然。彼独有见于其原而直

① 李泽厚：《意境杂谈》，《美学旧作集》，天津社会科学院出版社2002年版，第301页。

以其胸中潇洒之致，劲直之气一寄之于画，其所写者即其所观，其所观者即所畜也。物我无间而道艺为一，与天冥合而不知其所以然。故古之工画竹者，亦高致直节之士为多。①

这里，人们乍一看，似乎王国维说艺术创造，要主客观相结合，创造出一个"物我无间"的境界；但值得注意的是：在这个物我结合中，客观的物不见了，剩下的只是艺术家的胸中"所畜"。也就是说，在物与我的统一中，他把客观存在，统统以主观思想代替之，实质上否定了客观存在。这是唯心主义的画竹论，也是王氏关于创造艺术境界的一个唯心论自白。

王国维早年论诗文，往往欢喜从哲学上谈问题，其实他所谈的，不外乎是从他所喜爱的叔本华、尼采那里移植一点唯心论。叔本华认为："世界者吾之观念也。于本体之方面，则曰：世界万物，其本体皆与吾人之意志同，而吾人与世界万物，皆同一意志之发现也。自他方面言之，世界万物之意志，皆吾之意志也。"②这该是赤裸裸的唯心论吧。王国维论画竹，只是画胸中"所畜"，这思想上的来头，不就是叔本华所唱的调头吗？

(三)王国维论做事、为学的"三种境界"说，也是唯心论

王国维论做事、为学的"三种境界"（实指三个阶段），主要是就人的生活境界说的。（以之论艺术创作过程，当然也可以。）对这"三种境界"，他津津乐道。这些话，也常为后人所引用。在《人间词话》中，王氏写道：

古今之成大事业、大学问者，必经过三种之境界："昨夜西风凋碧树。独上高楼，望尽天涯路。"此第一境也。"衣带渐宽终不悔，为伊消得人憔悴。"此第二境也。"众里寻他千百度，蓦然回首，那人却

---

① 王国维：《观堂集林（外二种）》，河北教育出版社2003年版，第579页。
② 王国维：《叔本华与尼采》，见《海宁王静安先生遗书》（第十四册），商务印书馆1940年版，第72页。

在，灯火阑珊处。"此第三境也。此等语皆非大词人不能道。然遽以此意解释诸词，恐为晏、欧诸公所不许也。

王氏的"三种境界"说，初见于《文学小言》，他在说明第一、二、三种阶级（即后来所说的境界）后，写道："未有不阅第一第二阶级而能遽跻第三阶级者。文学亦然。此有文学上之天才者，所以又需莫大之修养也。"[1]

王国维在这里用艺术形象向人们指出：做事、为学，一要有远大目标，要站得高，看得远；二要对所订目标刻意追求，百折不挠；三才会在长期追求中，有一旦豁然贯通之乐。他说，这是有"天才"的人在做事、为学时所需要的"修养"。

王氏的"三种境界"说，自出世及今，之所以常被人引用，大约因为这种形象化的说法，有勉励人知难而进的作用吧。不过，我们应该指出，"三种境界"说带有一些"天才论"的玄学味道。

做事、为学，首先要站得高，看得远，这当然不错；问题是，一个人在做事、为学开始阶段，怎样才能站得高、看得远？答案是，除一步步地深入实践，没有第二法门（纵有名师指点，也得自己去实践，才能掌握）。王氏强调在做事、为学开始阶段就要"独上高楼"，事实上能办得到吗？王氏所谓"独上高楼，望尽天涯路"，其精神实质与尼采所说的"故大人而不自见其大者，殆未之有"[2]是一样的。"独上高楼"，气概不凡，可是超人的味道十足。

做事、为学，人们有时确有一旦豁然贯通之乐。可是这种"一旦豁然"，照王氏说，是天才的颖悟。"夫势力之欲，人之所生而即具者，圣贤豪杰之所不能免也。而知力愈优者，其势力之欲也愈盛。人之对哲学及美术而有兴味者，必其知力之优者也……今夫人积年月之研究，而一旦豁然

[1] 王国维：《王国维文学论著三种》，商务印书馆2010年版，第218—219页。

[2] 王国维：《叔本华与尼采》，见《海宁王静安先生遗书》（第十四册），商务印书馆1940年版，第68页。

悟宇宙人生之真理，或以胸中惝恍不可捉摸之意境，一旦表诸文字、绘画、雕刻之上，此固彼天赋之能力之发展，而此时之快乐，决非南面王之所能易者也。"①他把人们的某一理想，经过艰苦努力，循序渐进，以致得到全部实现，说成全系"一旦豁然"而"悟"，这总带有天才论者的那种玄秘气息吧？

王国维在三十岁左右，曾醉心于康德、叔本华、尼采的哲学，和所谓"纯粹之美学"。他的"三种境界"说，某些地方，带有叔本华、尼采的"天才论""超人说"的味道，是显而易见的。如果我们从思想体系上去考查，应该说，这"三种境界"说，和叔本华、尼采的唯意志论是有着紧密联系的。

（四）王国维评论前代词，如论周美成、姜白石等人的词，都是从内容与形式统一的原则出发的

王国维在《人间词话》中，表现了他对前人的词有着卓越的欣赏能力。除欣赏一字一句外，他对某些作家，谈得较多，有着精彩的评论。如对周美成、姜白石等人的词的评论，就是不同流俗的。

王国维《人间词话》论周美成说：

> 美成深远之致不及秦、欧。唯言情体物，穷极工巧，故不失为第一流之作者。但恨创调之才多，创意之才少耳。
>
> 词之雅郑，在神不在貌。永叔、少游虽作艳语，终有品格。方之美成，便有淑女与倡伎之别。

王氏对周美成的这种评论颇为中肯。前人论美成词，有只从内容的某一方面着眼，全盘加以否定。如刘熙载说："美成词信富艳精工，只是当

---

① 王国维：《论哲学家与美术家之天职》，见《海宁王静安先生遗书》（第十四册），商务印书馆1940年版，第102页。以下同书不再注版本。

不得个'贞'字。是以士大夫不肯学之，学之则不知终日意萦何处矣。"①
又有人不管内容如何，只从创作技巧方面着眼，对美成词极力颂扬。如沈
义父说："凡作词当以清真为主。盖清真最为知音，且无一点市井气，下
字运意，皆有法度，往往自唐、宋诸贤诗句中来，而不用经史中生硬字
面，此所以为冠绝也。"②这里说美成作词，下字运意有法度，是实情；说
他的词无市井俗气，就经不住检验了。读美成词，有时总令人感到：他不
过让肉麻的内容裹在精致的语言里罢了。如《少年游》（并刀如水），就是
个显著的例子。王氏综括前人对美成词的看法，从内容与形式统一的原则
出发，作了那样的评价，我以为是中肯的、公允的。

对姜白石词，前乎王国维的论者，有三十多家，他们对姜词，称颂者
居多，指责者极少。王国维对姜词，称颂之论少，而指责之言多。下面，
我们抄几则王氏论姜词的主要意见：

纷吾既有此内美兮，又重之以修能（态）。文字之事，于此二者，
不能缺一。然词乃抒情之作，故尤重内美。无内美而但有修能，则白
石耳。

诗人对宇宙人生，须入乎其内，又须出乎其外。入乎其内，故能
写之。出乎其外，故能观之。入乎其内，故有生气。出乎其外，故有
高致。美成能入而不出。白石以降，于此二事皆未梦见。

古今词人格调之高，无如白石。惜不于意境上用力，故觉无言外
之味，弦外之响，终不能与于第一流之作者也。

白石之词余所最爱者，亦仅二语，曰："淮南皓月冷千山，冥冥
归去无人管。"

在《人间词话》中，提及姜白石的话，还有多处，这里引用的几条，
是王氏对姜白石的主要看法。我以为这看法与姜词的实际是符合的。姜白

---

① 刘熙载：《艺概》，上海古籍出版社1978年版，第109—110页。
② 沈义父：《乐府指迷》，见夏承焘等：《词源注 乐府指迷笺释》，人民文学出版社
1963年版，第44—45页。

石一生是个高级清客，寄食四方。对社会，在他好像没有承担什么责任（他也没要求自己承担什么责任），他只游离在社会生活的漩涡之外。什么异族侵略，山河破碎，人民流离，都很少在他脑里盘旋。因而他的词的内容，绝大多数是较为空洞的个人情趣，极少数的略略带有时代色彩。他的《扬州慢》《凄凉犯》词，算是接触到了异族入侵问题，但那也只是一片声息而已。关心自己民族的感情，在他的思想河流中，只是一圈浪纹，偶有浮现，旋即消失。王国维说白石词"无内美"，总算击中了要害。应该说，王氏对白石词的这一看法，是极有见地的。

高级清客毕竟得有点帮闲的本领，白石通乐理，能作曲，善书法，又能雕章琢句，这就使他能经常出入于朱门豪富之家，混过一生。清客，有些人并不"清"，而白石，算是自爱的，他始终把自己看成是豪贵们的穷朋友，不把自己放在低三下四的位置上，去逢迎主人，他不与权贵们同流合污。所以王国维说白石词"犹不失为狷"——这句话是极有分量的，既评其词品，也评其人品。

狷士白石，能洁身自好，又有深厚的文化教养，所以写起词来，与俚俗、尘秽绝缘，这就有了"高格调"；然而，清客作词，往往即事叙景，不免为文造情，卖弄小聪明，虽有秀句，终不免浅露——对事物，缺乏真情实感，抓不住事物的"魂"，所以写来写去，"然无一语道着"，使读者"有隔雾看花之恨"。

在王国维之前的词评家，很有些人称赞白石词"清空""骚雅"，说"姜白石如野云孤飞，去留无迹"，有些词"皆清空中有意趣"。[①]这里所唱的"清空""骚雅"等调头，与王国维所指出的"无内美而但有修能"，在实质上是一回事，不过一褒一贬，说话的口气不同罢了。但是，必须指出，王国维论姜白石的词，是站在内容与形式统一的高度上说话的，因而他的论说比前人略略深刻些。

王国维对南宋吴梦窗、周草窗、张玉田等人的词，评价很低，这也是

---

① 张炎：《词源》，见夏承焘等：《词源注 乐府指迷笺释》，人民文学出版社1963年版，第19页。

从内容与形式统一的标准去衡量的。梦窗、草窗、玉田等人的词，大多数是有篇而无句的东西，颇有形式主义的弊病。王氏那么评价他们，不能说是过分。如果说，王氏这种看法是针对晚清有人过分推戴梦窗词的情况而发的，那么，也应该说，王氏希望把当时的词风从形式主义的倾向中解救出来。

三

王国维在三十岁以前，主要从事诗、词创作。他曾想做个诗人，又想做个哲学家；并认为，诗人和哲人，两相矛盾。他说："……余之性质，欲为哲学家，则感情苦多，而知力苦寡；欲为诗人，则又苦感情寡而理性多。诗歌乎？哲学乎？他日以何者终吾身，所不敢知，抑在二者之间乎？"①他留在人间的诗有一百零五首，词有一百十五阕。（《静安文集·静安诗稿》，录诗四十九首，《观堂集林》卷第二十四，录诗五十六首。《观堂集林·长短句》录词二十三阕，《海宁王静安先生遗书·苕华词》录词九十二阕。）

我们在这里，要评论的是他的词。

王国维对自己的诗和词。比较说来，是重视词的。他自己说："近年嗜好之移于文学，亦有由焉，则填词之成功是也。余之于词，虽所作尚不及百阕，然自南宋以后，除一二人外，尚未有能及余者，则平日之所自信也。虽比之五代、北宋之大词人，余愧有所不如，然此等词人，亦未始无不及余之处。"②一个三十岁的年轻人，对自己填的词就这样评价，是否有些自高自大，且不说，但这总该可以说明他对自己的词是特别重视的吧。又，陈乃乾编《清名家词》，在《观堂长短句》末，有小记曰："观堂先生致力词曲，在光绪末年。迨辛亥以后，弃不复作。晚年自定《观堂集林》，存词仅二十三阕。兹辑其少作为'删余稿'，附定稿之后，非先生本意

———————

① 王国维：《自序》，见《海宁王静安先生遗书》（第十五册），第21页。

② 王国维：《自序》，见《海宁王静安先生遗书》（第十五册），第21页。

也。"①王国维晚年审定自己的词，要求颇不低，这也说明他对自己的词是重视的。重视的原因何在？就在于他把自己的词，和前代词相比较，认为自己在词坛上应有一席之地。

是否该有一席之地呢？让我们对他的词作些分析之后再说吧。

王国维的词，从内容上看，大体说来，吐露的是伤往悲来的思想感情。这与他崇信叔本华哲学，对人生持悲观主义有关，当然更与他所处的时代有关。从艺术表现上看，他的词有意境、有名句，在某些地方，又有带点哲学味道的弦外之音。这是他的词具有打动读者的艺术力量之秘密所在。

下面，我们选取他的一些词，试作剖析。

昨夜梦中多少恨！细马香车，两两行相近。对面似怜人瘦损，众中不惜搴帷问。　　陌上轻雷听隐辚，梦里难从，觉后那堪讯！蜡泪窗前堆一寸，人间只有相思分。（《蝶恋花》）

百尺朱楼临大道。楼外轻雷，不间昏和晓。独倚阑干人窈窕，闲中数尽行人小。　　一霎车尘生树杪。陌上楼头，都向尘中老。薄晚西风吹雨到，明朝又是伤流潦。（《蝶恋花》）

窗外绿阴添几许！剩有朱樱，尚系残红住。老尽莺雏无一语，飞来衔得樱桃去。　　坐看画梁双燕乳，燕语呢喃，似惜人迟暮。自是思量渠不与，人间总被思量误！（《蝶恋花》）

天末同云黯四垂，失行孤雁逆风飞。江湖寥落尔安归？　　陌上金丸看落羽，闺中素手试调醯。今宵欢宴胜平时。（《浣溪沙》）

这些词，就所表达的思想感情说，都比较隐晦、曲折，他所要说明的人和事是明白的，却又要读者以想象来丰富它，才能抓住它的中心思想。这是所谓"婉约"词的根本特色吧。在"昨夜梦中"一阕里，"怜"我、"问"我的人，正是我所"相思"的人；可是，他和我只能在梦中"相

①陈乃乾编：《清名家词》（10），开明书店1937年版，第20页。

近"，得以互相怜惜、慰问而已。这样的梦中相见欢，正是醒时相思恨的材料！——欢愉是暂时的，悲苦是长期的，欢乐不过是愁苦的内容而已。这就是作者在这阕词中所要表达的思想。

但是，我们还要问：这是写思君之情，还是写思亲人、思友、思失去的美好的青春之情呢？作者对这个问题，故意不交底，而要读者自己去思索。——"言近而旨远"，指的就是这种表现特点。

这阕词，写两心相牵而又不能长期相守：这便有了"恨"。作者以视觉形象把这恨写得多么具体！梦境总是朦胧的，这词的意境也有朦胧的美。

在"百尺朱楼"一阕里，那个独倚阑干的窈窕之人，对眼底下的"行人"，数来数去，觉得他们都是尘中的"小"人。楼外日夜不息的轻雷般的车声和飞扬得高齐树杪的车尘，不就是那般苟苟营营的"小"人弄出来的吗？而我，这个"遗世而独立"的绝代佳人（窈窕之人），能逃脱尘世的烦恼，永葆青春吗？不能。我和那些"小"人，都得在尘寰中老去。不相信吗？且看今晚风雨又到，预告着我们明天的生活内容，就是流离，哀伤！——人生就是苦果子。这就是作者在这阕词中所表达的中心思想。作者使我们看到了一种他所认为的人生境界是具体的。

"窗外绿阴"一阕，表达的中心思想是：好景不长，红颜易老。绿阴中的残红（朱樱），算是给芳春留点标记，可是它却偏偏被莺雏衔去。芳春啊，连一点影子都没有了——这真是"天地不仁，以万物为刍狗"（《老子》第六十二章）！人们总是思量着青春的美好，然而却正在这思量中丢失青春，以至老死。作者在这里暗暗向我们发问：人生呵，欢愉在哪里？"残红被莺衔去"，这是个形象。作者通过这个镜头，又在给读者上哲学课了。

"天末同云"一阕，所表达的是人生哀乐问题。出猎公子与闺中佳人"欢宴"的材料，正是失行孤雁的哀伤。人们的欢愉是建筑在别人痛苦的基础上的，这就是作者对人与人之间关系的看法。描写是形象的，思想是明白的。

从上面所举的词例分析中，可知王国维在三十岁前后，受叔本华哲学影响极深，对人生持悲观主义。这思想，表现在文学上，那就是他曾引用的歌德的两句诗："凡人生中足以使人悲者，于美术中则吾人乐而观之。"①他正以写人生的悲苦，来打动读者。他的词，如果像他自己说的那样，有"往复幽咽、动摇人心"（《人间词甲稿序》）的力量，那末，这力量就在于他把苦果子往读者嘴里塞。

王国维的词，据《观堂长短句》注说，写在"乙巳至己酉"（1905—1909，即王国维28岁至32岁之间）。1911年，有辛亥革命，清朝亡。写词时的青年王国维，是不是自觉地以表达人生痛苦来显示"亡国之音哀以思"，我还没有取得充分的证据来下断语。但，有一点可以肯定：他所发出的人生痛苦之音，在客观上，与国将云亡的叹息声是合拍的。从历史角度看，他唱的是哀歌、挽歌，而不是进行曲。王国维的《摸鱼儿·秋柳》词末尾有这么几句："算只有多情，昏鸦点点，攒向断枝立。"从政治角度看，这可算是王国维词的写照。

在词的艺术上，王国维的词风，与五代的冯延巳、北宋的欧阳修颇相近。这从他在《人间词话》中，每提到冯、欧两人，都极力赞扬，可得到消息。比较说来，王国维的词风，似乎更接近冯延巳。冯、欧词，写的是达官贵人的闲情逸致，以清丽的词藻，来表达婉转缠绵的离情别绪而已。王国维的词虽然写的也是离情别绪，伤往悲来，但其抒情的深度广度，胜过冯、欧。如即景抒情，往往带有哲理味，便是冯、欧词中所不曾有的弦外之音。冯、欧词，有时还有那种封建的达官贵人的轻浮气息，当不得个"贞"字；王国维的词，措语虽托妾妇之口，却始终是端庄的。人有人品，词有词品。王国维《人间词话》曾说："正中词品，若欲于其词句中求之，则'和泪试严妆'，殆近之欤？"我说王国维的词品，也似"和泪试严妆"：和世纪末的情感之泪，以深婉凄艳的词章表达之。

王国维填词，在造句上求精，故多名句。在这一点上，与冯、欧相

① 王国维：《红楼梦评论》，见《海宁王静安先生遗书》（第十四册），第44页。

较，也不差些。如："人生只似风前絮，欢也零星，悲也零星，都作连江点点萍"（《采桑子》）；"拼取一生肠断，消他几度回眸"（《清平乐》）；"已恨年华留不住，争知恨里年华去"（《蝶恋花》）；"君看今日树头花，不是去年枝上朵"（《玉楼春》），等等，都使人一读难忘。应指出，他的名句，往往少在写景、多在抒情上，这就容易使人觉得他的词耐人寻味。

如上所述，王国维的词，既不在冯、欧之下，那末，在词坛上，可否有他一席之地呢？我以为，论思想，他的词是时代逆流中的一朵浪花；论艺术，可以当作借鉴。如从诗的发展史角度看，有王国维词这类逆流中的小小浪花存在，才更能反衬出五四时期新诗出现的战斗性。所以，我们说，如对王国维词，采取"秦火"的办法处理之，未必恰当。——我对反面作品采取这种态度，指导思想是从列宁和鲁迅那里取得的。

列宁在《一本有才气的书》中这样写道：

> 这是忿恨得几乎要发疯的白卫分子阿尔卡季·阿维尔钦柯所写的一本书：《插到革命背上的十二把刀子》，一九二一年在巴黎出版……他以惊人的才华刻画了旧俄罗斯的代表人物——生活优裕、饱食终日的地主的感受和情绪……烈火般的仇恨，有时（而且多半）使阿维尔钦柯的小说精彩到惊人的程度。有些作品简直是妙透了……在我看来，有几篇小说值得转载。应该奖励有才气的人。[①]

列宁在这篇著作中还提到，在阿维尔钦柯的小说里，写地主们反对革命，地主们说："他们为什么要把俄国搞成这个样子？"列宁接着答道："为什么，阿尔卡季·阿维尔钦柯不懂得。看来，工人和农民倒不难懂得这一点，他们不需要任何解释。"[②]很明显，列宁相信广大人民群众有识别能力，对文学作品，他们能辨别出什么是正确的，什么是错误的。对"精

---

① 中国社会科学院文学研究所文艺理论研究室编：《列宁论文学与艺术》，人民文学出版社1983年版，第365—366页。

② 中国社会科学院文学研究所文艺理论研究室编：《列宁论文学与艺术》，人民文学出版社1983年版，第366页。

彩到惊人的程度"的反面作品还主张"转载",这是列宁相信人民大众对这类作品,会排除其内容方面的毒素,而从艺术表现方面学一点东西。鲁迅在《关于翻译(上)》一文中说:

> 凡作者,和读者因缘愈远的,那作品就于读者愈无害。古典的,反动的,观念形态已经很不相同的作品,大抵即不能打动新的青年的心(但自然也要有正确的指示),倒反可以从中学学描写的本领,作者的努力……我是主张青年也可以看看"帝国主义者"的作品的,这就是古语的所谓"知己知彼"。青年为了要看虎狼,赤手空拳的跑到深山里固然是呆子,但因为虎狼可怕,连用铁栅围起来了的动物园里也不敢去,却也不能不说是一位可笑的愚人。有害的文学的铁栅是什么呢?批评家就是。①

我们今天翻翻王国维的词,便会变成一个封建制度的维护者吗?这是多余的顾虑。学他一点"描写的本领"好不好?当然好。我也来打个比喻:鸦片烟有毒,只要我们不"吃黑饭",而把它拿来当药用,有什么不好?因此,我对王国维的词,便冒失地提出这点看法。我想,这该不是我在理论批评上的"缺德"吧。

[原载《安徽师大学报》(哲学社会科学版)1980年第1期]

---

① 鲁迅:《准风月谈》,人民文学出版社1973年版,第85—86页。

试论王国维的词

　　王国维主要是一位史学家，古文字学家，其次才是词人。但他对自己的词，评价甚高。他在三十岁那年，给自己的词集写了第二篇自序，说："余之于词，虽所作尚不及百阕，然自南宋以后，除一二人外，尚未有能及余者，则平日之所自信也。虽比之五代、北宋之大词人，余愧有所不如，然此等词人亦未始无不及余之处。"①这一席话，出自他本人之口，似乎不够谦逊，但也不能当作夸傲看待。1936年，陈乃乾编《清名家词》，在清代词中精选一百家，而以王国维的《人间词》列为最后一家。足见时人对他的词也是重视的。抗日战争期间，重庆、成都书坊里印有《人间词话》和《人间词》的合订本，足见在烽火连天的岁月里，也还有些人愿意读王氏的词。

　　这些事实，正好说明王国维的词确有其客观价值。然而，近几十年来，人们对王国维的词几乎不作评论。这大约是由于他的词以"亡国之音哀以思"为主要思想倾向。在血与火的战斗年代里，人们不愿看王国维抱着封建僵尸啼泣。

　　王国维的词，除《观堂长短句》收词二十三阕外，还有个《苕华词》，收词九十二阕。"苕华词"的题名，道出了王国维的思想倾向性。《诗·苕之华》小序曰："苕之华，大夫悯时也。幽王之时，西戎东夷，交侵中国，师旅并起，因之以饥馑；君子悯周室之将亡，伤己逢之，故作是诗也。"

---

　　① 《静庵文集续编·自序二》，见《王国维遗书》（第五册），上海古籍书店1983年版，第21页。

王氏生当清室倾覆灭亡之际，面对苦难的中华民族，他考虑的不是民族的新生，而是竭力扶持衰朽的清廷，使之苟延残喘。并且在清室既亡之后，还梦想着复辟。总之，从政治立场看，他的词所反映的思想是反动的。试看他的一首《浣溪沙》：

> 天末同云黯四垂，失行孤雁逆风飞，江湖寥落尔安归。　陌上金丸看羽落，闺中素手试调醯，今宵欢宴胜平时。

这个将金丸射中的孤雁，是别人在银灯下"欢宴"时嘴里所嚼的骨肉；这不仅是作者的身世之感，也是被帝国主义宰割下的清廷的写照啊！王国维对孤雁，除了倾注同情之外，剩下的便是哀伤。这是他思想境界的形象化表现，也是他的政治立场的反映。《摸鱼儿·秋柳》云：

> 问断肠、江南江北，年时如许春色。碧阑干外无边柳，舞落迟迟红日。长堤直。又道是、连朝寒雨送行客。烟笼数驿。剩今日天涯，衰条折尽，月落晓风急。　金城路，多少人间行役。当年风度曾识。北征司马今头白，唯有攀条沾臆。都狼藉。君不见、舞衣寸寸填沟洫。细腰谁惜。算只有多情，昏鸦点点，攒向断枝立。

这曾经在春光里摆弄舞腰的柳枝，如今枝枯叶落，在寒雨晓风中受煎熬；不忍离开她的，只有站在断枝上哀啼的几点昏鸦。看，这秋柳，不就是风雨飘摇中的清廷形象吗？依恋断枝的昏鸦，不就是王国维自己和几个封建老顽固吗？

王国维在词里总想表达一点悲天悯人的思想。不过，他所悲的是封建统治阶级的将要倾坍的天，所悯的是那些封建遗老。这些悲悯的对象，正是人民革命的对象。

当王国维由清室的小小忠臣，变成亡国遗老的时候，他已很少填词。但偶有所作，与其他遗老一样，只作复辟的梦呓而已。这只要看看他特别注明的，以甲子纪年的几阕词，便清清楚楚。为节省篇幅，举一阕较短的为例。《清平乐·况夔笙太守索题香南雅集图》曰：

> 蕙兰同畹，着意风光转。劫后芳华仍婉晚，得似凤城初见。　旧人唯有何戡，玉宸宫调曾谙。肠断杜陵诗句，落花时节江南。

这阕词自注写于"庚申"，即1920年。什么叫"香南雅集图"，可要稍加解释才得明白。清亡后，遗老们北则集中于天津，南则集中于上海，南方的这些自命为"兰蕙"的遗老看梅兰芳到上海演戏，举行了"雅集"，还要画一张《雅集图》来纪念这个"盛会"。王国维当时在上海躬逢"盛事"，所以况周颐要他"题香南雅集图"。

这词说，遗老们如同生长在一个园圃里的兰蕙一样，注意着气候的转变——表示他们彼此惺惺惜惜惺惺。他们今朝看戏，不禁想到当年在京城初见梅兰芳演出的情景，怎能不感慨系之！他们今天当筵听歌，歌者是当年的朝廷供奉，怎能不闻歌呜咽！这也如同飘零的诗人杜甫和歌者李龟年在潭州（今长沙市）相遇一样，闻歌掩泣，罢酒而已。遗老们自以为得意的，就是"劫后芳华仍婉晚"——在清廷覆灭后，他们还能自由自在地活着。他们互相祝愿："乔松无恙，素心还问霜杰。"（《百字令》，1918年作）

1920年前后，北洋军阀政府对逊帝溥仪确实宽容，因为军阀们自己就是换汤不换药的大小不等的封建土皇帝。在军阀们的政治游戏中，1917年7月，有张勋复辟的丑剧上演；1920年初，又有登在报纸上的张作霖"将在北京恢复满清帝制以代替民国政府"的谣言；而"这类消息一直传播到民国十一年（1922），即张作霖又败回东北时为止"。[①]

遗老们在这种政治气氛中有点高兴，是不足为怪的。但是，当1927年北伐的国民革命军节节胜利时，封建余孽们便感到真正的末日到来了。王国维在恐惧与痛恨交织的心情下自沉昆明湖，结束了他忠于清室的一生。

---

① 爱新觉罗·溥仪：《我的前半生》，群众出版社1980年版，第119页。

遗书说:"五十之年,只欠一死,经此世变,义无再辱。"他的死,在我看来,和他的词一样,是顽固思想的一种特殊的表现形式,最后的表现形式。

王国维的词,和他同时代词人之作一样,所吐露的是亡国之音。为了装点这种开口说愁、闭口言恨的世纪末的悲哀,在词的艺术上他追求深婉蕴藉之美。这与他那种失魂落魄、吞吞吐吐而又下决心顽固到底的精神状态是合拍的、一致的。

晚清词人,在词的艺术理论上有些怪论,如《蕙风词话》卷一引朱祖谋的话说:"刬填词固以可解不可解,所谓烟水迷离之致,为无上乘耶。"①

填词,如果说,乍看似不可解,细研之却可解——这叫"烟水迷离之致",当然可以;如果说,词写得令人百思不得其解,就算有"烟水迷离之致",显然,这必然犯有隐晦失真的毛病。

况夔笙的话则更怪,如《蕙风词话》卷一第三三条说:"……其言中之意,读者不能知,作者亦不蕲其知,以谓流于跌宕怪神、怨怼激发,而不可以为训,则亦左徒之骚些云尔。夫使其所作,大都众所共知,无甚关系之言,宁非浪费楮墨耶?"②

填词要使人以为"跌宕怪神、怨怼激发,而不可为训",这是别有伤心事的况夔笙等人在理论中夹杂的牢骚。我们可以不管它。我们要说的是:他说写词应有自己的真见解,这是对的;说填词可以不求读者知道作者在说什么,那么,我们不能不问:创作的目的在哪里?

词忌质实,这是历来词人的箴言。质实的反面就是婉约。上引朱、况两人的话,究其实质,当在"词贵婉约"这句话。不过他们以怪话出之而已。

对王国维的词,在艺术上光以"婉约"评之,还不能恰如其分。《人间词甲稿序》说:"至其言近而指远,意决而辞婉,自永叔以后,殆未有

---

① 况周颐:《蕙风词话》,上海古籍出版社2009年版,第11页。

② 况周颐:《蕙风词话》,上海古籍出版社2009年版,第11—12页。

工如君者也。"①这几句话，的确道出了王氏词的艺术特色。

有人说，这序文是王国维自己写的。那么我想说，上面引用的话，不是王氏自己吹嘘，而是实事求是的老实话。

这里，我们来看看王氏词的"言近而指远"的特点。请看个小例子：

> 百尺朱楼临大道，楼外轻雷，不间昏和晓。独倚阑干人窈窕，闲中数尽行人小。　　一霎车尘生树杪，陌上楼头，都向尘中老。薄晚西风吹雨到，明朝又是伤流潦。（《蝶恋花》）

人生就是痛苦！——作者在这首词里所吐露的就是这句话。然而他表达得多么委婉！这独倚阑干的窈窕之人，是个淑女吗？那她正在惦念着尘雾中的行人。是个静思的哲人吗？那他正在静观人世，叹息着人类只在尘雾、流潦中有所追求，也就在尘雾、流潦中倒下去。是个绝望的失败者吗？那他判定自己的前程便是在痛苦中老死——"绝代红颜委朝露，算是人生赢得处"（《青玉案》）。多么惨痛啊！又，这个窈窕之人自视不凡吗？有之。他（她）自伤生不逢辰吗？有之。他（她）悲天悯人吗？有之。总之，这种作品，具有"象外之象"的特点。它除了文字所显示的"象"之外，还能使读者透过文字形象，看到一些在精神实质上与此类似的形象。这就是所谓"言近而指远"。

"超以象外，得其环中"（司空图《诗品·雄浑》），王国维是颇能掌握这一艺术秘诀的。《观堂长短句》中的多数作品，具有这种艺术特色。

王国维的词，大多数写在他二十八岁至三十二岁之间。这期间，他锐意攻读康德、叔本华、尼采的哲学著作，思想上受到很大的影响，因而在词里，也透露出浓厚的哲理意味。这是王氏词具有"象外之象""弦外之音"的重要的内在原因。

"意决而辞婉"，也是王国维词的一个重要艺术特色。

---

① 王国维：《苕华词》，见《王国维遗书》（第五册），上海古籍书店1983年版，第1页。

王国维词，时时让形象说话，这是一读即知的，我们不用多说。我们想说的是：（1）他往往在一篇中，用一两句饱和着情思的话，把词旨说得深厚有力；（2）他善于运用"转进一层"的手法，把感情表达得婉转些、深透些。如：

昨夜梦中多少恨……梦里难从，觉后那堪讯。蜡泪窗前堆一寸，人间只有相思分。（《蝶恋花》）

眼波匼匝微流，尊前却按凉州。拼取一生肠断，消他几度回眸。（《清平乐》下片）

坐看画梁双燕乳，燕语呢喃，似惜人迟暮。自是思量渠不与，人间总被思量误。（《蝶恋花》下片）

厚薄不关妾命，浅深只问君恩！（《清平乐》歇拍）

这些例子，每个最后两句，如果结合着每阕词的艺术形象看，都是具有激情的、极其凝重的、能透露全词主旨的、有事外远致的好语。

激越的感情，而又以毅然决然的口气道出，便自有震撼读者心灵的力量。

"喜怒哀乐，亦人心中之一境界。故能写真景物、真感情者，谓之有境界""尼采谓一切文学，余爱以血书者"。（《人间词话》）王国维在理论上明确"写真感情"的重要，才敢于写出"以血书者"的震撼人心的句子：

已恨年华留不住，争知恨里年华去。（《蝶恋花》）

君看今日树头花，不是去年枝上朵。（《玉楼春》）

已恨平芜随雁远，暝烟更界平芜断。（《蝶恋花》）

料得天涯异日，应思今夜凄凉。（《清平乐》）

纵使兹盟终不负，那时能记今生否？（《蝶恋花》）

不缘此夜金闺梦，那信人间尚少年！（《鹧鸪天》）

可以悟得，王国维在这里写情，总是把一个意思化为两层：由此情此景着眼，推想开去，或追忆前情，或预料后意，这样，可以使所表达的感情深沉些，便多一点耐人寻味的地方。

这里，我得说明，写诗、词，运用转进一层的表现手法，不是王国维的创造，如"料得天涯异日，应思今夜凄凉"两句，便留有学习李商隐《夜雨寄北》的痕迹；但王国维在词里常常运用这种手法来表达思想感情，而且运用得精熟，这却是事实。

我这样评论王国维的词，对不对呢？我批判了王氏词的消极的思想内容，肯定了他的词在艺术表现上有可取之点。这在理论上该不算违背什么清规戒律吧？

"转益多师是汝师"（杜甫《戏为六绝句》）。任何一位大师不能没有缺点，但既能为师，就有长处。我们在诗创作上，如能多一点有"象外之象""弦外之音"的作品，多一点"言近而指远，意决而辞婉"的作品，只要这些作品对人民有益，有什么不好？

鲁迅说：对前人的作品，如果"怕给他的东西染污了，徘徊不敢走进门，是孱头；勃然大怒，放一把火烧光，算是保存自己的清白，则是昏蛋"。[①]我没有当过"昏蛋"，但也不能当"孱头"，所以，闯进王国维词里，来漫谈一通。对不对，请读者评议。

[原载《词学》第一辑]

---

① 鲁迅：《且介亭杂文·拿来主义》，见《鲁迅全集》（第六卷），人民文学出版社2005年版，第40页。

漫议王国维的"意境"说

解说王国维词，必然提及"意境"二字，便漫议王氏的"意境"说。

一、"意境""境界"二者有差异吗？

王国维说"意境"，据我所见的资料看，前后共四次，对"意境"内涵的诠释多有差异。今天讨论"意境"问题，以不局限于《人间词话》所说的"境界"诸条为宜。

下面，列示他四次谈"意境"的摘要：

（1）1907年农历十月，王国维托学友樊志厚之名撰《人间词乙稿·序》，序中提出"意境"问题，并说：

> 原夫文学之所以有意境者，以其能观也。

他对"能观"，引而未发，未加诠释。

（2）1910年农历九月，王氏撰《人间词话》定稿。此稿第一条曰：

> 词以境界为最上。有境界则自成高格，自有名句。

王氏对不沿用"意境"而改称"境界"未作定义式的说明，只说："沧浪所谓兴趣，阮亭所谓神韵，犹不过道其面目，不若鄙人拈出'境界'二字，为探其本也。"这个"本"，表明他自己意识到"境界"二字已触及文艺理论的中枢神经——形象创造问题。因而《人间词话》另一条曰：

> 大家之作，其言情也必沁人心脾，其写景也必豁人耳目，其辞脱口而出，无矫揉妆束之态。以其所见者真，所知者深也。诗词皆然。

我以为这是对艺术形象魅力的诠释。

（3）1912年农历十月，王氏在《宋元戏曲考》中说：

> 然元剧最佳之处，不在其思想结构（即今语"构思"——引者）而在其文章。其文章之妙，亦一言以蔽之，曰：有意境而已矣。何以谓之有意境？曰：写情则沁人心脾，写景则在人耳目，述事则如其口出是也。古诗词之佳者，无不如是，元曲亦然。（见第十二章）
>
> 元南戏之佳处，亦一言以蔽之，曰：自然而已矣。申言之，亦不过一言，曰：有意境而已矣。故元南北二戏，佳处略同。（见第十五章）

王氏不沿用"境界"二字，又复用"意境"二字，值得人们注意。

（4）1914年至1915年间，王氏《二牖轩随录》连载于《盛京时报》，其中有《人间词话选》，与通行本《人间词话》多有不同。王氏曰：

> 余于七八年前，偶书词话数十则。今检旧稿，颇有可采者，摘录如下。[①]

通行本《人间词话》共64条，《人间词话选》只选录31条，可见他对"旧稿"扬弃颇多。

上列王氏四次谈"意境"或"境界"的摘要，明显地告诉人们，自1907—1915年王氏断断续续地思考着"意境"或"境界"的含义。意境乎？境界乎？犹豫不决。我以为这样长期间的犹豫，正表示二者从字义上

---

① 王国维：《王国维学术随笔》，社会科学文献出版社2000年版，第170页。

说，没有差异。我这样说是有道理的。因为讨论选用"意境"或"境界"的前提是，艺术创作中的形象思维问题。经过形象思维所构成的"意境"，必然有个相对完整的边"界"，因而称之为"意境"或"境界"，实在没有什么差异。王氏在反复思考中找不出差异，所以他兼用"意境"或"境界"。

我在撰《王国维词解说》中，使用"意境"或"境界"，在字义上视为无差异，只是随手之便而已。

二、王氏说"意境"，内涵有变化，原因何在？

王氏对叔本华哲学思想，始则笃信，久之又有怀疑，这在1905年写的《静安文集·自序》中有说明：

> 去夏（1904年夏）所作《红楼梦评论》，其立论虽全在叔氏之立脚地，然于第四章内已提出绝大之疑问，旋悟叔氏之说，半出于其主观的气质，而无关于客观的知识。此意于《叔本华与尼采》一文中始畅发之。①

在《叔本华与尼采》（1904）一文中，王氏曰：

> 叔本华由锐利之直观与深邃之研究，而证吾人之本质为意志。而其伦理学上之理想，则又在意志之寂灭。然意志之寂灭之可能与否，一不可解之疑问也……尼采……独疑叔氏伦理学之寂灭说，谓欲寂灭此意志者，亦一意志也。②

---

① 王国维：《静庵文集自序》，《王国维遗书》（第五册），上海古籍书店1983年版，第1页。

② 王国维：《叔本华与尼采》，《王国维遗书》（第五册），上海古籍书店1983年版，第52页。

尼采谓"欲寂灭此意者，亦一意志也"，戳破了叔氏唯意志论的虚伪性，因而尼采鼓吹超人论。王氏久已怀疑叔氏的"出于主观的气质"的臆说，又经过对宋元戏曲作品的考查研究，他的一而再、再而三的亲身感受，促使他从作品的实际出发而立论，修正他此前从叔氏哲学理念出发所说的"意境"内涵。他原来所说的"文学之所以有意境者，以其能观也""有我之境，以我观物""无我之境，以物观物"的"观"，都立足于叔本华的"直观论"，以及由此生发出来的"优美""壮美"论调；而所谓"直观"描绘所得的景象只见之于片段的诗句、词句，其狭隘性是明显的。后来他深研元代戏曲，一再称颂元"南北二戏""有意境"之美，且指明：

> 元剧自文章上言之，优足以当一代之文学。又以其自然故，故能写当时政治及社会之情状，足以供史家论世之资者不少。①

这就使文学意境之所以"能观"，由描绘自然景色扩展到描绘"社会之情状"了。显然，这表明王氏论文艺有开始摆脱叔本华"直观论"控制的思想动向。

但我应该指明：文艺作品反映社会生活这一科学观点，尚未成为王氏的明确自觉，尚未上升到成为思想武器，从而指导他认识半封建半殖民地社会的苦难，进而加以反映。我们应该注意，就在王氏论述元代戏剧的1912年，他写了长篇诗歌《颐和园词》，叙述有清一代兴亡史，并大肆称颂慈禧。又写《蜀道难》，为清臣端方于1911年被部下杀死，而王氏哀悼端方"首在荆南身在蜀"的惨状，称颂他"死重如山"。1918年填词《百字令》、1919年填词《霜花腴》，与在上海的遗老酬应，称颂遗老"梦绕孤棱"（孤棱，代指皇宫）、成为"霜杰"。诸此，证明了他的封建落后思想，湮灭了他那点文艺可反映当时的"社会之情状"的认识。

不过，我总以为，谈王氏"意境"说，只局限于《人间词话》，而不涉及《元剧之文章》，是不够公允的。

---

① 王国维：《宋元戏曲史》，江苏文艺出版社2007年版，第108页。

三、真有"无我之境"的诗词存在吗？

《人间词话》中所述"境界"各条，王氏在论《元剧之文章》《人间词话选》中，为什么不坚持某些论点，求其一贯？我以为他自知旧稿所论有些失误，才不求其一致。《人间词话》有"删稿""摘录"，正反映出他治学态度严谨。也正是这种严谨治学态度，才助成他成为名震中外的考古学者、上古史研究的大学者。

《人间词话》中的失误，最显著的莫过于"无我之境"说。请看这一条原文：

> 有有我之境，有无我之境。"泪眼问花花不语，乱红飞过秋千去"、"可堪孤馆闭春寒，杜鹃声里斜阳暮"，有我之境也。"采菊东篱下，悠然见南山"、"寒波澹澹起，白鸟悠悠下"，无我之境也。有我之境，以我观物，故物皆着我之色彩。无我之境，以物观物，故不知何者为我，何者为物。古人为词，写有我之境者多，然未始不能写无我之境，此在豪杰之士能自树立耳。

请问：从文学史上看，王氏许陶潜、元好问为"豪杰"，对屈原、李、杜、苏、辛等又怎么称许？他们不是"豪杰"？其立论偏颇，显而易见。

我以为，讨论"无我之境"，应该抓住三个关键：一是意境应是就诗的全篇（整体）着眼而使用的术语，不得分割整体。二是对"以物观物"就创作过程加以检验。三是从"古人为词"的实际成果方面检验有无"无我之境"。

（1）就意境有整体性说，这是中外古代诗人词人的共识。王氏也似有这种共识。

晚唐诗人、诗论家司空图在《与王驾评诗书》中说："思与境偕，乃诗家之所尚者……岂止神跃色扬哉！"王国维《人间词乙稿·序》说："文学之事，其内足以摅己，而外足以感人者，意与境二者而已。上焉者意与境浑，其次或以意胜，或以境胜。"请注意"思与境偕"与"意与境浑"，两说何其相似！相似的两说中，隐含了一个共同的前提，即追求意境的相对完整性。"思与境"的"偕"、"意与境"的"浑"，便是诗词创造"意境"整体性的尺度，"偕"之极，便入于"浑"。

今人词学专家、词人唐圭璋在《评〈人间词话〉》中说：

> 王氏尝言境非独景物，然王氏所举之例……皆重在描写景物。描写景物，何能尽词之能事？即就描写景物言，亦有非一二语所能描写尽致者：如于湖（张孝祥）月夜泛洞庭（《念奴娇·洞庭青草》）与白石（姜夔）雪夜泛垂虹（《庆宫春·双桨莼波》）之作，皆集合眼前许多见闻，感触，而构成一空灵壮阔之境界。若举一二句，何足明其所处之真境及其胸襟之浩荡？[1]

唐先生所举的实例，向人们揭示两点：一是词的境界有相对的完整性，情景交融，浑然一体；二是论词的境界，不容就词的整体中强割一二语便称"境界全出"。

19世纪德国诗人歌德谈诗谈画，追随者逐条笔录，辑成《歌德谈话录》，其中多次谈到诗、画的整体性问题，摘录一条以见真面目：

> 我也高兴地看到每幅画都构成一个独立小天地，其中没有一件东西不符合或不烘托出主导的情调……随便在哪一幅里，你总可以看到全局和谐一致，没有哪一点不和全局相称，没有哪一件是勉强拼凑来的东西。[2]

这岂不是"意与境偕"的详细诠释？他把艺术品的整体性说得很周

---

① 唐圭璋：《词学论丛》，上海古籍出版社1986年版，第1028页。
② 爱克曼：《歌德谈话录》，朱光潜译，人民文学出版社1978年版，第192—193页。

到。作品中所呈现的东西，都侔合于"主导的情调"，这也就是我国词人所讲究的"侔色揣称"功夫。因此，我理解歌德所论与填词强调"意境"的统一，道理是相通的。

歌德又说："短诗……较易显出明确的整体性和统观全局。""艺术要通过一种完整体向世界说话。"①这都是"思与境偕"的同义语嘛！

根据艺术品必有整体性的观点，我很怀疑王氏那种以摘句摘字为手段，从而断言"境界全出"的准确性。举个实例说，宋祁的《玉楼春》，正因为此词全篇写温馨春光，风流闲雅，而其中的"红杏枝头春意闹"一句，着一"闹"字，更渲染出春暖花繁的神情。相反，如果脱离宋祁所描绘的那个春光融融的整体境界，而取"红杏枝头春意闹"一句，认为"着一闹字，而境界全出"，那么，这个"境界"只反映在一句一字上，这是不符合形象创造的思维特性的。常言道：画龙点睛。首先所画的这条龙（整体）是个在特定境地中有生命感的龙，然后点睛（微小的局部），才更能显出龙的神气。局部与整体和谐统一，这才说得上有境界。

（2）就"以物观物"在创作过程中加以检验问题说，人们知道，"以物观物"的来头在于叔本华的《作为意志和表象的世界》中所说的"在直观中遗忘自己"。兹录叔氏之言一段如下：

> 这种观审既要求完全忘记自己的本人和本人的关系，那么，天才的性能就不是别的而是最完美的客观性，也就是精神的客观方向，和主观的，指向本人亦即指向意志的方向相反。准此，天才的性能就是立于纯粹直观地位的本领，在直观中遗忘自己，而使原来服务于意志的认识现在摆脱这种劳役，即是说完全不在自己的兴趣、意欲和目的上着眼，从而一时完全撤消了自己的人格，以便（在撤消人格后）剩了为认识着的纯粹主体，明亮的世界眼。②

---

① 爱克曼：《歌德谈话录》，朱光潜译，人民文学出版社1978年版，第147页、第283页。

② 叔本华：《作为意志和表象的世界》，石冲白译，商务印书馆1982年版，第259—260页。

叔本华所说的"纯粹直观""在直观中遗忘自己",如果用地道的中国化的语言说,即《庄子·齐物论》中所说的"忘我"。又,叔本华有所谓"纯粹的观审,是在直观中浸沉,是在客体中自失,是一切个体性的忘怀"云云,也就是庄周所说的"丧我"(自失)、"忘我"(个体性的忘怀)。

这里我应说明:早在1942—1947年,顾实先生在《论王静安》中便说:"王先生所说'无我'绝非客观之意,乃庄子'忘我'、'丧我'之意。"①我转用来诠释叔氏语,觉得颇恰当。

叔本华所说的"世界眼",在王国维词中改称为"天眼"(王氏《浣溪沙·山寺微茫》)。人,真有什么"世界眼""天眼"吗?这不过是主观唯心论者吹嘘自己的识力而使用的名词而已。英国人罗素在其《西方哲学史》中介绍叔本华说:

> 他的主要著作《世界之为意志与表象》(*The world as will and idea*)是1818年年终发表的。他认为这部书非常重要,竟至于说其中有些段落是圣灵口授给他的。②

显然罗素隐晦地批判了叔本华的狂言。

这里,我们可暂置"世界眼""圣灵口授"之类的狂言于不顾,且来认真地讨论"丧我""忘我"是否就是"无我"?

"无"就是"没有",与"有"相对;"无我"就是"没有我"。"没有我",谁来写诗、作画?王国维说过:"诗人之境界,唯诗人能感之而能写之。"③这便老老实实地承认"境界"是"我"(诗人)有"能感之而能写之"。主观唯心论者胡吹什么"圣灵口授"也要个记录的"我"呀!因此,照我理解,"丧我""忘我"于一时,但都还有"我"在,不得谓之"无

① 叶嘉莹笔记,高献红、顾之京整理:《驼庵传诗录 顾随讲中国古典诗词》(下),河北教育出版社2013年版,第116页。

② 罗素:《西方哲学史》(下卷),商务印书馆1976年版,第305页。

③ 王国维:《清真先生遗事》,见《人间词话》,上海古籍出版社2009年版,第136页。

我"。正因为还有"我"在，这才可能有"完全忘记自己"的"观审"。因而艺术家、诗人承认：在艺术鉴赏中有"忘我之境"，而没有什么"无我之境"。"无我"，谁来鉴赏？

"以物观物""世界眼""圣灵口授"，皆欺人之谈而已。

我还应郑重表明：在诗词创作过程中，可能文思有反复，既入乎物内，又出乎物外，但其终结，不是"以物观物"，而是由"我"来观察事物，摄取事物典型特征来构造意境；而在脑海中所形成意境又要以语言为工具、使之成为纸上的有形之体；因而诗人、词人必然在语言的感情色彩、腔调、声律方面下一番功夫。这个创作过程的终了，用歌德的话说，便有了"他自己的心智的果实"。

那种"以物观物"说，故弄玄虚，欺人而已！

（3）从古人诗词实绩角度看，有无全篇可称"无我之境"的作品？答案我以为是明白的：没有。如有，博学的王国维早已列举出来为自己的奇谈作证了。

然而有人为王氏奇谈帮腔，说：

> 文学史上确有不少"无我之境"的优秀作品。马致远的小令《寿阳曲》、王维的《鸟鸣涧》《白石滩》皆是范例。可是，这些小诗的境界中何尝不跃动着诗人的灵魂！景的构思，又何尝不是诗人以自己的艺术敏感和表现技巧独创地感受、捕捉和镂刻自然美的结果！①

此人的结论已在引文的第一句中道出。但让我把马、王之作三首抄在下面，使读者见其真目，然后才下结论，可以不？

> 《寿阳曲》：云笼月，风弄铁，两般儿助人凄切。剔银灯欲将心事写，长吁气一声吹灭。
>
> 《鸟鸣涧》：人闲桂花落，夜静春山空。月出惊山鸟，时鸣春

———————————
① 姚柯夫：《〈人间词话〉及评论汇编》，书目文献出版社1983年版，第239页。

涧中。

《白石滩》：清浅白石滩，绿蒲向堪把。家住水东西，浣纱明月下。

请看，《寿阳曲》分明道出"助人凄切"，因而"长吁气一声吹灭"银灯。抒情如此强烈，还说诗中"无我"，这是欺人之谈！《鸟鸣涧》中"人闲"的"人"，正是诗人自己（"我"），"我"静观"桂花落"、时听月下春鸟鸣，感受如此幽趣！倘说诗人"无我"，欺人之谈耳！《白石滩》中"绿蒲向堪把"（眼看着绿蒲长得可以把握了），表明诗人（"我"）观察绿蒲历时较久，足见"我"寻幽兴趣颇久，也熟知"水东西"群众生活情景。这怎能说诗中"无我"？

文学史上确实没有"无我之境"的作品，我这样说不是大胆冒失，是花了寻检工夫的。

另外，我还找到了一个有力旁证，即王氏在《人间词话选》中完全扬弃了"有有我之境，有无我之境"那一条。

先交代《人间词话选》的出处。在军阀张作霖统治我国东北时期，日本人在沈阳办《盛京时报》，王国维于辛亥（1911年）后旅寓日本期间，曾应日人之约投稿。据赵万里《王静安先生年谱》"癸丑三十七岁"条目下记载：

是岁（1913年），日人一宫（即一宫房治郎）主《盛京时报》社，邀先生作札记刊日报中，月致束修三十元，且有时不至，遂解约。《东山杂记》、《两牖轩随录》即作于是时。[1]

具体时间由《王国维学术随笔》辑校者赵利栋核实《二牖轩随录》连载于1914年9月9日—1915年7月16日。而《人间词话选》即在《二牖轩随录》中。

---

[1] 王国维：《王国维先生全集》续编6，大通书局1976年版，第2549页。

这一部《人间词话选》特别引人注目的，即扬弃"有我之境、无我之境"那一条，且在所选的三十一条中，全不见"以物观物""阅世愈浅则性情愈真，李后主是也""纳兰容若以自然之眼观物"等奇谈，也不见"（美成）创意之才少""（白石）惜不于意境上用力"等臆断。这表明了王氏治学的纯朴态度，显示他以"选录"的方式，宣告不再坚持奇谈臆说，乱人耳目。

又，所选录三十一条中，有三条是应约投稿时补写的。一是补入介绍"词总集"《花间》《尊前》《草堂诗馀》《绝妙好词》《词综》《词选》等，借此显示历代词的风格流派。二是补入"元人曲中小令"两条。这也暗示他记得《元剧文章之妙》《人间词话选》的选录观点与论元剧文章观点相一致。最后，我想说两句话：王国维两度扬弃"无我之境"旧说，人们应该加以体会了。

[原载《安徽师范大学学报》（人文社会科学版）2005 年第 1 期]

读吕碧城词札记

　　1996年秋，我曾应安徽师大新闻系第二班主持人要求，为学生讲授过《古今词选》，编了本教材（打印本），其中少不了选讲年仅22岁的少女吕碧城以"词"闯天津的篇章。从此以后，凡遇有关吕碧城书册、文章之类的名称，我都记在小本本上，积久誊抄整理，试写《读吕碧城词小札》。

一、吕碧城词何处寻

　　学衡派大将之一吴宓评吕碧城词曰：

> 　　其所作，可以上比李易安，而又别辟蹊径……所具特点，为"能熔新入旧，妙造自然"云云。[①]

　　照笔者理解，吴氏所谓"熔新入旧"，就是在学习填词时，要把新的情思、新的词汇纳入旧的腔调框格里，这里必有一个磨练过程。吕碧城正是经受了这种磨练，而成了一个自具风格特色的词人。

　　吕碧城词何处寻？我们始见之于《词学季刊》、《近百年词选》、刘纳编著的《吕碧城评传·作品选》，但都零零星星难于满足读者的欲求。现在上海古籍出版社出版了李保民先生的《吕碧城词笺注》，收录了吕词约三百一十首，每首略加笺注，又有《附录》五种，而其中的《吕碧城年

---

① 吴宓著，吴学昭整理：《吴宓诗话》，商务印书馆2005年版，第228页。

谱》特别值得注意。我以为这部著作是李先生为吕碧城所竖的一座丰碑，而《吕碧城年谱》便是丰碑的碑额。

爱好读词的人们当为这本书的出现而欣喜。

碧城词，长调多，以糅合铺叙见功夫，自有生活经历作底子；以抒情淡雅见世人，自有其身份制约。若求其风格特点，我以"淡雅"二字标目。

二、吕碧城幼年没到过"庙首"

在我阅读过的《吕碧城传略》中，有这样一篇"传略"说：

吕碧城原籍安徽省旌德县庙首村……吕碧城出生不久，就随母亲回到故乡，她的幼年是在庙首度过的。父亲解官告归后，举家迁居六安县城南门三道巷。[①]

笔者说：此时才三岁的吕碧城是否在祖籍旌德县庙首乡过日子，她的父亲、母亲、姐姐当然有权发言。吕碧城的父亲吕凤岐（1837—1895）撰有《石柱山农行年录》（以下简称《行年录》）。《行年录》写于六安寓所"长恩精舍"，而所谓"石柱山农"指的是青年吕凤岐在旌德庙首乡读私塾时歌吟为乐的两根石柱，并以石柱山农为自己的雅号。

《行年录》曰：

甲　"在山西任……六月三女贤锡生。"（三女即吕碧城）

所谓"在山西任"即在山西任学政。此时山西的巡抚是张之洞，张为欢迎吕凤岐的到来"亲自率属迎于南郊"。吕碧城的父亲此时是很得意的。三女贤锡（碧城）生于太原。

乙　自山西回皖经正阳关，"于小除日抵六安"（小除日即俗所谓送

---

① 徐承伦，萧志远：《安徽著名历史人物丛书》（第四册），中国文史出版社1991年版，第267页。

灶，腊月二十三）。此时吕碧城仅三岁，当然随家人行动，不可能单独去旌德庙首乡过日子。

丙　吕凤岐于光绪二十一年（1895）十月初三逝世，于是出现了家族血统较近的后嗣争"承祧"（吕凤岐有三兄、一弟，因而侄辈、侄孙辈人多），哄抢或霸占吕碧城家的家产事件。吕碧城的二姐吕贤钫（亦名美荪）说：

> 吾母严夫人以二子之亡，复失所天，庭帏未能宁居，茹痛弃产，挈三孤女永离六安，就食来安外家。盖伯姐于遭大故之次年，遣嫁外家为妇，来依之也。

又，关于这件事，吕碧城的二姐在《葂丽园随笔》的《三生因果》篇中有记述：

> 年十四，先君见背。吾母以两子早丧，性仁柔，不能保遗产，族中之不肖者尽霸占所有，复幽禁余母女数人。[1]

笔者在这里罗嗦几句：被"幽禁"的母女中，有严夫人、次女吕贤钫此时十四岁、三女吕贤锡（即吕碧城）年仅十二岁、四女吕贤满仅九岁，这几个女性怎能斗得过成群的来抢夺财产的"恶族"。

此时吕碧城才真的见到了庙首乡的老少三辈呀！此后，1928年底吕碧城旅居瑞士日内瓦，作《三姝媚》一调，末尾两句："还忆家山梦影，长恩精舍。"碧城自注："先严筑有长恩精舍，藏书三万卷，遭家难，无一存者。"这"梦影"里，有温存，也有苦难。

三、吕碧城初闯天津述评

吕碧城十四岁时随母永离六安，就食来安外家。碧城舅父严朗轩，同

---

[1] 转引自李保民编著：《吕碧城词笺注》，上海古籍出版社2001年版，第391页，下引同书，不再注版本。

治末年（1874）为知州，光绪三十年（1904）时已官至天津塘沽司榷（掌管海关税收的官员）。此时吕碧城奉母命至塘沽依舅氏。碧城至塘沽，有个潜在的愿望：到天津学习，闯荡自立。此时天津已创办《大公报》，创办人英敛之是扶掖吕碧城的重要人物，因此，对英氏略作介绍：

英敛之（1867—1926）原名英华，满族，生于北京，自幼受传统教育，成年后笃信天主教，于1889年受洗入教，与外来的传教士接触较多。1901年英氏至天津筹办《大公报》，宣传新思想，企图改良封建制度。1911年他致力于创办一所女子学校，不再任《大公报》总理。他曾请求罗马教廷为中国兴办大学。1926年卒于北京。据吕碧城四十五岁时写的《欧美漫游录·予之宗教观》回忆闯荡天津一事说：

> 塘沽距津甚近。某日，舅署中秘书方（小洲）君之夫人赴津，予约与同往探访女学。濒行，被舅氏骂阻。予忿甚，决与脱离。翌日，逃登火车。车中遇佛照楼主妇，挈往津寓。予不惟无旅费，即行装亦无之。年幼气盛，铤而走险。知方夫人寓《大公报》馆，乃驰函畅诉。函为该报总理英君所见，大加叹赏，亲谒，邀与方夫人同居，且委襄编辑。[1]

《英氏日记》光绪甲辰三月二十三日（5月8日）记曰：

> 饭后内人偕小洲夫人去聚兴园，併邀沈绥青之夫人。晡（黄昏），接得吕兰清（碧城）女史一柬，予随至同升栈邀其去戏园，候有时，同赴园，予遂回馆，少秋来。晚，请吕女史移住馆中，与方夫人同住。予宿楼上。灯下闲谈，十二点，少秋去。碧城女史书曩作《满江红》词一阕，极佳。附录于后。（暂略，见下文）

1904年5月10日（农历三月二十五日）《大公报》"杂俎"栏发表"吕

---

[1] 戴建兵编：《吕碧城文选集》，天津古籍出版社2012年版，第229页。

碧城女史"感怀,寄调满江红词"。从署名看,稿子是英氏代投的。词曰:

> 晦黯神州,欣曙光一线遥射。问何人、女权高唱,若安、达克?
> 雪浪千寻悲业海,风潮廿纪看东亚。听青闺挥涕发狂言,君休讶。
> 幽与闭,长如夜。羁与绊,无休歇。叩帝阍不见,愤怀难泻。遍地
> 离魂招未得,一腔热血无从洒。叹蛙居井底愿频违,情空惹。

若安,18世纪法国女革命党人。后来在雅各宾专政时期被处死。达克,15世纪法国女民族英雄。1429年她率兵六千重创英军,扭转战局。后被封建主诬为"女巫",被烧死。"业海",佛家语,谓人世种种恶因,深广如海。

按:此词宣扬女权,旗帜鲜明,且带有"洋气",在当时如同一声春雷,震惊世人。全词使用领字恰当,气势流转、雄健,可许之为佳作,宜其招来许多赞颂。

1904年5月11日(农历三月二十六日)《大公报》"杂俎"栏,发表"碧城女史"的七绝《舟过渤海偶成》:

> 旗翻五色卷长风,万里波涛到眼中。
> 别有奇愁消不尽,楼船高处望远东。

塘沽,东临渤海湾。"五色旗"——红黄蓝白黑旗,当时的国旗。"望远东",寓作者担心东、西帝国主义者再次入侵中国。

按:此诗流露爱国思想极鲜明,惹人注意。

在这一天《大公报》"杂俎"栏中载碧城七绝之后,紧接着载《读碧城女史奉呈一律》,下署"罗刹庵主人未是草"。诗曰:

> 不学胭脂凝靓妆,一枝彤管挟风霜。
> 勤王殉国钦戎女,演说平权薄薛娘。
> 忍视楼船群压海,可怜红泪悽沾裳。

须眉设有如君辈，肯使陵园委虎狼。

"钦戎女"，指钦佩法国女革命家达克、若安。"薄薛娘"指鄙视乐妓薛涛。

按：此诗开头两句，点明碧城《满江红·感怀》之作，笔力雄健；三、四句以"钦戎女""说平权"落实开头两句；五、六句进一步说明碧城"感怀"的爱国情愫；收尾两句从男士角度向碧城致钦佩之意。全诗恰题、工稳，构思完整。

"罗刹庵主人"是谁？（罗刹，梵语，意谓憎恨恶人）照笔者读后体会："忍视楼船""可怜红泪"一联是碧城"楼船高处望远东"句生发出来的。这就透露"罗刹庵主人"与碧城颇有交往，预先看到碧城的那首七绝诗。因而笔者揣测："罗刹庵主人"当是英敛之。

1904年5月18日（农历四月四日）《大公报》"杂俎"栏载"铁花馆主"诗，题曰《昨承碧城女史见过，谈次佩其才识明通，志气英敏，谨赋两律，以志钦仰，藉以赠行》，诗曰：

烽火茫茫大地哀，斗间光气破尘埃。
危言自足惊群梦，逸兴偏来访劫灰。
始信栴笄有名世，第论词翰亦清才。
红桑望海方开旭，好去仙风莫引回。

女权何用问西东，振起千金若破蒙。
独抱沉忧托毫素，自绁新籍寄天聪。
机中锦字谁能识，局外残棋尚未终。
载诵君诗发长叹，剑铠森起气豪雄。

所录"两律"第一首第七句缺一字，缩本《大公报》脱字如此。笔者颇疑所缺字为"红"。"红桑"，见唐人曹唐《小游仙诗》第三十四首。

细读"铁花馆主"第一首七、八两句，即化用曹唐"天上邀来不肯来……海畔红桑花自开"而来，借此称赞碧城为仙人，鼓励她乘"仙风莫引回"。"红桑望海方开旭"，句意为：仙女处仙境，学习海外文明，方能从事改良，见到曙光。献疑如此，请方家正之。

按：从这两首诗的标题看，此乃长者为扶掖后生而写的诗。"铁花馆主"之"铁花"隐寓铁树可以开花，有志者事竟成，亦有鼓励后生之意。

"铁花馆主"是谁？《英氏日记》1904年5月17日（农历四月三日）记载：

> 六点起，碧城定今日早车回塘沽……八点，润沅遣人送函至，并赠碧城二律。（注：即上录二律）[1]

《英氏日记》中"润沅"，即傅增湘（1872—1949），字润沅，四川江安人。光绪十四年（1989）进士、翰林院编修。出任贵州学政，改官直隶（河北省）道员，直隶提学使，驻天津。傅氏在诗里已比喻国势为"局外残棋"，因而呼吁有"清才"、倡"女权"之"雄豪"者起而救之。这对吕碧城初闯天津来说，是极大的支持。

1904年5月25日（农历四月十一日）《大公报》"杂俎"栏载"碧城"《奉和铁花馆主见赠原韵即请教正》诗：

> 风雨关山杜宇哀，神州回首尽尘埃。
> 惊闻白祸心先碎，生作红颜志未灰。
> 忧国漫抛儿女泪，济时端赖栋梁才。
> 愿君手挽银河水，好把兵戈洗一回。
>
> 新诗如戛玉丁东，颂到鸿篇足启蒙。

---

[1] 方豪编录：《英敛之先生日记遗稿》，参见沈云龙主编：《近代中国史料丛刊续编第三辑（22）》，文海出版社有限公司印行，第823—824页。

帷幄运筹劳硕画，木天搞藻见清聪。

光风霁月情何暵，流水高山曲未终。

霖雨苍生期早起，会看造世有英雄。

"白祸"，指1900年八国联军侵略我国。"洗兵戈"，指洗净兵戈备用，谓准备出兵反侵略。语本李白《战城南》"洗兵条支海上波"。"硕画"，即鸿大的谋划。画，通划。"木天"，指高大建筑物。"暵"，热气、热烈。

按：此诗和原韵，出语自然，足见碧城确有词翰"清才"。全诗对长者执礼甚恭，宜其能得到此后傅氏的多方掖助。

傅增湘、吕碧城相和诗，时距一周。在这一周内，又有吕碧城的诗文见诸《大公报》。

1904年5月18日，载"寿椿庐主"《读碧城女史诗词，即和舟过渤海原韵》七绝四首[①]。笔者以为这四首诗平淡无奇，不录。

1904年5月22日（农历四月初八），《大公报》的"论说"（相当于今之"社论"）载《吕碧城女史论提倡女学之宗旨书后》。

1904年5月24日，《大公报》"论说"载"碧城"《敬告中国女同胞》一文。

1904年5月27日（农历四月十三日），《大公报》"杂俎"栏载"沈祖宪"《满江红》四首，称颂吕碧城。兹录一首示其主旨：

钗钏英雄，向梦里寻消问息。是何人倾玑泻玉，手能代舌！螺墨潜消雕漆砚，鸳针不绣装花舄。独庄严襟带说平权，风雷激。 扶马背，吟残月。立鳌背，看初旭。蓦九天咳唾，飞来珠屑。班氏一门传史稿，刘家三妹雄文笔。冠大江南北女儿花，吕旌德。

"不绣装花舄"，即不绣嫁妆花鞋。"班氏"句，指班昭受汉和帝之命，续成班固未完稿的《汉书》。见《后汉书·班昭传》。"刘家三妹"，指齐代

刘孝绰的三妹刘令娴，有文才，世称"刘三娘"，适徐悱。见《南史·刘勔传》附《刘孝绰传》。

按："沈祖宪"何许人，待考。词末直抒颂扬"吕旌德"，取韵精巧。

1904年5月29日（农历四月十五日），《大公报》"杂俎"栏载"姜庵尘稿"《阅大公报获读碧城女史著论、即次铁华韵、率拈二律以识敬服》。录第一首：

> 拔剑为君歌莫哀，欲排阊阖净尘埃。
>
> 龙华劫后春无赖，麝鼎烧残愿未灰。
>
> 填海只穷精卫力，补天端赖女娲才。
>
> 剧怜举世槐安梦，风雨哓音苦唤回。

"阊阖"，神话中的天门，借指国家。"龙华"此处指龙种华族。"哓音"，惊恐叫喊。

按："姜庵"为谁？待考。他自称尚穷力"精卫填海"，足见亦主张改良派人物。全诗称颂碧城之意明显，不细说。

以上撮述的是吕碧城初闯天津所引起的轰动，一言以蔽之，她被人们捧成了巾帼英雄。自1904年5月10日起，碧城词在《大公报》上出现到1904年5月29日有人称颂她"补天端赖女娲才"止，短短二十天里，可以说出现了"碧城热"。

这是英雄造时势呢还是时势造英雄？应该说，这是一种社会现实所造成的两个方面。两方面互动，互有作用。

此时的"一种社会现实"就是号称"大清"的中国国势极端衰弱，日趋危亡。面对这种现实，先觉者站出来大声疾呼，企图挽救危亡。吕碧城和成批的先觉志士就是在这一思潮中涌现的。因而笔者认为，"吕碧城热"乃是广泛的呼吁改革的社会活动，人们万万不可把这种活动的威力看作是吕碧城的个人力量。

吕碧城宣扬女权，主张兴女学，这是"欧风东渐"、人心思变的反映；

颂扬吕碧城为巾帼英雄的诗文，也是"欧风东渐"、人心思变的反映。"变"向何处去？这里有个对国家"国体"的认识问题。知识分子群中，笔者举严复（1854—1921）、孙文（1866—1925）、鲁迅（1881—1936）、王国维（1887—1927）为代表，他们都是留学生，到外国学习"新学"，企图用来疗救垂危的中国。可是由于他们对"国体"的认识不同，各人所走的人生道路则大不相同。这，史有明文，用不着笔者多嘴。笔者此处要指明的是：吕碧城当时对"国体"的认识是模糊的。她"倡女权""兴女学"，在思想上只处在"爱国维新"境地，而没有明确的"反清""反封建制度"的思想基础。她在天津闯了八年，民国成立了，奉母命由天津去上海，还顶个袁世凯总统秘书头衔，周旋于官商之间。应该说，碧城不是个"革命志士"。而是个"爱穿奇装异服，骑马过朝市，时时摆英雄架式，来引人注目的女青年"。因此笔者认为，人们不宜以摘句为手段，摘几句吕碧城的豪言壮语，从而评定她的终生。

四、关于秋瑾与吕碧城在天津会面事

1904年6月10日，秋瑾特意从北京赶到天津，拜会寄寓《大公报》总理英敛之家中的吕碧城。《英敛之先生日记》当天记载：

> 十点，秋闺瑾女由京来，其夫王之芳及秦□□偕来，留午饭……饭后，秋留馆，王、秦等去……秋与碧同屋宿。[1]

据吕碧城说："彼密劝同渡扶桑，为革命运动。予持世界主义，同情于政体改革，而无满汉之见。交谈结果，彼独进行，予任文字之役。"[2]此后的情形，正如吕碧城所言，两人走上了不同的道路。

《小札》里，提到这件事，从历史现象角度看，应记载；从议论人物

---

[1] 转引自李保民：《吕碧城词笺注》，第571页。

[2] 吕碧城：《予之宗教观》，《吕碧城集》卷五，上海古籍出版社2015年版，第62页。

角度看，秋、吕志不同、道不合，这是事实。因此，我不愿用烈士的光辉形象来映衬吕碧城的人生道路。我这样说，自认为对吕碧城的评论也是公平的。

五、吕碧城于民国初期在上海经商致富平议

《吕碧城年谱》（以下简称《吕谱》）1912年记载：

> 本年，清宣统帝宣布退位。北洋女学停办，碧城离职，旋被袁世凯聘为总统府秘书。后奉母居沪上，始与西商角逐交易，数年间获利颇丰。①

这一条记载的原诗资料，见之于已有的《吕碧城传略》之类，摘录如下：

（1）1912年初，碧城"奉母舍而之沪，涉足商场，与西商角交易，西商多折阅。而居士独操奇赢，虽数载致富，而怨府深矣。无何又失恃，遂只身走美洲，濒行，以十万金助红十字会"②。"折阅"，即折价抛售。"怨府"，众人怨恨的焦点。"失恃"，母亲逝世，时在1913年。

（2）"1918年出国留学前，从在沪经商盈利中提十万巨金捐赠红十字会。"③

（3）碧城1922年4月由美洲回沪，寓居商业繁盛的南京路。1924年，迁居当时的法租界"同孚路（今石门一路），夷楼一角，位置井然；蓄犬一，女士琴书遣兴，犬即偎伏其旁；出入汽车代步，生活殊富赡焉。"④

（4）碧城"其人自守洁，见地超于人，忠恕（而）绝去拘阙，而不为诞嫚。世或以偏宕豪侈少之，殊未思君身世艰屯，中情激发，非其本色

---

① 李保民编著：《吕碧城词笺注》，第575页。
② 澄彻居士：《吕碧城居士传略》，见李保民《吕碧城词笺注》，第514页。
③ 《旌德县志·吕碧城传》，见李保民《吕碧城词笺注》，第521页。
④ 纸帐铜瓶室主：《吕碧城》，见李保民《吕碧城词笺注》，第515页。

也。"①"拘阓",指旧礼教、旧规矩。"偏宕",偏激放宕。"少之",指缺点。

按：上列四条资料见之于1943年1月碧城逝世后、友人纪念她的回忆录或为她而撰的传记，皆有所见而云然，不是凭空乱谈。笔者摘录这四条，拟诠释两个问题：一是她如何"数载致富"的？一是她因"富"而与亲姐妹相处的感情波折。碧城在上海凭什么"数载致富"的？上引资料第一条透露了消息——"西商多折阅"。她以"掮客"的面目出现，实际是个"转手商"。笔者如此断定她从商的身份是有因由和证据的。

甲：碧城能英语、法语，有条件与西商交往、谈买卖。

乙：碧城在天津，任编辑、女学的总教习（即后所谓校长）历时八年，凭工资收入，除穿着打扮外，多少有点积蓄，这就成了从商开始时周转资本。

丙：掮客兼转手商能获得两重收入：一是经纪人的"中佣"，一是转手卖出，从中获利。西商在中国出货进货都是大宗的，如卖出洋纱、洋面、洋油、洋钉、洋火、洋报纸（废报纸）、洋垃圾等；收购中国茶叶、生丝、丝绸、刺绣纺织品等。西商折价抛售给碧城，碧城转手加价卖给中国商人，这才使碧城"数载致富"。而且"富"到了"手散万金而不措意"②的地步。

丁：吕碧城自己说："余习奢华，挥金甚钜，皆所自储，盖略谙陶朱之学也。"③据《史记·货殖列传》，陶朱公的谋略是"治产积居，与时逐而不责于人"。《集解》曰："逐时而居货。"《索隐》曰："随时逐利也。"近现代人指斥商人"囤积居奇"，便是陶朱之学演绎的窍门。碧城承认自己颇谙此道。在商场，对西商传播滞销信息，使之压港，传播关税调升消息，使之急于折价抛售，这都是不足为奇的"生意经"。碧城为了中间剥削，总有一些人遭到她的辣手对待，日久自然招来怨恨，这也是常情。

---

① 费树蔚：《信芳集序》，见李保民《吕碧城词笺注》，第522页。
② 樊增祥语，见李保民《吕碧城词笺注》，第519页。
③《吕碧城集·题辞》注，见李保民《吕碧城词笺注》，第7页。

从商，就是为了赚钱，没有许多阿弥陀佛可念的。"余习奢华，挥金甚钜"的来源在于她从商，这是明明白白的。

碧城与姐妹失和，当时的上海文化人知道的颇有其人。郑逸梅《吕碧城刚愎成性》记载：

> 姊妹以细故失和。碧城倦游归来（1923），诸戚劝之毋乖骨肉，碧城不加可否。固劝之，则曰："不到黄泉，毋相见也。"时碧城已耽禅悦，空中悬观音大士像，即返身向观音礼拜，诵佛号"南无观世音菩萨"。戚友知无效，遂罢。[1]

吕家姐妹以什么"细故"失和呢？读碧城二姐贤钫《哭季妹诸作以纪哀痛》诗，可使人们有所领悟。吕贤钫叙述四妹贤满的生平说：

> 第四妹坤秀……事母不字。宣统间（1909—1911）任天津（女学）、吉林女学校教授……甲寅（1914）冬，卒于厦门女子师范学校，时年二十七。予持丧还沪，附于母墓。

显然，这就说，贤满在上海"事母"的期间为1912—1913年。母严夫人逝世后，她便远走厦门了。

贤钫哭《季妹》诗摘录：

> 母墓躬负土，文石起丰碑。生无鸡豚养，壮墓亦何为？墓门一株树，美荫何披离。季妹每拜起，抚树辄泪垂……
> 贫居侍慈亲，奉己惜锱铢。永日天气长，饥肠转辘轳。胡饼一枚铜，临购终踟蹰。西阳下何迟，盼待晚趋厨。厨中何所办，豆豉与白蔬。今日我所饱，间有肉与鱼。当食念吾季，辍箸涕连珠。（引文见《行年录》附录，第5页）

---

[1] 郑逸梅：《逸梅杂札》，齐鲁书社1985年版，第16页。

按:《孝经》说,"身体发肤,受之父母。"因而"孝,始于事亲"是
天经地义的。赡养父母,这是天职。又说,"不爱其亲,而爱他人者,谓
之悖德。"根据这种道德规范,人们检验吕氏姐妹之间就"事亲"问题而
引起的感情裂痕,并就此来解读上面"摘录"的诗句,便不难察觉:"生
无鸡豚养,壮墓亦何为",是质问式的控诉!"墓门"前的"美荫"真的庇
护过慈母吗?"季妹每拜起,抚树辄泪垂",为什么?有难于倾诉的伤心往
事正在催泪呀!显然,这也是曲折的控诉。又,"当食念吾季",挂念的当
真只是四妹、而不包括与四妹住在一起的"慈亲"?这种挂念与怨恨何异?
作者含而不吐,读者自会明白。怨恨的对象是谁,作者未吐,读者自知。

吕氏姐妹之间的感情裂痕与碧城"事亲"俭薄大有关系。那些以性格
"偏宕""耽于禅悦"为理由来诠释这种感情裂痕,笔者认为都未中要窍。

六、吕碧城的异域风光词

碧城在上海经商致富,有了出国旅游的经济实力;她能操英语、法
语,自然助成她选择欧美为旅游地域;她行前捐献"十万金助红十字会",
是为此行想制造点国际影响作铺垫,这也是明显的。碧城旅游,所到之处
皆欧美名城和特殊的景点,又词人技痒,于是写《解连环·巴黎铁塔》
《多丽·大风雪中渡英海峡》《金缕曲·纽约港口自由神铜像》《玲珑玉·
阿尔伯士雪山、雪橇》等等。写异域风光,就词的创作来说,自然涉及创
新问题。如何选取新题材?如何运用新词汇?如何创造新境界?如何透过
新境界流露新意趣?这些都是等待词人在创作实践中必须加以解决的问
题。又,要充分描绘异域风光,必然选填长调。而长调之所以"长"在于
铺叙,铺叙得以展开,靠词人有本领善于运用领字、造领句,从而铺展内
容,层层推进,使这首词的意趣得以丰满地呈现在读者眼前。

笔者以为,吕碧城写异域风光词,比较充分地显示了她的创新本领。
吴宓说碧城词有"镕新入旧,妙造自然"的特点,吴氏所谓"熔新"即指
笔者上文所点出的"创新";"入旧",指选调填词——恰当地运用旧形式。

"妙造自然"是对碧城词的颂扬。笔者以为，碧城的异域风光词多数足以当之。下面，拟选三首异域风光词加以诠释，以见碧城填词的创新本领。《解连环·巴黎铁塔》云：

> 万红深坞。怕春魂易散，九洲先铸。铸千寻、铁网凌空，把花气轻兜，珠光团聚。联袂人来，似宛转、蛛丝牵度。认云烟飘渺，远共海风，吹入虚步。　　铜标别翻旧谱。借云斤月斧，幻起仙宇。问谁将、绕指柔钢，作一柱擎天，近衔羲驭。绣市低环，瞰如蚁、钿车来去。更凄迷、夕阳写影，半捎蒨雾。

巴黎铁塔是为庆祝法国大革命（1789—1794）胜利而建造的纪念性建筑。这次大革命，废除了由路易十六为代表的封建制度，建立了法兰西共和国。法国的国旗（蓝白红三色旗）、国歌（《马赛曲》）、国庆日（7月14日）都与这次大革命胜利相关。铁塔建在首都巴黎，便是全国胜利的象征，当然也成了巴黎的标志。铁塔建成于1889年3月，高320.7米，是当时世界上最高的建筑物，环形楼梯，1700余级，有电梯上下，甚方便。全塔由钢铁焊接而成，望之如空中镂空的铁网，颇神奇。

这首词，描绘望中的铁塔，由平视而仰视、俯视，最后让铁塔之半隐没于绿雾中。全词开头三句，写对塔的平视景象。巴黎有"世界花都"的美名，故起笔一句"万红深坞"，便暗点巴黎——铁塔的座位所在地。接下去两句表述此塔"九洲先铸"——是当时世界上领先的高层建筑。对"塔"要描绘它的高，这是填此词的根本要求，于是写对"塔"的仰视景象。碧城抓住着力点，写"千寻""凌空"的塔，连用六个韵句（聚、度、步、谱、宇、驭），层层堆叠，叠出高度。请注意，碧城的填词本领正展现在描绘同一形态、同一对象的堆叠上。她对镂空铁网式的塔梯，要描绘六次，要运用受格律约束的不同的艺术语言，把六韵句直线堆叠，叠得自自然然，妙似天成，使人读来既见塔的高，又有语言流转之美，这些，碧城都办到了。

描绘塔的高，碧城又从登塔的俯视景象补上一韵（去）。真是锦上添花，令人称妙。全词上下片共十韵，用七个韵句来描绘塔之高，她有运笔集中，凸出主体的本领是惊人的。描绘铁塔之高的硬任务完成了，怎么结尾？只剩下一韵，只许填十一个字，怎么办？慧黠的女词人用夜幕将落，把塔身半隐在"蒨雾"中了结——时已昏暮，游人离塔归去，此乃事势必然如此。笔者赞之曰：收尾俏！

咏"巴黎铁塔"，属于"咏物词"。前贤认为"咏物之作，在借物以寓性情"。碧城咏"巴黎铁塔"有无"借物以寓性情"的抒情因素？笔者答曰："瞰如蚁""更凄迷"诸语，皆微微透露作者的感情色彩。此时，四十六岁的作者，面对如此高大而有永恒性的建筑，难免有人生苦短的感叹；青年时代的英姿（倡女权、兴女学）如今也逐渐消失在中国军阀混战的尘雾中；自己从事的"护生"事业对拯救人世到底能起多大作用，不也如身在尘雾中吗？此时，景凄迷、人凄迷，情景融合在一起了。

顺便补足一条事实：此词最初发表时，下片原文为：

> 年时战气重数。记龙蛇起陆，泪血飘杆。望铜标、犹想英姿，问叱咤茵河，阿谁盟主？废苑繁华，化梦影、凄凉秋雨。更低徊、绿波素月，美人什处？（注：美人，指同游的一个美国人）

按：删改原文下片，足见作者为高手。写"铁塔"而以整个下片写"铁塔的建立的历史"，是败笔，败在离题而无新的意趣！什么"阿谁盟主"乃装呆傻问；"美人什处"是凑韵敷衍了事。应该说：这样严肃的修改态度，值得后生学习。

《多丽·大风雪中渡英海峡》云：

> 海潮多，彤云乱拥逶迤。打孤舷、雪花如掌，漫空飞卷婆娑。落瑶簪、妆残龙女，挥银剑、舞困天魔。怒飓鸣胶，急帆驰箭，搴槎无恙渡星河。叹些许、峡腰瀛尾，咫尺有惊波。更休问，稽天大浸，夷

险如何？　　念伊谁、探梅故岭，灞桥驴背清哦。越溪游、琼枝俊倚，谢庭咏、粉絮轻罗。迢递三山，间关万里，浪游归计苦蹉跎。待看取、晦霾消尽，晞发向阳阿。将舣岸，蜃楼灯火，射缬穿梭。

瑶簪：碧玉簪。女性梳妆用的簪子。

舞困天魔：即天魔舞。天魔，佛家神话中的堵塞智慧之魔。

怒飔鸣骹：大风在脚胫边怒吼。

骞槎：《荆楚岁时记》载神话传说：汉武帝令张骞在西域寻河源，骞乘槎经月，玉一处，见到了牛郎、织女，乃天上星河也。"骞槎"乃此传说缩语。

叹些许：即今语"可叹啊！"些、许皆语尾助词，无实义。

峡腰瀛尾：峡、瀛对举，皆指海峡；腰、尾对举，指海峡的中部、尾部。

咫翠：指极近的碧色浪涛。

探梅：特指踏雪寻梅。陆游有《雪中寻梅》《探梅》诗。

灞桥驴背：用唐相国郑綮故事。郑綮回答人问，曰："诗思在灞桥风雪中驴子上，此处何以得之！"

越溪游：用山阴王子猷雪夜访戴安道故事。

谢庭咏：用谢道蕴咏雪故事。

迢递三山：苏轼有《过莱州雪后望三山》诗。

晦霾：昏暗。

晞发向阳阿：语本《楚辞·九歌·少司命》："与女沐兮咸池，晞女发兮阳之阿。"

舣岸：岸边的趸船。"将舣岸"，即渡船将靠近趸船。

缬：眼前呈现的星星点点的灯光。

这首词，上片着力写大风雪中海峡怒涛汹涌，极惊险；下片就大风雪而驰骋文人雅士的联想，助成作者有凄苦的叹息；末尾以渡船靠岸收场。构思完整，且有历险与幻想安逸的映衬，作为上下片的关联，承接自然。

这首词，可以说，是典型的文士之词。只有积学储宝的大雅之士，才能就大风雪联想翩翩，程才效技，取之由意。

"多丽"一调，着重铺叙，且有特殊要求：要求上片第二个三字句（"打孤舷"）能开拓下文七句（"雪花"——"渡星河"），一气贯注；有要求下片起句的三字句（"念伊谁"）所领起的七句（"探梅"——"蹉跎"）能与上片一气贯注的七句，句式对等，有朗诵时的声腔叠合美。碧城办到了这一点，而有就此更加一笔，借联想而抒情。此处，论铺叙技巧，人们只好佩服碧城有本领。下片借"大风雪"大写诸多联想，不仅想到古代文人雅士的闲逸，当然想到自己此时如在国内漫游，过去总有诗友陪伴左右。如今历险、孤凄，谁予慰藉？四十六岁的流浪者女词人，只好兴叹了。她，坐下来填此词时，心潮既澎湃、又平静，可是孤寂之感也乘机袭来啊！

《玲珑玉·阿尔伯士雪山，游者多乘雪橇飞越高山，其疾如风，雅戏也》云：

> 谁斗寒姿，正青素、乍试轻盈。飞云溜巘，朔风回舞流霙。羞拟临波步弱，任长空奔电，恣汝纵横。峥嵘！诧瑶峰、时自送迎。 望极山河幂缟，警梅魂初返，鹤梦频惊。悄碾银沙，只飞琼惯履坚冰。休愁人间途险，有仙掌为调玉髓，迤逦填平。怅归晚，又谯楼、红灿冻蘂。

这首词，作者从旁观角度描绘在瑞士阿尔伯士山所见女郎滑雪的奇异风光。此乃选取新题材，运用新词汇，创造新境界的较好的实例。兹简释如下：

其一，就构思说，起笔十一字一韵（盈），紧紧抱题，点出青女、素娥斗丰姿。领字"正"字直贯下一韵（霙）两句，呼应自然。接着反衬一句（"羞拟"句），撇开女性柔弱，好放手写滑雪英姿。"任"乃任情驰骋，拓展下文三韵（横、嵘、迎），初展滑雪回舞飞峰英姿，暂结上片。

下片以"望"字领起，又承接上片。"望"，望景场也，既望见女郎突然飞来，令人"频惊"（叶韵），有望见仙女（许飞琼）悄然非去所溅起的银花"坚冰"（叶韵）。"休愁"三句补足场面情况：峰与峰之间，早有仙掌用冰雪"填平"（叶韵）。言外之意：可以任情滑雪，平安无事。"怅"字领起的一韵"絷"，已见灯火，自然收场，妙！词的构思之妙，往往体现在精巧地运用领字上。这首词，由"正""任""望""休""怅"五字领起，展开铺叙，层次清楚，脉络通畅，妙造自然。碧城，真个当行老手！

其二，就语词的运用创新说，精彩纷呈：

△小序"阿尔伯士"用外语译音，过去罕见。

△"飞云溜屧"：屧，鞋的木底。"飞云溜屧"中的"屧"，借指雪橇，意义明确。

△"回舞流霙"：霙，雪花。"回舞流霙"指滑雪时溅起的雪花。形象活现。

△"梅魂"，梅花的精魂，借指滑雪女郎。"警梅魂初返"，即突然女郎飞来。"警"，与"惊"通，有"突然"的意思。

△"鹤梦"：长颈鸟曲颈而眠，似入梦。"鹤梦"，借指休闲的旁观者。"鹤梦频惊"句应看作被动句，全句即"致使旁观者为之吃惊"。泛指当时旁观者，非仅碧城个人。

△"悄碾银沙"：悄，原意为不声不响，此处寓有熟练、技巧、操作自如的意思。下文"飞琼"名许飞琼，神话中西王母的侍女。神女滑雪飞行，当然操作自如。碧城小用典故，也灵活。

△"仙掌调玉髓"：这是碧城幻想的天神行为。"仙掌"，只能是天神的手掌。"玉髓"，指冰雪。冰雪填平诸峰之间，只有天神才能办得到。碧城精思入神，多美妙！

在《玲珑玉》（98 字）一调中，碧城能造出这么多涵容新意的语词，表达新题材，描绘新境界，这在当时的词苑里是罕见的。就填词的创新角度看，碧城是当时的佼佼者。

其三，这首词，抒情清淡，有无因由？

此词《小序》说，乘雪橇飞越高山是"雅戏"，足见作者赞赏这种运动。她这么着力描绘这种运动，也证明其赞赏出于真情。然而为什么在词中抒情清淡呢？答曰：这表面原因在于作者是旁观者，她的情不便在词中出现，因而"抒情清淡"；深层原因在于作者的本性与控制本性的佛教修身习静的戒规有矛盾，她服从戒规，以抒情清淡为好。

旅游异域风光对她有吸引力，她真情赞赏，此乃本性流露，人之常情；然而自己宣告皈依佛法的她，怎敢在词中纵情任性，把情感发挥到高潮？不能！那么，只好含而不吐，两全其美。词人技痒，要表现，身份有限，只好如此了事。

七、读碧城咏物词

《吕词笺注》中所录的碧城咏物词，所咏之物较多的是花卉，而咏莲花、荷叶的有五首。她自己说："予有周子（周敦颐）之癖，尤爱莲花之白者。漫游欧美，未见此花，倚声以寄遐想。"[1]笔者就选这三首为咏物词的代表，看看她咏物词的借物寓性情的手艺如何。由此也可以看到一些她的思想演变情况、填词技巧渐趋成熟情况。

选录三首词，先加小注，再加简评。《齐天乐·荷叶》云：

横塘未到花时节，暗香已先浮动。绀袂飘烟，绿房迎晓，旖旎风光谁共？田田满种。正雨过如珠，翠盘轻捧。鸳侣同盟，相逢倾盖倍情重。　　芳心深卷不展，问闲愁几许，缄紧无缝？越女开奁，秦宫启镜，扰扰云鬟堆拥。新凉乍送。看万绿无声，一鸥成梦。惆怅秋来，水天残影弄。

全词描绘初夏的荷叶，生机勃勃，色调鲜明。起句能笼罩下文，是其妙处；收笔突然折入"秋深""残影"，似与上文色调不侔合，构思欠周

---

[1] 李保民编著：《吕碧城词笺注》，第314页。

密。视之为习作可也。

《天香·白莲》：

> 玉井漂铅，铜盘泻汐，年时梦影曾写。佛彩敷华，帝青涂叶，七宝修成无价。素标难衮，漫拟作、凡葩姚冶。三十六天如水，瑶笙夜凉吹罢。　　亭亭法身惯化。纳须弥、藕心纤缚。揽取茜云同幂，粉绡封麝。谁证无生慧业，待隔浦相逢共请话。顶礼空王，瓣香容借。

这首词，第一稿原为"咏莲"，小序即"予有周子之癖"云云，咏及红莲、白莲；但作者"尤爱莲花之白者"，于是有第二稿，咏"白莲"。第二稿的胜处，在于运笔集中，全首九韵，每韵扣住了"白莲"，显示了"白莲"的崇高与净洁。但作者描绘白莲，采用搬故实，逞才华的手法，展现"白莲"，因而把读者领入看皮影戏境地，只见影动而不见活人，无生气。"白莲，则彩花耳。"（借王国维语）如果把这首词看作"年时梦影曾写"的题画"白莲图"，未必不当。

《虞美人·白莲》：

> 仙云翠窄琉璃面，银浦流香远。一枝清越见丰神，卅六湖中红粉不成春。　瑶峰太华擎残雪，十丈花重叠。顾顾宜向月中看，绝净天身莹作水精寒。

这首词写于1937年春或稍后，标题咏"白莲"，实乃作者心目中的手持莲花的"自在观音"。作者运用拟人化的手法，把白莲描绘得很有神采，她成了活脱而纯净的仙子，形象崇高，令人景仰。

这首词，只"太华擎残雪"一处用故实，但用得明显，一望而知为比喻，不影响其形象的鲜明性。"卅六湖中红粉不成春"，诸多"红粉"（红莲）与白莲相比，认为都少了青春光彩。这是词人自己思想的流露，多么孤傲！是不是偏见？

此词在某种程度上有没有自喻的情愫？词人逗引读者的悬念正在这里，何必说破。

附白：《瑞云浓》，写"买莲供佛"，说只有白莲才有幸能供佛，红莲则只好漂在苦海里。自命纯洁高华的意味颇浓。《解连环·忆三海荷花》，乃一派遗老腔调，清朝丧失政权已二十五年，而碧城借忆荷花叹息之深，令人吃惊！她的精神状态可以想见。

碧城的全部咏物词，可以六字评之：幽冷、凄冷、孤高。前贤说："吐纳英华，莫非性情。"（《文心·体性》）文如其人，信而有证。

八、读吕碧城题画词

《吕词笺注》中录题画词计八首，列目如下：

《齐天乐》"寒庐茗话图为袁寒云题"。

《三姝媚》"为尺五楼主题扬州某校书所画芍药片石卷子"。

《百字令》"排云殿清慈禧后画像"。

《月华清》"为白葭居士题葭梦图"。

《二郎神》"杨深秀所画山水便面，儿时常摹绘之，先严所赐"。

《绿意》"题潇湘清籁图"。

《祝英台近》"自题《寒山独往图》"。

《法曲献仙音》"题虚白女士看剑引杯图"。

又，另外三首，《丁香结》"梦于伦敦友人处见予所绘水墨大士像"一首，重在"记梦"，非题画之作。《征招》"题周玙画龙"、《玉京谣》"红树室时贤画集，为陆丹林题"，此乃题画册，非题某一幅画，不必列入题画词一类。

在碧城的八首题画词中，笔者拟选"题慈禧画像"和"题葭梦图"为例，加以解释，一见作者见画而主动题之以词，一见作者应邀见画而题之以词。主动题画是触景生情，很自然。应邀题画乃因画设情，投画主所好，有酬应意味。《百字令·排云殿清慈禧后画像》云：

排云深处，写婵娟一幅，翚衣耀羽。禁得兴亡千古恨，剑样英英眉妩。屏蔽边疆，京垓金币，纤手轻输去。游魂地下，羞逢汉雉唐鹝。　　为问此地湖山，珠庭启处，犹是尘寰否？《玉树》歌残萤火黯，天子无愁有女。避暑庄荒，采香径冷，芳艳空尘土。西风残照，游人还赋《禾黍》。

《百字令》即《念奴娇》，恰恰一百字，八韵。

碧城咏"排云殿清慈禧后画像"，每韵一层，层层推进，展示词旨。现在逐层简释如下：

第一韵（"羽"）三小句，交代题目："排云深处"即排云殿深处；"写婵娟一幅"，指明是一幅美女的画像；"翚衣耀羽"，表明慈禧的身份——以雉毛为原料而制成的衣服，乃古代帝后之服，表明慈禧贵为皇后。三小句笼罩全篇，自有开拓下文的妙处。

第二韵（"妩"）两小句为倒装句：先有"剑样英英眉妩"的俏丽姿容，才取得入宫受禁锢的地位，才有以后的行为。"禁得"成为词组，"禁"必是动词，"得"为语助词。（此处"禁"，不可误解为"宫禁"，名词。）又，"禁得兴亡千古恨"为复句压缩句：一是她被禁锢得不知天下兴亡，一是她终于成了永远令人怀恨的角色。下文立刻补叙她令人怀恨的史实，便是笔者如此诠释这一句的证据。

第三韵（"去"）三小句，数慈禧令人怀恨的主要罪状：保卫国防及全国领土的金银，都被她为修颐和园，只图个人安乐而消费掉了。（"甲午战争"失败的主因就在这里）句中的"京垓"：垓，原指国之"八极"领土；"京垓"，指国家领土的数量。《风俗通》曰："十亿曰兆，十兆曰京，十京曰垓。"垓，即今语"每一寸领土"。句中"轻输"两字，颇带讽刺意味：就这么轻而易举地送掉了！

第四韵（"鹝"）两小句，再衬一笔，指斥慈禧昏庸。对死了的慈禧称"游魂"，为的有个"游"，才好与下文"羞逢"搭配，好借此达意。又，汉之名"雉"，而唐之武后名"则天"，词人为了使"雉""鹝"同属鸟类，遂对举而以"鹉"谐"武"，在措辞上增加一点小趣味罢了。碧城此时的洒脱心态，微露端倪。

第五韵（"否"）三小句（包括换头），故意设问，既紧接上文修颐和园事件，又开拓下文，写清政权亡失后的惨景。设问，就填词说，这是有力的斡旋之笔——"犹是尘寰否?"既惊诧，又惊叹，自有妙用。

第六韵（"女"）两小句，可视为前后倒装：先是"天子无愁"的昏庸，才导致"玉树歌残"的败亡。又，"天子无愁有女"，实为"有女天子无愁"的倒装，为叶韵不得不倒装。慈禧，确是个女天子，只是太昏庸了!

第七韵（"土"）三小句，衬一笔，进一步指斥慈禧：早有承德"避暑山庄"可供游乐，而慈禧偏偏不去，使山庄沦为荒园。这衬笔无异于说：慈禧修颐和园，罪莫大焉! 此处见碧城构思之精。

末尾一韵（"黍"）两小句，作者借故实抒情。"赋《禾黍》"三字：赋，赋诗也；丽赋之篇为《禾黍》。然《诗》无《禾黍》篇，用以实指《诗·王风·黍离》。《黍离》三章，毛诗序曰："闵宗周也。周大夫行役，至于宗周，过故宗庙、宫室，尽为禾黍。闵周室之颠覆，彷徨不忍去而作是诗也。"朱熹《诗集传》曰："既叹时人莫识己意，又伤所以至此者，果何人哉? 追怨之深也。"[1]

按：宗周，地名，即西周的镐京，地在今西安市西境。碧城的《百字令》也正是过故都而赋的《黍离》篇，她指斥慈禧是明确的。但她站在什么政治角度抒发如此慨叹呢? 值得思忖。她心中所愿望的"国"是"大清"还是"民国"? 她有没有"追怨"?

此词作于1917年前后，此时碧城的思想还未定型，但从总体看，她没有脱离封建思想的牵绊，她后来归于"超脱"，实际也是封建没落思想的特殊反映。

《月华清·为白葭居士题〈葭梦图〉》：

---

[1] 朱熹注，王华宝校点：《诗集传》，凤凰出版社2007年版，第49页。

人影芦深，诗怀雪瘦，溯洄谁泛空际。和水和风，洗尽梨云春腻。笑放翁、画入梅花，羞庄叟、情牵凤子。徒倚！对苍茫天地，萧萧秋矣。　　除却烟波休寄。更不寄人间，寄在梦里。墨晕葭痕，差见白描高致。任昼长、茶沸瓶笙，尽消受、南窗清睡。慵起，只茫然为问：蜗蛮何世？

《月华清》调，九十九字，上片五个韵脚句，下片六个韵脚句。上、下片各有一个两字句，叠韵，使词旨转折推进。读起来也有音调流转之美。碧城选填此调，亦取其易于抒发活泼、轻快的潇洒情怀。

白葭居士，本名程淯，字白葭，或作白葭，江苏武进（今常州）人，是清末的一名"候补道"。工篆刻，收藏字画。白葭居士的夫人善山水画，曾画《白葭图》，白葭居士珍视之，多方请名流为此图题咏。"候补道"是个什么官衔？应该作点诠释。晚清，朝廷为敛取民财，卖官衔成风，白衣之士，捐钱可以得到官衔，最高可以捐个"道员"，名为"候补道"。此人可以着道台（位于省与府之间）服装，参与社会交往，但无任何实际官职。白葭捐得"候补道"而名"白葭"——白葭裟，自知是个白衣之士，有雅趣。正因为此人有雅趣，有一定的文化修养，才能与赵熙、吕碧城交往。

赵熙（1867—1948），清末任监察御史，民国初南游，在杭州遇旧友白葭居士，两人曾"同舟至南京，两诗均舟中题增"。这两诗之一就赵氏《白葭图题辞》。这首诗为七言歌行，二十六句。兹录前十句，以见"题辞"的主旨：

白葭心在葭深处，梦中亦向芦花住。
江色空明两岸秋，一舸中流点沙鹭。
廓然天地以高卧，别有仙心会诗趣。
风流妙简孟光笔，伯鸾小影毫端遇。

大势江南烟水乡，恍见吴淞数株树。①

按："题辞"交代了这幅画的作者是"白葭夫人"，画的主旨为"白葭心在葭深处，梦中亦向芦花往住"。画面的概况亦在前十句中勾勒出来，使人可以想见。笔者摘录赵氏"题辞"，以为有助于人们鉴赏碧城的《题〈葭梦图〉》。《葭梦图》即《白葭图》，试简释《葭梦图》如下：

《葭梦图》第一韵（"际"）三小句，交代画面的主要景色：在兼葭苍茫的江湖中泛舟。借以显示画中人有隐逸江湖的雅趣。《葭梦图》的出现，自有"风流"故事，题《葭梦图》，也是风流韵事。碧城参与其事，捉笔成趣，开篇便紧紧抱住题目。

第二韵（"腻"）两小句，以"梨云"（梨花盛开）比芦花，认为梨花令人厌烦（这是主观情绪）。如此一比，意在衬托芦花有甘于萧瑟的情态。清廷将亡或已亡，没落的士大夫，只好以甘于萧瑟而自命清高了。画者、画中人、题画者皆有惺惺相惜之感。

第三韵（"子"）两句，连用故实，表达"梦想"。请注意，作者在句前着个"笑"字，表示对这种"梦想"不以为然。故实一用陆游咏梅诗："闻道梅花坼晓风，雪堆遍满四山中。何方可化身千亿，一树梅前一放翁。"又一用《庄子·齐物论》："昔者庄周梦为蝴蝶，栩栩然蝴蝶也。自喻适志欤？"这些"梦想"只是"自喻适志"啊！

"徒倚"两字为一韵句。《说文》："倚，依也"，"依，倚也"。倚、依互训，可知"徒倚"应解作"徒然无依的寄托"。换句话说，即空想。"徒"可解作"空"。这是上文"笑"的落实。

第五韵（"矣"）二小句，领字"对"，指画中人面对的景色。他面对空旷的天地，愿隐遁于萧萧兼葭丛里。看来也是徒然的空想，也是"自喻适志"罢了。

难道真有什么隐遁的妙方？碧城在下片一气呵成，提供妙方。笔者仍分层诠解。下片开头两韵（"寄""里"）三句宜连续："你"想一寄空想

---

① 《赵熙集》，巴蜀书社1996年版，第404页。

于"烟波"一寄空想于"梦里",到头来是苦也是空。这就是人生。

下片第三韵("致")两句,赞扬画家为水墨画的高手。"差见",即尚可见得。碧城自己能画,故对《葭梦图》以居高临下的口吻出之。按:这两句,与上下联系不紧,构思欠缜密。

下片第四韵("睡")两个三、四结构的句子,着重强调绝对忘掉现实,只图个人思想安宁。请注意,碧城在这里现身说法了!

"茶沸瓶笙",即以瓶煎茶,沸时瓶口有声音,幽细如吹笙。"南窗清睡"即在向阳的窗下睡大觉。"清睡"还是"浓睡""昏睡"很难说,但没落士大夫的懒散情态,跃然纸上。

"慵起"两字为一韵句,有承接上句、引出下文的作用。

下片末尾一韵("世")两句,用《庄子·则阳》篇寓言,教人彻底忘掉人世纷争。《庄子·则阳》曰:"有国于蜗之左角者曰触氏,有国于蜗之右角者曰蛮氏,时相与争地而战,伏尸数万,逐北旬有五日而后返。"这则寓言原意是用来讽刺战国时代的君主战争。碧城用这则寓言劝白葭居士绝对超脱,看来是圆"梦"而引用的吧。这首词,着眼于"梦"字大做文章,写"梦想"还以为不足,还要写"清睡"而入"梦"才达主旨:这真是为填词而白日说"梦",当作梦呓对待可也。

如果说,这首词"作于1918年以前"[1],此时正是袁世凯死后(袁死于1916年6月6日),北洋政府瓦解,北洋军阀分化为直系、皖系、奉系三大派,互相争权夺利,不断发生混战,而碧城填此词,有感而发,顺手引用庄生寓言而讽刺之。那么,这与《葭梦图》的题旨就南辕北辙了。因此,笔者以白日说"梦"对待之。

顺便提一下"题画词"的审题、立意问题。《白葭图》《葭梦图》,一字之差,而写起来差异不小:题画者着意写白葭居士的"梦想"为恰题呢?还是写画中主人公在萧萧葭丛中"清睡"而入"梦"为恰题呢?题诗或词,作者有卓见,才算是上乘之作吧!词的习作者可着意推敲碧城这

①李保民编著:《吕碧城词笺注》,第93页。

首词。

九、读吕碧城本事词

诗有"本事诗",表明某首诗乃有感于某件事而作。或者说,某首诗里隐含着一则故事;不明白"本事",则读不透这首诗。这里,让笔者转录一条词苑故事,便可具体理解所谓"本事诗""本事词"。《词苑丛谈》卷七《纪事二》"陆放翁《钗头凤》"一条曰:

> 陆放翁娶唐氏女,伉俪相得;弗获于姑,陆出之,未忍绝,为别馆往焉。姑知而掩之,遂绝。后改适同郡宗室赵士程,春日出游,相遇于禹迹寺南之沈园。唐语其夫,为致酒肴。陆怅然,赋《钗头凤》一词:"红酥手,黄滕酒。满城春色宫墙柳。东风恶,欢情薄,一怀愁绪,几年离索。错、错、错! 春如旧,人空瘦,泪痕红浥鲛绡透。桃花落,闲池阁,山盟虽在,锦书难托。莫、莫、莫!"唐见而和之,未几,怏怏卒。放翁复过沈园,赋诗云:"落日城头画角哀,沈园非复旧池台。伤心桥下春波绿,曾见惊鸿照影来。"①

按:这条引文,早见之于多种宋人笔记,不详述。所录《沈园》诗(原诗二首),属"本事诗"类,《钗头凤》词,属"本事词"类。在吕碧城词集中,有"本事词"列目如下:

(1)《念奴娇》"自题所译成吉思汗墓记"

(2)《侧犯》"为龙榆生题彊村授砚图"

(3)《三姝媚》,(小序暂略)("芳尘封邺架")

(4)《洞仙歌》,(小序暂略)("何人袖手")

在上列四首词中,笔者不选1、2两首为例,理由是:碧城译的《成吉思汗墓记》,已经考证,不真实,不选。"彊村授砚图",原是件雅事,可

---

① 徐釚:《词苑丛谈》,上海古籍出版社1981年版,第134—135页。

是受砚人在抗日战争期间不矜名节,投身汪伪,致使"雅事"转化为"丑闻",故不选。兹读《三姝媚》:

> 沪友函称,有于古玩肆购得傅君沅叔为予书诗册者,珍袭征咏,视如古迹云。事见《申报》。予去国时,书简皆寄存于沪,此物何由入市,且物主及书者均尚生存,竟邀咏叹,亦堪莞尔。赋此以寄慨焉。
>
> 芳尘封邺架,记兰成匆匆,锦帆西挂。沧海飘零,更伤心、休同年时书画。尺素偷传,惊掌故、新添诗话。旧句笼纱,翠沉痕烟,粉笺光矼。　瞥眼云烟过也。怅脉望难仙,浮生犹借。片羽人间,笑鸡林胡贾,早矜声价。知否吟踪,尚留恋、水柔云冶。还忆家山梦影,长恩精舍。

"傅君沅叔":傅增湘,字润沅,致碧城函,自称"沅叔"。傅氏1917年任北洋政府教育总长,1927年任故宫博物院图书馆馆长。平生致力于考订古籍版本之学,是著名的目录学家。私人多年收藏书籍近二十万卷,临终前,嘱家人将所藏善本书分赠北京图书馆、四川大学图书馆。

《三姝媚》调,九十九字,上下片各有个韵句。碧城这首《三姝媚》上片前三韵(架、挂、画)为第一层,上片后两韵(话、矼)为第二层。下片前三韵(也、借、价)为第三层,下片后两韵(冶、舍)为第四层。局格分明,读来朗畅。

上片前五句,表述离沪赴欧洲时,对自己所藏书画有深情,不忍丢掉,有伤心之感。上片后五句,表述在欧得到信息,知道"书诗册"已流入上海滩古董市场,成为珍贵的商品了。这真可为诗坛增添一条新的"诗话"。所谓"新添诗话",正有《小序》所说的"亦堪莞尔"意味。

下片前六句,进一步写"亦堪莞尔"意味:"书诗册"的作者傅氏、拥有而珍藏者碧城本人,都未成仙,而尚留人间。但它却被视为古董,它的身价好似唐时白居易的诗,已被"鸡林贾人"当作奇货卖给他的国人了。"我"只好微微一笑了之。下片后四句进一步抒情：留恋美丽的江南啊！更思恋我少年时在六安生活的情景。

碧城孤身流浪，恋故土，思亲人，双亲已作古，谁个来慰藉？思之能不泫然！

这首词，有含蓄美，抒情点到便了，使人读后沉思，难免恻恻。

《洞仙歌》云：

> 白葭居士绘松林，一人面海而立，题曰"湘水无情吊岂知"。南海康更生君见而哀之，题诗自比屈、贾。而予现居之境，恰同此景，复以自哀焉，爰题此阕以应居士之嘱。戊辰冬识于日内瓦湖畔。
>
> 何人袖手，对横流沧海，一样无情似湘水！任山留云住，浪挟天旋，争忍说、身世两忘如此？　　千秋悲屈贾，数到婵娟，我亦年来尽堪拟。遗恨满仙源，无尽阑干，更无尽、瀛光岚翠。又变徵遥闻动苍凉，倚画里新声，万松清吹。

上片开头三句，既写出画面概况，又紧紧联系面对的现实。第一句故意设问，逗引人思索；第二、三句，"对"与"一样"相联系："对"，面对眼前的现实（"横流沧海"）；"一样"指现实和画面中的"无情湘水"一样。这就把画面和现实在词人思想中镕成一体，以便即景抒情。这开头三句，巧用"对"与所领起的内容能笼罩全篇，足见碧城填词手艺高强。上片"任"字领叙的三句，表明词人自己本想幽居、求超脱，而实际不可能——"争忍说身世两忘"！不能！话只说到这个地步，其中烦恼，逗人寻思。这是所谓抒情的"伏笔"。

下片"千秋悲屈贾"，直接承上片"无情似湘水"，很自然。接着把"悲屈贾"捏合到作者本身："数到婵娟，我亦年来尽堪拟"啊！于是把她自己的独自浪游比似屈贾的被放逐而抒发怨恨之情了。"遗恨"以下三句，直接表述"我"倚尽阑干而寄恨。此处"遗恨"，应解作遗逸之民的怨恨。（理由是：碧城确有遗民气味）倚阑干而见的海岚风光，无不染有词人的感情色彩。"又变徵"以下三句，进一步抒发思恋故土之情。"又变徵"句的"又"，即"更"的同义字。"变徵"之音是不是指1927年4·12反革命政变，笔者不敢断定，但指国内有动乱则无可疑，因而碧城有"苍凉"之感。结尾"倚画里"的"倚"，因也。联系上句"又"（更），可清楚地看出："更因"两字拆用，表达一因国内动乱，使作者感到悲凉，再因思念旧友，感到悲凉。"万松清吹"——她在松风中思念受难的国内百姓和朋友们。叹息自身的孤寂，自在不言中。

回过头来，笔者补上一点："何人袖手"句中的"何人"，简释开头说是"故意设问"，简释结尾则可点出，包括"白葭居士"、才死了不到一年的康有为、碧城自己。再加个"等人"，也未必不妥。

十、读吕碧城和韵词

在吕碧城词集中，有几首标明"和清真""用清真韵""用梦窗韵""爰用梦窗赋玉兰韵""元遗山雁丘词，谨按原韵和之""和韦斋""次芷生韵""用旧韵寄示芷生"等等，很值得注意。填词"和韵"，无异于说，填这首词放弃构思的主动性，而要在抒情达意时，百般苦思，牵合那几个有固定位置的韵脚字；牵合得出色的，拿出来显示本领。为牵合而毁稿的事，作者默不作声而已。

碧城选调"和"古人（周邦彦、吴文英、元好问）、"和"词友，把这类作品随时发表，又存稿入集，可以说，这反映了她在当时词苑里的精神状态。

宋《魏庆之诗话》曰："章质夫咏扬花词，东坡和之。晁叔用以为东坡如毛嫱、西施，净洗脚面，与天下妇人斗好，质夫岂可比，是则然矣。"[①]碧城"和"古人、"和"词友，笔者虽不能随口乱说，在词苑里她要与古人、今人"斗好"，但她自视不低，觉得这类作品可以问世，则是事实。这总是她心态的具体证明吧。

———————————

① 魏庆之：《诗人玉屑》，商务印书馆1938年版，第381页。

现在，让笔者列举具体词例，看看碧城"和"古人词的本领。清真词《瑞龙吟》：

> 章台路。还见褪粉梅，试花桃树。愔愔坊陌人家，定巢燕子，归来旧处。　　黯凝伫，因念个人痴小，乍窥门户。侵晨浅约宫黄，障风映袖，盈盈笑语。　　前度刘郎重到，访邻寻里，同时歌舞。惟有旧家秋娘，声价如故。吟笺赋笔，犹记燕台句。知谁伴，名园露饮，东城闲步。事与孤鸿去。探春尽是，伤离意绪。官柳低金缕。归骑晚、纤纤池塘飞雨。断肠院落，一帘风絮。

吕碧城《瑞龙吟》和清真：

> 横塘路。还又冶叶抽条，繁英辞树。最怜老去方回，断魂尚恋，芳尘送处。　　悄延伫，愁见唾茸珠络，旧时朱户。蠹笺暗褪芸香，不堪重认，题红密语。　　苦忆前游如梦，翠裙长曳，锦襜低舞。巢燕归来，雕梁春好非故。余哀零怨，写尽闲词句。更谁见，梨云沁影，隔花微步。春共行云去。吴蚕未蜕，犹牵病绪，织就愁千缕。酿一寸、芳心黄梅酸雨。罘罳闷倚，倦怀谁絮？

（1）先将原词与和词从结构角度作对比，便可看出碧城模仿原词的痕迹：

原词主旨:怀念情人(妓女)的"伤离意绪"	和词主旨:设想贺铸(方回)老病时期的"苦忆前游如梦"
原词时令:初春	和词时令:初夏
起笔:章台路(指妓女聚居之地)	起笔:横塘路(贺方回在苏州横塘有别墅)
第二层开头:"黯凝伫"(标明打开回忆的闸门)	第二层开头:"悄延伫"(标明有所期待,进一步描写回忆)
第三层开头:"前度刘郎重到"(必有感触)	第三层开头:"苦忆前游如梦"(必写前游之情)

续表

"事与孤鸿去"(收束上文,暗示将转折)	"春共行云去"(收束上文,暗示将转折)
直接点出主旨:"伤离意绪"	直接点出主旨:"病绪织就愁千缕"
"归骑晚"(写归途景色,托情于景)	"酿一寸""黄梅酸雨"(仍是抒愁)
"断肠"(伤心)	"倦怀"(不能忘怀的愁思)

碧城这首"和清真"之所以和得通体明畅,无斧凿痕迹,关键在于她发挥了艺术想象力,想象方回(贺铸)老年病中"苦忆前游"的情境。碧城填这首词,以清真原作(《瑞龙吟》)为榜样,深入地剖析原作的内部结构,从而亦步亦趋紧紧摹拟,这才写成了碧城的《瑞龙吟》。应该说,她的摹拟能力是高强的。

(2)碧城所想象的"方回",是个艺术形象,他不同于《宋史·贺铸传》中"贺铸,字方回"。《贺铸传》说"铸以气侠雄爽"著称,以"工语言""尤长于度曲"有名,晚年"尚气使酒,不得美官,悒悒不得志"而终。[①]碧城想象中的"方回"与史传中的方回不相干。在碧城想象中的"老去方回"是个眷念家庭的、处处显得很亲切的、多愁善感的好丈夫。碧城有意创造这个艺术形象,是否有所寄托?对这个问题,她自己未作任何说明,当然,也不是笔者敢于贸然猜测的谜。既是谜,存疑为好。

又如,清真词《浪淘沙慢》:

昼阴重,霜凋岸草,雾隐城堞。南陌脂车待发。东门帐饮乍阕。正拂面垂杨堪缆结。掩红泪,玉手亲折。念汉浦离鸿去何许,经时信音绝! 情切。望中地远天阔。向露冷风清无人处,耿耿寒漏咽。嗟万事难忘,唯是轻别。翠樽未竭,凭断云留取,西楼残月。 罗带光销纹衾叠,连环解、旧香顿歇。怨歌永、琼壶敲尽缺。恨春去、不与人期,弄夜色,空余满地梨花雪。

---

① 脱脱等撰:《宋史》(28),吉林人民出版社2005年版,第9074页。

吕碧城《浪淘沙慢》用清真韵：

> 远游处，人羁瘴岛，雁绕霜堞。羌笛商音竞发。钧天梦冷旧阕。正极望乡心舒更结。柳憔悴，不忍重折。任置损泥金舞衣凤，馀欢自长绝。　　愁切。涉江素水遥阔。枉自采芙蓉盈襟抱，古调增哽咽。嗟老去文通，慵赋伤别。倦吟易歇，知甚时、归弄关山明月。　　来去浮云罗重叠，凉飙起、众芳暗歇。桂轮满、天边圆又缺。更休问、客鬓惊秋，似翠嶂、秦鬟待变须弥雪。

（1）这一调133字，三叠：上片51字、6个韵句，中片43字、6个韵句，下片39字、4个韵句。比较说来，此调用韵密度大，"和"此调，难度大些。碧城从而"和"之，自视不低！现在，从词的结构角度作对比，看看碧城的摹拟痕迹：

周词主旨：与恋人久别，作词写恋情。	吕词主旨：久游异域，作词怀念故土（故国、故乡）。
第一叠起笔：忆离别情景（写离别背景及重要情节）。	第一叠起笔：远游异域处境（凄凉，乡心郁结日甚一日）。
第二叠，直承上文，点破"情切"，从而进一步"嗟轻别"，抒发今宵"难忘"的悲切。	第二叠，直承上文，点破"愁切"，从而进一步抒发"伤别"之情。
又写频饮浇愁，而对"西楼残月"，余意不尽。	又写"知什时归弄关山明月？"馀情缠绵。
第三叠，承上继续抒情：仍在愁中熬时光，"不与人期"即不给人以佳期，因而"恨春去"。"空余满地梨花雪"—"恨"也没奈何！	第三叠，承上继续抒情：仍在"愁切"中熬时光，"客鬓惊秋"两鬓霜白了，可叹！"秦鬟待变须弥雪"—"惊"也没奈何！

（2）碧城这首"用清真韵"的《浪淘沙慢》，从抒情角度说，抒情的主人公就是她自己，因而她虽受韵脚的牵绊，却有一定的抒情主动性，能写得情意绵绵，余音袅袅，成为一首佳作。其佳处不仅在于层次分明，更

在于抒情之回环悲咽。

小结：碧城所"和"的两首清真词皆清真的名作，已入选彊村《宋词三百首》。碧城为锻炼词艺，特和之，且有自己的抒情特色。因此，可视为自己的作品。

笔者写这则札记的目的，在于剖析碧城写"和韵词"的本领。上列两例的对比分析，已揭示写"和韵词"的主要技艺，似可以准此分析《吕词笺注》中所录的其他九首和韵词。笔者为节省篇幅，不再多写了。就读词、学填词来说，对比分析和韵词是一种鉴赏词的方法，也是进而写和韵词的实践途径，值得爱好词学的青年亲手试一试。

十一、如此"护生"，自欺乎，欺人乎？

陆丹林（1896—1972）《记吕碧城女士》一文中，有一节平实的记载：

> 她（碧城）为了信佛，实行茹素戒杀。为了这，她在民（国）廿四年（1935）在香港购屋居住，搬入不久，发现梁柱白蚁丛生，如果把它消灭，便违背杀生之旨。不然，白蚁蛀烂梁柱，屋宇倾圮，人物遭殃。不得已，索性平价地把住屋让给别人。①

读了上面的引文，笔者顿生惊诧：

（1）古代那些宗教创始人都是圣哲，他们创教的最大目的在于保佑人群，赐福予生灵。因此发问：圣哲能教导群众连蚂蚁之类的害人虫都要加以保护吗？害人虫之类的生物，其繁殖能力超过人类的十倍、百倍、千倍、万倍，这样发展下去，在地球上能存下去的是些什么动物？

（2）生物学家早已指出：世界上的生物有"生存竞争"——"物竞天择，适者生存"。害虫要害人，人要消灭害虫，这是生存竞争。举个显例：稻穗满田，突然蝗虫飞来，怎么办？唯一的办法就是消它。念"南无观世

① 陆丹林：《记吕碧城女士》，《申报》民国三十七年八月三十一日。

音菩萨"是救不了即将到手的粮食的。聪明的人类，正在就生存环境作生态平衡研究。这研究绝不会与某些迷信教条搅在一起。

（3）世界上的虫可多着哩，花卉有虫，蔬菜有虫，水果有虫，这高雅的碧城居士，难道一无所知？当别人清除了各种虫、进奉花卉、蔬菜、水果等以供享用时，"居士"可知道其中有"杀生"行为？"居士"几曾拒绝赏花、茹素、品水果？"杀生"的"罪孽"由别人顶着，享用照享用，这才能活在人间嘛！说到底，此乃默默地嫁"罪孽"于他人，于心何忍！把有白蚁祸害的住屋卖给别人，"居士"就能心安理得了吗？自欺欺人！自欺出于心态失常；欺人便居心不善，对吧？

（4）令笔者不能容忍的是：1942年，碧城劝那个投靠汪伪的文人说：

> 佛教之平等观，即是无国家种族、恩怨亲仇之分别，处于超然之地，不得以世情绳之。①

多么惊人的"超然之地"！连祖国存亡、民族气节都不顾了的"超然"，令人不寒而栗！笔者只好咬牙说一声：好一个自以为聪明的糊涂虫！

1939年弘一大师六十岁，柳亚子有诗祝寿，大师回报一偈曰：

> 亭亭菊一枝，高标矗劲节。
> 云何色殷红，殉教应流血。②

这是弘一大师面对敌人的态度，碧城可以思之。

笔者自知，论吕碧城，而缺乏为贤者讳的修养。笔者认为：巾帼英雄的吕碧城、经商致富的吕碧城、漫游天涯的吕碧城、皈依佛法的吕碧城，归根结底乃是词人吕碧城。她，如果不是词有特色，何劳后人笺注、评说？

---

① 龙榆生：《悼吕碧城女士》，见李保民《吕碧城词笺注》，第564页。
② 《弘一大师全集》（第8册杂著卷、书信卷），福建人民出版社1992年版，第259页。

由巾帼英雄的炽热到皈依佛法的凄凉：这条吕碧城的人生道路，都是她自己奋力践踏出来的，在她的词里都可以找出脚印。

十二、吕碧城《临终诗》解读

吕碧城，1943年1月23日上午八时，病逝于香港东莲觉苑。据陆丹林《记吕碧城女士》一文载："护首探花亦可哀，平生功绩忍重埋。匆匆说法谈经后，我到人间只此回！"[①]这是旌德吕碧城女士于民国三十二年（1943）一月二十四日在香港临终的时候最后的吟咏。看这首诗，是悟彻生死之理，了无挂碍似的。这里，笔者就碧城《临终诗》先加以注释，再加评论。

"护首"，领头也。语本《史记·乐毅传》："乐毅于是并护赵、楚、韩、魏、燕之兵以伐齐，破之济西。"《索隐》："护，谓总领之义。"故曰：护首，即今语"领头"。

"探花"，指探求女权问题。

"亦可哀"，总是可哀痛的事。意谓争女权行动是事势逼出来的。

"功绩"，指倡女权、兴女学的功绩。

"忍重埋"，即无可奈何地深埋心底。"忍"，怎忍，犹不忍也。

"说法谈经"，指她已皈依佛门，从而说佛法，谈佛经。

"人间"，此处指今生。佛家说，人有前生、今生、来生。大雄宝殿中的一模一样的三座大佛，即佛家的"三生"幻想的形象化。"只此回"，乃是留恋"人间"的感叹！

（1）对陆先生评论此诗的两句话，笔者认同说她是"悟彻生死之理"；不认同说她"了无挂碍"。如问为什么？答案是：凭她临终时的实际思想行为来检验。

据《吕谱》记载：1942年冬，"碧城胃疾复发，道友劝其延医治疗，

① 陆丹林：《记吕碧城女士》，《申报》民国三十七年八月三十一日。

不允。"时她对自己留在友人手中的函札"五十余通",追函索回。函云：

> 所有芜函虽多讨论佛学，然大抵因一人一事请益之作，与公众无关。其中谈家务者及涉及月溪法师者，尤不愿宣布也。①

显然，她在函札中尤"涉及"二姐、月溪法师的长短是非，此时深深后悔，故急于追回原件。

（2）1942年"十二月三十日、三十一日及次年一月一日，碧城连续三天寄遗嘱于沪上李圆净居士，并附相关之文件和证明，托其处置自己在美国纽约、旧金山以及上海麦加利银行的存款，请悉数提取以用于弘扬佛法护生之事"②。显然，她的身外物，仍然是物，要按"我"的意志处理。

（3）"临终前，遗命火化后将骨灰和面粉混合，投入水滨，与水族结缘。"③

按：以上所列三点，证明碧城临终前神志清明，理解"有生必有死"乃是自然规律，因而能从容地料理身后事。也因此说她"悟彻生死之理"是符合实际的。

然而，就一个早已皈依佛门的吕碧城来说，怎么才算"了无挂碍"？这便值得思量。碧城于1942年冬曾函劝一个词友说：

> 世间事皆如梦如幻，本无真实，最要者为看破世界，早求脱离，即学佛是也。④

笔者反问：碧城自1930年春宣称"皈依佛法，绝笔文艺，悉心从事佛典英译"始，到1943年1月临终，她真的"看破世界""世间事""本无真实"吗？非也，此乃"居士"弘扬佛学的口头禅罢了。她的心灵境界并未

---

① 转引自李保民《吕碧城词笺注》，第589页。
② 李保民：《吕碧城词笺注》，第589页。
③ 李保民：《吕碧城词笺注》，第590页。
④ 李保民：《吕碧城词笺注》，第564页。

达到这种高度。事实是：临终还关念着"获首探花"的"平生功绩"。这能算是"了无挂碍"？

这里，让笔者抄一大句《金刚般若波罗蜜经》："须菩提！若菩萨有我相、人相、众生相、寿者相，则非菩萨。"有一位在"美国万佛圣城"宣教的"宣化上人"解释了这一大句：

> 须菩提（人名）！假设这位度众生的菩萨有我相、有人相、众生相、寿者相。什么叫我有我相？他有一个"我能度众生"的思想，就有了我相。什么叫有人相呢？他说，我能度人，这就有了人相。有了我度、自度、度他这种的相，就变成众生相了。再要有自觉觉他这种的心，就变成寿者相。如果有这四相，不但法没空，人也没空，就有我执、法执，所以"即非菩萨"。①

据此，人们不难判断：吕碧城临终时思想境界没有达到"无我相"——"了无挂碍"的高度。

又，吕碧城《晓珠词自跋》曰：

> 右词二卷，刊于己巳（1929）岁杪。迨庚午（1930）春，予皈依佛法，遂绝笔文艺。然旧作已流海内外。世俗言词，多违戒律，疚焉于怀，乃略事删审，重付锓工。虽绮语仍存，亦蕴微旨，丽情托制，大抵寓言，写重瀛花月，故国沧桑之感。年来十州浪迹，环奇山水，涉览略遍，故于词境渐厌横拓，而耽直陟，多出世之想……卷尾若干阕乃今夏寝疾医舍无聊之作，谴怀兼以学道，反映前尘，梦幻泡影，无非般若，播梵音于乐苑，此其先声，傥亦士林慧业之一助欤！壬申（1932）秋末圣因识于瑞士国之日内瓦湖畔。②

---

① 宣化法师：《金刚般若波罗蜜经浅释》，上海佛学书局1997年印行，第249—250页。

② 李保民：《吕碧城词笺注》，第526页。

按：据以上引语，可以看出，所谓"绝笔文艺"，即暂时停止写新词，就时间说大约两年半（1930年春至1932年夏）。但她在这两年半中，却就"旧作""略事删窜"，使之符合皈依佛法的理想。

这里，笔者郑重指出：对旧作"略事删窜"，实际是对"旧作"艺术加工、重新创作；从思维角度说，作者必然要心"随物以婉转"，物"亦与心而徘徊"（《文心·物色》）。词人碧城此时绝对不可能"心"与"物"绝缘。她要"丽情托制"（"制"指自己的作品），怎能无情？这，自然也就谈不上什么"了无挂碍"嘛！

笔者以为，评价吕碧城其人，还是把她看作"自有风格特色的词人"为宜。

吕碧城，旅游欧美，把笔填词，摄取异域风光题材入词，拓展了词的表达领域，这一功绩是空前的。在中国词的发展史上，应有吕碧城的位置。

吕碧城后半生皈依佛门，那不过是为受创伤的心灵找个避难所而已，其实她也未能在"空"字上做功夫。

[原以《读〈吕碧城词笺注〉拾零》为题连载《巢湖学院学报》2006年第5期、2007年第1期、2007年第2期。后经修改，以《读吕碧城词札记》为题刊于张应中主编的《诗窗·吕碧城研究专号》（中国诗学研究中心内部刊物）总第12期（2009年）。兹以后者为据，收入本集。]

试论刘永济的词

一、刘永济生平、著作简介

刘永济（1887—1966）字弘度，号诵帚，室名易简斋，湖南新宁人，是我国现代著名的古典文学专家。

刘先生出生于晚清时的显宦之家，同治、光绪之际的云贵总督刘长佑，就是他的祖父，《清史稿》有传，谓有"遗稿"；父名思谦，深研经史，在光绪年间历任广东、云南两省境地的知县。刘先生少年、青年时期，自有优裕的学习环境。他在1958年写的一首《浣溪沙》小序中提到："昨从乡人处购回何丈诗孙为先君所作山水小幅，忆济方十龄时，曾见之先君书室客座壁间。"仅就这三句回忆，人们便可知刘先生少年时代的家庭文化氛围。

刘先生十九岁（1906）先后考取了天津高等工业学校、上海复旦公学。次年，考入北京清华留美预备学校，但因憎恶学校不合理的陋规，便毅然退学，足见他当年已是个有独立思考的青年。辛亥革命（1911）爆发，二十四岁的刘先生，赶赴海南岛，动员、协助其任琼崖道台的四兄刘滇生起义：这件事足以证明，刘先生的思想是随着时代的脚步前进的。1917年刘先生年三十，旅居上海，拜识况周颐、朱祖谋两位词坛名宿（况当时58岁，朱60岁），与词学正式结缘。

1917年，刘先生由上海回长沙，任明德中学教员。1928年，由吴宓（吴雨僧）介绍，任沈阳东北大学国文系教授。1931年，"九一八事变"，辽、吉沦陷，全家至北京暂住，继而南归，任武汉大学教授。1937年，抗日战争爆发，1938年武汉大学迁至四川乐山。刘先生因家事未随校西迁，遂于1938年至1939年间，曾在迁至广西宜山的浙江大学、由长沙至湘西辰溪的湖南大学讲学。1940年刘先生至乐山武汉大学，1946年夏武汉大学迁回武昌珞珈山，刘先生居此山中，直至1966年10月逝世。[①]

刘先生执意教学于武大，武大文学院亦以拥有刘先生为光荣。

刘先生已出版的著作有：

（1）《十四朝文学史要略》（上古至隋），中国文化服务社1945年版、黑龙江人民出版社1984年版。

（2）《屈赋通笺》（附《笺屈馀义》），人民文学出版社1962年版。

（3）《屈赋音注详解》，上海古籍出版社1983年版。

（4）《文心雕龙校释》，中华书局1962年版。

（5）《词论》，上海古籍出版社1981年版。

（6）《唐五代两宋词简析》，上海古籍出版社1981年版。

（7）《唐人绝句精华》，人民文学出版社1981年版。

（8）《唐乐府诗纲要》，讲义本，武汉大学印。

（9）《刘永济词集》，湖南人民出版社1984年版。

刘先生在武大中文系，多年以屈赋、文心、唐宋词课诸生，上列2—6种著作，原是授课教材，有油印或铅印本发给学生。这些著作不仅显示了刘先生博大精深的学术成就，同时也显示了他教学认真负责的高尚师德。武大自1942年起，请刘先生出任文学院长，可谓众望所归。

---

① 以上参见杨明照主编《文心雕龙学综览》，上海书店出版社1995年版，第301页。

二、《刘永济词集》所显示的思想、品格

《刘永济词集》（以下简称"词集"）二卷，卷一包括《语寒集》（1931—1938）、《惊燕集》（1936—1945），共录词 144 阕；卷二包括《知秋集》（1945—1949.4）、《翠尾集》（1949.5—1966.10），共录词 55 阕。如果以时代来划分，《语寒集》《惊燕集》《知秋集》皆写于"民国"时期，计 180 阕；写于解放后的，只有 19 阕，名《翠尾集》。

刘先生年轻时学填词，曾得到况周颐、朱祖谋的诱掖，这在《词集·自序》中有说明。人们应该理解，一个年轻的学习填词的人，受到词坛领袖人物的勉励，其激动是可以料知的；其影响之深远，则存乎其人。刘先生终生耽吟，且不忘前辈的教诲，甚至在 1949 年编《词集》时，还说"不得起朱、况两先生而质正之"[1]，足见朱、况对他的影响之深远。刘先生尊敬朱、况，但尊敬而不迷从。

况、朱两人在辛亥革命后，以"遗老"自处终身，其思想之落后自不待言。而刘先生在词学研究上虽受朱、况影响，但在思想感情上却力求与时俱进，这只要诵读他的《词集》，便会有较具体的理解。

自鸦片战争以后，中国成了各帝国主义侮辱、侵略的对象，其惨痛罄竹难书。生当清末、民国年代的人，特别是知识分子，无不痛心疾首，企图挽救中华民族于危亡之境。刘先生的忧国忧民意识，像一根主线贯穿在他生活于民国年间所写的词里。对内，他痛恨统治集团"阘茸淫昏"，指斥他们是"迷离魑魅影"，专门害人却毫不虑及"国势危于累卵"；对外，他坚决反对侵略，呼号群众起来抗议，他认为群众应"把乾坤大事共担承"，便可"挽黄河净洗，神州腥血"。这些句子，尽管是只能坐而沦"道"，未进一步考虑如何动员群众、组织群众的书生之论，但其爱国赤忱是跃然纸上的。

《词集》开头所选录的《倦寻芳》《满江红》两阕，从抒发思想情感的

---

① 刘永济：《诵帚词集 云巢诗存　附传略年谱》，中华书局 2010 年版，第 131 页。

角度看，我以为有代表性，第一阕小序曰："辛未（1931）中元，与证刚、子威、蓁龙乘月步登东北大学高台茗话。次日蓁龙有诗纪事，赋答。"按：中元节俗称"鬼节"，是祭祀亡人（包括孤魂野鬼）的节日。词的作者所悼念的是战争中的阵亡战士，因战乱而遭殃的无辜群众，以及江汉地区因水灾而死亡的"楚魄"。这是作者在正常生活情况下所发抒的忧国忧民的情怀。《词集》所录第二阕《满江红》，作于1931年"九一八事变"时，小序曰："辽吉沦陷，东北诸生痛心国难，自组成军，来征军歌以作敌忾之气。为谱此调与之。"——这是东北义勇军军歌，情绪激昂，措语直切。作者为这支学生义勇军表决心："两眼莫悬闾阖上，支身直扫蛟龙穴。把乾坤大事共担承，今番决。"这是作者处在国难当头时所抒发的爱国之情。

　　自1927年至1949年夏初，刘先生生活在蒋介石反动政权统治的地区。1931年"九一八事变"后，他对蒋政权对外"不抵抗"政策渐有认识；到了1937年，抗日战争大爆发，蒋政权对抗日"决无准备"，他是看得清清楚楚的，因而他憎恶蒋帮，乃是极正常的思绪。请看，他写于1943年的《菩萨蛮》：

　　　　老友以摄影券要我入国民党，（入党例缴半身小像，时人皆贫至无力摄影，故于要入党者可赠免费券。）久置未报，今检出却还，滕以小词，用致庄生泽雉之意[1]。
　　　　花边谁唤娉婷出，柔肠别有丁香结。未办缕金衣，清歌只自奇。
　　　　还君青玉佩，宛转千重意。眉样画难工，何关心不同。

　　这是作者用《花间》体写出的兴到之作，写得神清骨秀。歇拍两句，极有分寸：我不欲画眉求宠，但这与"异党"无关。言外之意，用不着以"红帽子"压我。

　　刘先生拒绝参加国民党的消息，在当时的一些高等学校里逐渐传开，凡是刘先生的友好，无不佩服他不与反动势力同流合污，而有独立不倚的

────────────

[1] 见《庄子·养生主》：泽雉"不蕲畜乎樊中"。——笔者注。

勇气与品格。

刘先生是名教授，然而他不因为有名而显得有狂态。他既能平易近人，又时时清醒地看待自己。1941年，他作《浣溪沙》两阕，小序曰："客有阿好，称许过情者，赋谢。"词曰：

> 朱况灵踪久邈然，敢驱下泽望高轩，苦吟凭杖故人怜。　　燕子斜阳犹有世，桃花流水已迷源，言愁何止倍前贤。

> 神草难医自圣颠，多生结习未全捐，年来著句苦难妍。　　刺绣倚门移贵贱，寸莲尘麝费缠绵，卷帘通顾语微酸。

来"客"就刘先生词大加称许，甚至唐突前贤，刘先生厌恶这种"称许过情"的奉承话，认为"客"语带酸馅味。于此可见，刘先生与人交往，作风正派，不为阿谀之言所动。立身处世，严格自律，可敬！

1945年8月15日，日寇总头目天皇裕仁宣布无条件投降，中国人民踊跃欢呼，刘先生听到抗战胜利消息时，却喜中有忧，在《玉楼春》"感事有作"（日本投降，战事结束）小序下，共填四阕，第一阕下片：

> 嬉春绣毂轻雷转，尽载笙歌归别院。余音闲褭落花风，迤逗新愁人不见。

又第四阕写道：

> 青山缺处平芜远，不见江南芳草岸。待凭春水送归舟，还恐归期同电幻。　　愁情久似春云乱，谁信言愁情已倦。风池水皱底干卿，枉费龙琶金凤管。

作者"新愁"何在？而且这种"愁情"还"久似春云乱"，当然不是指"春水送归舟"——由乐山回武汉的事，他强烈地预感抗日战争结束，今后全国人民也未必有安稳日子过。

1945年"残秋"，国内政局的变化，使敏感的刘先生敢于直切地道出自己的"新愁"了——在《声声慢》中，他写道：

> 长望韬戈洗甲，奈鲸鲵乍静，萁豆还燃。

这就是说，人民渴望国内和平，而蒋帮在抗战胜利后要打内战。事实上，日本宣布投降后，蒋军由美军空军提供运输，向东北地区运兵，时至10月间，已占领解放区城市几十座；而解放区的人民军队，在10月中、下旬连续进行平绥、津浦、平汉（邯郸）三个战役，歼灭来犯的蒋军十一万人，力阻蒋军深入华北、东北解放区；11月19日，郭沫若、沈钧儒等在重庆举行反内战群众大会。这些，刘先生不会不知道，于是在"残秋"时发而为词，有"萁豆还燃"的慨叹。

这里，让我抄几句程思远先生的《政坛回忆》，人们就深知"内战"的根源所在。1945年5月，蒋介石在国民党第六次全国代表大会上说："今天的中心工作，在于消灭共产党！日本是我们国外的敌人！只有消灭中共，才能达成我们的任务。"①蒋介石下决心要打内战，人民哪个不忧愁！

这里，人们应该理解，刘先生此时有"新愁"，表明他在思想上站在广大人民群众一边。

蒋帮要"消灭共产党"，共产党人不得不"奉陪"；蒋要当"总统"，共产党人不恭维，老百姓也不恭维。1947年秋至1948年春，蒋介石下令召开伪"国民大会"，进而在南京登上总统宝座，刘先生填词《唐多令》，嘲笑蒋帮是"奋臂""螳螂"，预料"蒋总统"的宝座上在江南也无安放之地。刘先生写道：

> 潮夕打空墙，城春草木香。酒歌尘、那识沧桑，惟有旧时王谢燕，向巷陌，说兴亡。　　奋臂笑螳螂，纷华世已荒。只赢得北顾仓

---

① 1945年5月，蒋介石在国民党第六次全国代表大会上言论，参见程思远：《政坛回忆》，广西人民出版社1983年版，第158页。

皇。漫倚长江天堑在，料无地，著齐梁。

这阕词写得真是"意气骏爽，则文风清焉"（《文心雕龙·风骨》）。现在的问题是：刘先生一介老书生，凭什么作如此预料？答案是，"预料"也是现实的反映。1947年8月末，刘邓大军挺进大别山；陈赓、谢富治率兵团挺进豫西；陈毅、粟裕率军进入豫皖苏边境地区。"至此，三路大军都打到外线，布成'品'字形阵势，纵横驰骋于黄河以南、长江以北、西起汉水、东迄大海的广大地区。它们互为犄角，以鼎足之势，紧逼国民党的长江防线，直接威胁南京、武汉……迫使蒋军处于被动地位。"[1]此时刘先生身在武汉，亲见亲闻各地大学生冲出校门，上街呼喊"反饥饿""反内战"口号，自然受到触动，他已感知人民革命的力量是任何邪恶势力所阻挡不了的，于是断定："漫倚长江天堑在，料无地，著齐梁。"

这里，人们应理解，在对立面斗争中，否定一方则是以肯定一方为基础的。刘先生如此"预料"，预示他将接受新的人民政权。

1949年4月21日午夜人民解放军发起渡江战役，当日突破芜湖湾沚的蒋军防线；23日，南京解放；28日，武汉解放。刘先生安居珞珈山，欢迎解放，但他小有顾虑，虑及自己所研究的古典文学专业，在多大程度上能被新的大学所接受。——人们不要忘记，中国自"五·四"新文化运动开始，有把新文化与传统文化对起来的思想倾向，有时甚至简单地认为传播新文化是革命的或进步的，传播传统文化，则被目之为落后。这种值得反思的思想观点在当时普遍流行。刘先生此时因而在思想上小有顾虑，是有其根源的。他有词《鹧鸪天》表达初解放时的心情：

雪藕调冰事可删，山中五月有余寒。齐纨岂待凉飙弃，楚佩曾闻梦雨残。　　尘虑遣，老怀宽，此心无著不须安。青林漫道芳华尽，试看新霜着意丹。

---

① 胡绳主编：《中国共产党的七十年》，中共党史出版社1991年版，第239页。

这阕词写得颇绮丽，用事浑化自然。首句"雪藕调冰"事，指早已流传的拒绝参加国民党事——"雪""调"相举，"雪"，洗也，藕出污泥，洗雪之，保持洁质。"调冰"饮之，心境清凉，喻不热衷于攀附也。"雪藕调冰事可删"隐喻拒入国民党那件事可以不提了。"齐纨"句用"古诗《怨歌行》秋扇见捐故事"，"楚佩"句用《九歌·湘君》"遗余佩兮醴浦"故事，他用这两个故事，表示自己曾有过的疑虑。下片换头两个三字句极有力，"尘虑遣"，谓虑可遣去，"老怀宽"，开拓下片。歇拍谓老来也可如丹叶。足见他对自己和新的教育事业抱有信心。

据我所知，当时有年龄较为接近的同行专家向刘先生求墨宝，他便书写此词相赠，这也足以反映他有老来奋进的精神状态。

1949年10月1日，中华人民共和国成立，国家高教部颁布教学规划。堂堂大学中国语言文学系，在教学上怎么会不讲授中国古典文学？武大中文系"仍留他继续任教古典文学，他高兴得无法形容。"①

50年代中期，出现了《文心雕龙》研究热潮，刘先生《文心雕龙校释》早为学术界、特别青年学子所渴求的读物，当时，能见到《文心雕龙校释》油印本，真如获至宝，刘先生之受青年后学景仰，可想而知。应该说，作为教材，《文心雕龙校释》是简要而完整的，较早出现的好书。

60年代初，刘先生著述正式出版，他的知名度更高，又身兼《文学评论》编委，何等光荣！

"文革"是是非颠倒的年代，很多正直的人都在劫难逃，刘先生怎能免劫？那些"左"得发紫的家伙，要批判刘先生这个"反动学术权威"，可是又啃不动他的有关屈赋诸著作，于是从他诗词教学下手，"批判刘永济词"成了武大中文系的"头号大案"。刘先生在遭批判中重病复发，吐血屙血，与世长辞，哀哉！

根据上述，我对刘先生的思想、品格，想用四句话来概括，就是：实事求是，敬业终生；光明磊落，热爱人民。

① 刘茂舒：《唤回心底十年人——追念我的父亲刘永济教授》，《长江》1980年第1期。

三、永济词的艺术特色

刘先生填词始于青年时期，在上海，曾持《浣溪沙》一阕拜见朱祖谋、况周颐，受到朱、况的奖掖。朱氏见到青年刘先生的习作，许以"此能用方笔者"，意即称许他有学词的天赋。（《蕙风词话》：方者，本质，天所赋也；圆者，功力，学而致也。）这对刘先生学填词自然有鼓动力。但刘先生填词不步朱、况的后尘，而是自寻途径。

有志倚声的学人，对唐五代两宋名贤词作当然各有仰慕。可是到了晚清及民国年间，词坛上有着明显的倾向——追慕清真词、梦窗词。近人宜兴蒋兆兰在《词说·自序》中写道：

> 逮乎晚清，词家极盛，大抵原本风雅，谨守止庵"导源碧山，历稼轩、梦窗，以还清真之浑化"之说为之。[1]

又，《词说》曰：

> 近日词人如吴瞿安（梅）、王饮鹤（朝阳）、陈巢南（去病）诸子，大抵宗法梦窗，上希片玉，犹是同光前辈典型。[2]
>
> 词家正轨，自以婉约为宗……清真崛起，功力既深，才调尤高，加以精通律吕，奄有众长，虽率然命笔，而浑厚和雅，冠绝古今，可谓极词中之圣。[3]

以上引文，可以说，极其准确地说明了清末至民国年间的词学研究和创作上的主导倾向。再加上，清末民初，词坛上有股校词热：王国维校清

---

[1] 唐圭璋编：《词话丛编》（第五册），中华书局1986年版，第4625页。按："导源碧山"三句，见周济（止庵）《宋四家词选目录序论》，蒋氏《词说》撰于1926年。

[2] 唐圭璋编：《词话丛编》（第五册），中华书局1986年版，第4639页。

[3] 唐圭璋编：《词话丛编》（第五册），中华书局1986年版，第4632页。

真词，撰《清真先生遗事》；王鹏运、朱祖谋相继校《梦窗词》历时二十余年，见《彊村丛书》本；杨铁夫有《清真词选笺释》《吴梦窗词笺释》，既校又释。这些著作，在词坛上产生极大的影响。

民国年间，研究词学和爱好倚声的人，大多数执教于全国各大学。就教学和科研来说，教学生填词，选清真词为范例，在讲解词的写作技巧时，自有方便，而且评论资料较多，可供旁征博引。执教者只要是行家，没有不津津乐道清真词的。又，《梦窗词》晦涩难明，加上有关吴文英其人的生平资料较少，这就给词学研究者留下了许多疑问有待解决。后来许多词学专家在《梦窗词》方面做文章，取得了显著成绩，这就清楚地证明，清末民初，词坛上倡导研究清真词、梦窗词是有其实际原因的。

刘先生填词自寻途径，他的词所呈现的艺术特色是决定于他对词的发展过程的理解。下面就此加以说明。

（一）论风会，不摹一家

刘先生论词，主"风会"说，曰：

> 文艺之事，言派别不如言风会。
>
> 故知文运之升降，亦同春夏之潜移。其变也徐而不费，故人之感之也亦隐而不明。
>
> 夫风会之成，既与国运，人才有关，而体制因革，亦自具其条理。则学者立论，安可不参合会通而卤莽为之哉。[①]

显然，他的"风会"说与刘勰《文心》的"文变染乎世情，兴废系乎时序"（《时序》）、"凭情以会通，负气以适变"（《通变》）的说法一脉相承。基于这种认识，刘先生在词的创作道路上，既不师况氏学清真白石，也不师朱氏学梦窗；他根据自己的性情所好，主观上"耽吟绮丽花间句"，可是客观上面对辛亥革命、五四运动、抗日战争、解放战争的历史

---

① 刘永济：《词论》，上海古籍出版社1981年版，第49、59、59页。

轨迹，时代召唤他填词不可溺情于柔媚宛曼之境，而应俯仰兴怀，闵念衰危，志存拯救，于是他的词，在主客观两方面互相磨砺而糅合的情况下，形成了既婉约又意气骏爽的风格特色。《词集·席序》说：刘先生"发于章阕，能撷古人之菁英，顾规模一家，意非所屑，不追时好……学古不以古人自限，吾又安敢以词人目吾诵帚哉？"①我以为，这论断很深刻。席、刘两人是老同事，又有"通家之好"，席氏是深知刘先生的。

词作的风格特色必有创作个性的烙印，又有时代风云的烙印，乃是必然的。所谓"风格就是人"，请不要忽视"人"是"社会"的一分子；论文艺风格，怎能脱离实际！

(二)严守律，参古定法

学填词，既然认定这种旧形式可以利用，那就该按照它的格律行事。这犹之于芭蕾舞用脚尖跳动，否则就不成其为芭蕾舞。刘先生填词，守律极严。这是《词集》所显示的创作特点，词的格律，早有专书论述，不用我来多嘴，但我认为讲词的格律，主要不能不提"句法"和"声律"。词，又名长短句，自有长短句的"句法"；词，原是歌词，虽曲调谱失传，但其声律的行腔使调的特点尚存，因此填词要讲求"声律"。我们从这两点上去检验刘先生的词，得知他是个严格守律者。

"句法"，各调自有特点，只能举例言之。

例一，《词集》所录第一阕《倦寻芳》(原注：辛未——1931，四十四岁，在沈阳东北大学。)小序已见本文第二部分，不再重录，词曰：

絮云贮彩，玉气涵空，孤抱先冷。俊约寻秋，平步露台清迥。眼
　　　　去　平　去　上　　　　　　　　　＋　仄　　　＋
阔休伤关塞远，语寒初觉星辰并。甚无端，数沙虫浩劫，人天悲

---

① 席鲁思：《诵帚盦词集序》，刘永济：《诵帚词集 云巢诗存附传略、年谱》，中华书局2010年版，第539页。

哽。　　　正是处莲灯凄炯，蘸水荒魂，零乱难定。回首南中，烟液涨

天千顷。剩有幽怀招楚魄，忍持密意规秦镜。料嫦娥、也含颦广寒

愁凭。

（自注：时江汉暴涨，人物庐舍，飘荡无数。）

在这阕词的原文下，我根据万树《词律》对《倦寻芳》提出的格律要求，加注字的四声符号（"+"表可平可仄）。万树说："《倦寻芳》首句，用去平去上，各家皆同，是定格。"两个标"仄"声（约、乱）处，"得去声更佳"。"古词无不同者，不可受误于谱图也。馀诸去声字皆当学之。必如此，然后为《倦寻芳》耳。"

就《倦寻芳》的句法说，"甚无端"三字句应作1·2式；"数沙虫浩劫"五字句应作1·4式；"料嫦娥"三字句应作1·2式；"也含颦广寒愁凭"七字句应作3·4式——写到这里，我何妨说，要显示守律功力，填此调乃是好选择。刘先生《词集》不以第二阕《满江红》（军歌）列在当头，而以《倦寻芳》为首选，我猜想，有严守格律的暗示在内。

例二，《词集》中仅有的一调《八声甘州》，其声律完全符合柳永"对潇潇暮雨洒江天"那一阕特点。这里，为节省篇幅，不抄录刘先生《八声甘州》原文，外加声律符号，我只指出，首句八字，必作1·2·5式；末句四字应作1·2·1式。这些，在宋人词中，就有不遵守的。刘先生取法乎上，自我要求严格。

例三，《词集》中仅有一调《念奴娇》咏"秋燕"，对下片第二、第三句共九字，宋人或作5·4式，或作4·5式。刘先生采用4·5式，此亦可从旁说明他守律之严。

用韵，皆合正常要求，用不着多说。

填词，守律严乃是技艺高强的表现。

(三)求精工，功在锻炼

《词集》中有《浣溪沙》四十三阕。此调下片开头两句，在宋词中作

对偶的占多数，但在名家之作中，也有不作对偶处理的。如《淮海长短句》中有《浣溪沙》六阕，下片开头，属对的四阕，不属对的两阕。《稼轩长短句》中有《浣溪沙》十五阕，下片开头皆为对偶句。刘先生《浣溪沙》四十三阕，下片开头两句皆作对偶句，足见他注意炼句。

《词集》中有《鹧鸪天》二十九阕。此调上片第三、第四句，可作对偶句，不对偶也可；下片两个三字句，对偶为好，不对偶也可。刘先生的二十九阕，上片不对偶的六处，下片对偶不工的一处（"红烛泪，替谁垂"）。足见刘先生填此调是尽可能地求精工的。

词的"换头"是前人议论较多的问题，有人认为上片末句"只须结束上段"，有人认为上片末句"住而不住""过片不可断意"。刘先生认同后一说，理由是"宋词如此者颇多"①。刘先生词过片（换头）多显示"不可断意"的特点。如《词集》中的《唐多令》（原文已见本文第二部分），换头一句"奋臂笑蝗螂"，既兜住上片中的"沧桑""兴亡"，又开拓下文，终至"料无地，著齐梁"。如此妙笔，难得。

又，《词集》中的《鹧鸪天》（雪藕调冰事可删）一阕，换头"尘虑遣，老怀宽"两句，其妙处我已在上文提及，不赘。

又，《词集》中的《南乡子》（古恨未全裁）一阕，换头"壮气已蒿莱"，已兜住上片所写1948年"重到萧梁亡国地"——南京所兴起的"堪哀"，又拓展下片"满眼迷离魑魅影"以落实上片的"新恨""堪哀"，意脉贯通，而作者的讽刺之情自见，可谓妙哉。

又，《词集》中有《步蟾宫》（荒鸡催曙窗容转）一阕，换头"回肠久为狂尘断"一句，既兜住因日寇迫近故乡新宁，怀念兄弟而彻夜不眠的痛苦，又拓展下文抒发进一步的思念——"犹自向，鸰原回转。"《诗·小雅·常棣》："脊镐在原，兄弟急难。"歇拍兜住全文，尤见其妙。

上列换头诸例，足见刘先生词之精工处。精工出于锻炼，这在《词论》中有大段阐述，见《词论·馀论》，不赘。

---

① 刘永济：《词论》，上海古籍出版社1981年版，第107页。

（四）酌新语，望今制奇

词的创新，是个严格地运用旧形式、吸取前贤创作技巧而又师古不泥古的课题。从词的特性看，刘先生说得准确："人生有情，不能无感，感而不能无言……词体晚出，所以寄情，尤愈于诗歌。"这是说，词以抒情为生命原质。人之情不是凭空而有的，而是产生于一定的时空条件下的。刘先生之情，正如他自己所说："及历世既久，更事既多，人间忧患，纷纭交午，有不得不受，受之而郁结于中，有不得不吐者，辄于词发之。"①可见他的词，都是感时之作，所抒发的皆是实情，故有感人的力量。

词的创作，要从写真情实感出发，刘先生有此理解，这与他的"言风会"是相通的。"言风会"之可贵在于触及了词的创新问题。

词，抒情从实际出发，必然涉及写新题材、运用新词语、创造新意境问题。对此，刘先生勇敢地作了新尝试。他写东北学生抗日义勇军军歌、卖文价贱解嘲、拒入国民党、武汉长江大桥等，都是新题材，开拓了词的新领域，创造了新境界；他以"蛮烟""买呆""八路""人民大导师"等新词语入诗，无碍于创造新境界。

由于读刘先生《词集》的触发，下面，我想就词的创作问题略抒愚见以结束本文。

读《刘永济词集》《夏承焘词集》《沈祖棻诗词集》《（丁宁）还轩词存》《张伯驹词集》《毛泽东诗词选》，略有悟解：

第一，填词，守律是前提，不可动摇；否则便是挂着词牌名的新诗，与词无关。

第二，读上述诸家词，令人深思王夫之的话："身之所历，目之所见，是铁门限。"②鲁迅说过："根本问题是在作者可是一个'革命人'……从

---

① 刘永济：《诵帚词集 云巢诗存附传略、年谱》，中华书局2010年版，第129、130页。

② 王夫之：《薑斋诗话》，人民文学出版社1981年笺注本，第55页。

喷泉里出来的都是水，从血管里出来的都是血。"①这些，都是见道语，词人不可忽忘。

第三，词，宋人称之为"今曲子"，本来自民间；今人填词，宜于顾及到词的民间本色。文人填词，何妨"民间化"。工农兵填词，也可"文人化"一点。词，应是雅俗共赏的文体。鲁迅说："歌、诗、词、曲，我以为原是民间物，文人取为己有，越做越难……实在难读了。"②文人们听听鲁迅的劝告，如何？

第四，提倡写新题材。新人新事不断涌现，在词里应有反映，不是无理要求。中国，当长江大桥正在修建中，毛泽东挥毫写下"一桥飞架南北，天堑变通途"豪语；武汉长江大桥建成，刘永济、沈祖棻皆赋词志喜；此后，南京长江大桥、九江长江大桥、芜湖长江大桥建成，词人有作称颂。卫星上天，激动人心，扬眉吐气，于是有《神剑冲天耀》诗词集。这都证明，写新题材也无妨写出好词。可是要问：由东亚病夫，变成体育运动强国之一，这在词苑里得到多少反映？海上石油勘探、开采，西北沙漠地带石油勘探、开采，在词苑里有几枝花朵？十几亿人口，吃饱了，农科技事迹在词苑里有几多香稻？总之，词苑里有待新的奇花放蕊。

第五，提倡填词适当地试用新词语。新词语在词中出现是不可避免的。林则徐、邓廷桢有词写鸦片战争事件，为点明英帝国主义以鸦片毒害中国人，不得不提新名词"鸦片烟"，开始邓廷桢写道："鸦度冥冥，花飞片片，春城何处轻烟。"——为嵌入"鸦片烟"新名词，真戛戛乎其难哉。林则徐则以"蛮烟"代"鸦片烟"。事有不可避免，只得如此。清末，张景祁为写台北"夜市"，说"瑰灯"，便是"汽油灯"。今天我们在刘、夏、沈、丁、张、毛诸词集中，也见到几许新词语，诸如："农奴""好在"（口语，健在也）、"工农"、"桂花蒸"（酷热）、"客机"（运私货的飞机），

① 鲁迅：《而已集·革命文学》，见《鲁迅全集》（第三卷），人民文学出版社2005年版，第568页。

② 鲁迅：《给姚克的信》，见《鲁迅全集》（第十三卷），人民文学出版社2005年版，第28页。

"街头腰鼓"（腰鼓队）、"汽笛"、"国际悲歌"（国际歌），等等，足以证明，运用新词语，有助于抒情达意更显明。

郁达夫曾说："可是新的感情，新的对象，新的建设与事物，当然要新的诗人才歌唱得出，如以五言八韵或七律七绝来咏飞机汽车，大马路的集团和高楼，四马路的妓女，机器房的火夫，失业的人群等，当然是不对的。"[1]按：这是对旧体诗词在题材、语言上画地为牢的说法，我想，不敢苟同的不只是我一人。事实已证明此论站不住脚。

词的创新是没有固定准则的，我个人斗胆横议，不自量吧？敬候方家拨正。

[原载《中华诗词》2001年增刊号]

---

① 郁达夫：《郁达夫诗全编》，浙江文艺出版社1989年，第324—325页。

《张孝祥词笺校》读后

一

《张孝祥词笺校》撰者宛敏灏教授，近十几年来坚持创作，时有新词发表；坚持著述，多有新著问世。记得三年前，承赠《词学概论》（上海古籍出版社版），所论颇多独到之处。举个例子，如论词的长句可依文理作不同的分逗，实乃明清以来学人杨慎、万树等未曾道及的问题。今年中秋策杖来访，又持交《张孝祥词笺校》手稿一帙，嘱为校读。深以获得先睹为快。

早年，我曾读《于湖词》而又未加深究，只是感性地认为词中所抒发的忠愤之情乃是抗敌救亡的爱国情愫，词中标示的"离思""别情"，则不知作者情系何人。这一点，在我看来，真是"朦胧诗"。现在，有《张孝祥词笺校》（以下简称《笺校》）在手，便可以扫除朦胧而见真相了。

《笺校》全书包括三个主要组成部分，即《前言》《张孝祥词笺校》《张孝祥年谱》。《前言》，轮廓地评介张孝祥及其词，有导读作用；《笺校》，逐一笺释词的写作背景，引导读者进入张孝祥的精神世界；《年谱》，对张孝祥生平作出总体勾画，使读者能历史、具体地了解这个历史人物。三部分衔接，自然地构成一个整体。应该说明的是：《前言》原稿即《张孝祥评传》，定稿于20世纪70年代；《笺校》新撰，完成于今年；《年谱》初创于20世纪40年代初期，屡经修订，定稿于80年代。由此可知，这本书乃是宛先生研究《于湖词》的有关论述的结晶。

<h1 style="text-align:center">二</h1>

《笺校》一书中的《笺》，着重指明词的写作背景，偶尔也有几句着重点明理解的关键所在；倘或涉及前贤评语，亦指明其得失。

必须指出，古今选家编撰《词选》，说明所选某一词人的某几首词的写作背景，可能不是难事；如果就某一词人的全部词作，逐一指明其写作背景，则非专家莫办的事了。目前《唐宋词选》《宋词选》之类这么多，而《稼轩词编年笺注》（邓广铭笺注）、《姜白石词笺校》（夏承焘笺校）之类这么少，似乎可以证明我言之不谬。《张孝祥词笺校》自有专家的功力在。

笺，求其准确，很不容易。稍稍留意于词学的人都知道，张孝祥《六州歌头》（长淮望断）是其代表作①，然而这首词写于哪一年却还是个问题。流行的多种《唐宋词选》《宋词选》，在注释中都说这首词写于南宋孝宗隆兴元年（1163）宋北代军溃败于符离（宿州符离集）之后（或说写于"隆兴和议"之后），而宛先生独指明写于采石（马鞍山市采石镇）战胜的次年，即南宋高宗绍兴三十二年（1162）。这两种不同意见的依据皆与宋无名氏《朝野遗记》中的一条有关。这条记载说：

> 安国在建康留守席上赋……歌阕，魏公为罢席而入。②

按：魏公，指张浚，任建康留守（1161年11月至1162年6月），孝祥是与会的宾客之一。所谓"建康留守席上"，与《于湖居士文集·乐府》中《菩萨蛮》（乳鸦属国归来早）小标题"和州守胡明秀席上"、《南歌子》（曾到蕲州不）小标题"仲弥性席上"一样，都表明孝祥是宾不是主。有

---

① 宋本《于湖先生长短句》《于湖先生文集·乐府》《花庵词选》等书，皆首列《六州歌头》（长淮望断），后世评论者亦多称赞此词。

② 施蛰存、陈如江辑录：《宋元词话》，上海书店出版社1999年版，第541页。

些人仅凭"建康留守席上"一语，便断定这词写于孝祥自任建康留守（1164年3月至10月）时期，那是误解此语的原意了。至于写这首词的具体时间，宛先生据《宋史》《续资治通鉴》等有关记载，指明为绍兴三十二年（1162）高宗到建康时（正月五日至二月六日）。请参阅《前言》及《年谱》。

这词写于初春，可是词中写的是冬景，为什么？答案是：出于艺术创作需要。词中"霜风劲"和"名王宵猎"正相应合。因为打猎总是秋收之后的事，即冬季的事；借写"名王宵猎"便于就此抒发既战胜敌人而不乘胜追击、仍容忍敌人猖狂的忠愤之情，在艺术气氛上，借事抒情与萧索季节是很协调的。如果就史实说，宋将虞允文督水师打败金主完颜亮于采石是绍兴三十一年（1161）农历十一月的事，只因朝廷一意求和、不敢乘胜追击，因而词的作者才大叹"悄边声"。（试想，如果此时敌胜宋败，词的作者怎么会大叹"悄边声"？）因此我以为这词写冬景乃是合情合理的。

如果说，这词写于宋军符离溃败、隆兴和议之后，那就应该记住：此时金主正索求海、泗、唐、邓四州、岁弊白银二十万两；战败的南宋孝宗，对金主只得奉书称"侄"——"侄大宋皇帝某再拜奉书于叔大金皇帝"（《金史·世宗纪》更明白地说："宋通问使魏杞等以国书来。书不称'大'，称'侄宋皇帝'，称名'再拜奉书于叔大金皇帝'"[①]），哪还说得上主动地"干羽方怀远，静烽燧，且休兵"？此时战争的主动权操在金人手里嘛！还有一点也应明白：孝祥任建康留守兼都督府参赞军事以后，已非赋闲，还会慨叹"空埃蠹""心徒壮"吗？显然，如说这词写于隆兴和议之后，则与词的内容不符。宛先生更就时、空方面列举事实，指明其疏误。所举事实皆信而有征，详见《年谱》及上海辞书社版《唐宋词鉴赏辞典》1429页《附记》，这里不一一转述了。

以上所说，只是个例子，表明这词首的《笺》语有卓见。读者如通读全书，自会发现《笺》语精彩纷呈，给人以惬心的快乐。

---

① 脱脱等撰：《金史》，中华书局1975年版，第135页。

这里，我还要特别指明一点：宛先生在长期研读《于湖词》中窥破了鲜为人知的有关于湖先生的爱情悲剧，揭示了隐秘，使原标题为"离思""别情"之类的词得到了确解。请看，在《念奴娇》（风帆更起）的《笺》中，宛先生说：

> 笔者就是由于这首词的启示，结合出土的张同之夫妇墓志及其他有关资料，论证孝祥在青少年时期与情侣李氏由恋爱而同居，生了长子同之。绍兴二十四年（1154）廷试第一，秦桧为其孙被抑已怒，曹泳以请婚未答又憾之，遂诬孝祥父祁有反谋，下狱。会桧死得释，婚姻问题不得不慎重处理。于是让李氏回到故乡桐城浮山隐居学道，孝祥在临安另娶仲舅之女时氏为妻。未几，时氏病故。而李氏健在，孝祥直到去世前一年的冬天，犹怀念旧好，情见乎词。[①]

读者只要了解这个爱情悲剧，对孝祥词中的两首《木兰花慢》（"离思""别情"）、《雨中花慢》、《转调二郎神》等，便可求得真解。

《笺》，不仅指明写作背景，也偶释词的艺术表现特点。如《浣溪沙·中秋坐上十八客》：

> 同是瀛洲册府仙，只会聊结社中莲。胡笳按拍酒如川。　　唤起封姨清晚景，更将荔子荐新圆。从今三夜看婵娟。

《笺》曰："此词每句均用事切十八之数。"接着指明首句用唐太宗设文学馆，以杜如晦等为十八学士，图像登瀛洲；次句用佛家语六根、六尘、六识为十八界，并比作释慧远集高僧名儒结白莲社；第三句说乐奏《胡笳十八拍》。下片第一句说时有余热，召唤风神（封十八姨）来送爽；次句说酒后品尝新荔上品"十八娘"；末句说中秋赏月，此后可延赏三宵，直至十八夜。

---

① 详见宛敏灏：《张孝祥词笺校》，黄山书社2014年版，第94页。

这是窥破作词用心的笺释，由此品可见孝祥作词用事的高强本领。

孝祥词中的名篇，前贤略有评论，《笺》涉及这些评论，不是辑录原文了事，而是就原文加按语指明其得失。这种肯与读者交换意见的做法，对读者有益，当然会受到读者欢迎的。如对《念奴娇·过洞庭》一首，《笺》中有：

> 前人评论此词甚多，主要强调其旷达一面。如魏了翁题这首词真迹说："张于湖有英姿奇气……方其吸江酌斗，宾客万象，讵知世间有紫薇青琐哉！"王闿运云："飘飘有凌云之气，觉东坡《水调》，犹有尘心。"

《笺》者认为，这些评语过分美化孝祥离尘绝俗的风姿，与这词的内容不完全吻合，便加按语：

> 此词作于尚未知潭州（长沙）时，守静江（桂林）甫及一年，《宋史》称"治有政绩，复以言者罢。"所谓"应念岭海经年，孤光自照，肝肺皆冰雪"，试参阅另一首《念奴娇》（星沙初下）中"一叶扁舟，认念我、今日天涯飘泊？平楚南来，大江东去，处处风波恶"等语，则此时心情可知。尽管"稳泛沧浪空阔"，也还感到"短发萧骚襟袖冷"嘛。

我以为这种评论，比前贤所论深入些，深在能透过字句，理解孝祥此时精神状态的复杂性。

《笺校》中处处显卓见，这与"集评"为"笺"的书相比，简直不可同日而语。

三

《笺》中的《校》是集众美于一身的，堪称当今《张孝祥词》的最精校本。

孝祥词，传世的有两个宋本，即《景宋本于湖先生长短句》六卷（乾道七年刘温父编）和《于湖居士文集》中所收《乐府》四卷（嘉泰元年张孝伯编）。另有《中兴以来绝妙词选》卷二载孝祥词二十四首（淳祐七年黄升选编）。《笺校》以《于湖先生长短句》为底本，以《于湖居士文集·乐府》《绝妙词选》和明人所编的《唐宋名贤百家词》（吴讷编）《宋名家词》（毛晋编）为主要参校本，共录孝祥词二二六首。

应该说明，唐圭璋先生编《全宋词》，录孝祥词二二五首，孔凡礼先生《全宋词补辑》录孝祥词一首，合计二二六首。《全宋词》先出，以辑补有功，《笺校》后出，以导读著绩。

词，如果只标曲调而无小序或小标题，在今天看来便是无题诗。稍涉词学的人都知道，词在初起时，所标曲调，事关音乐和内容两方面，如唐人作词，取调《南乡子》的便写南方风物，取调《临江仙》的便写江妃水媛，取调《巫山一段云》的便写巫山神女之类，取调《女冠子》的便写少女幼妇入道之情，等等。可是后来因时演变，词人只择调填词，摆脱曲调名称原意的限制，抒发自己的情思而已。因此，多数词在标明曲调之后，加上小序或小标题。否则作者所抒发的情思，令人难以捉摸。校词者有鉴于此，在校核同一词集的不同版本时，总是注目于已有的小标题，努力搜求，以便为读者提供理解每首词的钥匙。

《笺校》在这方面做了大量工作，就底本补辑小标题，并加以考究，极为精审。这里，举两个例子：

例一：《于湖长短句》中有一首《浣溪沙》：

> 只倚精忠不要兵，卷旗直入蔡州城。贼营半夜落妖星。 万旅云屯看整暇，十眉环坐却娉婷。白麻早晚下天庭。

这是歌颂谁的"直入蔡州城"的平贼之功？底本原无小标题，《笺校》补题"刘恭父席上"，《校》曰："原失题，从《文集》《百家词》补。"这便交待了补题的根据，使读者索解有迹可循。迹在哪里？检《宋史·刘珙传》便会完全明白。这首词的《笺》说："乾道二年（1166），孝祥罢静江府东归经长沙，刘珙设宴招待，孝祥席上作此，颂其平李金功。"《笺》《校》结合，使读者如夏日饮冰，心清神爽。

例二：《于湖长短句》中有另一首《浣溪沙》，小标题为"荆州约马奉先登城楼观"。词曰：

> 霜日明霄水蘸空，鸣鞘声里绣旗红，淡烟衰草有无中。 万里中原烽火北，一尊浊酒戍楼东，酒阑挥泪向悲风。

《校》曰："《文集》《百家词》俱失题，此从《名家词》改'奉'为'举'，并增'塞'字。"按改"奉"为"举"证据何在，《名家词》未详，我们可以不追究，对理解这首词无妨碍；在"登城楼观"后补一"塞"字，颇有胜处，胜在与词的内容契合。试想，如不"观塞"，则无由见"万里中原烽火北"，亦无由抒发"挥泪向悲风"的盼望恢复中原的情思！

顺便说一下："登城楼观（去声）"亦可通，不过总不如"登城楼观塞"有契合之妙。

校勘孝祥词的字句讹误，当然是重要的方面，《笺校》勘除这方面的错误多处，大大增强了词的可读性。这里也举两个例子：

例一：《于湖词长短句》中有《忆秦娥》（元宵节）一首，其中有句："香应随步，柳梢微月。"《校》曰："香应，《文集》《花庵》《百家词》《名家词》均作'香尘'，从改。"按改"应"为"尘"，既符合平仄要求，又使句意明显些。

例二：《于湖长短句》中有一首《水调歌头》，小标题"为总得居士寿"，上片有句："纶巾羽扇笑容与列仙如。"《校》曰："原句倘断为'纶巾羽扇，笑容与列仙如'，似甚勉强。兹从《文集》改作'纶巾羽扇容与，争看列仙儒'。"按从《文集》校改为好。这是择善而从的显例。

在《于湖词》中，还有各本互异，表面皆勉强可通而实际是错误的，这就必须认真地按照行文常规校改，使之归于完全正确。例如《于湖长短句》中《柳梢青》（重阳时节）一词，小标题为："蒋文粟兄趋朝，钱文茹横槎，宗文如古藤，孝祥置酒作别，赋此以侑尊。"《文集》本小标题为"钱别荆德施、粟子求诸公。"《校》语参合这两个小标题，指明《于湖长短句》本小标题中的三个"文"字皆"丈"字之误，"茹"乃"如"之误；《文集》本小标题中的"荆"字乃"蒋"字之误。这虽是按文理行事的意校，却能尽改两个宋本小标题中所刻错的字，使之归于正确。这比之一般校点只列异文而不置可否，显然有高下之分。

全书校语，如一首词中韵脚重复，或字有形近而误、音近致误的，都一一作了校正，不赘述。

这里应该提及一个问题：校书，考求是正乃是根本要求；求是，贵在有识见、有判断。如果把底本、它本的异文一一罗列而不加判断，那是校者不能司其责的表现。例如有人校《于湖词》，往往只列"乾道本作××""文集本作××"而不加判断，这就很难说是"考求是正"了。《笺校》每下校语，都有明确的判断。如上举《浣溪沙》（只倚精忠不要兵），校语指明"《文集》《百家词》误将首二句颠倒"。又如《西江月》（不识平原太守）有句："西波西畔晚波平。"校语："西波，《文集》《百家词》作'西湖'，从改。"按："误将""从改"等语，显示了明确的判断，对读者有益。

当然，如遇两说可通的地方，那就只好并存其说。

《笺校》的《校》语，条条择善而从，极精审，这就使它成了当今的最佳校本。

四

对张孝祥词，自南宋及今多有评论，或称赞其"写景之妙，咏物之工"，或指明其《六州歌头》（长淮望断）抒愤"淋漓痛快"、《念奴娇·过洞庭》有"飘飘凌云之气"，或赞其《菩萨蛮》（东风约略吹罗幕）等"绵丽蓄艳，直逼《花间》"。然而能从《于湖词》整体着眼加以评论的，前有宋人滕仲固为于湖词传人的《笑笑词》①所作的《跋》，今有《张孝祥词笺校·前言》就此大加阐发。滕《跋》称：

> 故其词或如惊涛出壑，或如绉縠纹江，或如净练赴海，可谓冰生于水而寒于水矣。

显然滕仲固看到了孝祥词的风格美是多样的，约可分为三类而又总归一源。宛先生对滕仲固此评独有心会，就此大加阐发，使之达到具体而完整的地步。《前言》说：

> 滕《跋》所举"惊涛"诸喻，我们在读《于湖词》时确有这三种不同的感受。
>
> 大抵激于爱国热情、发抒忠义之气者，则如惊涛出壑……如《六州歌头》（长淮望断）《水调歌头·闻采石战胜》等都是。
>
> 其直抒胸臆，表达豪迈坦率之怀者，则如净练赴海。宋周密选的《绝妙好词》，以孝祥为首②，其所取者似侧重这类作品。
>
> 至于幕景融情，别有清隽自然之趣、缠绵悱恻之思者，则似绉縠纹江。这类词小令如《浣溪沙·洞庭》，长调如《多丽》（景萧疏）以及怀念情妇的两首《木兰花慢》和《雨中花慢》等。

上列诸例，都是孝祥词中的优秀作品，至于那些应酬之作，不免庸滥，宛先生则以"糟粕"目之。由此，亦可见宛评的客观而谨严的态度。

就《于湖词》的风格源头说，宛先生指明是"继承苏轼的词风"的。他说：

---

① 《笑笑词》，宋郭应祥作。滕跋谓："昔闻张于湖一传而得吴敬斋，再传而得郭遁斋，源深流长。"

② 周密《绝妙好词》以张孝祥为首，选词四首：《念奴娇·过洞庭》、《西江月·丹阳湖》、《清平乐》（光尘扑扑）、《菩萨蛮》（东风约略吹罗幕）。

南宋初期已有一些作者把恢复祖国的壮怀、反对权奸的愤慨，以至抚时感事的忧思，强烈地在词里表达出来，这就更早地继承苏轼的词风，反映当时的主要矛盾，起了承先启后的作用。孝祥正是其中留下作品较多、成就较大的一位作家。

《前言》说："论其较多，实介乎苏辛之间。"换句话说，孝祥词的风格，上承苏轼而下启辛弃疾。如果说《于湖词》的"惊涛出壑"一类是辛词风格形成的先导，那是符合实际的。

五

我们就笺、校、总评诸端谈了上述的体会，另外还想说明一点：作为一名人民教师，宛先生以终生许之，诲人不倦，老而弥坚。他高龄八十有六，仍然乐于承担指导研究生的任务，勤勤恳恳地工作。1986年3月宛先生八十晋一时，有词言志，调寄《庆春泽》：

> 独立苍茫，更怀往昔，匆匆八十华年。且喜芳辰，恰逢三月春暄。神州万里腾飞疾，趁东风、好绣山川。想人间、几见河清，共醉陶然。 兴来细数平生事：笑小时了了，长愧翩翩。却得英才，秾桃郁李争妍。而今余热犹堪献，老园丁壮志弥坚。看明朝、昼永于湖，花压阑干。

这里，我们看到了一位高龄人民教师的赤胆忠心！为教学、为科学研究，他还在荧光灯下，笔耕不辍。这里，我可以预告，宛先生与他的弟子汤华泉君合撰的《吴潜词编年笺注》初稿已成，正在修改，明年可以完工。

老园丁如果能图像麒麟阁，我想，宛先生应该在数。

[原载《江淮论坛》1992年第1期]

读《蠲戏斋诗话》小札

《蠲戏斋诗话》是马一浮先生对友生的论诗语录，论及我国诗歌的本质、创作、鉴赏批评诸方面，虽皆零星道来，确有精辟见解。已由浙江古籍出版社、浙江教育出版社联合出版的《马一浮集》第三册为诗集，录诗约三千四百首。马先生被人尊为"理学大师"，应该说，他也是卓有成就的诗人和书法家。在这本《诗话》中，有"自述"部分，对他自己的诗有所剖析，如读者对照马先生"诗集"读来，便倍感亲切。这对当今以旧体诗抒情达意的读者来说，《诗话》不啻是良师益友。

一

马先生论诗的本质。理学家皆是博通儒家经典的学者，宋明理学家如此，马先生亦如此。马先生论诗，就其根本观点说，师宗儒家，乃是其学养所致。马先生说：

> 《诗大序》及郑康成《诗谱序》两文，说诗之义尽之矣！①

这"尽之矣"三字道出了他对《诗大序》《诗谱序》两文所持观点的折服。《诗大序》曰：

---

① 马一浮：《马一浮集》（第三册），浙江古籍出版社、浙江教育出版社1996年版，第1010页。

> 诗者，志之所之也，在心为志，发言为诗。情动于中而形于言，言之不足故嗟叹之，嗟叹之不足故永歌之，永歌之不足，不知手之舞之，足之蹈之也……治世之音安以乐，其政和；乱世之音怨以怒，其政乖；亡国之音哀以思，其民困……先王以是经夫妇，成孝敬，厚人伦，美教化，移风俗。

郑玄《诗谱序》亦持诗与政教风化相通的根本观点，与《诗大序》一样，指出：诗有正、变之分。郑玄说：

> 周自……文、武之德，光照前绪，以集大命于厥身，遂为天下父母，使民有政有居，其时诗……谓之诗之正经。

> 后王稍更陵迟……政教尤衰，周室大坏……故孔子录懿王、夷王时诗，讫于陈灵公淫乱之事，谓之变风、变雅。

《诗谱序》总结上文，指出：

> 吉凶之所由，忧娱之萌渐，昭昭在斯，足作后王之鉴，于是止矣。①

马先生论诗持《诗大序》《诗谱序》观点，肯定诗的社会功能，要之有如下两条：第一，诗，反映政教得失，关乎整个国家的安危。明乎此，方可言诗。第二，由于诗关乎政教风化，进一步必然重视"诗教"。先儒曰："温柔敦厚，诗教也。"写诗应以"真情实感"来反映现实，达成诗的教化功能，缔造"安以乐"的社会，反对使人民"怨以怒"的"乱世"。

马先生《蠲戏斋诗自序》曰：

> 诗以道志，志之所至此者，感也。自感为体，感人为用，故曰"正得失，动天地，感鬼神，莫近于诗。言乎其感，有史有玄。得失

---

① 严可均辑：《全后汉文》（下），商务印书馆1999年版，第847页。

之迹为史，感之所由兴也；情性之本为玄，感之所由正也。史者，事之著；玄者，理之微。善于史者，未必穷于玄；游于玄者，未必博于史，兼之者，其圣乎！①

我们在前面就马先生肯定《诗大序》《诗谱序》的两条，是就"得失之迹为史"一面说的。至于"情性之本为玄"一面，将在马先生"论诗的写作"中再说。

二

关于诗的写作，马先生说：

若欲作诗，亦不出《论语》"小子何莫学夫诗"一章，更无余义。②

《论语·阳货》曰："子曰：小子，何莫学夫诗？诗，可以兴，可以观，可以群，可以怨；迩之事父，远之事君；多识于鸟兽草木之名。"

按："可以兴"，指有助于发展想象力而言；"可以观"，指有助于培养观察能力而言；"可以群"，指可以沟通情思、有助于团结而言；"可以怨"，指学习运用讽刺方法、揭露社会生活中的丑恶；"事父""事君"，当指诗的社会功能；"多识"，则指欲学作诗者应多见多闻，积学储宝。——从"学作诗"角度说，我以为，几个根本原则都提到了。试申述如下：

第一，士先器识，然后艺文。写诗，加强身心修养，应视为首要功夫。古代士人以"事君"治国为伟大理想。马先生在这册《诗话》中，再三强调作诗"要胸襟""要胸襟大""作诗是游于艺的事，但必先志于道、依于仁，然后可"等等，皆指作诗者应有远大理想而言。

---

① 《马一浮集》（第三册），浙江古籍出版社、浙江教育出版社1996年版，第180页。

② 丁敬涵编注：《马一浮诗话》，学林出版社1999年版，第50页。

第二，写诗，无论感时之作，咏物托情之作，直赋其事之作等等，皆必触及寻常景物，只有博学多识，才有利于成诗。马先生在《诗话》中说"要学力，要多读书""作诗要有材料""一切法界（指世界万象——笔者注）皆可入诗"等等，皆就"多识"而言。子曰"多识于鸟兽草木之名"，岂止限于鸟兽草木！

第三，"诗人用形象来思考"（别林斯基语），这是古今中外文学理论家的共识。孔子所谓"诗，可以兴"，便是诗贵有想象的发轫之论。马先生在《诗话》中指明："作诗贵有比兴之旨，言在此而意在彼，方能耐人寻味""古诗比兴之旨，人多忽略""诗特托物起兴，缥缈幽微之思，亦如云气变化乃臻妙境"等等，皆就此而发。我以为，这就是马先生所说的"玄者，理之微"的微妙所在。

论诗重视诗的感性特征，便自然地道出诗与一般记事说理之文的本质区别。从诗学角度看，明白这一点，至为重要，马先生已为我们约略道之。

以上，我如此诠释"小子何莫学夫诗"数语，是否符合马先生含而未申的原意，不敢说；但我以为，如此诠释，虽不中，不远矣。至于马先生有关"学作诗"的语录若干条，读者一览自知，不赘。

三

在这册《诗话》中，马先生对历代诗——上自《三百篇》，下至与马先生并世的诗人之作，皆有评论。这里拟就马先生评《三百篇》、评陶谢诗、评李杜诗、评黄山谷诗及宋遗民诗略作说明。我之所以如此限制范围，是因为《诗话》中评及的条数较多，我能言之有据。对马先生就某一作家作品只加一两句评语的，我则不敢诠释，生怕无可印证，有损原意。

这册《诗话》，评及《三百篇》具体诗章多达二十八篇，对后学读《诗》，大有教益。如说：

诗贵含蓄,忌刻露,意在可见不可见之间者为佳……"蕣兮蕣兮,风其吹汝"(《郑风·蕣兮》),《诗集传》以为淫女之辞。以予观之,此诗意味深厚,类似《风雨》(《郑风》)、《鸡鸣》(《齐风》)之章,当是贤人处乱世,以危苦之词互相警惕而作。①

按:朱熹《诗集传》曰:《蕣兮》,"此淫女之辞"。此乃道学夫子的迂腐之论。马先生深究理学,特别关怀世道人心,但说《诗》尽可能考虑诗的比兴特质,说得入情入理。说《蕣兮》为贤人求友之作,有见地。今之说《诗》者如高亨、余冠英诸先生释此诗,皆与马先生所论相近。

《诗·王风·采葛》,马先生释曰:

《采葛》,葛、萧、艾皆草之贱者,以喻小人得君用事。人君昵近群小之情如是,是君臣道失,天下所由乱也。②

按:《采葛》,《毛传》曰:"惧谗也。"释语过简,欠明融。朱熹《诗集传》曰:"盖淫奔者托以行也。故因以指其人而言思念之深,未久而似久也。"③戴东原《毛诗补传》曰:"《采葛》三章,言君心变于谗之易也……以采三物(葛、萧、艾)者之观于物变,未有若此之速者也,是可惧也。故《毛诗序》曰:'惧谗也。'以为男女之辞,则秽言矣,无足取矣。"④戴氏从"物变"着眼说此诗比喻,马先生从君臣道义着眼说此诗比喻,皆为《毛诗》作补充,可谓不谋而合。

在这册《诗话》中,对《诗》的《绿衣》《匏有苦叶》《柏舟》(《邶风》)《兔爰》《大车》《苕之华》诸篇,逐章加以提示,极有导读作用。

我在这里只举马先生释《蕣兮》《采葛》两条,意在表明马先生虽治

---

① 丁敬涵编注:《马一浮诗话》,学林出版社1999年版,第16页。
② 丁敬涵编注:《马一浮诗话》,学林出版社1999年版,第27页。
③ 朱熹集注:《诗集传》,中华书局2011年版,第60页。
④ 戴震:《毛诗补传》卷六,《戴震全书》(第一册),黄山书社1994年版,第237页。

理学，但说诗颇有人情味，与宋明道学夫子一味板起脸来说教，大不相同。

马先生非常熟悉陶渊明、谢灵运的诗。这册《诗话》中，论及陶、谢诗的计十二条，而又往往以陶、谢诗作对比阐明意见，便于读者深刻领悟。马先生说：

> 陶公时有玄言，托兴田园而词多危苦；谢客兼通义学，寄情山水归于平淡。读其诗者，能于乐中见忧，方识渊明；能与忧中见乐，方识康乐耳。大抵文章之作，皆由豪杰之士与俗相违，是以形于篇章，寄其幽愤。陶则较为含蓄，故得全首领；谢则过露才华，故不免刑戮。①

"乐中见忧""忧中见乐"的根本差异何在？从引文的末尾看，马先生把陶、谢诗的表现与两人的命运相联系，那么，"乐中见忧""忧中见乐"的根本差异当在于两人的心性涵养不同。渊明"不戚戚于贫贱，不汲汲于富贵""忘怀得失"，因而他的诗，正如马先生所评的，"无意超妙而自然超妙"。可以说，渊明在生计上虽有忧，但胸次超然，此乃马先生所说的"能于乐中见忧"。康乐身为贵胄，袭封"康乐公"，而他"自谓才能宜参权要，既不见知，常怀愤惋"②，这便埋下他终受刑戮的深根。他所谓寄情山水，实乃"出守既不得志，遂肆意游遨"，虽有山水之乐，而胸次并未"忘我"。此乃马先生所说的"能与忧中见乐"。谢诗"过露才华""犹存雕琢"，皆是好胜心理的显现。好胜而与"权要"较量，非你死即我亡。

理学家讲究心性修养，故从心性涵养角度评陶谢诗。马先生说："诗人皆善悟无常，而陶公直游无我，此其所以独绝也。"③这是对陶诗的无上礼赞！

---

① 丁敬涵编注：《马一浮诗话》，学林出版社1999年版，第29页。
② 李延寿撰，周国林等校点：《南史》，岳麓书社1998年版，第310页。
③ 丁敬涵编注：《马一浮诗话》，学林出版社1999年版，第29页。

在这册《诗话》中，评唐诗涉及面较广，然以评杜诗为重点，多达三十六条。评李白诗的有三条。偶尔李杜并论，示其风概。如说：

> 太白豪放，得骚人之旨；工部恻怛，有小雅之风。①

按：此乃就李杜诗的风格特征说的。"风格是人"，关乎性情，因而也可以说是就李杜性情说的。在我国诗人中，具有雄奇想象力而笔力又足以表达其抑郁之志的，最突出的伟大代表就是屈原、李白。马先生说太白诗"得骚人之旨"，主要指李白诗与《离骚》等一样，思力过人，想象雄奇，而又有奔逸之气行乎诗中。说工部忧国忧民，有恻怛心，"朱门酒肉臭，路有冻死骨"，一读难忘，见儒者仁人之心。而《小雅》七十四篇，依《毛传》指为"闵时""闵乱""刺宣王""刺幽王"的，多达五十二篇，因而淮南王刘安、司马迁说"小雅怨诽而不乱"。马先生亦以此语总评杜诗。

马先生评李杜语，言简意赅，读李杜者宜深思之。

> 论太白者，每以其好言神仙，歌醇酒美人而少之。由今观之，实多有托之词，未可据成说为定论。②

按：马先生反对的"成说"出自宋人。宋代传说，王安石论李、杜、韩、欧四家诗，说李白"其识污下，十句九句言妇人、酒耳"（见《扪虱新话》，《渔隐丛话》亦录此语）。宋黄彻《碧溪诗话》卷二有曰："世俗夸李白赐床调羹为荣，力士脱靴为勇。愚观唐（玄）宗渠渠于白，岂真乐道下贤哉！其意急得艳词媒语以悦妇人耳！……余窃谓：如论其文章豪逸，真一代伟人；如论其心术事业可施廊庙，李杜齐名，真忝窃也。"③清人王琦在《李太白全集注》的《跋》中对"醇酒、美人"之訾批驳甚力，不具录。马先生则指出："《吊比干》文（应作《比干碑》）则儒家言也。《为

① 丁敬涵编注：《马一浮诗话》，学林出版社1999年版，第33页。
② 丁敬涵编注：《马一浮诗话》，学林出版社1999年版，第33页。
③ 黄彻：《碧溪诗话》卷二，人民文学出版社1986年版，第18页。

窦氏小师祭璿和尚文》则明于义学。文字亦皆上承六朝，异于韩柳，古人要为不可及也。"①这无异于驳斥黄彻：太白自有文章可施之廊庙，不该以偏激之论贬抑之。

这册《诗话》评杜诗，既有崇敬之论，又有"杜诗瘢"之议。马先生说：

> 杜诗最深厚，是儒家气象。
>
> 老杜所以为诗圣，正在其忠厚恻怛，故论诗必当归于温柔敦厚。
>
> 少陵秦州至成都纪行诗，风骨在建安以上，直似曹孟德《苦寒行》。
>
> 排律之工，老杜古今独步，篇篇俱佳。②

然而，从语言运用角度看，按照马先生的要求，认为有欠妥处，作"杜诗瘢"，竟列举三十例。这里引三例以见所谓"瘢"：

> （一）《凭人乞果树》数首，尤可笑……《访徐卿觅果栽》句云："草堂少花今欲栽，不问绿李与黄梅"，真小儿语也。
>
> （二）"两个黄鹂鸣翠柳，一行白鹭上青天"，小儿佳句也。
>
> （三）绝句《漫兴》云："颠狂柳絮随风去，轻薄桃花逐水流"，似嘲妓诗。着"颠狂"、"轻薄"字，亦过直率，了无意致。③

马先生认为杜诗的这些句子过于直率，了无含蓄，故指为瘢痕。然而鉴赏杜诗者如换个角度看问题，对马先生所指为"瘢"的，也未必无异议。老杜说"老去诗篇浑漫与"，"漫与"者，不经意而为诗也。老杜以绝句当作便笺，向友朋乞果树栽，正见此老不自矜持的率真性格。既标明"漫兴"，便承认此乃漫不经心的即兴诗，我们可不必苛求。"两个黄鹂鸣

---

① 丁敬涵编注：《马一浮诗话》，学林出版社1999年版，第33页。
② 丁敬涵编注：《马一浮诗话》，学林出版社1999年版，第22、23、33、23页。
③ 丁敬涵编注：《马一浮诗话》，学林出版社1999年版，第35—36页。

翠柳"一绝，两联成诗，见春日愉悦之情。此诗作于"安史之乱"平定的第二年，从东吴至西蜀的交通已恢复，而漂泊者有望归之心，能亲见"门泊东吴万里船"，当然喜悦，不过含而未吐罢了。

马先生自己说，他所指出的"杜诗癖"，只可作"朋游谈讽，用资笑乐，则可；以之轻薄訾毁古人，则不可"①。这意图很清楚：希望从游诸生写诗时注意"选词要雅""出词蕴藉"而"诗有含蓄"。后人万万不可误解马先生的苦心！

这册《诗话》，评宋诗所占篇幅较少。相对来说，评黄山谷诗，提到具体篇章的，计四条，评宋遗民诗的，计六条，算是较多的。山谷有《题王居士所藏王友画桃杏花二首》之一，诗曰：

> 凌云一笑见桃花，三十年采始到家。
>
> 从此春风春雨后，乱随流水到天涯。

"史容注"引"《传灯录》福州灵云志勤禅师初在沩山因桃花悟道"偈语，马先生因之，曰：

> 喻悟道之后，更无远近方所，无入而不自得也。时山谷方在戎州，即今之叙府（宜宾），盖亦兼寓身世之感。②

按：此时山谷过戎州，溯江省其姑于青神县，身在旅途中，故有末句。如就此推及身世，则理趣更足。

> 山谷《登快阁》诗云："落木千山天远大，澄江一道月分明。"人多赏其雄放，不知乃道其智证之境也。③

---

① 丁敬涵编注：《马一浮诗话》，学林出版社1999年版，第34页。
② 马一浮著，吴光主编，虞万里、徐儒宗点校：《马一浮全集》第1册，浙江古籍出版社2013年版，第644页。
③ 丁敬涵编注：《马一浮诗话》，学林出版社1999年版，第41页。

按：快阁在太和，山谷曾任太和令，作此诗。所谓"智证"，佛家语，"智证之境"意即吾智慧之心与所观的客观景象，达到完全侔合之境。显然马先生领会了此诗的理趣，赞赏山谷有写孤寂之境的本领。

另一条评山谷诗有"妙语"亦引"落木千山"两句，不赘述。

另一条评及山谷《又和斌老病起独游东园二首》（题为《又和二首》）之一。抄示山谷这首诗如下：

> 西风鏖残暑，如用霍去病。疏沟满莲塘，扫叶明竹径。
> 中有寂寞人，自知圆觉性。心猿方睡起，一笑六窗静。

这首诗，掉书袋气味太重，始用《汉书·霍去病传》鏖兵兰皋亭故事，又用《圆觉经》语，再用《传灯录》洪恩禅师故事，因而马先生引此诗末两句，说"不可为典要"——不可视为常规。

按："心猿"，指浮动的思绪（或思维活动），"六窗"，指一室的所有窗子。写病后睡醒，见室窗通明，人有思绪活动，何必用禅者一段公案？

山谷写诗，多用故实，前人屡有批评，如宋人魏泰《临汉隐居诗话》曰：山谷"专求古人未使之事，又一二奇字，缀葺而成诗，自以为工，其实所见之僻也。故句虽新奇，而气乏浑厚。"①张戒《岁寒堂诗话》则曰："苏、黄用事押韵之工，至矣尽矣，然究其实，乃诗人中一害。"②明人李东阳《麓堂诗话》曰："熊蹯鸡跖，筋骨有余，而肉味绝少……黄鲁直诗，大抵如此。"③后来，王夫之《姜斋诗话》曰："人讥西昆体为獭鱼祭，苏子瞻、黄鲁直亦獭耳"，谓西昆体诗"除却书本子，则更无诗"④。马先生对山谷诗用事的批评不那么直切，大约照顾到写诗用事有切当与否的两面性吧。

马先生评及宋遗民诗，指出他们的诗有"怪以怒"的特点，说"后之

---

① 何文焕辑：《历代诗话》（上册），中华书局1981年版，第327页。
② 陈应鸾：《岁寒堂诗话笺注》，四川大学出版社1990年版，第44页。
③ 丁福保辑：《历代诗话续编》（下册），中华书局1983年版，第1386页。
④ 丁福保辑：《清诗话》，中华书局1963年版，第17页。

人诵之，有以见亡国之酷如是，而知所以发愤自拔"，同时指出有"怪"得失当之处，举一条示例：

> 俞德邻《游杭口号》末首"倘有圣贤吾欲中"，方夔《清明》"洒向南方飓后灰"，周友德《钱塘怀古》"人死海中沉玉玺"，皆于文为不词。①

又指明郑思肖"《德祐元年岁旦歌》'不变不变不不变'，皆于文为不词"。显然马先生评诗，以为诗语雅驯是不可忽视的准则之一。联系上文"杜诗瘾"看，马先生评诗，可谓严矣。

四

这册《诗话》末一部分为"自述"，自叙学诗经历，较多的是就自己的诗篇说破自己的创作意图。此乃现身说法，启示从学诸君。小说家往往有《我是怎样写〈××××〉的》，马先生当然可以写"自述"。马先生写诗多有理趣，说自己的诗，也多着重于诗所显示的义理。试举几个例子：

（1）《寒露菌》，小序曰："皋亭多菌，生松下丛草中，寒露后乃有之，野人谓之'寒露菌'。然味薄易败，非菜菇之良者也。丙寅九月，信宿山中，取以供馔，遂作此诗。"

> 密林翳寒日，露下风习习。千章何蒙茸，覆此径寸苗。
> 流湿始有滋，荣悴在一朝。怜彼根蒂微，岂识秋旻高。
> 野人矜地味，荐俎同溪毛。柔甘取暂适，杂毒谁能销。
> 充肠事易足，谢尔采摘劳。服饵求列仙，客养计已饕。
> 万物自相盗，膏火徒煎熬。钩吻善杀人，谷食亦令夭。
> 蝦鱼啖沮洳，戎马生广郊。攘蓬指髑髅，鼠穴俯僬侥。
> 蒸成信一机，生死元同条。出门虎迹乱，倚树方鸣鸮。

① 丁敬涵编注：《马一浮诗话》，学林出版社1999年版，第42页。

寄语采芝人，勿爱商山招。

马先生说：

> 《寒露菌》乃刺时讽世之作。"怜彼根蒂微，岂识秋旻高"，讥政客也……"寄语采芝人，勿爱商山招"二句点题，用四皓应吕后之招，卒为出山事。又四皓尝有《紫芝歌》也。[1]

按：商山四皓应吕后之招事，见《汉书·张良传》注。四皓曾保护吕后生的儿子（"太子"）。《紫芝歌》末尾两句："富贵之畏人兮，不若贫贱之肆志。"而四皓未能始终隐居肆志。马先生说"勿爱商山招"，表示自己甘愿隐居，清贫自守。此时他四十二岁。

（2）《独坐》

> 山深人不到，春近日初长。细草无言绿，寒花自在香。
> 生心非取舍，当境绝思量。若问颜回乐，翛然已坐忘。

马先生说：

> 《独坐》，意境超妙，亦非衲僧家偈颂所能到。

按：《独坐》写于乙酉年（1945）春，马先生居嘉定乌尤寺（复性书院所在地）时期。"生心"，取佛家"生得善心"义。"佛家说一切心、心所法，具有三性，善性、恶性、无记性是也。无记者，非善非恶……有时发者是善性，曰善心；有时发者是恶性，曰不善心；有时发者是无记性，曰无记心。"[2] "生心非取舍"，意即发善心清净自乐，对环境能安然处之。此诗中间两联，出语淡而意味深。"细草"句状极静，"寒花"句自喻处境

---

[1] 丁敬涵编注：《马一浮诗话》，学林出版社1999年版，第65页。

[2] 熊十力：《佛家名相通释》，上海书店出版社、世纪出版股份有限公司2007年版，第30页。

差而能自乐，"生心"句谓清净自处，"当境"句谓绝无记挂。全诗写得生机盎然而又有静趣，非冷漠而枯寂的僧偈可比。马先生的自评，是实话实说。

（3）《喜闻核试验成功》三首（选一）

> 销兵猛志压群雄，奇器阴谋势已穷。
>
> 从此波旬齐俯首，象王行处绝狐踪。

此诗写于甲辰年（1964），马先生在杭州。诗中"波旬"，恶魔名。《慧琳音义》十："波旬，梵语，正云'波俾椽'，唐云'恶魔'。"又，"象王"，古印度以象为尊，以象中之王喻诸佛。《涅槃经》二十三："大象王，谓诸佛也。"《贤愚经》卷十二有"象护"故事，谓金象与一小儿俱生，儿名象护，金象随处保卫象护。可知象是善者，造福于人。

马先生喜闻我国核试验成功，一气写了三首诗，歌颂"令如流水速"——祖国发展很快；核试验成功，因而"国似泰山安"。

这首七绝，气壮山河，爱憎分明。使用佛经术语、故事，极为恰当。恶魔以"奇器"讹诈我国，现在我国也有核武器，讹诈为难了。我国主张全球销毁核武器，并声明不首先使用核武器。我国有核武器是为了消除恶魔对人民的杀害，从而保卫人民，造福于人。

由此可见，马先生虽隐居不问世事，其爱国热情是明显的。他终生隐居，也终生爱国的。他的行为证明了这一点。

［原载《巢湖师专学报》1999年第2期］

漫议旧体诗、新诗的继承与革新问题

在中国现代诗歌发展史上，1957年1月12日是个极其重要的日子，毛泽东主席决意发表自己创作的旧体诗词十八首，外加《关于诗的一封信》。在这封信中，毛主席说："诗当然应以新诗为主体，旧诗可以写一些，但是不宜在青年中提倡，因为这种体裁束缚思想，又不易学。"①"旧诗可以写一些"一句，使原来处于奄奄一息境地的旧体诗词，如逢天降甘霖得到滋润，逐渐地苏醒过来，好为人民服务。而"新诗为主体"，这个主体的"以新鲜活泼的、为中国老百姓所喜闻乐见的中国作风和中国气派"②问题，自然有待讨论。

这篇《漫谈旧体诗、新诗的继承与革新问题》，自知所议不及时，但从现代诗歌发展史看，还不算太晚。只是个人所知甚少，愿意写出来就教于通方大家。

一、对"旧诗可以写一些"的理解

第一，从语言学角度说，"旧诗"体裁的形成，是由汉语的本质特征决定的。

汉语，世界语言学家把它称作单音孤立语，这特别表现在汉字上。

汉字，每个字的音质有平上去入的区别，平平仄仄相间，读起来有轻

---

① 毛泽东：《毛泽东论文学与艺术》，人民文学出版社1958年版，第97页。
② 毛泽东：《毛泽东论文学与艺术》，人民文学出版社1958年版，第50页。

重扬抑的节奏感，有音乐美。有些双声叠韵词汇更能助成这种音乐美。

单音孤立的方块字，易于构成全诗的统一句式，于是形成了四言诗、五言诗、七言诗；诗的句式可以综合运用，于是出现了"长歌行"和"长短句（词）"；方块字易于构成偶句，于是近体诗与长短句（词）中有联语。联语本身就是语言艺术品，因而我国到处的楼台亭阁都悬挂着对联，使祖国江山增色。

诗的句式基本一致而又适当地押韵，自然地有汉语的流转之美，便于记忆、便于流传。许多小学生、中学生都能背诵许多古典诗词。

诗的中国作风、中国气派，与所表达的内容有关，但在很大的程度上是就汉语的本质特征说的。

从语言角度说，中国古典诗词的优良传统的形成，与方块字的音、形、义特质分不开；因此，旧体诗词中能反映历代人民生活真实情景的篇什是永存的，不朽的；也因此，毛泽东同志说"旧诗可以写一些"。

第二，"旧诗可以写一些"是个颇有弹性的说法，这个弹性限度的"底线"在哪里？照我体会，在于"为人民服务"。从诗的内容到语言形式，都要为人民服务。

当然，这就带来了旧体诗的"体"随着时势和语言的变化而适当地加以改革问题。

改革诗的"旧体"，首要的诗人世界观的改造，这要由另外专题来讨论，此处略而不谈，只谈诗的旧体问题。

诗的"旧体"是历史形成的，今天的作者既然选用它，就必尊重它，换句话说：要守律！不得随意乱改，有伤大体。但必须明白，旧体诗的声律，如果从发现汉语的"平上去入"四声算起，到现在也有一千五百多年了，这期间，许多音韵学家编了"韵书"，可是用研究汉语的行话说："时有古今，地有南北"的差异，于是对"韵"的"分部"（声音归类）问题大有分歧。至今沿用的《佩文韵府》是清康熙五十年成书问世的，而它老根子却是南宋时期平水人刘渊《壬子新刊礼部韵略》（人们简称为《平水韵》）。自清代及今，汉语研究者们就"平水韵"提出了许多意见，诸如

"一东""二冬"可以通用,"三江""七阳"可以通用,"六鱼""七虞"可以合并通用,等等。总之,诗押韵宜宽不宜严。这是个总趋向,值得思考。

又如,写"五古""七古"体诗,在句的平仄协调上可以放手任意驰骋。"行行重行行",一句五字皆平,人人称好。"馨香盈怀袖,路远莫致之",四平加一仄、四仄加一平,读起来照样有节奏感,古人能这么写,今人为什么不敢这么写?

又如,填词,填《满江红》调,强调用"入声韵",固然不错,但辛弃疾的《满江红》诸阕,其中就有押"上声、去声"混合韵的,你敢说它不合律?

又如,填《水龙吟》调,人们强调末句四字的句式应为"1·2·1"(东坡词"是离人泪"),固然好;但也有末句为"2·2"式的(秦观词"照人依旧"),谁能说这不合律?

又如,填《八声甘州》,末尾两句,必作"1·2·1,2·2"句式(柳永词"倚阑干处,正恁凝愁"),这才合律。但东坡词:"不应回首,为我沾衣。"("2·2,2·2")你敢说东坡不懂词?

这些例子,证明填词守律,守住"底线",便应认为合律。

1965年中华书局上海编辑所出版《诗韵新编》,采纳了多方面意见,似可成为当今通用的韵书。词韵,本来比诗韵宽,清代嘉庆、道光间,戈载编纂的《词林正韵》,至今尚可沿用。

二、以《神剑冲天耀》一书为例,说明写"旧诗"的发展概况

第一,自1964年及今的旧体诗词发展概况,可由《神剑冲天耀》一书约略地显示出来。

《神剑冲天耀》乃是"国防科技诗词选集",全书收录诗词五百十八首(其中新诗两首、旧体诗三百四十六首、词一百七十首),都是写我国"两弹一星"升空,颂扬我国防科技成就的好作品。这册书由作家出版社出

版，流转较广。

这册选集所列的作品，按作者出生年月为序，写"作者简介"，据此可知第一位入选者生于光绪九年（1883），写入选诗时（1964年10月）已八十二岁。全册最末一位入选者生于1973年，写入选诗时才二十五岁。总之，全国爱写旧体诗词的老、中、青三代，都为"神剑冲天"而抒发爱国之情。

这册选集有力地证明：诗的新的题材、新的精炼的语言、新的思想感情，完全可以容纳在诗的"旧体"里，也照样表现得活泼、生动，逗人鉴赏。

这册选集，也可证明：写旧体诗词的，后继有人。

第二，关于旧体诗"不易学"的讨论。

学写旧体诗，乃是从事语言艺术，什么叫"易学""不易学"？人们应该理解，任何事情都有它的两面性。就学写旧体诗说，"旧体"，可以看作个"框架"，有束缚诗思的一面；但如果诗人把这个"框架"摆弄得活起来，它会摇身一变而成为展现才华的贴身武器，创造诗的艺术美。举个例子，词《沁园春》歇拍的"框架"是：

+丨丨，丨——+丨，+丨——。

（注："丨"表仄，"—"表平，"+"表可平可仄）

毛泽东同志填以"曾记否，到中流击水，浪遏飞舟！"这便把"指点江山"的"书生意气"，形象化地显现出来，何其壮丽！

又，"俱往矣，数风流人物，还看今朝！"这种扫荡今世的气派无与伦比！

这"歇拍"的"框架"，在毛泽东同志手里，已成了展现壮丽之美的武器。常言道：事在人为。我只叹：奇才难得！

学写旧体诗词，谁是天生的行家里手？没有。任何人都经一番刻苦学习，才能真正入门。学写旧体诗词入门的第一步，照我看，就是学会对方块字掂量四声（平上去入）。试以"中华人民共和国"七字为掂量对象，作表如下：

	平	上	去	入
中	中阴	肿	仲	质
华	华阳	挂	画	滑
人	人阳	忍	任	日
民	民阳	铭	命	觅
共	公阴	拱	共	格
和	和阳	火	货	核
国	锅阴	果	过	国

注：① 方块字有读音转化而字形、字义随即变异的特点。如平声"人"音转为上声"忍"，字形变了，字义也变了。② 笔者是淮河以南的人，口语中自然有入声。请北方人莫笑我以土腔掂量四声。坦率地说，我就是这么学会了掂量四声的。

第二步，选几首近体诗，试加平仄符号，有利于掌握四声。为节省篇幅，仅举一例，杜甫五绝《八阵图》：

功盖三分国，名成八阵图。江流石不转，遗恨失吞吴。

— | — — | ，— — | | — 。— — | | | ，— | | — — 。

杜律声名赫赫，可取三五十首作为加标平仄符号的练习资料，许多遣词造句的窍门皆在其中。

第三步，选一本有关诗词格律的著述看看，会鼓动人作练习的热情。我认为2001年上海文艺出版社印行的《诗词蒙语》（周本淳著）最为深入浅出，是专家之作，同时，是传习旧体诗词、引导入门的一把钥匙。

愿意学写旧体诗词的，对这点小磨练怎会视为难事？如果主观上不愿学，那便是另外一码事，谈不上什么"易学""不易学"。

这里，拟对学习中国语言文学的准学士们说两句话：如果已能运用汉语的本质特征来分析旧体诗词，那很好；如果还没有这点小本领，那只好说，是个严重缺陷！应该补课。

三、对新诗（新体诗）的创作历程的理解

第一，新诗对体式的探索问题。在"五四时期"，从事新文学运动的志士们，把创出新体式当作一项新标的。

1917年元月，胡适在《新青年》上发表《文学改良刍议》，主张写白话文，反对写文言文。他说，改良文学可由"八事"入手：

> 一曰，须言之有物。二曰，不摹仿古人。三曰，须讲求文法。四曰，不作无病之呻吟。五曰，务去滥调套语。六曰，不用典。七曰，不讲对仗。八曰，不避俗语俗字。①

今天看来，这"八事"只着眼于文学表面的改革，而忽略了文学应该是时代号角的本质要求。又"不讲对仗"，这提法暴露了他连汉语的本质特征都想抹杀。这能行得通吗？谁能剥夺新诗人运用方块字的特点造"对仗"句来助成诗篇？不能嘛！

> "挥挥手，动动嘴，/楼堂馆所听指挥；/动动嘴，挥挥手，/山珍海味来列队……"②

这是易和元《心有余醉》中的诗句，他利用"对仗"句式来讽刺一些官僚滥用权力，难道也该反对？

> 牡丹不够红，/玉兰过分白，/玫瑰太多刺，/罂粟有毒害/……③

---

① 胡适：《胡适全集》（第1册），安徽教育出版社2003年版，第4页。
② 文鹏、姜凌主编：《中国现代名诗三百首》，北京出版社2000年版，第259页。
③ 文鹏、姜凌主编：《中国现代名诗三百首》，北京出版社2000年版，第268页。

这是池北偶《某公好花》中的诗句，他利用"对仗"句式来讽刺那些指手画脚、看不惯这、看不惯那的"左"公们，这有什么不好？

应该看到，就新诗说，"不讲对仗"是矫枉过正的说法，不可从。

新诗，要创造自己的"体式"，自1917年至今的百年里，创出了多少"体式"？爱好新诗的陶保玺，在所著《新诗大千·自序》中说："把新诗划分既有联系，又有显著区别的二百多种体式。"①

"二百多种体式"，真令人眼花缭乱！历史悠久的旧体诗，论"体式"，约略言之，计九种：四言诗、五言诗（五古）、七言诗（七古）、杂言诗、五律、七律、排律、五绝、七绝。新体式、旧体式相比之下，正见新诗体式尚在探索过程中，还没有探索出它的主导倾向。

鲁迅在1918年写过新诗《梦》《爱之神》《桃花》等，收入《集外集》。1934年在《集外集·序言》里，他说：

> 因为那时诗坛寂寞，所以打打边鼓，凑些热闹。②

1934年，他又说：

> 新诗直到现在，还是在交倒楣运。我以为内容且不说，新诗先要有节调，押大致相近的韵，给大家容易记，又顺口，唱得出来。但白话要押韵而又自然，是颇不容易的，我自己实在不会做，只好发议论。③

1935年，他说：

> 诗须有形式，要易记，易懂，易唱，动听，但格式不要太严。要

① 陶保玺：《新诗大千》，安徽文艺出版社1994年版，第6页。
② 鲁迅：《集外集》，人民文学出版社1959年版，第2页。
③ 鲁迅致窦隐夫书，见鲁迅《书信》，人民文学出版社1959年版，第337页。

有韵，但不必依旧诗韵，只要顺口就好。①

我以为鲁迅的这些话，是从新诗应该有中国作风、中国气派的特色说的。1942年，毛泽东同志在《反对党八股》中明确地提示：

> 洋八股必须废止，空洞抽象的调头必须少唱，教条主义必须休息，而代之以新鲜活泼的、为中国老百姓所喜闻乐见的中国作风和中国气派。②

写新诗的，应该检视自己的创作，认真地思考自己的创作道路。

第二，新民歌大潮的涌起，推动着新诗人走上开拓前进的道路。

1937年夏，抗日战争的烽火已燃遍华北、江南，有出息的诗人投身抗战。田间的《给战斗者》，被誉为抗战"时代的鼓手"。光未然（张光年）、冼星海的《黄河大合唱》（光未然作词八首、冼星海配曲），歌声既哭诉着人民的苦难，又怒吼着人民的抗争，更呐喊着人民终必胜利。这一"大合唱"震撼了当时全国人民的心魂！这一"大合唱"已成了抗战歌曲中的经典著作，载入史册。艾青的《向太阳》《她死在第二次》等，都是从"群众的斗争生活中汲取题材"（艾青语）、语言清新、形象鲜明的好诗。抗战后期，李季的《王贵与李香香》，"它的思想，它的感情，它的生活，它的语言，完全是人民的……"③。

以上所叙的几点事实证明：新诗在抗日烽火中，从内容到形式，都有极大的进步，显示出逐渐靠拢人民的倾向。

1949年，中华人民共和国成立，1958年，新民歌在"大跃进"的热情中涌现。周扬在《红旗》杂志创刊号上发表《新民歌开拓了诗歌的新道路》。这是"风标"式的论文，引起了全国文艺界的注意；诗人们着意讨

---

① 鲁迅致蔡斐君书，见鲁迅《书信》，人民文学出版社1959年版，第368页。

② 毛泽东：《毛泽东论文学与艺术》，人民文学出版1958年版，第50页。

③ 周而复语，见张器友等编：《李季研究专集》，海峡文艺出版社1986年版，第329页。

论"开一代诗风"的问题。

在新民歌涌现的社会背景下，怎么"开一代诗风"？

田间在《谈诗风》中说："中外古今，一切伟大的诗歌，都和民歌有关系……我们要开一代的诗风，就不能不在古典诗歌和民歌的基础上，丰富和发展新诗。"①徐迟在《南水泉诗会发言》："新的诗人（这不是指小部分的诗人），他们的新的任务就是采集民歌，学习古典诗歌，吸收它们的营养，写出新诗来。"②贺敬之在《关于民歌和"开一代诗风"》中说："我们的民族是有深厚的传统的，同时又是最有创造精神的……诗的形式，一方面必须建立在传统的基础上，另一方面必须有新的发展。这个发展并不需要破坏诗的传统形式中那些最基本的要素，如上面说的：语言（注：精炼的语言）、节奏、韵律。"③

新诗向民歌学习，向古典诗歌学习，其着重点正在于：精炼的语言、节奏、韵。

这次"开一代诗风"大讨论，对新诗的开拓、创新有着极其广泛的推动力，使大多数诗人在创作中注意显示"诗的传统形式那些最基本的要素"，这几乎成为主流。新诗的形式隐隐然出现了。

鲁迅说："诗须有形式"。我把诗的形式比喻为框架。旧体诗的框架是死板的，它要求有本领的诗人把死板的框架摆弄得活起来，从而展现诗的内容，显示诗的生命力，展现诗人的才华。新诗，它要求诗人自己创设一个框架，在这个框架内，涵容精炼的语言，有节奏，大致押韵的要素，从而展现内容。这种框架有弹性，是活的，由诗人自己摆弄，因而它可以让诗人大展才华。

总之，新诗必有自创的框架，它虽有自我约束力，但又能使自我操纵

①《诗刊》编辑部编：《新诗歌的发展问题》（第1集），作家出版社1959年版，第55、58页。

②《诗刊》编辑部编：《新诗歌的发展问题》（第1集），作家出版社1959年版，第73—74页。

③《诗刊》编辑部编：《新诗歌的发展问题》（第1集），作家出版社1959年版，第86页。

自如。可以说，这就是新诗形式的特点。

能举出实例证明吗。答曰：可以，请去读读闻捷的《吐鲁番情歌》、艾青的《一个黑人姑娘在歌唱》、贺敬之的《桂林山水歌》、柯岩的《周总理，您在哪里?》这些都感情充沛的形式相对完整的、语言生动的好诗，不妨视为新诗创造体式而为广大读者所首肯的代表。

四、时代和人民期盼着好诗

新世纪开头才六年，我国全面建设小康社会、开创中国特色社会主义事业，正在进入全面繁荣的境地。时代和人民期盼美好的诗篇来反映壮丽的时代和人民的创造精神。写新诗的，写旧体诗的，请赶快展笺握笔，写出祖国跨入伟大复兴的气派。请看，那沉甸甸的满田稻穗，棒槌似的苞谷；那直入白云天的青藏铁路；那遨游太空的"神舟"六号，能不动心！请看，西藏的山村小学，清晨，小学生在升旗的队列里，仰望五星红旗的眼神，正闪现出祖国全面繁荣的深度、广度。一句话：时代和人民期盼着好诗。

我，一个普普通通的八十颇有余的老年读者，查阅了近两年的《人民文学》杂志，看到了新诗、旧体诗携手同行的景象。让我说得稍稍具体些：2005年1—12期共发表319首诗，其中第2期有标题《山坡羊》词2首，七律3首；2006年1—11期，共发表301首诗，其中第5期有"词6首"，第9期有"旧体诗"专页，刊载旧体诗30首。这表明：人民对新诗、旧体诗一律看待，只要它愿为人民服务，都欢迎。这也表明：新诗前途无量，旧体诗也前途无量。(北京有《诗刊》、沈阳有《诗潮》，各省市诗词学会有不定期的"诗丛""诗选"等，也共同证明，新诗、旧体诗前途无量。)

不过，我也有个感觉——让我借用杜甫两句诗来表述："或看翡翠兰苕上，未掣鲸鱼碧海中。"(《戏为六绝句》)我的意思是：近年来的新诗、旧体诗，描绘清新秀丽的小景较多，大开大阖、壮浪纵姿的雄奇之作，则难得一见。

新世纪的新景象在向诗人招手，期盼诗人投身人民生活的大海，成为掣鲸手！"江山代有才人出，各领风骚数百年。"（清代赵翼《论诗》绝句）《毛泽东诗词》已为人民革命战争时代和全国解放初期的景象描绘了令人惊喜的雄奇诗篇；在新世纪新景象面前，谁来引领《风》《骚》，歌唱华夏？人民期盼着有好诗出现！诗人们，请拿出作品来哺育人民，满足人民的文化生活需求吧！

[原载《学术界》2007年第2期]

编后记

业师祖保泉先生（1921—2013）平生潜心于中国古代文学理论研究，在《文心雕龙》、司空图诗文理论、传统诗词等领域成果丰硕，系当代中国文论研究界的著名学者。其生前曾自选论文集《中国诗文理论探微》（安徽人民出版社2006年版），后又自选编其重要学术著作汇集而成《祖保泉选集》（安徽教育出版社2012年版）。然前者编辑时间较早，先生最后数年所写文章未能选入；后者因以专著为主线，对部分内容见诸专著的论文亦多未辑入。此次应安徽师大文学院领导的要求编辑先生文集，仍旧按照先生在"龙学"、司空图诗文理论、传统诗词研究等领域的专长予以编排，但也有一些变化。一方面以学术论文为主，同时考虑到篇幅等原因，除不得已割舍了先生部分论文，亦未收入先生的诗词鉴赏类文章；另一方面以先生《择路·敬业·自省》一文作为代序，以示先生的人生之路，以观先生的人生之思。

自1990年选修先生的"历代词选"课程，1991年随先生攻读文艺学硕士学位而后留校工作，至先生逝世，接受先生教诲20余年。在感受先生人格魅力，领会先生的治学精神的同时，我始终在潜心理解先生的治学方法。2006年，我在学习先生新著《王国维词解说》之后，写过一篇《谈祖保泉先生的"解说"式治学方法——以〈王国维词解说〉为例》的学习心得。此次编辑先生文章，再次细读之后，仍然觉得先生"解说"式治学方法独具特色。兹将此文转录于下，期待大家批评。

2006年年底的一个傍晚，在校园散步时碰到陈育德先生。陈先生说：

"你一直关注近代词学，作为祖先生的弟子，应当为先生新著《王国维词解说》写个书评。"当时我惶恐应允，回家后，我一方面为准备写"况周颐词研究"的研究生黄煌布置了阅读《王国维词解说》①的"寒假作业"，另一方面我自己也开始了阅读。为了真正把握此书的特色，领会祖先生的治学用心，我们参照阅读了王国维词的其他注释本，尤其也是刚出版的由叶嘉莹、安易编著的《王国维词新释辑评》②一书。通过比较阅读及师生互动阅读，我们越来越感到先生"解说"式治学方法的可贵处。从先生的《司空图诗品解说》③《文心雕龙解说》④到如今的《王国维词解说》，多部著作取名"解说"，可见先生一贯的治学精神。这篇文章便以《王国维词解说》（以下简称《解说》）为例，总结如下。

一、积学以储宝——"解说"式治学的学养条件

关于《解说》的写作缘由，先生在《后记》中说："2002年冬，我又清闲无事，想干点什么以便集中思绪，使日子过得安稳些。想来想去，决定写《王国维词解说》。"看似轻松的语气，实为先生顺其自然的选择，体现了先生重视积累、不断完善的治学特点。

"龙学"、《二十四诗品》及词学研究是先生选择的三个重要的研究点，而这三个点都得到了先生持之以恒的关注与不断的完善。如在《文心雕龙选析》⑤基础上完成《文心雕龙解说》，在《司空图诗品解说》基础上拓展为《司空图诗品注释及译文》⑥《司空图的诗歌理论》⑦《司空图诗文研

① 祖保泉：《王国维词解说》，安徽教育出版社2006年版。
② 叶嘉莹、安易：《王国维词新释辑评》，中国书店2006年版。
③ 祖保泉：《司空图诗品解说》，安徽人民出版社1964、1980、1982年版。
④ 祖保泉：《文心雕龙解说》，安徽教育出版社1993、1994、1996、1997年版。
⑤ 祖保泉：《文心雕龙选析》，安徽教育出版社1985年版。
⑥ 祖保泉：《司空图诗品注释及译文》，商务印书馆香港分馆1966年版。
⑦ 祖保泉：《司空图的诗歌理论》，上海古籍出版社1984年版；台北《国文天地》出版社1991年版。

究》①《司空表圣诗文集笺校》②，现如今的《解说》，其实也是先生多年思考的结晶。《安徽师范大学学报》1980年第1期发表了《关于王国维三题》，《词学》1981年第一辑发表了《试论王国维的词》，上海古籍出版社1990年出版了先生与张晓云合著的《王国维与人间词话》，《安徽师范大学学报》2005年第1期发表了《漫议王国维的"意境"说》……由此治学经历，便可知先生说"想来想去，决定写《王国维词解说》"的真正原因。

因为在先生看来，研究对象是历史的存在，研究者只是一种"解说"者。力图历史地还原研究对象的生命，是解说者要达到的目标。虽说论著体现着研究者的思想，但谁也不敢说自己的研究就能穷尽历史文本本身，故祖先生多用"解说"为书名，实则反映出他面对研究对象时的谨严态度。跟随先生读书时，先生常说做学问的最大秘诀就是多写读书笔记，日积月累，而后自然成文。这种态度自然对"解说者"的学养提出了很高的要求，《解说》正是先生"积学以储宝"数十年的结果。小到文献整理、字词典故注释，大到王氏词的评说，都可以看出先生研究"龙学"、司空图诗文理论、王国维以及词学等学术经历的专长。

词学研究原本就是先生一直关注的领域。填词、读词、论词、教词合一，堪称先生的看家本领。与当今诸多空头论词者相比，先生论词乃真正的内行家言。先生读词、论词、教词，其内在原因便是先生在川大读书时，学会了填词。由婉约入手，转而习豪放，经年不息，终成文人化、学者味的个性风格。先生曾自印《丹枫词稿》一册，后被编入《赭山三松集》（北岳文艺出版社2006年版），进而收进先生所著《中国诗文理论探微》（安徽人民出版社2006年版）。学填词必读词，先读词的选集和专集，后来进而浏览《全唐五代词》《全宋词》等。读词多，久而久之，自有心得体会，于是便师法前人而作词论。③所作词论，涉及苏轼、范仲淹、李清照、岳飞、姜夔、张孝祥、龚自珍、况周颐、王国维、吕碧城、刘永

---

① 祖保泉：《司空图诗文研究》，安徽教育出版社1998年版。
② 祖保泉、陶礼天：《司空表圣诗文集笺校》，安徽大学出版社2002年版。
③ 祖保泉：《中国诗文理论探微》卷首语，安徽人民出版社2006年版。

济、蔡桢、夏承焘、沈祖棻等名家词。如同先生立足于教学实践的"龙学"研究，先生也曾为中文系本科生开设过词学课，编有《历代词选笺》（后更名为《古今词选笺》，铅印本）作为教本。

先生在指导我填词时多次告诫："填词如今虽不能成为自己的职业，但确是论词的基础。"先生对创作的重视，直接影响了他对"文论"这个概念的认识。先生经常教导我：不能忽视对作品阅读与研究，文艺学研究不只是从理论到理论，那种关乎作品的研究，也是一种"文论"。先生的此番认识实则立足于中国文论的本土特色：中国文论不像西方文论擅长建构理论体系，而注重对作品的直觉性评点，因此，中国文论写作也如同诗文创作，注重审美经验的形象表达，文论著作亦如美文。同时，中国文论谈创作强调人文合一，评论时强调言行一致，而在创作与评论之间也力求统一。这或许便是先生治学既重作品又重理论、解说王氏词时多用词论与词作互证法的依据。如《人间词话·删稿》说："艳词可作，唯万不可作偎薄语。"祖先生在解说王国维艳词时，即常以此为标准加以评述，如对《清平乐》（垂杨深院）词的评说等。又如王国维论词主境界说，《人间词乙稿序》曾说《蝶恋花》（昨夜梦中多少恨）等词"皆意境两忘，物我一体"，祖先生自然会紧扣此论加以检验。

至此，先生著述《解说》乃是他治学风格的一贯体现，没有"积学以储宝"的学养条件，先生是不会轻易著述的。这与当今不是红学专家讲《红楼梦》，不是三国史专家品《三国》，不是《论语》《庄子》专家说孔、庄的现象是完全不同的。如何夯实"解说"者的学养条件，是先生著述《解说》带给我们的第一个启示，对当今一些浮躁的治学风气自当具有警醒作用。

二、酌理以富才——"解说"式治学的学思原则

在中国古代诗歌解释学中，一直有"见仁见智""诗无达诂"之说，祖先生也说："在文学鉴赏中，有时会出现'公讲公有理，婆讲婆有理'，

怎么办？我说，这是常见现象，公也，婆也，各讲各的，共同启发读者思考问题，是好事……各抒己见嘛，有什么不好？"①我们曾粗略统计过，祖先生对王氏词的解说至少在半数以上与《王国维词新释辑评》等书不同，有的甚至是完全相反。可是在仔细斟酌之后，真正令我们由衷佩服，产生踏实之感的总是祖先生的解说。因为与那种无稽之谈的肆意发挥不同，先生的"各抒己见"乃是在"积学以储宝"前提下的"酌理以富才"。

作为一个对历史性研究对象的解说者，祖先生的思想与才华建立在有理有据的学理性基础上。这个"理"突出表现为细致入微地落实知人论世、以意逆志的批评方法。知人论世、以意逆志是大家熟悉的文学批评方法，但得到如此细致入微的贯彻，则又是一种学养功力。对王国维其人其事的思考，一直是先生所关注的。其中《关于王国维三题》一文对于王国维自沉原因的分析，已经成为学界的一个代表性说法。在《解说》中，先生又专设《王国维生平简述》一节，对王氏生平再次研究与评述。由此先生的"解说"显示出与同类著作不同的特点。在一系列问题上，先生都不会空泛而论，而多是结合王氏人生中的具体事件，实实在在地分析，以获得问题的真正解决。

在众多文体中，给词作编系年的难度可以说是最大的，清人俞樾在《眉绿楼词序》里甚至说词不适合依年编录，而"以分类为宜"。俞樾此论看出了词体注重抒情性以及情感抒发的虚拟性特点，但他未能认识到词人的情感也是其人其事中的实体存在，那些看似空泛的情感体验实则也是词人真性情的反映。祖先生的《解说》不是按词作系年编排的，但考证王氏词的系年仍是此书的一大贡献，有的判断实已纠正了学界的主流意见。如《浣溪沙》（画舫离筵未停）是一首在苏州送别罗振玉的词，不少学者根据罗、王在苏州的大致活动时限（1904年秋到苏州，1906年2月离开）认为此词作于1906年。但是如此解释，明显与此词中"潇潇暮雨阖闾城"的秋天时令冲突。同时，"这个'秋天'，不是1904年的秋天，因为此时苏州师

① 祖保泉：《王国维词解说》，安徽教育出版社2006年版，第19—20页。

范学堂才开学；又不是1906年秋天，因那时罗、王已离校"。于是，祖先生经过查阅罗振玉《家传》，发现罗氏于1905年夏秋，得知父亲患病，可能应"亟请假归视"的父命而短暂返乡。有此依据，先生下了断语："此词作于1905年秋天，即此年10月罗回家省亲之时。"[①]

依据知人论世、以意逆志解说诗词，当把握诗人创作时的精神状态，否则就会以一些普遍性原理或诗人的某些主张取代一些作品的独特主题。如祖先生说王氏《鹊桥仙》（沉沉戍鼓）"但除却无凭两字"，"乃是旁敲侧击的说法"，直率地说，便是尚有可凭，王氏所"凭"的就是自己的学识根基，"有学识，何愁无出路"。"应该说明，我这样诠释此词末句，是考虑了作者此时的精神状态而下笔的……人们论王氏此时的思想，不能不切实际，乱加帽子。"[②]与其他词人比较，王国维是一个悲观主义哲学家，其词喜欢用一些关乎个人生命意识的语词，故而论者从哲学上分析较多，有时不免给人空中楼阁之感。但祖先生则走向一种比较具体的解说，多结合史实，体会词人当时的精神状态，细致地挖掘王氏使用这些语词的初衷，强化词人当下的社会心理和情感体验。如为了切实了解《浣溪沙》"掩卷平生有百端，饱经忧患转冥顽"句的内涵，祖先生在介绍了王氏"近年"的痛苦遭遇之后，方得出了这两句乃是"感慨多端，国事家事，令人兴叹"[③]的结论。

依据知人论世、以意逆志原则，祖先生便很好地解说了王氏词情感与理智相契合的特点，既避免了那种只见哲理而不见情感的分析，也从情感体验的角度合理解说了王氏那些有哲理寓意的词作。如，不少学者都认为王氏《阮郎归》首句"美人消息隔重关"的"美人"指王氏妻子莫氏，但祖先生说此词中的"美人"与莫夫人无关。先生首先根据此词"沉沉空翠压征鞍，马前山复山"及"只余眉样在人间，相逢艰复艰"句，以意逆志，得出此词是不可能写妻子的，因为"海宁、苏州，一舸即归，说不上

[①] 祖保泉：《王国维词解说》，安徽教育出版社2006年版，第164页。
[②] 祖保泉：《王国维词解说》，安徽教育出版社2006年版，第154页。
[③] 祖保泉：《王国维词解说》，安徽教育出版社2006年版，第71页。

什么'山复山'、'艰复艰'"。若是写妻子，既与实际的自然路程不符，也与表达的情绪不合。"那么，'美人'何所指？我们只得依照知人论世的原则加以探索"，于是先生结合此时王国维的思想状况，以及中国诗歌本来就有托美人言志的象征传统，故而寻找到了答案："此词极可能写向他曾深爱的哲学——'美人'告别而又致不相忘之情。"①

至此，有理有据的学理性是祖先生解说式治学带给读者的第二个启示。那些看似传统的批评方法，如知人论世、以意逆志等，仍有着无穷的魅力。同时，若想切实地运用这些方法，则又必须以"积学以储宝"的学养为条件。

三、研阅以穷照——"解说"式治学的学风规范

祖先生治学多有拓荒，敢碰难题，擅长仔细推敲，以不留遗憾为学界所称赏。他论司空图诗歌理论及龚自珍、况周颐、王国维、刘永济、蔡桢等人词具有披荆斩棘之功，他的《文心雕龙》研究、关于《二十四诗品》作者问题的研究在国内外有着广泛的影响。在阅读《解说》时，经常会碰到这样的话："我琢磨一阵子""我几经对比""我踌躇数日""我愿罗嗦一句：这两句评语是我沉思一日之后才写上的"②……说实话，每当读到这些话，内心都不免一震。因为反观当今浮躁的学术风气，这种超越功利的治学心态正是祖先生"研阅以穷照"治学精神的反映。特别需要说明的是，《解说》出版后，先生发现对王氏《霜花腴·用梦窗韵补寿彊村侍郎》词"倩郦泉与驻秋容"句中"郦泉"的解说欠妥，于是《补正》约六百字，打印后分别夹在书内，赠送读者。此细节足以说明先生对学术的求真态度。

在《撰写王国维词解说的自我要求》中，先生说尽管对某些词，要说

---

① 祖保泉：《王国维词解说》，安徽教育出版社2006年版，第52—53页。
② 祖保泉：《王国维词解说》，安徽教育出版社2006年版，第154、179、228、99页。

明它的主旨，着实有难处，但作为注者、笺者、解说者，须"知难而进，不躲闪""遇到了难题，总得下功夫""从头至尾加以分析，主旨必露端倪""纵或说得不够准确，这比隐藏在原作品背后不吭声好得多"。①如《浣溪沙》上片云："才过苕溪又霅溪，短松疏竹媚朝辉。去年此际远人归。"先生解说："请注意：这三个七字句的头尾两句已用来说明主要航程（过苕溪、霅溪归海宁），只剩下中间七个字用来描绘航程中的景象——这是个小难题。作者写出'短松疏竹媚朝辉'这一颇见特色的句子，难得。'短松疏竹'既显示山溪之景，又见冬季长青的季节特色。亦显示山溪冬季有青翠之美。'媚朝辉'三字，不仅使'短松疏竹'鲜活起来，也准确地表明自西向东（长兴—湖州—德清—余杭）的清晨航程是畅朗的。我赞赏这一句大有磨练功夫，且与下片所写景象起对比作用，增强了词的艺术性。"②先生赞赏王氏词的磨练功夫，我们在阅读《解说》时，也时常惊叹于先生那入细入微、出人意料的解说。

面对本难解说的王国维词，祖先生对其中的地点、人物、时间、事件等用力甚深，解说具体到位，着实解决了不少疑难问题。如王氏《浣溪沙》（路转峰回出画塘）词中的"画塘"一词，不少人宽泛地注释为"如画的池塘"。但祖先生却说此处"画塘"乃指地名，进而按苏州"山"的名胜，揣度"作者此次所游的山，当是天平山，在阊门外十余里。群峰环抱，泉石奇秀，故行者有'路转峰回'的机遇。此山西麓出口处即'画塘'"③。又如《临江仙》（过眼韶华何处也）的"一塔枕孤城""宫阙峥嵘"，先生也更正了"一塔"指南通"狼山支云塔"的说法。先生认为若顾及该词全篇，那么江南只有苏州虎丘塔才与此词所写之景相符，"宫阙"指的是馆娃宫。④再如《浣溪沙》（夜永衾寒梦不成）云"带霜宫阙日初升"，先生加按语说："此词'宫阙'实指苏州师范学堂隔壁的苏州文庙

① 祖保泉：《王国维词解说》，安徽教育出版社2006年版，第18—19页。

② 祖保泉：《王国维词解说》，安徽教育出版社2006年版，第167页。

③ 祖保泉：《王国维词解说》，安徽教育出版社2006年版，第95页。

④ 祖保泉：《王国维词解说》，安徽教育出版社2006年版，第97—98页。

（宫殿式建筑）。"①类似这样的确切解释，在《解说》中频繁出现，足见先生"研阅以穷照"的求真求实的态度。

除此之外，祖先生对王国维词的辩证解说也给我们留下深刻的印象。一方面先生全面精准地把握了王氏词的特点，为此又专门写了"王国维词的艺术特性"一节，简述了王氏词的思想倾向和艺术特征。以此为前提，先生沉思数日后指出，《蝶恋花》（窗外绿阴添几许）"可以说，是典型的王国维词：直观性强，有'花间词'的派头，又有浓郁的悲观主义色彩，这在清末，无第二人。龙榆生《近三百年名家词选》录此词，有识力"②。另一方面先生从学理性角度指出王氏词的诸多不足处。或是选调失误，如《点绛唇》（万顷蓬壶）词"写得太清瘦，未能充分展开幻想，写出仙境的奇异"，"究其根柢，我以为根在作者选调失策，选用了只有四十一字的曲调，因而不容展现更多的幻想"③。或是立意有硬伤，如《虞美人》（碧苔深锁长门路）词以"美人"比喻遭到占用校地之议的罗振玉，从艺术性来看，"形象生动，有直观美"，但"立意有硬伤，便不足以佳作视之"，因为"师友之交，贵在交之以道，否则不免随人俯仰，亦可哀"④。或是用字的失误，如《扫花游》上片"两用'正'字起领下文，虽同是时间副词，所表示的时间概念有长短之别，但总嫌重复。请注意，这种重复，在前代名家词中，是找不到先例的。"⑤

至此，"遇到了难题，总得下功夫"的治学态度，是祖先生解说式治学带给读者的第三个启示。学术研究主要是解决问题的，因此必须要有"研阅以穷照"的魄力，要有"若仔细推敲，似有小缺点，恕我斗胆吹毛求疵"⑥的治学精神，而这一切都须从强化自己的学风规范开始。

① 祖保泉：《王国维词解说》，安徽教育出版社2006年版，第163页。
② 祖保泉：《王国维词解说》，安徽教育出版社2006年版，第84页。
③ 祖保泉：《王国维词解说》，安徽教育出版社2006年版，第123—124页。
④ 祖保泉：《王国维词解说》，安徽教育出版社2006年版，第59页。
⑤ 祖保泉：《王国维词解说》，安徽教育出版社2006年版，第225页。
⑥ 祖保泉：《王国维词解说》，安徽教育出版社2006年版，第76页。

四、驯致以绎辞——"解说"式治学的学术责任

学者应当有一种传承文化的担当意识，以"解说"为书名，说明解说者是沟通经典与读者的桥梁。如何搭建一个坚固而又易行的桥梁，在祖先生看来，这是关乎研究者的学术良心的事情。因此，先生治学始终有着清晰的"传道、授业、解惑"的写作理路，洋溢着构筑读者精神生命的人文情怀。

近年来，传统诗学的现代传承问题成为一个研究热点。先生在《漫议旧体诗、新诗的继承与革新问题》（《学术界》2007年第2期）一文中指出，旧体诗词已无法也不能取代新诗，但是旧体诗词凝练了汉字的美，只要汉字存在，创作就会延续。当然，旧体诗词的革新须以新的题材、精炼的语言、积极的思想感情容纳在诗的"旧体"里，新诗的体式探索也当吸收诗的传统形式中一些最基本的要素。这一思想便集中体现在《解说》中，祖先生也多次说过《解说》的写作意图。《例言》说："本书取名《王国维词解说》，企图就王氏所作词一百一十五首逐次加以诠释，为文学青年增添一种阅读材料。"《撰写王国维词解说的自我要求》又说："这是为青年学子们写的导读性的读物。"《后记》再次补充说明："初步调查行情，自量还可以写一册有个人心得体会的小书，供文学爱好者阅读。"面向"文学青年"，为青年学子们奉献一本导读性的书，这个写作意图直接影响了《解说》的写作特点。前文所论亦多与此有关，除此还有以下几点值得一说。

一是解说时强化了填词的方法和技巧。王氏词具有"守律甚严""善造意境"的艺术特点，祖先生的解说也突出表现为"从词的意境、声律角度考虑"（《例言》）的特点。王氏《观堂长短句》《苕华词》收录《甲稿》《乙稿》诸词时，稍作修改，计三十二处。对于这些修改的字句，除了两处因誊写人不慎，错一字、漏一字，兹据排字本《甲稿》《乙稿》予以了校正，其余便主要从词的声律、意境角度，一一加以检验，"多数有

胜处，当从之"，又有四处"以为不改为宜"（《例言》）。事实上，"从词的意境、声律角度考虑"是先生解说王氏词的主要内容。如说"《阮郎归》是一韵到底的曲调，起句定韵。上下片各有两个五字句，皆叶韵；作者如何运用这四个特点来创造艺术美，只能说，各显神通了。"而王氏《阮郎归》（美人消息隔重关）词中"川途弯复弯"等句，"在四个五字句中，各用了一个'复'字，显示了全词在声律上有叠合的音乐美"，虽有摹拟五代王丽值《字字双》（床头锦衾斑复斑）的痕迹，但王氏"在声调运用上有明显的创造性"，"亦见作者构思、造句之巧"①。而《祝英台近》（月初残）"看上大堤去"句则是"凑韵"，是王氏"琢磨不够精"的结果。因为"如果'看上'一顿，割断了'上……去'的关联性，则'大堤去'的'去'字变成了没有必要性的凑合。"②由此这一褒一贬的两个例子，足见先生解说王氏词的用心之细，用力之勤。与那种绝口不谈格律或空谈理论的填词门外汉的评论相比，祖先生的"解说"则处处可见词学专家解说名家词时所具有的指点迷津、示人门径的导读优势。

二是解说的语言深入浅出。先生写作对文字要求甚严，以求能诵读为标准。艺术作品以模糊性为特征，但先生认为对艺术作品的"解说"不能模糊，甚至认为那种"模糊过去"的研究态度是没有学术良心的事情。不像某些著作多注释大家熟知的内容，看似通俗，反而跳过了那些难解的问题。先生的《解说》恰恰对那些难啃的典故及王氏词的本事等内容下了功夫，是真正"为青年学子们写的导读性的读物"。"解说中当然包涵语词、典故的诠证和每首词所表达的主旨，否则我以为就是缺陷。照我看，如果只注明'窈窕：美好貌，见《诗·周南·关雎》：窈窕淑女'……等等，而不说明每首词的主旨，这就是严重缺陷。有了这种缺陷，会令读者怀疑：注者、笺者为什么不点明这首词或那首词的主旨所在？词的主旨，有的一读便知；有的颇难索解，注者、笺者为什么隐藏在原作品背后不吭声？"至于"王国维的词，有几首写得迷离恍惚，令读者难以琢磨……现

---

① 祖保泉：《王国维词解说》，安徽教育出版社2006年版，第54页。
② 祖保泉：《王国维词解说》，安徽教育出版社2006年版，第228页。

在，我要'解说'全部王国维词，面对那几首有'模糊美'的词，能让它'模糊'过去？绝对不能！我不干那种没有学术良心的事"。①

三是解说的目的重在美育启示。从研究对象中发掘社会、道德、思想性的内容，是中国文学批评的一大传统。如孔子的兴观群怨说、汉儒的美刺讽喻说等，都体现社会、道德、思想批评的文学研究路数。祖先生承继了这个传统，但他是在加强填词技法指导及词的审美特征分析的基础上，指出词作思想倾向的，先生的用意是从思想性、艺术性合一这个更高层次启示后生的填词路数。在先生看来，王氏词忠实记录了词人努力与挣扎的过程，勾勒了一个求索徘徊、内焚外挫的知识分子形象。王氏"在封建浓情与悲观主义气息的境地里"，徘徊于"望尽天涯路"与"百草千花寒食路"之上，虽有"惜春之情的执著"却固守着低度的绝望，"大清的命运如何，他看不清，有迷茫感"，他"孤芳自赏，不媚世逢迎"，最终却未达其认定的最高境界；他求助于新学，"而新药中有毒药"。②

不过，"天以百凶成就一词人"，王国维词虽然充满对人生磨难的消极承受，但是其词作绵邈直觉的艺术魅力和"清白而孤高"③的艺术人格仍然不断征服着读者的心灵。祖先生于八十有七的高龄，以一颗豁达而不失热诚的心灵，凭借知人论世，以意逆志，设身处地思考着王氏在时世变化中人生抉择的心路，分析词作朦胧的象征隐喻，拨开"人间"复杂的悲观氛围。于是，先生对王氏词中"于世有益"的思想，不遗余力地加以褒扬。如用"民生各有所乐兮，余独好修以为常"，概括《减字木兰花》（皋兰被径）的创作心态；用"写得朴实、自然，见性格，见品德，堪称佳作"，评价《浣溪沙》（掩卷平生有百端）的风格……甚至认为"万事不如身手好，一生须惜少年时"句当为《浣溪沙》（草偃云低渐合围）的"灵魂"，"王氏为训世而作联语，于世有益，不嫌重复"。④

① 祖保泉：《王国维词解说》，安徽教育出版社2006年版，第19—20页。
② 祖保泉：《王国维词解说》，安徽教育出版社2006年版，第172、210、223、219、162页。
③ 祖保泉：《王国维词解说》，安徽教育出版社2006年版，第218页。
④ 祖保泉：《王国维词解说》，安徽教育出版社2006年版，第159、72、100页。

　　至此，面向"文学青年"，为青年学子们奉献一本导读性的书，是祖先生解说式治学方法带给我们的第四个启示。学术研究不仅仅是为己，还应该承担指导后学，传承文化的责任。

　　以上只是结合我的研究领域，以《王国维词解说》为例，归纳了祖先生的"解说"式治学方法。文章压缩版发表在《学术界》2008年第1期，完整版转载于《文学前沿》2008年第1期。关于此文，先生在一次聊天中，予以了肯定，说以《文心·神思》中数语概括他的治学心得是合乎实际的。故而，在此次编选先生文集后，将此文附录于此，用意亦在追忆先生的教诲，表达对先生的思念。最后，感谢同门师兄们对先生文集编辑的指导，感谢研究生方夏卉、张沐阳、严青为整理祖先生文稿付出了努力，对文学院领导策划此套丛书并将祖先生文集纳入其中表示敬意，对责任编辑胡志恒老师的辛勤劳动表示感谢。

杨柏岭

二〇一六年八月一日